KB123483

경상대학교 한문학과 허권수 교수 정년퇴임 기념 논총 4

# 中國文學의 受容과 傳承

허권수

보고사

경상대학교 도서관장 재임 시(2016. 도서관장실)

[illegible]

이가원 선생의 친필

[illegible]

660-701

晉州市加佐洞九〇〇

慶尙大學校漢文學科

許捲洙 教授 回展

서울 鍾路區

明倫洞三街五九

李家源

[illegible]-5-3

이가원 선생이 저자에게 준 간찰

# 서문

불초는 어려서부터 漢文을 좋아하였는데, 그 가운데서도 특히 선현들의 행적과 남긴 책들에 관심이 많았다. 계속 한문학을 공부하여 박사학위를 받고 한문학을 연구하고 가르치는 교수가 되었는데, 연구 분야도 결국 선현의 학문과 사상 및 그 분들이 남긴 저술들이 되었다.

1983년 慶尙大學校에 부임한 이래로 이제 정년퇴직을 눈앞에 둔 지금까지 1백여 편의 논문과 1백여 권의 저역서, 30여 편의 解題 등이 크게 보면 모두 선현들의 학문과 사상 및 저술에 관한 것들이다.

만34년 동안 아주 좋은 학문 환경 속에서 주동적으로 쓴 글도 적지 않지만, 학회나 연구소 및 학술단체 등의 부탁을 받아 쓴 것이 더 많다. 그러나 큰 주제는 선현들의 학문과 사상 및 저술에서 벗어나지 않는다.

다시 보기 싫은 부끄러운 것도 있지만, 어떤 것은 "그때 시간에 쫓겨서 급하게 썼는데도 그런대로 괜찮게 썼고 해야 할 말은 다 했네"라는 생각이 드는 것도 없지 않다. '鷄肋'이란 말처럼 이 글들을 완전히 버리기는 아깝고, 그렇다고 묶어 논문집으로 내려는 생각을 가끔 했으나, 이도 간행물 홍수시대에 쉽게 착수가 되지 않았다. 어떤 교수는 "자기 논문을 읽던 안 읽던 묶어 독자에게 제공하는 것이 저자의 의무입니다"라고 권유하기도 했다.

미적미적하고 있는 가운데 정년퇴임이 다가왔다. 고맙게도 졸업한 同學 제자들이 나도 못 찾는 자료를 다 찾아내어 편집 정리하여 다섯 권의 방대한 책으로 간행해 주었다. 내 혼자서 정리하여 출간하려면 몇 년의 시간이 걸릴지 모를 일인데, 여러 學人들이 힘을 합하여 큰일을 마쳐 주었다.

불초의 글의 내용에 가치가 있으면 오래 살아남을 것이고, 가치가 없으면 곧 사라져 폐지가 될 것이니, 그 생명력은 나의 글에 달려 있을 따름이다.

그 동안 상당히 장기간에 걸쳐 원고의 수집·편집·정리·교정에 賢勞가 많았던 우리 젊은 同學諸彦들에게 衷心에서 우러난 감사를 드린다.

2017년 2월 28일 許捲洙 序

# 차례

## 제3부 韓中 漢文學의 交涉



## 제4부 漢文學 散稿



**• 범례 •**

이 책은 實齋 許捲洙 교수가 지난 35년 동안 집필한 연구 논문과 문헌 해제를 모아 출간한 것이다. 집필 기간이 길었던 만큼 각 원고의 서술 형식이 일정하지 않다. 따라서 본문 속 한자 표기, 각주를 단 서식, 각종 기호 등은 저자의 동의를 얻어 게재 원고의 원본을 그대로 실었음을 밝혀둔다.

# 제1부

# 中國文學의 傳來와 受容

# 『文選』의 韓國 傳來와 그 流行에 관한 小考

## Ⅰ. 序論

잘 알려진 바와 같이 『文選』은 南朝 梁나라 昭明太子 蕭統(501-531)이 편찬한 詩文選集으로 중국의 춘추시대부터 梁나라 당시까지의 130여 작가들의 詩文을 39類로 분류하여 편찬되어 있는 책이다.

비록 梁나라 때 편찬된 책이긴 하지만 중국에서 문장교본으로 널리 쓰이기 시작한 것은 隋나라 때부터이고, 특히 唐나라에 들어와 이 책은 문장교본으로서 더욱 중시되어 高宗 때 李善의 注가 나왔고, 玄宗 때 呂延濟 등의 五臣注가 나왔다. 뒤에 이들을 合刻한 六臣注本이 유행하여 一般知識人들의 필독서가 되었다. 중국은 물론이고 韓國, 日本 등 동아시아 각국의 文學史에 많은 영향을 끼쳤다.

구시대에는 인쇄술이 발달되지 못하여 한 개인의 문집은 간행하기가 무척 힘들어 일반인이 구해 보기가 지극히 어려웠으므로, 이러한 選集類의 책이 자연히 인기가 있게 되었다.

중국서적의 구입이 용이하지 않은 한국에서는 중국의 한 개인의 문집을 얻어 본다는 것은 거의 불가능한 일이었다. 그래서 選集類의 책은 중국에서 보다도 더욱 인기가 있게 되는 것은 당연한 추세였다.

이러한 한국의 여건에서 『文選』이 어떻게 전래되어 각 시대에 어떻게 유행했는지를 고찰해 보는 일은 韓中文學交流史의 연구나 韓國漢文學硏究에 있어서 가치 있는 기초작업이 될 수 있으리라 생각되어, 『文選』의 전래와 유행에 관계된 한 편의 論考를 작성한다.[1)]

## Ⅱ. 統一新羅 以前

『文選』이 언제 어떻게 한국 땅에 전래되었는지를 알 수 있는 명확한 기록은 남아 있지 않다. 그러나 고구려 때 『文選』은 벌써 일반에게 보급되어 읽히고 있었음을 알 수 있다. 『舊唐書』에,

> 풍속이 서적을 좋아하여 가난하고 천한 집에 이르기까지도 각기 거리에다 큰 집을 짓고 그것을 扃堂이라고 했다. 자제들이 결혼하기 전에 주야로 여기서 글일고 활쏘기를 익힌다. 그 서적으로는 五經·『史記』·『漢書』·范曄의 『後漢書』·『三國志』·孫盛의 『晋春秋』·『玉篇』·『字統』·『字林』 등이 있었고, 또 『文選』이 있었는데 더욱 애중하였다.[2)]

라는 기록이 있다. 명확한 전래 연대를 고증할 수는 없어도 高句麗 민간에서는 가난하고 미천한 집안의 자제들도 애독하던 중국의 여러 서적 가운데서 『文選』을 특히 해중했다하니, 이때 벌써 『文選』이 널리 유행되었음을 알 수 있겠다. 이에서 『文選』의 전래는 高句麗 멸망 년도(668)보다 훨씬 이전이었음을 추정할 수가 있다.

이때는 中國의 唐代에 해당되는 시기로 唐에서도 『文選』이 크게 유행된 것의 영향을 받아 高句麗에서도 크게 유행했으리라 생각된다.

新羅에서도 三國統一 이전에 벌써 『文選』이 전래되어 유행되고 있었다. 『三國史記』에,

> 强首는 장년이 되자 절로 글을 읽을 줄 알아 의리에 정통했다. 그 아버지는

---

1) 필자의 원래 논문인 「『文選』의 韓國 傳來와 그 流行에 관한 小考」라는 논문을 작성할 때는 이 방면의 논문의 전혀 없었다. 그 사이에 이 분야에 관한 몇 편의 논문이 나왔고, 2008년 7월 朴貞淑이 『文選流傳韓國之硏究』라는 논문으로 中國 南京大學에서 박사학위를 받았는데, 이 분야의 자료를 모아 종합적으로 고찰하였다.

2) 『舊唐書』 卷九九 張1 列傳 第一四九 高麗條. 俗愛書籍, 至於衡門廝養之家, 各於街衢造大屋, 謂之扃堂. 子弟未婚之前, 晝夜於此讀書習射. 其書有五經及史記漢書范曄後漢書三國志孫盛晋春秋玉篇字統字林, 又有文選, 尤愛重之.

> 그의 뜻을 살피고자 하여 묻기를 「너는 佛을 배우려느냐, 儒를 배우려느냐」 하니, 대답하기를 「제가 들으니 佛은 세상 바깥의 敎라 하옵니다. 저는 인간 세계의 사람이온데 어찌 佛을 배우겠습니까. 儒者의 道를 배우겠습니다.」라고 하였다. 그 아버지는 「너 좋을대로 하라」고 했다. 드디어 스승에게 나아가 『孝經』·『曲禮』·『爾雅』·『文選』을 읽었다. 그런데 스승에게서 들은 바는 비록 천근했지만 해득하는 바는 더욱 고원하여 우뚝히 한 시대의 호걸이 되었다. …… 唐나라 사신이 와서 詔書를 전달하는데 그 가운데 해독하기 어려운 곳이 있었다. 왕이 강수를 불러서 물으니, 왕의 앞에 나와 그 문장을 한번 보고 막힘없이 해석하였다. 왕은 놀라고 기뻐하여 서로 만난 것이 늦음을 한탄하였다. …… 그로 하여금 唐나라 황제의 詔書에 廻謝하는 表를 짓게 하였더니, 문장도 절묘하고 뜻도 곡진하여 왕은 더욱 기특하게 여겼다.[3)]

라는 기록이 있다. 여기서 살펴보면, 신라의 삼국통일 이전에 벌써 『文選』이 전래하여 유행하였고, 私塾에서도 『文選』을 敎科目에 넣어 학습하게 했고, 신라의 대문장가로 일컬어지는 强首가 『文選』을 文章修鍊의 기본교재로 써서 得力을 하여 어려운 문장의 독해력이 뛰어나게 되었고, 四六騈儷文이 주로 쓰이는 外交文書를 능히 지어 唐에 보냈음을 알 수 있다.

통일신라 神文王 2년(682)에 國學을 세웠는데 그 교과과정에 벌써 『文選』이 들어 있었다. 『三國史記』에,

> 國學은 禮部에 속했다. 神文王 2년에 설치했다가 景德王 때 大學監이라고 했는데 惠恭王이 옛날대로 되돌렸다. 교수하는 방법은 『周易』·『尙書』·『毛詩』·『禮記』·『春秋左氏傳』·『文選』 등을 나누어서 학업을 하는데, 博士 및 助敎 한 사람이 혹은 『禮記』·『周易』·『論語』·『孝經』으로써, 혹은 『春秋左傳』·『毛詩』·『論語』·『孝經』으로써 혹은 『尙書』·『論語』·『孝經』·

3) 『三國史記』 卷四十六 張1-2 列傳 第46 强首. 强首及壯, 自知讀書, 通曉義理. 父欲觀其志, 問曰「爾學佛乎? 學儒乎?」 對曰「愚聞之, 佛世外敎也. 愚人間人, 安用學佛爲? 願學儒者之道.」 父曰「從爾所好.」 遂就師讀孝經曲禮爾雅文選, 所聞雖淺近, 所得愈高遠, 魁然爲一時之傑. …… 及唐使者至, 傳詔書, 其中有難讀處. 王召問之, 在王前, 一見說解, 無疑滯, 王驚喜, 恨相見之晩, …… 使製廻謝唐皇帝詔書表, 文工而意盡, 王益奇之. ……

『文選』으로써 가르쳤다.[4]

라는 기록이 있다.

國學의 교육에서 『文選』은 다른 經·史書와 나란히 정규 교과목으로 채택되어 있다. 이에서 당시 『文選』이 文章修鍊에 있어서는 유일한 필수 교본이었음을 알 수 있다.

新羅에서는 통일 이전에는 花郎制度를 통하여 국가에 필요한 인물을 선발하였고, 그 이후로는 활솜씨로써 하다가, 元聖王 4년(788)부터 讀書三品科를 설치하여 인재를 등용하였다. 『三國史記』에

> 4년 봄, 비로소 글읽는 자를 三品으로 정하여 벼슬길에 나가도록 했다. 『春秋左氏傳』·『禮記』·『文選』 등을 읽어 그 뜻에 정통하고 겸하여 『論語』·『孝經』에 밝은 자는 上品이 되고, 『曲禮』·『論語』·『孝經』을 읽은 자가 中品이 되고, 『曲禮』·『孝經』을 읽은 자가 下品이 된다. 만약 五經·三史·諸子百家의 서적에 널리 통한 자이면 등급을 초월하여 뽑아 쓴다는 것으로 되어 있다. 전에는 다만 활쏘기로 사람을 뽑아 썼는데 이제 고쳤다.[5]

라는 기록이 있다. 여기서 살펴 보건대, 上·中·下 三品 가운데 『文選』이 들어 있는 科는 上品뿐이다. 『文選』에 통달하기가 다른 책에 비하여 어렵고, 또 통달한 사람에게는 최고의 대우를 했음을 알 수 있다.

六朝 이래로 事大·交隣의 外交文書에 능한 인재를 배출하기 위하여, 國學에서 『文選』을 필수교재로 채택해야만 할 필요가 있었을 것이다.

---

4) 『三國史記』 卷38 張12-13 志 第37 職官上. 國學屬禮部. 神文王二年置, 景德王改爲大學監, 惠恭王復故. …… 教授之法, 以易尙書毛詩禮記春秋左氏傳文選, 分而爲之業, 博士若助敎一人, 或以禮記周易論語孝經, 或以春秋左傳毛詩論語孝經, 或以尙書論語孝經文選, 教授之. ……

5) 『三國史記』 卷10 張3 新羅本紀 第10 元聖王. 四年春, 始定讀書三品以出身. 讀春秋左氏傳若禮記若文選而能通其義, 兼明論語孝經者爲上, 讀曲禮論語孝經者爲中, 讀曲禮孝經者爲下. 若博通五經三史諸子百家書者 超擢用之. 前祇以弓箭選人, 至是改之.

통일신라 말기 한국한문학의 시조라 일컬어지는 崔致遠(928-?)이 남긴 글을 살펴보면, 그 문체는 六朝時代의 四六騈儷文의 형식을 탈피하지 못했다. 그가 唐에서 활동한 시기는 晩唐으로 그때는 이미 古文運動 以後인지라 四六騈儷文은 文體의 主潮가 아니었음에도 불구하고, 崔致遠의 문장은 온통 四六騈儷文인 것은 그가 『文選』을 文章修鍊의 기본교재로 사용하였고 계속 그 틀을 벗어나지 못했음을 알 수 있겠다.

이상에서 살펴본 바, 新羅에서는 통일 이전의 强首나 말기의 崔致遠할 것 없이 문장가로 이름을 날린 사람은 모두 『文選』으로 文章修鍊의 기본교재로 삼았고, 私塾·國學·讀書三品科 등에서 『文選』이 기본교재였으니, 신라시대에 『文選』이 차지하였던 비중이 어떠했는지를 충분히 짐작할 수 있겠다.

## Ⅲ. 高麗時代

高麗가 건국(928)되어 국가의 제도가 점차 정비되어 갈 때인 光宗 9년(958)에 後周人 雙冀의 건의에 따라 처음으로 과거를 실시하게 되었다. 과거를 시행함에 따라 훌륭한 인재를 공정하게 등용할 수 있게 되었고, 아울러 이로 인하여 詩文의 큰 발전을 가져 왔다.

그러나 이때 과거에 대비해서 익혔던 詩文은 『文選』의 테두리를 벗어나, 漢代의 文과 唐代의 詩였다. 崔滋(1188-1260)의 「補閑集序」에,

> 우리 本朝에서는 人文으로 교화하여 이루어 賢儁이 때때로 나와 風化를 도왔다. 光宗 9년(宋 顯德 5)에 科擧를 처음으로 실시하여 훌륭한 문학하는 선비를 뽑았다. …… 쇠나 돌에 새겨 둘 만한 글이 간간히 나오고 달과 별이 번갈아서 빛나는 듯하여 漢代의 文과 唐代의 詩가 이에 성행하였다.[6]

---

6) 崔滋『補閑集』序. 我本朝以人文化成, 賢儁間出, 贊揚風化. 光宗顯德五年, 始闢春闈, 擧賢

라는 기록이 있다. 과거를 시행한 결과 많은 훌륭한 인재를 선발하게 되었고 그 응시할 때 지어진 작품 가운데는 훌륭한 詩文이 있어 자연히 詩文의 발달을 가져 오게 되었다.

『文選』에 실린 문장 가운데도 漢代의 文이 없는 것은 아니지만, 일반적으로 漢代의 文이라 하면 四六騈儷文이 아닌 질박한 古文을 말한다.

漢代의 文과 唐代의 詩가 크게 성행했다고 하여 高麗 일대에 『文選』이 전혀 유행되지 않은 것은 아니었다. 崔滋의 作品인 三都賦는 『文選』에 실려 있는 左思의 三都賦의 模擬作이었으니, 『文選』을 애독했다는 것을 짐작할 수 있겠다.

또 『補閑集』에,

> 文安公(兪升旦)은 늘 말하기를, 「무릇 詩文을 지을 때 고사를 인용하는 데 있어서 文은 六經과 三史에서 인용하고, 詩는 『文選』·李白·杜甫·韓愈·柳宗元의 글에서 인용해야 하고, 이 외의 諸家의 문집 등은 끌어 쓰는 것이 마땅하지 않다」고 했다.[7]

라는 기록이 있다. 高麗의 文士들이 시를 지을 때 故事를 인용한 典範이 될 책으로 『文選』을 손꼽았으니, 『文選』이 高麗時代 文人學士들의 관심에서 벗어나지 않았다는 것을 짐작할 수 있겠다.

고려 말기 陶隱 李崇仁의 「癸丑年立春陶齋帖子」라는 시가 있다.

| | |
|---|---|
| 갈대 잎 피리에는 재가 희게 날리고, | 葭管灰飛白 |
| 띠 집 처마에 해가 붉게 비취네. | 茆簷日照紅 |
| 아이는 『文選』을 외울 줄 알고, | 兒知誦文選 |
| 늙은이는 누워 周公을 꿈꾼다.[8] | 翁臥夢周公 |

---

良文學之士. …… 金石間作 星月交輝, 漢文唐詩, 於斯爲盛.

7) 『補閑集』 中 張29. 文安公常言. 「凡爲制作引用古事. 於文則六經三史. 詩則文選李杜韓柳, 此外諸家文集不宜據引爲用.

고려 말에는 『文選』이 널리 보급되어 아이들도 능란하게 읽었음을 알 수 있다. 이 밖에도 李奎報(1168-1241)의 『東國李相國集』에 『文選』을 인용한 시구가 있다.[9]

## Ⅳ. 朝鮮時代

『文選』은 후대로 내려올수록 文章教本으로서의 기능은 점점 줄어들게 되었다. 그 이유인즉 첫째 唐代 古文運動이 일어난 이후로 古文이 성하게 되어 四六騈儷文은 점점 쇠퇴하게 되었고, 둘째 『文選』은 梁代까지의 詩文만을 수록했으므로 梁代 이후 唐宋의 詩文을 읽고자 하는 사람들의 욕구를 충족시킬 수 없었고, 셋째 宋代 이후로 『古文眞寶』·『文章軌範』·『古文苑』·『文章正宗』·『古文關鍵』·『唐宋八家文』 등의 詩文選集이 많이 나왔으므로 상대적로 『文選』의 가치는 줄어들게 되었다.

朝鮮時代에는 국초부터 文章修鍊의 教本으로 『古文眞寶』가 그 正宗을 차지하였다. 許筠(1569-1618)의 『惺翁識小錄』에,

> 國初 諸公들은 모두 『古文眞寶』 前·後集을 읽고서 문장을 지었다. 그래서 지금 인사들도 처음 글을 배우는 데 있어 이 책을 귀중하게 여긴다.[10]

라는 기록이 있다. 이에서 國初의 諸公들이 『文選』을 버리고 『古文眞寶』로써 文章教本으로 삼아 文章修鍊을 하였고, 許筠 당시인 光海君 시대까지 그러한 경향이 계속되었음을 알 수 있겠다.

또 端宗 卽位年(1452) 8월에는 국가에서 『古文眞寶』를 인쇄하여 頒賜

8) 李崇仁 『陶隱集』 권3 2장. 文集叢刊本 제6책 所收. 民族文化推進會, 1990년, 서울.

9) 『東國李相國集』 卷6 張10 「山市晴嵐」.

10) 許筠 『惺所覆瓿藁』 卷24 說部3 『惺翁識小錄』 下. 國初諸公皆讀古文眞寶前後集, 以爲文章. 故至今人士, 初學必以此爲重.

하였다.[11]

또 왕실에서도 『古文眞寶』를 중히 여겨 內書庫에 『古文眞寶』를 수장하여 두고 때때로 열람하였고,[12] 宣祖에게 安平大君이 쓴 『古文眞寶』를 진상한 李震亨(?)은 벼슬에 제수되었고,[13] 李希愿(?)은 말을 하사 받기도 했다.[14]

栗谷 李珥(1536-1684)도 『古文眞寶』를 통하여 文章修鍊을 했던 사실을 알 수 있는 기록이 있다. 『宣祖實錄』에,

> 宣祖가 말씀하시기를 「어릴 때 일찍이 문장을 익혔느냐? 너의 문장을 보니 매우 좋다. 일찍이 배웠는가?」라고 하자, 李珥가 대답하기를, 「……지금의 문장은 대충 文理를 이루어 만든 것으로서 별로 공을 들인 것이 없습니다. 다만 일찍이 韓愈(768-842)의 문장과 『古文眞寶』와 『詩經』·『書經』의 본문을 읽었을 따름입니다.」라고 했다.[15]

라는 기록에서 그 사실을 확인할 수가 있다.

그러나 『古文眞寶』의 유행이 그 세력이 이렇게 강했다 해도 『文選』에 대해서도 朝鮮시대 문인들 사이에서 상당한 관심을 가졌다.

第3代 太宗 李芳遠은 벌써 『文選』에 대하여 관심을 표명하였다. 『太宗實錄』에,

> 史官 金尙直에게 명하여 忠州史庫에 있는 책을 가져다 바치라 했는데, 그 책은 『漢書』·『後漢書』·『文粹』·『文選』·『高麗歷代事迹』 등이 있다. …… 春秋館에 내려보내 보관하라고 했다.[16]

---

11) 『端宗實錄』 卷2 張16.

12) 『中宗實錄』 卷62 張48.

13) 『宣祖實錄』 卷135 張26.

14) 『宣祖實錄』 卷169 張10.

15) 『宣祖實錄』 卷9 張26 8年 5月 條. 上曰 「小時, 嘗習文章否? 觀爾文章甚好, 亦嘗學否?」 珥曰 「……今爲文詞, 粗成文理者, 亦別無用工之由, 但嘗讀韓文古文眞寶詩書大文而已.」

라는 기록이 있다. 太宗은 忠州史庫에 수장되어 있던 『文選』을 春秋館에 옮겨 수장하라고 명하였는데, 이는 때때로 참고하기에 편리하도록 하기 위해서라고 할 수 있다.

『文選』은 朝鮮朝에 다섯 차례에 걸쳐 간행되었는데, 차례대로 간행된 경위를 살펴보면 다음과 같다.

맨 먼저 世宗 10年(1438)엔 六臣注本을 鑄字로 간행하였으니, 역시 『文選』이 文章教本으로서의 수요가 많았음을 알 수 있다.

그 뒤 成宗 때 간행되었는데, 『淸芬室書目』에 이런 기록이 있다.

> 『文選』, 남아 있는 것은 1권 1책인데, 成宗朝에 甲寅字로 간행한 책으로 五臣注本인데, 남아 있는 책은 11권이다.[17]

『문선』 五臣注本을 成宗 때 甲寅字로 간행했음을 알 수 있다. 『淸芬室書目』에 또 이런 기록도 있다.

> 『文選』, 없어지고 남아 있는 것 2책, 양나라 昭明太子가 지은 것이다. 五臣注本인데 남아 있는 것은 권1에서 권2까지, 권13이다. 中宗 때 간행한 것인데, 木版本이다.[18]

朝鮮에서 五臣注本 『文選』을 成宗 때 甲寅字로 간행했고, 또 中宗 때 목판으로 간행했음을 알 수 있다. 성종에서 중종까지는 20년 이내의 짧은 시간인데, 중종 때 다시 간행했다는 것은 『문선』의 수요자가 많았다는 사실을 증명해 준다. 그리고 활자는 한 번 찍고 나면 판을 해체하기 때문에 다시 찍을 수 없는데 반하여, 목판은 언제든지 대량으로 찍을 수 있는

16) 『太宗實錄』 卷24 張8. 命史官金尙直, 取忠州史庫書冊以進. 漢書後漢書文粹文選高麗歷代事迹, 下春秋館藏之.

17) 『淸芬室書目』, 文選, 殘本, 一卷一冊. 成宗朝, 甲寅字刊本, 五臣注, 存卷十一. …….

18) 『淸芬室書目』, 文選, 零本二冊. 梁昭明太子撰, 五臣注, 存卷一至二, 卷十三. …….

장점이 있다. 다시 찍을 때 목판으로 찍었다는 것은 수요자가 많을 것에 대비한 것이라 할 수 있다.

다행히 중종 때 목판으로 인쇄한 五臣注本『文選』이 啓明大學校 도서관에 소장되어 있는데, 거기에는 校書館 校理 黃筆의 서문이 붙어 있어, 成宗 때 甲寅字本의 간행과 中宗 때 木版本을 다시 찍게 된 그 간의 사정을 소상히 설명하고 있다.

> 典과 謨와 訓과 誥 이후에 옛날 책으로써 세상에 통행하는 것으로는 오직 『文選』뿐이다. 杜甫 노인이 이르기를, "『문선』을 숙독해서 그 이치를 정밀하게 안다"라고 했는데, 그 책은 머지 않은 옛날에 이루어진 것이고, 말의 뜻이 깊기 때문에 반드시 숙독한 그런 뒤에라야 그 이치를 정밀하게 알 수 있는 것이 아니겠는가? 우리나라에는 옛날에는 판본이 없어서 공부하는 사람들이 얻어 볼 수가 없었는데, 하물며 읽어서 익숙하겠는가?
>
> 옛날 성종 때 일찍이 명을 내려 활자로 인쇄하도록 했는데, 지금은 사람들 사이에 그 책이 남아 있는 것이 적다. 正德 己巳년(1509) 봄에 晋州의 姜정승이 외직으로 나와 慶尙道觀察使가 되어 嶺南 땅에 부임하게 되었다. …….
> 내가 공에게 "영남 지역은 우리 東方의 鄒魯입니다. 국가에서 선비를 구할 때 오직 영남에서 자주 합니다. 그런데 선비로서 문장을 배우는 사람은, 이 책이 아니면 옛 사람들이 글을 짓는 법을 터득할 수 없습니다. 公은 영남 사람입니다. 王命을 받아 두루 다스리는 여가에 우선적으로 이 책을 간행하지 않겠습니까?"라고 말했다. 공은 "좋소"라고 했다. 공이 길에 오르자, 내가 또 문 밖에서 공에게 절을 했더니, 공은 "감히 잊을 수 없지요?"라고 했다.
>
> 이 해 가을에 "백성을 옮기는 일에 종사하라는 명을 받아 와서 들어보니, 공이 이미 좋은 책을 구하여 여러 고을에 나누어 주었는데, 능력의 대소 경중을 봐서 일의 일정을 정했다. 힘을 들이기를 마치니 일이 다 마무리되었다. 이로 말미암아 영남에는 집집마다 이 책이 있게 되었다. 사람들이 이 책을 읽은 지 10년도 안 되어서 우리나라에 두루 퍼질 것이다. 공부하는 사람들이 점차 옛날 습관이 바뀌어 모두가 古文을 지을 줄 알게 되어 날로 옛사람들의 과정의 깊숙한 데로 달려 들어갔다. 성스러운 조정에서 사람을 만드는 의의에 어찌 작은 보탬만 되겠는가? 公의 공은 이에 크도다.[19]

『文選』을 읽지 않으면 좋은 문장의 이치를 터득할 길이 없어 문장을 잘 지을 수가 없는데, 우리나라에서는 『문선』을 읽으려고 해도 판본이 없어서 못 읽는 형편이었다. 成宗의 명으로 활자본으로 간행했지만, 얼마 지나지 않아서 그 책을 구해보기가 어려웠다. 그래서 黃王筆이 慶尙監司로 부임한 木溪 姜渾에게 부탁하여 간행하게 했다. 이 『문선』을 읽으면 10년도 안 되어 우리나라의 공부하는 사람들이 古文 짓는 법을 배울 수 있을 것으로 기대하였다.

그 뒤 13代 明宗 8年(1553)에 大司諫 尹春年(1514-1567)이 주동이 되어 司諫院에서 『文選』을 과거시험의 정규과목으로 추가하자는 건의가 있었다. 『明宗實錄』에,

> 문장이 국가에 관계됨이 어찌 크지 않겠습니까? 道가 성하느냐 쇠하느냐 하는 것이 이에서 결정되고 정치의 잘하고 못하는 것이 이에서 갈라집니다. 요즈음 4, 50년 이래로 위에서 숭상하는 것은 한갓 헛된 글에 애를 쓰고, 밑에서 응하는 것은 지엽적인 기교에 힘을 들여 해마다 심해지고 날마다 심해지고 있습니다. 이른바 文章이라 하는 것이 글이라 할 수도 없게 되었습니다. 그러니 事大의 表文을 누가 능히 지으며, 交隣의 글을 누가 능히 만들겠습니까? 이제 갑자기 文風을 바꾸고 祖宗의 옛 법도를 회복하려 한다면 時宜를 참작하여 변통하지 않을 수 없습니다. 지금의 의논하는 사람들은 이렇게 말합니다. 四六文을 儒者들이 익히지 않고, 表箋에는 아예 공을 들이

---

19) 五臣注本「文選序」, 朴貞淑『文選流傳韓國之研究』에서 재인용. 典謨訓誥之后, 古書之行世者, 獨蕭統文選爾. 杜老云, "'熟精文選理". 豈非以爲書近古, 辭旨深奧, 必熟而后, 可精其理邪? 我國舊無板本, 學者罕得而見之, 況讀而熟之乎? 曩在成廟朝, 嘗命鑄本印之, 而今其書存于人者, 亦寡矣. 正德己巳春, 晋州姜相公, 出爲方伯, 來莅南土. ……. 謂公曰, "嶺外一區, 吾東方魯鄒也. 國家之求士, 唯南道是頻, 而士之學文章者, 非是, 無以得古人爲文之法. 公, 南人也. 旬宣之暇, 盍先刊行是書乎?" 公曰, "諾哉"! 既 登途, 僕又拜公于門外. 公曰, "不敢忘". 是歲秋, 僕受徙民從事之命, 以來, 則聞公已求得善本, 分付列郡, 視力之大小輕重, 而程其功課, 力就畢, 而功告成矣. 由是, 嶺之南, 家有是本, 人讀是書, 不十年, 偏于東國. 學者, 稍稍變舊習, 皆知作爲古文, 日趨入于古人之蹊徑窔奧, 其于作聖作人之義, 豈小補哉? 公之功, 于是爲大矣.

> 지 않습니다. 前朝 때에는 賦는 律體를 썼고 인재를 뽑을 때 『文選』을 외우는 사람만 인정했으므로 사람 사람마다 모두 四六文에 익숙해 있었습니다. 지금의 계획으로는 일체의 사람을 뽑을 때에 賦體는 八角體를 쓰고, 式年試의 會試에서 이름을 기록할 때 『文選』 본문도 『大典』·『家禮』와 함께 강하게 하고, 司馬 會試에서 『小學』·『家禮』를 강할 때, 生員試에서는 『文選』 본문을 강하게 하고, 進士試에서는 『文選』과 詩·賦를 강하게 하여 「略」 이상 되는 사람만 會試에 임하게 한다면 『文選』이 다시 지금 세상에 크게 유행할 것입니다.[20]

라는 기록이 있다. 당시 과거에 응시하는 문장들은 모두 진정한 문장이라고 할 수도 없는 한갓 껍데기 글에 불과했으므로, 文風의 진작을 위해서, 事大交隣의 外交文書에 필요한 四六騈儷文을 선비들로 하여금 익히게 하기 위해서, 國初 이래 근 2백여 년 四書三經에서만 출제했으므로 試題의 중복을 피하기 위해서 『文選』을 試驗科目에 넣어야 한다고 주장했다. 『文選』을 과거시험 과목에 넣기 위해서는, 『文選』의 보급이 필요하므로 司諫院에서는 『文選』을 간행할 것을 아울러 건의하였다. 『明宗實錄』에,

> 『文選』이란 책은 우리나라에서는 심히 귀하니, 널리 보급시키지 않을 수 없습니다. 그런데 그 註 가운데 상세한 것으로는 李善의 註보다 나은 것이 없으니, 속히 찍어 내는 것이 매우 옳겠습니다.[21]

---

20) 『明宗實錄』 권14 張64. 文章之有關於國家, 豈不大哉? 道之盛衰於此而決焉, 治之汚隆於是而判焉, 近自四五十年來, 上之所尙者, 徒屑屑於虛文, 而下之所應者, 徒區區於末技, 年以年甚, 日以日甚, 所謂文章者, 不可謂文矣。事大之表孰能作之, 交隣之書孰能製之? 今欲頓變文風復祖宗之舊規, 則不可不參酌時宜, 變而通之, 今之議者曰 四六之體, 儒者不講, 表箋專不用功, 其在前朝, 賦用律體, 取人之時, 許誦文選故, 人人皆習於四六. 爲今之計, 一切取人之際, 賦體皆用八角, 而東堂會試錄名之時, 文選行文并與大典家禮而講之, 司馬會試, 講小學家禮之時, 生員試則許講文選行文, 進士試則許講文選詩賦, 略以上許赴會試, 則文選可復盛行於今世矣.

21) 『明宗實錄』 卷14 張66. 文選之書我國甚貴, 亦不可不廣布, 而其註之議密者, 莫過於李善註, 速爲印出甚可云.

라는 기록이 있다. 우리나라에서는 당시 『文選』이란 책이 매우 희귀한 형편이었으므로 시급히 간행하여야 하며, 여러 판본 가운데서 가장 상세한 李善註本을 간행하자고 건의하였다.

이러한 건의가 올라오자, 明宗은 三公에게 이 일을 의논하게 하였다. 그리하여 『文選』을 시험과목에 부가하여 인재를 선발하는 일은 지나치게 汗漫하여 시행하기 곤란하고, 또 律賦를 익히려면 자연히 『文選』을 읽게 될 것이라는 결론이었다.

그러나 『文選』을 과거시험 과목에 넣자는 건의는 받아들여지지 않았지만, 四六騈儷文의 元朝格인 이 책은 유생들의 글공부에 매우 절실하므로 司諫院의 건의에 따라 李善注本을 全羅道에 내려 보내어 木版으로 간행케 했다.

그리고 발췌본이 편찬되어 간행되었고, 明나라의 각종 발췌본되 수입되어 애독되었다.

선조 때 鵝溪 李山海는 『文選』 가운데서 모범이 될 만한 글을 뽑아 『選文綴英』이라는 이름으로 간행하였다.

> 李山海가 『文選』 가운데서 법도가 될 만한 글을 뽑아서 기록하여 『選文綴英』이라고 이름했다.[22]

이 책은 1573년에 鄭士龍字로 간행되었는데 그 실물이 日本 蓬左文庫에 수장되어 있고, 같은 해에 甲寅字로 간행되었는데, 현재 그 실물이 啓明大學校 도서관에 수장되어 있다.[23]

조선에서는 또 『文選』을 공부하는 데 편리하도록 하기 위하여 篇幅을 줄여 편집하여 간행하였다. 편자 미상의 『選文精粹』 등이 대표적인 것이다.

---

22) 金烋 『海東文獻總錄』. 李山海, 就文選書, 抄錄其文之可法者, 名曰 選文綴英.
23) 朴貞淑 『文選流傳韓國之硏究』, 中國 南京大學 박사학위논문, 2008.

『문선』의 문장을 발췌해서 『選文精粹』라는 책을 편찬하고 訓鍊都監 활자로 간행되었는데, 奎章閣 등에 그 실물이 남아 있다.

『문선』에 실린 賦 작품만 뽑아서 편찬한 『選賦抄評』은 누가 편찬했는지 알 수 없지만, 安東府에서 목판으로 간행한 것이 지금 남아 있다.[24)]

명나라에서는 『文選』을 공부하거나 이해하는 데 도움이 되는 책을 여러 종 저작하여 출판하였다. 『文選錦字』 같은 책처럼 『문선』의 내용을 類書化한 책, 『문선』에 실린 작품을 문체별로 가려 뽑은 책, 『문선』의 續編, 『문선』을 다시 抄選하거나 평론을 가한 책, 『문선』에 다시 주석을 가한 책, 등이 많이 저작되어 간행되었다. 명나라에서 간행된 이들 가운데서 朝鮮에 수입되어 읽힌 것으로는 劉節誉의 『廣文選』, 張鳳翼의 『文選纂注評林』, 『六家文選』, 『文選增定』이 있다. 『選詩補注』 등은 1442년(세종 7)에 이미 조선에서 간행되어 보급되었다.[25)]

淸나라 때도 明나라 때처럼 『文選』을 다시 변형시키거나 주석을 단 책이 있었지만, 朝鮮에 수입되어 영향을 준 적은 없다.[26)]

朝鮮朝의 문인들이 『文選』을 중시한 기록을 보면 다음과 같다.

『成宗實錄』을 보면 『東文選』을 편찬(1478)하기 3년 앞서 徐居正(1420-1488)은 成宗과의 대화에서,

> 臣等은 옛 『文選』을 본받아 新羅때부터 우리 조정까지 詩文을 종류별로 뽑고자 합니다.[27)]

라 하고 있다. 이에서 『東文選』 편찬의 책임자인 徐居正은 『東文選』 편찬 시 『文選』을 모델로 생각하고 있었음을 알 수 있다.

---

24) 朴貞淑 『文選流傳韓國之硏究』, 中國 南京大學 박사학위논문, 2008.
25) 朴貞淑 『文選流傳韓國之硏究』, 中國 南京大學 박사학위논문, 2008.
26) 朴貞淑 『文選流傳韓國之硏究』, 中國 南京大學 박사학위논문, 2008.
27) 『成宗實錄』 卷55 6年 5月 乙卯. 臣等欲倣古文選, 自新羅至我朝, 類選詩文.

宣祖 때의 蓀谷 李達(1539?-1612?)은 시를 전문으로 공부할 때 처음에 蘇軾(1037-1101)의 시를 익혀 그 참된 정수를 체득하였다. 그의 시를 보고 思菴 朴淳(1523-1589)이 그에게 충고하기를, "詩道는 마땅히 魏·唐의 것으로 정통을 삼아야한다. 蘇東坡는 이미 아류다"라고 하자, 李達은 옛날 은거하던 原州 蓀谷으로 돌아가 『文選』·『李太白集』 및 盛唐 十二家의 詩文集 등을 5년여에 걸쳐서 열심히 읽어 그의 詩 경지를 크게 높였다고 한다.[28] 詩道의 정통을 익히기 위해서 『文選』이 필요하다는 의견을 가진 사람도 있었다.

漢文四大家의 한 사람인 張維(1587-1638)는 『文選』을 통하여 辭賦를 익혀 과거에 응시했던 인물이다. 그의 『谿谷漫筆』에,

> 또 『楚辭』·『文選』을 읽어 辭賦를 짓는 것을 배워 과거에 응시했다. …… 일찍이 昌黎의 시와 『문선』에 실린 시를 읽었다.[29]

는 기록이 있다.

澤堂 李植은 자기 집안 자손들에게 권장한 문장 교본 가운데 『文選』이 들어 있다.

> 韓愈, 柳宗元, 蘇軾의 문장과, 『문선』, 『唐宋八大家文』, 『古文眞寶』, 『文章軌範』 등의 책 가운데서 좋아하는 것을 한 권 베껴서 읽되 백번으로 한정하라. 이런 책들을 먼저 읽으라.[30]

澤堂이 자녀들에게 문장의 교본으로서 읽을 책을 추천한 가운데 『문선』이 들어 있으니, 『문선』을 문장 교본으로 중시했음을 알 수 있다.

---

28) 許筠 『惺所覆瓿藁』 卷8 文部 「蓀谷山人傳」.

29) 張維 『谿谷漫筆』 卷1 張62-63. 又讀楚辭文選, 學爲辭賦以應擧. …… 嘗讀昌黎詩及文選詩.

30) 李植 『澤堂集』 「示兒孫等科擧工夫」. 韓, 柳, 蘇文, 文選, 八大家文, 古文眞寶, 文章軌範等中, 從所好, 鈔讀一卷, 限百番. 此屬先讀.

이밖에 農巖 金昌協의 六弟 金昌立도 『文選』을 통해서 시를 익혔다.[31]

조선 후기의 대표적인 문인인 淵泉 洪奭周는 『洪氏讀書錄』에서 『文選』을 비교적 자세히 소개했다.

> 『文選』 60권은 梁나라 昭明太子 蕭統이 편찬한 것이다. 글을 선발하는 방식이 있게 된 것은 여기서 비롯되었다. 그러나 취한 바가 모두 對偶를 맞춘 화려한 글이다. 孔子께서 말씀하시기를, "文王이 이미 돌아가셨으니, 글이 여기 있지 않겠는가?"라고 하셨다. 글이라는 것은, 聖人이 하는 큰 일이고, 지극한 도리의 정화이다. 후세의 유학자들이 간혹 글을 '작은 재주'라고 헐뜯는데, 글을 어떻게 작은 재주라고 말할 수 있겠는가? 대개 글을 작은 재주로 욕되게 만든 것은 前漢, 後漢 양대 이후로 글하는 사람들에서부터 비롯된 것이다.
>
> 이 책에 주석을 단 것으로는 唐나라 李善의 것을 으뜸으로 친다. 비록 정밀함과 깊이는 부족하지만, 주석이 풍부함은 남음이 있다. 또 당나라의 呂延濟, 呂香, 劉良, 張銑, 李周翰 등이 五臣注를 만들었지만, 이선의 것에 따라오지 못하는 정도가 멀다.[32]

홍석주는 麗韓十大家에 드는 문장가로서 평소에 문장에 관심이 많은 사람이었으므로 당연히 『文選』에 주목했을 것이다. 그는 選學의 출발을 『문선』으로 보았다. 『문선』에 실린 글들이 대부분이 對偶를 중시한 騈儷文이고 내용보다는 화려한 수식을 일삼은 글임을 『문선』의 문제점으로 여겼다. 그리고 여러 주석을 검토한 결과 李善의 주석이 五臣注보다 낫다는 것을 밝혔다.

---

31) 金昌協 『農巖集』 卷37 張16.

32) 洪奭周 『洪氏讀書錄』. 文選, 六十卷, 梁, 昭明太子蕭統之所編也. 文之有選, 蓋昉乎玆. 然所取者, 率騈偶華藻之文. 子曰, "文王旣沒, 文不在玆乎?" 文者, 聖人之大業也, 至道之精華也. 後世之儒者, 或誚文章爲小技, 文豈小技云乎哉? 夫辱文于小技者, 蓋自兩漢以後之爲文者始矣.

注是書者, 以唐李善爲甲, 雖精深不足, 而贍博有餘. 又有唐呂延濟, 呂香, 劉良, 張銑, 李周翰爲五臣注, 與善幷行, 然不逮善, 遠矣.

그러나 洪萬宗(1643-1725)은 그의 『詩話叢林證正』에서 『文選』을 배운다고 표방하는 사람 가운데서 진정을 『문선』의 정수를 터득하여 활용하는 사람이 드물다는 사실을 밝혔다.

> 지금 세상에서 문장에 대해서 지껄여대는 무리들은 스스로 이르기를, 宋·唐을 뛰어넘어 詩는 『詩經』의 詩와 『文選』의 詩를 숭상하고 文은 虞書와 秦漢의 文章을 숭상한다고 하나 그 조예를 살펴보면, 音響이나 意味 할 것 없이 다 보잘것없으니 제 분수를 헤아리지 못하는 것이 가소롭다.[33]

여기서 보건데 당시 『文選』을 배운다고 소리치는 사람들이 있었지만, 그 조예를 살펴보면 음률면에서나 내용면에서 아무런 조예도 없는 헛된 구호에 불과했다는 것을 알 수 있다.

이상에서 살펴 본 바와 같이 조선시대에도 『文選』은 상당히 중시되었고, 『古文眞寶』와 병행하여 문장을 공부하는 사람들이 많이 읽었다. 그러나 『文選』을 읽은 목적은, 文章修鍊을 위해서보다 詩·賦를 익히기 위한 것이었음을 알 수 있다.

## Ⅴ. 結論

『文選』은 삼국시대에 우리나라에 전래되어 高句麗에서는 널리 민간에 유행하였고, 신라에서도 통일 전에 전래되어 일반 私塾에서 文章修鍊의 교재로 사용할 정도였다.

특히 신라의 문장가 强首는 『文選』을 文章修鍊의 기본 교재로 써서 得力을 하여 外交文書를 잘 지어 왕의 총애를 받고 나아가 삼국통일의

33) 洪萬宗 『詩話叢林證正』. 今世啁啾之輩, 自謂超宋越唐, 詩尙毛詩選詩, 文尙虞書秦漢, 而究其所詣, 則無音響無意味, 可笑不自量也.

위업을 이루는데 큰 도움을 주었다.

통일신라 神文王 2년에 國學을 세웠는데,『文選』이 정규 교과목으로 채택되어 있었다. 당시 신라에서는『文選』이 문장수련에 있어서 유일한 필수교재였던 것이다.

또 신라 38대 元聖王 때 讀書三品科를 설치하여 인재를 등용할 때도『文選』이 上品에 들어 있었으니,『문선』에 통달하기가 어렵고 또 통달한 사람에게는 최고의 대우를 했음을 알 수 있다.

신라에서는 對唐 외교상 외교문서에 능한 인재를 배출하기 위하여『文選』을 중시할 필요가 있었다.

崔致遠은 晩唐에 활동한 인물이었지만, 그의 문체는 오히려『文選』의 테두리를 벗어나지 못했던 것이다.

신라에서는 통일 전의 强首나 후기의 崔致遠 할 것 없이 모두『文選』으로 文章修鍊의 기본교재로 삼았고, 또 私塾·國學·讀書三品科 등에서『文選』이 기본교재였으니, 신라시대에『文選』이 큰 비중을 차지하고 있었음을 알 수 있다.

高麗 光宗 때부터 실시된 과거에서, 응시자들이 科擧를 대비해서 주로 익혔던 詩文은 漢代의 文과 唐代의 詩로서『文選』의 테두리에서 벗어났다.

그러나『文選』이 전혀 유행되지 않은 것은 아니었다. 崔滋는『文選』에 실린 左思의『三都賦』를 본 떠『三都賦』를 지었고, 兪升旦은 詩를 지을 때 故事 인용의 典範으로『文選』을 꼽았고, 李奎報 등의 시문에『文選』에서 인용한 시구가 있으니, 고려 일대에도『文選』은 文人學士들의 관심에서 완전히 벗어나지는 않았다.

후대로 내려올수록 文章敎本으로서『文選』의 가치는 점점 줄어들게 되었다. 그 이유인즉, 첫째 古文運動으로 인하여 四六騈儷文이 점점 쇠퇴하게 되었고, 둘째『文選』은 梁나라까지의 시문만 수록했으므로 梁이후 唐·宋의 詩文을 읽고자 하는 사람의 욕구를 충족시킬 수 없었고, 셋째

宋代 이후로 『古文眞寶』·『文章軌範』·『古文苑』·『文章正宗』·『古文關鍵』·『唐宋八家文』 등의 시문 선집이 많이 나왔으므로 『文選』을 꼭 읽어야할 이유가 상대적으로 줄어들게 되었다.

朝鮮시대에는 國初부터 諸家들이 『文選』을 버리고 『古文眞寶』를 애독했으므로 文章敎本의 正宗을 『古文眞寶』가 차지하였다.

그리하여 端宗 卽位年(1452)에는 『古文眞寶』를 인쇄하여 頒賜하였고, 또 王室에서도 『古文眞寶』를 소중히 여겼다.

『古文眞寶』의 세력이 이렇게 강했다 해도 『文選』이 文人學士들의 관심은 상당히 컸다. 과거시험 과목에 賦가 큰 비중을 차지하고 詩도 중시했으므로 賦와 각체의 古詩가 많이 수록되어 있는 『文選』이 계속 관심을 끌었다.

太宗은 忠州史庫에 소장되어 있는 『文選』을 春秋館에 옮겨 소장하여 열람에 편리하게 했다. 世宗 10年에는 六臣注本을 鑄字로 간행하기도 했다. 그 이후 成宗, 中宗, 明宗 때에 걸쳐 조선에서 네 차례 문선이 간행되었다. 이 밖에 『문선』에서 詩文을 발췌하거나, 문체별로 다시 선발하거나, 책을 편집해서 보급하여 『文選』을 실용적으로 만들어 애독하였다. 또 明나라에서 편찬된 『문선』의 각종 발췌본 등도 수입되어 많이 읽혀졌다.

『東文選』을 편찬할 때 徐居正은 詩文의 體別 분류에 있어 『文選』을 모델로 삼았다.

明宗 때 司諫院에서는 文風의 진작을 위해서, 外交文書 작성에 필요한 四六騈儷文을 익히게 하기 위해서, 經書에서만 출제하여 科擧 試題가 중복 되는 것을 피하기 위해서, 『文選』을 과거시험의 정규과목으로 추가할 것과 널리 보급하기 위해서 인쇄할 것을 건의하였다.

이 건의가 비록 채택되지 못했으나, 四六騈儷文의 元朝격인 『文選』은 유생들의 글공부에 절실한 책이라 인정되어 간행되었다.

조선 일대를 통하여 李山海, 李達, 張維, 李植, 金昌立, 洪奭周 등 특별한 기호를 가진 문인학사들에 의하여 애독되기는 했으나 주로 文章 공부보다는 詩賦工夫를 위하여 사용되었다.

비교적 일찍 전래되어 신라에서 크게 유행하여 新羅의 漢文文體에 많은 영향을 준 『文選』이 고려 · 조선시대에는 신라시대 만큼의 영향은 없었지만 그래도 韓國漢文學에 영향을 크게 끼칠 정도로 유행되었다.

梁나라 때 편찬되어 唐나라에서 크게 유행한 『文選』은 중국은 물론이고 韓國, 日本, 越南 등지에 보급되어 유행되었다. 각국의 『文選』의 수용양상을 고찰하여 동아시아 공동문학으로서의 『文選』의 역할을 알아보고 각국에서의 문선의 영향 정도를 고찰하여 각국 문학의 특징을 알아볼 수 있을 것이다.

# 『小學』의 이해와 朝鮮에 끼친 影響

## Ⅰ. 『小學』에 대한 이해

### 1. 『小學』의 편찬 경위

『小學』은 宋나라의 대학자이자 교육자인 朱熹(1130-1200)와 그 제자 劉淸之(1134-1190)에 의해서 편찬되었다. 주희는 일반적으로 朱子로 존칭되는데, 자는 元晦, 仲晦, 호는 晦庵, 紫陽, 考亭, 雲谷 등이 있다. 劉淸之는 자가 子澄, 호는 靜春이므로 보통 劉子澄으로 일컬어진다. 책의 구상이나 체재는 주자가 했지만, 편집의 실무는 주자의 지휘를 받아서 유청지가 주로 했다. 그리고 편집이 다 된 뒤 다시 주자의 監修를 거쳐 1187년(淳熙 14)에 완성되었으므로, 공동저작으로 알려져 있다.

그 편찬목적은 아동들에게 道德倫理의 개념을 심어 도덕적 바탕을 갖춘 사람을 만드는 데 있었다.

周나라 때 각 마을마다 小學이라는 학교가 있었고, 나라에는 大學이 있었는데, 朱子는 소학에는 모든 아동들이 8세가 되면 신분에 상관없이 소학에 들어가서 교육을 받았다고 생각했다. 거기서 배우는 교과내용은, 灑掃, 應對, 進退의 예절과 禮, 樂, 射, 御, 書, 數 등에 관한 것이었다. 소학에서 교육을 마친 사람 가운데서 다시 천자의 아들과, 公卿大夫, 上士의 嫡子와 일반백성들의 자제 가운데서 俊秀한 사람만이 다시 大學에 들어가서 窮理, 正心, 修己, 治人에 관한 학문을 공부한다고 보았다. 대학에서 교과서로 쓰던 『大學』이라는 책은 오늘날 남아 있지만, 小學에서 교과

서로 쓰던 교과서인 『小學』은 남아 있지 못했다. 그래서 주자가 灑掃, 應對, 進退에 관계된 글들을 모아 『소학』을 復原한 것이다. 淸나라 張伯行은 「小學集解序」에서 이렇게 말했다. "聖人의 經과 賢者의 傳 및 삼대 이래의 아름다운 말씀과 착한 행실을 편집하였다.[聖經賢傳及三代以來之嘉言善行]"이라고 하였다.

주자는 그 당시 사회에 필요한 인재를 배양해서 공급해야 한다고 생각했는데, 그런 인재를 배양하는 방법은 교육 밖에 없다고 생각했다. 교육은 啓蒙敎育이 가장 중요하다고 생각했고, 계몽교육이 성공하기 위해서는 좋은 교과서가 필요했다. 주자 이전에 呂本中의 『童蒙訓』, 司馬光의 『家範』 등이 있었으나, 주자의 안목을 만족시킬 수가 없었다. 그래서 『小學』은 주자의 敎育思想이 결집된 것이다.

## 2. 『小學』의 영향

朱子는 소학을 편찬한 뒤 『小學』에 대해서 특별히 애정을 가졌고, 많은 사람들이 잘 활용해 주기를 희망했다. 그는 일찍이 "뒤에 태어난 초학들이 『소학』 책에 나오는 사람 되는 모양을 보아야 한다.[後生初學, 且看小學之書, 那個做人的樣子.]"라고 말할 정도로 초학자들의 필독서로 생각하였다.

그리고 아동 때 『小學』 교육을 받지 못한 성인들이 주자에게 배움을 청하면, 주자는 소학을 읽어 "전날의 부족한 점을 보완하여, 뒷날의 뿌리를 심으라.[補塡前日欠缺, 栽種後來根柢.]"라고 했다. 주자의 제자들은 주자의 가르침에 따라 모두 『소학』 공부에 힘을 쏟았다. 『朱子語類』 가운데는 『소학』을 두고 스승과 제자가 벌이는 토론이 많이 실려 있다.

『小學』은 宋나라 이후로 아동 도덕 교육의 주된 교과서가 되었으므로 그 영향은 대단히 컸다. 역대의 학자들은 『小學』을 六經처럼 推崇하였다.

元나라의 저명한 학자인 魯齋 許衡은 『小學』을 熟讀, 玩味하여 字字句句 하나 하나를 모두 분명하게 연구할 것을 강조하였다. 그리고 그 도리가 가슴속에 관철될 뿐만 아니라 體得하여 힘써 행해야 된다고 생각하였다. 이미 과거에 합격하여 공부가 상당한 사람이 魯齋에게 '학문하는 방법'을 가르쳐 줄 것을 요청했을 때, 노재는 "『小學』을 읽으시오"라고 할 만큼 소학을 중시하였다. 또 그의 아들 許師可에게 이런 家書를 보냈다.

> 『소학』과 四書를 나는 神明처럼 존경하여 믿는다. 너가 어린애였을 때부터 곧 하여금 익히게 했는데, 여기에서 得力하는 것이 있기를 바란 것이다. 다른 책은 비록 공부하지 않아도 유감이 없다. 내 평생의 뛰어난 점은 이런 몇 가지 책들을 믿는 것이다. 너도 마땅히 나의 이런 장점을 계승하여 독실하게 믿고서 좋아하기 바란다.[小學, 四書, 吾敬信如神明. 自汝孩提, 便令講習, 望于此有得. 他書, 雖不治, 無憾也. 我, 生平長處, 在信此數書, 汝當繼我長處, 篤信而好之也.]

魯齋는 자신만 『소학』을 酷愛했을 뿐만 아니라 그 아들에게도 혹애하기를 희망하고 있었다.

明나라 太祖 朱元璋의 황후인 馬皇后가 일찍이 女史를 시켜 『小學』을 외우게 하여 듣고서는 주원장에게 "『소학』이란 책은 말이 이해하기 쉽고, 일은 행하기 쉽고, 사람의 도리 가운데서 갖추지 않는 것이 없으니, 진실로 성인께서 가르친 법도입니다.[小學書, 言易曉, 事易行, 于人道, 無所不備, 眞聖人之教法.]"라고 말하여, 『小學』을 널리 보급할 것을 건의하였다. 주원장이 마황후의 말에 따라 親王, 駙馬, 太學生 등에게 講讀하도록 했다. 이때부터 서울에서 지방으로 펴져나가 집집마다 『소학』을 소장하고서 때때로 외우니, 聖人의 教化가 천하에 다시 밝았다.

淸나라 때는 儒教의 기본경전인 十三經을 제외하고는 『小學』을 가장 중시하였다. 어린애들이 학교에 들어갈 때는 반드시 『小學』 시험을 보이도록 법률로 규정하였다.

淸나라 학자 張伯行은 『小學』을 四書의 하나인 『大學』과 동등하게 생각하여 "孔子의 글을 읽으면 마땅히 『大學』을 宗統으로 보아야 하고, 주자의 책을 읽는다면 마땅히 『小學』을 기본으로 삼아야 한다"라고 생각했다.

『小學』의 내용을 정확히 알기 위해서는 주석서가 필요했으므로 역대로 주석서가 많이 나왔다. 대표적인 것으로는 明나라 陳選의 『小學集註』, 淸나라 張伯行의 『小學集解』가 있다. 또 장백행은 역대 학자들이 『소학』에 관해서 논한 『小學輯說』이 있다. 이 밖에 『朱子小學白話解』, 『朱子小學節本』 등이 있다. 중국에서 지금까지 나온 주석서는 1백여 종이 넘는다 한다. 『論語』 『詩經』, 『書經』 등을 제외하고는 가장 많은 주석이 나온 것인데, 중국에서 소학이 얼마나 중시를 받았는지를 알 수 있다.

『小學』은 중국 역대의 典籍 가운데서 教育史的으로나 思想史的으로 가장 큰 영향을 미쳤다 할 수 있다.

## 3. 『小學』의 내용

『소학』은 모두 6권으로 되어 있는데 內篇, 外篇으로 나뉘어져 있다. 모두 385章이다. 그 내용은 크게 보면 세 가지로 나눌 수 있는데 '첫째, 사람과의 관계를 어떻게 처리하느냐? 둘째, 생각과 인격을 어떻게 수양하느냐? 셋째, 사람으로서 어떻게 생활할 것이냐?' 하는 것이다.

內篇은 4편인데 「立教」, 「明倫」, 「敬身」, 「稽古」로 되어 있다. 「立教」는 교육의 중요성과 그 방법을 이야기하고 있다. 「明倫」은 父子, 君臣, 夫婦, 長幼, 朋友 사이의 윤리를 이야기하였다. 「敬身」은 자신을 수양하고 공경하는 도리에 대해서 이야기하였다. 「稽古」은 역대 聖賢들의 언행을 예로 들었는데, 「稽古」 안에서 다시 立教, 敬身, 明倫, 通論으로 나누었다.

外篇은 2편인데, 嘉言과 善行으로 나누었다. 漢나라 때부터 宋나라 때까지 賢人들의 嘉言, 善行을 사례로 들었다.

그 주요 취지는 五倫에서 벗어나지 않는다. 그래서 明나라 薛宣은 "오륜은 인의예지신의 본성에서 벗어나지 않고, 인의예지신은 『소학』이라는 한 권의 책에 다 개괄되어 있다[五倫不出乎仁義禮智信之性, 仁義禮智信,

槪括盡小學一書.]"라고 하여 소학의 성격을 잘 규명하였다.

### 4. 『小學』의 특징

첫째, 교육목표가 뚜렷하고 高遠하다.

둘째, 내용이 현실생활에 밀착되어 있어 실천 가능한 것이다.

셋째, 공부하는 사람의 실질적인 업무 능력을 배양하도록 되어 있다. 胡瑗이 湖州의 州學에다 經義齋와 治事齋를 두었는데, 치사재에서 공부하는 학생들은 治民, 治兵, 治水, 算術 등 한 가지 이상의 실질적인 능력을 익히도록 했다.

넷째, 사례를 풍부히 들어 학습자의 흥미를 유발하도록 했다.

다섯째, 상당히 합리적으로 미신, 귀신, 영혼 등을 인정하지 않는다.

여섯째, 이 책은 여러 古典에서 자료를 모았으므로 내용이 다양하다. 여러 고전에서 節選하거나 縮約 했기 때문에 文理가 자연스럽지 못한 곳이 있다.

## Ⅱ. 朝鮮에 끼친 影響

### 1. 전래 시기와 경위

『高麗史』에는 『小學』 관계 기사가 전혀 보이지 않는 것으로 봐서 고려 때는 우리나라에 『소학』이 아직 들어오지 않았던 것 같다. 牧隱 李穡이, "朱文公의 『小學』이 규모와 節目이 갖추어진 것을 생각하고"란 말이 있는 것으로 볼 때, 牧隱이 최초로 이 책을 접한 것 같다. 목은은 元나라에서 벼슬했으므로, 우리나라에 전래되기 전에도 볼 수 있는 가능성이 있다.

陶隱 李崇仁이 아는 朴男章이 "『소학』 읽기를 좋아하여 손에서 책을 놓지 않았다"고 했으니, 고려 말기에는 『소학』이 상당히 읽혔음을 알 수

있다.

朝鮮王朝는 儒教 가운데서 朱子性理學을 지도이념으로 삼아 통치를 했으므로 『小學』 교육이 매우 절실하였다.

偰長壽가 1399년에 작고했는데, 『王朝實錄』 가운데 그의 卒記에 그가 『直解小學』을 이미 우리나라에 들여와 간행한 것으로 되어 있으니, 『소학』은 1399년 이전에 이미 우리나라에 도입되어 있다는 것을 알 수 있다.

1407년(태종 7) 陽村 權近이 『小學』 공부를 강화할 것을 다음과 같이 건의하였다.

> 『小學』 글은 인륜과 世道에 매우 절실한 것인데, 지금 공부하는 전혀 익히지 않으니 심히 불가합니다. 지금부터 서울과 지방의 教授가 모름지기 유생들로 하여금 먼저 이 글을 익히게 한 연후에 다른 글을 배우도록 허락하게 하고, 生員試에 응시하여 太學에 들어가고자 하는 자는 成均館 正錄所로 하여금 먼저 이 글의 通否를 상고하게 하여 응시하도록 허락옵소서.[1)]

『小學』은 人倫과 世道를 위해서 매우 중요한 책인데도 서울의 成均館과 지방의 鄕校의 정규과목에 『소학』이 들어 있지 않아 『소학』을 소홀히 하고 있으므로 『소학』 공부를 강화할 수 있는 각종 장치를 마련하라고 건의하고 있다.

1407년부터 국가에서도 대대적으로 『소학』 교육을 강화했음을 알 수 있다.

1421년(世宗 3)에는 集賢殿 提學 申檣이 元子에게 侍講院에서 『小學』을 가르쳤다.

1425년에는 『小學』에 나오는 典故와 名物制度 등을 정확하게 이해하기 위해서 중국에서 『集成小學』 1백 권을 구입하여 『소학』의 이해를 높이려고 노력했다.

---

1) 『太宗實錄』 제13권, 7년조.

1427년 江原監司 鄭孝文이 새로 간행한 『小學』을 바쳤다. 이때 우리나라에서도 『소학』이 간행되었음을 알 수 있다. 1428년에는 『集成小學』을 鑄字所에서 간행하였다.

1434년(세종 16)에는 漢語에 능통한 사람을 중국에 들여보내 『集解小學』을 董太醫에게 정확하게 물어 뜻을 알도록 하였다. 중국에서 배워온 李邊 등에게 세종은 직접 『集解小學』을 강의를 들었다. 그리고 곧 『집해소학』 강의 듣는 것을 상례로 삼았다.

1441년에는 『集解小學』을 인쇄하여 각 향교와 문신들에게 하사하였다.

이상에서 살펴볼 때 世宗 때 『小學』을 보급하고 정확하게 이해하려고 매우 노력하였다는 사실을 알 수 있다.

世宗 때 朴堧은 『소학』을 대단히 중시하여 자손들로 하여금 맨 먼저 『소학』을 읽게 하였다.

寒暄堂 金宏弼은 『小學』의 중요성을 더욱 강조하였고, 『소학』이 '모든 학문의 입문이며 기초고, 인간교육의 절대적인 원리'라고 역설하였다. 그는 일생 동안 『소학』을 놓지 않아 스스로 '小學童子'라고 지칭하였다. 그의 『讀小學』이라는 시는 널리 알려져 있다.

| | |
|---|---|
| 글을 업으로 삼았으나 아직도 천기를 모르는데, | 業文猶未諳天機 |
| 『소학』 책 속에서 지난날의 잘못을 깨달았도다. | 小學書中悟昨非 |
| 지금부터 자식 노릇하는 데 마음을 다할 것이니, | 從此盡心供子職 |
| 가벼운 갓옷 살찐 말 어찌 애타게 부러워하겠는가? | 區區何用羨輕肥 |

寒暄堂의 제자인 靜庵 趙光祖은 『小學』을 통하여 三代의 이상정치를 회복하고자 노력했다. 그의 동년배인 慕齋 金安國은 『소학』을 중시하였는데, 경상감사로 부임하여 경상도 칠십고을의 학생들에게 『소학』 공부의 중요성을 강조하였다. 그 가운데서 「勸昌寧學徒」라는 시는 다음과 같다.

| | |
|---|---|
| 떳떳한 윤리는 일상생활 밖에는 없나니, | 彛倫日用外無餘 |

| | |
|---|---|
| 만고토록 학교 교육 한 가지라네. | 萬古膠庠敎一如 |
| 『소학』 책에다 힘을 들이게나. | 小學一書須着力 |
| 쓸데없는 일로 시간 허비하지 말리를. | 莫將閑事費居諸 |

『소학』 공부를 강조하면서 아주 실용적인 측면에서 쉬운 말로 시를 써서 학문을 권하였다.

退溪는 『小學』을 특별히 중시하였는데, 「戊辰六條疏」에서 宣祖에게 『소학』 「敬身」의 가르침을 배우라고 건의하였고, 「聖學十圖」의 제3도를 「小學圖」로 하여 『소학』의 구도를 병풍에 그려 선조가 아침 저녁으로 보도록 했다. 그리고 제자들과 주고받는 서신 속에서도 『소학』에 대한 언급이 많이 나온다.

中宗 때는 『飜譯小學』이라는 『소학』 번역서가 나왔으나, 너무 심한 意譯이라, 宣祖 때 다시 『小學諺解』라 하여 直譯體의 번역이 나와 크게 보급되었다. 조선 영조 때는 다시 언해되어 간행되었다.

『소학』에 대한 주석서로는 栗谷 李珥의 『小學集註』, 星湖 李瀷의 『小學疾書』, 朴準源의 『小學問答』, 茶山 丁若鏞의 『小學枝言』, 李遂浩의 『小學集註增解』가 있다.

또 조선 말기에 이르러 進溪 朴在馨은 우리 선현들의 嘉言善行을 모아 『小學』 체재로 편찬하여 『海東續小學』이라 하였다.

## Ⅲ. 結語

『小學』은 비록 이름은 소학이지만, 실천적 儒敎思想을 전달 보급하는데 대단히 큰 영향을 미쳤다. 조선시대 전반에 걸쳐서 지식인들의 사고방식 생활방식, 생활예절 및 민간의 생활에까지 많은 영향을 미친 중요한 서적이다.

우리나라의 文化史, 學術史, 思想史 등을 연구하려면 먼저 『소학』의 내용을 파악하지 않으면 안 된다. 실천적인 도덕은 물론이고 생활 습속에까지 영향을 미쳤다.

오늘날의 생활방식과 맞지 않는 것도 많지만, 그 바르게 행동하고 바르게 말하고 바르게 살아가려는 그 정신을 오늘날에 되살린다면, 진정한 의미를 다시 찾을 수 있을 것이다.

# 中國의 禮書가 朝鮮後期 實學에 미친 영향

## -茶山 丁若鏞의 實學을 중심으로-

## Ⅰ. 서론

잘 알려진 바와 같이 茶山 丁若鏞(1762-1836)은 朝鮮後期를 대표할 수 있는 실학자이다. 그는 위로 磻溪 柳馨遠(1622-1673)과 星湖 李瀷(1681-1763)의 經世致用的인 實學思想을 계승·발전시켜 실학을 집대성하였다. 그의 창의적인 광범위한 실학사상은 그의 저서 『與猶堂全書』 속에 대부분 수록되어 있다.

그의 실학사상은 특징은, 철저히 經書를 재해석하여 새로운 실학사상을 도출해 냈다는 것이다. 『與猶堂全書』에 수록된 그의 저서 가운데서 그 내용의 절반이 경서에 대한 주석인 것이 이를 증명하고 있다. 그의 經學은 程朱에 의해서 굴절된 性理學의 시대적 압력에 구속받지 않을 뿐만 아니라 鄭玄 등 漢代 이래 주석가들의 경서 해석에도 얽매이지 않고, 자기자신의 깊은 연구를 통해서 가장 경서 본래의 참된 뜻에 접근하려고 한 해석이다. 그러나 다산은 漢儒이거나 宋儒이거나 막론하고 경서의 올바른 해석에 도움이 되는 註釋을 모두 참고하였다. 元·明·淸의 학자는 물론이고 日本 학자들의 경서 해석까지도 참고하였다. 이런 점에서 그는 동시대의 燕巖 朴趾源을 중심으로 한 北學派, 경서의 고증에만 치우친 秋史 金正喜 일파와는 같은 실학자이면서도 그 학문적 경향을 크게 달리한다.

조선왕조는 성리학을 통치이념으로 삼아 나라를 다스렸지만 그 통치이념이 정치적 경제적으로 현실문제를 해결할 방법이 없었다. 임진왜란과

병자호란 등 두 차례의 대전란으로 나라는 허약하고 백성은 도탄에 빠졌지만, 왕을 둘러싼 위정자들은 復古와 守舊의 낡은 생각에 빠져 오로지 祖宗의 法만 숭상할 줄 알았지 현실문제를 정확하게 진단하여 그 해결책을 찾으려는 의지가 없었고, 사소한 사건에 얽혀 당쟁만 더 격화되어 갔다. 지방의 수령들은 국가와 백성들을 위한 가렴주구를 일삼아 백성들의 생활은 처참한 지경에 이르렀다. 다산은 이러한 정치적 사회적 현상에 대해서 그 문제점을 깊이 인식하고, 그 타개책을 찾으려고 노력했다. 그리하여 선배들의 실학사상을 개승하여 발전시키고, 경서의 올바른 해석을 하여 이를 실학사상으로 발전시켰다. 그의 실학 연구의 주된 목적은 현실의 모순을 개혁하여 국가와 민족을 살릴 방법을 찾는 데 있었다.

그는 일반인들이 번쇄하고 後世의 현실과는 별 관계가 없다고 생각하기 쉬운 『禮記』, 『儀禮』, 『周禮』 즉 三禮의 가치를 깊이 인식하여 '禮'란 나라를 다스리는 데 필요한 天理와 人情에 적합한 典章制度라고 생각하여 매우 중시하였는데, 이 『周禮』의 통치원리를 조선의 실정에 맞게 잘 적용하여 독창적인 많은 실학사상을 도출해 내었다. 바로 조선의 병통에 들어맞는 처방이었다.

본고에서는 朝鮮後期의 실학자를 대표하는 다산 정약용의 실학사상에 三禮, 특히 『周禮』가 어떻게 어느 정도 영향을 끼쳤는가를 밝혀 다산의 실학사상의 성격과 가치를 규명하고, 그의 실학사상이 조선후기 실학에서 어떤 위상을 차지하는가를 밝히고자 한다. 다산의 실학사상에 끼친 三禮의 영향은 官制는 물론 田制, 稅制에 두루 미쳤지만 본고에서는 가장 중심되는 官制를 위주로 고찰하기로 한다.

## Ⅱ. 朝鮮時代 經學의 문제점

유학의 이상적인 목표는 바로 修己와 治人에 있다. 곧 공부를 통해서 먼저 자신을 수양하고, 나아가 다른 사람을 다스리는 것이다. 인류사회를 인간이 살기 좋은 곳으로 만드는 일이 궁극적인 그 목표다. 孔孟의 原始儒學의 목표는 바로 여기에 있었다. 그러나 조선시대는 유학 가운데서도 송나라 유학자들에 의해서 새로 해석된 性理學을 숭상하여 이론적인 理氣心性의 논의에 집착하다 보니 조선의 모든 학자·관료들의 생각이 修己의 문제에만 한정되어 있었고, 治人의 문제에는 생각이 미치지 못했다. 그리하여 거의 대부분의 학자·관료들이 입으로는 '治國·平天下'를 외치면서도 실제로는 국가와 사회의 중요한 일을 치지도외하였다. 이는 관념론에 치우친 성리학의 영향이 크다. 그리고 성리학을 더욱 더 폐쇄적으로 이해한 조선의 학자들의 학문 경향에 많은 문제가 있었다.

高麗 후반기에 元나라에서 전래된 性理學은 新興士大夫들의 연구에 의하여 그 학문적 깊이를 더하여 그들의 정신적 바탕이 되었고, 조선시대에 들어와 마침내 통치이념으로 승격되어 그 권위를 인정받게 되었다.

그러나 성리학은 원래의 유학경전을 程朱를 위주로 한 宋나라 유학자들이 자기들의 관점에서 다시 해석한 것으로, 유학의 한 학파이지 그 자체가 전체 유학을 대표하는 것도 아니었다. 그리고 송나라 유학자들의 경전해석에는 문제점이 적지 않았다. 그 한 가지 예가 송나라 때 강한 세력을 가진 불교의 영향을 크게 받아 유교 경전의 내용을 지나치게 관념적으로 해석한 것이다. 그래서 성리학을 집대성한 朱子가 생존하던 당시 宋나라에서는 별 영향력을 갖지 못했고, 심지어는 반대파들에게 僞學으로 몰리기까지 했다. 이민족인 元나라가 중국을 지배하면서 자신들의 통치권의 정통성 확립의 차원에서 성리학을 官學로 삼아 극도로 숭상하였다. 이때부터는 유교 경전도 가운데서도 六經보다 朱子가 集注를 한 四書를 더 중시하여 과거시험의 필수교재로 삼았다.

이민족통치집단인 元나라를 몰아낸 明나라는 이민족에 의해서 왜곡되고 오염된 유학을 다시 정상화시킨다는 차원에서 朱子學을 官學으로 삼고, 『四書集注』를 과거시험의 필수교과서로 삼았다. 永樂 12년(1414)에는 주자와 그 학파의 注疏를 위주로 한 『四書大全』·『五經大全』 및 송나라 性理學者들의 학설을 모은 『性理大全』을 편찬하여 천하의 학교에 반포하자 주자학은 곧 전체 유학을 대표하는 학문으로 확고한 위치를 얻게 되었다. 그러나 중국의 학자들은 사상적으로 비교적 자유로와 주자학에만 국한되지 않고 유학을 폭 넓게 공부하였다. 명나라 중기의 陽明學의 완성자 王守仁도 이런 학문의 분위기에서 독창적인 학설을 내어 놓아 주자학과 대립적인 입장을 취할 수 있었던 것이다.

그러나 조선은 학문의 경향이 중국과 달랐다. 1417년 『사서대전』과 『오경대전』 및 『성리대전』이 수입된 이후로 유학을 공부하는 학자들은 오로지 『사서대전』과 『오경대전』만 보고 여타 학자들의 경서 주석은 전혀 보지 않았다. 두 『大全』 가운데서도 四書와 三經을 더 열심히 읽었다. 이런 편협하고 비정상적인 학문 경향에 대해서 다산은 이렇게 지적하였다.

> 아아! 지금의 학자들은 『七書大全』이 있는 줄만 알았지, 『十三經注疏』가 있는 줄은 알 지 못합니다. 비록 『春秋』나 『三禮』 같은 천지를 비출 만한 책이라도 七書의 대열에 들지 않았으면 버려 두고서 講學하지 않고 외면하고서 받아들이지 않습니다. 이는 실로 유학의 큰 재난이고 세상을 교화한다는 차원에서 급히 다루어야 할 일입니다.[1]

유학 가운데서도 程朱學만을 공부하면서 그 교과서도 教條的인 『사서대전』과 『오경대전』만을 사용하고, 다른 학자들의 설은 전혀 참고하지 않아, 학문의 독창성과 개관성을 결여하여 많은 폐단을 낳고 있었다. 다산은 이 문제에 대해서 다음과 같이 지적하였다.

> 明나라가 된 이후로 문명이 크게 발달하였고, 또 주자를 존경하여 믿어 다른 학설을 금지시켰습니다. 四書三經을 학교에 반포하고 胡廣과 海縉이

1) 『與猶堂全書』 제8권 16장, 「十三經策」.

> 大全을 편찬하여, 천하의 배우는 사람들로 하여금 모두 지혜를 버리고 뜻을 끊어 지향하는 바를 하나로 하도록 했습니다. 이에 兩漢 이래의 여러 학자들의 학설은 드디어 버려두어서 그 책은 쓰이지 않게 되었습니다.『四書大全』과『五經大全』이 百家의 계통을 바로잡고 당시 세상의 잘못을 구제하는 데는 진실로 도움되는 바가 있었지만 잘못을 바로잡으려다 지나치게 된 바가 없지 않았습니다. 말단의 어리석은 사람들이 엉성하고 거칠어 애초에 다르고 같음에 논란이 있고, 새로운 설과 옛 설이 근거한 데가 있다는 것을 알지 못하고 오직 기성의 설만을 쫓고 속된 설만 숭상하여 그 것을 하늘이 만든 것으로 여겨 스스로 자기의 총명을 막아버립니다. 옛 것을 거슬러 올라가 근본을 탐구하는 사람을 지목하여 새로운 것만 좋아한다고 하고, 경서를 인용하여 주석을 증명하는 사람을 헐뜯어 기이한 것만을 숭상한다라고 합니다.『儀禮』는 버려진 물건으로,『周禮』는 쉽게 볼 수 없는 책으로,『公羊傳』과『穀梁傳』은 이단이 되어 버렸고,『爾雅』나『孝經』은 부적처럼 되어 버렸습니다. 馬融이나 鄭玄의 이름자마저도 생소해졌고, 孔穎達의 疏나 賈公彦의 주석의 모습을 보지 못하게 되었습니다. 거칠고 갈기갈기 찢어져 다시는 옛날의 업적을 계승할 수 없게 되었으니, 유학이 깜깜해지고 맥힌 것이 지금보다 더 심한 적이 없습니다.[2)]

『사서대전』과『오경대전』을 지나치게 존숭한 나머지 그 책이 마치 하늘에서 내려 온듯, 거기에 실린 注疏가 어떤 책에 근거하여 어떻게 취사선택된 것인 지를 궁구하여 그 주석의 타당성을 검토해 보려고 하지도 않았다. 漢나라 이후의 많은 학자들의 경서 연구의 결과인 注疏를 버려두고서, 보지도 않았고, 심지어는 조선시대의 학자들은 그런 책이 있는 줄도 알지를 못했다. 더욱이 해독을 끼친 점은,『大全』에 대해서는 아예 문제 삼는 것 자체를 금지시켜, 개개인의 창의적이고 발전적인 발상을 막아 경서를 새롭게 해석할 길을 근원적으로 막았다는 것이다.

조선 시대의 유학을 공부하는 학자들이『사서대전』과『오경대전』가운데서도, 특히 四書와『詩經』·『書經』·『易經』만을 중시했다.『書經』에

---

2) 앞의 책 제8권 25장,「十三經策」.

주자의 제자인 蔡沈의 『集傳』이 채택된 것을 제외하고는 나머지는 모두 주자의 주석이 채택되었으므로, 주자에 경도된 조선의 학자들은 九經 가운데서도 四書와 三經을 더욱 열심히 읽었던 것이다. 그러니 十三經이 있는 줄을 몰랐고, 있는 줄 알아도 볼 필요를 느끼지 않았다. 다산은 십삼경의 가치와 그 중요성을 이렇게 역설하였다.

> 十三經은 모든 책의 으뜸입니다. …… 『詩經』을 외우고 『禮記』를 읽는 목적은, 治亂의 자취를 증명하기 위해서입니다. 儀則을 節文하여 하늘과 사람의 작용을 궁구하고, 나라를 세워 직위를 설치하여 한 나라 왕의 제도를 완성하는 것이 三禮의 가르침을 세운 목적입니다.[3]

십삼경은 모든 책 가운데서 가장 근원이 되는 책이고, 고금의 治亂의 자취를 살펴 현실 문제를 해결할 수 있고, 국가와 백성을 위한 고금의 文物制度가 다 그 속에 들어 있다. 더욱이 三禮는 더욱 중요하다고 느꼈다. 다산이 대표적인 실학자이면서도 경학을 유달리 중시했던 이유가 바로 여기에 있다. 그러나 십삼경의 내용 가운데 아무리 좋은 것이 들어 있고 필요한 것이 들어 있다 할지라도 조선시대의 학문적 분위기 속에서는 수용되지 않았던 것이다. 그러니 이런 책을 연구하여 국가의 통치나 사회 교화에 활용할 줄을 조선의 위정자나 학자들은 몰랐던 것이다.

그리고 조선시대의 학문적 분위기는 학문의 범위를 주자학에 국한시켜 여타의 학문을 허용하지 않았다. 같은 儒學에 속하는 陽明學마저도 異端으로 단정하여 금기시했던 것이다. 陽明學이 조선에 막 전래되었던 초기에 退溪가 王守仁의 『傳習錄』을 禪學이라 단정하여 철저히 배척한 것[4]이 단적인 증거이다. 이러한 狹隘한 조선시대의 학문 경향에 대해서 張維(1587-1638)은 일찍이 이렇게 지적했다.

---

3) 앞의 책 16-17장, 「十三經策」.

4) 『退溪集』 제41권 23-29장.

어떤 사람이 말하기를 "중국에는 학술의 갈래가 많아 純正한 학문도 있고 禪學도 있고 丹學도 있고, 程朱를 배우는 사람도 있고, 陸象山을 배우는 사람도 있어 門路가 하나가 되지 못한다. 그러나 우리나라에서는 유식한 사람이나 무식한 사람을 막론하고 책을 끼고서 읽는 사람들은 모두 정주만을 칭송하고 다른 학문이 있다는 것을 듣지 않으니, 어찌 우리나라 학자들의 익힌 바가 과연 중국보다 더 낫지 않겠는가?"라고 했다. 내가 답하기를 "그런 것이 아니다. 중국에는 학자가 있지만 우리나라에는 학자가 없다. 대개 중국의 인재와 그들의 뜻은 녹녹하지 않다. 때로 뜻이 있는 사람이 있어 진실된 마음으로 공부를 하는데, 그 좋아하는 바를 따라서 공부를 하기에 배우는 바가 한 가지가 아니다. 그러나 왕왕 실제로 얻는 바가 있다. 우리나라는 그렇지 않아 융통성이 없이 꽉 얽매이어 전혀 志氣가 없다. 다만 程朱의 학문만이 세상에서 귀중하게 여기는 바라는 것을 듣고서 입으로 칭송하면서 몸으로 존경한다. 우리나라에는 雜學이 없을 뿐만 아니라 純正한 학문에서도 얻는 것이 없다."라고 하였다.[5]

조선시대의 학자들은 학문 분야가 다양하지도 못했고, 모든 사람들이 程朱學을 칭송하지만 새롭게 얻은 것은 없어 조선에는 학자가 없다고 장유가 극언을 하기에 이르렀다. 나라의 모든 공부하는 사람들이 성리학이라는 한 분야에만 매달리고, 또 정주의 학설과는 다른 독창적인 학설을 내지 못하게 금지시켰으니 경학에 대한 진정한 연구는 있을 수가 없음은 물론이고 학문 전분야에 걸쳐서도 새로운 발전이 있을 수가 없었다.

이런 경향은 조선후기로 오면 고쳐지는 것이 아니라 점점 더 고질화되어 갔다. 尊周大義에 빠져 中國 전역을 오랑캐라고 매도하면서 자만에 빠졌던 조선후기의 많은 학자들의 사고는 지극히 편협하였다. 朴齊家는 그 실상을 이렇게 지적하였다.

수준 낮은 선비는 오곡을 보고서 중국에 있는 지 없는 지를 물어 보고,

5) 張維, 『谿谷漫筆』 제1권 24장.

> 보통 수준의 선비는 중국의 문장이 우리만 못하다고 생각하고, 수준 높은 선비는 "중국엔 성리학이 없다"라고 말한다. 과연 이러하다면 중국에는 아무것도 없는 셈이니, 내가 말한 배울 만한 것이란 거의 없다. ……이제 陸隴其·李光地의 이름과 顧炎武의 明나라를 높이는 사상과 朱彝尊의 박학과 王士禎·魏禧의 시문을 알지도 못하면서 우리나라 사람들은 잘라 말하기를, "道學과 文章 모두 볼만 한 것이 없다"라고 하여 '중국을 배워야 한다'는 천하의 공론마저도 믿지 않는다. 지금 사람들이 무엇을 믿고서 이러는 지를 나는 알지 못하겠다. 대저 천하의 서적은 매우 넓고 의치와 뜻은 다함이 없다. 그러므로 중국의 책을 읽지 않는 사람은 자신을 한정짓는 사람이고, 천하가 모두 오랑캐라고 말하는 사람들은 사람을 속이는 사람이다. 중국에는 陸象山·王陽明의 학문이 본디부터 있어 왔으나 주자의 嫡傳은 그대로 존재하고 있다. 우리나라에서는 사람마다 程朱를 이야기하여 나라에 異端이 없다. 사대부들은 감히 육상산·왕양명의 학문을 하지 못하는데 어찌 우리나라 사람들의 道가 한 군데서 나와서 그런 것이겠는가? 科擧로써 몰아부치고 분위기로써 속박한 것이다. 세상 분위기를 따라 그렇게 하지 않으면 몸을 둘 곳이 없고 자손을 보존할 수가 없기 때문일 따름이다. 이 점이 중국보다 크게 못한 것이다.[6]

조선후기 몇몇 실학자를 제외한 대부분의 학자·관료들은 중국의 실정을 전혀 모르고, 중국의 학술정보를 전혀 모르고, 중국의 학자들과 교류가 없었고, 중국 학자들의 저서를 전혀 읽지 않으면서 중국의 학문이나 문장 수준은 우리만 못하니 배울 것이 없다고 단정을 했다. 이는 바로 학문적 쇄국주의다. 중국과 밀접하게 교류를 해온 것 같았지만 진정한 학문적 교류는 없었던 것이다. 온 나라의 학자들이 이렇게 천편일률적으로 사고가 한 길로 경직되는 원인이 과거제도와 새로운 것을 용납하지 않는 학문적 분위기에 있다고 박제가는 진단했다. 이런 학자·관료들에게 자기가 배운 학문을 활용해서국가나 백성을 위한 통치를 할 새로운 발상을 하기를 기대할 수가 없었다.

6) 朴齊家, 『北學議』 外編, 「北學辨」.

조선시대의 과거에서 四書와 三經을 필수과목으로 정하여 四書·三經을 열심히 익히도록 하였다. 경학을 진흥시킬 정책인 듯했지만 실제에 있어서 과거를 준비하는 사람들이 경서 공부하는 방식은 과거시험을 위한 기계적인 암기에 불과했고, 과거제도가 경학의 발전을 크게 저해하는 나쁜 요인으로 작용했다. 星湖 李瀷은 이 점에 대해서 다음과 같이 그 문제점을 지적하였다.

> 지금의 明經科는 七書를 다 외우게 한다. 이는 암기력이 뛰어나고 부지런히 애써 공부하는 사람이 아니면 감당해 낼 사람이 드물다. 이리하여 경서의 전체적인 의미는 덮어두고서 다만 암기하려고만 힘을 쓴다. 注疏를 이리저리 찢어 갈라 붙이고 본 뜻은 잊어버린 채 비루한 말을 주어와 과거에서 답을 하는데, 그 꼴이 형편이 없다. 어쩌다 경서를 해박하게 고증하는 사람이 있으면, 그를 박잡하다고 비난하고, 글짓기를 잘 하는 사람이 있으면 그를 전일하지 못하다고 비난한다. 공부하는 습관이란 것이 다만 句讀에만 힘써 시골 서낭당의 장님이 經文 외우 듯할 따름이다. 다행히 급제하게 된 때에는 나이가 벌써 많아졌고 소원도 이루었다 하여 다시는 문학에 종사하지 않아서 종신토록 편지도 제대로 못써는 지경으로 다른 사람을 어리둥절하게 만든다. 하물며 이런 지경의 사람들이 나라 다스리는 일에 도움을 줄 것을 바랄 수 있겠는가? ……지금 과거에는 명경과와 製述科 두 가지 길이 있다. 따라서 좋은 가문의 자손으로서 글 재주가 조금만 뛰어난 사람이라면, 반나절만 하면 될 수 있는 요행을 바란다. 경서를 읽는 선비라고는 저 시골의 융통성 없는 무리 밖에는 없다.7)

온 나라의 공부하는 사람 가운데서 문벌이 좋고 글 짓는 재주가 조금 있는 사람들은 급제하기가 쉬운 제술과를 선택하기 때문에 애초에 경학을 공부하지 않는다. 명경과를 선택하여 전적으로 경서만을 읽는 사람들도 전체적인 내용과 해석의 문제에는 전혀 관심이 없고, 오로지 구두만 익혀

7) 李瀷, 『星湖文集』 제30권 4장, 「貢擧私議」.

입으로 외우는 데만 정신을 쏟는 형편이었다. 이런 까닭에 과거가 진정한 경학 연구를 저해하고 있었다. 그런 방식으로 공부하여 과거에 합격한 사람들은 경서의 전반적인 내용도 알지 못했다. 이런 사람들에게 국가를 통치할 무슨 경륜 같은 것을 바란다는 것은 어림도 없는 일이었다. 사실 조선시대 많은 관료들이 행정실무의 처리능력이 없어 아전들에게 농락을 당하는 일이 비일비재했는데, 거기에는 다 이유가 있었던 것이다.

다산은 조선의 이러한 경학의 문제점을 인식하고서 그 개선의 방안을 正祖임금에게 이렇게 건의했다.

> 아아! 천하의 일은 하나의 이치에서 비롯하여 중간에 확산되어 만 가지 다른 것이 되고, 끝에 가서 다시 하나의 이치로 합쳐집니다. 그러므로 넓게 배운 뒤에 요약하는 방법이 聖人의 문하에서 전수한 방법입니다. 이제 경전에 관한 설이 어지럽게 뒤엉키고 산만하여 기강이 없습니다. 만약 정밀하게 가리고 널리 채택하여 그 극치를 모아 거기로 돌아가지 않는다면 경학의 道는 거의 사라지게 될 것입니다. ……만약 널리 배우고 식견이 풍부한 학자로 하여금 서적을 널리 수집하게 하고 아울러 감식이 있는 사람으로 하여금 가려 뽑는 일을 맡게 하고, 경서 본문의 아래에 그 세대를 고증하여 그 箋注를 싣되 번잡한 것을 삭제하고 중복된 것을 걸러내어 위로는 秦漢시대부터 아래로 明代에 이르기까지 새로 나온 모든 說 가운데서 한 가지 뜻이라도 구비한 것은 그 정밀한 뜻을 모두 취하고, 무릇 자기와 같은 것은 편들고 다른 것은 공격하는 쓰잘 데 없는 말이나 아무렇게나 내놓은 설은 아울러 삭제하도록 하여 글 읽는 사람으로 하여금 책을 펴 들면 무슨 설은 누구에게서 나왔고, 무슨 뜻은 어느 책에서 비롯되었다는 것을 일목요연하게 알게 하고, 취사선택하거나 따르거나 말거나를 배우는 사람이 스스로 선택하도록 맡겨 두어야지 억지로 갖다붙여 강제로 따르게 해서는 안됩니다. 그렇게 하면 널리 통하고 수준 높은 학자가 그 가운데서 나와 우리 조정의 문명의 교화를 아름답게 만들어 임금님의 깊고 정밀한 뜻을 밝힐 수 있을 것이니, 어찌 아름답지 않겠습니까?
>
> 또 우리나라는 아직도 十三經이 출판되지 않았습니다. 이 일은 이웃 나라에 소문나게 해서는 안됩니다. 谷霧나 波沙 같은 것까지 꼭 다 출판할 것은

> 없지만 지금 만약 삭제하고 걸러낸 책을 따로 인쇄하여 간행한다면 길 가는 사람들도 듣고 보고 하여 오래 되면 저절로 익히게 되어, 경학에 때 맞추어 내리는 비와 같은 교화가 될 것입니다.
>
> 비록 그러하나 明經科를 설치했지만 경학의 뜻은 밝지 못하고 식견 없는 선비들의 비판이 나왔지만 유학의 수준은 날로 낮아갑니다. 지금 마땅히 그 제도를 조금 고쳐 經術하는 학자로 하여금 한갓 소리 내어 읽고 대충대충 대답하는 데 급급하지 말도록 한다면 경학을 높이는 데 한 가지 도움이 될 것입니다. 전하께서는 힘써시옵소서.[8]

조선에서 한 번도 간행된 적이 없는 十三經을 조속히 간행하되, 그 주석은 漢나라 때부터 명나라 때까지 나온 것 가운데서 경서의 뜻을 밝히는 데 도움을 줄 수 있는 것을 일목요연하게 정리하여 우리 실정에 맞게 보급시킨다면 경학의 수준을 높일 수 있고, 지금의 산만하여 체계가 서지 않은 『사서대전』과 『오경대전』의 주석의 결점을 보완할 수 있다고 확신하고서 正祖 임금에게 건의했던 것이다.

경학의 범위를 십삼경으로 확대하고, 주석도 이미 조선의 학계에 군림하고 있던 『大全』의 것이 아닌 조선의 학자들이 취사선택하여 편찬한 주석으로 경학을 공부해야만 경학의 수준이 높아지고, 조선의 문화가 발전할 수 있다고 생각했다. 이는 유교 경서를 우리의 학자들이 우리 실정에 맞게 주석을 붙이자는 학문의 자주성을 추구하려는 생각이었다.

그리고 외우기 위해서 소리 내어 읽는 것에만 급급한 것을 금지시키고, 치밀하게 내용을 연구하는 방향으로 공부의 방법을 바꾸어야 한다고 주장했다.

---

8) 『與猶堂全書』 제8권 25-26장, 「十三經策」.

## Ⅲ. 다산의 禮書 重視와 새로운 해석

다산은 十三經의 가치를 대단히 중시하여 조선에서도 경학의 범위를 십삼경으로 확장해야 한다고 생각하여 정조에게 십삼경의 간행을 건의했다. 심삼경 가운데서도 禮書를 예서 가운데서도 『周禮』를 특히 중시하였다.

다산이 이렇게 禮書를 중시한 이유는 예서에 담겨 있는 禮를 단순한 생활의 규범이라는 소극적인 의미로 보지 않고, 국가를 통치할 체계적인 典章制度라는 적극적이고도 광범한 의미로 보았기 때문이다. 그의 예에 대한 독창적인 관점은 이러하다.

> 先王들은 禮로써 나라를 다스렸고 예가 곧 법의 역할을 했다. 후세에 와서 예가 쇠퇴해짐에 법으로 나라를 다스려 백성들에게 모질게 대했다.
>
> 이 책에서 논한 것은 법이다. 법을 일컬어 예라고 이름 붙임은 어째서이겠는가? 先王은 예로써 나라를 다스렸고 예로써 백성들을 인도하였다. 예가 쇠퇴해지게 되자 법이라는 이름이 생겨났다. 법은 나라를 다스리거나 백성을 인도할 수 있는 방법이 아니다. 天理로 헤아려 봐도 합치가 되고 인정에 비추어 조화되는 것을 일러 예라고 한다. 두려운 바로써 위협하고 슬퍼할 바로써 협박하여 이 백성들로 하여금 두려워하게 하여 감히 범하지 못하게 하는 것을 일러 法이라고 한다. 옛날의 훌륭한 임금들은 예로써 법을 삼았는데, 후대의 왕들은 법으로써 법을 삼는다.[9)]

옛날의 왕들은 禮를 운용하여 나라를 다스렸다. 그들이 예를 중시한 이유는 곧 예가 나라를 다스리는 가장 합리적이고 백성들의 마음에 접근할 수 있는 큰 통치의 방법이기 때문이다. 法이란 예가 쇠퇴해진 후세에 생겨난 것으로서 마지 못해서 강압적으로 백성들을 위협하여 감히 어기지 못하게 하는 것으로서 이상적인 방법도 아니고 효과적인 것도 아니어서

---

9) 앞의 책 제12권 39장, 「邦禮草本序」.

민심을 얻을 수도 없다고 보았다.

당시 위정자들은 强暴한 방법으로 백성들을 괴롭히는 갖가지 惡法으로 나라를 다스리고 있었는데, 다산이 생각할 때 그런 방식으로는 나라가 다스려질 수 없다고 단정했다. 나라를 다스릴 수 있는 이상적인 방법은 三禮 속에 다 들어 있다고 생각했다. 그는 三禮를 지은 목적을, "儀則을 알맞게 손질하여 하늘과 사람의 작용을 궁구하고, 나라를 세워 職位를 설치하여 한 나라 왕의 제도를 완성하는 것이 三禮의 가르침을 세운 목적이다"라고 단정하여 한 나라를 세우고, 官職을 설치하고, 제도를 완성하는 데 쓰기 위해서 三禮가 존재한다고 생각하였다. 다산 이전의 禮學을 연구한 學者들이 착안하지 못한 획기적인 발상이었다.

사실 三禮 가운데서도 다산의 실학사상 형성에 가장 큰 영향을 끼친 『周禮』는 周代의 典章制度가 체계적으로 정리되어 실린 유가의 이상을 현실에 적용할 수 있는 방안이 갖추어져 있는 경전으로서 이후 중국 여러 시대의 禮樂文物의 핵심이 되어 왔다.

禮學의 가치를 인식하고 중요시한 다산은 아무리 사정이 어려워도 평생토록 예학의 연구를 중단하지 않았음을 스스로 밝혔다.

> 나는 禮書에 대한 공부를 비록 갇히고 욕을 보고 곤란하고 괴로운 속에서도 하루도 중단한 적이 없었다. 禮 뜻은 정밀하여 마치 파 껍질 벗기는 듯하다. 너가 왔을 때 너에게 이야기한 것은 거친 껍질로서 대개 근본을 버려둔 것이었다. 이 해가 가기 전에 전체적인 윤곽은 다 짜여질 것 같다.
>
> 가만히 생각컨데 秦漢 이래 수천년이 지난 후세이고 발해 동쪽 수천리 밖에서, 洙泗의 옛 禮를 회복한다는 것은 결코 작은 일이 아니다. 완성되는 대로 보내어 너로 하여금 다시 한 벌 베끼게 하려고 한다만 아직 뜻과 같지 않다. 다만 이름난 말과 지극한 뜻을 입을 열어 말할 만한 데가 없으니 다시 어쩌겠는가?[10]

---

10) 앞의 책 제21권 2장, 「答二兒」.

시대적으로 수천년이 지난 뒤이고 지역적으로는 수천리 떨어진 19세기의 조선땅에서 옛 三禮의 올바른 본뜻을 밝히는 일이 쉬운 일은 아니었지만, 다산은 밝힐 수 있다는 자신감을 갖고 있었다.

> 경서를 해석하는 방법은 세 가지가 있습니다. 첫째는 傳聞이고, 둘째는 師承이고, 셋째는 내용을 갖고서 해석하는 것입니다. 비록 천백년 뒤에 태어났다 할지라도 능히 천백년 전을 뛰어넘어 증명할 수 있습니다. 朱子가 『大學』의 "經一章은 공자의 말이고, 傳十章은 曾子의 뜻이다"라고 단정한 것은 전문이나 사승에 바탕한 것이 전혀 아니고, 엄연히 자기의 뜻에 의해서 결정한 것입니다. 이는 실로 시대의 고금과 관계가 없습니다. 전문과 사승은 옛날에 가까운 것으로써 으뜸으로 삼지 않을 수가 없는 것입니다. ……漢나라의 유학자들이 魏晋시대의 유학자들보다 낫고, 위진시대가 隋唐시대보다 낫다고 말하는 것은 옛날 사람들은 모두 훌륭하고 지금 사람들은 모두 못났기 때문이 아닙니다. 그 멀고 가깝고 친하고 소원한 정도가 서로 상대가 되지 않고 그 차이가 크기 때문입니다. 그러한즉, 十三經의 원래의 내용을 궁구하는 일은 注疏를 버리고서 어떻게 할 수 있겠습니까? 그래서 주자가 『詩經集傳』이나 『論語集注』를 지으면서, 내용상의 조리와 道學의 맥락에 있어서는 자기의 뜻으로 시대를 초월하여 증명했기에 실로 注疏와 출입이 없지 않지만, 字義, 訓詁, 章句, 註釋 등은 완전히 주소를 인용하지 않은 적이 없었습니다. 주자의 생각은 한 사람이나 한 학파의 說을 가지고 다른 설을 이겨서 천하를 바꾸어 놓으려고 하지 않았다는 것을 알 수 있습니다.[11]

경서의 해석 방법으로는 전해 들은 것에 의한 방법, 스승으로부터 배우는 방법, 내용을 가지고 해석하는 방법 등 세 가지가 있는데, 내용을 가지고 해석하는 방법은 주자가 『大學』을 해석해 낸 것처럼 시대가 머냐 가까우냐는 문제가 되지 않고, 해석하는 사람의 시각에 따라 얼마든지 앞 시대의 연구자들의 성과를 능가하는 것이 가능하다고 했다. 그러나 경서의 字義, 訓詁, 章句, 註釋 등은 原典의 저작시기와 가까우면 가까울수록 강점

---

11) 앞의 책 제8권 16-17장, 「十三經策」.

과 객관성이 있기 때문에 경서의 注疏는 시대가 앞 서는 것이 후대의 것보다 낫다고 생각했다.

조선시대의 학자들은 禮에 대해서 무조건적으로 前代의 설을 墨守하면서 엄격하게 융통성 없이 실행하기에만 급급하였지 예학에 대한 학구적인 정확한 지식을 결여하고 있었던 것이 사실이었다.

> 예에 대해서 구체적으로 정확히 모르면 경서의 적당한 구절을 끌어와 자기가 예에 대해서 무지한 것을 합리화하려고 한다.[12]

그리고 당시 사람들의 『周禮』를 믿지 않는 태도와 이해의 수준이 얕은 것에 대해서 개탄하였다. 『周禮』를 믿지 않고 이해의 수준이 깊지 못한 것은 鄭玄 등의 주석이 옳지 못하기 때문이라고 생각하여, 다산은 평생의 정력을 기울여 『周禮』 전편에 걸쳐 상세한 주석을 붙이려고 결심하였다.

> 『周禮』를 옛날 사람 가운데서도 믿지 않는 사람이 많았으니, 모두 학문이 얕은 사람들입니다. 王安石이 비록 이 책을 믿었지만 그 내용을 깊이 안 것은 아닙니다. 오직 朱子만이 이 책을 알고서 믿었습니다. 그런데 鄭玄의 注는 열에 여섯 일곱은 틀렸는데도, 先儒들은 정현의 說까지도 아울러 믿으니 개탄스럽습니다. 저가 만약 병이 없이 오래 산다면 『周禮』 전편에 걸쳐 주석을 내었으면 합니다. 아침 이슬과 같은 목숨 언제 죽을 지 몰라 감히 생각을 내지 못하고 있습니다. 그러나 三代의 정치를 회복하고자 한다면 이 책이 아니면 착수할 수가 없습니다. 元聖이 직접 쓴 것이라고 확실하게 말할 수는 없지만, 周나라가 동쪽으로 옮긴 이후에 나온 책이라는 증거는 결코 잡을 수가 없습니다. 그래서 저는 『周禮』에 대해서 감히 그 뜻을 가벼히 어길 수가 없습니다. 圜鐘과 夾鐘을 마음대로 옮기고, 二至와 奏樂의 글을 杳茫하다고 칠 수가 있겠습니까?.[13]

---

12) 앞의 책 제11권 19장, 「五學論(一)」.

13) 앞의 책 제20권 15장, 「答仲氏」.

儒家에서 이상으로 여기는 三代의 정치를 당시에 회복하기 위해서는 그 藍圖가 되는 『周禮』에 의거하지 않으면 안된다고 생각했고, 『周禮』에 담긴 삼대의 정치의 실상을 정확하게 파악하기 위해서 자신이 『周禮』에 주석을 다는 것이 필요하다는 사명감을 느꼈다. 그러나 『周禮』 전편에 걸쳐 주석을 달고자 했던 다산의 희망이 실현되지 않았던 것 같다.

> 馬融이나 鄭玄은 비록 儒者라고 하지만 권세가 당시에 대단했다. 바깥채에서는 제자들과 강학을 했지만 안채에는 노래하는 기생을 두고 즐겼으니, 그 번화하고 부유하기가 이 정도였다. 그들이 경전을 연구한 것이 정밀하지 못한 것은 당연하다. 그 뒤 孔穎達이나 賈公彦 같은 사람들도 모두 유림의 통달한 사람들이지만 心氣가 정밀하지 못해서 논의한 것 가운데 분명하지 못한 곳이 많다.[14]

漢나라의 馬融・鄭玄 등이나 唐나라의 孔穎達・賈公彦 같은 후세의 학자들이 낸 주석은 치밀하지 못하고 오류가 많기 때문에 자신의 주석을 내어 三禮의 본뜻을 분명하게 밝힐 필요가 더욱 절실했던 것이다.

당시 『周禮』를 위시해서 三禮를 중시하지도 않았고, 또 僞書라고 의심하는 사람들도 있었는데, 이에 반박해서 三禮의 저작 년대를 고증하여 밝혔고, 경서를 별근거 없이 의심하는 풍조가 끼치는 폐해는 심각하다고 경고하였다.

> 三禮가 비록 다른 경서보다 늦게 나오긴 해도, 모두 僞書인 것은 아니다. 『周禮』는 周나라의 大典인데, 그 가운데 혹 시행하지 못한 것과 후세와 와서 제도가 폐지된 것이 있다. 그러나 문자는 가장 고고하여 결코 춘추시대보다 뒷 시대의 필치는 아니다. 『儀禮』는 춘추시대에 시행되었던 禮인데, 聘禮 및 冠昏禮 등 여러 예는 모두 『춘추』의 여러 傳의 글과 서로 합치된다. 『禮記』의 여러 편도 분명히 孔子 이후 子游와 子夏의 문인 및 公羊과 穀梁

---

14) 앞의 책 제21권 2장, 「答二兒」.

의 무리가 각각 옛날 들은 것을 적은 것으로서, 결코 漢나라 초기의 유학자들이 지을 수 있는 것이 아니다. 漢나라 유학자들은 예를 말하면서 모두 戴德을 으뜸으로 삼았는데, 그가 지은 「喪服變除」 한 편은 이미 흠집이 여기저기서 나와서 「經記」와 합칠 수가 없는 지경이니, 「經紀」는 漢나라 유학자들이 지을 수 없다는 것을 알 수 있다.

하물며 馬融이나 鄭玄 등이 경서를 인용하고 경서에 주석을 달았는데도, 모순되고 맞지 않는 것이 수두룩함을 면하지 못했다. 후세에 태어나서 옛 글을 위조하여 능히 오늘날의 「經記」처럼 주도면밀하게 흠이 없도록 할 수 있겠는가? 성인을 비난하고 경서를 헐뜯는 후세의 무리들은 걸핏하면 이르기를, "漢나라 초기 유학자들이 책을 사들이는 金을 탐내어 위조했다"라고 말하는데, 우리 유학에 해를 끼치는 것이 장차 홍수보다도 심할 것이니, 그 죄상을 이루 다 말할 수 있겠는가?[15]

三禮는 漢나라 유학자들이 지었다는 주장을 하는 학자들도 있었는데, 다산은 三禮는 결코 漢나라의 유학자들이 지을 수 있는 것이 아니고, 춘추시대에 이미 시행되었던 흔적이 『春秋』의 各傳에 남아 있다고 밝혔다. 다산은 실제로 『春秋考徵』 4권을 지어 춘추시대의 역사에 나타난 三禮 시행의 자취를 증명해 보이고 있다.

그리고 三禮 상호간의 관계, 그 전래의 과정, 『周禮』와 「考工記」의 관계, 『周禮』와 『書經』 「周官」의 관계, 『周禮』와 『禮記』 「王制」의 관계, 『逸禮』와 『儀禮』·『禮記』와의 관계 등을 이렇게 밝혔다.

『儀禮』라는 것은 당시 쓰이던 한 나라 왕의 儀文으로서 지금의 儀注笏記와 같은 것이고, 『禮記』는 儀文의 본 뜻과 깊은 의미를 풀이한 것이니, 지금의 箋注나 演義와 같은 것입니다. 「聘禮」나 「燕禮」는 「聘義」나 「燕義」의 근본이고, 「射義」나 「昏義」는 「射禮」나 「昏禮」의 지엽입니다. 「喪禮」나 「祭禮」에 있어서도 그러하지 않은 것이 없습니다.

「考工記」 가운데 혹 『書經』 「周官」과 어긋나는 것이 있지만 신은 생각하

---

15) 앞의 책 제14권 43장, 「題毛奇齡喪禮吾說篇」.

기를 "『周禮』 5편이 비록 周公이 직접 쓴 것은 아니라 해도 결코 劉歆이 위조한 것은 아닙니다. 「冬官」 한 편은 景帝 때 千金으로 사려고 해도 얻을 수가 없어 부득이 「考工記」를 가지고서 그 빠진 부분을 보충했던 것입니다. 그래서 匠氏의 일에 대해서만 특별히 상세한 것이지 그 이외의 부분은 모두 갖추어지지 못했던 것입니다. 그러나 이 부분이 先秦시대의 古文인 것은 의심할 것이 없으니 宋儒들처럼 꼭 헐뜯어 배척할 것은 없겠습니다. 주자도 일찍이 말하기를, "周나라의 법도가 여기에 있다"라고 했고, 또 "『周禮』의 규모는 周公이 지은 것인 즉, 여섯 편의 글에 대해서 모두 다 제멋대로 논의하는 것은 옳지 못합니다.

『周禮』에는 『書經』 「周官」과 어긋나는 것이 많이 있는데, 신은 이렇게 생각합니다. 司空은 본래 나라의 토지를 관장하였는데, 이제 여러 공장이를 다스리고, 三公과 三孤 또한 직임이 있으니 六官에 들어 있지 않습니다. 이 점이 이른 바 「周官」과 어긋나는 것입니다. 그러나 「冬官」은 본디 빠진 것을 보충한 것이니 꼭 합치되어야 할 것은 없고, 삼공이나 삼고는 有司가 아닌데 어찌 꼭 함께 나열해야 되겠습니까? 또 『周禮』를 공격하는 사람들은 「周官」까지도 아울러 헐뜯는데, 그 같고 다르고 한 변별은 꼭 번거롭게 할 필요가 없습니다.

『孟子』의 내용이 「王制」와 맞지 않는 것에 대해서 신은 이렇게 생각합니다. 孟子가 北宮錡의 물음에 답하기를, "제후들이 자기에게 해가 되는 것을 싫어하여 그 文籍을 다 없애버렸습니다. 그러나 일찍이 내가 그 대략을 들은 적이 있다"라고 했으니, 孟子의 말은 미비한 점이 없지 않다는 것을 알 수 있습니다. 盧植이 말한 바에 의하면, "漢나라 文帝가 博士諸生들로 하여금 「王制」를 짓게 했다"라고 합니다. 그 말에는 본래 잘못된 것이 많습니다. 스승으로부터 가르침을 받거나 전해들은 이야기는 각자 다른 법이니 말이 각각 다르다고 이상하게 여길 것이 없습니다.

淹中 땅의 『逸禮』가 지금까지 아직 전해 오는 것에 대해서 신은 이렇게 생각합니다. 『禮記』 古經이 魯나라 淹中 땅에서 나온 것은 본래 59편이었는데, 그 가운데서 17편은 漢나라 초기 高堂生이 전한 17편과 다르지 않습니다. 그러므로 宣帝 때에 이르러 后倉이 17편의 학업에 가장 밝아 「曲臺記」를 지어 梁 땅 사람인 戴德·戴聖 및 沛 땅 사람 慶普에게 전해 주었습니다. 漢나라 말기의 鄭玄이 小戴의 학문을 전하면서 古經을 가지고서 교정하여

> 주석을 달았습니다. 지금의 『儀禮』 17편은 바로 이것입니다. 그 가운데 한 편인 「喪服」은 子夏가 먼저 전수하였는데, 여러 학자들이 주해본을 많이 지어 따로 통행합니다. 그러한즉, 淹中 땅의 『逸禮』가 오늘날까지 전하는 것이 바로 『儀禮』 17편입니다. 이것이 진짜 『小戴禮』인데 세상에서는 단지 『禮記』를 小戴의 기록이라고 여기고 있으니, 여기서부터 오류를 답습하여 왔습니다. 또 『論衡』에서 "河內 땅의 여자가 오래 된 집을 헐다가 「逸禮」 한 편을 얻었다"라고 말한 것은 이것을 이른 것이 아닙니다.[16]

『儀禮』는 한 나라의 의식절차를 기술한 것이고, 『禮記』의 상당 부분은 『儀禮』를 보충설명한 것이라 서로 밀접한 관계가 있고, 范中의 『逸禮』가 바로 지금 전하는 『儀禮』로 이것이 『小戴禮』인데, 오늘날 『禮記』를 『小戴禮』라고 생각하는 것은 잘못된 것이라는 것이다. 「考工記」와 『書經』 「周官」이 일치하지 않는 부분이 있는 이유는 漢나라 때 경서를 다시 구했을 때 『周禮』의 「冬官」 부분을 얻을 수가 없어 『考工記』로써 「冬官」 부분을 보충했기 때문에 꼭 일치하지 않을 수도 있다는 것이다. 『孟子』의 내용 가운데서 『禮記』 「王制」와 맞지 않는 부분이 있는 이유는 孟子의 시대 이전에 제후들이 자신들에게 불리한 옛 제도를 불살라 버렸기 때문에, 孟子가 정확한 옛 문적을 상고할 수 없었고, 孟子 자신도 "대략 들었다"라고 말함으로써 자기가 한 말에 불확실한 부분이 있다는 것을 미리 말했으므로 문제될 것이 없다고 생각했다.

다산 자신의 아들에게 예서의 중요성을 일깨워 주고 꼭 읽을 것을 권유하였다.

> 『史記』를 다 읽었으면,『禮記』를 꼭 읽어야 한다. 『禮記』 49편 가운데는 읽을 필요가 없는 것은 한 편도 없다. 그 가운데서도 「檀弓」, 「文王世子」, 「禮器」, 「內則」, 「明堂位」, 「大傳」, 「學記」, 「樂記」, 「祭法」, 「祭儀」, 「哀公問」으로부터 「坊記」, 「表記」, 「緇衣」, 「問喪」, 「三年問」, 「儒行」, 「冠儀」 이하

---

16) 앞의 책 제8권 20-22장, 「十三經策」.

7편에 이르기까지는 모두 읽을 만하다. 읽기를 마치고 나서 다시 「曲禮」 등 읽지 않은 것을 가져다가 상세하게 그 뜻을 연구하고 사물의 이름과 성질을 자세하게 분석하여 한 바퀴 두르고 나서는 다시 시작하여 완전히 이해하여 두루 통달하게 된다면, 『禮記』란 책에 대해서는 유감이 없을 것이다.[17]

禮學을 공부할 때는 南北朝時代 학자들의 說도 참고하여 먼저 그 근원을 거슬러 올라가 보고 나서 후세의 변화된 모습을 살필 것을 다산은 권유하였다.

禮學이 밝혀진 뒤에라야 인륜에 맞게 살 수 있는 것이다. 六禮 가운데서 喪禮가 가장 광범위하고 가장 긴급한 것이다. 모름지기 『儀禮』나 經傳 등을 취하여 반복하여 參訂하여야 한다. 杜佑의 『通典』에 나오는 南北朝時代의 晋나라나 宋나라 학자들의 논의도 보지 않을 수가 없다. 먼저 그 근원을 거슬러올라가 보고 그 다음으로 『家禮』 등의 책을 가져다가 후세의 변화를 살펴보아야 한다.[18]

그리고 과거의 시험과목에 三禮를 넣어야 한다고 주장했다.

시험 보여 인재를 취하는 방식은 먼저 各縣에서 각각 한 가지 경서를 시험 보이되 각현에서 원하는 대로 따라서는 안됩니다. 『詩經』·『書經』·『易經』·『春秋』를 각각 한 과목으로 하고, 三禮를 각각 한 과목으로 하고, 四書를 나누어 두 과목으로 만들어야 합니다.[19]

다산이 건의한 새로운 과거제도에서는 시험과목 아홉 가지 가운데서 三禮가 세 과목을 차지했으니, 두 과목을 차지한 四書보다도 그 비중을 높였다. 조선시대의 과거에서는 사서의 비중을 가장 크게 두어 왔었는데,

17) 앞의 책 제21권 22장-23장, 「寄游兒」.
18) 앞의 책 제17권 40-41장, 「爲盤山丁修七贈言」.
19) 앞의 책 제9권 39장, 「辭正言兼陳科弊疏」.

다산은 三禮에 비중을 두었던 것이다. 이는 앞에서도 언급한 바와 같이 다산은 禮를 고대의 典章文物制度라고 생각했기 때문에 벼슬길에 나서려는 의지가 있는 과거 응시자들은 필수적으로 공부해야 할 과목이고, 관리들이 예에 통달해야만 이상적인 정치가 실현될 수 있다는 생각에서 연유했다고 볼 수가 있다.

조선 성종 때 반포한 『經國大典』이 조선의 기본법전으로의 위치를 확보하였고, 그 뒤에도 여러 차례 많은 증보를 했지만, 국가 통치의 典章制度의 원천인 三禮를 정확히 해석한 내용을 흡수하지 못했기 때문에 소략한 점이 많았던 것이 사실이었다.

> 『經國大典』의 原編이나 續編 및 通編은 비록 여러 차례 증보를 했지만, 그래도 궐략된 것이 많다. 어떤 사실을 고찰해 보면 증명할 수 없는 것이 많고, 그 門目은 너무 간략하다. 원래 자세하게 분석하지 않았기에 門目에 따라 찾아도 숨은 것이 나타나지 않는다. 또 어떤 경우에는 마땅히 戶典에 들어가야 할 것이 兵典에 들어가 있고, 마땅히 禮典에 들어가야 할 것이 刑典에 들어가 있어 보는 사람들이 병통으로 여긴다.[20]

『經國大典』은 국가 통치의 기본법전이면서도 빠진 것이 많고, 또 내용 분류가 잘못되어 내용상의 체계가 서지 않았다. 이런 점을 三禮를 가지고 보충하여 새롭게 저작한 결과가 바로 다산의 『경세유표』이다. 다산은 예학에 대한 연구는 곧 유가의 통치철학을 현실정치에 실현하는 기틀을 만드는 일이라고 생각하여, 자기 나름대로 그 체계적인 제도개혁안을 제시했던 것이다.

조선조에서는 실용을 위한 禮書로 世宗 때 『國朝五禮儀』 같은 책을 만들어 반포하여 시행했지만, 그 내용이 너무 간략하고 체계가 갖추어지지 못했다. 그래서 다산은 백성들의 교화를 위해서 실용적인 禮書도 많이

---

20) 『牧民心書』 제3권 5장.

저술하였다. 다산이 남긴 예서로는 『典禮考』 21권, 『喪禮四箋』 16권, 『喪禮外編』 4권, 『喪禮節要』 2권, 『祭禮考定』 1권, 『嘉禮酌儀』 1권, 『禮疑問答』 1권 등이 있으니, 그가 예를 얼마나 중시했는 지를 알 수가 있다.

## Ⅳ. 기존 禮說의 誤謬 匡正

秦始皇 34년(前213) 국가의 정책으로 儒家의 經典을 불살라 없애 버리고, 挾書律을 공포하여 책을 소지하거나 소장한 사람은 처벌하였다. 漢나라 惠帝 때에 이르러서야 협서율을 해제함으로써 유가사상에 대한 논의가 공개적으로 될 수 있었다. 유가의 경전이 없어졌기 때문에 경서를 암기하고 있는 老儒들의 기억에 의거해서 외워 강의 하는 것을 그 제자들이 경서의 본문과 해석을 받아 적어 유가의 경서가 복원되었다. 그러나 노유들의 기억한 것은 서로 다를 수가 있고, 또 해석에 차이가 있을 수도 있었다. 그 뒤 다시 古文으로 된 經典이 출현하여 今文學派와 古文學派 사이의 논쟁이 격렬했다. 고문으로 된 경전은 진시황 분서 이전에 이루어진 것이 漢나라 때 출현한 것이라 하지만 漢나라 학자들이 고치고 더 보탠 것도 적지 않았다. 이처럼 유가 경전의 내용과 체재에는 논란이 많았다.

鄭玄은 今古文의 학설을 두루 채택하여 양파간의 논쟁을 종결짓고, 여러 경전에 두루 주석을 달았다. 그의 경서 주석에 대해서 “모든 경전을 다 모으고 여러 사람들의 설을 망라하여, 번잡한 것을 정리하고 잘못된 것을 바로잡고 빠진 것을 보충하여, 이로부터 학자들이 돌아갈 바를 알게 되었다.”라고 칭찬하는 사람들이 있는가 하면, “뭇 학자들의 설을 아울러 연구하여 꼭 통달하려고 하다 보니, 문맥만 보고서 천착하고 자기의 억측에 의지하여 두 가지를 다 살리려고 했지만, 결국은 두 가지 다 망쳤다.”라고 폄하하는 사람들도 있다. 그의 『毛詩』와 三禮에 붙인 주석은 十三經注疏로 채택되어 후세에 많은 영향을 끼쳤다.

대체로 송나라 학자들은 그를 배척하여 비난을 많이 받았지만 淸나라 초기에는 漢學을 숭상하는 학문적 분위기라서 다시 많은 존경을 받았다. 그래서 많은 청나라의 학자들은 그의 주석마저도 경전으로 받들기까지 했다. 다산이 살던 19세기 초기에도 중국에서는 정현을 추앙하는 경향이 아주 강했다.

다산은 漢나라 때 재수집하여 편집한 禮書와 漢나라 학자들이 붙인 그 주석에 대해서 그다지 신빙하지 않았다. 그리고 馬融과 鄭玄은 漢나라 학자 가운데서도 가장 말기의 학자이니, 古禮를 해석하는 데 있어 시대적으로 가장 불리한 위치에 있다고 여겼다.

> 秦나라가 옛 전적을 없애자 그 책이 드디어 숨어 禮도 또한 폐지되게 되었다. 漢나라가 일어난 지 백년이 되었어도 진시황의 제도를 그대로 따라서 돌이키지 않다가 하루 아침에 秘府에 깊숙히 감추어진 책과 오래 된 집에서 나온 떨어져 나가고 헝컬어진 竹簡을 가져다가 학문이 끊어져 전승받은 바도 없는 사람에게 주면서, "너가 이것을 해석해 보아라"라고 했다. 이 사람들은 禮를 몸으로 시행해 보지도 눈으로 보지도 않은 사람이니 그들이 내세운 설은 오류가 없을 수 없다. 馬融과 鄭玄은 또 그보다 후대의 사람이니 비록 정력을 오로지 쏟고 생각을 하나로 하여 그 깊은 뜻을 구하려 해도 오히려 부족할까 두려워했다.[21]

그리고 漢나라의 禮說에는 緯書가 많이 영향을 미쳐 예의 본래의 뜻을 굴절시킨 점이 많아 古禮의 본래의 眞面目을 회복하기 어렵다는 사실과 후세에 예가 행해지지 않는 것은 위서 때문이라는 사실을 밝혔다. 사실 정현의 三禮 주석에는 한대의 讖緯說이 많이 混淆되어 있어 예의 본래의 뜻을 왜곡시킨 것이 적지 않다. 그래서 후세 사람들이 禮를 신빙하지 않는 상황을 초래하는 데 원인을 제공한 것이다.

---

21) 앞의 책 제12권 35장, 「喪禮四箋序」.

古禮가 지금 행해지지 않는 것은 감히 옛 것을 좋아하지 않고 행하지 않아서 그런 것이 아니다. 예란 것은 천지의 情으로서 인정에 합치되는 것인데, 後漢 때에 합치된 이후로 緯書가 크게 일어나 괴이하고 현실에 맞지 않는 논의가 세상 사람들을 놀라게 하여 그들로 하여금 예를 의심하도록 만들었다. 이로부터 예가 폐지되어 비천하고 부박한 것이 그 틈을 밀고 들어왔다. 그 처음에 바로잡지 않고 보니 계속 전해온 잘못을 구제할 수가 없어 옛 예를 회복할 수가 없었다.[22]

다산은 정현의 三禮에 대한 주석을 아주 낮게 평가하여, 논리적으로 그의 잘못된 주석을 바로잡은 것이 아주 많다. 다산은 학자들이 틀린 곳이 많은 정현의 주석을 경전처럼 받드는 것의 착오를 이렇게 지적하였다.

鄭玄의 『周禮』에 붙인 注는 열에 여섯 일곱은 틀렸는데도 先儒들은 정현의 說까지도 아울러 믿으니 개탄스럽습니다.[23]

정현의 『周禮』 해석은 60, 70퍼센트는 잘못 해석한 것이라 믿을 수 없다는 것이었다. 다산은 정현의 주석이라 하여 배척한 것이 아니고 대인군자의 주석이라도 이치에 맞지 않으면 믿지 않고 논변하여 그 잘못된 점을 밝히고 자기의 바른 설을 제시하였다. 오로지 옳은 說이면 누구의 說임에 상관 없이 채택하는 것이 그의 학문적인 태도였다.

비록 다산이 『周禮』에 대한 자신의 설을 제시한 주석을 남기진 못했지만, 그의 저서 곳곳에는 정현의 禮說의 오류를 지적하여 논변한 것이 있다. 정현 뿐만 아니라 先儒들의 설 가운데서 잘못된 것인데도 조선시대에 아무런 검토 없이 지켜져 온 예설의 오류도 함께 논변하였다. 그리고 그의 「自撰墓誌銘(集中本)」에는 바로잡은 예설 가운데서 가치가 큰 것은 자신

22) 앞의 책 제12권 36장, 「喪禮四箋序」.
23) 앞의 책 제20권 15장, 「答仲氏」.

이 직접 정리해 두기도 하였다. 禮說의 오류를 바로잡은 예를 몇 가지 아래에 들러 본다.

> 『禮記』에 이르기를 "죽어 자식이 없는 경우에 그를 위해서 후사를 둔다", "만약 적자가 없으면 서자로써 적자 노릇을 하게 한다. 만약 서자도 없으면 집안 사람의 자식으로써 적자의 노릇을 하게 한다", "大宗의 뒤를 잇는 것은 존귀한 家統이기 때문이다. 천자는 시조에까지 미치고, 제후는 大祖에까지 미친다", "別子를 이어 종가가 된 집을 대종이라 한다. 대종은 반드시 후사가 있어야 한다"라고 했다. 이것이 후사를 세우는 까닭이 아니겠느냐? 또 "대종은 집안을 거두는 사람이므로 끊어져서는 안된다. 그래서 후사를 세우는 것이다", "어떤 사람이라야 남의 후사가 될 수 있는가? 작은 아들이라야 될 수 있다", "작은 아들이라야 대종의 후사가 될 수 있고 적자는 대종의 후사가 될 수 없다"라고 했다. 이는 아들을 주어 남의 후사로 삼는 까닭이 아니겠는가?[24]

다산은 당시 조선 사회에서는, 살아 있으면서 후사를 세우는 일, 서자가 있는데도 다른 사람의 아들을 후사로 세우는 일, 지차 집이면서도 후사를 세우는 일, 적자를 남의 집 양자로 주는 일 등 잘못된 禮의 관행이 많았다. 『禮記』의 기록에 근거하여 그 오류를 지적하였다.

喪儀에 대해서 바로잡은 내용은 다음과 같다.

> * 질병이 있는 사람의 목숨이 이미 끊어지면 남녀가 改服을 하는데 소복으로 갈아 입는다.
> * 천자나 제후의 상에서는 먼저 成服을 하고 난 뒤에 大斂을 한다.
> * 천자 · 제후 · 대부 · 士는 각각 마지막 虞祭를 卒哭으로 삼고 졸곡 때는 다로 제사가 없다.
> * '祔'란 神道에 붙이는 것이지, 神主에나 사당에 붙이는 것은 아니다.
> * 吉祭는 사계절의 평상적인 일이지, 昭穆을 살피는 일은 아니다.[25]

---

24) 앞의 책 제11권 14장, 「立後論(一)」.

喪禮에 쓰이는 필요한 기구에 대하여 바로잡은 것으로 이러한 것들이 있다.

* 夷衾 같은 것으로 덮어씌우는 것은 담아싸기 위한 것이 아니다.
* 손을 싸매는 것은 가운데가 잘록한 비녀를 두개 써서 두개를 나타내는 것은 아니다.
* 이미 掩首가 있으면 幅巾은 응당 폐지해야만 한다. 그러나 깃이 가로로 되게 해야지 세로로 되게 해서는 안된다.
* 深衣는 12폭인데, 앞이 3폭 뒤가 4폭인 것은 치마 모양이 달린 다른 옷과 같다. 3폭은 앞자락에서 겹치고, 나머지 2폭은 겨드랑이 아래 부분에 주름을 잡는다. '鉤邊'이란 옷 가장자리에 주름을 잡는다는 것이다.
* 『儀禮』에서 "遂人과 匠人이 두 섬돌 사이로 수레를 들인다"라고 한 것은 상여를 싣기 위해서이다. '신거(蜃車)'는 조개를 태워 만든 재와 나무 숯을 실은 수레이다. 鄭玄은 '蜃車'를 '상여를 싣는 수레인데 네 바퀴가 땅에 붙어서 가는 것이 큰 조개와 비슷하므로 蜃車라 한다'라고 해석하였다. '네 바퀴가 땅에 붙어서 가는 것'은 제도가 아니다.

喪服에 대한 오류를 바로잡은 것은 이러하다.

* 首絰의 매듭은 마땅히 목 뒤에 있어야 한다. 만약 매듭이 좌우에 있게 되는 경우, 왼쪽에서 시작하면 왼쪽에서 끝내게 되고, 오른쪽에서 시작하면 오른쪽에서 끝내는 것이 된다.
* 腰絰에 칡을 섞는 것은 세 가닥이 있는데, 묶은 띠가 세 겹인 것은 예가 아니다.
* 喪冠에 매는 끈이 있는바, 斬衰에는 베를 쓴다. 한 가닥의 끈을 매는 끈으로 하는데 예가 아니다.
* 五服 가운데 衰服은 모두 祭服을 본받았다. '衰'란 가슴 부분이 모난 것을 말하고, '適(辟領과 같은 뜻)'이란 목이 굽은 것을 말한다. '負'란 뒤쪽의

25) 앞의 책 제16권 13장, 「自撰墓誌銘(集中本)」. 이하의 禮說 가운데서 「自撰墓誌銘」에서 인용한 것은 注明하지 않는다.

덮은 판 모양의 베를 말한다. 辟領(옷의 깃 부분에 가로 세로로 각각 4촌씩 가위로 베어서 베어진 부분을 반대로 접어 밖으로 향하게 한 뒤에 어깨에 덮은 것을 말한다. 청나라 胡培翬의 『儀禮正義』 참조)에 조각을 한 것은 禮制가 아니다. 가벼운 상복에서 衰・適・負를 없애버린 것은 예가 아니다.

* 띠 아래 한 자에 가로로 된 치마폭을 지어서는 안되고 옷깃의 옆을 제비 꼬리 모양으로 갈라지게 해서는 안된다.

* 小斂 때 쓰는 環絰은 弔服의 葛絰이다. 천자가 제후 이하의 사람을 조문할 때 環絰을 쓴다. 그래서 君이나 大夫나 士가 한 가지다. 小斂 때 바로 繆絰(이마 부분에서 한 가닥의 끈을 뒤로 넘겨 목 부분에서 자맨 首絰)을 쓴다 했는데, 首絰이 두 가지가 아니다.

喪服 입는 기간을 다음과 같이 구분지었다.

* 期年服은 열한 달이 되어 練祭를 지내는데 조부모, 백부, 숙부, 백모, 숙모, 형제, 형제의 아들을 위해서는 모두 마땅히 練祭가 있다. 연제를 지내지 않아야 하는데 연제를 지내는 경우로는 아버지가 살아 계실 때 어머니를 위해서 연제를 지내는데 그 복은 도리어 가벼워진다.

* 남의 뒤를 이은 사람은 그 조부모, 백부, 숙부, 백모, 숙모를 위해서 大功服으로 낮추어 입지 않는다. 형제 이하는 낮추어 입는다. 이것은 馬融이 남긴 뜻이다.

* 남의 뒤를 이은 사람 가운데서 혹은 아우가 형의 뒤가 되거나 혹은 손자가 할아버지의 뒤가 되었으므로 명칭은 변경하지 않고 자기 아버지를 아버지로 친다.

* 조부모를 위해서 承重한 사람은 아버지가 죽어 小斂하여 자리에 나가기 전에는 承重을 하지만 소렴을 하고 자리에 나간 뒤에는 승중을 하지 않는다.

* 아버지가 돌아가셨고 할아버지가 살아계신데 할머니가 돌아가셨을 경우에는 승중을 하지 않는다.

* 천자나 제후의 喪에는 母后도 그를 위해서 斬衰를 입는다. 관계가 먼 사람도 모두 참최를 입는데 관계가 가까운 사람은 먼저 참최를 입지 않을 수 없다.

祭禮에 대해서 이렇게 定論을 내렸다.

* 제후나라 대부의 제사는 3대를 넘을 수가 없다.

* 太祖는 신주를 옮기지 않는데, 別廟에 옮겨서도 않된다.

* 支子가 제일 큰 집의 옮겨진 신주를 제사지내지 않는 것은 예가 아니다.

* 大夫는 두 번 제사지낼 뿐이지 사철 다 거행해서는 안된다.

* 제사지낼 때 문을 닫는 것은 잘못된 예다. 이미 侑食을 했고, 이미 잔을 세 번 올렸으니, 또 다시 문을 닫을 필요는 없다.

* 大牢나 少牢에는, 숫소・숫돼지를 쓴다. 籩豆・簋・鉶의 숫자는 각각 정해진 것이 있어, 三禮나 『春秋』에 보인다. 임금・大夫・士 사이에는 각각 차등이 있어 마음대로 증감할 수가 없다. 또 爵・鉶・俎는 홀수를 쓰고, 簋・籩・豆는 짝수를 쓰는데, 아무렇게나 써서는 안된다.

『周禮』에 나오는 '六鄕'에 대한 鄭玄의 오류를 바로잡아 周나라 때 都城의 구조를 밝히고 아울러 당시 서울 궁궐의 이상적인 배치도를 제시하였다.

나는 『周禮』를 익혀서 새로운 의미를 찾아낸 것이 많다. '六鄕'의 제도에 대해서 이렇게 논하였다. 육향은 王城의 안에 있다. 기술자들이 나라의 도읍의 틀을 만들 때 아홉 구역으로 만드는데 왕궁이 가운데 있어 앞으로 조정을 향하고 뒤로 저자를 두게 한다. 좌우의 육향은 둘씩 둘씩 서로 향하게 하는데, '鄕'이란 '향한다'는 뜻이다. 「夏官」 量人에 무릇 도성과 교외를 만들 때 모두 아홉 구역으로 한다. 箕子가 平壤城을 만들 때 성 안을 '井'자 모양으로 구획지었으니 모두 이 법에 의거한 것이다. 鄭玄은 육향을 교외에 있는 것으로 여겼으므로 '鄕三物'과 '만물을 가르킨다'는 말을 해당시킬 곳이 없었다. 승지 申綽이 정현의 설을 고수하기에 내가 그와 삼사 차례 편지를 주고받으며 그렇지 않다는 것을 밝혔다.

## V. 茶山의 저서에 미친 禮書의 영향

다산은 禮를 고대의 이상적인 典章制度로 간주하여 아주 중시하였다. 다산의 『經世遺表』는 『周禮』의 체제를 정확하게 해석하여 조선의 실정에 맞게 적용하여 당시의 조선의 정치제도의 모순을 혁신하여 나라를 새롭게 발전시키려는 방대한 구상을 담은 책이다. 이 책을 처음에 『邦禮草本』이라고 이름한 이유가 바로 여기에 있다.

조선의 통치체재를 유지하면서는 근본적으로 정치적 사회적 경제적 모순을 극복하여 국가의 부강을 가져오는 일과 백성들의 생활수준을 향상시키는 일이 근본적으로 불가능하다고 다산은 판단하여 당시의 제도의 전반적인 개혁·보완을 통해서만 가능하다고 보았다. 그가 구상했던 제도의 개혁 범위는 官制, 田制, 稅制, 과거제도 등 전반에 걸쳐 있었는데, 특히 전체적이고 유기적인 개혁사상은 官制에 집중되어 있다.

앞에서도 언급했듯이 『經國大典』은 국가 통치의 기본법전이면서도 빠진 것이 많고, 또 관직 업무의 분류가 잘못되어 내용상의 체계가 서지 않아 혼란한 점이 많았다. 같은 업무인데도 여러 편에 분류되어 있는 경우도 있고, 같은 내용이 여러 곳에 중복된 경우도 있다. 『大典』의 내용이 당시의 현실과 맞지 않은 것이 많았다. 이런 모순과 결점을, 『周禮』에 담긴 통치원리를 찾아내어 조선에 맞는 새로운 통치의 체재를 창안해 내었다. 즉, 첫째, 전체 체재를 주례의 六官의 체재를 따르되, 조선의 국가 규모에 맞게 『周禮』에 나오는 360개의 관직을 120개로 축소 조정했다. 둘째, 관직의 소속을 체계적으로 재조정하고, 명칭을 직무의 성격에 부합하는 것으로 바꾸었다. 조선에 꼭 필요하면서도 『經國大典』에서 누락되었고 후세에 보충하지 않은 관직을 『周禮』에 의거해서 보충했다. 『經國大典』에 있는 관직 가운데서 아무런 국가의 통치에 아무런 도움을 주지 못하면서 백성들에게 해를 끼치는 관직은 혁파할 것을 제안하였다.

그의 『경세유표』에 나타난 그의 개혁사상을 살펴보기로 한다. 다산의

『周禮』에 의거해서 새로 구상한 관직체제의 전체적인 원칙은 다음과 같다.

> 우리나라는 창업하여 왕통을 드리운 지가 400여년이 되어 기강이 해이해지고 매듭이 풀려 여러 가지 일이 진작되지 못하고 있습니다. 마땅히 법을 고치고 관직을 가다듬어 조상의 공적을 밝혀야 합니다. 청컨데, 三公과 三孤에게 명하여 六典을 넓히고 밝혀 『周禮』의 六官의 뜻을 계승하도록 하고, 六官에게 명하여 그 맡은 바 일을 잘 정비하고 그 소속된 기구를 배치하여 왕을 도와 나라를 편안하게 다스리게 하십시오. 첫째는 天官吏曹로 그 소속 부서는 20개인데, 나라의 다스림을 관장하게 합니다. 둘째는 地官戶曹로 그 소속 부서는 20개인데, 나라의 가르침을 관장하게 합니다. 셋째는 春官禮曹로 그 소속 부서는 20개인데, 나라의 禮를 관장하게 합니다. 넷째는 夏官兵曹로 그 소속 부서는 20개인데, 나라의 정사를 관장하게 합니다. 다섯째는 秋官刑曹로 그 소속 부서는 20개인데, 나라의 형벌을 관장하게 합니다. 여섯째는 冬官工曹로 그 소속 부서는 20개인데, 나라의 사업을 관장하게 합니다. 무릇 六曹에 소속된 관원들은 큰 일은 各曹에서 맡고 작은 일은 전결하도록 합니다.[26]

다산은 전체적인 체제는 『周禮』「天官·冢宰」의 체제를 그대로 따른 것이지만, 『周禮』에는 六官 각각에 소속된 부서가 60개로 모두 360개의 부서가 있는데, 이를 조선의 국가 규모와 실정에 맞게 120개로 축소·조정했다. 조선의 法典을 고찰해 보면 다산 당시의 朝鮮의 京官의 각 부서는 110개인데, 다산이 어떤 부서는 소관업무의 성격에 따라 나누기도 하고, 어떤 부서는 유사한 것끼리 통합하기도 하고, 필요하면서도 설치되지 않았던 부서는 더 증설하기도 하여 120개로 정했다.

『經國大典』에서는 議政府를 領議政과 左·右議政이 관장하도록 되어 있고, 左·右贊成 및 左·右參贊 등 4인이 보필하도록 되어 있었다. 이는 『周禮』의 三公과 三孤의 체제와는 합치되지 않는다. 『周禮』의 三孤는 六

26) 『經世遺表』, 1권 1장. 이하 본문에 나오는 다산의 실학사상은 다 『經世遺表』에서 나온 것으로 따로 注明하지 않는다.

卿보다 높으나 『經國大典』에서는 좌・우참찬의 품계는 六曹 判書와 같게 되어 있다. 다산은 영의정과 좌・우의정을 三公으로 삼고, 또 都贊成 한 사람과 좌・우찬성을 설치하여 三孤로 삼고, 좌・우참찬은 없애 버렸다. 삼공과 삼고의 품계는 모두 육조 판서의 위에 두었다.27) 이는 『周禮』의 체제에 맞춘 것이었다. 의정부의 직무는, 정치의 道理를 논의하고 나라를 다스리는 일을 총괄하여 여러 관원들이 서로 화합하면서 믿도록 하는 것이다. 그러므로 삼공이나 삼고의 품계는 육조의 판서보다 높은 것이 효율적이라고 생각하였던 것이다. 그리고 참찬 한 자리를 줄여 불필요한 녹봉의 지출을 절감할 수 있게 하였다. 사실 후대로 올수록 의정부의 관장 업무는 계속 다른 부서로 이관되어 의정부의 업무가 줄어들고 권한이 크게 약화되었다. 품계만 다를 뿐, 성격은 비슷한 贊成과 參贊을 따로 두는 것은 관원의 수만 늘인 것이라 간주하여 없애버렸다.

『經國大典』에서는 관직의 品階가 1품에서 9품까지 있고, 각각의 品에는 正從의 구분이 있어 모두 18품계가 된다. 또 종6품 이상의 품계는 두 등급으로 나누어 놓았으니 모두 30등급이 된다. 이는 상하 등급간에 등급 사이에 특별한 차별도 없으면서 번거롭기만 하다. 우리나라나 중국의 역사상 품계가 이렇게 번거로운 적이 없었다. 다산은 이런 폐단을 다음과 같이 지적하였다.

> 옛날에는 7품계만 있었는데도 천하가 잘 다스려지고 백성이 편안했다. 이제 꼭 나누어서 36등급(실제로 30등급)으로 만들었는데, 무슨 유익함이 있겠는가? 이제 관직의 품계를 擬定하여 다만 9품계로만 한다.28)

옛날의 7품계는 곧 『周禮』의 제도를 가리킨다. 『周禮』에는 7품계만 있어 아주 체계가 있었다. 이런 까닭에 다산은, 『周禮』와 절충하여 9품계로

27) 앞의 책, 제1권 2장.

28) 앞의 책, 제3권 2장.

정했는데, 오직 1품과 2품만 正從의 구분이 있게 하였다. 相臣이 정1품, 貳相 및 二府의 判事가 종1품, 육조의 판서가 정2품, 참찬과 亞尹이 종2품, 參議와 승지가 3품으로 했다. 정1품은 三公이라 하고, 종1품은 三少라 하고, 정2품은 上大夫, 종2품은 中大夫, 3품은 下大夫라고 부르고, 4품과 5품은 上士, 6품과 7품은 中士, 8품과 9품은 下士라고 부르도록 정해 놓았다. 옛날의 公, 大夫, 士의 위계를 회복하였는데, 이렇게 함으로써 다산은 여러 관리들의 기강을 잡고 상하간의 질서를 유지하고자 했던 것이다.

조선의 제도는 같은 품계이면서도 文臣, 武臣, 宗親, 勳臣, 戚臣에 따라 그 명칭이 달라 대단히 번거로웠는데, 다산은 이를 간결하게 하여 文官과 武官의 구별만 두도록 하였다. 정1품의 相臣은 大匡輔國崇祿大夫, 종친은 敦宗輔國崇祿大夫, 훈신과 척신은 同休輔國崇祿大夫, 종1품은 輔國大夫, 정2품은 正憲大夫, 종2품은 嘉善大夫, 정3품은 通政大夫, 정4품은 通德郎, 정6품은 宣務郎, 정7품은 啓功郎, 정8품은 承仕郎, 정9품은 從仕郎으로 정했다. 무신직은, 1품에 해당되는 관직은 없고, 정2품은 宣德將軍, 종2품은 奮武將軍, 3품은 折衝將軍, 4품은 宣略校尉, 5품은 彰信校尉, 6품은 秉節副尉, 7품은 迪順副尉, 8품은 承義僉尉, 9품은 效力僉尉로 정했다.[29]

문신 3품 이상을 大夫라고 한 것에 상응하여 무신은 將軍, 문신 4품과 5품을 上士라고 한 것에 상응하여 무신은 校尉, 6품과 7품을 中士라고 한 것에 상응하여 副尉, 8품과 9품을 下士라고 한 것에 상응하여 僉尉라고 했다. 조선시대의 제도는 2품에 해당되는 무관직은 따로 품계가 없고 문관의 품계와 같은 명칭을 썼다. 이는 무신을 천시하고 그 독립성을 인정하지 않는 것이고, 또 武에 대해서 전혀 모르는 문신들을 임시직으로 무신직에 임명할 수 있는 편법으로 쓰여 왔는데, 다산은 宣德將軍, 奮武將軍이라는 무신직의 2품 품계를 따로 만들어 무신의 독립성을 살릴 뿐만 아니라 武에 대한 아무런 지식이나 능력이 없던 문신들이 무신 품계의 고관직에 임명

29) 앞의 책, 제3권 1-3장.

되던 비합리적인 일이 발생하는 것을 막았다. 또 본래의 제도에 문신 4품 역시 大夫라 일컬어 4등급을 두었고, 무신 4품 역시 將軍이라 일컬어 4등급을 두었다. 다산은 『周禮』에서처럼 大夫와 士의 구별을 확실히 하고 士를 3등급으로 나누었다. 조선에서는 4품도 대부라고 일컬으면서도 실제로는 정3품 上階인 통정대부 이상만을 대부로 취급해 온 品階名과 실제 사이의 괴리를 바로잡았다.

또 조선의 제도에서 각 관아의 관원의 정원에 있어서 관직 상하간의 정원수가 같은 경우가 많고, 각관아에 딸린 書吏가 각관아에 딸린 皁隷의 숫자보다 많았다. 관직이란 하위로 내려갈수록 잡다한 일이 많으므로 많은 인원을 필요로 하는 것이 통례인데, 조선의 관직체계는 상위관원과 하위관원의 수가 같거나 상위관원이 더 많은 경우도 있었다. 이런 상식에 어긋난 제도적인 모순을 다산은 이렇게 지적하였다.

> 『經國大典』의 원래의 제도를 살펴 보니, 六曹의 郎官인 正郎과 佐郎의 정원이 서로 같다. 이제 『周禮』를 살펴 보니, 中士는 반드시 上士보다 그 수가 두 배이고, 下士는 반드시 中士보다 그 수가 두 배이다. 무릇 귀한 자리는 적고 천한 자리는 많으며, 높은 자리는 적고 낮은 자리는 많은 것이 천지간의 정상적인 이치이다. 이제 여러 관아의 관원의 정원수 다시 정함에 있어 이런 뜻을 지켜, 정랑은 2인, 좌랑은 4인으로 정했다.
>
> 또 원래의 제도를 살펴 보니 각관아에 딸린 皁隷의 숫자는 매우 적은데, 書吏의 숫자는 皁隷의 몇 배나 된다. 이 역시 충분히 검토하지 않고 갑자기 정한 제도로써 그대로 답습해 오면서도 아직 고치지 못한 잘못된 제도다. 『周禮』를 살펴 보니 徒隷의 숫자가 府史의 숫자보다 몇 수십 배나 된다. 楚나라 芋尹을 지낸 申無宇가 말하기를, "王은 公을 신하로 삼고, 公은 大夫를 신하로 삼고, 대부는 士를 신하로 삼고, 士는 皁를 신하로 삼고, 皁는 輿를 신하로 삼고, 輿는 隷를 신하로 삼고, 隷는 僚를 신하로 삼고, 僚는 僕을 신하로 삼고, 僕은 儓를 신하로 삼는다. 말을 치는 사람으로는 圉가 있고, 소를 치는 사람으로는 牧이 있다"라고 말했다.(『左傳』 昭公 7) 이것이 옛날의 방법이다. 지금의 문서를 처리하는 書吏는 곧 周나라 때 府史이고,

지금의 관아의 皁隷는 周나라 때의 徒隷이다. 그런즉 書吏가 많고 皁隷가 적은 것이 옳은 제도가 아니다.[30]

『經國大典』에는 主管하는 官員의 숫자가 보좌하는 관원의 수와 같거나 더 많고, 書吏가 皁隷의 숫자보다 더 많게 편성되어 있다. 다산은 『周禮』에 의거해서 각관아의 정원수를 조정하고, 상급관원이 하급관원을 통할할 수 있도록 제도를 바로잡았다.

구체적으로 예를 들면 육조에는 본래 판서에 卿 1인, 참판에 中大夫 1인, 참의에 下大夫 1인, 정랑에 上士 1인, 좌랑에 中士 1인을 두고, 吏曹의 경우 書吏가 12인, 皁隷는 24인을 두었다. 귀하고 높은 자리는 정원을 적게 하고, 아래로 내려갈수록 정원을 많게 하여 실정에 맞도록 하였다. 다만 이권이 개입할 수 있는 호조는 『經國大典』에는 본래 書吏가 38인이었는데, 『續大典』에는 60인으로 늘어났다. 국가로부터 일정한 녹봉을 지급받는 것이 없는 많은 書吏들은 결국 부정한 방법으로 생계를 영위해야만 했다. 이런 사유로 인하여, 호조는 부정의 온상이 될 수밖에 없었다. 다산은 이런 점을 시정하기 위해서 호조의 書吏를 20인, 皁隷를 40인으로 축소 조정하였다.

承政院에는 都承旨에 中大夫 2인, 左・右承旨에 下大夫 4인, 注書에 下士 4인을 두고, 書吏 24인, 皁隷 60인을 두었다. 원래의 제도는, 도승지 1인, 좌・우승지 각 1인, 左・右副承旨 각1인, 同副承旨 1인, 注書 2인을 두었고, 事變이 있으면, 假注書 3인을 둘 수 있도록 되어 있었다. 다산은 도승지를 2인으로 정하여 한 사람을 늘리고 동부승지는 없애 버렸다. 가주서를 주서의 정원에 넣어 4인으로 늘렸다. 그리고 승정원의 관원들이 늘 왕의 주변에서 근무하기 때문에 諫官의 기능도 겸하도록 했다.

『經國大典』에서는 관아의 소속이 대단히 혼란스러워 체계가 서지 않았

---

30) 앞의 책, 제1권 2장.

다. 다산은 『周禮』에 근거하여 각관아의 업무성격에 따라 재조정하여 질서가 있게 하여 능률적으로 만들었다. 宗親府 · 忠勳府 · 儀賓府 · 忠勳府 · 敦寧府 · 中樞府 등은 五上司라 하여 六曹에 소속시키지 않았다. 『周禮』에는 三公을 제외하고는 모두 육조에 예속시켜 관직체재가 엄격하면서도 간명하게 되어 있었다. 이런 정신에 근거해서 다산은 五上司를 모두 이조에 소속시켰다. 사실 조선시대의 官制는 육조가 엄연히 있는데도 육조에 소속되지 않은 국왕 직속의 관아나 의정부 직속의 관아 등이 너무나 많아 원칙이 없었고 매우 혼란스러워 비능률적이었다. 본래 독립관아이던 승정원을 『周禮』에 의거하여 그 업무의 성격이 유사한 이조에 소속시키고, 왕궁의 戒令과 糾禁을 담당하고, 궁중에 딸린 관원들을 감찰하는 기능을 강화시켰다.

왕궁의 음식, 식량, 물자, 의복, 침구, 출입, 청소, 수선과, 임금 및 왕가의 의료 등을 담당하는 관아는 그 업무의 기능과 업무를 수행하는 장소가 같은데도 司饔院, 內需司, 內侍府, 掖庭署 등은 이조에 소속되어 있고, 司䆃寺, 內資寺, 內贍寺, 司宰監, 司醞署, 義盈庫, 氷庫는 호조에 소속되어 있고, 內醫院, 典醫監 등은 예조에 소속되어 있었다. 뚜렷한 원칙 없이 되는대로 여기저기 분산되어 있었다. 『주례』에는 이런 성격의 관아들이 모두 天官에 소속되어 있어, 체계적이고 효율적으로 편성되어 있었다. 그리고 宮中과 府中이 一體가 되는 취지를 살리려고 하고 있다.

예조에 소속되어 있던 觀象監을 이조로 이속시키고, 提調에 卿 1인, 中大夫 1인, 都正에 下大夫 1인, 副正에 藝上士 2인, 主簿에 中士 4인, 奉事에 下士 6인을 두고, 그 아래 書吏 12인, 노예 24인을 두어 편제를 대폭 혁신하였다. 曆法을 연구 관리하고 년월일을 계산하여 그 운행을 밝히는 일은 天官의 본래의 직분이다. 그래서 관상감을 이조에 이속시켰던 것이다. 『周禮』에는 해와 달과 별의 일을 관장하는 馮相氏와 해와 달과 별의 변동을 관장하는 保章氏가 비록 春官에 속해 있지만, 이들은 기후를 관찰하여 그 妖怪한 일을 분별하는 일만을 관장하는 직책이지 역법을 다스리는 직책은 아니라고 다산은 보았다. 그러나 현존하는 『周禮』에는 역법을 다스리는 직책이 나와 있지 않은데, 다산은 이에 대해서는

> 五帝 때에 무릇 역법을 다스리는 사람은 모두 天官이었다. 「尙書說」에 그 뜻이 상세히 나와 있다. 그래서 司馬遷이 천문·역법을 서술하여 바로 「天官書」라고 이름을 붙였던 것이다. 역법을 다스리고 때를 밝히는 일은 천관의 본래의 직분이다……『周禮』의 天官에 소속된 관아가 60개가 되지 못하니, 아마도 이에 해당되는 관직 이름이 떨어져 나갔을 수도 있다. 그래서 나는 관상감을 천관에 소속시켰다.[31]

라고 설명하여 관상감의 역법에 대한 연구와 관리 기능을 강화시켰다. 그리고 당시 조선에서는 양반귀족들은 역법 연구를 천시하여 관상감에서 역법을 연구하는 일은 양반귀족들은 맡지 않고 기술직을 세습한 사람들이 맡게 하였다. 그리고 기술직의 사람들은 아무리 오래 근무해도 淸要職에는 나갈 수 없게 제도적으로 막아 두었다. 이는 조선 사회가 과학기술을 천시해 온 고질적인 폐단이었다. 다산은 都正 한 자리는 문신이 맡게 하여 양반사대부들 가운데서도 역법을 전공하는 사람이 나오도록 만들었다. 이는 온나라의 지식인들로 하여금 과학을 중시하도록 하려는 의도였다. 그러나 과학을 천시하는 잘못된 생각을 가진 조선의 양반귀족들은 과학문명의 발전을 근본적으로 가로막아 조선의 산업이 발전할 수가 없었다. 결국 20세기 초에 일본에 나라가 망한 원인을 이런 과학을 천시하는 조선 사회의 사고방식에서 찾을 수 있을 것이다.

당시 조선의 관상감에서 관장하는 업무 가운데는 비과학적이고 미신적인 것이 많았다. 관상감의 정식 업무 가운데는 집터나 무덤 자리를 잡는 地理學(곧 風水學을 말한다.-필자주) 미래의 운수를 점치는 命課學이 있었다. 『周禮』에는 族葬의 법이 있어 일반 백성들은 風水를 보아 어버이를

31) 앞의 책, 제1권 6-7장.

장사지내지 못하겠금 했고, 『禮記』「王制」에는 "날자 선택하는 일에 가탁하여 사람들을 의혹하게 만드는 사람은 죽인다"라고 정해져 있다. 이미 3000년 전의 周나라 제도에 풍수의 비과학적이고 혹세무민하는 폐단이 있다는 것을 분명히 알아 엄격하게 그 방지책을 강구해 두었던 것이다. 19세기에 접어든 다산의 시대에도 국가를 다스리는 근본적인 법전에 이런 미신적이고 비과학적인 업무를 담당하는 관직을 국가에서 공식적으로 설치하고 있었다는 것은 조선의 통치자들이 얼마나 비과학적이고, 국제사회의 변화에 둔감하였는지를 알 수 있게 하는 자료이다. 다산은 이런 업무를 담당하는 관직을 혁파할 것을 주장하였다. 그리고 관상감에서 매년 제작하여 반포하는 曆書의 내용 가운데 들어 있는, "이 날은 제사지내기에 알맞다", "이 날은 혼인하기에 알맞다", "이 날은 바깥 나들이하기에 알맞다", "이 날은 침 놓기에 알맞다"와 같은 미신적인 요소는 다 도태시켜 버리고, 대신 『大戴禮記』의 「夏小正」과 『禮記』의 「月令」 가운데서 王道政治에 필요한 좋은 내용을 뽑고, 고금의 農書와 本草書 가운데서 여러 가지 곡식과 과일과 약초 등을 언제 씨를 뿌리고 언제 옮겨 심고 언제 채취하는 것이 알맞다는 내용을 뽑아 각절기와 남북의 지역의 기후에 맞추어 매일의 날짜 아래에다 상세히 적어 넣는다. 이렇게 한다면 하늘을 대신하여 사물을 다스려 사람들에게 필요한 시간을 준다는 취지에서 볼 때, 가장 훌륭할 책력이 될 것이다. 관상감에서 어떤 일을 하기 위한 날짜를 선택하면서 陰陽의 說에 얽매이어 '어떤 날은 불길하다'는 이유로 혹은 한 달 혹은 한 해를 넘겨 일에 지장을 초래하는 등 그 폐단이 대단히 컸다. 그리고 曆書의 첫머리에 의례적으로 실리는 「年神方位之圖」와 맨뒤에 실리는 「天恩天赦」의 도표를 삭제하고, 대신에 八道布政司의 각절기의 시각, 일식과 월식의 시각, 해뜨는 시각과 해지는 시각을 실어 서울에서 멀리 떨어진 지방에 사는 백성들로 하여금 바른 사각을 알게 하는 일이 나라를 다스리는 데 있어 중요한 일이라고 생각했다.

관상감의 역할을 天體를 정확하게 관찰하여 백성들에게 바른 시간을 알리고, 그 날짜에 적합한 농사일, 약초 채취 등의 일을 알게 하여 농업생산에 도움을 주어 백성들의 생활 수준을 향상시키고 나아가 국가의 생산력을 발전시키려고 한 것이 다산의 의도였다.

首都를 다스리기 때문에 六曹와 같은 급의 중앙관아라 하여 독립시켰던 漢城府를 戶曹에 소속시켰다. 다산은 한성부는 전국 행정조직의 중심이기 때문에 마땅히 호조에 소속되어야 한다고 생각했던 것이다.[32] 한성부를 六部로 나누고, 육부에는 六學을 두어 敎化의 기능을 강화하였다. 호조는 후세에 와서 재물 거두는 것으로 직분을 삼았지만, 본래 사람을 가르치는 일을 관장하는 직분이 있었다. 『周禮』「地官」의 大司徒의 직분에 "鄕學의 세 가지 교육방법을 가지고서 만백성을 교화한다"라고 한 것이 바로 이것이다.

예조에 소속되어 있던 典牲署를 호조로 이속시키고, 다산 당시에 없어졌던 司畜署를 부활하였다. 사축서는 없으면서 전생서만 존재하면 희생을 계속해서 공급할 길이 없다. 그래서 사축서를 부활시킨 것이다.

그리고 각종 제사에 쓰일 곡식을 생산 관장하는 典粢署를 신설할 것을 제안하였다.[33] 『周禮』에는 舂人과 饎人이 있어 제사에 쓸 곡식을 관장했지만, 『經國大典』에는 이 일을 관장하는 관아를 따로 두지 않았다. 제사에 쓰이는 희생은 기르는 일을 맡은 관아와 희생을 관장하는 관아는 설치되어 있으면서도 제사에 쓰는 곡식을 관장하는 관서가 없는 것은 법전으로서 균형을 잃은 것으로 큰 결점이라 하지 않을 수 없다. 다산은 본래 임금이 농사의 시범을 보이기 위해 있던 籍田을 두었는데, 후대로 오면서 형식화 되어 백성들의 힘을 빌려 농사를 짓고 있었다. 다산은 이 적전을 확장하여 典粢署에서 이 적전을 관리하여 이 관아의 郎官들로 하여금 농사를 감독하도록 하여 그 수확한 곡식을 저장하고 있다가 제사 일자가 되면

---

32) 앞의 책, 제1권 9장.

33) 앞의 책 제1권 10-11장.

제사 지내는 곳에 보내게 하려는 것이었다.

均役廳을 개칭하여 平賦司라 하여 收稅의 사무를 체계화하였다. 『周禮』에서는 天官에 속하는 太宰가 아홉 가지의 地稅를 거두었고, 그 이외에 地官에 속하는 載師, 閭師, 縣師, 遂人, 里宰 등이 있어 세금을 거두었는데, 세금의 종류에 따라서 거두는 담당자가 체계적으로 갖추어져 있었다. 조선은 본래 세금제도가 갖추어져 있지 못했고, 田稅는 아무런 근거가 없어 합리적이지 못했으므로 늘 국가의 경비나 관아의 경비가 항상 부족했다. 이런 까닭에 아무런 명목 없는 세금이 계속 생겨났지만 모두 전답의 結數에 따라서 계속 추가하여 징수했으므로 농민들은 생산량의 십분의 칠팔을 수탈당하는 처참한 지경이었다. 그런데도 많은 수입을 얻는 선박, 염전, 漁業 등에는 세금을 부과할 줄 모르고, 均役廳을 만들었으면서도 인구, 주택, 소나무 밭, 대나무 밭, 옻나무 밭, 닥나무 밭, 과수원, 가축 등에는 세금을 부과할 생각이 전혀 미치지 못했고, 各郡縣의 隱結도 조사한다고 했지만 열에 아홉은 누락되었으니 유명무실할 뿐이었다. 이제 위로 『書經』「禹貢」과 『周禮』의 바탕이 되는 법을 상고하고 아래로는 漢・唐・宋・明 시대의 남긴 법을 검토하여 아홉 가지의 세금을 정하여 백성들의 부담을 줄이는 일이 시급하다고 역설하였다.

호적을 관장하는 일을 版籍司를 따로 신설하여 호조에 소속시켰다. 『周禮』에는 秋官에 속하는 小司寇의 직책에, "大比年(子午卯酉에 해당되는 해-필자주)에 이빨이 난 어린애 이상의 백성의 수를 등기하여 천자의 문서를 보관하는 관아에 올려보낸다"라고 하였고, 역시 추관에 속하는 司民의 직책에 "온 백성들의 수를 등기하는 일을 관장한다. 이빨이 난 어린애 이상의 백성들을 모두 호적에 올리는데, 國中, 都邑, 변방, 교외 등 사는 곳에 따라 구분하고 남녀의 숫자를 따로 적는다. 매년 새로 태어난 사람을 추가하고 사망한 사람의 숫자를 제외시킨다. 3년마다 다가오는 大比年이 되면 등기된 백성의 숫자를 司寇에게 보고한다. 사구는 초겨울 司民星에 제사지내는 날을 기다려 천자에게 백성의 수를 바치면 천자는 절하고 받아서 천자의 문서를 보관하는 天府에 보낸다"라고 하였다. 다산은 호적 관리의 방법을 체계적으로 밝힌 『周禮』에 의거하여 판적사를 새로 설치하여 운영할 것을 제안했다. 井田制度가 실시되던 중국의 고대에는 백성들이 호적에서 누락될까 두려워했는데, 정전제도가 실시되지 않고 갖가지 徭役이 날로 불어나던 조선후기에는 속임수를 써서 호적에서 빠지는 것을 살아갈 방도로 생각하는 실정이었으므로 호적 관리를 전담할 관아의 설치가 필요했던 것이다. 다만 『周禮』에서는 秋官에 소속되어 있었지만, 호적 관리는 호조에서 관리하는 것이 조선의 현실에 더 맞고, 호적에 관한 사무는 호조라는 명칭에도 부합되기 때문에 『周禮』와는 달리 호조에 소속시켰다.

대궐 후원의 채소밭을 가꾸어 궁중의 채소 공급하는 일을 관장하던 司圃署의 기능을 확대하여 전국에 과수를 심고 관리하는 일을 관장하여 국가의 경비를 넉넉히 하고 백성들의 생산에 도움을 주는 길을 찾고자 했다. 『周禮』에 地官에 소속된 場人의 직책이 전국의 농장과 채전을 관리하고 거기에 과일을 심는 일을 관장하는 것이었다. 여기서 계시를 받아 사포서의 기능을 확대하고자 했던 것이다. 담당 관원은 무관말직 가운데서 임명하되 조정에서 불러 시험한 결과 農書에 밝고 그 토질을 잘 알고 농사나 채전 가꾸는 일을 잘하는 사람이면 司圃의 자리에 승진시키도록 한다. 이렇게 한다면 10년이 지나지 않아, 우리나라의 진귀한 과일을 이웃나라로 수출하여 국가의 財用을 넉넉하게 할 수 있다고 보았다.

司礦署를 신설하여, 提調로 中大夫 1인, 判官으로 上士 1인, 主簿로 中士 2인을 두고, 그 아래 書吏 2인, 皁隷 6인을 두었다. 우리나라는 산악이 많아 金·銀·銅·鐵 등 광물이 곳곳에서 산출되는데도 국가에서는 채굴을 금지만 했지 국가에 전담하는 관아가 없어 투자하여 개발하지 않고 있는 실정이었다. 다산은 광물질의 채굴과 재련을 위해서 전담부서의 설치를 주장했던 것이다.[34] 『周禮』에 벌써 地官에 속한 礦人을 두어 金·玉·朱錫이나 鑛石이 나는 땅을 관장하고 禁令을 만들어 지키고 필요한 때에 채굴하고 산지를 탐사하는 등의 일을 맡도록 되어 있었다.[35] 다산은 『周禮』에서 발상을 얻고 당시 조선 후기 광물질의 수요가 급격히 증가한 시대적 상황에 부응하기 위해서 사광서의 설치가 필요한 조치임을 절감했던 것이었다.

禮曹에 소속되어 있던 活人署를 戶曹로 이속시켜 그 명칭을 六保署로 고치고 그 관장업무을 크게 확대시켰다. 提調에 中大夫 1인, 別提에 中士 2인, 奉事에 下士 2인을 두고 書吏 2인과 皁隷 6인을 두었다. 본래 활인서의 관장업무는 서울 도성 안에 사는 백성들의 질병을 치료하는 것이었다. 六保署의 '六保'란 명칭은 『周禮』「大司徒」에 "보호하고 번영하게 할 정책으로써 여섯 방면에서 온 백성들을 살게 만든다[以保息六養萬民]"에서 따왔다. 온 백성들을 살게 만드는 여섯 가지 방면의 일은 첫째 어린애들을 애호하는 일, 둘째 노인들을 봉양하는 일, 셋째 곤궁한 사람들을 구제하는 일, 넷째 가난한 사람들을 보살피는 일, 다섯째 장애자들의 부역을 면제하거나 경감시켜 주는 일, 여섯째 부유한 사람들을 안정시켜 주는 일이었다.[36] 다산은 『周禮』에서 大司徒가 사회보장 차원의 업무를 총괄하는 것을 보고 당시 조선에도 사회보장 업무를 총괄할 상설 부서가 필요하다는 것을 절감하고서 육보서의 신설을 제안했던 것이다. 나라에 흉년이 들거나 재난이 생겼을 경우 임기응변적으로 지방관들이 구제의 책임을 졌지만 체계적이고 항구적인 것이 못되었다.

世子侍講院을 侍講院이라 개칭하고 왕세자가 공부하는 곳의 기능을 왕이 공부하는 곳의 기능도 회복하도록 바꾸었다. 『周禮』에서 왕의 스승을 師氏, 保氏라고 했고, 『書經』「周官」에 "太師, 太傅, 太保를 세우는데 三公이 맡는다"라고 되어 있다. 三公이 師·傅·保를 맡는 것이 三代 이래로 변함 없는 典例였으므로 삼공이 겸직하도록 했다. 다만 『周禮』에서는

34) 앞의 책 제1권 18장.
35) 『周禮』「地官」礦人條.
36) 앞의 책, 大司徒條.

사씨나 보씨의 관직이 地官에 소속되어 있었지만 다산은 조선의 전례에 따라 예조에 그대로 두었다. 다산의 실학사상은 단순히 『周禮』를 맹목적으로 추종하지 않았다는 사실을 이런 곳에서도 알 수 있다. 그리고 시강원의 관제를 대대적으로 개편하였다. 太師·太傅·太保에는 公 3인, 少師·少傅·少保에는 孤 3인, 賓客에는 卿 2인, 副賓客에는 中大夫 2인, 輔德에는 下大夫 2인, 弼善에는 上士 2인, 司書에는 中士 2인, 說書에는 下士 2인을 두고, 書吏 10인과 皁隷 24인을 두었다.[37] 고대에는 三公이 임금의 스승이었는데 후세에 와서는 임금의 권위가 자꾸 강화됨에 따라 삼공의 지위는 낮아져서 세자의 스승으로 낮아졌다. 조선의 편제에 시강원의 贊善·進善·諮議 등 세 관원은 특별히 山林之士를 초빙하여 임명하는 것이 관례였다. 다산은 맡은 일은 같으면서 유독 시강원에서만 명칭만 달리하는 것이 어진이를 대접하는 일이 될 수도 없고, 아무런 의미도 없다고 보아, 모두 혁파해 버렸다. 고대의 職官制度에서는 관직이란 부서의 명칭이지 관원의 명칭이 아니었다. 후세에 와서 거기에 부응하는 실제적인 덕은 점점 쇠퇴해져 관직을 새로 만들 때마다 淸華한 명칭으로 장식하여 그 관직에 제수되는 사람의 교만한 기운을 조장하고, 거기에 임명되지 못하는 사람들은 부러워하는 분위기를 만들어 세상을 병들게 한다고 보았다. 그리고 侍講院에 본래 文學이란 정5품의 관직이 있었는데, '文學'이란 두 글자는 관직의 명칭이 될 수 없다고 생각하여 없애 버렸다.

春秋館을 太史院으로 바꾸고 領事에 公 1인, 監事에 公 2인, 知事에 卿 2인, 同知事에 中大夫 2인, 修撰에 下大夫 2인, 編修官에 上士 2인, 記注官에 中士 2인, 記事官에 下士 2인을 두고, 그 아래에 書吏 4인, 皁隷 16인을 두었다.[38] 조선에서는 나라의 역사를 春秋라고 일컫지 않으므로 꼭 春秋館이라고 일컬을 필요가 없다고 생각했다. 『周禮』에는 春官에 소

37) 『경세유표』 제1권 25장.

38) 앞의 책 제1권 26장.

속된 史官으로 太史, 小史, 內史, 外史가 있는데, 太史가 그 장관이므로 太史院이라고 일컫는 것이 더 현실에 맞는 명칭이다. 그러나 조선의 춘추관은 독자적인 사무실도 없이 承政院의 注書室 옆에 붙어 있었고, 모든 관원은 여타 관아의 관원이 의례적으로 겸직하도록 되어 있고, 정9품인 藝文館 檢閱 4인 가운데서 가장 신임자 1인이 춘추관의 사무를 관장하고 있어, 실제로는 이름뿐인 관아였다. 다산은 임진왜란 이전 경복궁이 불타지 않았을 때는 이렇게 초라하지는 않았다고 생각해서 대궐 안에 관아를 새로 열어 時政의 기록하는 일은 물론이고 우리나라의 옛 역사를 수정하는 일과 조선시대의 野史를 두루 수집하여 보관하는 일도 아울러 관장하도록 해야 하고 이를 위해서는 주관하는 관원을 두어야 한다고 주장했다.

成均館이란 명칭을 國子監으로 바꾸었다. 그 이유로는 옛날에는 太學에서 음악으로 사람을 가르쳤으므로 成均이라 했던 것이다. 그러나 당시의 성균관에서는 음악을 익히지 않으므로 '成均'이란 명칭은 실제에 부합되지 않는 虛名이므로 써서는 안된다고 보았다.

과거제도의 폐단을 구제하기 위해서 禮曹에 貢擧院을 신설하였다. 提擧에 卿 2인, 中大夫 4인, 下大夫 8인, 副正에 上士 1인, 主事에 中士 2인을 두고, 그 아래 書吏 4인, 皁隷 8인을 두었다. 卿 2인은 禮曹判書와 大提學이 맡도록 했다. 그는 周나라 漢나라의 제도를 절충하여 三公九卿이 의정부에 모여서 文章을 잘 하고 學問이 있는 사람 12명을 잘 선발하여 임금에게 추천하여 그 命을 받도록 했다.[39] 다산은, 당시 조선의 과거제도가 일정한 법도가 없고 지극히 문란한 것을 개탄해 마지 않았다. 사람을 등용하는 제도로는, 『書經』「皐陶謨」에서 皐陶가 禹임금에게 아뢴 아홉 가지 덕목보다 더 나은 것이 없다고 생각하였다. 『周禮』에서의 인재 등용하는 방법은 "鄕大夫가 3년마다 대대적으로 조사해서 그 德行과 道藝를 살펴서 어질고 능력 있는 사람을 추천하면 그 다음 해에 鄕老 및 鄕大夫와 하급관원

39) 앞의 책 제1권 30장.

들이 어질고 능력 있는 사람들을 추천하는 편지를 천자에게 올리면 천자는 두 번 절하고서 그 것을 받아서 국가의 중요한 문서를 관장하는 天府에 보낸다."[40]이다. 곧 지방장관의 조사에 의한 지방자치단체 관원들의 추천에 의한 방식이었다. 과거에서 詩賦 등 글짓는 시험을 보여 많은 사람을 정기적으로 뽑는 폐단을 바로잡자는 의도에서 다산은 이런 절충적인 방법을 제안하였다. 武科를 관장하기 위해서는 武擧院을 따로 설치하여 兵曹에 소속시켜야 한다고 제안했다.

司僕寺의 명칭은 잘못된 것이라 하여 太馭寺라고 개칭할 것을 제안하였다. 司僕寺의 관원은 말을 관장하니 『周禮』의 校人에 해당된다. 말 모는 것을 관장하는 관원은 『周禮』의 太馭에 해당된다. 그런데 漢代 이후로 말 기르는 것을 관장하는 관원을 太僕이라고 잘못 일컬어 온 이래로 조선시대 후기까지도 그 오류를 그대로 답습하여 왔다. 지금 『周禮』에서의 太僕은 천자가 각종 상황에 맞추어 마땅히 입어야 할 의복과 서야할 마땅한 위치를 바로잡고 임금의 명령을 전달하거나 신하들의 답변을 아뢰는 일을 관장하는 것과 북을 달아서 원통함을 아뢰는 일을 관장하는 것으로, 후세의 尙書省에서 관장하는 업무와 유사하였다. 말을 기르거나 말을 모는 관직은 아니었다.[41] 그래서 명실이 상부할 수 있도록 太馭寺로 바꾸고 말을 기르는 일을 관장하는 관아로는 牧圉司를 따로 설치할 것을 제안했다. 이렇게 구분한 이유는 『周禮』의 관제에 太馭와 養馬의 관원이 완전히 구분되어 있었기 때문이었다. 사복시의 명칭에 부합되는 일을 하는 太馭寺에서 맡고, 사복시에서 하는 당시 관장하고 있는 일은 그 일을 본래하던 牧圉司에서 맡도록 하여 무질서한 관직체계를 바로잡고자 했다.

內兵曹를 고쳐 右掖司라고 했다. 내병조의 入直大夫를 都宮正라 하여 上大夫 2인, 내병조의 郎官을 金吾郎이라 하여 上士 2인을 두었다. 『周禮』

40) 『周禮』, 「地官・鄕大夫」.
41) 『경세유표』 제2권 3장.

「天官」에 宮正이라는 관직이 있는데 "궁중의 禁令과 糾禁을 관장한다. 시간에 맞추어 궁주의 각관아 및 숙직하는 인원들을 점검하고, 이를 위해서 문서를 만들어 기록하여 필요할 때를 기다린다. 매일 저녁에는 목탁을 뚜드리며 숙직하는 인원들을 점검한다. 그 출입을 살피고 궁궐 안에 거주하는 사람인지 밖에 거주하는 사람인지를 분변한다"라고 그 직분이 명시되어 있다. 宮正의 관장업무는, 조선후기 내병조의 업무와 거의 동일했다. 그리고 都摠府를 개칭하여 左掖司라 하여 右掖司와 서로 균형을 이루도록 조정하였다.

독립관아이던 義禁府를 刑曹에 소속시켰다. 의금부는 『周禮』「秋官」의 士師에 해당되기 때문이다. 의금부는 또 옥을 다스리는 관아일 뿐이지 본래 巡警하는 책임이 있었던 관아는 아니었다. 지금 세상에서 의금부를 '金吾'라고 별칭하는 것은 잘못된 것이다.[42] 唐나라 제도에 金吾는 본래 宿衛하는 직책으로서, 의금부와는 아무런 관계가 없는 관직이다.

독립관아이던 司憲府를 형조에 소속시켰다. 『周禮』「秋官」의 布憲의 직책은, "나라의 禁令을 게시 공포하고, 사방의 제후국와 都鄙 및 변방 오랑캐나라에서도 금령을 잘 지키도록 독려한다"라고 되어 있으니, 조선시대의 사헌부의 직책에 해당되기 때문이다. 사헌부에서 監察의 기능만을 따로 떼어내어 監察院을 신설하였다.

捕盜廳이란 명칭이 典雅하지 못하기 때문에 討捕營으로 바꾸었다. 이는 『周禮』「秋官」의 도적을 관장하는 司厲에 해당된다.

巡將廳을 巡警司로 바꾸었는데, 『周禮』「秋官」의 司寤氏에 해당되므로, 司寤郎이란 관직을 신설하여 中士 6인으로 임명하도록 했다.[43]

路鼓院을 신설하여 백성들의 원통한 일을 호소할 수 있도록 하였다. 『周禮』「夏官」의 太僕의 업무는 "천자가 정사를 보는 궁전 문밖에 路鼓를

42) 앞의 책 제2권 14장.

43) 앞의 책 제2권 16장.

세워 북을 쳐서 일을 아뢰는 일을 관장하고, 궁한 사람들을 위해 신고하는 조정의 신하와 긴급한 명령을 기다린다. 북소리를 들으면 곧 북 옆에서 근무하던 사람을 불러서 만나 본다"라고 되어 있다. 조선 太宗 2년에 申聞鼓를 설치하여 백성들이 쳐서 억울한 사정을 호소하게 한 적이 있었다. 그러나 鼓院을 설치한 적은 없고 또 북이 대궐 안에 있고 대궐문을 삼엄하게 지키기 때문에 오직 도성 안에 사는 벼슬아치 집안의 사람들만 칠 수 있었지 미천한 시골 백성들은 칠 도리가 없었다. 그래서 다산은 便殿에 가장 가까운 丹鳳門 밖에 路鼓院을 세워 모든 원통한 사람이 와서 사정을 알리면 노고원의 郎官이 접수하여 승정원에 보내어 조정의 처분에 따르도록 하자고 제안했다.[44] 이런 제도는 言路를 확대하는 방안으로서 『周禮』뿐만 아니라 堯임금, 禹임금 때부터 있어 온 제도로, 唐・宋에서나 明나라에서도 시행하던 제도였다. 올바른 정치를 하기 위해서는 백성들의 소리를 들어야만 하기 때문이다.

度量衡의 제작과 관리를 전담할 衡量司를 신설하여 刑曹에 소속시킬 것을 제안했다.[45) 『禮記』「月令」에서 "낮과 밤의 길이가 같은 춘분이 되면 도량형기를 바로잡아 동일하도록 한다. 저울을 공정하게 하여 경중의 차이가 없도록 하고, 말이나 휘를 바로잡아 대소의 차이가 없도록 하고, 저울추나 평미레를 검사하여 바르게 한다"라고 했다. "舜임금이 巡狩할 때는 音律과 度量衡器를 바로잡아 일치시키는 일을 가장 으뜸되는 일로 쳤다"는 기록이 『書經』「舜典」에 나와 있고, 『吳越春秋』에 "禹임금이 저울을 조정하고 말과 휘를 공정하게 하는 것을 법도로 삼았다"라는 기록이 있다. 周武王이 나라를 세운 초기에 제일 중시한 일이 도량형기를 엄정하게 하는 일이었고, 周公이 섭정했을 때 중시한 일도 도량형기를 반포하는 일이었다. 역사상 어떤 나라를 막론하고 도량형기를 대단히 중시했음을 알

44) 앞의 책 제2권 16-17장.
45) 앞의 책 제2권 22장.

수 있다. 그리고 도량형기를 바로잡는 일은 나라를 다스리는 데 있어 매우 중요한 일이었다. 그러나 도량형기가 문란한 정도는 조선이 가장 심각한데도 이 일을 전담하는 관아가 없었으므로 다산은 그 관아의 필요성을 절감했던 것이다. 도량형기가 문란한 것을 기화로 삼아 아전들은 온갖 간활한 짓을 일삼고 장사아치들은 속임수를 써서 물자가 유통되지 못하게 했다. 조정의 신하들은 시장의 물가가 얼마라는 것을 듣고서도 사방의 실정을 파악하지 못했고, 담당관원들은 수입을 헤아려서 지출할 수가 없었고, 지방장관들은 장부를 살펴서 실제의 물자를 책임지울 수 없는 실정이었다. 당시 조선의 도량형기가 얼마나 문란한가를 다산이 직접 목도하였다. 솜 한 포대를 동쪽 집 저울로 달아 보니 4근이었는데, 서쪽 집 저울로 달아 보니 12근이었다. 시장에 팔 때는 30근이 되었고, 관청에 바칠 때는 48근이 되었고, 베 짜는 집에 줄 때는 도로 10근이 되었을 정도였다. 그래서 독립된 관아를 만들어 이 일을 전담하도록 하고, 각관아와 지방행정단위의 도량형에 추호라도 차이가 있으면 極律을 시행하여 온 나라 백성들로 하여금 도량형기란 가장 엄격한 것임을 알게 하여야만 법도가 가히 실행될 수 있다고 보았다.

契券司를 신설하여 형조에 소속시켰다. 조선에서는 모든 매매를 사사로히 하고서 법을 집행하는 관아의 확인을 받지 않기 때문에 사기가 많아 소송이 자주 일어났다. 소송이 일어난 뒤에 법을 맡은 관아에 고발하지만 그 관아에서는 애초에 그 사안과 관계가 전혀 없었으므로 그 사건을 정확하게 알 리가 없다. 그래서 사전에 사기와 소송을 방지하기 위해서 계약문서 관계의 일을 전담하는 관아가 필요했던 것이다. 『周禮』에는 地官에 속하는 質人이 있어 계약문서를 관장하여 사기를 막고 소송을 금지시키도록 되어 있었다. 다산은 『周禮』를 따르지 않고 형조에 소속시켰다.

몰수된 재산이나 벌금을 관리할 職金署를 신설하여 형조에 소속시켰다. 『周禮』에는 추관에 속하는 職金이 있어 벌금을 관리하고 있었다. 조선시대에는 벌금이나 贖錢은 모두 刑曹에서 거두다 보니 형조의 면목이 서지 않았고 죄인의 적몰한 재산은 모두 戶曹에서 거두어 갔다.[46] 결과적으로 호조만 더욱 풍요롭게 했던 것이다. 그래서 다산은 모든 벌금이나 속전, 적몰한 재산을 직금사에서 거두어 通禮院, 六保院, 禮賓寺 같은 경비가 부족한 관아에 나누어 주도록 할 것을 제안했다.

산림을 관장할 山虞寺를 신설하여 工曹에 소속시킬 것을 제안하였다. 조선의 제도에는 四山參軍을 두어 서울의 네 군데 산만을 관장하도록 하였는데 그 제도가 아주 미비했다. 이는 『周禮』에서 地官에 소속된 산림의 일을 관장하는 山虞와 산에 서식하는 맹수를 잡아 가죽・털・이빨・뿔 등을 거두어 들이는 秋官에 소속된 冥氏와 雍氏의 업무를 통합한 것이다. 그리고 재목을 관장하는 林衡寺를 따로 두었는데, 이는 『周禮』「地官」의 林衡에 의거한 것이다. 또 못을 관장할 澤虞寺와 하천을 관장할 川衡司를 두었는데, 이 역시 『周禮』의 澤虞와 川衡라는 관직에 근거한 것이다. 다산은, 전국의 이름난 큰 산들을 장부에 올려 그 위치와 토질 등을 구분하여, 식목을 관리하고 금지하는 바를 조사하여 그 세금을 거두어 국가의 경비에 보태어 쓰도록 했다.[47] 당시 산림이나 川澤에서 나오는 이익은 각지역의 토호나 관리들이 오로지 차지하여 국가는 한 푼의 수입도 올리지 못하는 실정이었다. 국가의 경비가 부족하자 이를 메꾸기 위해서 軍布와 結米를 거두고 還穀制度를 교묘하게 악용해서 백성을 못살게 수탈하면서도 이런 국가의 좋은 수입원이 될 만한 것에는 눈을 돌리지 못한채 방치하고 있었다. 그리고 가죽・털・이빨・뿔 등은 국가의 幣帛이나 兵器에 아주 긴요하게 쓰이는 것이면서도 국가에 관장하는 관아가 없어 필요할 때면 황급하게 지방관들에게 할당하여 백성들을 수시로 괴롭게 만들었다. 다산은 산림과 川澤의 수입원을 잘 이용하여 국가의 경비를 넉넉하게 하고, 백성들의 수탈을 근원적으로 방지하기 위해서 산림과 천택을 관장할 전담

46) 앞의 책 제2권 24장.

47) 알의 책 제2권 25-26장.

관아를 만들려고 했던 것이다.

利用監을 신설하여 공조에 소속시킬 것을 제안했다. 中國의 발달한 과학기술을 배워 국가를 부강하게 하고 백성들의 생활을 윤택하게 하기 위해서 꼭 필요한 관아였다. 『春秋傳』에서 "正德, 利用, 厚生이 王道政治를 하는 사람이 다스림에 이르는 큰 항목이다"라고 했고, 『禮記』「中庸」에서 "급료를 일한 성적에 맞게 하는 것이 여러 기술자들을 오도록 만든다"라고 했고, 『周禮』「夏官」의 藁人의 직책에 "만든 활이나 쇠뇌를 시험하여 급료를 증감하거나 상벌을 내릴 근거로 삼는다"라고 되어 있고, 『禮記』「月令」에 "초겨울에 百工의 우두머리로 하여금 일의 성적을 점검하게 하는데 만든 器物 위에다가 만든 기술자의 이름을 새기게 하여 그 정성스러움의 정도를 살필 수 있게 한다. 만약 그 기술이 요구에 합당하지 않으면 만든 사람에게 반드시 처벌을 내린다"라는 기록이 있다. 옛날의 훌륭한 왕들의 제도에는 이처럼 百工을 면려하는 방안이 있었다. 물건을 잘 만드는 사람에게 급료를 높여 주면 사방의 재주 있는 사람들이 그 소문을 듣고 모여들 것이다. 기술자가 모여들면 財用이 풍부해질 것이다. 왜냐하면 농기구가 편리해야만 힘은 적게 들이고도 곡물은 풍부해질 것이고, 베 짜는 기구가 편리해야만 힘은 적게 들이고 피륙이 풍부해질 것이며, 배나 수레가 편리해야만 멀리 있는 물건이 정체되지 않고 유통될 것이며, 무거운 것을 끌거나 무거운 것을 들어올리는 방법이 편리해야만 힘은 적게 들이고도 건축물이나 제방을 견고하게 만들 수 있을 것이다. 여러 기술자들의 기술은 數理에 그 근본을 둔다. 반드시 피타고라스 정리, 鈍角·銳角 구하기, 곱셈·나눗셈 등 數理의 기본원리를 확실히 안 뒤에라야 그 방법을 터득할 수가 있는 것이다. 그래서 전문적인 스승을 초빙하여 장기간에 걸쳐 집단적으로 배우지 않으면 안된다는 것을 알았다. 다산은 奎章閣에서 『古今圖書集成』의 「考工典」 제249권인 「奇器圖說彙編」을 보았고, 그 뒤 朴齊家의 『北學議』와 朴趾源의 『熱河日記』를 읽어 보고 중국의 器用의 제도가 사람들이 예측할 수 없는 경지에까지 이르렀다는 것을 알고 있었다. 만약 당시 전쟁이 발발한다고 해도 鳥銃 같은 무기는 다시 쓰이지 않고 발달한 과학기술에 의해서 개발된 훨씬 새로운 무기가 등장할 것임을 다산은 짐작하고 있었다. 그래서 다산은 당시의 급선무는 중국의 앞선 과학기술을 배우는 일이라는 것을 절감하고서 중국의 과학기술을 배우는 일은 利用監을 신설하여 거기서 전담하게 해야 한다고 제안했다. 중국을 배우는 구체적인 방안을 다산은 이렇게 제시하였다.

> 利用監의 提調와 僉正 2인은 數理에 정통한 사람을 가려서 임명하고 別提 2인은 눈썰미와 손재주가 있는 사람으로 임명한다. 學官 4인은 司譯院과 觀象監 관원 가운데서 수리에 정통하고 표준적인 漢語에 익숙한 사람들 각각 2인을 선발하여 해마다 北京으로 들여보낸다. 때론 돈을 써서 그 기술의 방법을 사기도 하고, 때론 후한 값으로 그 물건을 산다. 무릇 구들 놓는 방법, 벽돌 굽는 방법, 수레 만드는 방법, 그릇 만드는 방법, 쇠나 구리 제련하는 방법, 흙벽돌 굽는 방법, 자기 굽는 방법에서부터 무거운 것 끄는 방법, 무거운 물건 들어올리는 방법, 나무 켜는 방법, 돌 따개는 방법, 맷돌 돌리는 방법, 물레방아 돌리는 방법, 물 끌어올리는 방법, 농사일을 안하고도 먹고 살 수 있는 방법, 풍차와 수차 만드는 방법, 아치형 관으로 물대는 방법, 낮은 곳에서 높은 곳으로 물대는 방법과, 모든 농기구, 織機, 兵器, 火器, 風車, 불끄는 기구에서부터 天文 曆法에 쓰이는 儀器와 計測器 등에 대해서 빠짐 없이 배워 돌아오게 한다. 그들이 돌아와서 그 배운 내용을 利用監에 보고해 올리면 이용감에서는 솜씨 있는 기술자들을 모아 그 방법에 따라 시험제작하게 한다. 그 가운데서 성적이 좋은 사람은 提調 및 工曹判書가 그 성적을 점검하여 '最'로 考課를 매겨서, 고을원으로나 察訪으로 제수하도록 하고, 큰 공이 있는 사람은 南北漢의 副使로 승진시키거나 그 자손들을 錄用한다면, 10년이 지나지 않아서 반드시 효과가 있게 되어, 나라는 부유해지고 병력은 강해져서 다시는 천하의 웃음거리가 되지 않을 수 있을 것이다.[48]

---

48) 앞의 책 제2권 30장.

수학에 능하고 중국말에 능통한 利用監의 學官 2인을 매년 중국으로 들여 보내 중국의 발달한 각종 과학기술을 널리 철저하게 배워 와서 우리 나라에 전파하게 하고, 기술 습득의 성적이 좋은 사람을 관리로 임명하면 조선이 부강할 수 있다고 생각했다. 그리고 기술자를 관리로 임명하자는 주장에서 士農工商의 계급적 차이를 타파하여 직업적 평등관을 구축하려는 개혁적인 사상을 내세웠다.

조선은 수레가 다니지 않아 財貨가 유통되지 못하고 상업이 일어나지 않으며, 전쟁이 나도 군수물자를 운반할 수가 없다. 나라가 허약하고 백성들이 가난한 것도 모두 수레를 이용하지 않는 데 그 원인이 있다고 보았다. 그래서 수레를 만들고 운용하는 일과 도로를 관리하는 일을 맡은 典軌司를 신설하여, 국가경제를 활성화시키고 국민들의 생활을 편리하게 하고, 아울러 국토방위의 목적에도 쓸 수 있게 할 것을 주장하였다.[49] 『周禮』「夏官」의 巾車는 도로와 수레의 운용을 관장하는 직책이고, 수레 만드는 방법은 「冬官」의 輪人, 輿人, 輈人 등에 상세히 나와 있고, 車人에서 다시 설명하고 있다. 수레를 운용하는 일은 나라를 다스리는 제왕의 중요한 일이기 때문에 중국에서는 태고적부터 수레를 이용해 왔고, 수레 만드는 기술도 아주 뛰어났다. 조선은 삼면이 바다이기 때문에 옛부터 주로 배를 이용했지 수레는 거의 이용하지 않았다. 그러나 배는 바람과 파도로 인해서 침몰될 위험을 안고 있고 말이나 가마 등은 힘만 많이 들고 운송능력은 보잘 것 없는 결점이 있다.

瓦署를 甄瓦署로 개편하여 기와는 물론 중국에서 그 방법을 배워온 벽돌도 아울러 굽는 일을 관장하도록 할 것을 제안했다.

長興庫를 그 업무 내용과 부합되게 司筵署로 바꾸어 공조에 소속시켰다. 그 명칭은 『周禮』에서 따왔는데 『周禮』에서는 春官에 소속시켰고, 『經國大典』에서는 호조에 소속시켰지만 그 업무 성격에 맞게 공조에 소속시

49) 앞의 책 제2권 34-35장.

켰다. 그리고 예조에 소속되어 있던 圖畵署를 『周禮』에 의거하여 공조로 이속시키고, 도화와 관계 없는 篆字官을 없애버리고 그 업무를 寫字官이 겸하도록 개편할 것을 제안하였다.[50)]

다산의 국가를 경륜할 만한 이상적인 관직체계를 창안하여 국가를 부강하게 하고 백성들의 생활을 윤택하게 할 실학사상을 실행할 수 있도록 제도화 했지만 다만 자신의 이상일 뿐, 당시는 물론 조선이 망할 때까지 실현되기는 커녕, 어떤 영향도 주지 못했다. 당시 조선의 학자나 관료들은 『經國大典』을 祖宗만든 法典이라 하여 고치기를 아주 꺼려 『經國大典』의 내용이나 체재를 개혁하자는 다산의 건의를 받아들이려고 하지 않았다.

## Ⅵ. 결론

조선시대는 程朱의 性理學만을 官學으로 인정하여 原始儒學 본래의 救世的인 면보다는 이론적인 면이 강조되었다. 성리학은 心性修養 등 긍정적인 면도 있으나 조선에서는 오로지 성리학을 지나치게 숭상하다 보니 온나라의 학문이 획일화되고, 독창적인 견해를 용납하지 않아 국가사회의 발전에 아무런 도움을 주지 못했다. 더욱이 壬·丙 兩亂을 겪은 뒤로 국가는 피폐해지고 민생은 도탄에 빠졌지만 국왕을 둘러싼 위정자들은 제도의 개혁을 통한 국력의 진작이나 백성들의 생활의 개선을 위한 방안을 강구하려고 하지 않았다.

조선후기의 이런 국가적 위기상황에서 지식인으로서의 자신의 사명을 자각한 일부 實學者들이 국가를 回生시키고 백성들을 도탄에서 구출할 길을 모색하였는데, 그 가운데서 대표적인 학자가 바로 茶山 丁若鏞이다.

다산은 여타의 실학자와는 달리 철저하게 경서를 연구하여 경서의 본래

---

50) 앞의 책 제2권 39-40장.

의 바른 뜻에서 자신의 독창적인 실학사상을 발전시켜 냈다. 그가 중시한 경서는 三禮 즉,『禮記』·『儀禮』·『周禮』였는데, 그 가운데서도『周禮』를 특별히 중시하였다. 다산은 '禮'란 天理와 人情에 부합되는 고대의 한 나라를 다스리는 데 필요한 典章制度, 곧 이상적인 통치원리라고 인식하였는데『周禮』야말로 바로 국가를 통치할 전장제도가 체계적이고 종합적으로 정리된 典範이라고 확신하였다.

『周禮』를 철저히 연구하여 鄭玄 이후 여러 학자들의 잘못 해석한 것을 바로잡아 거기에 담긴 내용을 정확하게 이해하고, 그 가운데서 유용한 것을 선택하여 조선의 국가 규모와 당시의 여러 가지 실정에 맞게 적용시켜, 조선의 제도적 모순을 개혁하여 국가를 발전시키고 백성들의 생활수준을 향상시킬 새로운 국가통치체재를 방대하게 구상한 결과가 그의 유명한 저서『經世遺表』이다.

조선왕조는 건국초기부터『經國大典』을 통치의 근본법전으로 삼아 뒤에 몇 차례 증보하여 조선이 망할 때까지 국가를 통치해 왔다.『經國大典』은 반포 직후부터 여러 가지 문제점이 있었고, 후대로 올수록 실정과 맞지 않아 개정해야 할 점이 많았다. 그러나 조선의 관료들은 祖宗의 법전이라고 숭상하여, 고치려고 하지 않았다.

다산은 제도의 전반적인 개혁 없이는 조선을 회생시킬 수 없다고 생각하였다.

조선의 통치체재를 유지하면서는 정치적 사회적 경제적 모순을 극복하여 국가의 부강을 가져오는 일과 백성들의 생활수준을 향상시키는 일이 근본적으로 불가능하다고 당시의 제도의 전반적인 개혁·보완을 통해서만 가능하다고 다산은 판단하였다. 그가 구상했던 제도의 개혁 범위는, 官制, 田制, 稅制, 과거제도 등 전반에 걸쳐 있었는데 특히 전체적이고 유기적인 개혁사상은 官制의 개혁안에 집중되어 있다.

그 개혁의 대원칙은 첫째, 전체 관직체재를『周禮』의 六官의 체재를 따르되 조선의 국가 규모에 맞게『周禮』에 나오는 360개의 관직을 120개로 축소조정하고, 관직의 품계도 9품계로 줄이고 품계간의 구분을 확실히 하도록 하였다. 둘째, 혼란한 관직의 소속을 체계적으로 재조정하고 명칭을 직무의 성격에 부합하는 것으로 바꾸었다. 셋째, 조선의 실정으로 볼 때 꼭 필요하면서도 『經國大典』에서 누락되어 있고 후세에 보완하지 않은 관직을 『周禮』의 통치원리에 의거해서 보완했다. 넷째, 『經國大典』에 편성되어 있는 관직 가운데서 국가적으로 아무런 도움이 되지 못하면서 백성들에게 해를 끼치는 관직은 혁파해야 한다는 것이다.

다산이 개편하거나 신설하려고 구상했던 부서 가운데서 국가를 발전시키고 백성들의 생활수준을 향상시킬 수 있었던 참신하고 독창적인 것을 몇 가지 例示하면 다음과 같은 것이 있다.

명목 없는 세금을 수시로 신설하여 백성들에게 부과하여 가렴주구를 일삼는 무원칙한 收稅 방식을 지양하고, 체계적이고 합리적인 稅制를 운영할 平賦司를 설치하여 국가의 稅收를 늘리면서도 백성들의 생활을 윤택하게 할 것을 제안했다.

호적에 관한 업무를 일괄적으로 관장할 版籍司를 신설하여 인적 자원을 효율적으로 관리하여 각종 국가적 사업의 통계자료로 활용할 것을 제안했다.

조선에서는 광물질의 개발을 금지만 하고 있었지 국가적 차원에서 개발을 하지 않았는데 광물질을 개발하여 늘어나는 국가의 수요에 충당하는 업무를 관장할 司礦署를 신설할 것을 제안했다. 이는 새로운 과학기술의 발전에 따른 각종 機器의 제작에 대비하여 아주 중요하고 필요한 부서였다.

빈민 장애인 노약자 이재민들을 종합적이고 항구적으로 구제할 사회보장제도에 관한 업무를 관장할 六保署를 活人署를 확대개편하여 만들 것을 제안했다.

온갖 폐단을 야기하던 과거제도를 전담할 貢擧院을 만들어 참된 인재를 공정하게 선발할 제도적인 장치를 만들 것을 제안했다.

백성들의 소리를 항상 접수하여 국왕에게 보고할 路鼓院을 신설하여 여론을 직접 들을 수 있도록 할 것을 제안했다.

각종 부정부패 가렴주구의 도구로 이용되던 度量衡器를 엄격하게 규정에 맞게 제작하고 관리할 衡量司를 신설할 것을 제안하였다. 이는 상업의 발달에 앞서 꼭 필요한 일이었다.

中國의 발달한 과학기술을 배워 와 조선에 보급시켜 국가를 부강하게 하고 백성들의 생활을 윤택하게 하기 위해서 꼭 필요한 관아인 利用監의 신설을 주장했다.

조선은 도로가 나 있지 않아 수레가 다니지 못하니 각종 생산품의 교역이 이루어지지 못해 백성들의 생활이 궁핍하였다. 그리고 전쟁이 나면 군수품과 무기의 수송에 어려움이 많았다. 도로와 수레에 관한 일을 전담할 典軌司를 신설할 것을 제안하였다.

觀象監에서는 당시 風水, 占卜 등 미신적인 업무를 주관하고 있었다. 다산은 이런 국가나 백성에게 해나 끼치는 비과학적인 업무를 혁파하고, 대신 천체 운행에 따른 계절의 변화나 농사에 필요한 기상정보를 제공해야 한다고 주장했다.

이 밖에도 당시 조선의 실정으로 봐서 필요한 많은 부서를 신설하고, 기존 관서의 업무 내용도 혁신해야 한다고 제안했는데, 대부분 다 조선의 실정에 절실한 과학적이고 합리적인 것이었다. 당시의 정치제도적 모순을 개혁하여 부국강병의 길로 나갈 수 있는 실현 가능한 방안이었다.

中國의 발달한 과학기술을 배워 와 조선에 보급시켜 국가를 부강하게 하고 백성들의 생활을 윤택하게 하기 위해서 꼭 필요한 관아인 利用監의 신설을 주장했다.

다산의 실학사상은 단순히 『周禮』를 맹목적으로 추종하지 않고, 『周禮』에서 발상을 하여 조선의 실정에 맞게 적용하려는 방안이었다. 또 당시 서양의 통치방법이 동양으로 전파되어 오는 상황에 대비해서 동양의 전통 고전에서 이상적인 통치원리를 찾아 동양 학문의 자존심을 지키려는 의도도 없지 않았다.

지금까지 일부 학자들은 다산을 重農思想만을 강조한 실학자로 간주해 왔으나, 그는 중국의 발달한 과학기술의 수용과 보급을 위한 항구적인 부서를 설립하고, 도로와 수레를 전담 관리할 典軌司를 설립할 것을 제안하는 등의 사실에서 볼 때 그는 농업에 못지 않게 과학기술 상업 등도 대단히 중시했다는 사실을 알 수 있다.

다산은『周禮』를 깊이 있게 연구하여 거기서 많은 새로운 발상을 하여『경세유표』같은 巨著를 썼지만『周禮』를 지나치게 신봉한 나머지『周禮』의 내용 전부가 周나라 때 실제로 시행된 사실이고,『周禮』는 아무리 늦게 잡아도 周나라가 東遷하기 이전에 완성된 책이라고 생각하여 그 책의 성격과 저작년대를 잘못 추정하였는데, 이는 다산의 시대적 한계라고 하겠다.

이 논고의 범위는 중국의 禮書가 다산의 실학사상에 미친 영향에만 국한했기 때문에 예서의 영향을 받지 않은 다산의 많은 중요한 실학사상에 대해서는 언급하지 않았다.

다산의『周禮』를 재해석하여 새로운 국가발전을 위한 실학사상도 당시 집권세력에 의해서 채택되지 못했고, 다산의 저서가 조선왕조가 망할 때까지 출판, 보급되지 않아 각 방면의 사람들에게 영향을 전혀 끼치지 못했으므로 조선사회의 개혁과 발전에 실제적인 도움을 주지 못했다.

# 四書와 四書集註에 대한 이해

## Ⅰ. 導言

정보화 시대인 21세기에는 정보가 홍수를 이루고 있다. 태고 적부터 2003년까지 축적된 정보보다 2003년 이후 지금까지 만들어진 정보가 더 많다고 한다.

우리나라에서 1년에 3만 종의 새로운 책이 출판된다고 한다. 이렇게 정보가 많고, 책이 많은 시대에 무엇을 어떻게 읽을 것인가 하는 것이 큰 문제다. 읽을 대상을 정확하게 선택해서 올바르게 읽는 것이 대단히 중요한 문제다.

읽을 대상을 정확하게 선택하려면 장기간에 걸쳐 확실하게 검정된 책을 읽으면 된다. 확실하게 검정된 책 가운데 대표적인 것으로는『論語』가 포함된 四書를 들 수 있다. 사서는 宋나라 후기부터 元·明·淸과 高麗·朝鮮·日本 등에 정신적으로는 물론 정치 사회적 측면에서도 지대한 영향을 미쳤다.

四書가 어떻게 형성되었으며, 어떤 내용이며, 어떤 영향을 미쳤는지를 간략하게 고찰해 보고자 한다.

## Ⅱ. 朱子의 四書集註의 편찬과 儒學 부흥운동

四書는 南宋의 朱子가 편찬하여 주석을 붙여 1190년에 완성하여 출판했다. 이때부터 四書란 이름이 있게 되었고, 4종의 책이 하나의 단위로 되어 經書의 자격을 얻어 보급되었다. 四書는 주자가 선정하여 集註를 함으로써 새로운 생명력을 얻었다. 孔子와 孟子 등의 학문이 주자의 노력으로 다시 살아난 것이다. 그래서 '無朱子, 無孔子'라는 말이 있게 되었다.

後漢 때부터 佛敎와 道敎가 성행하여 魏晋南北朝時代에는 儒敎가 거의 滅絶될 위기에 처했다. 唐나라 宋나라에서도 국가에서 佛敎와 道敎를 儒敎와 마찬 가지로 國敎의 위치에 두었다. 또 불교와 도교는 祈福의 機能과 來世가 있고, 또 어려운 經典을 꼭 알지 않아도 믿을 수 있기 때문에 황제로부터 일반 백성들에 이르기까지 모두가 신봉하였다.

반면에 儒敎는 날이 갈수록 미미하였다. 그 원인은 여러 가지가 있겠지만, 五經은 너무 난삽하고 비현실적이었으므로 일반인은 물론이고 학자들도 이해하기 어려웠다.

어떻게 하면 佛敎와 道敎의 도전을 극복하고 儒家思想을 보급하느냐 하는 것이 당나라 때부터 식견 있는 지식인들의 절박한 관심사였다. 그래서 韓愈·李翺 등이 大學과 中庸을 발굴해 내었다. 불교와 도교의 心性論에 대응할 수 있는 체계를 갖춘 문헌이기 때문이었다. 韓愈 등이 『禮記』 속의 「大學」과 「中庸」을 經書처럼 중시하였다.

『論語』는 본래 儒家經典에 속해 있었다. 그러나 『孟子』는 본래 諸子書에 속해 있었는데, 송나라 때부터 그 位相을 두고 논란이 되었고 주자에 의해 經書로 확정되었다. 『大學』과 『中庸』은 원래 독립된 서적이 아니고 『禮記』 속에 들어 있는 한 편이었다. 程子와 朱子가 韓愈의 이런 관점을 계승하여 「대학」과 「중용」을 극도로 推崇하여 독립시켜 經書의 반열에까지 올렸다.

儒家의 道學이 孔子에서 창시되어 曾子·子思를 거쳐 孟子에까지 이르러 儒家의 道統이 단절되었는데, 朱子 자신이 다시 정리함으로 해서 道統이 계승된다는 자부심을 붙였다.

儒家의 道統이 秦나라의 焚書坑儒로 滅絶되고 漢나라 때 다시 儒敎가

국교로 되었지만, 한나라 유학자들은 유학을 지리멸렬하게 만들었고, 魏晋南北朝時代에 극도로 침체했다가 다시 유학이 광명을 찾았다고 생각하였다. 그래서 주자는 자신의 道統을 孟子에게 바로 대었다.

주자는 30세 때부터 四書를 확정하고 集註를 짓기 시작했는데, 43세 때 일차 원고를 완성하였다. 그 이후 평생 일곱 번 원고를 바꾸었고, 40년 동안 계속 수정하였다. 세상을 떠나기 하루 전에까지도 『大學』 誠意章의 주석을 수정하였다. 그의 인생 후반의 정력의 상당 부분을 四書를 수정하는 데 바쳤다. 스스로 이렇게 말했다.

- 某, 語孟集注, 添一字不得, 減一字不得, 公子細看.
- 不多一箇字, 不少一箇字.
- 論語集注, 如稱上, 稱來無異, 不高些, 不低些. 自是學者不肯用工看. 如看得透, 存養熟, 可謂甚生氣質.
- 某於論孟, 四十餘年理會, 中間逐字稱等, 不教偏些子. 學者將注處, 宜子細看.

『大學章句』와 『中庸章句』 앞에는 序가 있고 『論語集註』와 『孟子集註』에는 序說이 있어, 四書의 성격과 유래 저자의 생애, 문장의 특징 등에 대해 소개하였다.

이 밖에도 四書或問이라는 대화체의 설명서가 있다. 이는 四書集注와 자매편인데, 주석에서 밝히지 못한 내용을 밝힌 것이다. 예를 들면 누구의 학설은 취하고 누구의 학설은 버리게 된 이유 등이 설명되어 있다. 그러나 주자의 정력은 四書集注에 들어 있다. 사서혹문은 사서집주처럼 계속 수정하지 못했고, 자신이 간행하지도 않았다.

주자는 또 白鹿洞書院 등 곳곳에 서원을 세워 유학을 보급하고 또 講學하고, 자신과 학문적 견해가 다른 학자들과 論戰을 하여 자신의 학설을 관철해 나갔다.

集註의 體制는 먼저 漢字의 발음을 달고, 그 다음에 한자의 뜻을 밝히고, 그 다음 전체적인 뜻을 풀이하고, 그 다음 다른 학자들의 학설을 선발하여 인용하고, 마지막으로 자신의 견해를 밝혔다. 이전에 나와 있던 역대의 주석을 다 모아 취사선택하여 우수한 점을 채택했으므로 集註라 하였고, 『大學』과 『中庸』의 주석은 자신의 견해가 대부분이므로 章句라 한 것이다.

## Ⅲ. 四書集注의 특징

朱子가 필생토록 편찬한 性理學 교과서이다. 程子 등의 理學에 바탕하여 四書에 주석을 달았는데, 이전의 주석과는 다른 점이 많다. 字句 해석보다는 내용의 정신에 비중을 두었다. 전체적으로 經書의 思想體系를 이루었다. 주석은 대부분 주자 자신의 글이고, 그 주석 가운데는 程子와 그 제자들의 글이 많이 인용되어 있다. 그 내용은 天理論·性論·格物致知論·政治論·教育論·道統論 등 여섯 부분을 포괄하고 있는데, 天理論을 중심으로 한 일관된 사상체계를 완성하였다.

漢나라 유학자들의 經書註釋은 考證을 위주로 하고, 宋나라 유학자들의 주석은 義理를 위주로 했다. 그래서 한나라 유학자들의 주석은 繁瑣하고, 송나라 유학자들의 학설은 思辨的이고 玄虛하다.

주자는 송나라 학자들의 註釋方式인 義理를 지향하면서도 漢나라 학자들의 장점을 흡수하였다. 한나라 유학자들처럼 字句를 친절히 풀이하면서도 당시의 口語體에 가까운 쉬운 한자로 다시 본문의 대의를 요약하여 설명하여 독자들의 解讀上의 어려움을 들어주었다.

## Ⅳ. 四書集注를 어떻게 읽을 것인가?

儒教經典은 상당히 광범위하고 복잡하기 때문에 합리적인 순서를 찾아 읽어야만 큰 효과를 거둘 수 있다. 朱子는 四書를 읽는 순서를 이렇게 정하였다.

> -某, 要人先讀大學, 以定其規模, 次讀論語, 以立其根本, 次讀孟子, 以觀其發越, 次讀中庸以求故人之微妙處. …… 大學一篇, 有等級次第, 總作一處, 易曉, 宜先看. 論語却實, 但言語散見, 初看亦難. "孟子有感激興發人心處, 中庸亦難讀, 看三書後, 方宜讀之.[朱子語類]

이는 주자가 四書의 내용과 난이도에 따라 有機的으로 고려해서 설정한 것이다. 『대학』은 '規模가 크고 節目이 상세하다'고 주자가 했다. 그 가운데서 三綱領[明明德·新民·止於至善]과 八條目[格物·致知·誠意·正心·修身·齊家·治國·平天下]은 학문하는 목적·내용·단계·효과를 다 말했다. 이것이 주자가 말한 '爲學之間架'나 '修身治人的規模'라고 한 것이다.

『論語』는 주로 일상생활에서 德을 닦고 사람을 다스리는 것에 대해 이야기했다. 孔子는 修身을 대단히 중시했는데, 治人의 근본으로 삼고 있다.

四書와 五經의 관계를 朱子는 이렇게 설정하였다.

> 四子, 六經之階梯也.[朱子語類]

또 程子의 독서법을 소개하였는데, 이는 주자에게 매우 영향이 컸다.

> 河南程夫子之教人也, 必先使之用力乎大學論語中庸孟子之言, 然後及乎六經. 蓋其難易遠近大小之序, 固如此而不可亂也.[朱子大全]

## Ⅴ. 후세의 영향

朱子가 40년 동안 정력을 기울여 편찬한 四書集注에 대해 후세의 학자들은 높은 평가를 하였다. 明나라 汪克寬은 이렇게 말했다.

> 四書者, 六經之階梯也. 東魯聖師, 以及顔曾思孟傳心之要, 舍是, 無以他求也. 孟子沒, 聖經湮晦千五百年, 迨濂洛諸儒, 抽關發曚, 以啓不傳之秘, 而我紫陽子夫子, 且復集諸儒之大成, 擴往聖之遺蘊, 作爲集註章句或問, 以惠後學, 昭至理於皦白 蓋皜皜乎不可商矣.

刁包는 이렇게 말했다.

> 尙論諸儒, 必以四書爲標準, 四書無所得, 雖經史淹貫, 不可以爲學也.

근대의 학자 錢穆은 이렇게 평가했다.

> 朱子, 于經學, 雖主以漢唐古注疏爲主, 亦採北宋諸儒, 又採及理學家言, 並又採及南宋與朱子同時之人. 其意, 實欲融貫古今, 匯納群流, 採擷英華, 釀制新實. 此其氣魄之偉大, 局度之寬宏, 在儒學傳統中, 惟鄭玄敢在伯仲之列.

이후 四書集注는 7백 년 동안 널리 보급되어 우리나라와 中國・日本 등에 영향을 끼쳤는데, 그 영향력의 범위나 강도에 있어서는 다른 책이 도저히 따라갈 수 없었다.

宋나라 嘉定 5년(1212)에 四書集注는 國學의 필독서로 지정되었다. 元나라 중기(1313)부터 과거시험에서 四書集注로써 선비들을 시험보이는 것을 법으로 공포하였다. 이때부터는 사서집주가 필독서가 되었으므로 서당에서 四書 本文은 물론 四書集注까지도 다 외우게 되었다. 또 송나라 이후의 성리학자들이 모두 程朱의 학설을 祖述했으므로 그 영향이 더욱

켰다.

명나라 永樂 13년(1415) 四書五經大全이 천하에 반포되었고, 이 속에 들어있는 四書集注大全은 宋元의 학자들의 학설을 모아 四書集注를 보완하고 있다.

우리나라에는 高麗 忠烈王 때[1298] 晦軒 安珦이 원나라에서 『朱子大全』을 수입하였고, 그 제자 菊齋 權溥가 四書集注를 수입하여 간행을 건의하였다. 高麗末期의 新興士大夫들은 모두 朱子學을 중시하였고, 주자학으로 고려말기의 佛敎的 末弊를 구제하려고 했다. 이들이 李成桂 등의 무신집단과 힘을 합쳐 조선을 건국하였고, 조선은 儒敎를 國是로 하는 국가가 되었다. 조선의 유교는 곧 주자학이고, 주자학 가운데서도 四書學이 주가 되었다. 오늘날까지도 한국의 儒學은 四書를 위주로 연구되고 있다.

日本에서도 德川幕府 시절부터 朱子學을 官學으로 지정하여 많은 사람들이 공부하였다. 曾子가 지었다는 『大學』과 子思가 지었다는 『中庸』을 四書에 편입시킴으로서 孔子의 학문이 曾子・子思를 통해 孟子에게 전수되었음을 증명하여 儒家의 道統을 세웠다.

程子와 자신의 理學思想을 선양하려고 하다 보니, 四書 原文의 취지를 왜곡한 곳이 없지 않았다. 그래서 청나라 학자들은 주자의 四書集注를 佛敎書라고 매도하기까지 했다. 후세의 학자들이 과거시험 준비를 위해서 읽다보니, 주자가 저술한 본래 취지를 잃은 경향도 없지 않았다.

## Ⅵ. 四書의 簡介

### 1. 『論語』

『논어』는 孔子(前551-前479)의 제자의 제자들이 孔子의 言行과 思想, 몇몇 제자들의 언행과 사상을 기록한 책으로, 曾子와 有子의 제자들이 편찬한 것으로 본다. 대략 戰國時代(前403-前221) 초기에 완성된 것이다.

모두 20편, 480여 章, 11705字, 사용된 한자수 1512자이다. 각 편의 이름은 맨 앞에 나오는 글자 두 자 네지 석자를 취하여 정하였고, 특별한 뜻이 있는 것은 아니다.

語錄體로 되어 있는데, 공자의 말이 대부분이고 제자들의 말도 약간 들어 있다. 章節이 짧고 章과 章 사이에 연관이 거의 없다. 말은 간결하지만 내용은 심오하다. 그 내용은 다양하여 仁·禮義·倫理·學問方法·敎育·政治·經濟·文學·天道 등에 두루 미쳐 있지만, 가장 기본적인 것은 倫理思想이고, 윤리사상의 핵심은 仁이다. '仁'자가 『논어』 가운데 109번 나온다. 禮는 곧 仁을 실천하는 구체적인 조처다. 공자가 강조한 仁은 '愛人, 修身'으로 크게 나눌 수 있다.

『논어』에서는 學習과 體得을 매우 강조하였다. 학습은 思索을 겸비해야 하고, 늘 복습이 필요하고, 眞實·謙虛·謹愼하는 자세가 필요하다는 것을 강조했다. 또 學問의 현실적인 活用을 강조하였다.

孔子는 피교육자 주도의 啓發式 교육, 切磋琢磨式 교육, 교육대상에 맞는 적절한 교육, 敎學相長을 강조하였다. 정치에 있어서는 德治主義와 中庸主義를 강조하였다.

『논어』는 前漢 때 五經을 補翼하는 傳의 위치에 있다가, 漢 文帝 때 學官이 설치되었다. 後漢 때 經으로 승격되어 七經의 하나가 되었다. 이후 역대 통치자들의 言行의 標準으로 推崇을 받아 선비들의 필독서가 되었다. 역대로 중국뿐만 아니라 우리나라 등 동아시아에 문화·학문·윤리도덕·정치·경제 등에 지대한 영향을 끼쳤다.

『논어』는 後漢 鄭玄이 주석을 단 이후로 남아 있는 것만도 3천여 종의 주석이 있다. 세계 역사상 가장 많이 읽힌 책으로 인정되고 있다.

## 2. 『孟子』

『맹자』의 言行과 맹자가 제자 및 당시 사람들과 주고받은 말을 기록한 책이다. 맹자 본인이 지었다는 설과 제자들이 기록했다는 설이 있다. 朱子는 孟子의 문장이 全篇의 風格이 일관된다고 하여 孟子 자신이 지었다고 보았다. 戰國時代 후기에 편찬된 것으로 추정된다.

모두 7편 14권, 모두 34685자, 사용된 한자는 1959자이다. 각 편의 이름은 맨 처음 나오는 글자 두 자 내지 석 자를 따서 지었다. 각 篇이나 각 章 사이에 내용적인 연계는 없다.

『맹자』도 역시 語錄體이지만 대화나 여행기록 등으로 『論語』에 비해 章의 길이가 길다. 책의 내용은 풍부하고 다양한데, 맹자의 철학 · 윤리 · 교육 · 정치 · 경제 · 외교에 관한 것이 많다. 문장은 生動的이고 流暢하며, 論辨하는 문장은 論理가 뛰어나고 機智가 번득인다.

『맹자』는 戰國時代 중기의 자료를 많이 담고 있어 전국시대 연구의 史料로서의 가치도 크다. 漢나라 때부터 經書를 補翼하는 傳의 위치에 있어 오다가 송나라 때 이르러서야 비로소 經으로 승격했다. 後漢 鄭玄이 처음으로 주석을 달았다고 전하나 남아 있지 않고, 현존 最古의 주석은 後漢 때 趙岐가 단 것이다.

전체적으로 仁과 義를 일관되게 이야기하여 性善說로써 天命論과 心性論을 결론짓고 있다.

## 3. 『大學』

본래 『禮記』 제42편 「大學」을 주자가 독립시켜 주석을 붙여 章節을 나누어 『大學章句』라 하였다. 經은 205자, 傳은 1546자이다. 주자는 "大學의 經文은 孔子의 말인데 曾子가 기술한 것이고, 傳 10章은 증자의 말인데 그 제자들이 기록한 것이다."라고 하였다. 현대의 학자들은 秦漢 시대에 지어진 것으로 보고 있다.

唐나라 韓愈가 중시하기 시작했고, 朱子는 『대학』의 가르침을 '窮理正心修己治人之道 또는 爲學綱目'이라고 일컬어 經書로 독립시켰다. 그 기능을 '初學入德之門'이라고 했다. 계통적으로 儒家의 정치철학을 서술하였는데, 지도자의 修身이 德治政治의 근본이라는 점을 강조하였다.

### 4. 『中庸』

이 역시 본래 『예기』 제31편 「中庸」을 주자가 독립시켜 33章으로 나누고, 주석을 붙여 『中庸章句』라 했다. 모두 3551자이다. 朱子는 子思의 저서로 간주하였는데, 실제로는 秦漢 시대에 이루어진 책이다. '孔門傳授心法'의 중요한 저작으로 여겼다.

33장을 전반부와 후반부로 나눌 수 있는데, 전반부에서는 주로 中庸 또는 中和思想을 이야기하고, 후반부에서는 誠에 대해 이야기하고 있다. 喜怒哀樂의 감정이 일어나기 이전의 순수한 마음상태를 中이라 하고, 일어나서 節度에 맞는 것을 和라 한다. 誠은 우주만물이 운행되는 원리를 말한다.

性理學의 체계가 『중용』에 바탕하였으므로 조선시대 학문에 끼친 영향이 매우 크다. 주자는 이 책에 나오는 '博學之, 審問之, 愼思之, 明辨之'의 學習過程과 認識方法을 매우 중시하였다.

## Ⅶ. 結語

21세기에도 四書를 읽어야 할 것인가? 읽어야 한다. 人間의 心性을 敎化하고 傳統을 繼承하는 데는 사서만큼 좋은 책이 없기 때문이다. 심성을 교화해야만 인간은 가치를 찾고 사회는 질서를 회복할 수 있다. 법률로 단속해서 되지 않는다. 전통을 계승하려면 漢文을 알아야 하는데, 우리 조상들이 남긴 책들이 모두 철저히 사서에 바탕을 했기 때문에 사서를 공부하지 않으면 한문이 늘지 않고 전통문화도 계승할 할 수가 없다.

인천공항이 전세계 공항 가운데서 연속 7년 최우수 공항으로 선정되었다. 이는 경영학의 힘이 아니고, 儒學의 힘이었다. 직원들이 매년 陶山書院 선비문화수련원에 와서 연수를 받고 갔기 때문이다. 연수를 받고 간 직원들은 자발적으로 정성을 다해서 근무하게 되었다. 전국에 버려져 있는 서원 향교를 신시대의 서원 향교로 만들어 21세기 정신교육의 도량이 되도록 해야 한다. 그 교재로서 四書만한 것이 없을 것이다.

# 韓愈 詩文의 韓國에서의 受容

## Ⅰ. 序論

韓愈(768-824)는 唐代의 古文運動家 또는 大文章家로서 中國文學史上 확고한 위치를 차지하고 있음은 주지의 사실이다. 韓國에서 韓愈는 高麗以來漢詩文의 典範이 된 것은 물론이고, 이 이외에도 <原道>·<論佛骨表> 등을 지어 儒教를 옹호하고 異端을 배척한 점, 國家의 危亂을 보고 목숨을 아끼지 않은 점 등이 道文一致를 주장하던 우리 先人들의 意識構造에 부합된 바가 많았으므로 여타의 中國文人들 보다 더 많은 추앙을 받게 되었던 것이다.

또 과거 우리나라에서 文章教本으로 가장 많이 읽혔던 ≪古文眞寶≫에 韓愈의 詩가 14首 文이 30篇 실려있고, ≪唐宋八大家≫(沈德潛本)에는 韓愈의 文이 94篇 실려 있으니 가위 家家戶戶에서 韓愈의 글이 읽히고 있었다고 할 수 있겠다.

本稿에서는 韓愈의 글이 언제 韓國에 전래되어 韓國 漢詩文 창작의 典範으로서 어떤 機能을 했으며 우리의 선인들은 韓愈의 문학적 공과를 어떻게 평가했고, 여타의 중국 문인들과 어떻게 비교했고, 韓愈의 개개의 詩文作品에 대하여 어떤 評을 내리고 있는지를 고찰해 보고자 한다. 우리 先人들이 中國文學을 受容한 태도가 어떠했는가를 史的으로 고찰해 보는 것은 現在中國文學을 전공하고 있는 분들에게 도움됨이 전혀 없는지는 않을 것이고, 韓中文學交流史의 기초작업이 될 수 있으리라 생각된다.

# Ⅱ. 詩文의 典範

## 1. 高麗時代

韓愈의 在世期間은 統一新羅 36代 惠恭王 4年(768)에서 41代 憲德王 16年(824)까지에 해당된다. 韓國 漢文學의 鼻祖로 일컬어지는 崔致遠(857-?)이 韓愈 死後 30餘年만에 출생했지만 그의 詩文에는 韓愈에 대한 언급은 전혀없고, 그의 文體는 韓愈의 古文과는 정반대되는 四六文을 주로 썼다. 그의 新羅의 國學·讀書三品科·私塾 등에서 韓愈의 글을 익혔다는 記錄은 전혀 보이지 않는다.

高麗에 들어와 4代 光宗 9年(958)에 科擧가 실시되었는데, 이때 製述科에서는 詩·賦·頌·策·論 들을 시험했다. 이로 인하여 漢代의 文과 唐代의 詩가 많이 읽혔다.[1] 이때 韓愈의 詩가 읽혔을 가능성이 충분히 있다.

高麗 仁宗朝의 金富軾(1075-1151)에 의해서 古文이 창도 되었다. 이들 형제의 名字 富軾·富轍은 宋의 文章家 蘇軾(1036-1101) 蘇轍(1039-1112)을 본떠 지은 것인 만큼 이들이 얼마나 蘇氏 兄弟들의 文章에 경도되었는지를 알 수 있다. 蘇氏의 古文은 韓愈의 古文에서 발전되어 나온 것이니 金富軾이 韓愈의 詩文에 접했을 것으로 생각할 수가 있다.

17代 毅宗朝에는 韓愈의 詩文이 벌써 詩文의 典範이 되고 있다. 崔滋(1188-1260)의 ≪補閑集≫에

> 學詩者, 對律句體子美, 樂章體太白, 古詩體韓蘇, 若文辭, 則各體皆備於韓文, 熟讀深思, 可得其體.(시를 배우는 사람은 律詩와 絶句에 있어서는 杜甫를 본받고 樂章에 있어서는 李白을 본받고 古詩에 있어서는 韓愈와 蘇軾을 본받아야 한다. 文은 各體가 韓愈의 글에 다 갖추어져 있으므로, 숙독하여 깊이 생각하면 그 體를 가히 얻을 수 있다.)[2]

---

1) 崔滋, <補閑集序>

2) 上卷 19張

라는 기록이 있다. 그 당시 詩를 공부함에 있어서 體를 따라서 杜甫·李白·韓愈·蘇軾 등을 배웠지만 文을 공부함에 있어서는 韓愈의 文만 익히면 된다 했으니, 詩에서는 韓愈와대등한 추앙을 받는 사람이 여럿이지만 文에서는 벌써 獨自的인 추앙을 받고 있음을 알 수 있겠다.

同時代 林椿(?-1220)은 金少卿을 칭찬하는 글에

> 書止顔, 文止韓, 詩止杜.(글씨는 顔眞卿의 경지에 머물고, 文은 韓愈의 경지에서 머물고, 詩는 杜甫의 경지에서 머물었다.)[3]

라고 한 것을 보아서 文에 있어서는 韓愈의 문을 최고 경지로 쳤음을 알 수 있다.

또 <補閑集>에,

> 文安公常言, 『凡爲國朝制作引用古事, 於文則六經三史, 詩則文選李杜韓柳, 此外諸家文集, 不宜據引爲用……』.(文安公(兪升旦)은 늘 말하기를, 『무릇 詩文을 지을 때 고사를 인용함에 있어, 文은 六經과 三史에서 인용하고, 詩는 ≪文選≫·李白·杜甫·韓愈·柳宗元의 詩에서 인용해야지 이 이외 諸家의 文集 등을 인용하는 것은 마땅하지 않다.』라고 했다.)[4]

라는 기록이 있다. 兪升旦(1168-1232)이 引用해야 할 典據로 韓愈의 詩를 치고 있으니 高麗時代에 韓愈의 文은 말할 것도 없고 詩도 크게 추앙되었음을 알 수 있다.

당시 高麗 社會에서 詩를 잘 하는 사람의 대명사로 韓愈가 일컬어지고 있었다. ≪西河集≫에

> 君才似文公, 學者多欣慕, ……何時與論文, 更見今韓愈, (그대의 재주는

---

3) 林椿, ≪西河集≫ 6卷 3張 <謝金少卿啓>

4) ≪補閑集≫ 中卷 29張

> 韓文公과 같아 배우는 사람들이 기뻐 사모하네. ……어느 때나 더불어 논하며 今世의 韓愈를 다시 보게 될까?)[5]

라는 詩가 있다. 자기 친구인 吳世才를 今世의 韓愈라고 일컫고 있다.

高麗 中期 以後 文人들이 戱筆로 가전체소설을 많이 지었는데, 이는 실로 韓愈의 假傳인 <毛穎傳><下邳候傳> 등을 模擬한 것이다. 이때 지어진 가전체소설로는 林椿의 <麴醇傳><孔方傳>, 李奎報(1168-1241)의 <麴先生傳>·<淸江使者玄夫傳>, 李允甫의 <無腸公子傳> 등이 있고, 高麗末에는 李穀(1298-1351)의 <竹夫人傳>, 李詹(1345-1405)의 <楮生傳>, 息影庵의 <丁侍者傳>이 있다. 이런 가전체소설은 朝鮮末까지도 그 命脈이 끊어지지 않았다.

鄭道傳(?-1398)은 韓愈의 <送窮文>을 模擬하여 <謝魑魅文>을 지었다. 이런 부류의 글들도 계속 지어졌는데, 그 대표적인 것으로는 李延龜(1564-1635)의 <送瘧文>과 張維(1587-1638)의 <譴魃文> 등이 있다.

高麗時代에는 아직 ≪朱子集註≫가 수입되지 않았으므로 經學에 대한 당시 사람들의 論議에 오류가 많았다. 그 가운데서 韓愈의 經學에 대한 논의가 가장 정확했다.[6]

慶南 晉州牧 所在 斷俗寺에 ≪韓昌黎集≫과 李奎報의 文集인 ≪東國李相國集≫의 板本이 朝鮮 世宗때까지 남아있었다.[7] 晉州는 崔忠獻 一家의 食邑地였고, 斷俗寺는 崔氏 一家의 家刹이었다. 崔忠獻의 손자요 崔瑀(?-1249)의 아들인 崔沆(?-1257)이 斷俗寺에서 중노릇을 한 적이 있었다. 李奎報는 文人으로서 崔氏政權에 協力한 인물이었는데, 그 협력에 대한 報答으로 李奎報가 죽자 崔瑀가 그 遺稿를 정리하여 간행해 주었다. 이 역사가 崔氏 일가의 가찰이고 몽고병의 전화가 미치지 않은 斷俗寺에서

---

5) 1卷 9張 <漢陽吳世才見訪以詩謝之>

6) 徐居正, ≪東人詩話≫ 卷下

7) ≪세종실록≫ 지리지 152권 진주목조

이루어졌을 것이고, 그 당시 高麗에서 詩文의 典範으로 일세의 추앙을 받던 韓愈의 文集도 동시에 간행되어 같이 판본이 남아 있었을 것이다. 이로써 본다면 ≪韓昌黎集≫은 高麗 高宗 때 이미 간행되었음을 알 수 있겠다.

## 2. 朝鮮時代

高麗에서 추앙되어 오던 韓愈의 시문은 朝鮮時代에 들어와 그 추앙의 도를 더했다. 朝鮮이 건국하기에 앞서 1373年(明 太祖 6)에 朱元璋(1328-1396)은 文風을 쇄신하기 위하여 浮華한 변려문의 사용을 금하는 법령을 천하에 반포하였다. ≪芝峯類說≫에

> 大明高皇帝諭群臣日, 「近代制誥表章之類, 仍蹈舊習, 殊異古體, 且使事實爲浮文所蔽, 自今凡奏疏表文, 毋用四六對,悉從典雅」. 又以柳宗元代柳公綽謝表, 韓愈賀雨表, 頒爲天下式.(大明 高皇帝가 群臣들에게 명하기를, 「요사이 制誥・表章 등은 옛 습관을 그대로 답습하여 古文體와는 아주 다르고, 또 사실이 浮華한 글에 의하여 가려지게 된다. 지금부터 모든 奏疏나 表文은 四六의 對偶를 쓰지 말라」라고 하셨다. 또 柳宗元의 <代卿公綽謝表>와 韓愈의 <賀雨表>를 반포하여 천하의 法式으로 삼게 했다.)[8]

라는 기록이 있다. 明 太祖는 文章의 수식에만 치중하는 四六文의 폐단을 잘 알아 奏疏・表文 등에 四六文을 쓰지 못하게 하는 한편 柳宗元과 韓愈의 表章을 천하에 반포하여 모범으로 삼게 했다.

朝鮮 건국 직후엔 對明 관계의 事大文書가 많이 지어졌는데, 그때 鄭道傳의 表文이 明 太祖의 비위를 거슬리게 하여 鄭을 소환하라는 엄명을 내리기에 이르렀다.[9] 大明外交에 성공하자면 表文을 잘 지어야만 하고

---

8) 李晬光, ≪芝峯類說≫ 8卷 10張

9) ≪太祖實錄≫ 10卷 97張 5年 1月條

表文을 잘 짓기 위해서는 明 太祖가 반포한 韓愈·柳宗元의 글을 典範으로 삼아야 할 것이니 당시 韓愈의 글이 많이 읽혔을 것은 명확한 사실임을 알 수 있다.

朝鮮 初期에는 ≪古文眞寶≫가 새로 수입되어 인기리에 읽히고 있었다. 허균(1569-1618)의 ≪惺所覆○○≫에

> 國初諸公皆讀古文眞寶前後集, 以爲文章. 故至今人士初學必以此爲重……(國初에 모든 분들은 ≪古文眞寶≫ 前·後集을 읽어서 문장을 지었다. 그래서 지금까지 사람들은 글을 처음 배울 때 반드시 이 책을 중히 여긴다…….)10)

라는 기록이 있다. 古文眞寶 前集에는 韓愈의 詩 14首가 後集에는 韓愈의 文이 30篇 들어 있으니 韓愈의 詩文이 많이 읽혔음을 알 수 있겠다.

朝鮮 初期에 李詹은 <韓柳歎>이라는 古文을 지어 이들의 훌륭한 詩文과 불우한 생애를 읊어 그 흠모의 정을 읊었다. 11)

國初의 趙須는 박람강기로 유명했지만 더욱 韓愈의 문장에 정통하여 학생들에게 韓愈의 시문을 가르칠 때는 손에 책을 잡지 않고 암송하여 가르쳤다 하니12) 韓愈의 시문을 얼마나 애독했던지를 알 수 있겠다.

金宏弼(1454-1504)은 韓愈의 글 읽기를 좋아하여 韓愈의 <張中丞傳後叙>에 나오는 「南八男兒死耳, 不可爲小義生」이란 대목에 이르러서는 반복하여 읽고 눈물을 흘리지 않은 적이 없었다.13)

金馹孫(1464-1498)은 韓愈의 시문을 좋아하여 ≪昌黎集≫을 千讀하였다.14)

---

10) 10卷 說部3 <惺翁識小錄>

11) 權鼈, ≪海東雜錄≫(大東野乘本) II, 68쪽.

12) 徐居正, ≪筆苑雜記≫(大東野乘本) II, 698쪽.

13) ≪海東雜錄≫(大東野乘本) II.

14) 金得臣, ≪終南叢志≫(詩話叢林本) 4卷, 359쪽.

朝鮮 7代 成宗은 친필로 韓愈의 <喜雪詩>를 써 붙여 놓고 承旨들로 하여금 次韻하게 하여 등급을 정하기도 했다.[15]

韓愈의 시문에 대한 추앙을 더욱 극에 이르게 한 것은 崔岦(1539-1612)이 明의 文章大家 王世貞(1526-1590)을 만난 사실이었다. 朴趾源(1737-1805)의 ≪熱河日記≫에

> 簡易謁王弇州……袖出所著文請教, 弇州曰, 「有意於作者, 但讀書不多, 聞見未廣, 可歸讀昌黎文中獲麟解五百遍, 當識作文蹊徑耳, 簡易大慙恨(簡易(崔笠의 號)가 弇州가 말하기를 「글 짓는 일에 뜻을 둔 사람 같지만 다만 독서량이 많지 않고 견문이 넓지 못하니 돌아가 韓昌黎의 <獲麟解>를 500번 읽으면 글을 짓는 길을 알게 될 것이다」하고 하니 簡易가 크게 부끄러워하고 한스럽게 여겼다.)[16]

라는 기록이 있다. 崔岦은 당시 자타가 공인하는 古文大家였다. 王世貞에게 자신의 文章을 인정받으러 갔다가 도리어 韓愈의 글을 더 읽으라는 충고를 받게 되었다. 이 이후 崔岦은 평생 韓愈의 글을 숙독하여 文章의 전범으로 삼았다.[17] 崔岦이 한유의 글을 애독하게 되자 崔岦을 추종하던 여타의 文章가들도 모두 韓愈의 글을 애독하여 文章의 전범으로 삼게 되었다.

仁祖朝의 李植(1584-1647)은 老年에 자제들을 위하여 <作文模範> <學詩準的> <科文工夫>들의 글을 남겨, 자제들의 詩文 공부에 전범을 마련하였다. 그 글 속에는 韓愈의 詩文이 반드시 거론되고 있다. <學詩準的>에

> 排律, 雖當以杜詩爲主, 然甚無次第, 不可學, 學短篇絶妙者, 且不易學, 須

---

15) ≪成宗實錄≫ 310卷 18年 12月條

16) Ⅰ, 552쪽 서울, 民族文化推進會

17) 許穆 ≪眉叟記言≫Ⅰ, 116쪽. <簡易堂碣>, 張維 ≪谿谷集≫ 6卷 25張 <簡易堂集>

參以韓, 柳律, 以爲準的.(排律은 비록 마땅히 杜詩로써 주를 삼아야 하지만 그러나 심히 차례가 없어 배울 수가 없다. 짧은 것으로 절묘한 것을 배우는 것도 배우기가 쉽지 않으니 모름지기 韓愈·柳宗元의 排律을 참고하여 詩의 準則으로 삼아야 한다.)[18]

라는 기록이 있다. 排律을 공부함에 있어서는 杜詩를 위주로 하는 것이 마땅하지만, 워낙 구조가 복잡하고 장편이므로 韓愈·柳宗元의 排律을 참고해서 배워야 한다고 가르쳤다. 韓愈의 排律이 杜甫만 못한 것은 사실이지만 排律을 배우는데 모범으로 삼아야만 된다는 주장이다.

그는 또 韓愈 詩의 功能과 그 短點에 대하여 같은 글에서

近代學詩者, 或以韓詩爲基, 杜詩爲範. 此五山, 東岳所敎也, 石洲雖終學唐律, 初亦讀韓, 崔孤竹末年, 才涸氣萎, 亦讀韓詩. 吾雖學淺, 殊不欲讀韓, 旣被諸公勸誘, 熟觀一遍, 其律絶, 固唐格也, 不妨與杜詩竝看. 大篇傑作, 則乃楊, 馬詞賦之換面也, 與讀其詩, 寧讀楊, 馬之爲高也, 惟晩學筆退者, 抄讀百餘遍, 則如敬字之補小學功, 容可救急得力. 若才學俱贍者, 不必匍匐於下乘也.(요즈음 시를 배우는 사람들은 혹은 韓愈 詩로써 바탕을 삼고 杜詩로써 典範을 삼는데 이는 五山(車天路의 號)과 東岳(李安訥의 號)의 가르침이다 石洲(權韠의 號)는 비록 唐律을 배웠지만 처음엔 또한 韓愈 詩를 배웠고, 孤竹(崔慶昌의 號)은 만년에 재주가 마르고 기운이 쇠약해져 또한 韓愈 詩를 읽었다. 나는 비록 학식이 천박하지만 韓愈 詩를 전혀 읽으려 하지 않았다. 이미 여러 분들의 권유를 받아 그 律詩와 絶句를 한차례 숙독해 보니, 바로 唐詩의 格律인지라, 杜詩와 아울러 보는 것도 무방할 것 같다. 그 長篇傑作은 곧 揚雄(B.C53-18)·司馬相如(?-B.C118)의 辭賦의 변형이었다. 韓愈 詩를 읽느니 차라리 揚雄·司馬相如의 辭賦를 읽는 것이 나을 것 같다. 오직 늦게 배우는 사람이나 筆力이 퇴보한 사람들은 韓愈의 詩를 가려 뽑아서 백여 차례 읽는다면, 敬字가 小學 공부에 도움이 되는 것과 같은 효과가 있을 것이니 혹 급한 병통을 救하여 힘을 언데 될 것이다. 재주와 학식이 다 넉넉

18) 李植, ≪澤堂集≫ 14卷 17張

한 사람은 꼭 대수롭지 않은 詩에 힘을 들일 것이 없다.)

라고 가르치고 있다. 宣祖·光海 연간에 詩를 공부하는 사람들은 모두 韓愈의 詩를 기본으로 삼고 杜甫의 詩를 典範으로 삼는 것이 통례였다. 李植 자신이 韓愈詩를 읽어 본 결과 그의 律詩와 唐詩의 격을 갖추고 있어 杜詩와 아울러 읽고서 본받아도 괜찮겠지만 長篇은 바로 揚雄·司馬相如의 辭賦의 변형인지라 재주와 학식이 넉넉한 사람은 꼭 읽을 필요가 없다고 했다. 다만 詩 공부를 늦게 詩작한 사람이나 기력이 부족한 사람들에게는 韓愈의 詩가 힘을 불어넣어 주는 기능은 한다고 주장했다.

李植은 詩를 배움에 있어서 두詩를 典範으로 삼고 韓愈의 詩는 律詩와 絶句 정도만 읽고 참고하는 것이 좋다고 했지만, 文을 공부함에 있어서는 단연 韓愈의 文을 으뜸으로 쳤다. 그의 <作文模範>에서

> 韓文, 文之宗, 不可不先讀. 七八十首抄讀, 若得臭味, 仍以爲終身模範可也, ……歐, 王, 曾, 專出於韓, 三蘇雖學莊, 國, 亦不出韓之模範.(韓愈의 文章은 文章의 宗主이니 먼저 읽지 않을 수 없다. 7,80首를 가려서 읽어보아 만약 맛을 알 것 같으면 그것으로 종신토록 모범으로 삼는 것이 옳다. ……歐陽脩(1007-1072)·王安石(1021-1086)·曾鞏(1019-1083) 등의 文章은 오로지 韓愈에서 나왔고, 蘇洵·蘇軾·蘇轍이 비록 ≪莊子≫와 ≪戰國策≫을 배웠다고 하나 또한 韓愈의 틀을 벗어나지 못했다.)[19]

라고 주장했다. 文章에서는 韓愈가 제일이니 韓愈의 文章을 먼저 읽어 그 맛을 알아 평생토록 文章의 모범으로 삼아야 한다고 주장했다. 唐宋八大家 중의 宋代 諸家들의 文章이 모두 韓愈의 文章에 근원했거나 혹은 그 테두리를 벗어나지 못했다고 주장하여 韓愈의 격을 한층 더 높였다.

또 <作文工夫>라는 글을 지어 자제들에게 과거준비를 위한 독서지침

19) ≪澤堂別集≫ 14卷 18張

을 마련했는데 여기서도 韓愈의 文과 詩가 必讀해야 할 書目에 들어 있다.[20]

역시 漢學四大家의 한 사람으로 일컬어지는 李廷龜(1564-1635)는 그의 아들 李明漢(1595-1645)이 才能을 믿고 詩文 暗誦하기를 즐겨하지 않으므로 繁重・汗漫한 韓愈의 <南山詩>를 千讀케 하여 그 輕薄한 才氣을 꺾으려 했다. 이 이후로 다른 사람들은 李廷龜의 底意를 이해하지 못한 채 <南山詩>를 多讀하는 일이 유행하게 되었다 한다.[21]

韓愈의 詩文이 韓國에 전래된 이래로 詩文의 典範으로서 거국적으로 추앙되었지만, 個別的으로 時文大家로서 韓愈의 詩文을 典範으로 삼지 않은 사람이 거의 없다. 그 대표적 인물만 들어 보면 다음과 같다.

世宗朝 集賢殿 學士 成三問(1418-1456)은 詩를 지음에 있어 韓愈를 본받으려고 대단히 노력했다. 그의 <三角山聯句>의 「賦欲效南山, 才慚非韓愈.(詩를 지음에 南山 詩를 본받고자 하나 재주가 韓愈만 못한 것이 부끄럽다.)」라는 詩句에서 엿볼 수 있다.[22]

世宗・成宗 年間에 26年間 文衡을 잡은 徐居正(1420-1488)은 詩를 지음에 오로지 韓愈의 體를 본받았다. ≪慵齋叢話≫에

> 達城文章華美, 而其爲詩專倣韓陸之體, 隨手輒艶麗.(達城(徐居正의 封號)은 文章이 華美하고, 詩는 오로지 韓退之의 體를 본받아 손 가는 대로 써내도 艶麗했다.)[23]

라는 기록이 있다. 그는 韓愈를 배워 염려한 경지에 이르렀으니 成功한 셈이다. 또 그가 26年間 文衡을 잡았으므로 當詩의 詩風 형성에 큰 영향을 끼칠 수 있는 위치에 있었으므로 韓愈 詩 推崇은 그에 의해서 高潮되었다

20) 前書 14卷 10張
21) 金萬重 ≪西浦漫筆≫
22) 成俔 ≪慵齋叢話≫ 5卷 595쪽.(大東野乘本)
23) 前卷 1卷 560쪽.

고 할 수 있겠다.

成宗朝의 文臣 姜希孟(1424-1483)은 韓愈의 詩文을 배워 그의 汗瀾·卓犖함을 닮았다 한다.[24]

庶子 出身의 譯官 魚叔權은 博覽强記와 詩評으로 유명했는데, 그는 韓愈의 글을 많이 읽어 暗誦하여 제자들을 가르쳤다 한다.[25]

宣宗朝의 李珥(1536-1684)도 韓愈의 글을 읽어 文章의 典範으로 삼았다. ≪宣宗實錄≫의

> 上曰,「少時嘗習文章否? 觀爾文詞甚好, 亦嘗學否?」珥曰「……今爲文詞, 粗成文理者, 亦別無用工之由, 但嘗讀韓文古文眞寶及詩書大文而已, (宣祖가 묻기를,「어릴 때 文章을 읽혔느냐? 너의 文章을 보니 매우 좋다.」라고 하자, 李珥가 대답하기를,「지금 文章을 지음에 대충 문리를 이룬 것은 따로이 공을 들인 것은 없습니다. 다만 일찍이 韓愈의 文章과 ≪古文眞寶≫와 ≪詩經≫·≪書經≫의 본문을 읽었을 따름입니다.」라고 했다.)[26]

라는 기록에서 증명할 수가 있다.

宣祖朝의 車天路(1556-1615)은 韓愈의 詩에 정통했었다. 柳根(1549-1627)이 지은 輓詞의 한 句에「李杜韓詩最熟精(李白·杜甫·韓愈의 詩에 가장 정통했네)」라고 한 것을 보면 알 수 있다.

漢詩를 5,000수나 남긴 李安訥(1571-1637)은 漢詩의 大家인데 車雲輅(1559-?)는 그의 시를 평하여 韓愈에서 출발하여 두시에 귀착했다고 했으니,[27] 그의 詩도 韓愈에 기초했음을 알 수 있겠다.

漢學四大家의 한사람인 張維는 文章을 지음에 韓愈를 典範으로 삼았다. 李植의 <谿谷集序>에

---

24) ≪海東雜錄≫ 2卷 37쪽.(大東野乘本)

25) 閔伯仁, ≪苔泉集≫ 2卷 3章

26) ≪宣祖實錄≫ 9卷 26張, 8年 5月條

27) ≪澤堂別集≫ 5卷 16張 <東岳集跋>

> 계곡專以文學自任, 其模範則韓歐.(谿谷은 오로지 文學으로써 자신의 일로 생각했는데 그 모범으로 삼은 글은 韓愈·歐陽脩의 글이었다.)[28]

라는 기록이 있는데, 여기서 그 사실을 증명할 수 있다.

張維의 ≪谿谷漫筆≫에

> 十六從外舅仙源公, 受昌黎文數十篇, 讀未幾, 便省古文機括, 時時倣效作文詞…….(열여섯 살 때 장인 仙源公(金尙容의 號)를 따라 昌黎의 글 十數篇을 가르쳐 받았다. 읽은지 얼마 되지 않아서 곧 古文의 기틀을 알게 되어 때때로 본받아 글을 짓기도 했다.)[29]

라는 기록이 있다. 張維 자신이 金尙容으로부터 韓愈의 글을 배운지 얼마 되지 않아 古文의 기틀을 알 수 있었고 때로 韓愈의 글을 본받아 짓기도 했다고 했다. 실로 張維는 韓愈의 章法을 본받아 당시의 古文大冊은 대부분 그의 손으로 지어지게 되었다.

肅宗朝의 文臣 許穆(1595-1682)은 韓愈의 글을 좋아하여 萬餘番이나 읽었다. 그의 文集 ≪眉叟記言讀集≫에

> 韓愈氏崔逼古, 行年六十 讀至萬有餘千…….(韓愈·柳宗元이 가장 옛글에 가깝다. 내 나이 60이 되어 읽은 횟수가 일만 몇 천 번에 이른다…….)[30]

라는 기록이 있는데 그가 韓愈의 글을 얼마나 愛讀했는지를 알 수 있다.

同時代 性理學의 大家인 宋時烈(1607-1689)은 스승 金長生(1548-1631)의 가르침을 받아 韓愈의 글을 읽었다. 金長生은 宋時烈에게 가르치기를 나는 韓愈의 글을 읽지 않아 文章이 조잡하다. 道學을 공부하는 사람

---

28) ≪澤堂別集≫ 5卷 10張

29) 2卷 14張

30) 5卷 18張<自評>

도 먼저 文章이 되어야 할 것이니 너는 나를 본받지 말고 韓愈의 글을 읽으라고 했다.[31] 文章에 치중하지 않은 도학자들도 韓愈의 文章을 즐겨 읽었던 것이다.

≪終南叢志≫의 저자 金得臣(1604-1684)은 讀書를 즐겨 韓愈의 글을 뽑아서 萬讀하였다고 한다.[32]

≪熱河日記≫로 유명한 朴趾源(1737-1805)은 평생 韓愈를 흠모하였다. ≪熱河日記≫에

> 至昌黎縣, 有韓文公廟……吾平生夢想文公, 遂遍約諸人, 爲伴遊計, 而無肯行者.(昌黎縣에 이르니 韓文公의 사당이 있었다. 드디어 여러 사람들과 약속하여 같이 놀러 가려 했으나 가려는 사람이 없었다.)[33]

라는 기록이 있다. 中國 여행시 평생 흠모하던 韓愈의 사당 부근에 이르러 찾아가 보고 싶었지만 같이 갈 사람이 없어 그만두었다는 것이다. 그가 韓愈에 대한 흠모가 남달랐다는 것을 알 수 있다.

우리나라에서 韓愈를 배우려는 사람은 수 없이 많았지만 韓愈를 배워 성공한 사람은 극히 드물었는데 朴趾源은 韓愈를 배우기에 성공했다 한다.[34]

그러나 朴趾源의 文章은 「理不勝辭」한 韓愈의 결점을 그대로 답습하고 있는 것도 사실이다.[35]

이들 외에도 李春英(1563-1634)·李植·申欽(1566-1628) 등 詩文으로 이름난 많은 사람들이 韓愈의 詩文을 배웠다.

이렇게 배우려는 사람이 많았지만 韓愈의 詩文은 여타 大家의 詩文보다

---

31) 金長生 ≪沙溪全書≫ 4卷

32) ≪終南叢志≫ 359쪽.(詩話叢林本)

33) ≪熱河日記≫ <關內程史> 589쪽.

34) ≪麗韓十代家文抄≫ 11卷 金澤榮 <重編燕巖集序>

35) 曹兢燮 ≪深齋集≫ 31卷 8張 <雜儀>

篇章이 浩汗하여 배우기 어려운 점도 있었다.36)

韓愈의 詩文을 배우려는 사람들이 계속해서 많게 되자, 韓愈의 詩文集인 ≪昌黎集≫의 商品價値도 대단했다. ≪練藜室記述≫에

> 訓練都監自罷屯田, 印諸書鬻之爲軍儲, 以安平大君所書, 刻以爲活字 先印昌黎集.(訓練都監에서 屯田을 罷한 뒤로부터 여러 가지 책을 찍어내 팔아서 軍亭費用을 만들었다. 安平大君이 쓴 글씨를 새겨 활자를 만들어 먼저 ≪昌黎集≫을 찍어냈다.)37)

라는 기록이 있다. 屯田이 革罷되고 난 뒤로 서적을 간행하여 그 수익으로 경비를 충당했는데 그 최초로 간행된 책이 ≪昌黎集≫이니, 당시 그 수요가 대단했음을 알 수 있겠다.

≪창려집≫이외에 중국에서 편찬된 韓愈의 글이 실린 책으로는 ≪古文眞寶≫·≪文章軌範≫·≪唐宋八家文≫ 등이 전래되어 왔었는데, 우리나라에서 다시 효율적인 詩文學習을 위해서 韓愈의 詩文이 수록된 詩文集이 편찬되었다.

孝宗朝의 金堉(1580-1658)은 李白·杜甫·韓愈의 詩를 모아 ≪三大家詩全集≫이란 詩집을 만들었다. 三家의 詩만 뽑은 이유인즉, 韓愈의 詩에는 抑邪扶正의 뜻이 있고, 杜甫의 詩에는 愛君憂國의 정성이 있고 李白의 詩에는 脫俗遺世의 뜻이 있으므로, 韓愈의 詩에서는 그 氣魄을 배우게 하려는 것이었다.38)

金堉의 孫子 金錫冑(1634-1684)는 戰國·兩漢·韓愈·柳宗元·歐陽脩·蘇軾 등의 文章을 뽑아 ≪古文選≫이라 하여 文章敎本으로 편찬했다.39)

---

36) 鄭弘溟, ≪畸翁漫筆≫ 583쪽.(大東野乘本)

37) ≪別集≫ Ⅷ, 671쪽. 1966, 서울, 民族文化推進會.

38) 金堉, ≪潛谷遺稿≫ 7卷 <三大家詩全集序>

39) 李德懋, ≪靑莊館全書≫ Ⅳ, 66쪽.(題古文選後)

22代 正祖 李祘(1752-1800)은 친히 ≪八子百選≫이란 책을 편찬하여 唐宋古文의 眞髓를 뽑아 文章을 배우는 이들에게 편의를 제공하고자 하였다. 이 책에는 韓愈의 文章이 25편으로 가장 많이 들어있고, 그밖에 柳宗元 15편, 歐陽脩 15편, 蘇洵 15편, 蘇軾 20편, 蘇轍 5편, 曾鞏 3편, 王安石 7편이 들어 있다.[40] 또 八道 儒生들에게 글을 지어 올리게 하여 등급을 정하여 ≪八子百選≫을 상으로 내려 보급하기도 하였다.[41]

韓愈가 成俔처럼 尊崇되지는 않았어도 佛教를 배척하고 儒教를 옹호한 공으로 상당한 尊崇을 받았다. 明宗朝의 柳希春(1513-1577)이 ≪續蒙求≫를 편찬할 때, 책 내용중에 韓愈라고 이름을 바로 쓰자, 李滉(1501-1570)은 昌黎로 고치는 것이 좋겠다고 권유한 바 있고,[42] 李德懋(1712-1793)도 경박한 사람들이 韓愈라고 바로 부르는 것을 금하고 退之라고 부르라고 권하고 있다.[43]

## Ⅲ. 諸家의 評

우리 先人들이 韓愈의 詩文을 읽고 나름대로 批評하여 남긴 기록이 많다. 그들은 韓愈의 평생을 숙독하고서 간단하게 批評을 남겼다. 印象批評이 그 主를 이루고, 또 다분히 主觀에 치우친 것이 많다. 그러나 오늘날 中國文學을 研究하는 사람들에게, 우리 선인들은 어떻게 中國文學 作品을 읽고 批評하였는가를 보여 주는 좋은 자료가 되리라 생각한다. 그 批評은 크게 韓愈의 文學上의 功過, 他文人들과의 비교, 作品에 대한 評 등으로 나눌 수 있다. 作品에 대한 評은 워낙 많아 이루 다 인용할 수가 없어

---

40) ≪正租實錄≫ 11卷 11張, 5年 6月 甲申條
41) 上揭書, 29卷 35, 36張, 14年 3月 丙戌條
42) ≪陶山全書≫ 13卷 20張 <與柳仁仲>
43) ≪青莊館全書≫ V, 57쪽.

文學과 직접적 관계가 있는 것만 골라 시대별로 열거한다.

## 1. 文學上의 功過

林椿은 韓愈가 文風을 진작詩킨 공을 칭찬하여,

> 韓愈振文章於卽衰.(韓愈는 이미 쇠퇴해진 가운데서 文章을 진작詩켰다.)[44]

라고 했다. 그는 이러한 韓愈의 衰氣를 떨쳐 일어킨 文章을 「虎躍高文」이라 表現하고 있다.

高麗末의 李穡(1328-1396)은 文章과 經學을 접근詩킨 공을 인정하여

> 至于唐, 韓愈氏獨知尊孔氏, 文章遂變.(唐나라 때 이르러 한우가 유독 孔子를 높일 줄 알아 文章이 드디어 변하게 되었다.)[45]

라고 하였다. 이이는 <文策>이란 글에서,

> 其間稍知尊孔孟而抑異端者, 不過數人而已, ……退之之文能起八代之衰, 然而自守不固, 飢寒困窮之不勝而號…….(그 가운데서 조금 孔孟을 높이고 異端을 누를줄 아는 사람은 서너 사람에 지나지 않을 따름이다. ……退之의 文章은 능히 八代의 衰氣를 일으켰다. 그러나 스스로 지킴이 굳지 못한지라. 기한과 곤궁함을 이기지 못하여 부르짓기도 했다.)[46]

라고 했다. 儒學을 높이고 異端을 배척하고 文章을 진작詩킨 공은 인정하지만, 기한과 곤궁을 이기지 못하여 불평을 토로한 글도 적지 않음을 지적하고 있다.

---

44) 林椿, ≪西河集≫ 6卷 21張 <上某官啓>

45) 李穡, ≪牧隱集≫ 9卷 9張 <選粹集序>

46) 李珥, ≪栗谷全書≫ <拾遺> 6卷 25張

光海君·仁祖 年間의 李睟光(1563-1628)은 그의 ≪芝峯類說≫에서

> 唐之文體, 至昌黎始變而古矣, 唐之詩體, 至昌黎始變而文矣, (唐의 文體는 韓昌黎에 이르러 비로소 변하여 古文이 되었고, 唐詩는 韓愈에 이르러 비로소 변하여 散文이 되었다.)[47]

라고 했다. 韓愈가 文章을 古文으로 돌이킨 공로는 인정하지만, 그가 詩를 散文化詩킨 흠도 지적하고 있다.

또 같은 책에서

> 魏晉以後, 皆倣屬對文字, 至唐韓昌黎, 掃去此習.(魏·晉 以後로는 다 騈體文을 지었는데, 唐에 이르러 韓愈가 이 習俗을 쓸어 버렸다.)[48]

라 하여 騈體文을 몰아낸 韓愈의 공적을 인정하고 있다.

肅宗朝의 實學者 李瀷(1681-1763)은 그의 ≪星湖僿說≫에서

> 退之筆力往往有冗卑下乘之語, 然細詳之, 非退之之不及, 乃故爲此延綿氣脉以待激昂奮發.(퇴지의 筆力은 때때로 번거롭고 저급한 말이 있다. 그러나 자세히 살펴 보면 퇴지의 筆力이 미치지 못해서가 아니고, 일부러 氣脈을 느려뜨려 가지고 抑揚·奮發할 것을 기다리는 것이다.)[49]

라고 했다. 韓愈의 文章에 가끔 느슨하고 비속한 말이 있어 보이지만 이는 韓愈 자신의 역량이 미치지 못해서가 아니라 文章의 抑揚을 강하게 하고자 의도적으로 그렇게 하는 것이라고 했다. 抑揚·奮發이 심한 文章을 지어 내는 韓愈의 의도를 밝히고 있다.

英祖朝의 安鼎福(1712-1791)은 그의 ≪雜同散異≫에서

---

47) 8卷 8張

48) 8卷 49張

49) 29권, 2장

> 韓愈爲文, 務反近體, 抒意在言, 自成一家, 然恃才肆意, 亦有戾孔孟之旨.(韓愈는 글을 지음에 당시의 文體와 다르게 하고자 힘썼고 뜻을 나타낸 것이 모두 말에 있어 스스로 一家를 이루었다. 그러나 재주를 믿고 뜻을 멋대로 폈고, 또한 孔孟의 취지에 어긋남이 있었다.)[50]

라고 하였다. 韓愈는 文章을 당시 유행하던 文章과 다르게 지으려고 노력했고, 또 깊은 뜻이 없고 語句에만 너무 치중하였고, 또 재주를 믿고 멋대로 지어 공맹의 취지에 어긋나는 것도 있다고 지적하였다. 韓愈의 文章이 騈體文처럼 조탁에 힘쓰는 것은 아니지만 文章構造에 지나친 노력을 기울이는 것도 사실이다.

이덕무는 ≪靑莊館全書≫에서

> 其卓然高拔於俗習, 羣嘲衆詈而不少低垂.(그는 우뚝히 俗習에서 뛰어났나. 뭇사람들이 비웃고 욕해도 조금도 굴하지 않았다.)[51]

라 하여, 韓愈의 文章이 俗習에 완전히 벗어났고, 그 기개가 强剛해서 뭇 사람들의 비방에도 끄떡하지 않았다고 했다. 韓愈의 面貌를 잘 나타내었다고 하겠다.

같은 책에서

> 愈自比孟子, 誘進後學[52], 成名者甚衆, 爲文一返之古, 詩亦豪放, 不避麤險, 體格之變, 自愈始焉.(韓愈는 스스로 猛者에 견주어 後學들을 인도하여, 이름을 이룬 사람이 심히 많았다. 文章을 지음에 한결같이 고문으로 돌아갔다. 시도 또한 豪放하였고 麤險한 것도 피하지 않았다. 文體·詩格이 변한 것은 韓愈로부터 시작되었다.)

---

50) Ⅰ, 154쪽.

51) Ⅱ, 57쪽.

52) 24권 58쪽. <詩觀小傳>

라고 했다. 韓愈가 古文을 復興시키고 詩格을 變革시킨 점을 이야기하고 있다. 主理論으로 유명한 李震相(1818-1866)은 그의 <寥古 二十二絶> 가운데 <韓退之>란 詩에서

> 原道諸編見道高, 文章學業儘人豪, 衡嶽雲開潮鱷徙, 一超寧與八家曹.
> (<原道> 등 여러 글은 道를 본 안목도 높아, 文章과 學業이 다 豪傑다운 선비일세. 衡山에 구름 걷히고 潮州의 악어도 옮겨 가게 했으니, 홀로 우뚝 뛰어난지라 八家들과 어떻게 무리가 되리?)[53]

라고 읊고 있다. 韓愈가 道에 대한 식견도 높고 文章과 學業에 다 뛰어났으므로 唐宋八大家 中 여타의 사람들은 대적이 되지 못한다고 말하여 극도로 추앙하고 있다.

哲宗朝의 儒學者 金平默(1819-1888)은 <吊唐潮州刺史韓文公>이란 글에서

> 衛道息邪, 道由我傳…….(儒道를 보호하고 邪道를 그치게 하여 道가 그로 말미암아 전해지게 되었네. ……)

라고 하여, 儒道를 옹호하고 異端을 물리친 공을 높이 평가하였다.

近世의 漢學者 河謙鎭(1870-1948)은 그의 문집 ≪晦鳳遺書≫ 가운데 <與李淵生書>에서

> 文之爲道, 理勝則義盡, 義盡則辭盛, 若董韓歐若干輩有意於爲文而理不勝也.(文章의 도는 이치가 勝하면 뜻이 다하게 되고 뜻이 다하면 말이 盛하게 된다. 董仲舒(B.C200-120)·韓愈·歐陽脩 등 몇몇은 文章을 인위적인 의도가 있어 이치가 勝하지 못하다.)

53) ≪중암집≫ 1권 2장

라고 하여 韓愈의 글에도 인위적인 조탁의 흔적이 없지 않아 내용보다도 형식에 치중한 점을 지적하고 있다.

이상에서 韓愈의 文學上의 공과를 살펴본 바 韓愈가 유학을 옹호한 점, 이단을 배척한 점, 古文을 회복한 점, 詩體를 變革한 점, 凡俗한 말을 詩語에 채택해 쓴 점 등을 칭찬하였고, 詩를 散文化한 점, 너무 재주를 믿고 자기 뜻을 멋대로 펼친 점, 孔孟의 뜻과 어긋나는 점, 지나치게 당시의 文章과 다르게 지으려고 한 점, 글을 잘 지으려는 인위적인 흔적이 있는 점 등을 지적하였다.

## 2. 他文人과의 비교

우리 先人들은 韓愈의 詩文을 읽으면서 同時代 혹은 다른 시대의 문인들과 비교하여 평하기를 즐겼다.

李睟光은 ≪芝峯類說≫에서 韓愈와 柳宗元의 글을 비교하여

> 韓退之, 柳子厚所著多相似, 韓有平淮西碑銘, 而柳有平淮夷雅, 韓有送窮文, 而柳有乞巧文, 韓有張中丞傳, 而柳有段太尉逸事狀, 且韓之原道, 南山詩, 柳不能作矣, 柳之晉問天對, 韓亦無矣, (韓退之와 柳宗元의 지은 글 가운데 서로 비슷한 것이 많다. 韓愈에게 <平淮西碑銘>이 있는데 반해 柳宗元에게는 <平淮夷雅>가 있고, 韓愈에게 <送窮文>이 있는데 반해 柳宗元에게는 <乞巧文>이 있고, 韓愈에게는 <張中丞傳>이 있는데 반해, 柳宗元에게는 <段太尉逸事狀>이 있다. 또 韓愈의 <原道>・<南山詩> 등은 柳宗元이 지을 수 없고, 柳宗元의 <晉問>・<天對> 등의 글은 韓愈에게는 없다.)[54]

라고 하였다. 韓愈와 柳宗元 사이에 비슷한 작품끼리 서로 대비하였고, 또 서로 다른 특성을 가진 작품을 들고 있다.

또 같은 책에서

54) 8卷 3張

昌黎之雄肆, 杜牧之麤豪, 長吉之詭, 盧同之怪, 孟郊之苦, 賈島之瘦, 商隱之僻, 居易之俚, 庭筠之織麗, 各盡其態, 然唐之詩體, 至是大變矣, (韓昌黎의 雄肆함, 杜甫의 麤豪함, 李賀의 능글스러움, 盧同의 괴기함, 孟郊의 괴로움, 賈島의 야윔, 李商隱의 궁벽함, 白居易의 속됨, 溫庭筠의 織麗함 등의 각각 그 모습을 다했다. 唐의 詩體가 이에 이르러 크게 변하였다.)[55]

라 하여 諸詩人들의 詩의 特徵을 비교하고 있다. 그 시인들의 詩格은 각각 다르지만 당의 시체가 여기에 이르러 크게 변했던 것이 사실이다.

崔岦은,

韓之千變萬化, 不及歐公專用一體爲自然.(韓愈의 찬변만화한 文章은 歐陽脩가 오로지 한 가지 體만 쓰는 것의 자유로움만 같지 못하다.)[56]

라고 하였다. 기복이 심한 韓愈의 文章이 歐陽脩의 文章의 자연스러움만 못하다고 했다. 崔岦은 평생 韓愈를 공부한 사람인데 이런 말을 하는 것을 보면 韓愈의 文章을 배우기가 얼마나 힘들다는 것을 알 수 있겠다.

以之比兵, 子美孫武之兵, 堂堂之陳, 井井之旗, 奇心循環 不戰而屈人之兵者也. 太白飛將之兵, 勇如快○, 精實金石, 人莫能測, ○然而無與○者也. 退之淮陰之兵, 將將自遜, 多多益善, 從風而○, 一勝而定天下者也.(이들은 兵家에 비유한다면 子弟는 孫武의 군사와 같다. 당당한 軍陳과 질서 정연한 軍旗를 갖고 기습적인 마음으로 돌고 돌아서 싸우지 않고서도 남의 군대를 굴복시킨다. 용맹스럽기는 날쎈 매와 같고, 씩씩하기는 金石을 꿰뚫어 다른 사람들이 예측할 수가 없어 표연히 더불어 대적할 자가 없다. 退之는 韓信의 군사와 같다. 장수를 거늘이는 것은 스스로 양보 했지만, 군사가 많으면 많을수록 좋아 바람을 좇아 쓸어 버리니 한 번 승리하여 천하를 평정한다.)[57]

55) 9卷 24張

56) 鄭仁弘, ≪畸翁漫筆≫ 568쪽.(大東野乘本)

57) 7卷 163쪽.

라는 기록이 있다. 杜甫의 詩를 정통적으로 兵家인 孫武에, 李白의 詩를 한대의 용맹이 대단하고 용力이 절륜한 李廣에, 韓愈의 詩를 智略이 뛰어난 韓信에 비유하고 있다. 韓愈 詩의 抑揚이 심한 점을 신출귀몰하고 변화무쌍한 韓信의 군사에 비유한 것은 절묘하다 하겠다.

金昌協(1651-1708)은 韓愈의 碑誌에 대하여

> 韓碑叙事與史漢大不同, 不獨文章自別, 亦其體自然也.(韓愈가 지은 碑文은 사실을 서술한에 있어 ≪史記≫·≪漢書≫와는 크게 다르다. 文章이 스스로 다를 뿐만 아니라, 또한 그 體裁도 자연스럽다.)[58]

라고 하여, 韓愈가 지은 碑文은 ≪史記≫와 ≪漢書≫와는 文章과 體裁가 다름을 밝히고 있다.

또 韓愈와 歐陽脩의 碑誌를 비교하여

> 韓碑多直敍, 歐碑多錯綜. 韓體謹嚴, 其奇在於句字陶鑄. 歐語雅馴, 其奇在於篇章變化.(韓愈가 지은 碑文은 바로 서술한 것이 많은데, 歐陽脩가 지은 碑文은 복잡하게 뒤섞인 것이 많다. 韓愈가 지은 碑文은 體가 謹嚴한데 그 奇妙한 점이 字句를 단련하는데 있다. 歐陽脩가 지은 碑文은 말이 雅馴한데 그 기묘한 점은 篇章의 變化에 있다.)[59]

라고 했다. 韓愈가 지은 碑文의 特徵은 字句를 단련한 점이고, 歐陽脩가 지은 碑文의 特徵은 篇章이 變化하는 점임을 들어 두 사람의 碑文을 비교하고 있다.

또 같은 책에서

> 韓格正而力大, 歐調逸而機圓.(韓愈는 格이 바르고 역량이 큰데 반하여,

58) ≪農巖集≫ 34卷 1章 <農巖雜識> 外篇

59) 전서, 34권 37장

歐陽脩는 격조가 빼어나고 기들이 원만하다.)

라고 하여, 韓愈와 歐陽脩의 文章 格調를 比較하고 있다. 韓愈의 文章이 抑揚이 심하고 힘이 있는 特徵과 歐陽脩의 文章이 빼어났으면서도 溫柔한 特徵을 잘 나타내고 있다.

같은 책에서

韓本尙書左氏之法, 歐得風騷太史之旨.(韓愈는 ≪書經≫과 ≪左氏傳≫의 章法에 바탕을 둔데 반하여, 歐陽脩는 <國風>, <離騷>, 司馬遷의 뜻을 얻었다.)

라고 하여, 두 사람의 文章이 독자에게 주는 감홍에 대하여 비교하였다.

李瀷은 그의 ≪星湖僿說≫에서

退之一生慕效李杜, 然比諸李, 風神不足, 比諸杜, 氣骨不足……王安石云「韓勝於李」歐陽修云「韓勝於杜」彼旣不知韓矣, 却能識李杜乎?(韓愈는 일생동안 李白·杜甫를 흠모하여 본받으려 하였다. 그러나 李白에게 견주어 보면, 風神이 부족하고, 杜甫에게 비교해보면, 氣骨이 부족하다. 王安石은 「韓愈가 李白보다 낫다」고 했고, 歐陽脩는 「韓愈가 杜甫보다 낫다」고 했지만, 저들이 韓愈도 모르는데 능히 杜甫를 알겠느냐?)[60]

라고 했다. 韓愈는 詩가 李白杜甫에게는 못미치는 것이 사실인데, 李白·杜甫 보다 낫다고 말한 王安石·歐陽脩의 의견에 찬동할 수 없다고 했다.

같은 책에서

子厚文, 句句皆從道理出來, 不似韓之駁雜不純, 其體裁之高下雖不可知, 而以此爲斷, 柳反優矣.(子厚의 文章은 구절 구절이 道理로부터서 나와 韓愈

60) 29권 31장

> 文章의 駁雜하여 불순함만 같지 않다. 그 體制의 높고 낮음은 비록 알 수 없지만 이점으로써 단정을 한다면 柳宗元이 도리어 낫다.)[61]

라고 했다. 韓愈의 駁雜한 文章보다 柳宗元의 도리에 바탕을 둔 文章이 낫다고 주장하고 있다.

또 같은 책에서

> 東坡之出於韓, 未能或知之也. 但黎大而坡小, 黎渾樸而坡伶俐, 其斤斧之跡有未易窺者.(東坡의 文章이 韓愈에게서 나왔다는 사실을 혹 알지 못하기도 한다. 다만 韓愈는 규모가 큰 데, 東坡는 작고, 韓愈는 雄渾・質撲한데 東坡는 영리하여 그 조탁의 흔적을 엿보기가 쉽지 않다.)[62]

라고 하였다. 소식이 비록 韓愈의 文章을 본받았지만, 韓愈와 여러 가지 차이점 있음을 밝히고 있다.

安鼎福은 <評韓柳詩>

> 柳子厚詩在陶淵明下韋蘇州上. 退之豪放奇險則過之, 而溫麗靖深則不及也.(柳宗元의 시는 陶淵明 보다는 못하고 韋應物 보다는 낫다. 韓愈의 豪放・奇險한 점은 柳宗元 보다 나으나, 溫麗・靖深한 점은 柳宗元에게 미치지 못한다.)[63]

라고 했다. 韓愈 시와 柳宗元 시를 비교하여, 豪放・奇險한 점은 韓愈가 나으나, 溫麗・靖深한 점은 유종원이 낫다고 주장하고 있다.

近世의 漢學者 曺兢燮(1873-1933)은 <與金滄江書>

> 讀韓文, 不過一再, 神氣앙旺, 若可背誦, 至於歐蘇, 則誦之未久, 旋復歸忘.

---

61) 27권 14장

62) 29卷 24張

63) 安鼎福, ≪雜同散異≫Ⅲ, 71쪽.

(韓愈의 文章을 읽으면 불과 한 두 번만에 정신과 기운이 툭 틔고 왕성해져 마치 외울 수 있을 것 같지만, 구양수나 소식에 이르러서는 외운지 되지 않아서 도로 잊어 버리게 된다.)[64]

라고 하였다. 韓愈의 文章은 다른 사람의 것보다 읽으면 神氣가 툭 트이고 왕성하게 하여 외우기도 쉽다고 말하고 있다.

같은 책에서,

漢魏以後, 昌黎空同俱能竪一幟, 而韓近於孟子, 李近於揚雄, (韓・魏이후로 韓愈와 李夢陽이(1475-1531)이 다 능히 문단에 기치를 세웠는데, 韓愈의 文章은 孟子에 가깝고, 李夢陽은 揚雄에 가깝다.)[65]

라고 했다. 韓・魏 이래로 韓愈・李夢陽을 대표적 文章가로 쳤는데 韓愈는 孟子에 李夢陽은 揚雄에 가깝다고 그 차이를 밝히고 있다.

## 3. 作品에 대한 評

先人들의 문집 가운데 韓愈의 개개 작품을 읽고 남긴 評은 대단히 많다. 그 가운데서 문학에 관계되는 것만 골라 소개해 본다.

柳夢寅(1559-1623)은 그 結構가 역대로 논란이 되어 온 韓愈의 <爲人求薦書>에 대하여

韓文爲人求薦書曰「木在山, 馬在肆」, 而其末段只以馬結之, 先儒疑以爲缺文, 余讀莊子, 至馬蹄篇, 以馬及植木起頭, 末段只言馬以卒其篇. 退之善◯古文, 取其意, 不取其辭, 厭然爲己作, 使人不得以知之.(韓愈의 글인 <爲人求薦書>에 「나무는 산에 있고 말은 마굿간에 있다」라고 시작하였으나, 그 末段

64) 申競燮, ≪深齋集≫ 6卷 32張
65) 前書, 33張

> 에서는 다만 말 이야기로만 끝을 맺었다. 先儒들이 缺文이 있지 않을까 의심하기도 했다. 내가 ≪莊子≫를 읽다가 <馬蹄篇>에 이르러니, 말과 나무로써 첫머리를 일으켰다가 末段에서는 다만 말만 이야기하고서 그 편을 끝내었다. 退之는 고문을 잘 따다 쓰는데, 그 뜻만 취하고 그 말은 취하지 않고서 살짝 자기가 지은 것처럼 하여, 다른 사람으로 하여금 알지 못하게 한다.)[66]

라고 했다. 한편의 文章의 緖頭에서 두 갈래로 시작했다가 끝에 가서 하나만 들어 끝맺는 것은 缺文이 있는 것이 아니고, ≪莊子≫의 文章 技法에서 따온 것이라고 밝혀 종래의 의혹을 풀고 있다.

<祭柳子厚文>에 대해서 李睟光은 그의 ≪芝峯類說≫에서

> 韓昌黎祭柳子厚文曰「子之視人, 自以無前」, 蓋言其爲人病痛也.(韓昌黎의 <祭柳子厚文>에서「그대가 사람을 볼 때 나보다 나온 사람이 없다고 생각했다」라고 했는데, 대개 그 사람됨의 병통을 말한 것이다.)[67]

라고 말했다. 韓愈는 자기의 절친한 친구인 柳宗元의 祭文에서도 그의 病痛을 지적해서 말할 정도로 사심없는 글을 쓰는 태도에 대하여 언급하고 있다.

같은 책에서

> 韓昌黎詩多押險韻, 而殆不遺一字, 所以示奇也.(韓昌黎의 시에는 險韻을 달아 거의 한 字도 그렇지 않는 것이 없으니 奇險함을 보이려는 까닭에서이다.)[68]

라고 하였다. 韓愈가 詩格을 奇險하게 만들려고 의도적으로 險韻을 많이 쓰는 특징이 있음을 들어 말했다.

---

66) 柳夢寅, ≪於于野談≫ 3卷 107쪽.

67) ≪芝峯類說≫ 8卷 21張

68) 前書, 8卷 9張

<原道>의 「德有凶有吉」이란 말에 대해서 장유는 비판하기를 「德은 吉하지 않은 것이 없고 凶하면 벌써 德이라 할 수 없는데 이를 大旨로 하여 글을 서술해 나갔으니 그 잘못됨이 크다」[69]고 하였다.

金昌協은 韓愈의 <原道>·<與孟簡書>·<與文暢書>에 대하여 批評하기를

> 韓文原道外, 與孟簡書及文暢序, 論議正大, 筆力宏肆, 不減孟子文章, 孟簡書尤好, 其論孟子處, 抑揚反復, 極好看.(韓愈의 文章 가운데 <原道> 이외에도 <與孟簡書> 및 <與文暢書>는 論議가 正大하고 筆力이 거리낌 없어 孟子의 文章보다 못하지않다. <與孟簡書>가 더욱 좋은 데 그 孟子를 論한 곳은 抑揚이 반복되어 극히 보기가 좋다.)[70]

라고 했다. 韓愈의 文章을 칭찬하여 그 논의나 筆力이 孟子에 손색이 없다고 했다.

그는 또 韓愈의 비문에 대하여

> 韓碑體格, 固極簡嚴可法, 而其句字, 亦時有太生割奇僻處, 如曹成王碑, 通篇皆然, 要非後人所當學.(韓愈 비문의 體格은 실로 극히 簡嚴하여 가히 본받을만 하지만, 그 字句에 또한 때로 너무 억지스럽고 나누고 기이하고 궁벽한 곳이 있다. 曺成王碑 같은 것은 전편이 다 그러하니, 요컨대 후인들이 마땅히 배울 바가 아니다.)

라 하고 있다. 韓愈가 지은 비문의 簡嚴한 점은 본받을 만하지만 生割奇僻한 점은 배우지 말아야 한다고 주장하고 있다.

韓愈의 <張中丞傳後叙>에 대하여

69) ≪谿谷集≫ 3卷 34, 35張
70) ≪農巖集≫ 34卷 <雜識> 外篇 1張

> 逐段敍述, 錯出互見, 而皆有至法, 正是史漢妙處.(每段의 서술이 뒤섞여 나오고 번갈아 나타나고 하여 다 지극한 章法이 있으니 바로 ≪史記≫·≪漢書≫의 妙處이다.)[71]

라고 하였다. 그 서술이 복잡하고 挿入文이 많은 文章의 짜임이 ≪史記≫·≪漢書≫의 妙法을 얻고 있다고 칭찬하고 있다.

<山石詩>에 대하여 李瀷은

> 不犯手勢, 陶鑄自成者, 其惟山石一篇. 自頭至終, 只如山行日記, 隨遇寫出而 筆力雄渾, 不見罅縫. 惟能者能之而不可學得也.(손의 힘을 빌리지 않고 녹여 부어 절로 이루어진 것은 그 오직 山石 詩인저! 처음부터 끝까지 다만 山行日記 같아 만나는대로 써 내었으나, 筆力이 雄渾하여 손질한 곳이 보이지 않는다. 오직 능한 사람만이 이것에 능할 것이고 배워서 알 수는 없다.)[72]

라고 하였다. <山石詩>가 묘사가 곡진하고 筆力이 雄渾한 점을 칭찬하고, 배워서 된 것이 아니라고 말하고 있다.

또 <琴詩>에 대하여

> 退之琴詩, 始言促數, 次言軒昂, 如浮雲柳絮之變態. 不可測, 如百鳥之間鳳凰之驚耳. 其進之遲而退之速, 如緣高而脫下, 能使人喜樂, 能使人悲傷.(韓愈의 <琴詩>는 처음은 말이 촉급하고 그 다음은 말이 우뚝한 것은 마치 바람을 탄 구름이나 버들개지의 변하는 모습과 같고, 예측할 수 없는 것은, 온갖 새 가운데서 봉황새가 놀라는 것과 같을 따름이고, 예측할 수 없는 것은, 온갖 새 가운데서 봉황새가 놀라는 것과 같을 따름이고, 그 나아가는 것은 더디나 그 물러남이 빠른 것은 높은 곳에 올라갔다 내려오는 것과 같아 능히 사람으로 하여금 기쁘게도 하고 능히 사람으로 하여금 슬프게도 한다.)[73]

---

71) 前書, 14, 15張

72) 李瀷, ≪星湖僿說≫ 39卷 3張

라고 했다 그 변화무쌍하고 抑揚反復이 자유자재인 詩의 구조를 칭찬하고 있다.

또 <南山詩>에 대하여

天地之間, 無理不具, 故無物不有.驗之草木, 驗之禽獸, 異品別性, 怪形奇態, 大小長短, 輕重强弱, 色有淺深, 氣有好醜, 盖莫不悉備, 我或未之見 而不可擄以爲必無也. 推之扵人心世道, 善惡如面變, 故百億其難易緩急之間, 可驚可怛, 可喜可愁, 盖莫不悉備. 推之扵文章詞藻, 其安重如山, 活動如水, 細密如絲, 擢秀如花, 變狀如雲, 詰屈如藤, 縹緲如仙, 恍惚如鬼, 明如日月, 高如星辰, 深如坎窞, 堅如金鐵, 壯健如駿馬馳驟, 從容如閨女綽約, 瀾遠如滄海無窮, 繁縟如脩竹叢生. 有巧則有拙, 有全則有偏, 盖莫不悉備也. 韓公欲以筆端描畫之, 非山則莫可. 讀其詩, 如絲竹曲拍, 進退應節, 表裡纖末, 無不畢具, 詩家之妙, 至斯極矣. 盖露盡一生傲物性, 五十箇或字中 人之情狀備矣.(천지 사이의 이치를 갖추지 않은 것이 없으므로 시 가운데 들어있지 않은 사물이 없다. 草木・禽獸에사 증명해 보면, 특이한 물품 별난 성질 이상한 형상 기이한 자태 큰 것 작은 것 긴 것 짧은 것 가벼운 것 무거운 것 강한 것 약한 것 색의 얕은 것 기운의 좋은 것 추한 것이 대개 다 갖추어지지 않은 것이 없다. 사람의 마음과 세상의 도리에 미루어 나가보면, 선과 악은 사람의 얼굴이 변하는 것과 같으므로 어렵고 쉽고 느리고 급한 가운데 수없이 변하는데 놀랄만한 것 슬퍼할 만한 것 기쁘할 만한 것 근심할 만한 것이 대개 다 갖추어지지 않음이 없었다. 文章의 修飾에 이것을 미루어 나가보면, 그 安重하기는 산과 같고, 그 활동하는 것은 물과 같고, 그 세밀하기는 실과 같고, 그 빼어나기는 꽃과 같고, 그 변하는 상태는 구름 같고, 그 꾸불꾸불하기는 등나무 같고 그 아련하기는 신선같고, 그 황홀하기는 귀신 같고, 그 밝기는 해와 달 같고, 그 높기는 별 같고, 그 깊기는 구덩이 같고, 그 굳기는 쇠와 같고, 그 건장하기는 준마가 달리는 것 같고, 그 우거짐은 긴 대나무가 빽빽이 난 것 같다. 정교한가 하면 서투른 것 같고 완전한가 하면 편벽됨도 있어 대개 다 갖추어지지 않은 것이 없다. 韓文公이 붓끝으로 다 묘사해 내려가니 산이 아니고선 될 수가 없었다. 그 시를 읽으면 악기의 박자가 맞는 것 같아

73) 前書, 30卷 7張

나아가고 물러남이 다 곡에 맞고 안팎의 조그마한 것도 다 갖추어지지 않은 것이 없었다. 詩家의 妙法이 이에 이르러 극치를 이루었다. 대개 평생의 사물에 대하여 오만을 부리는 본성을 다 나타내었고, 50개의 「或」자 가운데 인간의 情狀이 갖추어져있다.)[74]

라고 評했다. 너무 추상적인 비유가 많아 비평이 절실하지 못하지만 그래도, <南山詩>에 대한 曲盡한 비평이다. <南山詩>가 內容面이나 技巧面에서 詩家의 妙法을 다 구사하고 있음을 칭찬하고 있다.

<毛穎傳>에 대하여 安鼎福은

譏戲不近人情, 此文章之甚紕繆者.(풍자한 것이 인간의 실정에 가깝지 않으니 이는 文章 가운데서 심히 그릇된 것이다.)[75]

라고 하였다. <毛穎傳>의 諷刺內容이 眞實性을 결여하였고 이런 類의 文章은 그릇된 文章이라고 지적하고 있다.

또 같은 책에서 韓愈가 編纂에 참여한 ≪順宗實錄≫에 대하여

繁簡不當, 敍事拙於取舍.(자세히 써야할 곳과 간결히 써야할 곳이 적당하지 않고 사실을 서술한 것이 취사하는데 서투르다.)

라고 하여 韓愈가 史筆이 있다는 通說을 반박하고 있다.

<元和聖德詩>에 대하여 洪良浩(1724-1763)는

略於戰功者, 言執之易也, 詳於獻馘者, 言殛之嚴也. 至敍其投水就擒孥戮臠斷之狀歷歷如畫者, 將以照耀天下之耳目, 使夫負强逆命之類, 墮膽褫魄革心頓顙, 惟恐後耳. 夫詩之爲敎, 主於感發懲創, 或簡或繁, 不一其體, 唯其時耳.(戰功을 간략히 묘사한 것은 생포하기 쉬웠음을 말한 것이고, 벤 목을

---

74) 前書 28卷 60張

75) ≪雜同散異≫ I, 154쪽. <論韓愈文>

> 바친 것을 자세히 묘사한 것은 죽임의 준엄함을 말한 것이다. 물에 몸을 던지거나 사로 잡거나 노예로 삼거나 죽이거나 살점을 자르거나 하는 형상을 그림처럼 자세히 묘사한 것은 장차 그것으로써 천하 사람들의 이목에 비치어 저 강한 것을 믿고 명을 거스러는 무리들로 하여금 달이 떨어지고 넋이 빠지고 마음을 고쳐먹고 머리를 조아리며 오직 뒤처질까 두려워하게 하고자 할 따름이다. 대저 詩의 敎化됨은 感發·懲創을 주로 한다. 때론 간략하게 하고 때론 상세하게 하여 그 體가 한결같지 않고 오직 때에 따라 할 따름이다.)[76]

라고 하였다. <元和聖德詩>는 보통 詩人의 능력이 미칠 수 없을 정도의 效果的으로 구성되어 있음을 말하고 있다.

<履霜操>에 대하여

> 哀而慕, 怨而自訟, 其小雅之流乎!(슬프면서 사모하는 듯하고, 원망하면서도 스스로 책망하니 그 小雅의 流인저!)[77]

이라 하여 그 哀切한 詩境을 <小雅>에 비교하였다.

또 <原道>·<原性>·<原人>·<原鬼>·<原毁> 등에 대하여

> 五原之說, 識正而言粹, 旨奧而辯宏, 其孟氏之流亞乎! 荀楊董王, 皆當斂衽而朝矣.(五原의 說은 식견이 바르고 말이 순수하며, 뜻이 깊고 변론이 위대하니, 孟子의 아류인저! 荀子·揚雄·董仲舒·王○ 등은 마땅히 옷깃을 여미고서 조회를 해야 할 것이다.)[78]

라고 하여, 그 識見과 議論이 孟子에 버금갈 만큼 훌륭하다고 하였다.

또 <釋言>에 대하여

---

76) 洪良浩, ≪耳溪集≫ 47卷 1張

77) 前書, 2張

78) 前書, 12張

> 釋言之辭, 奇儻弘肆, 抑揚不窮, 其猶孟子之雄辯乎! (<釋言>의 말은 奇傑스럽고 분방하여 억양이 다함이 없으니, 그 孟子의 웅변과 같도다!)[79]

하고 하여 <釋言>의 글이 孟子의 웅변과 같은 점이 있다고 했다.

그 외 <評淮西碑>에 대해서는 麗而莊(고우면서도 장엄하다) 하였고, <羅池碑>에 대해서는 奇而奧(奇險하면서도 심오하다)라고 하여 간단한 비평을 가하고 있다.

<祭十二郎文>에 대하여, 朴齊家(1750-?)는

> 字字懇到, 不期工而自工.(字字가 懇切하여 잘 지으려고 애쓰지 않아도 저절로 잘 되었다.)[80]

하고 하여 그 애통한 정을 다한 文辭를 칭찬하고 있다.

## Ⅳ. 結論

韓愈의 詩文은 高麗 光宗 以後부터 읽히기 시작하여, 中期 毅宗朝 때에는 벌써 詩文의 典範으로 推仰 받기 시작했다. 당시 詩에 있어서는 杜甫·李白 등과 아울러 추앙을 받았지만 문에 있어서는 韓愈가 獨自的인 추앙을 받았다. 그때에 글 잘하는 사람의 代名詞로 韓愈가 일컬어졌을 정도였다.

高麗 末期에 文人들의 戱筆인 假傳體小說이 많이 쏟아져 나왔는데 이는 韓愈의 <毛穎傳>을 模擬하여 지은 것이다.

高麗 高宗 때 崔氏政權에 의해서 그 당시 수요가 많던 ≪韓昌黎集≫이 木版으로 刊行되기까지 했으니 韓愈의 글이 高麗時代에 많이 읽혔음을

79) 前書, 14張

80) 박제가, ≪정○문집≫ 2권 293쪽.

알 수 있겠다.

高麗 때부터 추앙되어 오던 韓愈의 詩文이 朝鮮初 明 太祖의 변려문 使用을 禁하는 法令의 반포와 韓愈의 <賀雨表>를 천하의 模範文章으로 삼게 함에 따라 朝鮮의 對明 外交文書는 모두 韓愈의 文章을 典範으로 삼게 되었으므로 韓愈의 글이 많이 읽히게 되었다.

朝鮮初에 수입되어 널리 읽혀진 ≪古文眞寶≫에는 韓愈의 詩가 14首, 文이 30篇 들어 있으니, 역시 朝鮮時代 일대를 통하여 많이 읽혀진 ≪唐宋八大家≫에는 韓愈의 文이 94篇 실려 있으니 韓愈의 글은 家家戶戶에서 읽히고 있는 셈이다.

朝鮮시대 韓愈의 詩文에 정통한 인물로는 趙須・金馹孫・崔岦・朴趾源・金得臣 등이 있고, 韓愈의 詩文을 배워 자신의 典範으로 삼은 대표적 인물로는 成三問・徐居正・姜希孟・魚叔權・李珥・車天輅・李安訥・張維・許穆・宋時烈 등을 들 수 있다. 이렇게 배우려는 사람은 많았지만 여타 大家의 詩文보다 編章이 浩汗하여 배우기 어려움도 사실이었다.

韓愈의 詩文을 배우려는 사람들이 많아지자 ≪昌黎集≫의 수요가 늘어 訓練都監에서는 後期로 오면 효과적인 詩文學習을 위해서 朝鮮에서 詩文집이 편찬되었다.

韓愈가 古文을 회복하고 文章과 經學을 접근시키고 맹자를 높이고 異端을 배척한 功은 우리나라에서 인정 받았지만, 기한과 곤궁을 이기지 못하여 불평을 토로한 글이 있고, 詩를 散文化시켰고, 지나치게 詩俗의 文章과 다르게 하려다 지나치게 奇險하게 된 점은 흠으로 지적되었다.

다른 여타의 大家들과 비교하여 우리 先人들은 韓愈의 글을 논하기를 좋아하였다. 柳宗元은 韓愈와 비슷한 점이 많은 문인인지라 비슷한 작품이 많지만, 조리정연한데 반하여 韓愈의 文章은 駁雜하여 순수하지 못하다고 했다. 韓愈의 文章은 抑揚이 심하고 힘이 있는데 반하여 구양수의 文章은 빼어났으면서도 溫柔하다고 했다.

韓愈의 詩는 李白에 비하면 風神이 부족하고 杜甫에 비하면 氣骨이 부족하다고 했다.

蘇軾의 文章은 韓愈에게서 나왔으나 韓愈는 규모가 큰데 蘇軾은 작고, 韓愈는 雄渾·質撲한데 蘇軾은 영리하여 그 조탁의 흔적을 찾을 수 없다고 하였다.

韓愈의 各 作品에 대한 評이 많은데, 그 代表的인 것만 든다. 詩文의 結構가 보통 사람들이 생각하는 것보다 훨씬 수준 높게 효과적으로 되어 있다. 친한 사람에게 써 주는 글이라 하여 공정성을 잃지 않았다. 險韻을 단 작품이 많은데 奇險하게 보이려는 의도에서이다. 그 의논이나 筆力이 맹자에 손색이 없다 등등 많은 작품들이 찬탄을 받고 있다.

韓愈는 문인으로서는 고려 光宗 以後 우리 선인들의 가장 많은 추앙을 받았고 그의 詩文은 近千年 동안 韓國漢詩文의 典範이 되어 왔다.

# 韓國漢文學에서 白居易 文學의 受容樣相

## Ⅰ. 序論

白居易는 李白, 杜甫와 더불어 唐代 三大詩人으로 일컬어지고, 또 唐代의 詩人 가운데서 가장 많은 시 작품을 남겼을 뿐만 아니라 中國文學史上 그 당시까지의 시인 가운데서 가장 많은 작품을 남겼다.

그의 생존 당시에 이미 新羅 사람들이 그의 시를 좋아하여 그의 새 시가 나오면 곧 바로 구해 왔다. 또 그는 황제의 명으로 신라에 보내는 외교문서를 작성하는 등 그 자신이 신라를 잘 알고 있었다. 신라 때부터 朝鮮末期까지도 백거이가 한국의 학문학에 끼친 영향은 지대하였다.

그의 「琵琶行」과 「長恨歌」는 한문을 공부하는 사람이라면 모르는 사람이 없을 정도로 한국에서 회자되었다.

백거이는 儒敎와 佛敎를 혼융한 사상을 갖고 있었는데, 이는 사상적인 자유를 추구하는 문학가들의 성향에 부합되었으므로 백거이의 시문은 우리나라에서 관심을 끌었다.

그의 정치의 부조리와 사회의 모순, 하층민들의 고통상 등을 다룬 諷諭詩는 한국의 諷刺詩에 많은 영향을 끼쳤다. 그리고 그가 오십 세 이후에 쓴 유유자적하는 생활을 반영한 閑適詩는 벼슬에서 물러난 사대부들의 취향에 맞았으므로 역시 우리나라에서 많이 읽혔다.

杜甫나 李白 만큼은 관심을 불러일으키지는 못해도 白居易의 詩文은 韓國漢文學에 지속적으로 영향을 미쳤다고 볼 수 있다.

## Ⅱ. 白居易 문학개관과 특성

白居易(772-846)는 中唐의 대표적인 시인으로, 字는 樂天, 號는 香山居士, 原籍은 太原인데 뒤에 陝西省 下邽로 옮겼다. 그 자신은 河南省 鄭州에서 태어났다.

그는 中小地主家庭에서 태어나 각고의 노력을 한 결과 29세 때인 800년 進士에 급제하여 出仕하였다. 3년 뒤 拔萃科에 甲等으로 급제함에 따라 校書郞에 제수되었다. 그 뒤 또 才識兼茂明於體用科에 급제하여 盩厔尉에 제수되었다가 오래지 않아 翰林學士로 승진하였고, 그 뒤 또 3년 동안 拾遺를 지냈다. 靑雲의 길을 순탄하게 걷게 되자 스스로 得意하여 "十年之間, 三登科第, 名入衆耳, 迹升淸貴"라고 평가할 정도였다.

이 시기부터 백거이는 兼濟의 뜻을 갖고서 그 스스로 "文章合爲時而著, 歌詩合爲事而作"이라는 문학의 노선을 표방하고서 현실주의 문학을 지향하였다. 諫官으로서의 책임감에서 출발하여 대량의 諷諭詩를 써서 시사를 풍자하고 사회적 폐단을 비판하였다. 이로 인하여 조정 權貴들로부터 죄를 얻어 "執政柄者, 扼腕, 握軍要者, 切齒"할 정도에 이르렀다.

815년 44세 된 백거이는 左贊善大夫로 있었는데 그때 마침 軍閥들이 宰相 武元衡을 암살하는 사건이 발생하였다. 義憤을 느낀 백거이는 범죄자를 체포하라고 황제에게 주청하였는데, 權貴들에 의해서 越職言事라는 죄목으로 최말단직인 江州 司馬로 좌천되었다. 江州는 지금의 九江市인데, 그 당시로서는 아주 변방이었다. 이때의 유배생활에서 소외감은 「琵琶行」 속에 잘 표현되어 있다.

그 몇 해 뒤 忠州刺史로 옮겼다가 51세 되던 820년 다시 서울로 돌아와 中書舍人, 知製敎 등을 지냈다. 그러나 5년여의 풍파를 겪고 나서는 백거이는 宦海가 험절하다는 것을 절실히 느끼고는 이전과는 달리 消極的이고 遁世的인 정서로 바뀌게 되었다.

이후 중앙관직에서 25년 동안 비교적 순탄한 仕宦을 하였다. 이때부터는 정치에 대한 관심이 확연히 줄어들었고, 時事에 대해서 언급한 詩도 거의 짓지 않았다. 太子少傅 등직을 거쳐 마침내 刑部尙書에 이르러 致仕하였다. 846년 75세로 洛陽에서 逝世하였다.

51세 이루로는 관직에 있었지만 거의 吏隱의 상태로 생활하였으므로 작품 가운데도 諷諭詩는 사라지고, 대신 閑適詩와 感傷詩가 많이 나타났다.

백거이는 사상적으로 儒佛仙 三教를 아울러 수용하였다. 이는 대부분의 唐代 지식인들의 보편적인 현상이었다. 그러나 백거이는 삼교 가운데서 儒家思想에 더 많이 경도되었고, 특히 孟子가 말한 "窮則獨善其身, 達則兼濟天下"의 원칙에 입각하여 처세하였다. 그러나 점점 佛家의 '四大皆空', 道家의 '知足不辱' 등의 사상의 영향을 더 많이 받았고, 이런 경향이 그의 작품에도 그대로 나타났다.

현재 남아 전하는 그의 작품집인 『白氏長慶集』 71권이 남아 있는데, 거기에는 3천 8백여 수의 시가 들어 있다. 시가 그의 전체 작품의 4분의 3을 차지한다. 그의 시는 후세의 實用的이고 通俗的인 시인들이나 유파에서 매우 숭상했다.

白居易는 중국 역대의 시인 가운데서 생전에 국제적 명성을 누린 시인이다. 그의 在世時 그의 작품이 新羅와 日本에 많이 流傳되었다. 시가 독해하기 쉬우면서 주제가 선명하기 때문일 것으로 생각된다.

백거이는 그 자신의 시를 諷諭詩, 閑適詩, 感傷詩, 雜律詩 등 네 부류로 크게 나누었다. 이 가운데서 백거이의 문학적 특성이 가장 잘 부각된 것이 諷諭詩였는데, 풍유시를 통해서 절실한 현실문제를 풍자하여 사람들의 마음을 감동시켜 잘못된 정치를 개혁하려는 목적을 달성하려고 하였다. 그의 풍유시의 내용상의 특징을 네 가지로 나누어 볼 수 있다.

첫째, 백성들의 疾苦를 반영하고, 통치집단의 횡포와 착취행위를 폭로하였다.

둘째, 權貴들의 腐敗狀과 窮奢極慾을 공격하였다.

셋째, 愛國思想을 고취하고, 변방 異民族에 대한 戰爭發動을 반대하였다.

넷째, 불합리한 사회제도를 비판하고, 부녀자들의 비참한 운명에 대해서 동정을 표시하였다.

그의 풍유시의 文藝上의 특징도 네 가지로 나누어 볼 수 있다.

첫째, 시의 主題가 單一하고 명확하다. 한 수의 시에서 한 가지 사건만 집중적으로 다루었다.

둘째, 對比的 技法을 자주 사용하여 警告하는 힘이 있다.

셋째, 敍事, 抒情, 議論을 적절하게 배합하여 시가 합리성을 갖추고 있다.

넷째, 詩語가 通俗的이고, 韻律이 잘 조화되어 시의 音樂性이 높다.

白居易 詩는 결점도 없지 않다. 너무 說教的이고, 直說的으로 다 노출시켜 버리기 때문에 시로서의 은근한 含蓄美가 부족하고 餘韻이 없다.

「長恨歌」는 白居易가 38세 때 지은 작품인데, 작자 자신은 그렇게 높이 치는 작품은 아니지만 우리나라에는 아주 잘 알려져 있다. 「장한가」는 현실주의와 낭만주의를 성공적으로 결합시켰고, 실제적 역사와 허구를 적절히 배합하여 唐玄宗과 楊貴妃라는 특수한 두 인물을 생동적으로 형상화하는 데 성공하였다. 전반적으로 敍事詩라 할 수 있지만, 아울러 서정성도 풍부하다. 詩語가 流暢하고 優美하고 음악성도 높다.

「琵琶行」은 白居易가 江州司馬로 좌천된 그 다음해인 46세 때 지은 작품이다. 어느 가을 날 저녁 친구를 전송하는 일을 발단으로 해서 시간적 순서로 구성되어 있는데, 結構가 아주 긴밀하고 전환이 분명하다. 동시에 환경에 情感을 情景交融하는 분위기를 만들어 내었다. 婉曲한 기법으로 老妓의 운명을 통해서 자신의 심정을 投射해서 자신의 孤寂함과 鬱憤을 토로하였다. 특히 아주 적절한 비유를 운용하여 형상하기 어려운 비파소리의 특징을 잘 형상화하였는데, 이런 점이 시를 더욱 생동적이고 현장감이 나게 만들어 독자들에게 감동을 준다.

## Ⅲ. 白居易와 新羅時代

白居易는 자기 생애 중에 자신의 詩가 해외에 알려진 것에 대해서 자부심을 갖고 있었다.

> 白氏前著, 長慶集 五十卷, 元微之序. 後集 二十卷, 自爲序. 今又續集 五卷, 自爲記. 前後 七十五卷, 詩篇凡三千八百四十首. …… 其日本新羅諸國及兩京人家傳寫者, 不在此記.[1]

백거이의 知己인 元稹은 백거이 문집인 『白氏長慶集』의 서문에서 신라 사람들이 그의 시를 좋아했던 사실을 이렇게 밝혔다.

> 鷄林賈人, 求市頗切. 自云, 東國宰相, 每以百金換一篇. 其甚僞者, 宰相輒能辨別之, 自篇章以來, 未有如是流轉之廣者.[2]

1124년 고려에 사신으로 왔던 徐兢은 그의 『高麗圖經』에서 白居易의 시가 신라에 미친 영향에 대해서 이런 기록을 남겼다. 新羅 사람들이 白居易의 시로써 규범을 삼았음을 알고 신라 사람들의 마음가짐에 대해서 알 수 있다고 했다.

> 長慶中, 白居易, 善作歌行, 雞林之人, 引領嘆慕, 至以一金, 易一篇, 用爲規範, 則其用心, 可知矣.[3]

이상과 같이 신라 사람들은 백거이의 문학을 매우 좋아하여 그 典範으로 삼았음을 알 수 있다.

그러나 신라에서 唐나라에 유학했던 崔致遠의 작품 가운데도 白居易에

---

1) 白居易 『白香山詩集』 「文集自記」.

2) 元稹 『元氏長慶集』 권51, 「白氏長慶集序」.

3) 徐兢 『高麗圖經』 권40, 「同文」.

대한 언급이 한 차례 보인다.[4] 『全唐詩』 등에 남아 있는 新羅 사람들의 작품 속에도 백거이에 대한 언급은 보이지 않는다. 삼국의 역사를 정리한 『三國史記』에도 백거이에 대한 언급이 보이지 않는다. 다만 『三國遺事』에 白居易가 佛法을 연구했지만 깊이 연구하지 못했다는 것에 대한 언급이 있을 뿐이고 그의 문학에 대해서는 전혀 언급이 없다.

백거이 자신은 810년에 唐나라 憲宗皇帝의 名義로 新羅 憲德王 金重熙에게 보내는 國書를 대신 지은 적이 있다. 이 국서의 내용은 상당히 긴 것으로 볼 때 白居易가 신라의 國政을 상세히 알고 있다는 것을 알 수 있다.

또 821년에서 822년에 이르는 사이에 新羅에서 온 賀正使 金良忠이 唐나라에서 벼슬을 받아 귀국할 때 唐 穆宗의 勅命을 담은 制書를 지은 적이 있다. 이런 점은 당나라의 여타의 시인들에게는 있지 않았던 관계라 할 수 있다.

## Ⅳ. 한국에서의 백거이 수용양상

1170년 高麗 武臣亂 직후에 지어진 「翰林別曲」 가운데 韓愈, 柳宗元, 李白, 杜甫의 문집과 함께 『白樂天集』이 등장한다.[5] 이때 이미 그의 문집이 고려에 전래되어 많은 문인들이 널리 보고 있었다는 것을 알 수 있다. 武臣亂 직후에 활약한 西河 林椿과 白雲 李奎報가 白居易에 대한 관심이 가장 많았고, 그들의 문집에 백거이가 자주 언급되고 있다.

西河 林椿은 白居易의 諷諭詩는 舜임금이나 夏, 殷, 周시대의 음악에는 미치지 못하지만 노래를 할 수는 있으니, 자기의 문학적 동지인 皇甫抗이 지은 樂章도 악장으로서 의심할 것이 없다고 위로하고 있다.

---

4) 崔致遠 『孤雲集』 권2, 「無染和尙碑銘」.

5) 鄭麟趾 등 『高麗史』 권70 「樂志」.

> 蓋虞夏之歌, 殷周之頌, 皆被管弦, 流金石. 以動天地感鬼神者也. 至後世作歌詞調引, 以合之律呂者, 皆是也. 若李白之樂府, 白居易之諷諭之類, 非復有辨清濁審疾徐度長短曲折之異也, 皆可以歌之, 則何獨疑於此乎?[6]

林椿은 또 儒教와 佛教가 근본적으로 다르지 않고 서로 모순되지 않는다고 보았다. 南北朝時代부터 士大夫들 가운데 불교의 氣風을 듣고 좋아하는 사람이 많았고, 唐나라 白居易 같은 사람은 巨儒이면서도 佛經을 깊이 믿고 몸소 실천하고 신도회를 조직하여 불교를 독실히 믿었다는 사실을 증거로 제시하였다. 이러한 백거이의 태도는 儒教를 공부하였으면서도 佛教가 國教인 高麗 같은 나라에서 佛教를 믿지 않을 수 없었던 지식인들의 정신적 기준이 되었다고 할 수 있다.

> 故柳子以爲浮屠之說, 不與孔子異道. 又曰, 眞乘法印, 與儒典竝用, 而人知嚮方矣. 然則, 苟統而混之, 儒釋二教, 本無異歸焉. 是以, 自晉宋以來, 賢士大夫, 有聞其風而悅之者. 若白居易, 有唐巨儒也. 深信內典, 躬行服習. 至其晩年, 自號香山居士, 乃結社於山中, 精勤佛事, 則其信之可謂篤矣.[7]

李奎報는 백낙천의 시에 대해서 아주 긍정적으로 수용했다. 그리고 노년의 소일방법으로는 白居易의 시를 읽는 것 만한 것이 없다고 했다. 백거이 시를 폄하하는 사람은 백거이를 모르는 사람이라고 했다.

> 予嘗以爲, 殘年老境消日之樂, 莫若讀白樂天詩. …… 白公詩, 讀不滯口, 其辭平澹和易, 意若對面諄諄詳告者. 雖不見當時事, 想親覩之也. 是亦一家體也. 古之人或以白公詩, 頗涉淺近, 有以囁嚅翁目之者. 此必詩人相輕之說耳, 何必爾也. 其若琵琶 行, 長恨歌, 當時已盛傳華夷. 至於樂工倡妓, 以不學此歌行爲恥. 若涉近之辭, 能至是耶? 嗚呼! 凡譏議樂天者, 皆不知樂天者也. 吾不取已.[8]

---

6) 林椿 『西河集』 권18, 「與皇甫若水書」.

7) 林椿 『西河集』 권5, 「小林寺重修記」.

또 이규보가 장편서사시 「東明王篇」을 짓는 계기를 마련해 준 것도 사실 백거이의 「長恨歌」였다.

按唐玄宗本紀, 楊貴妃傳, 並無方士升天入地之事, 唯詩人白樂天, 恐其事淪沒, 作歌以志之. 彼實荒淫奇誕之事, 猶且詠之, 以示于後. 矧東明之事, 非以變化神異, 眩惑衆目, 乃實創國之神迹, 則此而不述, 後將何觀? 是用, 作詩以記之, 欲使夫天下知我國本聖人之都耳.[9]

李奎報가 자기 號를 白雲居士라고 지을 때, 白居易의 香山居士라는 호도 하나의 참고가 되었다.

李叟欲晦名, 思有以代其名者曰, 古之人以號代名者, 多矣. 有就其所居而號之者, 有因其所蓄, 或以其所得之實而號之者. 若王績之東皐子, 杜子美之草堂先生, 賀知章之四明狂客, 白樂天之香山居士, 是則就其所居而號之也. 其或陶潛之五柳先生, 鄭熏之七松處士, 歐陽子之六一居士, 皆因其所蓄也. 張志和之玄眞子, 元結之漫浪叟, 則所得之實也. 李叟異於是, 萍蓬四方, 居無所定, 寥乎無一物可蓄, 缺然無所得之實, 三者皆不及古人, 其於自號也, 何如而可乎? …… 翻然改曰, 白雲居士. 或曰, 子將入青山臥白雲耶? 何自號如是? 曰非也. 白雲, 吾所慕也. 慕而學之, 則雖不得其實, 亦庶幾矣.[10]

李奎報가 노년에 才名과 德望은 비록 白居易에게 미치지 못해도 병이 많고 술을 좋아한 것이 白居易의 노년과 흡사하여 자신의 정신적인 위안으로 삼고 있었음을 볼 수 있다.

予本嗜詩, 雖宿負也, 至病中尤酷好, 倍於平日, 亦不知所然. 每寓興觸物, 無日不吟, 欲罷不得, 因謂曰此亦病也. 曾著詩癖篇, 以見志, 盖自傷也. 又每

8) 李奎報 『東國李相國集』 권11, 「書白樂天集後」.
9) 李奎報 『東國李相國集』 권3, 「東明王篇」.
10) 李奎報 『東國李相國集』 권20, 「白雲居士語錄」.

食不過數匙, 唯飮酒而已. 常以此爲患. 及見白樂天後集之老境所著, 則多是病中所作, 飮酒亦然. 其一詩略云, 我亦定中觀宿命, 多生債負是歌詩. 不然何故狂吟詠, 病後多於未病時. 酬夢得詩云, 昏昏布衾底, 病醉睡相和. 服雲母散詩云, 藥消日晏三匙食, 其餘亦倣此. 予然後, 頗自寬之曰, 非獨予也, 古人亦爾. 此皆宿負所致, 無可奈何矣. 又白公, 病暇滿一百日, 解綬. 予, 於某日將乞退, 計病暇一百有十日, 其不期相類, 如此. 但所欠者, 樊素, 少蠻耳. 然二妾, 亦於公年六十八, 皆見放, 則何與於此時哉? 噫! 才名德望, 雖不及白公, 遠矣. 其於老境病中之事, 往往多有類予者, 因和病中十五首, 以紓其情.[11]

이상의 여러 가지를 볼 때 이규보의 문학에 가장 큰 영향을 끼친 시인이 곧 白居易였음을 알 수 있다.

益齋 李齊賢은 幅巾野服에 지팡이를 짚고 혼자 걸어가는 白居易의 眞影에 贊을 지어 붙였다. 그러나 白居易의 문학 자체에는 언급이 없고, 단지 백거이가 만년에 낙타를 팔아치우고, 애첩 樊素를 돌려보낸 것과 洛陽의 龍門 香山에서 悠悠自適하며 지낸 사실만 언급하였다. 아마 畫像이 향산에서 지내던 만년의 모습이었던 듯하다.

駱既竟鬻, 素亦不留, 龍門泉石, 飄然獨游.[12]

高麗 후기 이후 우리나라에서 생겨난 耆英會, 耆老會 등은, 모두 唐나라 白居易와 宋나라 文彦博 등의 洛陽에서 결성한 모임에서 본떴다는 것을 陽村 權近이 밝혀 두었다.

耆英有會, 尙矣. 唐之白樂天, 宋之文潞公, 俱有洛中之會. 當時稱美, 作圖以傳之. 吾東方, 在前朝盛時, 太尉崔公讜, 號雙明齋, 與其士大夫之老而自逸者七人, 慕二公之事, 始爲海東耆英之會, 約每月逐旬一集.[13]

---

11) 李奎報 『東國李相國集』 권2, 「次韻和白居易病中十五首」.

12) 李齊賢 『益齋亂藁』 권9, 「白樂天眞贊」.

13) 權近 『陽村集』 권19, 「後耆英會序」.

中國의 詩文選集인 『古文眞寶』가 高麗末에 우리나라에 전래되어 유포되었다. 朝鮮朝에 들어와서 널리 읽혔고, 朝鮮 八道 書塾의 詩文 교과서가 되었다. 이 책 속에 白居易의 시문이 選入되어 있으므로 자연히 백거이의 시문은 널리 유포되어 많이 읽히게 되었을 것이다. 『고문진보』에는 백거이의 시 7편과 산문 1편이 들어 있다. 杜甫는 시 37수, 李白은 시 34수 산문 2편이 선입된 것과는 비교가 안 되지만, 7수 정도 선입된 것은 상당히 비중이 높은 것이다. 백거이 시가 우리나라에 소개되는 데 있어, 『고문진보』가 큰 역할을 했다고 볼 수 있다.

왕자로서 名筆인 安平大君은 주변의 많은 문인들과 어울렸다. 그는 白居易의 三體詩를 직접 베껴서 세상에 유통시켰다.

> 安平諱瑢, 嘗承命與諸學士, 裒集唐宋八家詩以進. 又手抄白樂天三體詩, 梅聖兪宛陵集, 以行於世.[14]

朝鮮 成宗 때 錦南 崔溥는 표류되었다가 구제되어 杭州를 지나면서 白居易가 지은 竹閣을 참관하고 백거이의 시를 떠올렸다. 이는 그가 평소에 백거이의 시를 숙독하였다는 증거가 될 수 있다.

> 十二日, 在杭州, 是日晴. …… 西湖, 在城西二里, 南北長, 東西徑十里, 山川秀發, 歌管駢闐之地. 竹閣, 在廣化院, 白樂天所建. 樂天詩'宵眠竹閣間'者, 此也.[15]

安處誠이 8, 9세 때 「長恨歌」를 한 자도 틀리지 않고 외우자, 成宗이 기특하게 여겼다는 기록이 있다. 어린아이들도 「장한가」를 외울 정도였으니, 그 당시 백거이의 시가 널리 유행하고 있었음을 알 수 있다.

---

14) 李選 『芝湖集』 권13, 「英陵六大君傳」.

15) 崔溥 『錦南集』 권4, 「漂海錄」 2, 戊申年條.

> 君生而穎異, 年八九歲, 已解作詩, 語驚人. 成宗嘗召試所學, 誦大學章句及白樂天長恨歌, 無遺錯, 上甚奇之.[16)]

河西 金麟厚는 白居易 같은 사람이 불교를 崇信한 것은 道를 듣지 못했고, 참된 賢知者가 아니기 때문이라고 보았다.

> 至於司馬遷, 白居易之崇老, 佛, 則亦皆由於未聞道, 而非眞賢知之徒, 其爲惑也, 宜矣. 且其異端之爲害, 莫甚於佛, 老, 而楊, 墨次之.[17)]

眉巖 柳希春은,『古文眞寶』를 편찬할 때 시를 選入하는 기준에 문제가 많아 玉石이 混淆해 있다고 생각했는데, 그 가운데서도 특히 白居易의 「長恨歌」를 들어가서 안 되는 작품으로 꼽았다. 그 이유인즉, 자기 임금의 음란한 행위를 떠벌려서 서술하여 마치 아무런 허물이 없는 사람처럼 만들어 놓았다고 비판하였고, 나아가 이러한 시를 지은 백거이의 위인마저 비루하다고 매도하였다. 道學者의 시각에서 낭만성이 풍부한 문학작품을 평가했기 때문에 이런 평가가 나왔다고 생각된다.

> 語及古文眞寶, 臣曰, 但恨選詩之中, 有玉石相雜者, 如長恨歌, 是也. 衛詩墻有茨篇, 不忍言淫亂之事, 以爲冓中之言, 不可讀也. 所可讀也, 言之辱也. 唐明皇十年, 子婦一朝奪之, 極聚麀之惡. 白居易, 乃反鋪張而誇大之, 使若无咎之人, 其不正, 甚矣. 上曰, 白居易爲人, 何如? 對曰, 居易事君論事, 雖可觀, 其實慕富貴, 凡說富貴, 皆津津流液, 人品卑下人也.[18)]

그러나 眉巖 柳希春은 자신의 생애가 白居易의 중년에 否塞했다가 만년에 知遇를 입은 仕宦過程과 비슷하다는 梁夔의 말에는 수긍을 했다.

---

16) 李荇『容齋集』권4,「奉正大夫安公墓碣銘」.

17) 金麟厚『河西先生文集』권12,「策」.

18) 柳希春『眉巖集』권18,「經筵日記」.

白樂天, 自以爲中否終遇. 梁公燮, 擧是語, 以貽我, 我之一生, 誠如是.[19]

竹川 朴光前은 大原寺 앞의 대나무 밭을 白居易의 「養竹記」의 내용에 의거해서 다시 회복한 사실을 기록하였다.

> 溪, 舊爲竹林甚盛. 中間, 寺僧苦於誅求, 頓廢不養, 刑餘憔悴, 不忍寄目. 乃依白樂天養竹記, 去翳薈, 輦糞壤. 未幾, 見舊枝依依, 新葉欣欣, 若有情於感遇也.其六七步許, 老樹數株, 蒼藤籠絡.[20]

草澗 權文海는 1575년부터 東西의 黨爭이 날로 심해져 가는 것을 개탄하여 白居易의 「何處難忘酒」를 본떠서 「難忘酒」라는 제목의 시를 지어 비탄하는 뜻을 붙였다.

> 自癸甲以後, 東西黨論漸盛, 一時善類名士, 相繼被斥, 或黜, 或廢. 先生常爲世道憂歎曰, 黨論之禍, 必與國相終始, 至形歌詩, 效白樂天體, 作難忘酒詩四篇. 其一曰, 何處難忘酒, 東西說久行. 賢邪人莫辨, 洛蜀禍將成. 競作藤蘿繞, 誰爲松柏貞. 此時無一盞, 何以破愁城?[21]

鶴峯 金誠一이 「母別子」를 지었는데, 백거이의 「母別子」에 영향을 받을 가능성이 크다.

鵝溪 李山海는 「白居易」라는 제목의 시를 지어 백거이가 술과 시 짓기로 노년을 잘 보냈으니 꼭 香山社를 결성하지 않아도 되었으리라는 뜻을 피력하였다.

> 投老尤妨着意偏. 柳枝雖放柰耽禪. 不須浪結香山社, 酒賦猶堪送暮年.[22]

---

19) 柳希春 『眉巖集』 권14, 「眉巖日記」, 丙子年條.

20) 朴光前 『竹川集』 권5, 「記遇溪」.

21) 權文海 『草澗集』 「年譜」.

22) 李山海 『鵝溪集』 권4, 「白居易」.

1608년 중국 사신 徐明이 蛟山 許筠에게서 『蘭雪軒集』을 요구해서 얻고서는, 『白樂天集』을 선물로 주었다. 徐明은 사신으로 나오기 전 북경에서, 1605년 사신으로 다녀간 朱之蕃을 만났는데 주지번은 許筠 및 蘭雪軒 許楚姬 등의 문학적 소양에 대해서 이야기해 주었다.[23] 서명이 朝鮮으로 나올 때 많은 문헌 가운데서 하필 『白樂天集』을 가지고 나온 것은 당시 조선 문인들이 白樂天의 詩를 좋아한다는 정보를 접하고서 가져 왔을 것으로 보인다.

> 五月十一日, …… 徐相公踵至, 設酌. 有士言, 家在北京順城門內, 承祖蔭, 爲錦衣西廠刺官事, 供奉內庭職. …… 徐相公曰, 蘭雪詩集, 劉公亦欲得之, 俺亦請一件也. 余只餘一卷, 出給之, 令致于使, 其一件該給徐者, 約於京. 田, 楊亦請之, 俱以京爲期. …… 廿六日, 夕, 徐相公至鄙寓, 贈余白樂天集.[24]

許筠의 「老客婦怨」이라는 시는 白居易의 「母別子」 시와 내용면에서 흡사하다고 할 수 있다.

許筠은 『閒情錄』을 편찬하면서 白居易에 관한 事項을 十餘條 수록하였는데, 모두 退隱한 뒤 한적하게 지내는 생활에 관한 내용이다.

石洲 權韠은 시 제목 끝에 '效白樂天'이라는 표기를 하여 白居易의 시를 본받아 시를 지은 것이 많은데, 대부분 당시 세태를 풍자하는 詩가 많다. 그 가운데서 「忠州石效白樂天」이 가장 유명한데, 이 시는 백거이의 「青石」을 본받았다고 하겠다.

權韠의 시는 이러하다.

> 忠州美石如琉璃, 千人劚出萬牛移. 爲問移石向何處, 去作勢家神道碑. 神道之碑誰所銘, 筆力倔强文法奇. 皆言此公在世日, 天姿學業超等夷. 事君忠且直, 居家孝且慈. 門前絶賄賂, 庫裏無財資. 言能爲世法, 行足爲人師. 平生

23) 許筠 『惺所覆瓿藁』 권19, 「己酉西行記」.

24) 許筠 『惺所覆瓿藁』 권19, 「己酉西行記」.

進退間, 無一不合宜. 所以垂顯刻, 永永無磷緇. 此語信不信, 他人知不知. 遂令忠州山上石, 日銷月鑠今無遺. 天生頑物幸無口, 使石有口應有辭.[25)]

백거이의 「靑石」이라는 시는 이러하다.

靑石出自藍田山, 兼車運載來長安. 工人磨琢欲何用, 石不能言我代言. 不願作人家墓前神道碣, 墳土未乾名已滅. 不願作官家道旁德政碑, 不鐫實錄鐫虛辭. 願爲顔氏段氏碑, 雕鏤太尉與太師. 刻此兩片堅貞質, 狀彼二人忠烈姿. 義心如石屹不轉, 死節名流确不移. 如觀奮擊朱泚日, 似見叱訶希烈時. 各於其上題名謚, 一置高山一沈水. 陵谷雖遷碑獨存, 骨化爲塵名不死. 長使不忠不烈臣, 觀碑改節慕爲人. 慕爲人, 勸事君.

두 시의 주제나 구성방식은 거의 같다고 하겠다. 풍자의 절실함이나 격렬함에 있어서나 생동감은 權韠의 시가 더 앞서는 것 같다.

權韠의 절친한 친구인 東岳 李安訥은 자신을 '東方의 白樂天'이라고 자칭하며, 시대는 천연 가까운 차이가 나지만, 생각은 동일하다고 백거이와 자신을 동일시하고 있을 정도로 좋아했다.

我是東方白樂天, 風襟如一世相千.[26)]

李安訥 역시 白居易의 「母別子」를 본떠서 「母別子」라는 시를 지었다. 谿谷 張維는 白居易가 詩文을 지을 때 다듬지 않고 빨리 대량으로 짓는 줄로 사람들이 알고 있지만 사실은 백거이도 역시 시문을 지을 때 공을 많이 들였다는 것을 강조하여 밝혀 말하였다.

白樂天詩流便暢達, 若無事於鍛鍊者, 而後人有得其草本, 點竄甚多. 古人

---

25) 權韠 『石洲集』 권2, 「忠州石效白樂天」.

26) 권24, 「壬戌七月旣望海浦舟中集東坡赤壁賦字」.

於文章, 不肯草草如此, 吾輩可不服膺.[27]

谿谷 張維는 白居易가 「長恨歌」를 지어 궁중의 은밀한 사연을 노출시킨 것은 지나친 일이니 후세 사람들은 백거이의 음란한 詩語를 風流나 才致로 생각해서는 안 된다고 보았다.

> 白樂天, 作長恨歌, 說盡宮中行樂, 至於閨閣密誓, 非外人所可知, 而亦及於詩中, 可謂甚矣. 洪武中, 監察御史張尙禮, 作宮怨詩.…… 高皇帝, 以其摹寫宮闥心事, 下蠶室死. 樂天之詩, 當時未聞以爲非, 而尙禮宮怨, 自是詩人恒言, 至不免坐死, 所遭之時, 異也. 然後之君子, 當以尙禮爲鑑戒, 不當以樂天褻語爲風流才致也.[28]

農巖 金昌協은 白居易의 古詩와 朱子의 시를 뽑아 『二家詩選』이라는 하나의 選集을 만들었다. 그리고 백거이의 시의 경지를 대단히 높게 쳤고, 백거이의 시는 道에 가깝다는 평을 남겼다.

> 右白香山詩一百二十三首, 子朱子詩一百四十七首, 卽農岩先生所抄也. 先生晩年, 不作詩, 亦不談詩, 而獨手抄此編, 以與同志者共之. 夫朱夫子詩, 君子固當諷玩而終身, 於樂天乎? 又何取焉? 記得當時有一學子, 言樂天詩不高. 先生笑曰, 有至高者存焉. 又嘗曰, 樂天詩, 近道, 讀之, 使人悠然自得. 世間悲愁憂惱, 都忘了. 此, 先生所以有味乎其言, 而得以配夫朱夫子者歟? 嗚呼! 是豈可與不知者道哉?[29]

肅宗이 일찍이 瑞石 金萬基에게 「琵琶行」에 和韻해서 작품을 지어 올리라고 명했을 때 그 아우 西浦 金萬重에게 대작하게 했다. 서포는 이별의 회포를 失意한 悲哀에다 붙여 극도로 悽惋하게 구성하여 숙종의 듣고 성

27) 張維 『谿谷漫筆』 권1, 「古人於文章必有致意」.

28) 張維 『谿谷漫筆』 권1, 「張尙禮作宮怨詩而不免坐死」.

29) 魚有鳳 『杞園集』 권21, 「題二家詩選後」.

찰하도록 풍자하고자 하였다.

> 上嘗命我先考, 和進白居易琵琶行. 先考, 屬府君代草. 府君, 以其仳離之思, 寓意於侘傺之悲. 所以屬辭比事, 極其悽惋. 欲借詩詞, 以諷君聽. 朱子所謂放臣怨妻謳吟於下, 而使所天者聽之, 則於天性民彝, 交有所發云者, 卽府君微意也.[30]

玉吾齋 宋相琦는 유배생활을 하면서 백거이의 「琵琶行」에 묘사된 상황을 직접 체험하였다.

> 又於年來, 日疲於卯申鞅掌, 每當靜夜月明之時, 輒誦唐人張若虛春江花月, 白樂天琵琶行數三篇, 以自抒暢. 蓋此兩作, 平日所嘗喜之故也. 來此後, 偶然復誦, 則其詩語意, 有若寫出今日情景者然. 人生行止, 信乎有前定, 而人自不知也. 抑人心至靈, 事雖未形, 自然有動于中, 遲速早晩, 雖不同, 終必一驗於後耶? 吁, 可異也.[31]

明谷 崔錫鼎은 평생 白居易의 시를 가장 사랑하였고, 그 詩文과 풍류를 따르고자 했다.

> 平生最愛白香山, 詞翰風流遠欲攀.[32]

이는 그 아버지 東岡 崔後尙의 영향이었던 것 같다. 그 아버지도 陶淵明과 白居易의 氣風을 좋아하여 아련히 흠모했다고 한다.

> 獨喜陶靖節, 白香山之風, 悠然慕之, 意到, 輒小酌微吟以自陶寫.[33]

---

30) 金鎭圭 『竹泉集』 권32 27장, 「叔父西浦行狀」.

31) 宋相琦 『玉吾齋集』 권17, 「南遷錄」 上卷.

32) 崔錫鼎 『明谷集』 권4, 「偶覽白詩有吟」.

33) 崔錫鼎 『明谷集』 권28, 「先考東岡公墓表」.

柳泰明은 스스로 자기의 前身이 白居易였다고 말하면서 기생 가운데서도 비파 타는 기생을 유독 사랑했다.

> 自言前身白香山, 愛妓偏愛琵琶娘.[34]

冠陽 李匡德은 유배지에 있는 아우에게 白居易를 본받아 시를 읊으면서 느긋하게 세월을 보낼 것을 권유하고 있다.

> 須放開萬事, 不須置念, 取朱子書, 朝暮雒誦, 期於融會貫通. 間間, 倣白香山, 吟幾首詩, 優哉遊哉, 以度歲月, 豈不樂乎?[35]

東溪 趙龜命은 그의 숙부 后溪의 시를 평하여 감정을 그려내고 사물을 묘사하는 것이 白居易와 비슷하다고 했다.

> 尤長於詩, 其摸情寫事, 似白香山, 化腐爲新, 似蘇長公, 而鑱畫鼓鑄之妙, 蓋亦有自得者.[36]

海左 丁範祖는 문장을 잘해서 사방의 異民族 나라에까지 聲譽가 펴져 이민족 국가의 백성들이 흠모하여 중시한다면 유쾌하면서도 文壇의 盛事라 할 수 있는데, 白居易 같은 사람은 그런 경지에 이른 사람이라 할 수 있다고 보았다.

> 文章爲一世重, 而華譽被于四裔, 山夷海蠻異俗之人, 莫不艶慕, 捐金購市, 得其一言爲寶重, 如唐之白樂天, 宋之梅聖兪, 明之楊用脩, 詎不至愉快而爲藝苑盛事歟?[37]

---

34) 林象德 『老村集』 권1, 「秋城太守歌戲答柳明府」.
35) 李匡德 『冠陽集』 권14, 「寄舍弟謫中」.
36) 趙龜命 『東溪集』 권1, 「叔父后溪先生七十四歲壽序」.
37) 丁範祖 『海左集』 권19. 「洪侍郎君擇燕行錄序」.

樊巖 蔡濟恭은 政事를 태만하게 하는 老宰相을 풍자한 白居易의 시를 읽고 아주 잘 묘사했다고 느꼈고, 자신이 바로 그런 비판의 대상이 된 노재상이 하던 짓을 그대로 하지 않나 반성하는 거울로 삼았다.

> 嘗讀, 唐臣白居易文藁, 至其譏老宰相詩, 或曰傴僂入君門, 或曰夕陽憂子孫. 臣未嘗不喜其摸寫得盡, 而亦欲代爲之羞愧. 不料躬自蹈之, 至今日而受侮於人, 若是之多也.[38]

白居易 자신이 시를 창작하면서 가졌던 목표인, "言者無罪, 聞者足戒"가 천여 년 뒤에 외국에서도 효과를 발휘했다.

茶山 丁若鏞은 「老人一快事效白香山體」[39]라는 제목의 시를 6수 지었는데, 白居易 시의 체를 본받았음을 밝혔다.

『牧民心書』 遺愛條에 백거이의 「青石」를 인용하여 허위로 날조된 공적비는 풍자의 대상이 된다는 것을 밝히고 있다. 白居易가 杭州刺史로 있을 때 西湖를 준설하여 호수 주변의 농토에 灌漑한 치적을 『牧民心書』에다 자세하게 소개하였다. 이 두 가지 사례는 문학과는 크게 관계 있는 일은 아니나 문학가 白居易의 淸廉性과 政事能力을 인정한 것으로서 학문과 정치를 하나로 보는 儒者로서의 그의 면모를 보여 준 것이다.

> 長慶中, 白居易, 爲杭州刺史, 浚錢塘湖. 周回三十里, 北有石函, 南有筧, 凡放水漑田, 每減一寸, 可漑十五頃, 每一伏時, 可漑五十餘頃, 作湖石記曰, 若隄防如法, 蓄洩及時, 則瀕湖千餘頃田, 無凶年矣.[40]

滄江 金澤榮은 明美堂 李建昌의 시에 白居易의 詩風이 있다는 것을 밝혔다.

---

38) 蔡濟恭 『樊巖集』 권25, 「乞遞相職疏」.

39) 丁若鏞 『與猶堂全書』 제1집 권6 33-34장.

40) 丁若鏞 『與猶堂全書』 제5집 권26, 『牧民心書』 工典六條.

公又善於歌詩, 有白居易之風, 而今亦不詳書, 以明其文之成之重於詩者.41)

白居易 在世時인 新羅 때부터 우리나라에서는 白居易 시를 좋아했으나 新羅 文學者들과의 교류관계는 남아 있는 자료가 없어 고찰할 수 없다.

高麗 武臣亂 직후 『白樂天集』이 전래되어 문인들 사이에 유행한 것으로 볼 수 있는데, 특히 林椿, 李奎報에게 가장 큰 영향을 미쳤다. 이는 高麗가 儒佛思想이 혼융한 시대인지라 유불사상이 다 함축된 백거이의 시가 그 시대에 알맞았을 것이다.

조선시대에 들어와서는 『古文眞寶』가 詩文의 교과서가 됨에 따라서 白居易의 시도 널리 읽혔다. 임란직후 사상적으로 혼란할 때 許筠, 權韠, 李安訥 등에 의해서 특히 白居易 詩는 크게 숭상되었다.

## Ⅴ. 白居易 詩文에 대한 선인들의 品評

李奎報는 白居易의 시는 平澹, 和易해서 읽으면 입에서 막히지 않고, 그 내용을 직접 대면해서 상세히 일러주는 것 같다고 했다. 그는 또 白居易이 詩를 淺近하다고 하거나 혹은 수다 떠는 것 같다고 지목하는 사람들에 대해서 詩人들의 相輕之說이라고 일축하였다. 이규보는 백거이 시를 적극 숭상하고 지지했다. 일필휘지하듯 多作을 하거나 약간 통속적인 면에 있어서도 백거이 시의 경향과 이규보는 많이 닮아 있었다.

白公詩, 讀不滯口. 其辭, 平澹和易, 意若對面諄諄詳告者. 雖不見當時事, 想親覩之也, 是亦一家體也. 古之人, 或以白公詩, 頗涉淺近, 有以囁嚅翁目之者, 此必詩人相輕之說耳, 何必爾也. 其若琵琶行, 長恨歌, 當時已盛傳華夷,

41) 金澤榮『韶護堂集』定本 권3,「明美堂集序」.

至於樂工倡妓, 以不學此歌行爲恥. 若涉近之辭, 能至是耶? 嗚呼! 凡譏議樂天者, 皆不知樂天者也. 吾不取已.[42]

慵齋 成俔은 유명한 시인이나 문장가들의 작품은 모두 六經에 바탕을 두는 등 각각 다 특색이 있다고 보았는데, 그 가운데서 백거이의 특징은 '放'으로 설정하였다. 여기서 '放'이란 '자연스러움'으로 해석할 수 있다.

李杜之詩, 蔚有雅頌之遺風. 愚溪之文, 深得春秋之內傳. 昌黎淮西之碑, 點竄二典之字, 原道, 原毁, 專倣孟軻之書. 蘇東坡, 讀檀弓一篇, 曉文法. 趙忠獻, 以論語半部, 定天下. 其餘, 虞姚之博學, 孔陸之硏精, 陳子昂, 蘇源明之典雅, 元結之毅, 李觀之偉, 盧同之嚴邃, 孟郊, 樊宗師之淸苦, 張籍之富, 白居易之放, 廬陵公之醇, 曾南豐之浩, 黃豫章之理, 石徂徠之厲, 王臨川之玅, 蘇穎濱之通, 陳后山之濬, 秦淮海之煥, 張石室之俊, 陸劍南之豪, 上自盛晩唐, 下至南北宋, 高才巨手拔茅而起. 其議論, 雖若悖於六經, 而取與, 則悉出入乎六經也. 本乎六經, 故其爲文也, 攬之而無窮, 用之而不竭, 托之語言, 而通暢發越, 施之事業, 而焜燿無窮. 今世之人, 見其氣槩之不一, 咸謂古人之制作.[43]

忍齋 洪暹은 白居易의 詩는 생각이 樂易하면서 텅 비어 있는 것으로 千古에 맑은 氣風을 숭상한다고 평했다.

頻遭斥逐抱孤忠. 餘事文章似化工. 詞命盡教光汗簡, 歌詩爭欲被絲桐. 楊枝未老還辭閣, 駱馬無情便別翁. 樂易腦襟終空洞, 香山千古尙淸風.[44]

退溪는 道學者답게 문학작품에 장난스럽거나 외설적인 어휘를 쓰지 않았다. 白居易가 「長恨歌」를 지어 음란한 楊貴妃의 사연을 폭로한 것에 대해서 후세에 나쁜 영향을 미쳤다고 생각했다. 이는 백거이 작품에 대한

42) 李奎報 『東國李相國集』 권11, 「書白樂天集後」.
43) 成俔 『虛白堂文集』 권12, 「與懋功書」.
44) 洪暹 『忍齋集』 권1 「白居易」.

문학적인 논평보다는 道學者的인 기준에서 논평한 것이라 할 수 있다.

> 退溪先生, 雖言語文字之間, 未嘗爲戲褻之語. 人有作太眞送臨邛道士, 還報唐天子詩, 欲課之. 先生批曰, 太眞之事, 白樂天始作俑, 魚無迹極鋪張之, 大丈夫口中, 豈可狀出淫醜之語也.[45]

象村 申欽은 白居易의 「寒食詩」를 평하여 사람을 감동시켜 자연히 눈물을 나게 만든다고 했다.

> 白居易寒食詩, 烏啼鵲噪昏古木. 淸明寒食誰家哭. 風吹曠野紙錢飛, 古墓纍纍春草綠. 棠梨花映白楊樹, 盡是死生離別處. 冥漠重泉哭不聞, 蕭蕭暮雨人歸去. 讀此詩, 自然出涕, 何待雍門周度曲.[46]

遯窩 任守幹은 白居易의 시는 詩人의 正道를 준수하는 시로서 彫琢을 일삼지 않고 條暢하다고 평하였고, 經世의 문장으로서 수식만 일삼는 시인들과는 다르고, 唐代 시인 가운데서도 風流로움에 있어서는 白居易를 제일로 쳤다. 任守幹은 극도의 찬사를 아끼지 않았다.

> 唐家盛詩詞, 作者接武起. 其中白少傅, 力追風人軌. 爲詩不雕琢, 條暢若流水. 世事有得喪, 人情異憂喜. 飄淪江海上, 優遊禁省裏. 所遇常累變, 輸寫一於是. 心中多少事, 下筆不自止. 急流放輕舠, 平衢騁綠駬. 文字自妥帖, 旨義轉邐迤. 信手拈得來, 言盡意不已. 諧笑與叱咤, 燦然成文理. 憂時諷疵政, 疾惡譏顯仕. 六義無虛設, 不學雕篆士. 達生忘寵辱. 耽禪齊生死. 陶情長坦蕩, 靈府淡無累. 足稱經世文, 誰謂一小技. 唐詩數百家, 最數杜與李. 詞藻非不美, 風流惟此子. 小杜評未公, 那用故謗毁.[47]

---

45) 金誠一 『鶴峯集』 續集 권5, 「退溪先生言行錄」.
46) 申欽 『象村集』 권50, 「晴窓軟談」.
47) 任守幹 『遯窩集』 권1, 「讀白香山集」.

農巖 金昌協은 白居易의 시의 경지를 대단히 높게 쳤고, 백거이의 시는 道에 가깝고 그의 시를 읽으면 느긋하게 自得할 수 있고, 세상의 悲愁와 번뇌를 다 잊을 수 있어, 朱子詩와 짝할 수 있다는 최고의 호평을 남겼다.

> 記得當時有一學子, 言樂天詩不高. 先生笑曰, 有至高者存焉. 又嘗曰, 樂天詩, 近道, 讀之, 使人悠然自得. 世間悲愁憂惱, 都忘了. 此, 先生所以有味乎其言, 而得以配夫朱夫子者歟? 嗚呼! 是豈可與不知者道哉?[48]

約軒 宋徵殷은 白居易의 시는 文彩가 피어나고 體格이 갖추어져 唐나라의 大家인데, 다만 佛敎에 너무 심취한 것을 흠으로 삼았지만, 閒靜의 정취를 얻은 것은 인정하였다. 그 작품의 수준은 王維나 柳宗元보다 더 위에 두었다.

> 余嘗看白香山集, 詞藻映發, 體格具備, 實爲盛唐大家. 然其染指於蔥嶺之學, 棲心釋梵, 寄意空寂, 蓋多伊蒲塞氣味. 其八漸之偈, 阿彌菩薩之贊, 崇信甚篤, 以冀冥福, 可謂惑矣. 但遺外名利, 抛官恬退, 浪迹山水, 頗得閒靜之趣. 其視王摩詰, 柳宗元之徒, 豈可同日而論哉.[49]

陶谷 李宜顯은 詩 뿐만 아니라, 그의 문장도 唐代의 대표적 문인으로 높이 평가하였다.

> 唐文, 韓柳外, 李翺, 孫樵, 李翰, 李觀, 皇甫湜, 元結, 杜牧, 元稹, 白居易, 其尤也.[50]

澹軒 李夏坤은 白居易의 시는 천하의 좋은 시라 할 수 있다고 품평했다. 詩는 狀況을 묘사하는 것이 참되고, 情感을 이야기하는 것이 실질적이라

48) 魚有鳳『杞園集』권21,「題二家詩選後」.
49) 宋徵殷『約軒集』권10,「題白香山集後」.
50) 李宜顯『陶谷集』권28,「陶峽叢說」.

면, 비록 聲調나 語句의 工拙을 논할 것 없이 천하의 좋은 시라 할 수 있는데, 白居易는 聲調나 詩語보다는 내용 위주의 작품에 치중했음을 밝혔다.

> 詩, 無論聲調高下字句工拙, 其寫境也眞, 道情也實, 斯可謂之天下之好詩也. 李杜之後, 如白樂天, 蘇子瞻, 陸務觀諸人之詩, 其聲調, 未必盡高, 字句, 未必盡工, 然亦未嘗寫不眞之境, 道不實之情, 使人讀之, 眞若身履其地, 而面承其言也. 盖亦天下之好詩也.[51]

保晩齋 徐命膺은 白居易의 사람됨을 특별히 좋아했는데, 그 이유는 당시 牛李의 당쟁에 휘말리지 않고 名節을 보전했기 때문이라고 했다. 백거이가 비록 불교에 빠졌다고 하지만 그 것은 자신의 名哲保身의 방법일 뿐 별로 문제될 것이 없다고 보았다.

> 我愛白香山, 完名唐代臣. 時當牛李爭, 獨免風波淪. 晩節辦一退, 詩酒樂餘春. 世或咎逃禪, 逃禪乃庇身. 張良願從仙, 李泌好談眞. 欲使心有寓, 不復戀紅塵. 香山亦此意, 豈必惑正因. 假令惑正因, 何如醉夢人.[52]

明皐 徐瀅修는 白居易가 외면적인 태도는 儒教를 표방하면서 불교로 마음 공부를 한 것을 道根이 깊다고 높이 평가했다.

> 儒飾其身佛治心, 香山居士道根深.[53]

艮翁 李獻慶은 시를 공부함에 있어서 岑參의 부귀, 柳宗元의 法令, 白居易의 事實 등을 참작하여 그 장점을 취하여 贍濃, 秀麗, 沈鬱, 含蓄하게

---

51) 李夏坤 『頭陀草』 권17, 「南行集序」.

52) 徐命膺 『保晩齋集』 권2, 「詠白香山」.

53) 徐瀅修 『明皐集』 권2, 「山齋雜詩」.

하여 소재를 널리 취하되 뜻이 치우치거나 얽매이지 않고, 고사를 정밀하게 쓰되 시어가 的確하면, 성취하는 바가 클 것이라고 시를 가르쳤다. 白居易에게서 취할 바로서 事實을 들었는데, 이는 백거이가 시를 창작할 때 현실적인 문제에서 소재를 많이 취하는 점을 취한 것이라고 말할 수 있다.

> 若以岑嘉州之富貴, 柳宗元之法令, 白居易之事實, 參以有之, 各取其長, 瞻濃秀麗, 沈鬱含蓄, 取才博, 而意無偏係, 用事精, 而語皆的確, 則其所成就, 必將有大國泱泱之盛, 而不止如山澤之仙癯而已. 吾子以爲如何.[54]

旅菴 申景濬은, 시의 창작 방법을 鋪陳과 影描 두 가지로 나누었는데, 백거이의 「琵琶行」은 鋪陳의 기법으로 지은 것으로 분류했다. 대부분의 唐詩가 影描의 기법을 써서 지은 것이 많은데, 白居易의 「琵琶行」은 宋詩에서 많이 쓰이는 鋪陳의 기법을 썼다고 보았다.

> 鋪陳者, 直敍其實也. 影描者, 繪象其影也. 同一山岳, 而韓退之之南山詩, 是爲鋪陳, 李太白之蜀道難, 是爲影描. 同一樂律, 而白樂天之琵琶行, 是爲鋪陳, 賈浪仙之擊甌歌, 是爲影描. 詩之作法, 雖多, 而無出於此二者矣. 所謂體者, 此二者之制度也. 意者, 主張乎此二者也. 聲者, 寓於此二者也. 唐人, 喜述光景, 故其詩, 多影描. 宋人, 喜立議論, 故其詩, 多鋪陳. 大抵, 述光景, 出於國風之餘, 而頗小眞厚之味.[55]

玄圃[徐氏]라는 사람은 白居易 문학의 특징을 感慨가 많은 것으로 보았다.

> 玄圃徐子, 書古人之語於其居曰, 疎懶如嵇中散, 恬澹如陶栗里, 雄放如蘇子瞻, 多感慨如白樂天, 口不臧否人物如阮嗣宗, 仍名之曰, 五如軒.[56]

54) 李獻慶 『艮翁集』 권13, 「與李彛甫書」.

55) 申景濬 『旅菴遺稿』 권8, 「詩則」.

56) 成大中 『青城集』 권6, 「五如軒記」.

信齋 李令翊은 白居易의 시문을 鄙陋하다고 보았고, 그의 재주는 魏晋時代의 문학가에 미치지 못한다고 생각했다. 그리고 經書의 내용을 摘取하여 자신의 거짓을 장식하는 노력도 안 하기 때문에, 경서를 본받아 시문을 지은 사람들의 수준에도 따라가지 못 한다고 평가했다. 백거이에 대한 가혹한 貶下라고 볼 수 있다.

> 至若白樂天之陋, 無怪也. 樂天之才, 固宜未及魏晉. 且非欲欺世人, 只以自家文, 借書句法而爲戲耳. 必不採集經訓以飾其僞. 安能及古文之倣經乎?[57]

無名子 尹愭는 通俗的인 어휘를 쓰는 것이 白居易 시의 장점인데, 杜牧이 그 것을 배척한 것은, 和順한 표현이 奇異한 것보다 못하다고 본 것이라 하여 杜牧의 주장을 인정하지 않았다.

> 俚語街談, 實是白樂天之長, 而樊川非斥, 由玆而言, 則順不若奇耶?[58]

雅亭 李德懋는 唐代 시인 가운데서 古韻에 정통한 사람은 杜甫, 韓愈, 白居易, 柳宗元뿐이라고 하여, 백거이를 古韻에 정통한 시인으로 쳤다.

> 唐人精通古韻者, 惟杜甫, 韓愈, 白居易, 柳宗元.[59]

正祖는 白居易의 시를 다음과 같이 평하였다. 감정과 사물을 鋪敍하는데 있어 가슴 속의 생각을 솔직하게 묘사하면서도 간곡한 맛이 있고 농후하면서도 通暢한 맛이 있어, 달관하고 얽매임이 없는 운치가 있다고 인정했다.

---

57) 李令翊『信齋集』 제2책,「答虞臣書」.

58) 尹愭『無名子集』 제9책,「文體之艱易」.

59) 李德懋『青莊館全書』 권25,「編書雜稿」.

白居易, 敍情鋪事, 直寫胸臆, 委曲濃暢, 可許以達觀曠韻. 元稹平易明白, 與香山好對唱酬之手.[60]

洛下生 李學逵는 「嶺南樂府」, 「金官樂府」 등을 지으면서 音律에 구애되지 않은 근거로 삼은 것이 白居易가 지은 新樂府였다. 新樂府는 漢魏의 樂府와는 달리 聲律에 구애받지 않고 바로 그 뜻을 이야기하고 그 사실을 서술했으므로 樂府라고 일컫는 것은 한갓 형식에 불과하다는 것을 밝혔다.

嘗歷攷漢魏, 如郊祀之歌, 鐃吹之曲, 子建畵角之弄, 文姬胡笳之拍, 其詞則古, 其旨則微, 其音則瀏亮頓挫, 猶施之搏附按擪之間矣. 至如唐之白居易, 宋之范成大, 則已不拘聲律, 直言其志, 道其事, 樂府之稱, 徒言而已. 有明, 李東陽, 著西涯樂府, 別爲一集.[61]

또 李學逵는 白居易의 「長恨歌」는 七言古詩 가운데서 韻律이 뛰어난 것으로 쳤다.

文以理勝, 詩以韻勝, 不易之灋也. 詩, 須如水中月, 鏡中花, 覰之. …… 五古, 如元次山之春陵行, 杜樊川之李甘詩, 昌黎之薦士, 少陵之北征, 是也. 七古, 如白香山之長恨歌, 盧玉川之月蝕詩, 是也.[62]

淵泉 洪奭周는, 白居易의 시에는 論議가 많다는 점을 그 특징으로 꼽았고, 또 世敎에 도움이 된다고 긍정적으로 평가했다.

杜子美, 以詩爲史. 邵堯夫, 朱文公, 以詩爲學問. 白樂天, 蘇子瞻, 以詩爲議論. 雖精粗不同, 要皆有裨于世敎.[63]

---

60) 正祖 『弘齋全書』 권180, 「群書標記」.

61) 李學逵 『洛下生集』 제6책, 「嶺南樂府序」.

62) 李學逵 『洛下生集』 제14책, 「答朴思浩」.

63) 洪奭周 『淵泉集』 권20, 「題詩藪後」.

滄江 金澤榮은 白居易의 시를 가장 종합적으로 평론하여 中唐의 大詩人으로 추숭했는데, 體裁는 평이하고, 功力은 精切하고, 精神은 화려하고, 議論은 다함이 없다고 했다. 동시대의 문학가 茂亭 鄭萬朝의 詩가 白居易와 접근하였다고 보았다.

> 昔, 白居易, 爲詩, 有古詩人溫柔敦厚之遺意, 平易爲體, 廣大爲趣, 精切爲功, 華麗爲神, 其辯不窮, 滔滔如水, 卓爲中唐一代之鉅工. 後, 蘇東坡, 病其平易, 頗加嗤點, 而師蘇者, 奉爲定論. 又其後, 有人以蘇之所病者爲病, 而直以天才斷居易, 與李白仙才, 李賀鬼才, 幷擧爲三. 則是論也, 曷嘗定哉? 茂亭鄭子, 自成童時, 已能爲詩, 以李寧齋爲師, 以其弟丙朝寬卿爲友, 歡愉悲憂, 一以是而陶之者, 四十年, 而尤有敏才. 其在海島時, 嘗一日, 成百絶句, 何其奇矣! 茂亭子, 近次其詩, 爲若干卷. 以不佞爲生平文字之契合者, 走書徵言. 嗟夫! 不佞之齒, 今已頹矣. 其何足復與於風雅之事, 而爲之說乎? 惟以茂亭之詩, 於居易爲近, 故畧論居易, 俾讀是詩者, 比類以觀之.[64]

전반적으로 조선의 문학가들은 白居易의 시를 평이하면서도 자연스러운 점들 들어 긍정적으로 높이 평가하였다.

## Ⅳ. 結論

白居易는 그의 「琵琶行」과 「長恨歌」 등으로 우리나라에 잘 알려져 있다. 그는 唐代 여느 시인과는 달리 자신이 新羅를 잘 알았고, 자신의 시가 新羅에서 傳寫되어 널리 유행한다는 사실도 알았다. 현재 남아 있는 우리나라 쪽 기록은 없지만, 그 당시 신라 文學家들과 교유했을 가능성도 없지 않다.

高麗 武臣亂 직후에 그의 시문집인 『白樂天集』이 처음으로 고려에 전

64) 金澤榮 『韶護堂集』 定本 권3, 「茂亭詩稿序」.

래되어 많은 문인들이 관심을 갖고 읽고, 문학에 많은 영향을 미쳤다.

白居易는 儒學을 공부했으면서 佛教에 심취하여 유불을 渾融한 문학적 경향을 가졌는데, 이런 점이 유학을 공부했으면서 불교가 국교인 高麗시대를 살아가는 文學家들의 성향에 들어맞았기 때문에 환영을 받았다.

高麗 武臣亂 직후에 활동한 林椿, 李奎報 등이 백거이의 詩文을 가장 좋아하고 많이 배우려고 했다. 특히 이규보는 문학적 경향뿐만 아니라, 만년의 생활습관이나 出處의 路程이 白居易와 酷似하다고 스스로 말하고 있다.

고려말에 『古文眞寶』가 도입되어 조선시대 書塾의 필수교재가 된 이후로 白居易는 더욱더 朝鮮의 문단의 底邊에까지 영향을 주게 되었다.

조선 중기의 許筠, 權韠, 李安訥 등이 특히 白居易를 좋아했는데, 이들에게 많은 영향을 주었다. 許筠의 「老客婦怨」 같은 작품은 白居易의 「母別子」와 내용이 흡사하고, 權韠의 「忠州石」은 백거이의 「靑石」과 주제도 흡사하고, 풍자의 대상도 동일하다. 壬辰倭亂 등을 겪고 사상적으로 혼란한 시기에 사상적으로 포용적인 白居易 시가 이들의 취향에 맞지 않았나 하는 생각이 든다.

高麗의 武臣亂 직후와 조선조의 壬辰倭亂 직후에 白居易 시가 그 당대를 대표하는 문학가들로부터 환영을 받았다는 것은, 白居易의 諷刺性보다는 그 達觀的 경향이 더 큰 이유라 할 수 있다.

백거이 시는 강한 諷刺性을 가진 시와 閒靜한 정취를 담은 閑適詩가 서로 대조를 이루는데, 둘 다 우리나라에서 적극적으로 받아들여져 우리나라 문학에 영향을 끼쳤다고 볼 수 있다.

우리나라에서 고려 중기 이후로 白居易의 시가 杜甫, 李白, 蘇軾의 詩 정도의 인기는 누리지 못해도 꾸준히 우리나라 문학가들의 사랑을 받았고, 문학의 典範이 되었다. 그의 시는 평이하고 澹泊하고 솔직하다는 논평을 많이 들었는데 평이하고 담박한 점으로 인하여 대체로 긍정적으로 白居易 시를 받아들였다.

# 蘇東坡 詩文의 韓國的 受容

## Ⅰ. 序論

唐宋八大家 가운데서 東坡 蘇軾(1036-1101)만큼 우리나라에 많은 影響을 끼친 사람도 드물 것이다. 高麗 中期 이후 그의 詩文이 전래된 이래로 詩文이 典範이 되어, 高麗 高宗 때는 全州에서 그의 文集이 刑行될 만큼 크게 盛行하였다. 특히 그의 詩는 朝鮮 宣祖朝에 三唐派 詩人이 나와 盛唐詩로써 詩의 典範을 삼을 때까지 우리나라 詩風을 左右하였다. 그의 文도 韓愈(768-824)·歐陽脩(1007-1072) 등의 文과 함께 韓末까지 文章의 典範이 되었다.

文學上의 影響 이외에도 그의 '赤壁船遊'를 본떠 우리나라의 文人學士들은 7月 旣望이 되면 강에서 船遊하는 풍속이 있었고, 강가에 있는 벼랑을 赤壁이라고 命名한 곳을 도처에서 볼 수 있다. 또 '赤壁船遊'를 주제로 한 그림이 많이 그려져 있고, 심지어 '赤壁器'라는 그릇까지도 생겨났다. 「水宮歌」 등의 판소리에서 '赤壁船遊'가 引用 되었고, 「赤壁賦」를 原文과 飜譯을 엇섞어 가면서 부르는 唱도 있고 두메의 學童이 『古文眞寶』에 실린 '前後赤壁賦'를 밤에 「前赤壁賦」·「後赤壁賦」라 聲讀하여 침입한 도적을 절로 물리쳤다는 民譚이 생겨나기도 했다.

그의 詩는 杜甫(712-770)만큼은 큰 影響을 미치지 못했고, 그의 文은 韓愈만큼은 큰 影響을 미치지 못한 것은 사실이지만 詩와 文을 통틀어 볼 때는 蘇東坡가 가장 큰 影響을 미쳤다고 할 수 있을 것이다.

그는 儒家에서 극도로 崇仰하는 程頤(1033-1107)와 대립적인 관계에 있어 朱熹에게 을 입었던 점, 高麗에 서적 수출을 금하라는 건의를 한 점, 杭州刺史로 있을 때 高麗使臣을 홀대한 점, 佛敎를 좋아한 점 등으로 우리의 先人들로부터 비판의 소리도 많이 들었다.

본고에서는 蘇東坡의 詩文이 언제 한국에 전래되어 韓國 漢詩文의 창작에 어떤 영향을 미쳤으며, 우리 先人들로부터 어떤 評을 받았는지를 고찰해 보고자 한다.

## Ⅱ. 蘇東坡 詩文의 影響

### 1. 高麗時代

蘇東坡의 생애는 高麗 靖宗 2年(1036)에서 肅宗 6年(1101)까지 걸쳐 있다. 그는 늘 高麗에 대하여 오랑캐라는 생각을 갖고 있었으므로 高麗에 이롭지 못한 일을 자주 저질렀다. 1089年 (宣宗 6)에 高麗에서는 오랫동안 宋에 使臣을 보내지 않다가 이때 王子 義天의 侍子 중 壽介를 보냈는데, 杭州에 도착하자 杭州刺史로 있던 蘇東坡가 이를 물리쳐 高麗 使臣이 宋나라 朝廷에 朝會하는 길을 막았다.

그 3年 뒤인 1092년(宣宗 9)에 高麗에서 使臣 黃宗懿를 보내어 ≪黃帝鍼經≫을 바치고 7種의 서적을 구입하고자 청했다. 그때 禮部尙書로 있던 蘇東坡가 "高麗에서 朝貢을 바치는 것이 우리에게 아무런 도움도 되지 않고 다섯 가지의 해만 됩니다. 오랑캐들이 책을 읽으면 그 지혜를 키우게 되어 통제하기가 어렵게 됩니다. 그러니 高麗에는 經籍을 내리지도 말고 사신들이 서적을 구입해 가는 것도 금하십시오."[1]라고 하여 高麗에 해로운 발언을 했다.

蘇東坡의 이러한 태도에도 불구하고 그의 詩文은 高麗 漢文學에 곧바

---

1) 前揭書, 丁若鏞『與猶堂全書』1集 227쪽. <技藝論> 三.

로 큰 영향을 미쳤다. 1075年(文宗 29) 蘇東坡의 나이 40세 때 태어난 高麗의 古文家 金富軾(1075-1151)과 1079年에 태어난 그 동생 金富轍(1079-1136)은 蘇軾과 그 동생 蘇轍을 사모하여 그 이름은 본떠 이름으로 삼았다.[2)]

高麗 일대의 시는 완전히 蘇東坡의 詩風을 추종하였다. 高麗 中期 竹林高會의 盟主였던 李仁老(1152-1220)는 벌써 蘇東坡 詩를 크게 稱道 하였다. 그의 『破閑集』에서 다음과 같이 언급하였다.

> 詩句를 다듬는 法은 오직 杜甫만이 홀로 그 묘함을 다했다. ……蘇軾·黃庭堅에 이르러서는 故事를 부러 쓰는 것이 더욱 정밀하고 빼어난 기운이 막 솟아났다. 詩句를 다듬는 妙함은 가히 杜甫와 더불어 나란히 같이 달린다.[3)]

蘇東坡의 詩를 字句 彫琢에 있어서는 杜甫에 손색이 있고 故事를 運用하는 솜씨나 기상에 있어서는 앞섰다고 評하여 蘇東坡 詩를 최고로 쳤다.

또 李仁老는 蘇東坡의 詩를 읽고서 자신의 詩가 크게 진보되었음을 고백하였다. 崔滋의 『補閑集』에 실린 다음 기록을 읽어 보자.

> 學士 李眉叟(李仁老의 字)가 말하기를 "문을 닫고서 蘇軾·黃庭堅의 詩集을 읽은 뒤에 詩語가 더욱 굳세어지고 韻이 더욱 조화롭게 되어 作詩三味의 경지를 얻을 수 있었다."라고 하였다.[4)]

李仁老가 읽은 詩文集이 蘇東坡의 것만은 아니겠지만, 蘇東坡의 詩로부터 內容이나 形式面에 가장 큰 영향을 받았음을 알 수 있겠다.

---

2) 徐兢, 『高麗圖經』.

3) 卷上(成均館大學校 大東文化研究院刊 『高麗名賢集』 2冊 所收) "琢句之法, 唯少陵獨盡其妙, ……及至蘇黃, 則使事益精, 逸氣橫出, 琢句之妙, 可以與少陵並駕."

4) 卷中(成均館大學校 大東文化研究院刊 『高麗名賢集』 2 所收) "李學士眉叟曰, 杜門讀蘇黃兩集, 然後語遒然, 韻鏗然, 得作詩三味."

李仁老뿐만 아니라, 高麗 中期의 大文豪 大敍事詩人 李奎報도 그 詩의 기상이나 체재를 전적으로 蘇東坡로부터 영향 받았음이 사실이었다. 『補閑集』에는 또한 다음과 같은 기록이 있다.

> 文順公(李奎報의 謚號)의 詩를 보니, 四言詩・五言詩 할 것 없이 東坡의 詩로부터서 가져왔다. 그 豪邁한 기상이나 富贍한 체재는 바로 東坡와 더불어 꼭 들어맞는다.[5)]

新意를 創出하는 것으로 유명한 李奎報도 蘇東坡 詩의 내용이나 형식을 그대로 가져다 썼으니, 그 나머지 사람들이 얼마나 蘇東坡에게 영향을 받아서 모방하였는지를 가히 알 수 있겠다.

高麗에서는 워낙 蘇東坡의 詩가 盛行 하여, 科擧準備로 詩學工夫에 겨를이 없던 新進들은, 科擧에 合格만 하고 나면 바로 「東坡集」을 읽고서 蘇東坡 詩를 배우고자 전력을 경주하였다. 그러한 결과 科擧合格者가 30名 나오면, 세상 사람들은 "올해도 30名의 東坡가 나왔구나"라고 할 정도였다.

> 세상의 科擧準備用 文章을 공부하는 사람들은 風月에 종사할 겨를이 없습니다. 科擧에 급제하고 난 뒤에 바야흐로 詩를 배운즉, 더욱 東坡詩 읽기를 좋아 합니다. 그래서 매년 科擧榜이 나온 뒤로 사람마다 올해도 또 30명의 東坡가 나왔다고 생각하니, 그대의 이른바 세상의 분분한 것이 이것입니다. 그 가운데 서넛의 君子는 그것을 본받아 어느 정도 경지에 이른 사람입니다. 그런즉 이도 또한 東坡니, 東坡를 본 듯이 하여 그를 공경하는 것이 가할 것인데 어찌 꼭 비난해야 하겠습니까? 東坡는 近世以來로 富贍・豪邁하여 詩人 중에서 뛰어난 사람입니다. 그 文章은 부자집과 같아, 金・玉・돈・보물 등이 창고에 가득차서 넘쳐 끝이 없습니다. 비록 도적이 훔쳐가도 끝내 가난한 데는 이르지 않으니, 어찌 훔친들 해될 것이 있겠습니까?[6)]

---

5) 卷中. "觀文順公詩, 無四五字, 奪東坡語, 其豪邁之氣, 富贍之體, 直與東坡文合……"

科擧의 관문을 통과하여 立身의 確固한 지위를 획득한 사람들이 다투어 東坡詩를 배우게 되자 이를 우려하는 全履之의 의견에 대해 李奎報는 蘇東坡가 무진장의 寶庫와 같아 얼마든지 배우고 본받을 것이 있다고 생각하였다.

詩에 있어서는 高麗의 識者들이 모두 東坡詩를 배우려 했을 정도로 성행하였던 것과 같이 文에 있어서도 東坡의 文을 배우려는 열기는 대단하였다.

> 제가 보니 요새 東坡의 文章이 이 세상에 크게 유행하고 있습니다. 배우는 사람들 가운데 누군들 가슴에 새기고 끙끙거리지 않겠습니까마는 한갓 그 형식만 즐길 뿐입니다. 설령 字句를 引用하고 剽竊하여 스스로 그 풍골을 얻었다고 생각하는 사람이 있다 한들 또한 東坡와의 거리가 멀지 않겠습니까? 그러한즉 배우는 사람은 다만 마땅히 그 역량에 따라서 그 편안한 바를 이루면 될 뿐입니다. 억지로 끌어대어 멋대로 써서 그 타고난 바탕을 잃지 않는 것도 한 가지 요체입니다. 오직 저와 그대는 비록 일찍이 그 文章을 읽은 적은 없지만, 때때로 句法이 이미 대체로 서로 비슷합니다. 이 어찌 그 마음에서 얻은 것이 이와 서로 합치된 것이 아니겠습니까?[7]

당시 소동파를 배우려는 열기가 대단했음을 알 수 있고, 또 자기와 李仁老는 그 문장을 읽고 그 字句를 모방하지는 않았지만 그 정신이 닮았음에 대해서 큰 자부심을 느끼고 있다. 이렇게 동파의 시문이 고려 일대에 크게

---

6) 李奎報, 『東國李相國集』 권26, 張5, 「答全履之論文書」. "世之學習場屋科擧之文, 不暇事風月, 及得科第, 然後方學爲詩, 則尤嗜讀東坡詩, 故每歲榜出之後, 人人以爲今年又三年東坡出矣, 足下所謂世之紛紛者是已. 其若數四君子効之能至者也. 然則是亦東坡也, 如見東坡而敬之可也, 何必非哉. 東坡近世以來富贍豪邁詩之雄者也, 其文如富者之家, 金玉錢貝盈帑溢藏, 無有紀極, 雖爲冠盜者所嘗攘取而有之, 終不至於貧也, 盜之何傷耶."

7) 林椿, 『西河集』 권4, 張10, 「與眉叟論東坡文書」(成均館大學校 大東文化硏究院刑, ≪高麗名賢集≫ 所收) "僕觀, 近世東坡之文大行於時, 學者誰不服膺呻哈, 然徒翫其文而已, 就令有撏撦竄竊, 自得其風骨者, 不亦遠乎? 然則學者, 但當隨其量以就所安而已, 不必牽强橫寫失其天質, 亦一要也. 唯僕與吾子, 雖未嘗讀其文, 往往句法已略相似矣. 豈非得於其中者, 暗與之相合邪?"

풍미하게 되어 그 시문집의 수요가 크게 늘어나자, 소동파의 시문집이 고려 고종 때 全州에서 간행되었다.

> 대저 文集이 세상에 유행하는 것도 각각 한 시대의 숭상하는 바일 따름이다. 그러나 고금을 통하여 東坡처럼 성행하여 사람들이 즐기는 바만 한 것이 없다. 혹시 댓구가 풍부하고 用事가 자유로와 영양분이 사람에게 미쳐 두루 다함이 없기 때문일까?[8]

이 글의 제목에서 새로 새긴다고 했으니, 아마도 이 이전에도 蘇東坡의 文集이 刑行되었을 가능성을 완전히 배제할 수는 없겠다. 아무튼 中國의 수많은 詩文學大家들의 詩文集 가운데서, 東坡의 詩文集이 비교적 일찍 刑行되었음을 볼 대 그에 대한 숭상의 정도가 어느 정도였는지 가히 짐작할 수 있겠다.

蘇東坡의 詩文을 이렇게 대단히 숭상했고 배우려고 했지만, 껍질만 배울 뿐 眞髓를 배우지 못하는 흠이 없지 않았다. 李仁老는 그 진수를 얻지 못하고 모방만 하려는 것도 큰 흠인데 아예 동파를 읽었다는 것으로써 과시하려는 당시의 폐단을 단적으로 지적하였다.

> 근세에 東坡를 숭상하는데, 대개 그 기운이 호매하고 뜻이 깊고 말이 풍부하고 넓음을 사랑해서 그 文體를 본받기를 바라는 것이다. 지금의 후진들은 東坡集을 읽는 것이 본받아 그 風骨을 얻고자 함이 아니고 다만 用事의 도구로 삼으려는 것뿐이다.[9]

또 고려말기에 성행한 假傳 작품들도 소동파의 「萬石君傳」·「羅文傳」

8) 李奎報, 『東國李相國集』 권21, 張7, 「全州牧新雕東坡文跋尾」. "夫文集之行乎世, 亦各一時所尙而已, 然今古已來, 未若東坡之盛行, 尤爲人所嗜者也, 豈以屬對贍富, 用事恢博, 滋液之及人也, 周而不匱故歟."

9) 『破閑集』, 卷中. "近世尙東坡, 盖愛其氣韻豪邁, 意深言富恢博, 庶幾效得其體也. 今之後進讀東坡集, 非欲倣效以得其風骨, 但欲證據以爲用事之具."

으로부터 받은 영향이 컸다. 시에 있어서는 단연코 가장 크게 숭상되었고, 文에 있어서도 韓愈에 버금갈 정도로 숭상되었다.

고려를 미개한 오랑캐로 보고, 고려 使節의 황제 알현을 방해했으며, 고려에 서적을 수출해서는 안 된다고 자기 임금에게 건의한 바 있는 소동파의 시문을 고려 일대에 걸쳐 이렇게도 크게 숭상하였는데, 그 이유는 어디에 있었을까?

첫째, 소동파의 시는 정감을 위주로 한 唐詩와는 달리 시의 기운이 호방하고, 雅俗을 가리지 않는 시어가 富贍하여 상당히 독창적인 면모가 있었다. 이 점이 당시 사상적으로 자유로웠던 고려인들의 기질에 합치되었던 것이다. 이규보의 장편서사시 「東明王篇」 등도 소동파 詩風의 영향을 받았다고 할 수 있겠다.

둘째, 소동파의 시문에는 佛敎·老莊에 관계된 내용이 많다. 고려시대에는 불교를 숭상하였고, 또 武臣亂, 契丹·蒙古 등의 침입으로 사회가 어수선하여 지식인들이 현실도피적인 생각을 갖고 있었으므로 자연히 불교나 노장에 관계되는 글이 많은 소동파의 시문이 숭상을 받게 되었다.

셋째, 유배·좌천 등으로 점철된 일생을 보내면서도 좌절하지 않고 현실 긍정적인 작품이 많은 소동파의 시문은 당시 때를 만나지 못한 지식인들에게 위안이 되었다.

넷째, 소동파는 화려한 벌열 출신이 아니고 한미한 가문의 출신이었으므로 무신란 이후 새로 진출한 新進士類들의 선망의 대상이 되었다.

이상 네 가지 점이 고려시대 소동파의 시문이 크게 숭상된 이유라 하겠다.

### 2. 조선시대

조선조에 들어와서도 초기에는 고려시대와 마찬가지로 소동파의 시문이 많이 읽혔다.

당시 실정으로는 중국 詩文大家의 시문집을 하나하나 구해서 읽는다는 것은 거의 불가능했으므로 자연히 選集이 많이 읽히게 되었다. 조선 초에 수입된『古文眞寶』에 소동파의 시가 18수, 文이 16편 실려 있으니, 그의 시문이 그래도 많이 읽혔음을 알 수 있겠다.

그러나 명나라 초기부터 일어나기 시작한 '詩必盛唐, 文必秦漢'란 가치를 내건 文壇의 復古主義 思潮는 점차 조선의 詩風에 외부적인 영향을 가해왔다. 내적으로는 조선 건국과 함께 崇儒抑佛政策으로 朱子學이 國教로 정해지고, 程子·朱子가 크게 추앙받게 되었다. 일생동안 程頤와 심각한 대립 관계를 유지하여 나중에 朱熹의 譏評을 입은 소동파는 자연히 주자학 일변도의 사회에서 점점 경시되게 되었다. 그리고 그의 시문에 불교·노장 관계의 글이 많았으므로' 주자학도들에게 배척당하게 되었다.

이렇게 소동파의 시문이 정당한 평가를 받지 못하게 된 상황에서 시는 杜甫의 시에 밀리게 되었고 文은 韓愈의 문에 밀리게 되었다. 杜詩는 柳方善·柳允謙 父子의 家學으로서 世宗朝에 注가 달렸고 1481년(성종 12)에 諺解되어 나라 안에 광범위하게 반포되기에 이르렀으므로 杜詩가 크게 숭상을 받았고 두시를 배우는 사람이 자연히 많아졌다.

明나라 太祖가 한유의 文은 表文의 典範으로 삼도록 勅書를 천하에 반포하였다.[10] 조선은 새로 건국하여 대명외교에 성공해야만 할 운명적인 처지에서 외교문서인 표문을 잘 지으려고 노력하지 않을 수 없었으니, 한유의 글을 많이 읽어 배우도록 권장하여, 한유의 문이 크게 숭상되었다.

그러나 시문의 사조가 확연하게 어느 시기에 변하는 것이 아니고, 또 시문을 배우고 익히는 것이 획일적으로 어느 시대에는 어느 사람의 시문만 배우는 것이 아니므로 주조는 杜詩·韓愈의 文으로 갔다고 해도 소동파 시문의 崇尚度도 宣祖朝까지는 蘇詩를 전범으로 삼았던 大家들이 적지 않았다. 金宗直(1431-1492)·朴誾(1479-1504)·李荇(1478-1534)·鄭士

10) 李睟光,『芝峯類說』권8, 張10.

龍(1491-1570) 등이 비교적 소동파를 잘 배운 사람으로 일컬어진다.[11]

儒學의 宗匠 退溪 李滉(1501-1570)은 소동파를 오로지 배운 것은 아니지만, 소동파의 문장을 대단히 높게 평가하였다.

> 蘇公의 文章은 훌륭하고 아름다워 근세에 짝이 없다. 만약 글을 짓고자 한다면 摸範으로 삼아도 해될 것이 없다.[12]

그는 作文의 전범으로 소동파의 문을 칠 만큼 숭상했다. 또 소동파의 시에 차운한 시가 11수나 있고, 또 풍류도 사모하였다. 퇴계정도만 해도 그래도 소동파의 시문을 객관적으로 평가했으나, 그 이후로는 성리학에만 집착한 인사들이 소동파의 시문을 읽어서는 안된다고 주장하기에까지 이르렀다. 金宇顒(1540-1603)은 宣祖에게 소동파의 시문을 읽어서는 안 된다고 極諫하고 있다.

> 趙廷機가 아뢰어서 말하기를 "요즈음 東坡集을 가져오라고 명령하셨는데, 이 사람은 마음씨가 바르지 못하니 그 책을 보는 것은 마땅하지 않습니다."라고 했다. 임금이 말하기를, "사람 때문에 그 말을 버리지 않는 다고 했나니, 만약 그 사람이 바르지 못하다 하여 그 책을 버린다면 또한 치우치지 않느냐?"라고 했다. 그때 내가 아뢰기를, "蘇軾의 문장은 훌륭하고 아름답습니다만 그 마음이 바르지 않습니다. 그래서 그 글은 잘난 체하고 거리낌없고 능글능글한 모습이 있어서 道를 아는 君子가 보고자 하지 않는 바이니, 朱子가 이점을 상세히 이야기했습니다."라고 하니, 임금이 말하기를 "내가 듣자하니, 아래에 있는 여러 신하들이 다 東坡集 보기를 좋아한다고 하더군." 라고 말했다. 내가 말하기를 "글귀나 다듬는 자질구레한 선비들이 科擧 合格을 피하느라고 왕왕 이 책을 봅니다. 만약 道學君子가 이 책 보기를 좋아한다면, 어찌 그 性情을 해치지 않겠습니까? 하물며 임금은 禮가 아니면 보지도

11) 前書, 卷9, 張6 ; 正祖,『弘幣全書』卷161, 張6, 36 ; 許筠,『惺叟詩話』236쪽.(서울, 亞細亞文化社 影印『許筠全書』所收)

12) 李滉,『陶山全書』, 卷39, 張19. "蘇公文章偉麗, 近世無匹. 若欲作文, 自不妨摸範."

> 듣지도 말라고 했으니, 보는 책이 모름지기 유익한 것이어야 하거늘, 어찌 글귀나 다듬는 자질구레한 선비를 본받아서야 되겠습니까?"라고 하였다.[13]

사실 김우옹은 퇴계의 제자인데도, 그 스승과는 정반대의 생각을 갖고 있다. 성리학을 철저히 신봉한 결과 문학을 문학 그 자체로서 객관화시키지 못하고 성리학의 附庸物로서만 보았기 때문에, 그 글을 읽어서는 안 된다는 주장을 강력히 하였던 것이다.

퇴계는 성리학의 大家이면서도 문학을 성리학과 구분지어 볼 수 있는 포용력이 있었으나, 16세기 이후 성리학이 더욱 관념화·공론화되자, 성리학자들의 문학을 보는 시각이 더욱 협소해졌음을 알 수 있겠다. 이 이후 대부분의 성리학자들은 소동파의 시문을 비판하고 배척하였다. 그러나 전문적인 詩文家들은 각자의 主義·主張에 따라 소동파의 시문을 평가하였다.

고려중기 이후 계속되어온 동파시 숭상의 시풍은 조선 건국 이후에도 점점 미미해지면서도 계속되어 왔으나, 선조조때부터 杜詩 숭상의 풍조에 압도되기 시작했다.

> 本朝의 詩學은 蘇東坡·黃庭堅으로 主를 삼았는데, 비록 朱子學을 신봉하는 大儒라도 또한 그 틀을 벗어나지 못했다. 그 나머지 세상에 소리치는 사람들은 다 그 찌꺼기를 먹고서 진부한 상투적인 말만 만들었으므로 읽어 보면 염증이 난다. …… 忘軒 李冑의 詩는 침착하고 노련하고 예스럽다. 仲氏(許篈)께서는 '中唐時代의 詩에 가깝다'고 여겼다. 그러나 이는 소동파와 두보로부터 나온 것으로 大體가 불순하다. 隆慶(1567-1572)·萬曆(1573-1620) 연간에 崔慶昌·白光勳·李達의 무리들이 비로소 盛唐時代의 詩를 전공하

13) 金宇顒, 『東岡集』 卷11, 「經筵講義」. "趙廷機進啓曰, 頃日宣取東坡集, 此人心術不正, 其書不宜御覽. 上曰, 不以人廢言, 若以人之不正, 而廢其書, 不亦偏乎? 宇顒啓曰, 蘇軾文章偉麗, 然其心術不正, 故其書有矜豪譎詭之態, 亦非知道君子所欲觀, 朱子詳論之矣. 上曰, 予聞, 在下諸臣皆好看東坡. 宇顒曰, 雕蟲小儒圖取科目, 往往看之, 若道學之人耽看此書, 豈不害其性情, 況人主, 尤當非禮勿視勿聽, 所看書尤須有益身心底事, 何可效此雕蟲小儒乎."

여 그 精華에 힘썼다. …… 이때부터 학자들이 唐風이 있음을 알았으니, 세 사람의 공은 또한 덮어버릴 수가 없다.[14)]

흔히 이야기하는 三唐派詩人에 의해서 소동파 시 숭상의 풍조가 완전히 뒤바뀌게 되어 사람들이 盛唐詩를 주로 숭상하게 되었는데, 이 전환기에는 兩朝流間에 상당한 갈등이 있었다.

삼당파 시인의 推許를 받았던 任錪(1560-1611)은 노골적으로 소동파 시를 비난하였다.

| | |
|---|---|
| 楊朱·墨翟은 仁義를 어지럽히고 | 楊墨亂仁義 |
| 蘇東坡·黃庭堅은 風雅를 어지럽혔다. | 蘇黃亂風雅 |
| 내가 蘇東坡·黃庭堅을 파헤쳐 물리침이 | 我之闢蘇黃 |
| 楊朱·墨翟보다 덜하지 않다. | 不在楊黑下 |
| 온 세상 사람들이 이 말을 듣고 | 擧世聞此言 |
| 왁자지껄 성내고 꾸짖는다. | 喧喧怒且罵 |
| 詩다운 詩가 오래도록 지어지지 않아 | 詩騷久不作 |
| 源流를 아는 이가 더물었다네. | 源流知者寡 |
| 내 뜻은 어찌 이리 떳떳할까? | 我志何嗲嗲 |
| 文章 지음에 마음대로 치닫네.[15)] | 文章騁逸駕 |

儒家를 해친다고 孟子의 맹렬한 성토를 받았던 楊朱·墨翟에 못지않게 蘇東坡·黃庭堅은 正統詩를 해친 사람으로 비난하고 있다. 그의 蘇·黃 비난의 태도에 대해서 당시 사람들은 忿怒와 질책을 퍼부었던 것을 봐서도 兩潮流間의 갈등이 심각했음을 알 수 있겠다.

---

14) 許筠, 『鶴山樵談』 권1. “本朝詩學, 蘇黃爲主, 雖景?大儒, 亦墮其窠臼, 其餘鳴于世者, 率啜其糟粕以造腐牌防語, 讀之可厭, 盛唐之音泯泯無聞. …… 忘軒李胄之詩, 沈着老蒼, 仲氏以爲, 『近於大曆貞元』 然是自蘇杜中來, 大體不純 …… 隆慶萬曆間, 崔嘉運·白彰卿·李益之輩, 始攻開元之學, 勉情華 …… 由是學者知有唐風, 則三人之功亦不可掩矣.”

15) 任錪, 『鳴皐集』 권6, 「述懷」.

이때를 고비로 盛唐時 숭상이 詩壇의 主潮를 이루었다. 성당시인의 대표는 李白과 杜甫였다. 조선시대는 유교사회였으므로 道家的이고 허탄한 작품이 많은 이백보다는 유가적이고 忠君愛國的인 작품이 많은 두보를 월등히 선호하였다.

시에 있어서는 선조조에 삼당파 시인의 출현으로 거의 완전히 唐詩 숭상으로 바뀌었지만 文에 있어서는 한유·歐陽脩와 함께 동파의 문도 계속 숭상되었다. 허균은 소동파의 문 72편과 구양수의 문 68편을 가려 뽑아 『歐蘇文略』을 편찬하여 문장가의 蹊徑으로 삼도록 했다.

이른바 漢學四大家로 일컬어지는 李廷龜·申欽 ·李植·張維 등도 역시 문에 있어서는 소동파를 으뜸으로 쳤다.[16] 특히 이식은 그의 자손들을 위해 지어준 「學詩準的」에서 다음과 같이 언급하였다.

> 絶句에 있어서는 李白·杜甫를 우선 배우고 蘇東坡·黃庭堅의 여러 작품으로써 참고하여 標準을 삼으라.[17]

시를 지음에는 역시 이백·두보를 표준으로 삼되 소동파·황정견도 참고로 삼으라고 했으니, 성당시로써 으뜸으로 삼되 소동파·황정견의 시도 참고할 가치가 있는 것으로 보았다. 문에 있어서도 소동파의 문장을 많이 읽어야함을 자손들에게 권유하고 있다.

숙종 때 金錫胄(1634-1684)는 『古文百選』을 편찬하면서 소동파의 문을 16편 選入하였고, 正祖는 『八字百選』이라 하여 八大家의 글을 再編하였는데, 소동파의 글을 20편 선입하였으니 그 비중을 충분히 짐작할 수 있겠다.[18] 多讀으로 유명한 金得臣(1604-1648)은 소동파의 「凌虛臺氣」를

---

16) 申欽, 『象村集』 권21 ; 李廷龜, 『月沙集』 권7 ; 李植 『澤堂別集』 권14 ; 金邁淳, 『臺山集』 권9.

17) 李植, 『澤堂別集』 권14. "絶句則姑學李杜, 參以蘇黃諸作爲準的."

18) 正祖의 『八子百選』에 韓愈의 글은 25편, 柳宗元의 글은 15편, 歐陽脩의 글 15편이 선입되어 있다.

25,000번,「祭歐陽脩文」을 18,000번 읽을 정도로 소동파의 문장을 酷愛하였다. 조선말 詩文大家인 金澤榮(1850-1927)·黃玹(1855-1910) 등도 시나 문에 있어서 소동파를 숭상하였다.

고려중기 이후로 소동파의 시를 숭상해 오던 조류가 조선 선조조에 이르러 두시 숭상에 그 주조를 빼앗겼지만 그래도 완전히 배척받은 것은 아니고, 두시보다는 못해도 조선말까지 상당히 숭상을 받았다. 문에 있어서도 대단히 숭상되었으나 孟子의 道를 이어 戴道之文을 짓는 것으로 自處한 韓愈의 文만큼은 숭상을 받지 못했다.

## Ⅲ. 소동파 시문에 대한 評

우리 선인들의 글에는 蘇東坡에 관한 評이 자못 많이 실려 있는 편이다. 그의 시문에 관한 것 이외에도 생평·위인·정치상의 浮沈·經學에 대한 의견 등에 관한 평이 많이 있다. 본고에서는 그 가운데서 그의 시문에 관한 것만 뽑아, 시문의 특성·타 문인과의 비교·작품에 대한 평 등으로 나누어 論及하고자 한다.

특히 우리 선인들이 적출한 그 시문의 특성은 고금의 중국문인들이 내린 평과 비교해 볼 때, 소동파 시문의 이해에 심도를 한층 더해 줄 것이다. 타 문인들과의 비교·작품 평 등은 오늘날 각종 소동파 연구에서도 흔치 않은 것으로 우리 선인들의 독창적 의견에 주목할 만하다.

### 1. 시문의 특성

蘇東坡 詩文의 根源은 어디 있는 것일까? 이점에 대해서 밝힌 자료는 대단히 많다. 林椿은 『答靈師書』에서 "蘇東坡의 詩文은 百家를 두루 포괄하여, 著作의 根源을 다 궁구했다."[19]라고 하여 소동파의 시문이 百家의

장점을 다 종합하여 그 창작의 방법에 바르게 접근하였음을 밝혔다. 徐居正(1420-1488)은 「遊松都錄序」에서 "蘇東坡・馬子才 두 사람은 司馬遷의 남긴 뜻을 깊이 터득한 사람이다. 아아! 후세의 文章하는 선비들이 짓지 않으려면 그만이지만 지으려 한다면, 孟子・司馬遷・蘇東坡・馬子才를 놓아두고서 다시 어디서 구하겠는가?"[20]라고 하여 소동파의 문이 司馬遷에 淵源하였고, 또 소동파의 문이 맹자・사마천의 문장과 함께 문장의 전범으로 삼을 만하다고 주장했다.

소동파의 문장이 諸家들로부터 영향을 받았지만 가장 크게 영향을 받은 것은 역시 韓愈였다. 李植은 「科擧工夫」에서 "三蘇는 비록 莊子・戰國策을 배웠지만 역시 韓愈의 規範에서 벗어나지 않았다."[21]라고 하여, 소동파가 비록 莊子・戰國策의 文을 배웠지만 한유의 영향을 가장 크게 입었음을 밝히고 있다. 이를 더욱 확실히 뒷받침하는 자료로는 柳夢寅(1559-1623)의 「與滄洲道士車萬里書」에서 "韓愈는 八代동안 文章이 쇠퇴해진 뒤에 떨쳐 일어나 文章의 標準을 바꾸어 놓았다. 歐陽脩・蘇東坡 같은 大家들도 또한 본떠 그대로 그렸다."[22]라고 한 기록이 있다. 이로써 보건대 소동파는 한유에게서 가장 크게 영향 받았음을 알겠다.

文學史上에 끼친 공로로 金昌協(1651-1708)은, 소동파가 宋詩의 풍격을 변화시켰음을 밝히고 있다. 그의 「農巖雜識」에 다음과 같이 언급하였다.

> 蘇東坡・黃山谷 이전의 歐陽脩나 王安石 등 여러 사람들은 비록 순전히 唐나라 風은 아니라 해도 그들의 律詩나 絶句 등 여러 詩體는 아직도 唐詩의 格調를 크게 변화시키지 못했는데 東坡가 나오고서야 비로소 한번 변화시켰다.[23]

---

19) 『西河集』 권4. "蘇子瞻牢籠百氏, 以窮著作之源."

20) 『四佳集』 권5. "蘇馬二子深得子長之遺意者. 嗚呼, 後世文章之士, 不爲則已, 爲則捨遷蘇馬復何求哉."

21) 『澤堂別集』 권14. "三蘇雖學莊國, 亦不出於韓之模範."

22) 『於于集』 권5. "韓退之奮起於八代文衰之後, 突變率. 如毆蘇宗匠, 亦依樣摸畫."

宋詩가 唐詩와 격조를 달리하여 송시로서의 특징을 갖추고 있지만 뚜렷한 송시의 특징을 창출해 낸 사람이 소동파라고 하였다.

申欽도 소동파 시를 칭찬하여 "東坡의 詩文은 모두 새로운 경지다. 세상에서 唐詩를 배우는 사람들은 항상 그를 헐뜯지만 만약 그의 艶麗한 詩만 뽑아 몇권의 책을 만들어 세상에 유행하게 한다면, 어찌 唐나라 사람의 詩가 세상 널리 소장되어 있음만 같지 못하겠느냐? 다만 그 규모가 너무 커서 우물 속에서 하늘을 보는 것과 같은 좁은 식견의 사람들에게는 望洋之歎만 있을 뿐이다."[24]라고 하여, 그의 시문은 意境이 새롭고 규모가 크며 唐詩의 艶麗한 면도 포괄하고 있음을 밝혀 소동파 시문의 우수성을 이야기하고 있다.

李德懋(1741-1793)는 그의 「詩觀小傳」에서 "蘇東坡 詩의 氣像은 氣像이 넓고 활발하고 敍述이 宛轉하여, 杜甫 以後 第一人이다. 同時代 黃庭堅・晁補之・秦觀・張耒・陣師道 등은 詩文으로써 當時에 유명한 사람들인데, 모두 蘇東坡의 보호와 인도한 功을 입은 사람들이다.[25]라고 하여, 소동파를 두보 이후 최대의 시인으로 보았고 또 후진을 계발하여 송대의 대시인으로 성장시킨 공로를 인정하였다.

黃玹은 소동파가 卑近한 일상어를 시어로 잘 승화시켜 다양한 내용의 시를 지어냄을 칭찬하였다.[26] 소동파 시문에 장점도 많지만 단점도 없지 않다. 李睟光(1563-1628)은 그의 『芝峰類說』에서 소동파의 시문은 用事가 많고, 佛家語를 많이 써 의도적으로 新奇하게 만들려고 한 것이 결점이라고 지적하였다.

---

23) "蘇黃以前, 如歐陽・荊公諸人, 雖不純乎唐, 而其律絶諸體, 猶未大變唐調, 自東坡出而始一變." 『農巖集』(595쪽, 서울, 景文社, 1981) 참조.

24) 『象村集』 권59. "東坡詩文俱新境也. 世之學唐者, 常之, 而若簡摘其艶麗, 略爲數卷書, 行于世何渠不若唐家詩世莊耶? 只以家數甚大, 埳井之見, 有望洋之歎爾."

25) 『靑莊館全書』 권24. "軾詩, 氣像洪活, 鋪叙宛轉, 杜甫以後一人而已. 一時如黃庭堅・晁補之・秦觀・張耒・陳師道, 以詩文雄鳴當世, 皆資軾吹噓引進之功云."

26) 『梅泉集』 권1, 「題東坡集」.

> 唐나라 사람들이 詩를 지을 때는 오로지 意興을 주로 한다. 그래서 用事가 많지 않다. 宋나라 사람이 詩를 지을 때는 오로지 用事를 숭상하고 意興은 적다 蘇東坡·黃庭堅에 이르러서는 또 佛家語를 많이 써 新奇하게 하고자 한다.[27]

張維(1587-1638)는 "蘇東坡의 詩는 뜻이 表達된 것 같으나, 그 말은 뽐내는 듯하고, 그 뜻은 원망하는 듯하다. 뽐내면 성실하지 못하고 원망하면 불평스럽다. 이 두 가지의 결점을 군자다운 사람은 말미암지 않는다."[28] 라고 하였다. 대개 蘇東坡의 詩에 과장·不平의 색채가 짙은 것을 결점으로 쳤다.

丁若鏞(1762-1836)도 소동파 시문에 용사가 많음을 지적하여 "소동파의 시는 구절구절이 용사로서 곳곳에 흔적이 있다. 퍼뜩 보아서는 그 의미를 알 수가 없고, 이리저리 찾아보아 그 典據를 알아낸 그런 뒤에라야 겨우 그 뜻을 통할 수 있다. 우리 三父子의 재주로는 모름지기 죽을 때까지 전공해야 겨우 흉내 낼 수 있겠다."[29]라고 하였다. 자연스럽지 못한 故事 인용이 너무 많아 이해하기 힘듦을 그 결점으로 쳤다.

또 정약용은 소동파의 시문에 담긴 사상이 없음을 다음과 같이 지적하였다.

> 韓愈·柳宗元·歐陽脩·蘇東坡 등의 이른바 序·記 등의 글은 모두 다 화려하기는 하나 알맹이가 없고 기이하기는 하나 바르지 못하다. 안으로는 몸을 닦아 어버이를 섬길 수 없고, 밖으로는 임금을 위해 몸 바치고 백성을 다스릴 수가 없다. 죽을 때까지 좋아해서 외울지라도 天下를 평화롭게 하고

---

27) "唐人作詩, 專主意興, 故用事不多, 宋人作詩, 專尙用事, 而意興則少, 至於蘇黃, 又多用佛語, 務爲新奇."

28) 『谿谷集』 권8. "蘇子之詩, 似乎達矣. 然其詞夸, 其意懟, 夸則不誠, 懟則不平, 二者之愆, 君子不由也."

29) 『與猶堂全書』 1集 「寄淵兒」. "蘇子瞻詩, 句句用事, 而有痕有跡, 看不曉意味, 必也左考右檢, 採其根本, 然後僅通其意. 以吾三父子之才, 須終身專工, 方得刻鵠."

> 국가를 다스리는데, 쓰일 수가 없으니, 이는 우리 儒道의 해충이다.[30]

비단 소동파의 시문뿐만 아니라 한유·유종원·구양수의 시문도 역시 治國·平天下할 大思想이나 經世致用的인 謀猷가 결여된 것은 사실이다. 정약용이 유가의 해충이라고 주장한 것은 문학을 道學이나 實學의 附庸物로 본 지나친 점이 없지는 않으나, 시문 대가로 추앙받는 사람들의 시문의 내용이 너무 빈약한 것도 결점이 아닐 수는 없겠다.

金平默(1819-1888)은 「書東坡詩長句後」에서 "소동파의 문장이 웅혼하고 심오하고 기민하고 절묘하기가 고금에 필적할만한 사람이 더물다는 것을 누가 모르겠는가? 그러나 그 가운데서 올바른 말은 열에 한둘에 지나지 않고 그 나머지는 모두 원망하는 말이나 경박한 말이고 간사하고 음란하고 꾸며낸 말이다."[31]라고 하여, 문장이 뛰어났음은 인정하나 내용이 怨望하고 輕薄하고 간사한 것이라고 비난하고 있다.

소동파 시문이 갖고 있는 독특한 像에 대해, 金萬重은 그의 『西浦漫筆』에서 "동파의 시문은 마치 가을 조수가 일어나 모든 냇물이 거꾸로 흐르고 사나운 바람이 일어나 온갖 구멍이 성난 듯 부르짖는 것 같고, 또 淮陰侯가 하루아침 나절도 다 들이지 않고 조나라 30만 대군을 쳐부순 것과 같다."[32]라고 하여, 그 호방하고 광달한 풍격을 비유를 써서 표현하고 있다.

## 2. 중국 여타 문인과의 비교

흔히 소동파의 시문을 평하면서 중국의 다른 문인들과 비교하여 이야기한 경우가 많다 그 가운데서 비교된 대표적인 사람으로는 한유·구양수·

---

30) 前書, 「五學論 三」. "韓柳歐蘇, 其所謂序記諸文, 率皆華而無實, 奇而不正, 內之不可以修身而事親, 外之不可以致君而牧民. 終身慕誦, 而卒之不可以爲天下國家. 此其爲吾道之?賊也."

31) 『重庵集』 권44. "蘇氏文章, 雄深?妙, 古今罕匹, 孰不知之, 然其格言可取, 不過十之一二, 而餘皆怨懟輕儇之詞, 詖淫邪遁之說."

32) 卷下, 440쪽, 서울, 同和出版公社, 1985.

曾鞏·황정견 등을 꼽을 수 있겠다.

유몽인은 소동파의 문을 구양수와 비교하여 다음과 같이 언급하였다.

> 세상에 일컫기를 歐陽脩의 文章이 蘇東坡의 文章보다 格이 높다고 하나, 내가 생각하기로는 절대 그렇지 않다고 생각한다. 蘇東坡의 文章은 古文이 아니며 처음부터 文字를 잘 지으려고 마음을 둔 것이 아니고, 스스로 의론을 세워서 古人이 보지 못한 바를 보아 입에서 나오는대로 시원하게 분변한 것으로, 대수롭지 않은 이야기도 사람들이 모두 미치지 못할 바이다. 마치 구름과 안개가 산에서 나와 바람 따라 걷혔다 펼쳐졌다 하여, 손으로 거머쥘 수가 없는 것과 같다. 그것을 거머쥐어 봐도 곧 빈 것이다. 그와 같은 재주가 없으면서 그 文章을 배우려고 하면 文體가 卑弱해질 뿐이다. ……내가 어릴 때 蘇東坡의 文章을 낮게 보아 한번도 본 적이 없었다. 그것을 얻어보게 되어서야 朱子의 文章이 義理를 함이 平坦·明白하여 蘇東坡의 文章과 비슷하고 支離함도 서로 비슷함을 알았다.[33]

세상에서는 소동파의 문장보다 구양수의 문장을 낮게 여기지만, 소동파 문장이 독창적이라 고문의 법도에 얽매이지 않고 平担·明白한 장점이 있어 구양수 문장보다 낫다고 보았다. 또 조선시대 추중되던 朱子의 문장이 기실은 소동파의 문장에서 나왔음을 밝히고 있다.

> 구양수와 소동파의 문장은 송나라의 大家다. 歐의 風神이 굳세고 곱고 情思가 感慨하여 완곡하고 간절한 것은 前代에도 그러한 사람이 없었다. 蘇東坡의 재주를 부려 만들어 내고 기회를 보아 누르고 하여 변화가 무궁하여 사람들이 그 묘함을 헤아리지 못하는 것은 또한 천년 이래의 絶調다.[34]

---

33) 『於于續集』 권4, 「答崔評事書」. "世稱, 歐陽文高於東坡文, 而余以爲大不然. 坡文非古文也, 初非有心於文字者, 自立論議, 見古人所未見, 隨口快辨之, 等閒之說, 皆人所不及, 如雲烟出山, 隨風卷舒, 不可以手攬之, 攬之則空虛. 未有其才而欲學其文, 體卑弱而止……僕少時, 卑蘇文不曾一?, 及得觀之, 始知朱子之文, 論辨義理, 平坦明白, 與坡文相似, 支離亦似之."

34) 『惺所覆瓿稿』 권13, 「歐蘇文略跋」. "歐陽子蘇長公之文宋爲大家. 歐之風神道麗, 情思感慨婉切者. 前無古人, 長公之弄出機抑, 變化無窮, 人不測其妙者, 千年以來絶調."

이는 허균이 소동파와 구양수 문장의 특징을 각각 비교한 것으로, 두 사람의 優劣을 가리려 하지 않고 두 사람의 특징을 비교하였다. 구양수와 소동파를 송나라의 대가로 인정하면서 각자 그 특색을 부각시켜 서로 비교하였다. 구양수 문장이 풍취가 있고 정감이 풍부한 經度의 문장임에 반하여, 소동파 문장은 변화무궁하고 절묘한 權道의 문장으로 보아 구분하였다. 구양수의 문장이 正攻이라면 소동파의 문장은 奇襲이라고도 비유될 수 있겠다.

金昌協은 曾鞏의 문장에 비교하여 "증공의 문장은 荀子와 비슷하고 소동파의 문장은 맹자와 비슷하다. 대개 순자의 문장은 풍부하고 넓어서 곡진한 정취가 있는데, 맹자의 글은 간결하고 곧아서 칼날이 있다. 두 사람의 문장도 또한 그러하다."[35]라고 하여 증공 문장의 풍부함과 소동파 문장의 簡直함을 순자와 맹자에 견주어 구분짓고 있다.

황현은 김창협의 주장을 더욱 더 명확한 증거를 제시하여 뒷받침하고 있다.

> 北宋에는 大家가 많았다. 그런데 법도를 지키면서 뛰어난 사람은 증공보다 나은 이가 없었고 법도가 없으면서 뛰어난 사람은 소동파보다 나은 이가 없었다. 그러나 소동파의 문장은 古文이 아니라고 말한다면 되겠는가? 증공이 소동파보다 낫다고 말한다면 되겠는가? 대개 증공의 재주는 소동파에 훨씬 못 미친다. 후세의 논자들은 두 사람에 대하여 取捨함이 서로 같지 않다. 그러나 지금 증공의 문집을 읽어 보건데, 몇 장 읽지도 않아서 가물가물 잠을 끌어들임이 있다. 소동파의 경우에 이르러서는 마치 신선들의 洞天에 들어간 듯하여, 오히려 쉽게 끝날까를 두려워하게 된다.[36]

---

35) 『農巖集』, 613쪽. "曾文似筍卿, 而蘇文似孟子. 盖荀文豐博有委致, 孟文簡直有鋒鋭, 二子之於文, 亦然."

36) 『梅泉集』 권6, 「答李石亭書」. "北宋多大家, 而法勝者莫如南豐, 以無法勝者莫如東坡. 然謂蘇非古文可乎? 謂南豐勝於東坡可乎? 盖曾之才不逮蘇遠甚也. 後之論者, 於兩家取舍互不同, 然今讀曾集, 未數板而夢然引睡者有之. 至於蘇文則如入仙源洞天, 猶恐其易竟."

법도를 초월하여 자유자재로 문장을 짓는 솜씨나 문장의 내용 등 모든 면에서 소동파가 증공보다 우위에 있음을 밝히고 있다.

鄭元容(1783-1873)은 황정견과 비교하여 "동파의 문장은 黃州에 귀양살이 한 이후로부터 사람들이 추종할 수가 없었고 오직 황정견만이 겨를 수가 있었다. 만년에 惠州에서 귀양살이한 이후로부터는 황정견도 눈이 휘둥그레져 뒤로 물러나야 할 것이다."[37]라고 하였다. 浮沈이 심한 인생 역정을 겪은 체험에서 우러난 문장은 황정견을 압도했다고 소동파의 문장을 우위에 두었다.

| | |
|---|---|
| 東坡는 卑近한 말로 지어도 | 子瞻作俚語 |
| 찬란히 신선의 기상이 있네. | 奕奕天仙氣 |
| 黃庭堅은 고운 구절을 지으니 | 魯直爲艶句 |
| 외로이 매미 허물 맛이더라. | 兀兀枯禪味 |
| 東坡는 不可함이 없어 흐린 徑水를 | 子瞻無不可 |
| 맑은 渭水에 섞기도 하네. | 濁涇混淸渭 |
| 黃庭堅은 빈 골짝으로 숨어 들어가 | 魯直逃空谷 |
| 아는 사람이 드물면 귀해진다고 생각했네. | 知希則我貴 |
| 東坡는 오히려 경모할 만하나 | 子瞻尙可慕 |
| 黃庭堅은 크게 두렵다. | 魯直大可畏 |
| 모두 꽃잎 하나만 따 가져도 | 俱拈一瓣香 |
| 멀리 천년 뒤에 위로가 된다. | 千載遙相慰 |
| 하늘은 宋나라에 대해서는 | 天於趙宋世 |
| 어찌 그리 아낌없이 인재를 주었나?[38] | 何太不惜費 |

李建昌(1852-1898)은 「讀蘇黃詩」에서 소동파의 詩語의 폭이 넓고, 기상이 자유자재로운 면에 황정견 시의 섬세하고 유약한 면을 대비시켜 그들 시의 특징을 나타내고 있다.

---

37) "東坡文章, 至黃州以後, 人黃能及, 惟黃魯直抗衡. 晩年過海, 則雖魯直瞠若乎其後矣."
38) 『明美堂集』 권5.

李德懋는 그의 「甲申除夕記」에서 三蘇의 특징을 한 글자로 나타내어 "蘇洵은 怒號하는 듯 하고, 蘇軾은 깨달은 듯 하고, 蘇轍은 펼쳐놓은 듯하다."[39]라고 했다. 蘇東坡의 두루 통달하여 거칠 것 없는 시문을 그의 부친과 아우에 대비시켜 나타내었다.

洪奭周(1774-1842)은 音樂에 비유하여 "한유의 문장은 조화롭기가 큰 종과 같고, 유종원의 문장은 엄숙하기가 商으로 연주하는 것 같고, 구양수의 문장은 심원하여 雅를 연주하는 비파 같고, 소동파의 문장은 힘차고 분방하여 鍾·磬·현악기·관악기 등이 한데 어우러지는 것 같다."[40]라고 했다. 한유의 문장은 조화롭고, 유종원의 문장은 엄숙하고, 구양수의 문장은 심원한데, 소동파는 이들의 장점을 모두 체득하여 종합하였음을 밝히고 있다.

여타 문인들과 비교할 때 소동파는 법도를 초월하여 자유자재하고, 시문의 소재를 광범위한 데서 찾아 일상용어도 문학용어로 흡입하여 詩風이 호방하고 내용이 풍부하다. 우열을 비교함에 있어서는 구양수와 우열을 다투나 증공·황정견·소순·소철보다는 우위에 있음이 틀림없다.

### 3. 작품에 대한 평

소동파는 4,000여 수의 시와 2,600편의 문을 남겼다. 그가 남긴 글이 이렇게 많으므로 그의 글에 대한 평도 많다. 소동파의 글에 대한 우리 선인들의 평 가운데서 대표적인 것만 골라 소개해 본다.

유명한 「赤壁賦」에 대하여 이수광은 "소동파의 적벽부는 唐·宋 이래

---

39) 『青莊館全書』 권3. "洵其怒乎, 軾其悟乎, 轍其鋪乎."

40) 『淵泉全書』 2책, 「題四家文鈔」. "昌黎之文春容如洪鍾, 柳州之文刻厲如引商, 廬陵之文悠揚如雅瑟, 蘇子之文??奔放如金石絲管之繁會."

로 이만한 작품이 없다. 끝부분의 말뜻은 완전히 莊子를 본받았다."[41]라고 평했다. 적벽부를 당·송 이래로 최고의 걸작으로 쳤고, 후반부의 俗累를 초탈한 부분은 장자에서 본받은 것으로 보았다.

소동파가 지은 碑文에 대해서는 여러 선인들의 평이 많다. 洪翰周(1798-?)는 그의 『智水拈筆』에서 "소동파의 문장은 뛰어나지 않는 體가 없으나, 碑誌類는 약간 손색이 있는데, 대개 달려 내닫는 때문이다. …… 司馬溫公의 神道碑는 사실을 서술한 것이 여러 數千字가 되지마는 이는 論議이지 碑體는 아니다."[42]라고 하여, 소동파는 비지류의 창작에는 다른 류에 있어 손색이 있음을 말하고 있다.

李瀷(1681-1763)은 「潮州韓文公廟碑」에 대해 "소동파가 한주 한문공비를 지으면서 한유의 斥佛骨表를 매우 칭찬했으나, 전편이 모두 불교의 輪廻說로 되어 있다. 가령 한문공이 죽었어도 지각이 있다면 반드시 이 때문에 배를 잡고서 웃을 것이다."[43]라고 하여 그 驅使하는 말과 내용이 相馳하고 있음을 지적하고 있다.

「超然臺記」에 대해 金昌翕은 "「초연대기」 같은 글은 그 굴리고 바꾸고 꺾어내어 희롱하는 것만 익혔고 내용은 전혀 없다."[44]라고 하여, 문자나 희롱하고 장면 전환만 빠르고 내용 없는 글임을 지적하였다. 「二疏圖贊」에 대해 金邁淳(1776-1840)은 "論議는 正·變을 섞어 썼고 문자도 격앙하여 가히 외울 만하다."[45]라고 평하여 그 변화있는 논의와 감동을 주는 문장에 대하여 크게 칭찬하고 있다.

이 밖에 「武王論」·「易論」 등에 대해, 소동파가 도를 잘 모르고 횡설수

---

41) 『芝峰類說』 권2. "東坡赤壁賦, 唐宋以來, 無此作矣. 末端語意, 全學莊子."

42) "東坡文章, 無體不長, 而碑誌少遜, 盖優於馳騁故也. ……溫公新道碑, 叙事??數千言, 此論也, 非碑體也."(136쪽, 서울, 亞細亞文化社, 1984)

43) 『星湖僿說』 권30. "東坡作潮州韓文公廟碑, 極贊斥佛骨表, 而一篇全是佛家輪廻語. 使韓公死而有知, 其必爲之捧腹."

44) 『三淵集』 권17. "超然臺記之類, 習其轉換점弄而全無事實."

45) 『臺山集』 권19. "論議經奇, 文字亦激昂可誦."

설했다고 비판한 기록이 있다.

## Ⅳ. 결론

중국의 문인으로써 소동파만큼 우리나라에 영향을 크게 끼친 이도 드물 것이다. 그의 생애는 고려 중기에 걸쳐 있는데, 그의 시문이 이미 그의 在世中에 고려에 영향을 미쳤다. 金富軾·金富轍 형제로부터 그 영향을 받기 시작하여 그 이후 竹林高會의 맹주 이인로, 대서사시인 이규보 등도 모두 소식의 영향을 크게 받기 시작했다. 新意를 創出하는 것으로 이름 높은 이규보도 내용이나 체재에서 소동파에게 크게 영향을 받았고, 그 나머지 사람들을 더욱 더 큰 영향을 받았다. 당시 科擧에 합격한 신진문인들은 다투어 소동파를 배우고자 했다.

이렇게 동파의 시문이 고려 일대에 크게 유행하고 배우는 사람이 많게 되자 고려 고종 년간에 드디어 全州에서 소동파의 문집이 간행되게 되었다. 중국 여타 대가들의 문집보다 비교적 이른 시기에 소동파의 시문이 간행된 것으로 보아 그 영향이 얼마나 컸는지를 짐작할 수 있다. 그러나 이렇게 온 나라가 소동파 시문에 경도되어 배우려고 했지만 그 眞髓를 배우는 사람은 드물고, 껍질만 흉내 내어 用事의 도구로만 삼으려는 자들이 많았던 흠이 없지 않았다.

시에 있어서는 가장 크게 추앙을 받았으나 문에 있어서는 한유에 버금갈 만큼 추앙을 받았다. 특히 고려 말에 많이 지어진 假傳體 小說은 소동파의 「萬石君傳」·「羅文傳」 등으로부터 받은 영향이 크다.

고려를 미개한 오랑캐로 보고 使行을 방해했고, 서적 수출을 반대한 소동파의 시문이 크게 추앙을 받은 이유는 무엇일까?

첫째, 소동파의 시는 唐詩와는 달리 기상이 호방하고 시어가 富瞻하여 상당히 독창적인 면모가 있어 당시보다 새로운 맛이 있었다.

둘째, 소동파의 시문에는 불교·노장에 관계되는 내용이나 용어가 많은데 이 점이 불교가 성행했고, 어수선한 사회를 도피하려던 당시 사람들의 체질에 들어맞았던 것 같다.

셋째, 부침 속에서도 좌절하지 않고 현실 긍정적인 소동파의 작품들이 당시의 불우한 지식인들에게 위안이 되어 많이 읽힌 것 같다.

넷째, 소동파는 寒激한 가문 출신이었으므로 武臣亂 이후 새로 진출한 新進士類들로 하여금 분발하게 했다.

조선 초기에는 소동파의 시문이 많이 읽혔으나 주자학이 성해지면서 程頤와 투쟁을 일삼았고, 불교·노장 관계 글이 많은 소동파의 시문은 점차 시는 두보에게 문은 한유에게 그 주조를 넘겨주게 되었다.

그러나 문학사조가 일조일석에 갑자기 바뀌는 것은 아니어서 杜詩와 자웅을 겨루어 가다가 宣祖朝에 삼당파 시인의 출현을 계기로 해서 두시를 숭앙함이 蘇詩 숭앙의 정도를 압도하게 되었다. 특히 대부분의 성리학자들은 소동파의 시문 솜씨는 인정했지만 그를 심성이 바르지 못한 사람이라 하여 그 글을 읽지 않았고 고의로 그 시문을 폄하하였다.

그러나 문학을 전문으로 하는 사람들은 각자의 견해에 따라 계속 숭상하는 사람도 있었다. 문에 있어서는 한유의 숭상도를 능가하지는 못해도 조선말기까지 계속 숭상되었다. 문장의 전범으로 편찬한 허균의 『歐蘇文略』, 金錫胄의 『古文百選』, 정조의 『八子百選』 등에 소동파의 글이 각각 72편, 16편, 20편이 선입되어 있으니 그 숭상도를 알 수 있겠다.

소동파의 시문은 百家의 장점을 두루 포괄하였지만, 특히 사마천·한유의 영향을 크게 받았고 그의 莊子·戰國策 등의 영향도 적지 않게 받았다고 보았다.

宋代 시를 唐詩와 완전히 구별되도록 宋詩의 風格을 새롭게 창출한 사람이 소동파였다. 그의 시는 여타 시인에 비하여 意境이 새롭고 규모가 큰 것이었다. 그리고 卑近한 일상생활어를 시어로 승화시켰고, 소재도 광범위하게 취하여 내용이 다양하고 풍부한 것을 그의 시의 특징으로 쳤다.

소동파 시의 단점으로는 용사가 많아 난잡하고 지나치게 신기하고자 하여 정취가 부족한 것과 내용상 浮誇하고 不平한 말이 많은 것이라고 보았다.

구양수의 문과 비교할 때 구양수의 문은 법도를 지키는 가운데서 지어지는 風神이 있고 정감이 있는 經度의 문장임에 반하여 소동파의 문장은 법도에 얽매이지 않으면서 변화무궁한 權道의 문장으로 보아 그 특색을 적출하여 비교하였다. 曾鞏에 비교하여, 증공의 문은 법도에는 맞으나 지루하고 소동파의 문은 법도를 초월하여 변화무쌍하여 읽으면 흥미롭다고 했다. 황정견과 비교할 때 황정견의 시는 섬세하고 난삽한데 소동파의 시는 시어가 폭이 넓고 기상이 호방하다고 했다.

또 소동파의 문은 한유의 조화로움 · 유종원의 장엄함 · 구양수의 심원함을 종합했다고 했다. 소동파는 4,000여 수의 시와 2,600여 편의 문을 남겼다. 적벽부는 당송 이래의 최고 명문으로 여겼다. 소동파는 제체에 뛰어났으나 그의 碑誌類는 약간 손색이 있다고 평가되었는데 그 이유는 의론체를 섞어 문장이 이리저리 치닫기 때문이었다.

「超然臺記」같은 글은 장면 전환만 빠르고 문자나 희롱하는 내용 없는 글로 지적되었고, 「二疏圖贊」은 正 · 變法을 고루 구사하고 문자도 격앙하여 감동을 줄만한 글로 평가되었다. 이밖에 「武王論」 · 「易論」 등은 내용을 잘 파악하지 못하고 지은 글로 성리학자들의 평을 입었다.

# 崔致遠의 在唐 生涯에 대한 小考

## Ⅰ. 序論

崔致遠(857-?)하면 흔히 '韓國漢文學의 鼻祖'니 '海東文宗'이니 하여 대단히 추앙하고 있고, 또 韓國文學史 叙述에서 중요하게 다루고 있다. 사실 최치원은 新羅人으로서는 唐에서 가장 크게 文名을 떨쳤고, 또 韓國歷史上 최초로 個人文集을 남긴 人物인 점에서 그의 文學史上의 比重은 同時代 여타의 人物들과는 비교가 되지 않을 만큼 크다. 朝鮮 成宗朝에 편찬된 『東文選』에 新羅人의 作品이 모두 192篇 수록되어 있는데, 崔致遠의 作品이 146篇을 차지한다는 점에서도 그의 比重을 미루어 알 수 있다.

崔致遠이라는 人物의 文學史上의 比重을 인정하면서도 지금까지의 研究는 生涯, 思想, 詩 등을 연구하는데만 치중했고, 그의 在唐期間의 行跡을 치밀하게 다룬 研究는 없었다. 崔致遠 이후에 나온 詩話, 筆記類, 桂苑筆耕序,[1] 孤雲集序 등에서도 『三國史記』의 記錄인 '12세에 渡唐하여 18세 때 科擧에 올라 溧水縣尉에 임명되고, 그 뒤에 高駢의 從事官이 되어 <討黃巢檄>을 지어 文名을 날리다가 28세 때 詔使의 자격으로 귀국하여 신라에서 살았다'는 것보다 더 상세한 언급은 없었다.

崔致遠은 唐에 遊學한 가장 근본적인 목적은 詩文을 잘하여 이름을 날리려는 것이였고 學問研究나 修道가 아니었다. 그래서 그는 唐에 있는 동안 자기 생각이 담긴 글은 아닐지라도 文章 솜씨를 자랑하는 많은 글을

---

1) 洪奭周(1774-1842), 徐有榘(1764-1845) 두 사람의 것이 있음.

지었다. 그가 귀국하여 憲康王에게 바친『桂苑筆耕』의 序에 보면,『中山覆簣集』5卷 등 36卷의 著述이 이미 있었음을 알 수 있으니, 그가 唐에 있는 동안 얼마나 많은 글을 지었는지를 알 수 있겠다.

그가 唐에 있을 때 저술한 文章이 30卷에 이르고 있지만, 아쉽게도 자신의 생각을 나타낸 글은 극소수이고, 대부분이 高駢을 대신해서 지은 글들이다. 솜씨만 崔致遠의 것이지, 생각은 高駢의 것이다. 다만『桂苑筆耕』17卷에서 20卷까지에 실린 몇 편의 書, 啓, 狀, 詩와 孤雲先生集에 실린 詩등이 崔致遠 자신의 文學이라 할 수 있겠다. 이러한 文章들에 바탕하여 그의 在唐生涯를 살펴보고자 한다.

新羅人이라는 입장에서 볼 때는 비록 대단한 文名을 날렸지만, 崔致遠 역시 外國人으로서 남의 글을 익혀 運用한다는 限界를 벗어나지 못하고 있다. 新唐書, 舊唐書 列傳에 그의 이름이 오르지 못한 것은 물론, 그렇게 文名을 날렸다면서도 同時代 唐人들의 文集이나, 歷代의 詩話 등에도 그의 이름을 찾아 볼 수가 없다. 오직『新唐書・藝文志』에『桂苑筆耕』20卷이 실려 있다는 기록뿐이다.

當時 崔致遠이 唐에 遊學하게 된 背景은 어떠했으며, 그 修學過程, 仕官活動은 어떠했으며, 唐에 있는 동안 어떻게 생활했으며, 外國人으로서 唐에서 지내면서 新羅人이라는 意識이 있었는지, 등을 밝혀, 그의 文學, 思想, 행동 등을 이해하는데 도움이 되었으면 하는 것이 本考의 집필 목적이다.

## Ⅱ. 唐遊學의 背景

崔致遠을 慶州 沙梁部 출신의 인물이고, 父親은 성명이 崔肩逸이라는 사실[2] 이외에는 전혀 알 수가 없다. 어려서부터 총명하여 학문을 좋아했다. 그 당시 新羅社會의 階層으로 봐서 學問을 할 수 있는 여건이었다면,

六頭品 정도의 신분이 되는 家門 출신이었을 것이다. 또 唐에 遊學하는 사람이 당시 대단히 많았다 해도[3] 遊學生으로 선발되는데는, 家門의 影響과 그 父親의 地位가 없고서는 불가능한 점이 있었을 것이다. 또 唐과 新羅間의 外交적 關係에서 보내는 遊學生이라서 私費가 必要 없다 해도 遊學을 준비하기까지는 상당한 경제적 뒷받침이 있었을 것이다.

당시 新羅 社會에서 渡唐遊學이 盛行한 원인은 무엇이었을까? 新羅는 건국 이래로 骨品制가 엄격히 지켜져 貴族身分이 아닌 사람은 아무리 능력이 뛰어나도 六頭品을 넘을 수가 없었다. 그래서 이 六頭品 階層의 인물들을 國家統治에 핵심멤버로 참여할 길이 없었으므로 能力에 따라 출세가 가능할 것으로 생각되는 唐으로 진출하려고 노력하였다.

新羅 조정에서도 不平 知識分子들인 六頭品을 가능한 國外로 유도해서 그들의 욕구를 분출시킬 수 있게 하고, 아울러 新羅 조정에 대하여 불만을 터뜨릴 기회를 갖지 못하게 하려는 목적에서 渡唐遊學을 주선하였다.

唐은 長慶年間(821-823)에 賓貢科를 설치하였다. 그 설치한 취지는 異民族도 능력에 따라 과거에 응시해서 唐帝國의 중앙정치무대에 직접 참여할 수 있는 길을 열어 놓는데 있었다. 그러나 그들의 속셈을 邊方民族에 대한 일종의 회유정책이었다. 사실 唐나라는 賓貢科를 설치해서 그 합격자와 석차를 적당히 조정하여 新羅와 渤海 사이를 이간시켜 두 나라가 서로간의 적대감정을 고조시키는데 성공하기도 했다.[4]

唐나라에서는 新羅 遊學生을 위해서 國子監內에 新羅人 전용의 구역을 설정하기도 했다. <遣宿衛學生首領等入朝狀>에,

---

2) 『崔文昌侯全集』, 서울, 성균관대학교 대동문화연구원, 1982, 416쪽. <孤雲先生事蹟>. 以下 『崔文昌侯全集』은 쪽수만 표시함.

3) 安鼎福의 『東史綱目』 5卷 眞聖女王 三年條에 보면, 唐末까지의 賓貢科及第者는 金雲卿을 비롯하여 98名이라고 밝히고 있다. 及第하지 못한 유학생도 더 많았겠지만, 新羅統一 이후 250여년에 걸친 인원이니 1년에 渡唐하는 遊學生은 극소수임을 알 수 있다.

4) 47쪽. <謝不許北國居上表>

> 지금 國子監 안에 유독 新羅 馬道만이 四門館의 북쪽 복도에 있습니다.
> (今國子監內, 獨有新羅馬道在四門館北廊中……)5)

라는 기록이 있다. 이때는 新羅만이 다른 변방국가들과는 달리 약간의 특별대우가 있었던 것 같다.

또 唐나라에서는 新羅 遊學生에게 學業에 필요한 양식과 의복을 지급했던 사실이 있었다는 것을 알 수 있다. 같은 글에,

> 臣(新羅王)은 감히 학문을 일으키는 것을 급선무로 삼고, 어진이를 구하기에 힘쓰고 있습니다. 지금 보내는 遊學生들에게 책살 돈은 이미 조금씩 고루 나누어 주었습니다만, 독서할 양식은 남몰래 큰 은혜를 바랍니다. 또 천리길을 떠남에 있어 여비를 장만하는데 석달을 수고하였습니다. 앞으로 십년동안 생활할 것이니 그들의 곤궁함을 구제할 일은 오직 하늘같으신 皇帝님의 뜻에 우러러 바랄뿐입니다. ……龍紀 3년(891)에 賀登極使 判官 檢校祠部郎中 崔元을 따라 入朝한 학생 崔霙 등의 事例에 따라 京兆府에 칙서를 내려 매달의 독서할 양식을 지급해 주고, 아울러 겨울과 봄철에 맞는 의복을 은혜롭게 내려주시기를 빕니다.(臣敢以興學爲先, 求賢是務, 買書金則已均薄貺, 讀書糧則竊覬洪恩. 且千里之行, 聚費猶勞於三月, 十年爲活, 濟窮惟仰於九天……龍紀三年, 隨賀登極使判官檢校祠部郎中崔元, 入朝學生崔霙等事例, 勑京兆府, 支給逐月書粮, 兼乞冬春恩賜時服.)6)

라는 기록이 있다. 遊學生들에게 新羅에서도 '買書金'이라 하여 약간의 장학금을 지급해서 보냈지만, 唐나라에 대하여 前例대로 매달 독서할 양식과 철에 맞는 옷을 내려줄 것과 10년간 唐나라 생활 중에 겪을 곤궁함을 구제해 줄 것을 新羅王은 奏請하고 있다.

唐나라에서는 新羅遊學生을 받아들여 長安과 洛陽 두곳에 留居케 하였

---

5) 57쪽.

6) 59-60쪽.

다. 같은 글에,

> 이때 遊學生들은 두 서울에 나누어 있으면서 끊임없이 왕래했다. (是時, 登笈之子, 分在兩京, 憧憧往來.)[7]

라는 記錄에서 이 사실을 증명할 수 있다. 新羅遊學生의 수가 한 서울에서만 수용할 수 없을 정도로 많지는 않았을 것이니, 아마 唐나라에서는 자기네들의 앞선 문화를 변방국가 출신의 사람들에게 골고루 과시하고자 하는 의도에서 이런 조처를 취했을 것으로 생각된다.

唐나라의 목적은 어디에 있던, 외면적으로는 이러한 배려를 해주었는데, 新羅에서는 유학생에 대하여 어떻게 대우했을까? 新羅 朝廷에서는 六頭品 階層의 사람들이 唐에 遊學하였다가 벼슬하는 사람들이 나오니, 국내적으로는 불평세력이 줄어들어 좋았고, 또 唐나라에 대해서는, 新羅는 여타의 邊方國家들과는 달리 文化가 발달한 나라임을 과시할 수 있는 길이 생기게 되었다. 新羅王은 唐에서 벼슬하고 있는 사람들에게 늘 관심을 갖고 때때로 안부를 묻기도 했다. 崔致遠의 경우,

> 하물며 貴國大王(新羅王)이 특별히 서신을 보내 안부를 물어준 뜻을 받들어 장차 아름다운 일을 이루려 하여 곧은 말을 아끼지 않습니다.(況奉貴國大王, 特致書信相問, 將成美事, 不惜直言.)[8]

라는 기록을 살펴 보면, 新羅國王이 唐나라에 探候使로 가는 朴仁範 편에 崔致遠에게 書信을 전달하여 안부를 묻고 있다. 唐에서 벼슬하는 사람들은 新羅國內에서 벼슬하는 사람들보다 學問도 앞서고, 唐나라의 文物制度에 밝으므로, 新羅쪽에서도 이용가치가 크므로 소홀히 할 수가 없었을

7) 57쪽.

8) 333쪽. <新羅探候使朴仁範員外>

것이다. 崔致遠도 귀국 후 外交文書 作成 등의 일로 新羅 朝廷에 큰 공헌을 했다.

新羅王이 遊學生들에게 바라는 바는 첫째, 唐나라의 禮樂을 배워와 新羅의 文物制度를 발전시키는 것이오, 그 다음으로 文章을 배워와서 外交文書 作成과 唐나라 外交使節들의 접대에 이용하자는 것이었다.[9]

일반적으로 遊學年限은 10년이었고, 10년이 경과하면 新羅에서 遊學生들을 돌려 보내줄 것을 건의하고 있다. 이는 한 학생이 연한을 넘겨 장기 체류하면, 그 다음 신라에서 遊學을 떠나고자 하는 學生에게 지장을 주기 때문에 돌려보내 주기를 바라고, 또 한 개인을 위해서 베풀 수 있는 지원도 한계를 정해야만 하기 때문일 것이다.

邊方國家들 가운데서 新羅가 가장 지속적이고 수적으로도 가장 많은 유학생을 보냈다. 新羅와 대립적인 관계에 있던 渤海같은 나라도 처음에는 新羅와 급제자의 석차를 다투는 실정이었으나, 말기로 오면 유학생이 점점 줄어들어 國子監의 學籍에 한 사람도 남지 않은 경우도 있었다.

아무튼 新羅의 遊學生들은, 新羅와 唐나라 사이의 自國의 目的達成을 위한 政策에 의하여 각종 편의를 제공받으면서 공부할 수 있었고, 邊方의 外國人으로서 한계는 있었지만, 자신의 능력에 의해서 唐帝國에서의 仕官이 가능했으니, 唐遊學이 성행한 것은 필연적인 추세라 하겠다.

## Ⅲ. 修學過程

崔致遠이 12세 때 商船을 따라 唐나라로 건너갈 때, 그의 아버지는 骨品制로 인한 階層上昇에 限界를 뼈저리게 느껴 아들에게 냉엄한 훈계를 했다.

---

9) 59쪽.

집을 떠나 서쪽으로 항해해 올 때 배가 떠날 즈음에 돌아가신 아버지가 훈계하여 말씀하시기를, '십년이 되도록 進士에 급제하지 못하면 내 아들이라고 생각하지 말아라. 나도 또한 아들이 있다고 생각하지 않겠다. 가서 부지런히 해라! 너의 능력을 망치지 말아라.'라고 하셨읍니다.(離家西泛, 當乘桴之際, 亡父誡之日, 十年不第進士, 則勿謂吾兒, 吾亦不謂有兒. 往矣, 勤哉! 無隳乃力.)[10]

遊學年限이 다 되도록까지 進士及第를 못하면 父子關係의 天倫마저 끊겠다는 비장한 訓戒였다. 과연 崔致遠은 부친의 嚴命을 받들어 唐에 들어가 조금도 해이하지 않고 刻苦勉勵하였다.

臣(崔致遠)은 부친의 엄한 훈계를 가슴속에 간직하여 감히 해이해지거나 잊지를 않았읍니다. 졸음이 오면 상투를 천장에 매거나 허벅지를 송곳으로 찔러 졸음을 깨우느라 겨를이 없었으며, 어버이의 뜻을 봉양하기에 알맞게 되기를 바랐읍니다. 그리하여 다른 사람이 백번 노력하면, 나는 천번을 했읍니다. 唐나라에 온지 6년만에 과거에 합격하였다.(臣佩服嚴訓, 不敢弭忘, 懸刺無遑, 冀諧養志, 實得人百之己千之. 觀光六年, 金名膀尾.)[11]

위의 기록에서 보는 것처럼 대단한 노력으로 마침내 18세때 及第를 한 것이다. 이때 主試官은 前湖南觀察巡官 禮部侍郎 裴瓚였다. 과거에는 主試官과 합격의 관계는 스승과 제자의 관계와 같았다. 崔致遠의 <前湖南觀察巡官裴瓚啓>에,

이미 門生의 대열을 더럽혔으니 어찌 賓貢科라는 것을 따지겠읍니까? 원앙새나 난새가 땅강아지를 상대해 주는 격이니, 은덕에 감격함은 다 같읍니다.(緣旣忝門生, 豈論賓貢? 鴛鸞之與螻蟻, 感恩皆同.)[12]

---

10) 287쪽. <桂苑筆耕序>

11) 同前

12) 390쪽. 같은책 416쪽의 <孤雲先生事蹟>에는 裵璙가 裵瓚으로 되어 있음.

라는 기록에서 이 사실을 알 수 있다. 賓貢科 출신인지라 차별대우를 미리 우려하고 있다. 미천한 자신이 합격시켜 준 은덕을 크게 느끼고 있으면서, 차별하지 말아달라고 당부하고 있다.

崔致遠은 빈공과에 합격할 때까지 國子監에 들어가 학행을 닦았다.

> 저같은 사람은 외국에서 와서 文藝가 下品입니다. 비록 國子監에서 착한 일을 사모하며 매양 顔淵・冉伯牛의 덕행을 엿보고 붓은 웅혼함을 다툽니다만, 曹植(192-232), 劉楨(?-217)의 경지에 도달할 수가 없읍니다.(如某者跡自外方, 藝唯下品, 雖儒宮慕善, 每嘗窺顔冉之墻, 而筆陣爭雄, 未得摩曹劉之壘.)

위의 기록을 살펴 보면, 崔致遠은 國子監에 들어가 공부하면서도 자기가 변방국가 출신이라는 컴플랙스를 떨쳐 버리지 못하였다. 이런 점을 극복하기 위해서 더욱 더 열심히 공부했으리라 생각된다.

그가 唐나라에 遊學한 본래의 목적은 겨우 과거에 급제하여 中國 동남쪽의 한 고을의 縣令 정도 지내는 것이었다. 그가 高駢에게 올린 <長啓>에,

> 저는 海東의 한 선비입니다. 근데 집을 떠나 만리길을 와서 10년 동안 唐나라에서 지내게 되었읍니다. 본래의 바라던 바는 겨우 科擧에 급제하여 江淮 지방의 한 縣令 정도 지내는 것일 따름입니다.(某海東一布衣也. 頃者萬里辭家, 十年觀國, 本望止於牓尾科第, 江淮一縣令耳.)[13]

라는 기록이 있다. 이 기록을 봐서 그의 唐遊學이 세속적인 출세를 지향하는 것이었지, 학문연구나 求道에 있는 것은 아니었다. 그러니 그가 힘쓰는 바는 博識과 文章技巧에 있었다. 오늘날 그가 남긴 文章들 거의가, 수많은 故事를 인용한 화려한 騈儷體文章임에서 그의 學問傾向을 엿볼 수 있다.

---

13) 386쪽.

당시 唐나라 文人들 사이에서 유행하던 古文을 전혀 배우지 않고 오로지 과거 응시에 필요한 변려문만을 익혔다는 데서 그가 과거 응시 준비 이외에는 전혀 관심을 두지 않았음을 알 수 있다.

## Ⅳ. 仕宦

18세 때 賓貢科에 급제하여 28세 때 귀국할 때까지 11년간 唐나라에서 仕官을 했다. 874년 登科한 이후 첫 임명을 받을 때까지는 洛陽에 머물면서 왕성하게 詩・賦를 창작했다. 그의 <桂苑筆耕序>에

> 唐나라서 지낸지 6년만에 겨우 과거에 급제하였다. 이때 性情을 읊조려 사물에 붙여 賦니 詩니 하였는데, 거의 상자를 넘쳤읍니다. ……얼마 안 있다가 洛陽에 떠돌면서 붓으로 밥벌이를 하였읍니다.(觀光六年, 金名牓尾, 此時諷詠情性寓物. 名篇曰賦曰詩, 幾溢箱篋……尋以浪跡東都, 筆作飯囊.)[14]

라는 기록이 있다. 첫 임명을 기다리는 동안 특별히 할 일이 없었으므로 남의 代作을 하여 생계를 이어 나가고, 또 宦職生活에 대비하여 詩文을 습작하며 그 솜씨의 進展을 꾀하였다.

그 뒤 溧水縣尉로 임명되었다.

> 그 뒤 宣州의 溧水縣尉에 임명되었읍니다. 봉급이 두둑하고 관직이 한가하여 배불리 먹으며 날을 보냈읍니다. 벼슬하는 여가에 공부를 하여 짧은 시간이나마 헛되이 보내는 것을 면하게 되었읍니다. 이때 공적 사적으로 지은 글이 5卷이 되었는데, 더욱 大成하고자 힘썼읍니다.(爾後授宣州溧水縣尉, 祿厚官閒, 飽食終日, 仕優則學, 免擲寸陰, 公私所爲, 有集五卷, 益勵爲山之志.)[15]

---

14) 287쪽.

위의 기록에 의하면 첫 임명이라 그런지 퍽 그 직책에 만족하면서 詩文의 창작에 계속 힘을 쏟고 있다. 이때 科擧 及第나 仕宦에 安住하지 않고 자기 발전을 위한 노력을 그치지 않은 것이 뒷날 文名을 떨치게 된 결과를 가져온 것 같다.

이로부터 3년 뒤인 878년에 溧水縣尉를 사직하였다. 그 이유는 보다 높은 官職을 얻기 위해서 宏詞科에 응시하기 위한 준비를 위해서였다. 그가 高駢에게 올린 「長啓」에

> 지난해 겨울에 溧水縣尉를 사임하고 宏詞科에 응시하려고 희망했읍니다. 산 속에 들어가 살기로 결심하고서 잠시 은퇴해 있었읍니다. 학문이 바다처럼 넓어지기를 기약하면서 다시 연마를 했으나 俸祿은 남은 것이 없어 독서할 양식을 대지 못했기 때문에 곧 빗자루를 가지고 와서 말가슴을 쓸었읍니다. 大尉相公께서 장려해 주고 가련히 여겨 곧 관직에 임명해 주리라 어찌 생각인들 했겠읍니까? (前年冬, 罷離末尉, 望應宏詞. 計決居山, 暫爲隱退. 學期至海, 更自琢磨, 俱緣祿俸無餘, 書糧不濟, 輒携勃箒, 來掃膺門. 豈料太尉相公迥垂奬憐, 便署職秩.)16)

라는 기록이 있다. 처음에는 만족했던 溧水縣尉 자리도 한 삼년 지내다 보니, 자신의 포부를 펼칠만한 자리가 못됨을 알았다. 그래서 현실에 만족하지 않고 보다 나은 장래를 위해서 宏詞科에 응시할 것을 결심했다. 그 준비를 위해서는 縣尉를 사퇴하지 않을 수 없었다. 縣尉를 사퇴하고 刻苦勉勵하였지만, 경제적 여건이 이를 허락하지 않았다. 萬里異國에서 아무런 수입없이 지낸다는 것이 무척 어려웠을 것이다. 하는 수 없어 宏詞科 응시를 중도에서 포기하고, 淮南의 高駢에게 의탁하게 되었다. 高駢에게 재주를 인정받아 侍御史로 발탁이 되었다. 이때는 878년으로 그의 나이

15) 同前

16) 386쪽.

23세 때였다.

최치원은 원래 四六文에 능했고, 또 官府文書는 四六文이 주로 쓰이므로 그에게 있어서는 실로 물고기가 물을 만난 것 이상으로 득의양양해졌다. 당시 高騈의 官府文書인 表·狀·啓 등은 모두 그의 손에서 나왔다. 그의 <桂苑筆耕序>에,

> 淮南에서 관직에 종사하면서부터 高侍中이 문장 짓는 일을 오로지 맡겼읍니다. 軍書가 쇄도해 오는데 힘을 다해서 감당했읍니다. 4년 동안 애를 쓴 것이 만여 수나 되었읍니다.(從職淮南, 高侍中專委筆硯, 軍書輻至, 竭力抵當, 四年用心, 萬有餘首.)[17]

라는 기록이 있다. 4년 동안에 만여 편의 글을 지었다는 말에서, 그가 얼마나 부지런히 글을 지었는지를 짐작할 수가 있다.

高騈에게 발탁된 그 다음해에 그에게는 자신의 실력을 발휘할 천재일우의 기회가 다가왔으니 바로 黃巢의 난이었다. 이때 <討黃巢檄>을 지어 그의 文名은 더욱 떨쳤다. 자신의 말대로 자신의 仕宦이 영광스러움을 비로소 알았다고 한다. 그의 <出師後告辭狀>이란 글에,

> 일찌기 과거에 이름이 올랐을 때는 뜻에 맞는 줄 몰랐다가 이제 외람되게 幕府에 있게 되고서야 비로소 자신에게 영화로운 것인 줄을 알게 되었읍니다. 은혜는 이미 곡식을 장만하기에 충분하고, 부평초 같은 신세가 안정되게 됐읍니다. 공부하는데 필요한 식량은 날로 달로 불어납니다.(昔曾列名桂科, 未知稱意, 今忝職居蓮府, 始覺榮身. 恩旣厚於稻粱, 跡能安於萍梗. 日增學殖, 月贍書糧.)[18]

라는 기록이 있다. 이때의 영광은 과거 합격 때보다 훨씬 더 큰 것이었다.

---

17) 289쪽.

18) 384쪽.

上官의 신임도 두텁고 생활도 안정되고 경제도 윤택해진 속에서 그는 학문적 발전을 위해 계속 노력했던 것이다. 884년에 자신이 귀국할 때 憲康王에게 바친 <桂苑筆耕>의 서문에 이러한 자신의 자취를 다 적어 올려서, 자랑을 했으니, 자신이 唐나라에서 文名을 날리며 활동한 것이 新羅의 영광이라고 생각했음을 알 수 있다.

관직에 있으면서 자기 부모를 영광되게 했다는 마음을 늘 갖고 있었다. 그의 <謝許歸覲啓>에

> 내 한몸이 대우 받은 것은 만리에 뻗친 영광이었습니다. 이런 까닭으로 멀리 계신 부모님께서는 문에 기대어 서서 자식 돌아오기를 기다리는 정이 조금 위안이 되었고, 멀리 떠나와서 벼슬하는 자식은 벼슬에 길을 얻은 것이 배나 영광스러웠읍니다.(一身遭遇, 萬里光輝, 是以, 遠親稍慰於倚門, 遊子倍榮於得路.)[19]

라는 기록이 있다. 먼 신라에 계시는 연로하신 부모들에게는 자신의 唐에서의 仕宦이 큰 영광이 되었을 것이라고 그는 늘 자부하고 있다. 비록 고관대작을 지내지는 못했다해도 신라에 사는 다른 사람들에게 대해 그의 부모가 자랑할만큼 그는 文名을 떨쳤다.

그의 이러한 仕宦生活은 무척 영광스러워 보이고, 對人關係의 글에서 그는 종종 자랑을 늘어놓기도 했다. 그러나 그의 내면세계를 그린 詩에서는 그의 변방 외국인으로서 느끼는 소외감과 고독감이 잘 나타나 있다. 그의 <蜀葵花>라는 詩에서 外國人 출신이라 차별대우 받는 자신의 모습을 잘 비유하고 있다.

> 쓸쓸히 황폐한 밭가에, 寂寞荒田側
> 탐스런 꽃송이 약한 가지 누르고 있네. 繁花壓柔枝

---

19) 400쪽.

| | |
|---|---|
| 黃梅雨 내린 뒤로 향기 그쳤고, | 香經梅雨歇 |
| 보리철 바람에 그림자 귀울었네. | 影帶麥風欹 |
| 마차 탄 귀한 사람 누가 와서 즐기랴? | 車馬誰見賞 |
| 한갖 벌나비만 와서 엿보네. | 蜂蝶徒相窺 |
| 태어난 곳 천한 것이 스스로 부끄러워, | 自慚生地賤 |
| 사람들이 버리는 것 차마 한하리?[20] | 堪恨人棄遺 |

최치원은 자신이 변방 신라 출신임을 깨닫고 깊은 고민에 사로잡혔다. 머나 먼 신라땅 보잘것없는 집안에서 났지만, 자기의 재주만은 탐스런 꽃처럼 남에게 자랑할 만했다. 그러나 그 재주도 어느 한계에 도달한 이후로는 더 이상의 진전이 있을 수 없었고, 大勢에 밀려 자기 뜻대로 되지 않았다. 조그마한 자리에는 기용되어도 자기를 알아 보고서 큰 일을 맡기는 사람은 아무도 없었다. 자기가 변방 신라인이라 이런 대우를 받는 것을 잘 알지만, 자신의 처지는 그들을 원망할 수 없다. 고민의 결과 체념에까지 도달하게 된다.

그의 유학은 본래부터 영달에 있었고, 무슨 뚜렷한 이상이 없었으므로 그 고민을 극복할 수가 없었다. 그러니, 이제는 고국에 대한 향수가 강하게 엄습해 왔다. 자신의 학문과 文章으로 唐에서 이루지 못한 일을 고국 신라에서는 이룰 수 있으리라 생각하여 884년 28세의 한창 젊은 나이게 귀국하고 말았다.

## Ⅴ. 生活狀

최치원은 17년간 唐에서 생활했지만, 그 생활상을 再構할 만한 충분한 자료가 남아 있지 않다. 많은 表・狀・啓 등이 있지만 대부분 高駢의 입장

20) 23쪽.

을 대신하는 것이라, 별가치가 없다. 단편적인 기록 몇몇을 가지고 가능한 한 도내에서 그의 생활상을 밝혀보려 한다. 앞장의 修學過程이나 仕宦活動에서 言及된 생활상은 여기서 언급하지 않는다.

高騈의 막하에서 벼슬할 때는 高騈과 최치원의 관계는 官僚社會에서의 上下關係를 뛰어넘어 훨씬 인간적인 관계를 맺고 있었다. 高騈은 최치원에게 집을 빌려 주어 주거문제를 해결해 주고 있다.[21)]

그의 <謝衣段狀>에,

> 저는 다행스럽게 侍中님 아래로 달려가 영광스럽게도 은덕의 문에 의탁했읍니다. 실로 천재일우의 대우에 바탕하여, 사철의 의복을 늘 해결해 주었읍니다. 가엾게 생각하는 정은 부모님에 못하지 않고, 칭찬하는 것은 禮數가 보통 부하들과는 다릅니다.(某幸趨台階, 榮託德門. 實資千載之遭逢, 每濟四時之服飾. 愍念而情踰父母, 稱揚而禮異賓僚.)[22)]

라는 기록이 있다. 高騈은 최치원에게 있어서는 더할 나위 없이 좋은 상관이었다. 사계절의 의복을 내려주는 등 가엾게 여겨 보살펴 주는 것이 부모에 못지 않았고, 최치원을 대접하는 것이 여느 부하들과는 격을 달리했던 것이다. 高騈은 또 正規 祿俸 이외에 料錢이라 하여 일종의 상여금을 지급하기도 했다. 그의 <謝加料錢狀>에,

> 앞의 것은 저에게 어떤 관리가 처분을 받들어 전한 것으로 매달 料錢 20貫을 더 지급한다는 것입니다. 저는 본봉을 충분히 받고 있어 글읽을 양식이 아주 넉넉합니다.(右某今日某官奉傳處分, 每月加給料錢二十貫者. 某厚沾職俸, 過贍書糧.)[23)]

---

21) 383쪽. <謝借宅狀>

22) 387쪽.

23) 387쪽.

라는 기록이 있다. 本俸으로도 생활이 넉넉한데도 給料를 더 줄만큼 高駢은 최치원을 아끼고 있다.

최치원은 高駢의 특별대우에 늘 감사하면서, 명정을 만나면, 인삼・海東實心琴・鞍幞・蓬萊山圖・雪扇・銀裝龕子・紫綾貸・天麻 등을 禮物로 바쳤다. 그 답례로 高駢은 茶・櫻桃・酒肉・비단 등을 하사하였다. 여기서 그들의 정이 얼마나 두터웠는지를 알 수 있겠다.

그는 高駢의 幕下에 있으면서 그 대우에 만족하였다. 오히려 자기의 실력이 그 대우에 미치지 못할까 두려워하였다. 그가 高駢에게 올린 <再獻啓>라는 글에,

> 생각해보니, 海外에서 멀리 떠나와 오래도록 江南 지방에 묻혀 있었읍니다. 특별히 풍족한 녹봉을 내려 굶주림을 해결해 주었읍니다. 보잘 것 없는 자질로 이미 양식을 대주는 은혜를 입음에 놀랐읍니다. 비록 거북과 물고기가 물에 의탁하여 목숨이 다시 살아났음을 우선 기뻐했지만, 벼룩이나 이같은 미미한 존재로 산을 짊어진 격이 되어, 힘이 모자랄까 깊이 우려하는 바입니다. 또한 저는 새삼 넝쿨같은 목숨을 비록 부지하여 조그마한 일을 꾀하고 있지만, 여러가지로 생각해 보니 배우는 것만 같은 것이 없읍니다. ……바라는 바는 납으로 만든 칼같은 쓸모없는 바탕을 다시 연마하여 끝내는 鐵印을 구하며, 자취를 거두어 학문의 핵심에 엎드려 숨고, 몸을 편안히 하여 文壇에서 크게 활동하는 것입니다.(念以遠別海隅, 久沉江徼, 特垂豐饒, 俾濟朝飢. 自驚樗櫟之材, 已荷稻粱之惠. 雖龜魚投水, 驟喜命蘇, 而蚤蝨負山, 深憂力敗. 且某也兎絲雖絡, 蛛網自營, 萬計尋思, 不如學也. ……所願更淬鉛刀, 終求鐵印, 斂跡而跧藏學藪, 安身而趺宕詞林.)[24]

라는 기록이 있다. 이미 자신의 생활이 안정되고 보니, 그런 생활을 계속해야 하겠는데, 자신의 실력이 부족하여 혹 실수를 할지도 모른다는 두려움이 엄습해 왔다. 그래서 공부를 열심히 하여 문단에서 명성을 날려 보겠다

24) 380쪽.

는 생각을 하게 되었다.

물질적으로는 만족된 생활이었지만, 그에게는 늘 고민이 많았고 향수도 더욱 많았다. 그의 <與客將書>에,

> 집은 漢四郡 땅이었던 저 멀리 신라고 길은 十洲를 격하였읍니다. 궁한 시름으로 밤새도록 속을 태웠고, 먼곳의 소식은 해를 넘기도록 막혔읍니다. 세상의 인정은 냉담하였고 사람들의 행동은 각박했읍니다.(家遙四郡, 路隔十洲. 窮愁則終夜煎熬, 遠信則經年阻絶. 時情冷澹, 俗態澆訛.)[25]

라는 기록이 있다. 가까운 일가친척이 있을리 없고 세상 사람들이 자기에게는 친절을 베풀려고 하지 않았을 것이다. 생계가 곤란하다면야 생계를 해결하는 문제에 메달려 고민이나 향수가 덜하겠지만, 생계가 안정되니 그 고민이나 향수가 더했을 것이다. 비록 관직에는 있다 해도 남의 의사를 글로만 옮기는 代筆을 하고 있으니, 무슨 영향력이란 있을 수 없다. 그의 <陳情上太尉詩> 가운데

> 海外 사람 누가 해외 사람을 가엾게 여기리! 나루를 묻노니 어느 곳이 길이 통하는 나루인가? (海內誰憐海外人, 問津何處是通津.)[26]

라는 싯귀에서 그의 고민을 단적으로 알 수 있다. 시의 첫 두귀절이 모두 강한 의문으로 시작되어 그 고민의 답답함을 표출하고 있다. 누가 하나 돌봐주는 사람 없어 남의 주목의 대상이 될 영향력 있는 자리에 오르고자 하나 외국인인 그에게는 그 길마저 열리지 않는다. 그래서 답답한 마음을 시로 표현한 것이다. 단숨에 고향으로 돌아가려 해도 돌아갈 수도 없고 그 고민을 해결해 보려고 발버둥치지만 그 해결책을 쉽게 찾을 수

---

25) 396쪽.

26) 403쪽.

가 없었다.

崔致遠은 唐에서 벼슬하면서, 부모를 영광스럽게 했다고 자부하고 있었지만, 부모를 가까이서 봉양하지 못했던 자신의 처지를 괴로워하고 있다. 그의 <謝探請料錢狀>에,

> 비록 나아가 봉양하는 것은 어긋나 방법이 없습니다만, 오래도록 일가들이 효성스럽다는 소리를 해주는 것을 생각했읍니다. 그러나 안개 낀 파도가 막혀서 어버이를 위해 양식을 지고 가겠다는 마음을 펴기가 어려웠고, 비바람이 처량하여 헛되이 梁山에서 눈물을 뿌렸읍니다. 부모님의 거처를 보살펴 드리고 맛난 음식을 올리는 도리도 못했읍니다. 다만 자신을 책망하는 마음만 간절하니 어찌 감히 부모님의 뜻을 봉양한다고 말씀드리겠읍니까? 하물며 고국으로 가는 사신이 없어 집으로 보내는 편지도 부치기 어렵읍니다. 오직 부모를 그리워하는 시만 읊을 뿐이지 바다 건너온 편지를 접하지 못했읍니다. 이제 본국 사신의 배가 바다를 지나가니 저는 茶와 약을 사서 집으로 보내는 편지와 함께 부치고자 합니다.(雖乖就養無方, 久想宗族稱孝, 然烟波阻絶 難伸負米之心. 風雨凄涼 空灑梁山之泣. 旣疏溫凊, 又闕甘旨. 但切責躬, 敢言養志. 況又無鄕使, 難附家書. 唯吟陟岵之詩, 莫遇渡溟之信. 今有本國使船過海, 某欲買茶藥寄附家信.)27)

라는 기록이 있다. 부모를 가까이에서 봉양하고 싶은 마음은 간절했지만, 여러 가지 여건이 허락되지 않았으므로 더욱더 그리웠다. 고향의 소식을 본국으로부터 오는 사신편에 듣기는 하지만 그것도 마음에 흡족한 정도는 아니었다. 부모를 가까이 모시지 못하는 자신의 죄를 조금이라도 씻고자 唐에서 생산되는 차나 藥 등을 사서 고국의 부모들께 부쳐 보냈다. 외국인이라는 신분때문에 따뜻한 대우를 받지 못했으므로 고국의 부모가 더 한층 간절하게 그리웠던 것이다.

884년(신라 헌강왕 10) 그의 나이 28세 때 고국으로 돌아왔다. 唐 僖宗

27) 389쪽.

은 崔致遠이 환국할 뜻이 있음을 알고서, 國書를 주어 사신의 자격으로 보냈다.[28] 그는 이때 자못 금의환향하는 기분에 젖어 있었다. 이때의 심경을 잘 나타낸 것으로, <行次山陽續蒙太尉寄賜衣段令充歸勤續壽信物謹以詩謝>라는 시가 있다.

| | |
|---|---|
| 옛부터 비록 비단옷 입고 낮에 다니는 것 자랑했지만, | 自古雖誇晝錦行 |
| 司馬相如 늙은이는 헛이름만 차지했네. | 長卿翁子占虛名 |
| 이미 國書를 전하고 또 家信도 전하니, | 旣傳國信兼家信 |
| 집안의 영광일뿐 아니라 나라의 영광. | 不獨家榮亦國榮 |
| 만리길에 비로소 돌아갈 계획 이루니, | 萬里始成歸去計 |
| 한 마음으로 먼저 돌아갈 길 헤아린다. | 一心先算却來程 |
| 바라보는 가운데 멀리 깊은 은혜 있는 곳 생각하노라니, | 望中遙想深恩處 |
| 세 봉우리 仙山이 눈가에 빗겨 있네.[29] | 三朶仙山目畔橫 |

출세해서 비단을 입고 고향에 돌아가서 자랑하는 일은 옛부터 있어 왔지만, 司馬相如 같은 사람은 헛이름을 날린 것에 불과하고 자신만이 참이름을 날리게 됐다는 것이다. 거기에다 國書까지 전달하는 사신의 임무까지 맡았으니 자기 집안으로서는 대단한 영광임은 말할 것도 없고 나라의 영광이라고까지 생각하고 있다. 이런 생각을 가졌으므로 고국으로 돌아갈 일을 머릿속에 그려보고서 기대에 부풀어 있다. 실력을 갖추고서도 변방 외국인인지라 唐나라에서는 크게 쓰이지 못했지만 고국 신라에 돌아가면 唐나라에서 배운 새로운 지식으로 크게 쓰일 것으로 그는 믿고 있는 것이다.

國書를 받들고 사신의 자격으로 신라땅으로 돌아와 大珠山 아래에 정박하였다. 고국을 그리워하던 나머지 배에서 내리자 눈에 들어오는 고국산천

28) 金富軾『三國史記』卷36.

29) 403쪽.

을 보는대로 읊어 10首의 시를 이룩하였다.[30]

이때부터 눌러 앉아 唐에서의 생활은 끝을 맺었다.

## Ⅵ. 交遊

崔致遠은 17년간 唐에서 생활하면서 많은 사람을 사귀었을 것이다. 그러나 그가 남긴 글들은 대부분 高駢을 대신해서 지은 것들이고, 그 글가운데 나오는 인물들이 대부분 新·舊唐書 및 晚唐의 有名文集에 보이지 않기 때문에 최치원과 교유가 있었는지를 확인할 길이 없다. 다만 그가 남긴 몇몇 詩句 및 기타 기록을 통해서 단편적인 사실을 알 수 있을 뿐이다.

高駢과의 관계는 앞에서 상세히 언급했으므로 재론하지 않는다.

高駢의 막하에 있으면서, 江東의 詩人 羅隱을 알게 되었다. 羅隱은 자신의 재주를 자부하고 高亢하여 가벼이 사람을 인정하지 않았다. 옆의 사람이 崔致遠이 지은 詩歌 5軸을 보여 주니, 그제서야 羅隱이 歎賞했다 한다.[31]

또 同榜及第者인 顧雲과 절친하게 지냈다. 崔致遠이 귀국할 때 顧雲이 詩를 지어 전송하였다.

> 들으니, 東海上에 세 금 거북이가 머리로 산을 이고 있는데 높고 높다네.
> 我聞海上三金鰲, 金鰲頭戴山高高.
> 산위는 구슬과 보배로 꾸민 황금 궁전이요, 山之上兮珠宮具闕黃金殿
> 산아래는 천리 만리 큰 물결이라네. 山之下兮千里萬里之洪濤
> 그 곁에 한 점 雞林이 푸른데, 傍邊一點雞林碧
> 거북이 산의 빼어난 정기를 머금어, 특출한 인재를 낳았다네.
> 鰲山孕秀生奇特

30) 404쪽.

31) 金富軾『三國史記』卷46.

| | |
|---|---|
| 열두 살에 배를 타고 바다를 건너와, | 十二乘船渡海來 |
| 文章으로 中國을 감동시켰네. | 文章感動中華國 |
| 열여덟 살에 문단에서 꺼리낌없이 겨루어, | 十八横行戰詞苑 |
| 단번에 과거에 급제했었네.[32] | 一箭射破金門策 |

이 詩에서 보건데, 顧雲은 崔致遠의 출신 이력을 소상히 알고 있었으니, 그 交友關係가 무척 친밀했음을 알 수 있겠다. 또 崔致遠을 雞林 땅의 정기를 타고난 인물로 추앙하고 있으니, 그 敬服하는 정도를 짐작할 수 있다.

崔致遠도 <和顧雲友使暮春卽事>라는 顧雲의 詩에 和答한 詩가 있다.

| | |
|---|---|
| 봄바람 불어 온갖 향기 맡으니, | 東風遍閱百般香 |
| 마음은 기나긴 버들가지에 무척 얽히네. | 意緖偏饒柳帶長 |
| 蘇武의 편지는 먼 변방에서 돌아왔고, | 蘇武書回深塞盡 |
| 莊周의 꿈은 지는 꽃을 좇아 바쁘다네. | 莊周夢趁落花忙 |
| 경치 저무는 것을 좋은 구실로 삼아 아침마다 취하니, | 好憑殘景朝朝醉 |
| 이별의 정이야 마디마디 헤아리기 어렵네. | 難把離心寸寸量 |
| 지금쯤은 沂水에 목욕할 시절, | 正是浴沂時節也 |
| 옛날 노닐던 생각 흰구름 있는 먼 곳에서 끝나리.[33] | 舊遊魂斷白雲鄕 |

이 詩는 귀국한지 얼마 안되어 唐에서 절친하게 지내던 친구 顧雲이 생각나서 그 詩에 화답한 것이다. 때는 저물어 가는 봄, 저물어 가는 봄의 꽃과 버들가지를 보니, 이별의 괴로움은 더욱 심하다. 그래서 옛 추억을 하나 하나 회상하기 보다는 차라리 술에 취하여 버리는 것이 나았다. 唐과 新羅 사이 머나먼 길에서도 편지왕래는 가끔 있었고, 꿈속에서 가끔 즐겁게 만난다. 깨어나 친구가 있을 먼곳을 바라 보면 멀리 흰 구름만 보일

---

32) 409쪽.「孤雲先生事蹟」

33) 209쪽.『東文選』卷12에도 이 詩가 실려 있는데, 字句에 조금 차이가 있다.

뿐, 안타까운 심정을 위안할 길이 없었던 것이다.

唐의 進士인 張喬와 詩를 주고 받았다. 그의 <和張進士村居病中見寄>라는 詩는 이러하다.

| | |
|---|---|
| 시 잘한다는 명성 사해에 전하니, | 一種詩名四海傳 |
| 賈島같은 사람이야 어찌 松年과[34] 같으랴? | 浪仙爭得似松年 |
| 詩에 있어 새로운 풍격을 표방할 뿐만 아니라, | 不惟騷雅標新格 |
| 出處의 의리 옛 어진 사람을 이었네. | 能把行藏繼古賢 |
| 외로운 섬에 비친 달빛 아래 명아주 지팡이 짚고, | 藜杖夜携孤嶼月 |
| 먼 마을 내 끼인 아침 나절에 갈대 발을 걷어 올린다. | 葦簾朝捲遠村烟 |
| 병들어 누워 지은 글귀를, | 病來吟寄漳濱句 |
| 城中에 들어가는 어부의 배에 붙여 보내노라.[35] | 因付漁翁入郭船 |

崔致遠이 병들어 누워 있을 때, 張喬가 먼저 詩를 지어 보냈으므로, 최치원이 감격하여 병중에 있으면서도 즉시 화답하여 보냈다. 詩中에서 張喬의 詩才와 出處를 무척 칭찬하고 있는 것으로 봐서 崔致遠이 대단히 흠모하고 있었음을 알겠다.

또 進士 楊贍과 2首, 進士 吳巒과 4首의 시를 주고 받은 것이 있어 교유가 있었음을 알 수 있다.

이 이외에 張守一·諸葛殷·崔安潛·韋昭度·王鐸·周寶·張璘·鄭畋 등의 인물들과 교유가 있었던 것 같지만, 구체적인 관계는 알 수 없다.

## Ⅶ. 新羅人의 意識

열두 살 때 唐에 건너가 거기서 학업을 닦아 과거에 급제하여 그곳에서

---

34) 張喬의 字.

35) 31쪽.

仕宦한 崔致遠인지라, 그의 의식・학문・행동방식 등이 모두 그곳에서 형성되었다고 할 수 있다. 이러한 崔致遠이 자신이 신라 사람이라고 생각하고 신라를 위해서 어떤 일을 했으며, 통일신라와 동시대에 북쪽에 있던 동족국가인 渤海에 대해서 어떤 생각을 갖고 있었던가에 대해서 궁금해 하지 않을 수 없다.

그가 高騈에게 올린, <初投獻太尉啓>에

> 저는 신라 사람입니다. 열두 살 때부터 雞林 땅을 떠나왔습니다.(某新羅人也. 自十二則別雞林.)[36]

라는 기록이 있다. 자기 上官에게 주는 글에 자기의 出身이 신라임을 밝히고 있다.

이 이외에 海人・異域・東海・玄菟・日邊・鰲峯・異鄕・海外・鰈域・鯷岑 등의 명칭을 번갈아 가면서 써서 신라인임을 밝히고 있다.

그러나 최치원이 신라 출신이라고 자신이 분명히 말하고 있지만, 최치원이 생각하던 신라는, 唐에 대해서 자주독립 국가로서 대등한 관계를 유지하는 신라가 아니고, 唐나라 皇帝의 冊封을 받아 唐나라에 속한 먼 海外에 있는 諸侯國으로서의 신라였다. 그의 <上太師侍中狀>을 보면 그가 新羅・百濟・高句麗・渤海・唐에 대하여 가졌던 의식을 전체적으로 살펴볼 수가 있다.

> 동쪽 바다 바깥에 세 나라가 있었으니 그 이름은 馬韓・卞韓・辰韓이였읍니다. 馬韓은 곧 高句麗이고, 卞韓은 百濟이고, 辰韓은 新羅였읍니다. 高句麗와 百濟가 全盛期에는 강한 군사 백만으로 남으로는 吳越 지방을 침범하였고, 북쪽으로는 幽・燕・齊・魯 지방을 흔들어 놓아 중국의 큰 좀이였읍니다. 隋皇帝가 나라를 잃은 것도 遼東 정벌로 말미암은 것입니다. 貞觀 年間에

36) 379쪽.

우리 太宗皇帝께서 친히 六軍을 거느리고 바다를 건너가 하늘이 내린 벌을 삼가 행하였읍니다. 高句麗가 위엄이 두려워 講和를 청해오자, 太宗께서 항복을 받고, 돌아오셨읍니다. 우리 武烈大王의 보잘것없는 정성으로써 한 지방의 難을 평정하는 것을 도왔으니, 唐에 들어가 朝謁하는 일이 이때부터 비롯되었읍니다. 그뒤에 高句麗・百濟가 전날과 마찬가지로 나쁜 짓을 저지르자 武烈王께서 唐의 길잡이가 되기를 자청하였읍니다. 高宗皇帝 顯慶 5年(660)에 蘇定方에게 勅命을 내려 十道의 강한 군사와 樓船 만척을 거느리고서 百濟를 크게 쳐부수고 그땅에 扶餘都護府를 설치하여 그 유민들을 모아 수습하고 漢族 官吏를 책임자로 앉혔읍니다만, 체질이 같지 않아 여러 차례 반란을 일으켰다는 소리를 들었읍니다. 摠章 元年(668)에 英公 李勣에게 命하여 高句麗를 쳐부수게 하고서 安東都護府를 설치하였읍니다. 高句麗의 남은 조무라기들이 모여 북쪽으로 白頭山 아래에 의거하여 나라를 세우고 발해라고 했읍니다. 開元 20年(732)에 天子의 朝廷을 원한하여 군사를 거느리고 登州를 습격하여 刺史 韋俊을 살해했읍니다. 이에 明皇帝께서 크게 노하여 內史高品・何行成과 大僕卿 金思蘭에게 命하여 군사를 출동하여 바다를 건너가 쳤읍니다. 그리하여 우리 王 金某에게 正大尉 持節充寧海軍事雞林州大都督을 더하였읍니다. 겨울이 깊고 눈이 두텁고 변방이 몹씨 추워 勅命으로 군사를 돌이켰읍니다. 지금까지 삼백여년이 되도록 그곳이 무사하고 바다가 조용한 것은, 곧 우리 武烈大王의 功績이었읍니다.(東海之外有三國, 其名馬韓卞韓辰韓. 馬韓則高麗, 卞韓則百濟, 辰韓則新羅也. 高麗百濟全盛之時, 强兵百萬, 南侵吳越, 北撓幽燕齊魯, 爲中國巨蠹. 隋皇失馭, 由於征遼. 貞觀中, 我太宗皇帝, 親統六軍渡海, 恭行天罰. 高麗畏威請和. 文皇受降回蹕. 我武烈大王, 請以犬馬之誠, 助定一方之難, 入唐朝謁, 自此而始. 後以高麗百濟, 踵前造惡, 武烈王請以鄕導. 至高宗皇帝顯慶五年, 勑蘇定方, 統十道强兵樓船萬隻, 大破百濟, 乃於其地, 置扶餘都督府. 招輯遺氓, 莅以漢官, 以臭味不同, 屢聞離叛. 摠章元年, 命英公李勣, 破高句麗, 置安東都護府. 高句麗殘孼類聚, 北依太白山下, 國號渤海. 開元二十年, 怨恨天朝, 將兵掩襲登州, 殺刺史韋俊. 於是, 明皇帝大怒, 命內史高品何行成, 大僕卿金思蘭, 發兵過海攻討. 仍就加我王金某爲正太尉, 持節充寧海軍事雞林州大都督. 以冬深雪厚, 蕃漢苦寒. 勑命廻軍. 至今三百餘年, 一方無事, 滄海晏然, 此乃我武烈大王之功也.)[37]

위의 기록에서 보면 唐나라 皇帝에 대해서도 '我太宗皇帝'라 하고, 新羅王에 대해서도 '我武烈大王'이라 하여 唐의 皇帝나 新羅의 王에 대하여 모두 '우리'라고 표현하고 있다. '하늘에는 두 태양이 없고 땅에는 두 임금이 없다'는 東洋人들의 사고방식으로 볼 때, 崔致遠의 '우리'란 표현은 분명히 唐太宗은 우리 皇帝, 武烈大王은 우리 諸侯를 의미한다.

高句麗・百濟에 대해서도 同族으로는 전혀 생각하지 않았다. 高句麗・百濟가 강성하여 중국 각 지방을 공격한 것은 중국의 큰 좀이라하여 나쁘게 말하면서 唐이 高句麗・百濟를 친 것에 대해서는 하늘이 내린 벌이라 하여 정당성을 부여하고 있다. 신라 武烈王이 唐軍을 인도하여 高句麗・百濟를 멸망시키는데 도움을 준 것을 唐나라에 대한 큰 공적이라고 생각하고 있다.

渤海에 대해서는 더욱 더 적대감을 갖고 있었다. 渤海가 唐의 登州를 공격하였던 옛 일을 들추어 내어 渤海를 헐뜯고 있다. 또 발해를 '楛矢國'이라 칭하며 미개한 오랑캐로 여겼다.

또 賓貢科의 合格者 席次 문제로 발해에 대해서 신경을 곤두세우고 있다. 그의 <新羅王與唐江西高大夫湘狀>에,

> 靖恭 崔侍郎이 賓貢科 合格者 두 사람을 발표하였는데 渤海의 烏昭度로써 으뜸으로 삼았으니 정말 한스럽습니다. 더러운 오랑캐가 훌륭한 科擧를 더럽히는 것을 용납할 수 없읍니다.(靖恭崔侍郎, 放賓貢兩人, 以渤海烏昭度爲首, ……其實堪恨, ……不容醜虜有玷仙科.)[38]

라고 말하고 있다. 물론 新羅王을 대신해서 지은 글이지만, 崔致遠 자신의 사고방식이기도 하다. 문화민족이고 唐에 대하여 諸侯國으로서의 도리를 다하는 新羅를 제끼고 오랑캐 집단으로서 唐나라에 대해서 침략까지 한

37) 69-71쪽.

38) 64쪽.

渤海 출신의 烏昭度가 首席을 차지한 것을 新羅의 영원한 수치로 여겨 앞으로는 그런 일이 없도록 해달라고 간청을 하였다.

이는 실로 唐이 新羅와 渤海간의 적대감정을 조장하려고 科學合格者의 수를 적당히 조절하고, 그 수석합격자도 교대로 차지하도록 하였다. 이는 崔致遠이 唐의 '以夷制夷' 정책에 끝내 이용 당했을 뿐 新羅나 唐에 아무런 도움도 없었다.

崔致遠은 唐에서 생활하면서 新羅人의 관습을 버리고 唐나라 사람에 빨리 닮고자 하였다. 그의 <謝示延和閣記碑狀>에,

> 다시 장한 뜻을 도타이하여 버릇없는 아이와 다르기를 좀 바랍니다.
> (更敦壯志, 稍希異闕黨童子.)[39]

라는 말이 있다. 闕黨 出身의 童子가 선생을 모시는 禮를 몰라 孔子에게 비웃음을 산 것을 거울로 삼아 자신은 그렇게 되지 않으리라 결심하고서, 신라출신 촌뜨기라는 唐나라 사람들의 비웃음을 듣지 않으려고 열심히 노력을 했다.

그는 스스로 新羅 出身이라고 말은 하지만 唐나라서 벼슬하는 것에 대해서 크게 우월감을 갖고서 본국에 있는 신라 사람들과는 다르다는 의식을 갖고 있었다. 그가 新羅의 探候使 朴仁範에게 주는 <新羅探候使朴仁範員外>란 글에서, 新羅王을 '貴國大王'이라는 말로 表現하고 있다. 이에서 崔致遠이 자신을 唐나라 中央政府의 官吏로 생각하여 이런 말을 쓰게 되었을 것으로 생각된다. 또 淮州에만 왔다가 빨리 돌아가려는 朴仁範에게, 長安까지 두루 돌아보고 가야 唐나라 사람들의 비웃음을 면할 수 있을 것이라고 말하고 있다.[40] 나는 이미 중국을 두루 돌아보아 見聞이 넓으니 朴仁範 당신도 좁은 新羅 땅으로만 돌아가지 말고 나처럼 견문을 넓힌

---

39) 388쪽.

40) 333쪽.

뒤에 돌아가는 것이 좋을 것이라고 말하고 있다.

## Ⅷ. 結論

唐은 長慶年間에 賓貢科를 설치하여 異民族도 능력에 따라 과거에 응시해서 唐帝國의 중앙정치무대에 참여할 수 있는 길을 열어 놓았다. 그러나 그들의 속셈은 변방민족들을 회유하여 자기들을 위해서 이용하자는 것이었다.

新羅에서는 骨品制로 말미암아 귀족 출신이 아닌 사람들은 六頭品을 넘을 수가 없었다. 그래서 新羅에서는 이런 불평세력들을 唐나라에 보내어 그곳에서 벼슬하게 하여 국내의 불평세력을 몰아내고자 했고, 또 唐에 遊學生을 보내어 唐의 앞선 文物을 수입하기 위한 목적도 있었다.

新羅와 唐 양국에서는 이 목적을 달성시키기 위해서 유학생들에게 상당한 혜택을 제공하였다.

唐에서는 新羅遊學生을 위해서 國子監內에 특별구역을 설치해 주었고, 또 그들의 學業에 필요한 양식과 의복을 지급하기도 했다. 물로 신라에서도 유학생을 보낼 때 買書金이라 하여 약간의 장학금을 주어서 보냈다. 또 新羅王은 종종 유학생의 안부를 물으며 관심을 갖고 있었다.

12세 때 唐에 건너간 崔致遠은 떠날 때 부친의 嚴命을 받들어 각고면려하여 그 뒤 18세 때 賓貢科에 合格하였다. 그는 賓貢科에 합격할 때까지 國子監에 들어가 공부했었다. 그러나 그는 변방출신이라는 수치심을 늘 갖고 있었다. 그가 渡唐遊學한 목적은 賓貢科에 급제하여 중국에서 말단관리쯤 지내는 세속적인 것이었지, 學問硏究나 求道에 있은 것은 아니었다.

登科後 첫 임명을 받을 때까지는 洛陽에서 詩・賦 등을 열심히 지으며 남의 代作을 하여 생계를 유지하는 한편, 官職生活에 대비하여 문장 솜씨

를 연마하였다.

그뒤 溧水縣尉에 임명되었다. 첫 임명이라 그런지 직책이 만족스럽고 봉록도 넉넉하다고 생각하였다.

이로부터 3년 후인 878년 溧水縣尉를 사직하고서, 보다 높은 벼슬 자리를 얻으려고 宏詞科에 응시할 준비를 했다. 열심히 준비를 했지만 경제적 여건이 허락하지 않아 중도에서 포기하였다. 그뒤 高駢에게서 그 재주를 인정받아 侍御史로 발탁되었다. 崔致遠은 본래 四六文에 능했고 또 官府文書는 주로 四六文으로 지어졌으므로 崔致遠은 자신의 능력을 발휘할 기회를 얻었다. 그리하여 高駢 幕下의 表・狀・啓 등은 모두 그의 손에서 나왔다. 이때 지은 글이 萬餘篇이나 되었다고 하니, 그가 얼마나 부지런히 글을 지었는지를 알 수가 있다. 특히 발탁된 그 다음해에 지은 <討黃巢檄>은 그의 文名을 더욱 떨치게 했다. 이때의 영광은 과거 합격 때보다 훨씬 컸다. 상관의 신임도 두텁고 생활도 안정되고 경제적으로도 윤택해진 생활 속에서 文筆에 전력을 쏟았던 것이다.

그는 자신의 唐에서의 仕宦이 故國인 新羅나 자기 부모들을 크게 영광스럽게 만드는 것이라고 자부하고 있었다. 그러나 그의 내면세계에서 늘 변방 新羅 출신 사람으로서 느끼는 소외감과 고독감을 떨쳐버릴 수가 없었다. 그의 유학은 본래부터 영달에 있었고 무슨 뚜렷한 이상이 없었으므로 이런 고민을 극복할 수가 없었다. 그러니 고국에 대한 향수가 강하게 엄습해 왔다. 자신의 학문과 문장으로도 변방 이민족 출신이라는 제약때문에 펴지 못한 포부를 고국 新羅에서는 펼 수 있으리라 생각하고 884년 28세의 한창 일할 나이에 귀국하였다.

崔致遠은 많은 글을 남겼지만 대부분 高駢의 입장에서 쓴 것이기 때문에, 최치원의 唐에서의 활동상이 나타나 있는 글은 얼마 되지 않는다.

崔致遠을 발탁한 高駢과의 관계는 관료사회의 상하관계를 뛰어넘어 훨씬 인간적인 관계를 맺고 있었다. 주거, 의식 등에 있어서 주선해 주는 정이 부모 못지 않았다. 高駢의 이러한 보살핌에 보답하기 위하여 최치원은 禮物을 바쳐 감사의 뜻을 표하였다. 崔致遠은 高駢의 대우에 만족하면서, 자신의 실력이 그 대우에 미치지 못할까 두려워하였다.

唐에 있으면서 故國의 사신 편에 본국의 소식을 얻어 들었으나 늘 마음에 흡족하지는 않았다. 또 부모를 가까이서 모시지 못하는 안타까운 심정에서 唐에서 나는 茶·藥 등을 故國의 부모님께 부쳐 보냈다.

28세 때 귀국할 때는 使臣의 자격으로 唐의 國書를 갖고 돌아 왔다. 이때 그는 금의환향하는 기분을 갖고 있었고, 故國에서 자신의 포부를 펼치리라는 기대에 가득차 있었다.

崔致遠이 唐에서 修學·仕宦하는 동안 많은 사람들과 교유하였을 것이나, 자세한 사실을 밝힐 기록이 없다. 江東의 詩人 羅隱에게 自作詩 5軸을 보여주어 그 실력을 인정받았다.

同榜及第者 顧雲과 절친하게 지냈다. 崔致遠이 歸國할 때 詩를 지어 전송하면서 崔致遠의 唐에서의 급제와 그 詩文을 칭찬하였다. 崔致遠도 귀국한 뒤에 顧雲의 詩에 和答하여 그를 그리워하는 詩를 지었다.

이 이외에 唐에서 張喬·楊瞻·吳巒 등과 詩를 주고 받으며 교유를 가졌다.

崔致遠이 唐에서 살아가는 동안 자신이 新羅 출신이라는 생각을 갖고 있었지만, 그가 생각하던 新羅는 唐에 대하여 대등한 관계를 유지하던 자주독립국가로서의 新羅가 아니고, 唐나라 황제의 책봉을 받은 변방 諸侯國으로서의 新羅였다. 高句麗·百濟에 대해서도 동족이라고는 전혀 생각하지 않았다. 高句麗와 百濟를 唐나라의 좀이라고 생각하였고, 唐나라가 이 두나라를 멸망시킨 것은 하늘이 천벌을 내린 것이라 하여 정당하게 여기고 있다.

渤海에 대해서는 더욱 더 적대감을 갖고 있었다. 渤海가 唐의 登州를 공격하였던 일을 들추어 내어 헐뜯었고 渤海를 미개한 오랑캐로 여겼다. 또 賓貢科의 合格者 席次를 두고 渤海에 대하여 신경을 곤두세우고 있다. 발해보다 文化가 앞섰고 唐에 대하여 諸侯國으로서의 忠誠을 다하는 新羅

를 제껴두고 唐을 침략까지 한 오랑캐 집단인 渤海 출신의 烏昭度에게 賓貢科의 首席을 주는 것은 新羅의 영원한 수치로 생각하고 있다. 그리하여 渤海를 비난하면서 앞으로는 이런 일이 없도록 해달라고 唐에 대해서 간청을 하고 있다. 이는 崔致遠이 끝내 唐의 「以夷制夷」정책을 깨닫지 못하여 唐에 이용당한 결과였다.

崔致遠은 唐에서 지내면서 新羅의 관습을 버리고 唐의 관습을 빨리 익히고자 하였고, 新羅에 있는 지식인들에 대하여 늘 우월감을 갖고 있었다. 이런 점에서 볼 때, 그는 唐나라에 완전히 同化된 인물임을 알 수 있겠다.

# 朱熹의 論語集註와 丁若鏞의 論語古今註의 비교연구

## Ⅰ. 序論

孔子의 언행을 기록한 論語는 오랜 세월이 흐른 후세에 와서는 전문가의 주석 없이는 해독할 수 없게 되었다. 이리하여 漢代以後로 諸家의 註가 쏟아져 나오게 되었다. 이러한 註 가운데 가장 유명한 것이 朱熹의 論語集註로서, 元·明·淸·麗·鮮에서 지식인의 필독서로서 가장 큰 영향력을 행사하여 왔다. 특히 朝鮮時代에서는 朱子學이 전제적 통치체제와 결부되어 절대적 권위체제를 구축하였다. 그리하여 論語가 정치현실이나 사상계에 적용될 때는 孔子의 본래취지와는 달리 朱熹의 論語集註를 통하여 굴절되어 나타났던 점이 많았다.

이러한 論語集註에 가장 방대하게 체계적으로 도전한 사람이 丁若鏞이었다. 그는 朱熹의 論語集註에 상세한 비판을 가하여 論語古今註 40권을 완성하였다. 문론 이 책은 朱熹만을 비판의 대상으로 삼은 것은 아니고 고금의 諸家의 論語註釋을 총망라하여 그 是非, 當否를 일일이 判斷하였다.

본고에서는 論語古今註 전체에서 朱熹의 論語集註와 관계되는 것만 가려 뽑아 비교·분석하였다. 論語古今註에도 朱熹의 論語集註에 칭찬한 것, 동의를 표한 것 등이 많으나 본고의 주안점과는 거리가 멀므로 생략한다.

朱子學이 전래된 이래로 朱熹의 論語集註가 最善의 註라고 신성시되고 절대적 숭상을 받았는데, 18세기의 새로운 실학자인 丁若鏞은 이를 맹목적으로 추종하지 않고 비판을 가하여 새로운 해석을 하였으므로, 이를 밝힘으로써 韓國의 儒學思想이 中國의 영향을 벗어나 어떻게 독자적인 변천을 하는가를 추적해 보고자 한다.

## Ⅱ. 論語集註의 전래와 영향

朱子學은 高麗 忠烈王 때 安珦에 의하여 전래되었다. 그는 朱熹 사후 40년에 났으니 朱子學이 우리나라에 수입된 것은 그 발생으로부터 時代적으로 별로 멀지 않다. 高麗末에 權溥는 四書集註의 간행을 조정에 건의하였으니, 그때 이미 四書集註가 중시되었음을 알 수 있겠다. 그 당시 禹倬·李穡·鄭夢周 등의 유학자들이 배출되었지만 그 학문적 수준은 저급한 것이었다.[1]

朝鮮時代에 들어와서는 朱子學은 韓國思想史에서 결정적 의미를 지니게 되었다. 朝鮮 開國의 주역인 新興士大夫들에 의하여 佛教를 물리치고 朱子學이 國教의 위치를 확보하게 되었다. 이리하여 國家統治體裁의 원칙이 될 뿐만 아니라 널리 사회전반에 그 영향력을 행사하여 국민생활상이 윤리로 정착하게 되었다.[2] 이후 더욱 발전하여 우주와 인생에 대한 철학적 이론을 전개시키고 많은 학자들이 이를 연구하여 이론을 삽화시켜 나갔다.

朱子學은 본래 中國에서 발생하였건만 中國에서보다 韓國에서 더욱 철저하게 신봉되고 영향력을 행사하였다. 그러하여 한국에서는 다른 사상·학설은 용납되지 않았다. 중국에서는 학문의 자유가 보장되어 각기 자기 나름대로의 독창적인 신학설이 계속 나왔지만 한국에서는 오로지

1) 成樂熏, 韓國儒教思想史, 서울 高麗 大學校 民族文化研究所 1981. 913-921쪽.

2) 李佑成, 韓國의 歷史像, 서울 創作과 批評社, 1982. 232쪽.

주자학 일색이요, 학문의 자유가 주어지지 않았기 때문에 새로운 학설은 나오지 않고 오로지 朱子學에 대한 맹신과 묵수가 있을 따름이었다.

이러한 朱子學은 시대가 흐름에 따라 禮說·性理說 등 지루하고 빈쇄한 공리공론만 야기시켜 국가를 문약하게 만들고 국가사회의 현실 문제를 외면하는 쪽으로 기울게 되었다.[3)]

## Ⅲ. 丁若鏞 經學의 儒學史上의 위치

점점 폐단을 자아내는 朱子學은 18세기에 이르러 새로운 도전을 받게 되었다. 일군의 실학파학자들의 등장이 바로 그것이었다. 이들은 당시 한국사회의 현실문제에 입각하여 古典儒學의 經世·齊民의 이상을 재발견하고 거기에서 韓國의 현실에의 적용에 관한 많은 새로운 이론을 제기하였다. 이들 실학자들은 인식방법부터 객관적이며 경험적인 것으로 한국에서의 근대적 사유는 이들로부터 시작되었다.[4)]

이들 실학자 가운데 經學硏究에 있어서 새로운 방향으로 전환한 사람이 丁若鏞이다. 실학자라 할지라도 丁若鏞 이전에는 朱子學이 義理學을 敎養과 思想의 원천으로 삼아 방법론에 있어서 修己的인 면을 本으로 삼고 治人的인 현실 문제를 말로 삼아 이를 一元的으로 파악하려는 태도를 취하였다. 柳馨遠은 실학자이면서도 재래의 朱子學에 대하여 이설이 없었고, 이익은 丁若鏞의 논한 바 「晦齊·退溪의 性理學을 經으로 하고 經世致用의 學을 緯로 하였다」는 말과 같이 退溪의 說에서 더 나아간 것이 없었다. 이 밖에 朴趾源·朴齊家 등은 현실의 急務에 관심을 집중하였지 經學에 바탕을 두고 자신들의 사상을 전개하지는 않았다.[5)]

---

3) 전게서, 232쪽.

4) 전게서, 232쪽.

5) 韓國思想硏究會, 韓國思想叢書Ⅴ, 서울 일조각 1973. 182-208쪽.

丁若鏞은 程朱의 性理學을 비판하여 일체의 형이상학을 부정하여 동양에서 일찍이 볼 수 없었던 대담한 說을 주장하였다. 陰陽五行說・太極說・天理說 등을 부정하였다. 그는 위로 上帝만 믿고 아래로는 개개 사문을 경험으로 인식하려고 노력하였다. 그의 論語古今註는 재래 朱子學의 形而上學的이고 神秘化・迷信化한 해석을 청산하고, 합리적이고 고증적인 방법에 의하여 이룩된 책이다.[6]

朝鮮時代에 朱子集註의 굴레에서 벗어나려고 시도한 인물로는 丁若鏞 이전에 이미 尹鑴(1614-1685)와 朴世堂(1629-1703)이 있었지만, 朱子學의 권위에 좌절되고 말았다.

丁若鏞(1762-1836)의 시대에는 내적・외적 요인에 의하여 朱子學에 대한 비판이 용납되었다. 내적 요인으로는 壬辰・丙子 兩亂을 겪고 나자 朱子學의 권위의 실추와 사회경제적 변화의 사상적 반영이고, 외적요인으로는 淸治下의 漢族學者들이 明 멸망의 원인을 朱子學에 돌려 朱子學을 맹렬히 비판한 분위기와 당시 中國에서 전래한 考證學・博學主義 등을 들 수 있겠다.

## Ⅳ. 論語集註와 論語古今註의 비교

兩書 모두 論語本文의 순서에 따랐으므로 本考에서도 論語篇名의 순서대로 따른다. 朱子와 丁若鏞의 해석 차이 때문에 論語 本文의 구두점은 찍지 않는다.

### 1. 學而篇

<本文>子曰學而時習之不亦說乎有朋自遠方來不亦樂乎人不知而不慍不

6) 전게서, 182-208쪽.

亦君子乎

朱熹는 君子란 德을 이룬 것을 이름 한 것이라 하였는데,[7] 丁若鏞은 君子란 大君의 아들이다. 이것은 왕을 天子라고 일컫는 것과 같다. 고대에는 오직 德이 있는 사람만이 왕위 있을 수 있었다. 그러므로 후대에는 비록 왕위에 있지 못할지라도 무릇 德이 있는 사람을 君子라고 일컫게 되었다고 하였다.[8]

<本文>有子曰其爲人也孝弟而好犯上者鮮矣不好犯上而好作亂者未之有也君子務本本立而道生孝弟也者其爲仁之本與

朱熹 程子 說을 인용하여 仁을 행하는 것은 孝悌로부터 비롯되니, 孝悌는 仁의 부분적인 일이다.

孝悌를 仁을 행하는 근본이라고 말하는 것은 가하지만 孝悌를 仁의 근본이라고 말하는 것을 불가하다고 했다. 仁을 性으로 보고 孝悌를 用으로 보았다.[9]

이에 대하여 丁若鏞은 孝悌가 또한 仁이고 仁이 또한 孝悌이다. 仁은 총체적인 이름으로 임금을 섬기고 백성을 다스리고 고아와 홀아비를 불쌍히 여기는 일에 孝悌가 포함되지 않은 것이 없으니, 이는 오로지 칭한 것으로 事親·敬兄이 孝悌의 실체가 된다. 그래서 有子는 여러 仁 가운데서 孝悌가 그 근본이 된다고 했다. 程子가 仁을 行하는 것을 孝悌로부터 시작한다고 말한 것은 통하지 않은 것이 아니지만, 程子가 仁의 근본과 行仁의 근본을 엄격히 구분 지은 것은 經典의 본래 뜻과 합치되지 않는다고 했다.[10]

---

7) 朱熹 論語集註 서울 成大大東文化硏究院, 1980. 55쪽. 下段右 이하 朱熹의 論語集註는 朱, '쪽'으로 표시함.

8) 丁若鏞 論語古今註, 서울 景仁文化社, 1982. 157쪽. 이하 丁·쪽의 약호로 표시함.

9) 朱, 57, 58쪽.

<本文> : 子曰弟子入則孝出則弟謹而信汎愛衆而親仁行有餘力則以學文

朱熹는 「汎」을 「廣」의 뜻으로 풀이하였는데,[11] 丁若鏞은 汎의 뜻을 「廣」으로 한 것은 아무런 근거가 없다. 또한 널리 대중을 사랑하는 일은 젊은 사람들이 능히 할 수 있는 일이 아니다. 그래서 孔子는 일반 사람에게 있어서는 泛然히 사랑하고 仁者에게 있어서는 절친히 지내라고 말한 것인지, 널리 사랑하여 두루 포용하라고 말한 것은 아니라고 하였다.[12]

<本文> 子曰賢賢易色事父母能竭其力事君能致其身與朋友交言而有信雖曰未學吾必謂之學矣

朱熹는 吳城의 說을 인용하여 子夏의 말은 辭氣間에 抑揚이 지나치게 심하다고 하였다.[13] 丁若鏞은 그렇지 않다고 했다. 孔子의 論語本文에도 「管氏而知禮孰不知禮」등의 例文에도 抑揚이 없지 않다고 했다.[14]

<本文> 子禽問於子貢曰夫子至於是邦也必聞其政求之與抑與之與子貢曰夫子溫良恭儉讓以得之夫子之求之也其諸異乎人之求之與

朱熹는 溫良恭儉讓으로 句讀 끊어 이 다섯 가지는 孔子의 盛德이 빛나 사람에게 접하는 것이라 했다.[15]

丁若鏞은 讓 자는 마땅히 아랫 句讀에 붙여야 한다고 했다. 그 例로 書經에 堯의 德을 稱頌하기를 「欽明文思」로 湯의 德은 「齊聖廣淵」으로 文王의 德은 「徽柔懿恭」라고 했고 左傳에 八元 ·八凱의 德을 칭송하면

10) 丁, 157쪽.

11) 朱, 62쪽.

12) 丁, 159쪽.

13) 朱, 64쪽.

14) 丁, 159쪽.

15) 朱, 97쪽.

서도 모두 四字句로 했다. 子貢이 孔子의 德을 찬미하는데 있어서는 어찌 五字句를 사용했겠는가? 子禽이 孔子가 「求以得之」 하는가 疑心한데 대하여 子貢이 「讓以得之」라고 답하여 그 의혹을 깨뜨린 것이나, 「讓」자를 위에 붙여서는 되지 않는다고 했다.16)

<本文> 禮之用和爲貴先王之道斯爲美小大由之有所不行知和而和不以禮節之亦不可行也

朱熹는 「小大由之」를 小事·大事가 이를 말미암지 않음이 없다고 풀이하였다.17) 丁若鏞은 「小大」는 지위를 가지고 말한 것이라 하였다. 그 例로 書經에 「殷罔不小大好草竊姦完」와 詩經의 「無小無大從公于邁」를 들고 있다. 여기서 이른바 「小大由之」한 것은 上下가 通行한다는 것이다. 聘禮에는 ?가 있고, 觀禮에는 饗이 있고, 祭禮에는 旅酬가 있고, 鄕禮에는 반드시 술을 마시는데 上下의 모든 禮가 한결 같이 和를 귀하게 여기지 않음이 없다. 만약 小事·大事로 풀이 한다면 「由之」란 말이 적당하지 못하다라고 했다.18)

## 2. 爲政篇

<本文> 爲政以德譬如北辰居其所而衆星共之

朱熹는 「德」의 말뜻은 得으로 道를 行하여 마음에 얻는 것이 있는 것이라고 하였다.19) 丁若鏞은 「德」은 곧은 마음으로 몸소 먼저 孝悌를 행하여 천하를 仁으로 다스리는 것이라 하였다.20)

16) 丁, 60쪽.

17) 朱, 69쪽.

18) 丁, 161쪽.

19) 朱, 75쪽.

朱熹는 「共」자를 향한다는 뜻으로 풀이하여 뭇 별이 사면에 둘러싸고 돌면서 北極星을 하는 것이라고 했다. 丁若鏞은 「共」자의 뜻을 함께한다고 했다. 北極星이 正位置에서 天樞를 旋回하면 뭇 별들이 북극성을 따라 함께 돌므로 「共之」라고 한 것이라고 했다.

朱熹는 정치를 하는데 德으로써 하면 無爲하여도 천하가 거기로 귀의하게 되는 것이 뭇 별들이 北極星을 향하는 것과 같다고 하였다. 丁若鏞은 이를 반박하여 淸淨無爲란 말을 漢儒들의 黃老의 學이고, 晉代 淸虛之談이다. 천하를 어지럽히고 만물을 파괴하는 異端邪說 가운데서도 특히 심한 것이다. 儒家의 大聖들이 일찍이 無爲로써 法을 삼은 적이 있었는가? 「無爲」란 말은 「無政」이라는 말과 같다. 孔子가 「爲政」이라고 본문에서 분명히 밝혀 말하였는데, 후세의 儒者들이 無爲라고 한다면 가하겠는가? 孔子가 論語에서, 「無爲而治者其舜也與夫何爲哉恭己正南面而已矣」라고 한 것은 舜이 22인의 臣下를 얻어서 각각 그 직분을 주어서 천하가 그리하여 다스려진다는 것이다. 이런 때에 「오직 마땅히 恭己正南面」이라고 말한 것은 나라를 다스림에 인재를 얻는 것의 중요함을 이야기한 것이니 贊歎・歆美한 뜻이 말의 표면에 넘쳐 흐르고 그 말이 抑揚・頓挫하여 사람으로 하여금 鼓舞하게 하는데 후세의 儒者들이 이 글을 잘못 읽어 드디어 堯舜의 治는 無爲를 主로 하게 되었다고 하였다.

朱熹는 「居其所」를 움직이지 않는 상태로 보았다. 丁若鏞은 「居其所」를 바로 子午線으로 보았다. 北極星이 子午線에 正位置하여 天樞를 돌면 하늘에 가득한 여러 별들이 이와 함께 돌아 하나의 별도 거스르거나 뒤처지거나 하지 않는 것이라 하였다. 人君이 正位置에서 정치를 德으로써 하면 百官과 萬民이 이에 따라서 同和하는 것이 北極星과 衆星의 關係와 같다고 하였다.

20) 丁, 162쪽.

<本文> 詩三百一言以蔽之曰思無邪

朱熹는 詩經은 311篇인데 三百이가고 그 대략적인 숫자를 든 것이다.[21] 라고 했는데, 丁若鏞은 詩經은 311篇인데 그 6篇은 笙詩이고, 그 5篇은 商頌인데, 前代의 詩이므로 셈에 넣지 않고 오직 「三百」이라고 한 것이다.[22]

朱熹는 蔽를 「덮는다」는 뜻으로 보았는데 丁若鏞은 韓愈의 說을 인용하여 蔽를 斷의 뜻으로 보았다. 左傳哀公 18年의 「官占惟能蔽志昆命于元龜」를 例文으로 들고 있다.

<本文> 道之以政齊之以刑民免而無恥道之以德齊之以禮有恥且格

朱熹는 格을 至로 보아 爲政者가 躬行하여 率先하면 백성들이 보고 느끼는 바가 있어 興起하게 될 것이다. 그 淺深·厚薄이 고르지 못한 것을 또 禮로써 조절하면 백성이 不善한 것에 부끄러움을 느껴서 善함에 이르게 될 것이다.[23]라고 했다. 丁若鏞은「格」자를「至」의 뜻으로 풀이한다면「於善」이라는 두 글자를 더하여야 완전한 문장이 될 것이니, 이는「믿고 느낀다」는 뜻으로 풀이함만 같지 못하다. 대저 免한다는 뜻는 구차하게 면하는 것을 말함이요 格은 마음속으로부터 孚格하는 것이니, 이제 반드시「有恥」를 觀感으로 풀이하고 格을 志로 풀이 한다면 語脈이 위가 무겁고 아래가 가벼워 精神을 갑자기 감하게 될 것이니, 朱熹의 說이 맞지 않은 듯하다고 하였다.[24]

<本文> 子游問孝子曰今之孝者是謂能養至於犬馬皆能有養不敬何以別乎

---

21) 朱, 76쪽.

22) 丁, 163쪽.

23) 朱, 77쪽.

24) 丁, 163쪽.

朱熹는 「養」은 飮食의 供奉이라고 했는데, 丁若鏞은 飮食을 말한 것이 아니고 左右에서 奉養하는 것이다.

「至於犬馬皆能有養」에 대하여 犬馬가 사람을 기다려서 먹는 것이 또한 飮食供養하는 것과 같다. 사람이 犬馬를 기르는 것이 그 어버이에게 飮食供養함만 같음이 있다. 어버이를 섬김에 공경이 미치지 못한다면 견마를 기르는 것과 무엇이 다르겠는가라고 했다.[25] 丁若鏞은 包氏의 說을 인용하여 개는 지켜주고 말은 수고를 대신해 주는 것으로서 다 사람을 봉양하는 것이다. 그러나 무지하여 恭敬할 줄을 모른다. 사람도 奉養하면서도 공경할 줄 모른다면 犬馬가 사람을 공경하는 것과 어떻게 다르겠는가?[26] 라고 하였다.

<本文> 子夏問孝子曰色難有事弟子服其勞有酒食先生饌曾是以爲孝乎

朱熹는 「饌」은 먹고 마신다는 뜻으로 풀이하였는데, 丁若鏞은 「饌」을 陳列한다는 뜻으로 풀이하였다. 그 例로, 士冠禮의 「箛饌于西塾」·士昏禮의 「醯醬饌于房中」 등의 酒食가 있으면 尊長이 먹는 것인데, 依例的으로 먼저 陳設하나니 이는 鄕黨의 恒例이다. 자식이 부모를 섬김에 있어서는 마땅히 恒例 이외에 따로히 婉容과 愉色이 있어야 한다. 만약 長幼間의 恒例만 使用한다면 이런 것을 孝라고 할 수 있겠는가?[27]라고 했다.

朱熹는 또 「先生」을 父兄이라고 하였는데, 丁若鏞은 孔子의 말에 분명히 부모를 선생과 구별하고 親子를 弟子와 區分하고 있는데, 先儒들이 父兄으로 先生에 해당시킴이 있으니, 그 말을 精彩를 가림이 극심하다. 세상에 친아버지를 선생이라 하고 친자식을 제자라고 하는 사람이 있느냐 라고 했다.

25) 朱, 82쪽.

26) 丁, 163, 164쪽.

27) 丁, 164쪽.

朱熹는 「曾」자를 嘗의 뜻으로 풀이하였다. 丁若鏞은 「曾」자와는 뜻이 같지 않다고 했다. 詩經 大雅의 「曾足强禦」·「曾足在位」·「曾足在服」·「曾足莫聽」과 孟子 公孫丑章句上의 「爾曾比予於足」등의 例文을 引用하여 「嘗」자와는 다르고 말은 늦추는 것이라고 하였다.

<本文> 子貢問君子子曰先行其言而後從之

朱熹는 范氏의 說을 인용하여 子貢의 병통은 말하는 것이 어려운 것이 아니라 실행이 어려운 것이므로 그에게 이와 같이 告한 것이라 하였다. 丁若鏞은 비록 경계하는 말로 본디 병통에 적용시키려고 한 것일지라도 분명한 확증이 없으니 잘라 말할 수는 없다. 정말 朱子 말과 같다면 顔淵이 仁에 대하여 물었는데 孔子가 克己로써 대답했으니 顔淵은 克己하지 못하는 사람이 될 것이며, 原憲이 부끄러움에 대하여 물었는데 孔子가 無道로써 대답했으니 原憲은 어지러운 나라에 벼슬하는 사람이 될 것이다. 子路가 政事에 대하여 물은데 孔子가 게으르지 말라고 대답했으며, 子路가 임금 섬기는 것에 대하여 물었는데 孔子가 면전에서 諫하라고 했다. 子路는 兼人의 용기가 있는데 그러한 용기로써 政治를 한다면 오직 지나치게 분발할까 두렵고, 그러한 용기로써 임금을 섬긴다면 오직 지나치게 과감하게 諫할까 두려운데, 孔子는 그것을 병통으로 치지 않을 뿐만 아니라 따라서 그 여유있는 면을 면려하였다. 이러한 類는 한가지로 개괄하여 이야기할 수는 없다라고 했다.

<本文> 攻乎異端斯害也已

朱熹는 范氏의 說을 引用하여 異端이란 聖賢의 道가 아닌 것으로 따로히 一端이 된 것이니 楊·墨이 이것이다. 그것이 天下를 거느려 無父·無君의 지경에까지 이르니 이를 전공하여 자세히 알려고 하면 그 해가 심하

다[28]고 하였다. 丁若鏞은 이를 반박하여 말하기를 孔子의 時代에는 老·莊·楊·墨등이 아직 門戶를 세우지 않았으니 後世의 三敎가 鼎立한 것을 이른 것은 아니다. 만약 여기서의 異端이 지금의 異端과 같다면 이 일을 專攻하는 사람은 亂賊이 될 것이니 다만 「斯害也已」라고만 할 수는 없다. 이러한 道를 공격한 사람을 儒宗이라한다면 이것을 일러 「斯害也已」라고만 할 수는 없을 것이다. 「斯害也已」란 것은 가볍게 이야기한 것이고 가볍게 금지한 것이니, 大聲疾言으로 그것을 금한 것은 아니다. 그러니 여기서 말한 異端이 어찌 지금의 異端이겠는가. 樊遲가 농사짓는 일을 배우고자 청했는데 孔子가 그를 小人이라고 물리쳤고, 衛靈公이 孔子에게 陳法을 물었는데 孔子가 「軍旅의 일은 일찍이 배우지 않았다.」라고 대답했다.

兵·農의 學도 經世의 실무이니 君子가 알지 않을 수가 없다. 그러나 배우는 사람이 이러한 일만 전공하게 되면 身心性命之學에 조금의 害가 있게 된다. 이 점이 孔子가 가벼이 그 폐단을 이야기 하려 두루 통하게 하였지 이것을 전공하지는 못하게 했다. 이른바 異端이라는 것은 이러한 것에 지나지 않는다.[29]라고 했다.

<本文>哀公問曰何爲則民服孔子對曰擧直錯諸枉則民服擧枉錯諸直則民不服

朱熹는 「諸」를 「모두」라고[30] 풀이 하였는데 이에 대하여 丁若鏞은 「諸」는 語助辭로써 賢者가 위에 있고 不賢者가 아래에 있으면 곧은 것을 들어서 굽은 것 위에 놓는 것이 되고, 不賢者가 위에 있고 賢者가 아래에 있으면 잘못된 것을 들어서 곧은 것 위에 놓는 것이다.[31]라고 하였다.

---

28) 朱, 88쪽.
29) 丁, 168쪽.
30) 朱, 91쪽.
31) 丁, 169쪽.

## 3. 八佾篇

<本文> 子曰夷狄之有君不如諸夏之亡也

朱熹는 程子의 說을 인용하여 夷狄의 나라에 君長이 있는 것이 中國이 僭亂하게 되어 上下의 구분이 없는 것만 같지 못하다.[32]고 했다. 丁若鏞은 夷狄이란 夷狄의 道를 쓰는 것을 말하고, 諸夏란 中國의 道를 쓰는 것을 말한다. 임금이 임금답지 못하고 신하가 신하답지 못하면 이는 夷狄일 따름이다. 夷狄의 道를 편안히 여겨 구차하게 임금의 자리만 보존하고 있다면, 先王의 法道를 준수하여 中國의 禮를 닦으면서 임금의 자리를 보존하지 못함만 같지 못하다. 魯昭公 25年에 襄公을 제사지냈는데 諸侯의 舞列이 갖추어지지 않았다. 舞工들이 모구 李氏에게로 가서 大舞를 추었다. 昭公이 怒하여 李氏를 목베려고 하다가 일이 실패가 되어서 齊나라로 망명하였다. 孔子 또한 齊나라로 갔는데, 魯나라는 마침내 임금이 없는 나라가 되었다. 그리하여 나라 사람들이 모두 昭公을 나무랐다. 孔子는 그러한 것이 아님을 밝혀 "임금이 임금답지 못하고 신하가 신하답지 못하면서 夷狄의 道에 편안해 하면서 구차하게 임금의 자리를 보존하는 것이 亂臣賊子를 토벌하여 中國의 법도를 닦다가 그 임금자리를 잃는 것만 같이 못한 것이다."[33]라고 말했다고 한다.

<本文> 祭如在祭神如神在子曰吾不與祭如不祭

朱熹는 孔子 자신이 제사지낼 때가 되어 혹 연고가 있어서 제사에 참여할 수가 없을 때 다른 사람으로 하여금 대신하게 하면 그 신이 있는듯한 정성에 이르지 못하므로 마음이 허전하여 일찍이 제사지내지 않은 것과

32) 朱, 95쪽.

33) 丁, 174, 175쪽.

같다[34]고 했다. 丁若鏞은 이를 반박하여, 孔子의 字가 仲尼이니, 분명히 맏아들이 아니다. 古代에 제사일을 보조하는 것을 與祭라 했고, 스스로 祭祀지내는 것은 主祭라고 했다. 이제 孔子가 친히 제사지내지 않고 대리자로 하여금 제사를 지내게 했다는 說은 틀렸다.[35]고 했다.

<本文> 子貢欲去告朔之餼羊子曰賜也爾愛其羊我愛其禮.

朱熹는 「餼」는 살아있는 희생인데, 魯나라는 文公으로부터서 視朔을 하지 않았으나, 有司가 오히려 이 羊만 바쳤으므로 紫輕이 제거하려고 했다[36]고 했다. 丁若鏞은 春秋時代 240年間에 오직 文公이 한번 병이 있어서 네 번 視朔을 하지 않았는데, 드디어 宣公・成公以後로는 모두 視朔을 하지 않았다고 하여 천하의 大惡을 한 나라의 君臣에게 덮어씌워 그 사실을 잃은 것이 千古의 큰 원통함이 아니겠는가 : 文公 16年부터 기린을 잡은 魯 哀公 14年까지는 그 기간이 130年이 된다. 비록 130년 동안 한번도 視朔을 하지 않았는데 유독 文公만 네 번 視朔하지 않았다고 기록했으니 文公은 억울하게 된 것이다. 본래 視朔의 禮로 세 가지가 있는데 첫째가 告朔으로서 天子가 반포한 告朔을 祖告의 사당에 고하고서 百官에게 반포하는 것이다. 둘째는 「朝享」이니 「告朔」을 이미 마치고 少牢의 祭需를 갖추어 조상의 사당에 제사를 드리는 것이 이것이다. 셋째는 「視朔」인데 朝享을 이미 마치고 國君이 皮弁을 쓰고 太廟에서 朔事를 듣는 것이다. 이 세 가지 가운데서 告朔은 가히 그만둘 수는 있지만 朝享은 그만 둘 수가 없는 것이다. 朝享을 그만두면 조상의 사당에 매달 제사를 지낼 수 없고, 視朔을 그만두면 百官들이 稟命할 곳이 없어져 따라서 모든 國事가 허물어지게 될 것이다. 이렇게 된다면 그런 나라는 한달 동안도 지탱하지

34) 朱, 104, 105쪽.

35) 丁, 177쪽.

36) 朱, 108쪽.

못할 것인데 130年 동안 그런 상태로 유지되겠는가?[37]라고 했다.

<本文> 子語魯大師樂曰樂其可知也始作翕如也從之純如也皦如也繹如也以成

朱熹는 「從」을 「놓는다」는 뜻으로 풀이했지만,[38] 丁若鏞은, 雅樂은 放縱의 法이 없다. 第一調를 이미 연주하고 나서 第二調가 따른다. 「從」이란 따른다는 뜻이다.[39]

## 4. 里仁篇

## 5. 公冶長篇

<本文> 宰予晝寢子曰朽木不可雕也糞土之牆不可杇也於予與何誅子曰始吾於人也聽其言而信其行今吾於人也聽其言而觀其行於予與改是

朱熹는 「晝寢」은 「낮에 잠을 잔다」는 뜻으로 풀이하였다.[40] 丁若鏞은 「寢」자의 뜻이 「잠잔다」는 것은 근거가 있는 말이 아니다. 詩經 小雅에 「乃寢乃興」이란 구절이 있으니 寢・興・寐・寤의 뜻의 각각 서로 하나의 對가 되니 섞을 수는 없다. 論語 鄕黨篇에 「寢不言」이란 구절이 있는데, 만약 「寢」이 잠잔다는 뜻이라면 비록 孔子가 아닐지라도 능히 말하는 사람이 있지 않을 것이다. 公羊傳에 「寡人夜者寢而不寐」란 구절이 있으

37) 丁, 180, 181쪽.

38) 朱, 113쪽.

39) 丁, 184쪽.

40) 朱, 141쪽.

니, 寢이 잠잔다는 뜻이 아님이 분명하지 않느냐? 詩經에 「或寢或訛」란 구절이 있고, 儀禮에 「寢左寢右」란 구절이 있는데 모두 눕는다는 뜻이다. 朱熹가 눕는다고 하면 宰予의 허물이 가볍게 여겨지므로 잠잔다고 풀이하여 宰予의 죄를 무겁게 하려고 했다. 그러나 심히 피곤하여 잠시 잠자는 것이 대낮에 아무 까닭없이 드러눕는 것보다는 허물이 가볍지 않느냐?[41]고 했다.

<本文> 子貢曰夫子之文章可得而聞也夫子之言性與天道不可得而聞也

朱熹는 文章은 德이 외면에 나타난 것으로써 威儀와 文辭가 다 이것이다[42]라고 했다. 丁若鏞은 文章은 詩書禮樂에 관한 說이다[43]라고 했다.

<本文> 子貢問曰孔文子何以謂之文也子曰敏而好學不恥下問是以謂之文也

朱熹는 蘇軾의 說을 인용하여 말하기를 孔文子가 太叔疾로 하여금 그 본처를 내쫓고 자기 딸을 아내로 삼게 했다. 그런데 太叔疾이 그 본처의 여동생과 간통을 하였다. 공문자가 노하여 장차 그를 공격하려고 마음을 먹고 孔子를 방문했다. 孔子가 대답을 하지 않고 가버리자 太叔疾이 宋나라로 망명하였다. 공문자가 太叔疾의 동생 遺로 하여금 자기의 딸 공?을 아내로 삼게했다. 그 위인이 이러한데도 오히려 「文」이라고 시호를 했으니, 이는 經天緯地할 그런 文은 아닐 것이다.[44]라고 했다. 丁若鏞은 이를 反駁하여 말하기를 孔文子가 정말 「敏而好學, 不恥下問」한다면 子貢도 또한 동시대의 인물인데 「文」이라고 시호를 받은 것에 대하여 어찌 의심

41) 丁, 194쪽.
42) 朱, 142, 143쪽.
43) 丁, 195쪽.
44) 朱, 143, 144쪽.

을 하겠는가? 반드시 그 사람의 큰 惡이 드러나 한가지도 취할 것이 없으므로 그 점을 물어 「何以謂之」라고 한 것이다. 「何以謂之」란 말투가 거의 그의 시호가 맞지 않았기 때문이다. 孔文子는 악인인데 악인으로써 아름다운 시호를 받았으므로 子貢이 물었는데, 어떤 나라에 살면서 그 대부를 비난하는 것이 아니므로 孔子가 그래서 다만 옛날의 諡法을 들어서 대답했는데 사실은 孔文子를 비난한 것이다.[45]라고 했다.

<本文> 子謂子產有君子之道四焉其行己也恭其事上也敬其養民也惠其使民也義

朱熹는 吳棫의 說을 인용하여 그 일을 헤아려서 그를 책망한 것인데 착한 것도 많다는 것이다.[46]라고 했다. 丁若鏞은 말하기를 그 일을 헤아려 책망한 것으로 管仲의 三歸·反坫 같은 사례는 그 밖의 착한 점도 많다는 것이고, 그 일을 헤아려 칭찬한 것으로 王孫賈가 軍旅를 다스린 일과 祝鮀가 宗廟를 다수린 일같은 사례는 그 나머지 악이 아직 많다는 것이고, 臧文仲이 不仁·不知한 조목이 여섯가지인 것은 그 나머지는 족히 볼 만한 것이 없다는 것이다. 鄭子產은 成己·成物한 네 가지에 이르니 이는 덕을 온전히 갖춘 사람이다.[47]라고 했다.

<本文> 子張問曰令尹子文三仕爲令尹無喜色 三已之無慍色舊令尹之政必以告新令尹何如 子曰忠矣曰仁矣乎曰未知焉得仁

朱熹는 주를 달기를 이제 다른 책을 가지고 고찰해 보니 子文이 楚의 재상이 되어서 한 일이 王을 僭稱하고 중국을 침식한 일 뿐이다.[48]라고

45) 丁, 195쪽.
46) 朱, 144, 145쪽.
47) 丁, 195쪽.
48) 朱, 146, 147쪽.

했다. 丁若鏞은 그런 것이 아니다. 魯나라 桓公 8년에 楚나라가 이미 왕이라고 참칭했는데 아래로 魯莊公 30년까지는 41년이 된다. 그러니 子文이 바로잡을 수 있는 것이 아니다. 남의 신하된 사람은 그 섬기는 임금에 반드시 충성을 해야 하는 것이지 中國을 침식했다는 것을 가지고 罪目을 삼아서는 안된다.[49]고 했다.

<本文> 子曰孰謂微生高直或乞醯焉乞諸其隣而與之

朱熹는 남이 빌리려고 왔을 때 자기 집에 없는 것을 이웃집에서 비려주는 것을 孔子는 이 사실을 예로 들어 그 자신의 뜻을 굽혀 비위를 맞추고 아름다운 명예를 얻고 은혜를 파는 것이 정직이 될 수 없다고 비난하였다.[50]라고 했다. 丁若鏞은 어떤 사람이 여기에 있는데 부모가 병이 들어 곤란하여 돈 만냥을 나에게 빌리러 왔는데, 나에게는 없고 이웃사람은 갖고 있고 나와 이웃 사람은 친하지만 돈을 빌리러 온 사람은 이웃사람과 서로 모른다면 내가 이웃사람한테서 빌려 주어야 하겠는가? 사양하고 물리쳐야 하겠는가? 이웃에 빌려서라도 빌리러 온 사람에게 주는 것은 보통 있는 일로서 이로 인하여 풍속이 두터워질 수가 있다. 微生高의 罪를 성토하려는 것이 孔子의 본의가 아닐 것이다. 「硜硜小信君子不取」하는 것이 孔子의 태도인데 微生高는 말 한 마디라도 실수를 저지르지 않는다는 것을 스스로 표방하였다. 그래서 孔子가 장난삼아 이 일을 들어 그가 그러하지 못함을 밝혔다. 아마 微生高가 이웃에서 빌려서 주면서 자기의 것을 주는 것처럼 했으므로 孔子가 정직하지 못하다고 했을 것이다.[51]라고 했다.

49) 丁, 197쪽.

50) 朱, 151쪽.

51) 丁, 200쪽.

<本文> 顔淵李路侍子曰盍各言爾志子路曰願車馬衣輕裘與朋友共敝之而無憾

朱熹는「衣」를「입는다」는 뜻으로 보았는데[52] 丁若鏞은「衣」를「朝服·祭服」의 類를 말한다고 했다.[53]

## 6. 雍也篇

<본문> 子謂仲弓曰犁牛之子騂且角雖欲勿用山川其舍諸

朱熹는「犁」는 얼룩 무늬이고「騂」은 적색이라 해석하였다. 周나라 사람들은 赤色을 숭상하므로 희생을 쓸 때 적색을 쓴다.「角」은 뿔이 고르고 바르게 나서 희생으로 쓰기에 알맞다는 것이다.「用」은 그것을 써 제사지낸다는 뜻이고,「山川」은 산천의 신이라고 풀이 하였다. 얼룩소의 새끼일지라도 털이 붉고 뿔이 고르고 바르게 났으면 사람은 비록 쓰지 않으려고 하지만 산천의 신은 반드시 버려두지 않는다는 뜻으로, 仲弓의 아버지는 천하고 나쁜 짓을 행하는 까닭으로 孔子가 이 비유를 하여 아버지가 비록 악하지는 마는 그 자식의 착함을 폐할 수는 없으니, 仲弓처럼 착하면 세상에 반드시 쓰일 것이라는 뜻으로 이야기 한 것이라[54]라고 했다. 丁若鏞은「犁牛」는 검은 소라고 했다.

周禮 牧人篇에「陰祀用黝牲」란 구절이 있다. 陰祀란 땅귀신에게 드리는 제사로 社稷·五祀 ·五獄이 바로 이것이다. 天神에게 제사지내는 것을 陽祀라고 하는데 陽祀에는 비록 騂牲을 쓰지만 뿔이 누에고치나 밤송이 모양으로 생긴 희생을 쓴다. 그러므로「騂且角」한 희생은 天神이나

52) 朱, 152쪽.

53) 丁, 201쪽.

54) 朱, 161쪽.

地神을 제사할 때 다 쓰이지 못한다. 그러나 또 周禮 牧人篇에 「凡外祭毀事用尨可也」란 구절이 있다. 「尨」란 뒤섞이었다는 뜻이다. 이런 류의 제사는 血祭보다는 한 등급 낮은 것이니 곧 山林・川澤의 제사이다. 이런 제사에는 철 빛깔에 구애됨이 없이 모든 빛깔을 두루 섞어 써도 된다는 말이다. 「犁牛之子騂且角」이면 天神이나 地神을 제사지내는데는 다 쓸 수가 없다. 그러나 산천에 제사지내는데는 쓸 수 있다는 말이다. 仲弓은 어진 아버지의 아들이다. 당시 사람들이 「仲弓의 어짐이 그 아버지만 못하므로 쓰일 곳이 없다고 못하다」고 말했는데, 孔子는 「仲弓이 어짐이 이버지만 못하다면 비록 크게 쓰이지는 못한다해도 한 등급 낮추어 쓰면, 되지 않겠느냐」는 뜻으로 이야기 한 것이다. 무릇 「騂」은 얻기 쉽고 「犁」는 얻기 어려우므로 犁牛로써 어진 아버지에 비유하였다. 또 「犁」자는 「?」와 통하는데 「?」은 검은 소란 뜻이다. 또 「角」 한글자의 글 속에 「뿔이 고르고 바르다」는 뜻이 들어있지 않다.[55]고 했다.

<本文> 子曰回也其心三月不違仁其餘則日月至焉而已矣

朱熹는 「日月至焉」이란 말을 어떤 때는 하루에 한번 이르다가 어떨 때는 한 달에 한번 이르는 것을 말한다.[56]고 했다. 이를 반박하여 丁若鏞은 잠시 이르렀다가 도로 물러난다면 惡과의 거리가 얼마 되지 않는다. 孔門의 弟子들이 비록 諺字에는 미치지 못하지만 그 仁하지 못함이 어찌 이러한 지경에 까지 이르렀겠느냐? 이것은 혹은 하루동안 仁에 이르거나 혹 한달동안 仁에 이르거나 한 것이다.[57]라고 했다.

<本文> 季康子問仲由可使從政也與子曰由也果於從政乎何有……

---

55) 丁, 203, 204쪽.
56) 朱, 161쪽.
57) 丁, 204쪽.

朱熹는 「從政」을 大夫가 되는 것이라고 한정하였는데,[58] 丁若鏞은 大夫라고 한정할 것은 없고 벼슬하여 정사를 행하는 것이라[59]고 했다.

<本文> 伯牛有疾子問之自牖執其手曰亡之命矣夫斯人也面有斯疾也斯人也而有斯疾也

朱熹는 병자가 북쪽 창문 아래 눕는 것이 禮인데, 임금이 문병을 오면 남쪽 창문 아래로 옮겨 눕는다.[60]고 했다. 丁若鏞은 주장하기를 북쪽에는 본래 돌창문이 없으니 「北牖는 마땅히 北墉으로 되어야 한다」고 했다.[61]

<本文> 子游爲武城宰子曰女得人焉爾乎曰有澹臺滅明者行不由徑非公事未嘗至於偃之室也.

朱熹는 「公事」는 鄕飮酒禮 · 鄕射禮 · 讀法禮 등의 류[62]라고 했다. 丁若鏞은 「非公事未嘗至於偃之室」이란 말은 그와 더불어 政事를 의논한다는 말이니 정사를 보좌하는 것이 아니고 무엇이겠는가? 鄕飮酒禮 · 鄕射禮 · 讀法禮 등을 公事라고 한 것은 아닐 것이다.[63]라고 했다.

<本文> 子曰齊一變至於魯魯一變至於道

朱熹는 程子의 說을 인용하여 孔子는 당시에는 齊나라는 강하고 魯나라는 약하였으므로 모든 사람들이 齊나라가 魯나라 보다 낫다고 하였다. 齊나라는 桓公이 覇者가 된 후로부터 편의주의를 추하고 功을 높이 생각

58) 朱, 163쪽.
59) 丁, 204, 205쪽.
60) 朱, 64쪽.
61) 丁, 205, 206쪽.
62) 朱, 167, 168쪽.
63) 丁, 207쪽.

하게 되어 太公이 남긴 법도가 다 변하게 되었다. 그래서 齊나라가 한번 변하면 능히 魯나라의 경지에 이를 수 있고 魯나라도 폐정을 잘 복구하면 先王의 법도에 이를 수 있다[64]는 뜻이다. 丁若鏞은 齊나라의 始祖인 太公과 魯나라의 시조인 周公은 모두 다 聖人이지만 그 수립하고 제작한 것이 본래 같지 않다. 太公은 齊나라에 봉해져서 어진이를 등용하여 功을 숭상하였는데 비하여 周公은 魯나라를 다스림에 어버이를 어버이로 여기고 높은 사람을 높게 여겼다. 이 뿐만 아니라 魯나라는 순전히 周나라 제도를 썼는데 周나라나 魯나라의 제도가 모두 周公에게서 나왔기 때문이다. 齊나라는 齊나라대로 따로이 한 法을 세웠으니, 「管子」나 「齊語」 등의 책을 보면 알 수가 있다. 이는 흘러 전해온 옛 법도를 管仲이 복구하여 시행한 것이다. 史記에 이르기를 「桓公이 管仲을 얻어서 太公의 法을 다시 닦았다」라는 구절이 있으니, 朱子의 註에 桓公이 太公의 법도를 다 바꾸었다는 말은 대개 자세히 고찰하지 않았기 때문이다.[65]라고 했다.

<本文> 子曰觚不觚觚哉觚哉

朱熹는 不觚란 것은 대개 그 당시의 觚의 제도를 잃어서 모가 나지 않은 것을 말한 것이라[66]고 했다. 丁若鏞은 漢書 酷吏傳 「觚를 부수어 둥글게 했는데 이것을 觚不觚」라 했다고 한다. 그러나 觚가 그 제도를 잃는 것이 世道와는 아무런 관계가 없다.[67]고 했다.

<本文> 宰我問曰仁者雖告之曰井有仁焉其從之也子曰何爲其然也君子可逝也不可陷也可欺也不可罔也

---

64) 朱, 174쪽.
65) 丁, 210쪽.
66) 朱, 175쪽.
67) 丁, 210쪽.

朱熹는 劉勉之의 說을 인용하여 「有仁」한 때의 「仁」자는 마땅히 「人」자로 되어야 한다고 했다. 「從之」한 때의 「從」자는 우물에 따라가서 구한다는 뜻으로 해석하였다. 宰我는 도를 믿는 것이 두텁지 못하므로 仁을 행하다가 害에 빠질까 걱정하였으므로 이러한 물음이 있게 되었다. 「逝」자는 그로 하여금 가서 구하게 하는 것이고, 「陷」자는 우물에 빠지게 한다는 뜻이라.[68]고 했다. 丁若鏞은 「逝」자는 해를 멀리하여 떠난다는 말이고 「陷」은 이익을 보고서 빠져든다는 말이다. 군자는 살신성인의 의리가 있다. 宰我가 의심스러워 물은 것은 바로 「이제 반드시 죽게된 곳이 있어 함정과 다름이 없는데 거기에 임하여 가히 살신성인을 할 수 있다면 仁者도 또한 명예를 탐내어 그것을 따르겠느냐」라는 것인데, 孔子가 대답하기를, 「그렇지 않다. 군자로 하여금 가히 해를 멀리하여 떠나게 할 수는 있지만 仁하다는 이름을 탐하여 반드시 죽을 곳으로 몸을 빠뜨리지는 않을 것이다」라고 했다.[69]고 풀이 하였다.

<本文> 子見南子子路不說夫子矢之曰予所否者天厭之天厭之

朱熹는 「否」는 禮에 맞지 않아 그 道를 말미암지 않은 것을 말한 것이요, 「厭」은 끊어 버린다는 것이다.[70]라고 했다. 丁若鏞은 「否」는 보지 않는다는 말이고, 「厭」은 싫어한다는 뜻이다. 孔子가 南子를 만나 본 것은 반드시 그 골육의 은혜를 온전히 하고 그 사직을 이롭게 할 수 있는 것이 있었을 것이다. 그러므로 孔子가 「내가 만약 南子를 만나보지 않으면 하늘이 반드시 이를 싫어한 것이다」[71]라고 했다.

68) 朱, 176쪽.
69) 丁, 211쪽.
70) 朱, 177, 178쪽.
71) 丁, 211쪽.

## 7. 述而篇

<本文> 子曰述而不作信而好古竊比於我老彭

朱熹는 「我」는 친근함의 뜻을 말한 것이라.[72]했다. 丁若鏞은 말하기를 孔子는 殷나라의 후손이므로 「我老彭」이라고 했다.[73]고 풀이했다.

<本文> 子曰默而識之學而不厭誨人不倦何有於我哉

朱熹는 「何有於我哉」란 무엇이 나에게 있겠느냐는 말로써 세 가지는 聖人의 지극한 일이 아닌데 오히려 不敢當의 뜻을 표한 즉 겸손하고 또 겸손한 것이다[74]라고 했다. 丁若鏞은 「何有於我哉」는 내가 대충 이를 할 수 있지만 그 정도가 나에게 크게 변동을 가져오는 것은 아니라는 뜻이다. 論語 子罕篇에 「爲之不厭誨人不倦則可謂云爾矣」란 구절이 있고, 또 孟子에 「子曰我學不厭敎不倦矣」이란 구절이 있으므로 孔子가 배우기를 싫어하지 않고 가르치기를 게을리 하지 않은 것은 자처한 것인데, 이 章에서만 겸손하여 자처하지 않은 것은 아닐 것이다.[75]라고 했다.

<本文> 子之燕居申申如也夭夭如也

朱熹는 楊時의 說을 인용하여 「申申」은 열굴이 펴지는 모양이고 「夭夭」는 얼굴빛이 부드러운 모양이라.[76]고 했다. 丁若鏞은 「申申」은 언어가 자상한 모양이고, 「夭夭」는 안색이 온화한 모양으로 辭氣와 容貌 두가지를 기록한 것이다. 그 예로 論語 鄕黨篇의 「侃侃如也誾誾如也」는 辭氣를 말

72) 朱, 183쪽.
73) 丁, 213, 214쪽.
74) 朱, 183, 184쪽.
75) 丁, 214쪽.
76) 朱, 185쪽.

한 것이고 「怡怡如也愉愉如也」란 것은 容貌를 이야기 한 것이다. 하필 이 章에서만 容貌만을 이야기 했겠는가? 楚辭에 「申申其予」란 구절이 있고, 書經에 「申命義叔」이란 구절이 있고, 易經에 「重巽以申命」이란 구절이 있는데 「申申」이란 언어가 거듭되는 모양이다. 孔子가 燕居할 때 弟子들과 談話라고 가르칠 때 그 언어가 자상한 것을 말한 것이다.[77]라 하였다.

<本文> 子曰志於道據於德依於仁遊於藝

朱熹는 「道」는 人倫으로 일상생활에서 마땅히 행할 일이고 「德」은 「道」를 행하여 마음에 얻는 바가 있는 것이고 「仁」은 사욕이 다 없어져 마음의 덕이 완전한 상태를 말한다.[78]고 했다. 丁若鏞은 「道」는 이곳에서 저곳에 이르는 것을 말한 것이고, 「德」은 마음이 정직한 것이고, 「仁」은 사람을 향한 사랑이라.[79]고 했다.

<本文> 子曰不憤不啓不悱不發擧一隅不以三隅反則不得也

朱熹는 「憤」은 마음이 通하기를 구하나 되지 않는다는 뜻이고, 「悱」는 입으로 말은 하고자하나 능하지 못한 모양이고 「啓」는 그 뜻을 열어준다는 뜻이고, 「發」은 그 말을 펴준다는 뜻이다. 물건에 네 모퉁이가 있는데 하나를 들면 그 세 모퉁이는 알 수 있다는 뜻이고, 「反」은 돌이켜 증명한다는 뜻이고 「復」는 다시 고한다는 뜻이라.[80]고 했다. 이에 대하여 丁若鏞은 「憤」은 마음이 성난 것이고, 「悱」는 마음이 슬픈 것이고, 「啓」는 그 막힌 것을 여는 것이고, 「發」은 그 덮인 것을 걷는 것이요, 「隅」는 모서리를

---

77) 丁, 214쪽.

78) 朱, 185, 186쪽.

79) 丁, 213쪽.

80) 朱, 189쪽.

말하고 「反」은 돌이킨다는 뜻이다. 배우는 사람이 그 막힌 것에 대하여 성을 내면 스승이 틔워 주고, 배우는 사람이 그 덮인 것을 슬퍼하면 스승이 걷어주는데 이것이 가르치는 방법이다. 그러나 그 자질이 본래 노둔하면 미루어 통하게 할 수 없는 사람은 두 번 다시 일러주지 않는다는 뜻이라.[81] 고 했다.

<本文> 冉有曰夫子爲衛君乎子貢曰諾吾將問之入曰伯夷叔齊何人也曰古之賢人也曰怨乎曰求仁而得仁又何怨出曰夫子不爲也

朱熹는 「爲」는 도운다는 뜻이고, 「衛君」은 出公輒인데, 衛靈公이 그 世子 蒯聵를 쫓아냈는데 靈公이 죽자 나라 사람들이 蒯聵의 아들 輒을 임금으로 세우려고 했는데, 이때 晉나라에서는 蒯聵를 들여 보내 왕으로 세우려고 했는데 그 아들인 輒이 이를 막았다. 孔子가 그때 衛나라에 있었는데 衛나라 사람들은 蒯聵는 아버지에게서 쫓겨났고 輒은 嫡孫이므로 마땅히 輒을 세워야 한다고 생각했다. 그래서 冉有가 의심스러워 물은 것이라.[82]고 했다. 丁若鏞은 「夫子爲衛君」의 구절을 가령 孔子로 하여금 蒯聵의 경우에 처하면 또한 추대되어 衛나라 임금이 되겠느냐 하는 점을 의심하여 물은 것이다. 또 朱熹는 어떤 나라에 살면서 그 나라의 대부를 비난하지 않는 것이 禮이므로 子貢이 衛君을 물리치지 않고 伯夷·叔齊의 일로써 물은 것이다 라고 했지만 輒이 그 아버지 蒯聵를 막은 년대에 孔子는 분명히 衛나라에 있지 않았으니 朱熹의 「居是邦」이란 말은 맞지 않다. 또 도우는 것과 도우지 않은 것은 君父를 비난하는 것과는 유가 다르다. 子貢이 속여 물은 것은 이 때문이 아니다.[83]라고 했다.

81) 丁, 216쪽.

82) 朱, 193, 194쪽.

83) 丁, 217, 218쪽.

<本文> 子曰如我數年五十以學易可以無大過矣

朱熹는 劉勉之의 說을 인용하여, 「加」는 假와 소리가 비슷하여 「假」자가 「加」자로 잘못되었고, 「五十」과 「卒」은 형태가 서로 비슷하여 「卒」자가 「五十」으로 잘못되었다. 이 章의 말을 살펴보면 사기에는 「假我數年若是我於易則彬彬矣」란 구절이 있는데, 「加」자가 「假」자로 되어 있으나 「五十」이란 글자는 없다. 대개 이때 孔子의 나이가 이미 70가까이 되었으니 「五十」이란 글자는 誤字임이 틀림없다.[84]고 했다. 丁若鏞은 「五十以學易」이란 말은 대개 옛날부터 있던 말이다. 禮記 內則篇의 「十年學書計」·「十三學樂」·「二十學禮」 등의 例처럼 다 정해진 시기가 있다. 「五十學易」이란 말도 이런 유이다. 孔子가 이말을 하기 이전에 周易을 배우지 않은 것이 아니로되, 古經에 五十學易의 말이 있으므로 孔子의 나이가 50이 가까워지자 古言을 한번 외우고서 이 말을 한 것이니, 五十은 오자가 아니다. 또 사기의 신빙성이 孔子의 論語보다 못한데 史記에 근거해서 論語를 고칠 필요가 있겠는가?[85]라고 했다.

<本文> 子曰三人行必有我師焉擇其善者而從之其不善者而改之

朱熹는 세 사람이 동행하면 그 한사람은 내 자신이고 나머지 두 사람이 한 사람은 착하고 한사람이 악하면, 내가 착한 것을 따르고 그 악한 것을 고치면 두 사람 다 나의 스승이 된다.[86]고 했다. 丁若鏞은 「擇其善者」는 두 사람 모두에게서 착한 말과 좋은 일을 배운다는 것이지 꼭 한사람은 취하고 한사람은 버린다는 뜻이 아니다. 또 세 사람이 동행하면 어찌 꼭 한사람은 착하고 한사람은 악하게만 되겠는가? 君子가 동행하면 세 사람

84) 朱, 196쪽.

85) 丁, 219쪽.

86) 朱, 199쪽.

이 다 착할 수도 있고, 도적의 무리가 같이 간다면 모두 다 악할 수도 있다.[87]고 했다.

## V. 結論

이상에서 論語 述而篇까지에 있어서 朱熹의 論語集註와 丁若鏞의 論語古今註 사이의 차이점을 비교하여 보았다. 지금까지 개개 주석을 비교하여 나타난 두 주석사이의 차이점은 다음과 같다.

첫째, 朱熹의 集註는 孔子 이후 1600여년이라는 시간상의 간격이 있고 또 朱熹 이전의 諸家의 注疏를 답습하였으므로 漢代以後의 道敎·佛敎·陰陽五行說 등의 영향을 받았고 또 그 性理說 등은 지나치게 비약적이라 孔子의 論語 본래의 취지와는 많이 변질된 것이 었다. 丁若鏞의 論語古今註는 자기 당시까지의 論語에 대한 諸注疏를 모두 수집·검토하여 그 시비를 가리고, 아울러 春秋左氏傳·春秋公羊傳·周禮 등 古經을 引用하여 歷史的인 측면을 보완하고 淸代의 문자학·고증학적인 방법론을 동원하여 論語에 나타난 孔子의 本來思想에 接近하려고 노력하였다.

둘째, 朱熹의 集註가 中國中心의 사상에 바탕을 두었음에 반하여 丁若鏞의 古今註는 中國中心의 思想에서 벗어났다.

셋째, 朱熹의 集註에서는 論語 본문의 字句에 대하여 잘못된 것으로 간주될 때는 의심만 표하고 校勘을 가하지 않았는데, 丁若鏞의 古今註에서는 잘못된 것으로 간주될 때는 지적하여 校勘을 가하였다.

넷째, 朱熹의 集註는 形而學的인 性理說·修養論에 치중한 반면 丁若鏞의 古今註는 經世濟民에 응용하려고 노력하였다.

동양 수천년 유교사상에서 전부 퇴폐한 말기에 와서 이런 참신하고 혁

87) 丁, 210쪽.

명적인 새로운 주석이 나왔지만, 이를 계승 발전시킬 후계자가 나오지 못했고, 또 미구에 서구의 문화가 밀어닥쳐 이러한 사상도 당대 및 후대에 아무런 영향을 끼치지 못했다. 그리고 丁若鏞 자신이 재래 先儒들의 복잡 심오한 이론에 대하여 그 가치를 인정하지 않고 너무 실학적인 면에 치중한 나머지 論語의 철학적인 측면을 훼손한 것이 문제점이라 하겠다.

# 燕巖의 北京에 대한 認識의 한계

## Ⅰ. 서론

燕巖 朴趾源(1737-1805)은 조선후기의 문학가로서 이름이 높다. 그의 漢文學 작품 가운데는 비판과 풍자가 담긴 散文, 漢文小說과 풍부한 내용의 『熱河日記』가 文學史上에 큰 영향을 미쳤다. 『열하일기』는 3종의 완역본과 몇몇 초역본이 나와 있고, 또 연암을 본격적으로 연구하는 많은 전문가들의 수준 높은 연구업적이 발표되었다.

그러나 지금까지 『열하일기』에 관한 연구는 칭송 일변도였다. 필자는 본고에서 『열하일기』 가운데서 北京에 관한 것에 한한 燕巖의 인식에 어떤 문제점이 있는지를 검토해 보고자 한다.

연암이 北京城 안에서 체류한 것은 1780년 8월 1일부터 6일까지의 6일간과, 熱河에서 돌아온 8월 20일 이후부터이다. 그 이후는 『열하일기』에 기록을 남기지 않아 정확하게 며칠 동안 머물렀는지는 알 수 없지만 결코 길지 않은 기간이라 생각된다.

짧은 기간에 북경의 역사와 文物을 이 정도 이해하여 소개한다는 것은 대단한 역량이라 하지 않을 수 없다. 그러나 간혹 시간상의 제한이나 자료 입수상의 한계로 몇몇 군데 착오와 소루한 면이 없지 않았다.

燕巖 자신도 이런 점을 피할 수 없음을 스스로 인정하였다.

> 근년에 새로 지은 집들은 대궐 안에 있어서 외인으로는 구경할 수가 없었으나 우리나라 사신이 이르면 때로 끌어들여 마음대로 구경을 시켰다. 그러

> 나 내가 유람한 곳이란 겨우 백분의 일이나 될까? 때로는 우리 역관들이 억제하기도 하고 때로는 들어가기 힘든 곳을 문지기와 다투어 가면서 모처럼 들어가면 바빠 시간이 부족하였을 뿐이었다. 창건된 역사는 비석 같은 것을 상고하지 않고서는 어느 시대, 어느 절인지도 알 길이 없었다. 겨우 빗돌 한 개 읽는 데도 문득 몇 시간씩 보내게 되므로 자개나 구슬로 꾸민 찬란한 궁궐의 구경도 문틈을 지나가는 말이나 여울을 달리는 배처럼 되고 보니, 五官이 함께 피로해지고 문방사우가 맥이 풀리어 언제나 꿈에 부작 보는 것만 같고, 눈은 신기루를 보는 듯하여, 뒤죽박죽 거꾸로 기억되어 명승 고적을 틀리게 안 것이 많았다.
>
> 돌아와서 약간의 기록을 수습해 보니, 어떤 것은 종이쪽이 나비의 날개 폭이나 될까 하고, 글자는 파리 머리만한 것이니, 대개 총망 중에 비석을 얼른 보고 날려 베낀 것이다.[1]

새로 보는 文物은 많고, 기록해 오고 싶은 의욕은 앞서는데 사전 준비가 부족하고 시간도 촉박했던 그 악조건은 충분히 짐작할 수 있다. 그런 상황에서 오늘날 우리들이 이 정도의 내용이 풍부하고 다양한 『熱河日記』를 접할 수 있는 것은 오로지 燕巖의 천재적 기억력과 민활한 노력의 덕분이라 하겠다.

연암은 北京으로 오기 전에 북경의 使行에 참여했던 老稼齋 金昌業의 『燕行日記』, 湛軒 洪大容의 『燕記』 등을 읽었고, 자신의 제자인 雅亭 李德懋, 楚亭 朴齊家 등의 견문을 들었다.[2] 북경을 다녀와서도 북경에서 수집한 자료를 참고로 계속 添刪·補訂하였을 것이나 근거한 자료를 명기하지 않아서 알 수가 없다.

필자는 평소에 北京의 歷史와 地理에 대해서 약간의 관심을 가져왔던 바 연암이 『熱河日記』 가운데서 소개한 북경의 서술이 얼마나 정확한가?

1) 朴趾源 저, 李家源(1968) 주석본 국역 『열하일기』 II책 478쪽. 번역문을 참고하되 필자가 적절하게 고쳤다. 이하 국역 『熱河日記』로만 표기한다.

2) 金明昊(2001), 118쪽.

꼭 소개해야 할 필요가 있는 것을 소개했는가? 하는 점을 검토해 보고자 한다. 그러나 필자의 북경에 대한 이해에 한계가 있고, 또 연암이 참고한 자료를 전혀 알 수 없는 상황이라, 사실을 밝혀내기가 매우 어렵다. 필자가 아는 범위 내에서 수집한 자료를 참고하여 몇 가지를 밝히고자 한다.

기행문은 본래 어떤 고정된 형식이 있는 것은 아니므로 서술체재를 자유롭게 할 수 있다. 그래서 어떤 의미에서는 비판을 가할 수 있는 성질의 것이 아니지만 제한된 지면에서 소개해야 할 비중에 있어서 우선 순위가 있을 수 있고, 또 그 당시 상황에서 우리나라에 꼭 소개해야 할 필요성이 있는 것이 있다. 연암이 『열하일기』에서 소개한 내용이 얼마나 보편성이 있느냐 하는 점도 검토해 보았다.

## Ⅱ. 北京城의 構圖 파악에 대한 한계

燕巖 일행은 1780년 6월 24일 鴨綠江을 건넌 지 37일 만인 8월 1일 北京城의 동문인 朝陽門을 통과하여 북경에 들어왔다. 이 날의 기록에서 북경의 역사와 현황을 이렇게 소개하였다.

> 이제 이들의 나라 이름을 淸이라 하고, 수도를 順天이라 하니, 천문으로 보면 箕·尾 두 별 사이에 있고, 지리로 말하자면 『書經』「禹貢篇」에서 이른 바 冀州의 터전이다.
>
> ……
>
> 元은 大都라 하였고, 明나라 초기엔 北平府라 하였다. 太宗皇帝가 이에 수도를 옮기고 順天府라 고쳤다. 이제 청나라는 이내 이 곳에 수도를 세웠다.
>
> 그 성 둘레는 40리, 왼쪽에 滄海가 둘렀고, 오른쪽에는 太行山을 끼고,
>
> ……
>
> 정남쪽의 성문은 正陽門, 오른쪽은 崇文門, 왼쪽은 宣武門, 동남쪽은 齊化門, 동북쪽은 朝陽門, 서남쪽은 平澤門, 서북쪽은 西直門, 북동쪽은 德勝門, 북서쪽은 安定門이다.

외성에 문이 일곱 있다. 紫禁城에는 문이 셋 있고, 宮城은 17리인데 문이 넷이다.[3)]

『熱河日記』 가운데서 北京을 맨 먼저 소개하는 대목이다. 이 글에는 북경성의 구도에 대해서 상당히 혼동을 하고 있다. 우선 北京으로 수도를 옮긴 황제는 淸 太宗이 아니고 順治皇帝였다. 순치황제가 北京을 수도로 정한 해는 1644년이다. 청 태종은 明나라가 망하기 1년 전인 1643년에 이미 죽었다.

"왼쪽에 滄海가 둘렀고"고 라는 표현도 실제와는 거리가 멀다. 북경성의 오른쪽인 동쪽은 바다까지는 250킬로 정도 되고, 바다가 가장 가까운 쪽은 동남쪽 천진 쪽인데, 거기까지도 150킬로가 된다.

북경성의 성문을 소개한 연암의 글은 거의 대부분 옳지 않다. 북경성 남쪽 성벽의 오른쪽이 宣武門이고 왼쪽이 崇文門인데, 燕巖은 완전히 거꾸로 기록해 놓았다. "동쪽 성벽의 남쪽은 齊化門, 북쪽은 朝陽門"이라 했는데, 실제로는 동쪽 성벽의 중앙은 朝陽門이고 북쪽은 東直門이다. 연암이 동쪽 성벽 남쪽에 있다고 소개한 '齊化門'은 元나라 때 존재하던 동쪽 성문 이름으로,[4)] 明나라 때 새로 쌓은 북경성에는 존재하지 않은 것이다. 연암이 잘못 안 것이다. 연암이 "서남쪽은 平澤門, 서북쪽은 西直門"이라고 했는데, 북경성 서쪽 성벽의 중앙은 阜成門, 북쪽은 西直門이다. 연암이 "서쪽 성벽의 남쪽에 있다고 한 平澤門"은 어떤 문헌에도 존재하지 않는다. 연암은 "북경성 북쪽 성벽의 동쪽은 德勝門, 서쪽은 安定門이다"라고 하였으나 실제로는 서쪽이 德勝門이고, 동쪽이 安定門으로 완전히 반대로 기록해 두었다.[5)]

燕巖이 "紫禁城에 문이 셋이 있다"고 했으나 실제로 자금성에는 문이

3) 국역 『熱河日記』 II, 295쪽.

4) 馬芝庠(2008) 저, 『北京旅遊指南』.

5) 梁思誠(2007) 등, 『名家眼中的北京城』, 37쪽.

네 개 있다. 연암이 "宮城은 17리인데, 문이 넷이다"라고 했는데, 紫禁城이 곧 宮城이다. 자금성을 소개하고 나서 다시 궁성을 소개한 것은 자금성이 바로 궁성이라는 사실을 몰랐던 것이다. 둘레를 17리라 했지만 자금성 둘레의 정확한 길이는 3420미터로 10리가 채 안 된다.[6)]

燕巖은 『熱河日記』 뒤쪽에 「皇圖紀略」에 皇城九門이라는 항목을 따로 두어 다시 北京城의 아홉 개 성문을 소개하였다. 여기서는 상당히 정확하게 파악하였으나 그래도 약간의 착오를 면하지 못했다.

燕巖 자신이 北京을 觀光할 때는 방향을 정확하게 파악하지 못하였는데, 돌아와 石痴 鄭喆祚에게 부탁하여 『八旗通志』를 참고하여 皇城[실제로 北京城]을 도표로 그리게 하여 파악했던 것이다. 그러나 앞부분 8월 1일자 일기는 고치지 못했는데, 「皇都紀略」에 기록한 북경성의 구도가 머리 속에 완전히 이해되지 않았기 때문이라 생각된다.

연암은 『열하일기』 「皇都紀略」에서 북경성을 이렇게 소개하였다.

> 皇城의 주위는 40리인데, 꼭 바둑판처럼 생겼다. 아홉 개의 문이 있는데, 정남향은 正陽門이요, 동남은 崇文門이요, 서남은 宣武門요, 정동은 朝陽門이요, 동북은 東直門이요, 정서는 阜成門이요, 서북은 西直門이요, 북서는 德勝門이요, 북동은 定安門이다.
>
> 皇城 안은 紫禁城인데 주위는 17리로, 붉은 담장에 노란 도자기기와를 이었다.
>
> 皇城 문의 서북쪽을 地安門, 남쪽을 天安門, 동쪽을 東安門, 서쪽을 西安門이라 부른다.
>
> 자금성 안은 宮城이니, 정남은 太淸門이요, 제2문은 곧 자금성의 천안문이요, 제3문은 端門이요, 제4문은 午門이요, 제5문은 太和門이다. 뒷문은 乾淸門이요, 乾淸門의 북문은 神武門이다. 동쪽은 東華門이요, 서쪽은 西華門이다.
>
> ……

6) 北京市文物事業管理局(1989) 편 『北京名勝古蹟辭典』, 57쪽.

> 정남쪽 한 면은 外城으로 일곱 개의 문을 내었는데, 정남향이 永定門이요, 남쪽 왼쪽이 左安門이요, 오른쪽이 右安門이요, 동쪽이 廣渠門이요, 서쪽은 廣寧門이다. 廣渠門의 동쪽 모퉁이 문은 東便門이요, 서쪽 모퉁이 문은 西便門이다.[7]

燕巖은 京城 즉 北京城과 皇城이라는 칭호를 착각하였다. 북경성을 곧 황성으로 생각하였다.

북경성은 內城과 外城으로 되어 있는데, 내성은 장방형으로 주위가 40리이다. 내성의 문이 아홉 개이고 그 위치와 명칭은 연암의 기술 그대로이다.

"皇城 안은 紫禁城인데"라는 기술은 잘못되었다. 황성은 내성과 자금성 사이에 있는 성으로 그 안은 주로 皇族들이 살고 있는 지역이다. 황성에는 문이 네 개 있는데, 남쪽 正門이 天安門이고, 북쪽 문이 地安門, 동쪽 문이 東安門, 서쪽문이 西安門이다. 남쪽 정문인 天安門은 삼중의 문으로 되어 있는데, 天安門이 主門이고, 그 남쪽에 大淸門이고, 천안문 북쪽에 있는 문이 端門이다.[8] 이 세문은 정남향으로 일직선상에 있다. 정확하게 말하자면 황성은 네 개의 문이 아니고 6개의 문이다. 『熱河日記』에서 '太淸門'이라고 적은 것은 '大淸門'의 잘못이다.

연암은 "皇城 문의 서북쪽은 地安門"이라고 했는데 지안문은 황성의 정북쪽에 있다.[9] 자금성을 사이에 두고 天安門과 남북으로 대칭으로 있다. "자금성 안은 宮城이니"라는 서술도 잘못된 표현이다. 자금성 자체가 궁성이기 때문이다.

---

7) 국역 『熱河日記』 II, 424쪽.

8) 乾隆皇帝 때 편찬한 『國朝宮史』에서는 "皇城의 제일문은 大淸門이고, 天安門은 황성의 남문이다[皇城之第一門, 爲大淸門. 天安門則皇城南門也.]"라고 하여 대청문의 위상이 천안문보다 더 높은 것처럼 기술되어 있다. 그러나 거의 동시대에 편찬된 『淸朝通志』에는 "대청문은 황성의 남문이고, 천안문은 황성의 정문이다.[大淸門, 是皇城南門. 天安門是皇城正門.]"이라고 하여 천안문이 황성의 正門임을 명확히 기술해 놓았다.

9) 『北京歷代地圖』(淸代 乾隆 15)

자금성의 문은 정남쪽 정문이 午門이고, 북쪽문이 神武門이고, 동쪽에 아주 남쪽으로 붙어 난 문이 東華門이고, 서쪽에 아주 남쪽으로 붙어 난 문이 西華門이다. 大淸門, 天安門, 端門은 紫禁城의 문은 아니다. 다만 자금성의 남쪽 정문인 午門과 일직선상으로 그 남쪽에 있을 뿐이다.

그리고 太和門은 자금성의 政事 공간인 太和殿의 정문이고, 乾淸門은 자금성의 주거공간인 乾淸宮의 정문으로, 모두 자금성의 안에 있으므로 자금성의 문이라 해서는 안 된다. 乾淸門은 太和門 북쪽에 있지만 그 사이에 남쪽에서부터 太和殿, 保和殿, 中和殿이 있어 서로 보이지도 않으므로 "太和門 뒷문이 乾淸門이다."라고 말해서는 안된다.

외성은 明나라 嘉靖 중엽에 축조하다가 예산의 부족으로 남쪽만 일직선으로 28리를 쌓다가 양쪽 끝을 북쪽으로 틀어 내성에 연결하였다. 그래서 전체 북경성 내외성의 모양은 마치 한자 '凸'자 처럼 생겼다.[10]

燕巖이 서술한 外城의 문의 명칭과 위치는 대체로 맞으나, 東便門과 西便門의 서술에 문제가 있다. 연암은 "廣渠門의 동쪽 모퉁이 문은 東便門이요, 서쪽 모퉁이 문은 西便門이다"라고 했으나 외성의 북쪽 끝에서 안쪽으로 틀어 내성과 연결되는 부분은 짧은 길이나마 동서로 성이 쌓여져 있다. 이 짧은 성 부분의 동쪽에 있는 문이 동편문이고, 서쪽에 있는 문이 서편문이다. 그래서 두 문은 사실상 북쪽을 향해 나 있다.[11]

연암의 가장 큰 착각은 北京城과 皇城, 皇城과 紫禁城을 혼동한 것이다. 北京城은 1950년대에 중국공산당 정부에서 다 헐어버리고 그 자리에 도로를 건설했는데, 오늘날 북경시의 2環路가 개통되어 있는 곳이 원래 북경성이 있던 자리이다. 황성도 다 헐어버렸는데 극히 일부가 紫禁城 동쪽과 王府井 사이에 일부 남아 있다. 지금의 景山, 北海公園, 中南海, 中山公園, 太廟, 皇史宬 등이 자성성 바깥과 皇城 안에 해당된다.

---

10) 梁思誠 등, 『名家眼中的北京城』, 北京: 文化藝術出版社 2007.

11) 『北京歷代地圖』(淸代 乾隆 15)

「還燕道中錄」에서 德勝門에 대해서 이렇게 기술하였다.

> 아침에 떠나 20리를 가서 德勝門에 이르렀다. 이 문의 제도는 朝陽門, 正陽門 등 아홉 성문과 다름 없을 뿐더러,
>
> ……
>
> 德勝門은 곧 元나라 建德門인데, 明나라 洪武 원년(1368)에 대장군 徐達이 지금의 이름으로 고쳤다 한다. 문 밖 8리 되는 곳에 土城의 옛 터가 있으니, 원나라 때 쌓은 것이다.[12)]

健德門은 元나라 土城의 북면 서쪽 문이었는데, 1368년 대장군 徐達이 원래 원나라 건덕문 자리에 德勝門을 세웠다. 연암이 본 德勝門은 1419년(永樂 17)에 北京城을 쌓으면서 새로 지은 성문이다. 북서쪽 문으로서 두 문이 그 기능은 같아도, 건덕문이란 門의 명칭을 德勝門으로 바꾼 것은 아니다. '德勝門은 곧 元나라 建德門'이라는 연암의 기술은 문제가 있다. 그리고 '建'자는 '健'자의 오류이다.

德勝門이 正陽門 등 아홉 개의 성문과 그 제도가 다름 없다 했으나, 각 성문은 규모나 양식에 약간의 차이가 있다. 예를 들면 정양문 城樓는 정면 9칸인데 비해서 東直門 城樓는 정면 5칸이다.

燕巖은 8월 3일 宣武門 앞에 이르러 그 주변의 배치를 소개했는데, 여기에도 착오가 없지 않다.

> 시대는 오른편에 장복은 뒤에 태우고 빨리 달려서 宣武門에 이르니 그 제도가 朝陽門과 같다. 왼쪽은 象房이요, 오른쪽은 天主堂이다. 문에서 나와 오른쪽으로 틀어 琉璃廠에 들어간즉 첫 거리에 五柳居라는 세 글자의 간판이 붙어 있었다.[13)]

---

12) 국역『熱河日記』I, 421-422쪽.「還燕道中錄」.

13) 국역『熱河日記』I, 299쪽.

지도나 지형에서 좌우를 말할 때는 지도를 등진 상태에서 말하는 것이 원칙이다. 그런 원칙에 의하면 象房[14]이 있는 곳이 宣武門의 오른쪽이 되고, 天主堂이 있는 곳은 宣武門의 왼쪽이 된다. 그리고 宣武門에서 琉璃廠으로 가려면 왼쪽으로 들어가야 한다.

地安門 주변에서도 紫禁城과 地安門, 北京城 주변의 관계를 혼동하였다.

> 地安門으로 들어가니 지붕은 노란 도자기기와로 이었고, 문안 좌우에 시장 점포가 번화하고 壯麗하여,
>
> ……지안문을 나서서 다시 방향을 꺾어 북쪽으로 가 紫禁城을 따라서 7, 8리를 갔다. 자금성의 높이는 두 길이며, 밑바닥을 돌로 깔아 벽돌을 쌓아올렸고, 노란 기와로 이고, 주홍빛 석회를 칠했다. 벽은 마치 먹줄로 쳐서 깎은 듯하였는데, 윤기가 있어 왜인의 옻칠을 한 것 같았다.
>
> 길 가운데 대여섯 발 되는 높은 墩臺가 있고 그 위에 세 겹으로 된 누각이 있는데, 제도가 正陽門 門樓보다도 더 훌륭하고, 돈대 아래는 사방 붉은 난간을 둘렀다. 문짝은 있으나 모두 잠기었고 병사들이 지키고 섰다. 어떤 이가 "이것이 鐘樓입니다."라고 한다.
>
> 거기서 3, 4리를 가서 東直門을 나서니, 내원이 따라와서 구슬피 작별하고 가고, 장복은 말등자를 붙잡고 흐느껴울며 차마 헤어지기 어려워한다.[15]

地安門은 紫禁城보다 더 북쪽에 있다. 자금성의 북문인 神武門과 하나의 중축선 상에 있다. "지안문을 나서서 다시 북쪽으로 가 자금성을 따라서"간다는 燕巖의 서술은 전혀 사리에 닿지 않는다. 자금성의 남북 길이는 960미터, 동서의 길이는 750미터이므로 자금성을 한바퀴 돌아도 8리 밖에 되지 않는데, "자금성을 따라서 7, 8리를 간다."는 연암의 기록은 맞지 않다. 地安門에서 북쪽으로 가면 나오는 성은 北京城이다. 연암은 북경성을 紫禁城으로 착각한 것 같다.

---

14) 象房 : 정식명칭은 '馴象所'이다.

15) 국역『熱河日記』I, 311쪽.

자금성의 성 높이는 10미터인데 '높이가 두 발'이라고 본 연암의 관찰은 정확하지 못하다.

鐘樓는 전체 높이가 47.9미터이고, 누각의 높이만도 33미터가 된다. 돈대 높이를 '대여섯 발'이라고 본 것은 연암이 종루의 돈대를 너무 낮추어 본 것이다.

그리고 地安門을 나서면 鐘樓 1백 미터 남쪽에 종루와 한 짝을 이루면서 남북 중축선상에 鼓樓가 있는데, 전혀 언급하지 않은 것도 燕巖의 관찰에 문제가 있다.

그리고 燕巖은 鐘樓에서 東直門까지의 거리를 3,4리로 보았는데, 적어도 7리는 된다.[16)]

## Ⅲ. 紫禁城의 構圖 파악에 대한 誤認

燕巖이 紫禁城 안에 있는 궁전 등을 몇 군데 소개 했는데, 여기에도 착오가 없지 않았다. 아마도 연암이 직접 들어가 보지 못하고 소개하는 책자나 소개하는 사람의 말을 듣고 기록하여 이런 결과가 나온 것 같다.

『熱河日記』에서 文華殿을 소개하는 글에서 이렇게 기술하였다.

> 雍和門을 나서면 한 전각이 있는데, 文華殿이라 부른다. 누른 도자기 기와 지붕이다.[17)]

紫禁城의 정문 午門을 들어서 서쪽에 있는 문이 熙和門인데, 원래 이름이 雍和門이었다가 乾隆皇帝 때 熙和門으로 명칭을 바꾸었다. 그런데 '雍和門을 나서면 한 전각이 있는데 文華殿이라 부른다'라고 燕巖이 기술했

---

16) 『北京歷史地圖』.

17) 국역 『熱河日記』Ⅱ, 432쪽.

지만 武英殿 쪽에서 동쪽으로 나와 雍和門[곧 熙和門]을 나서면 바로 文華殿이 나오는 것이 아니고, 옹화문을 나와서 동쪽으로 250미터 정도 가야 協和門이 나온다. 동쪽으로 협화문을 들어가 북쪽으로 틀면 文華門이 있고, 그 북쪽에 文華殿이 자리잡고 있다.

文淵閣을 소개하여 이렇게 기술하였다.

> 文華殿 앞에 있는 전각을 文淵閣이라 부른다. 여기는 天子가 책을 수장하는 곳이다. 明나라 正統 6년(1437)에 宋, 金, 元, 때의 모든 책들을 합하여 목록을 만들었는데, 모두 4만3천2백여 권이라 하였다. 그 뒤에 또 『永樂大全』의 2만3천 9백37권을 더 보태게 되었다.
>
> 만일 그 뒤 다시 근세에 와서 간행된 『古今圖書集成』과 지금황제[乾隆]가 수집한 『四庫全書』를 더 보태었다면, 아마도 서고가 다 차고 밖에 쌓아 두어야 했을 것이다. 문을 채웠으므로 간신히 주렴 틈으로 대강 건물의 웅심함을 바라보았으나, 천자의 풍부한 장서는 한 번도 엿보지 못하였으니, 매우 한스러운 일이 아닐 수 없겠다.
>
> 일찍이 "옛날 우리나라 소현세자가 九王[多爾袞]을 따라와 이 건물에서 묵었다"라고 들었다.[18)]

燕巖의 기술에서 "文淵閣은 문화전의 앞에 있다"라고 했으나 사실은 앞에 있는 것이 아니고, 문화전의 뒤쪽[正北]에 있다. 문연각은 문화전에 부속된 건물이다. 문화전이 經筵이므로, 문연각은 황제의 藏書閣에 해당된다.

文淵閣은 본래 명나라 때부터 經筵과 藏書閣으로 쓰여 왔으나 1644년 李自成 農民軍의 紫禁城 점령 때 방화로 건물과 장서가 모두 타버렸으므로 '宋, 元, 明의 장서가 모두 4만 3천 2백여 권이라'고 한 연암의 기술은 사실이 아니다. "나중에 『永樂大全』을 만들어 正統 6년에 정리한 책에 더 보탰다"라고 소개한 내용도 문제가 있다. 『永樂大全』은 永樂 6년

---

18) 국역 『熱河日記』 II, 433쪽.

[1408]에 완성되었는데, 正統 6년[1441]에 정리한 목록에 더 보탤 수는 없는 것이다.

연암이 봤던 文淵閣은 1774년(乾隆皇帝 39)에 중건하였다. 이때는 건륭황제의 勅命에 의하여 『四庫全書』를 한창 편찬하고 있었는데, 건륭황제가 文淵閣을 중건한 목적은 전적으로 『四庫全書』 수장에 있었다. 이 문연각의 건축양식과 내부구조는 오로지 건륭황제의 意匠으로 浙江省 寧波에 있는 范氏 집안의 天一閣의 형식을 많이 본떴다. 문연각 동쪽에 乾隆皇帝 御撰의 「文淵閣記」를 새긴 비석과 碑亭이 있는데, 연암이 보지 못했던 것 같다. 연암이 북경을 방문한 2년 뒤인 1782년(乾隆皇帝 47) 『四庫全書』의 편찬이 끝났다.

그리고 李自成 군대가 3월에 방화하였고, 多爾袞이 5월에 북경에 진입하였으므로 '昭顯世子가 多爾袞을 따라와 文淵閣에서 묵었다.'는 기술도 사실이 아니다. 다이곤이 북경성에 진입했을 때는 문연각은 불타고 없었기 때문이다.[19]

『熱河日記』에서 武英殿에 대해서는 이렇게 기술하였다.

> 協和門 밖에 武英殿이 있다. 제도는 文華殿과 다름 없었다. 雍和門과 西華門이 서로 곧장 마주 대하고, 協和門과 東華門이 서로 마주 대했는데, 武英殿 앞에는 武淵閣이 있다. 대체로 전각의 대문과 담장들은 어디고 서로 대칭으로 되어 있지 않은 것이 없다. 뜰의 칫수도 반드시 서로 맞아 조금도 차이가 없었다.
>
> ……
>
> 갑신년(1644) 3월에 李自成이 수도[北京]를 함락시켰고, 이 해 5월에 多爾袞이 수도에 들어왔다. 이때는 명나라가 망한 지 한 달쯤밖에 안 되어서 우리나라에서 따라온 관리들이 武英殿의 화려한 댓돌 위에 박쥐의 똥만 남아 있는 것을 보고 눈물을 흘리면서 서로 쳐다보았다고 한다.[20]

---

19) 王鏡輪 저, 『紫禁城全景實錄』.

20) 국역 『熱河日記』 II, 433쪽.

紫禁城의 午門을 들어서서 서쪽으로 방향을 틀면 있는 문이 熙和門인데, 희화문의 원래 이름이 雍和門이다. 희화문을 들어가면 그 오른쪽에 남쪽으로 나 있는 문이 武英門이고, 무영문의 북쪽이 武英殿이다. 熙和門과 西華門은 武英殿의 앞쪽에서 동서로 거의 서로 마주 보고 있는데 서화문이 조금 더 북쪽으로 붙어 있다. "武英殿과 文華殿이 대칭이라는" 연암의 서술은 두 건물만 두고 볼 때는 거의 정확하다. 그러나 문화전 뒤에는 같은 담장 안에 부속건물격인 文淵閣이 있고, 동쪽에 부속건물이 있는 점이 다르다.

"武英殿 앞에는 武淵閣이 있다"라는 燕巖의 기술 역시 잘못된 것이다. 자금성 안에는 武淵閣이라는 건물이 본래 존재하지 않는다.

자금성은 午門을 들어서서 북쪽 문인 神武門을 나올 때까지 前三殿인 太和殿, 中和殿, 保和殿과 後三殿인 乾淸宮, 交泰殿, 坤寧宮과 御花苑에 있는 欽安殿 등은 모두 紫禁城의 南北 中軸線上에 일직선으로 위치해 있다. 각 궁전에 부속된 대문과 담장, 부속 건물들도 다 동서 좌우로 완벽한 대칭을 이루고 있다. 그러나 중축선 양쪽에 나 있는 대문과 담장 바깥은 전체 면적은 서로 같지만 殿閣 배치와 정원의 모양이 다 다르다. 燕巖이 "어디고 서로 대칭으로 되어 있지 않은 것이 없다. 뜰의 칫수도 서로 맞아 조금도 차이가 없었다'라고 기술한 것은 사실이 아니다.[21]

丙子胡亂 이후 淸나라에 압송되어 있다가 多爾袞을 따라 북경으로 온 우리나라의 관리가 있을 수 있다. 그러나 이자성이 자금성에 진주한 것이 3월 19일이고, 武英殿에서 황제에 즉위하여 일을 보다가 4월 30일 農民軍을 이끌고 북경성을 빠져나갔다. 多爾袞이 자금성에 진주한 것이 5월 2일이었다.[22] 명나라 神宗皇帝가 自縊한 날에 바로 이자성이 자금성에 진주하여 황제로 즉위하여 42일간 통치하다가 다이곤과 吳三桂의 연합군에게

---

21) 『紫禁城全景圖』.

22) 閻崇年(2008), 『中國古都北京』.

밀려났으므로 자금성이 실제로 명나라 멸망 이후 '박쥐가 날' 정도로 황량하게 비어 있은 상황이 아니었다.[23] 燕巖이 잘못 전해들은 것 같다.

본래 紫禁城의 정문인 午門을 五鳳樓라 하는데, 燕巖은 太和門을 五鳳樓라고 소개하고 있다.

> 太和殿 앞 뜰의 면적은 거의 수백 보(步)요, 한 길 남짓 되는 축대 위에는 백옥 난간을 둘렀고, 그 위에 태화문이 섰다. 문은 3층 처마에 누런 기와를 이었는데, 이것을 '五鳳樓'라고 한다.[24]

그러나 중국 사람들이 일반적으로 일컫는 五鳳樓는 午門을 가리킨다.

> 午門의 동·서 양쪽에 각각 누각이 있는데, 전후 좌우로 각각 기둥이 다섯 개씩으로 중앙의 門樓를 호위하면서 돋보이게 해주고 있다. 각 누각 사이에는 복도가 있어 서로 연결해 주고 있다. 공중에서 내려다보면 오문 양쪽에 있는 네 개의 누각은 마치 큰 새의 두 날개 같다. 이러한 설계는 정교하게 어울리는 것만 아니다. 옛날 사람들의 생각에는, 동서남북 네 방향에는 각각 신비로운 동물을 두어 상징 작용을 하는데, 남쪽은 朱雀이다. 唐나라 때 大明宮의 정문을 丹鳳門이라고 했다. 이로 인해서 明·淸代에 와서는 紫禁城의 午門 및 그 양쪽에 날개 같은 누각에 하나의 별칭이 있어 '五鳳樓'라고 불렀던 것이다.[25]

> 紫禁城의 남쪽 담 한 가운에 있는 문이 午門인데, 永樂帝 때 처음으로 건립되었다. ……順治 4년(1647) 중건하였다. …… 세상에서 五鳳樓라 부른다.[26]

이상의 두 기록을 의거하건대 '五鳳樓'는 午門임이 틀림없다. '太和門을

---

23) 羅哲文(2007) 등저, 『北京歷史文化』.

24) 국역 『熱河日記』 II, 439쪽.

25) 王鏡輪 저, 『紫禁城全景實錄』, 6쪽.

26) 梁思誠 등, 『名家眼中的北京城』, 144쪽.

五鳳樓'라 한 것은 근거가 없는 것으로 燕巖이 잘못 들은 것이었다.

## Ⅳ. 北京의 일반 문물에 대한 誤認

燕巖은 順天府學을 기술하여,

> 東廡와 西廡 사이에 오래된 전나무들이 많은데, 세상에 전하기를, "魯齋 許衡이 손수 심은 나무라오"하기도 하고, 혹은 "耶律楚材가 심은 거요"라고 하기도 한다.
>
> ……
>
> 府學은 옛날의 報恩寺로서 元나라 至正[1341-1367] 말년에 유람하던 중이 湖南지방에서 시주를 받아 절을 짓고서, 불상을 채 안치하기도 전에 明나라 군대가 북경에 쳐들어왔다. 군 지휘자들이 군졸들에게 孔子의 사당에 못 들어가도록 명령하자 중이 재빨리 공자의 위패를 빌려와서 공자의 사당이라고 속였다. 그 뒤 이 위패를 감히 옮기지 못하게 되어 결국 北平의 府學이 되었다가. 淸나라의 수도를 북경으로 옮기자 곧 順天府學이 되었다고 한다.[27]

魯齋 許衡(1209-1281)과 耶律楚材(1190-1244)는 둘 다 元나라 초기의 인물로서 원나라 말기의 시공한 報恩寺가[28] 건립되기 이전에 세상을 떠났으므로 뜰에 전나무를 심었다는 것은 연대가 맞지 않다. 더구나 府學으로 바뀐 것은 明나라 때부터이므로, 두 사람이 東廡와 西廡 사이에 전나무를 심는다는 것은 연대로 볼 때 있을 수 없는 일이다.

府學의 건물 배치를 燕巖은 이렇게 기술하였다.

> 明倫堂은 聖殿의 동쪽에 있고, 啓聖祠는 명륜당의 북쪽에 있고, 奎文閣은

27) 국역『熱河日記』Ⅱ, 465쪽.

28) 北京市文物事業管理局(1989) 편,『北京名勝古蹟辭典』, 70쪽.

명륜당의 동북쪽에 있고, 文丞相祠는 명륜당의 동남쪽에 있다.[29]

燕巖은 文廟와 明倫堂이 동서로 나란히 배치된 것으로 파악하였으나, 실제로는 順天府學을 들어서 櫺星門을 지나면 맨 먼저 文廟[聖殿]가 있고, 명륜당은 문묘의 뒤에 있어,[30] 文廟와 明倫堂은 남북으로 배치되어 있다.

燕巖은 북경의 佛寺를 많이 소개했는데, 그 가운데는 弘仁寺나 法藏寺塔 같은 경우 지금 흔적도 없이 사라져버렸고, 그 밖에 기록이 별로 남아 있지 않은 불사도 있다. 『熱河日記』의 기록이 중국의 좋은 文化史 자료가 될 수 있다. 그러나 燕巖의 기술 가운데는 간혹 착오도 없지 않았다.

燕巖은 報國寺를 이렇게 소개하여 기술하였다.

> 報國寺는 宣武門 밖에 있는데 빙 둘러 북쪽으로 1리쯤 가면 있다.
> ……
> 이 절은 明나라 成化[1465-1487] 초년에 황태후의 명복을 빌기 위하여 창건하였는데, 翰林侍讀學士 劉定之가 비문을 짓고, 汪容이 글씨를 썼다.[31]

燕巖은 報國寺의 위치를 정확하게 파악하지 못했다. 보국사는 宣武門에서 50도 각도의 서남쪽에 위치해 있다. 선무문에서 나와 곧장 남쪽으로 가서 1킬로미터쯤 가면 菜市口에 도달한다. 거기서 서쪽으로 방향을 틀어 다시 1킬로 남짓 가면 바로 보국사의 남문에 이른다. 선무문에서 서남쪽으로 5리 정도의 거리에 있다.[32]

報國寺는 원래 遼나라 때 창건된 佛寺인데, 明나라 초기에 무너졌으므로 성화 2년(1466)에 周太后의 아우 吉祥이 이 곳으로 출가하여 옛날 절을 중수하고 慈仁寺라 이름을 고쳤다. 그러나 세상에서는 여전히 보국사라고

29) 국역 『熱河日記』II, 463쪽.

30) 『北京名勝古蹟辭典』, 70쪽.

31) 국역 『熱河日記』II, 481쪽.

32) 『北京歷代地圖』(淸代 乾隆 15)

불렀다. 淸나라 乾隆 19년(1754)에 중수하여 大報國慈仁寺라고 다시 이름을 고쳤다.[33]

燕巖은 天寧寺의 불탑을 소개하여 이렇게 기술하였다.

> 옛 이야기에 "隋나라 文帝 仁壽 2년(602) 정월에, 황제가 阿羅漢을 만나 舍利 한 주머니를 받았는데, 이를 七寶函에 넣어 岐와 雍 등 서른 고을에다가 각각 탑 하나씩 세워 간직하게 하였다."라고 한다. 지금 天寧寺의 탑도 그 가운데 하나이다.[34]

그러나 天寧寺 탑은 수나라 때 세운 탑이 아니고, 遼나라 天慶 9년(1119)에 세운 磚塔으로 요나라의 木塔 형식을 본뜬 것이다.[35] 그러나 수나라 때 石塔을 세웠다는 기록[36]이 있는 것으로 볼 때, 수나라 때 석탑이 있다가 무너지고, 요나라 때 전탑으로 바꾸어 세운 것을 연암이 본 것이다. 천녕사 磚塔은 지금도 完好한 상태로 남아 있다.

燕巖은 法藏寺를 이렇게 소개하였다.

> 天壇의 북쪽 담장을 따라 동쪽으로 몇 리를 가면 法藏寺가 있다. 이 절은 金나라 大定(1161-1189) 연간에 창건되었는데, 옛 이름은 彌陀寺이었다. 明나라 景泰 2년(1451) 중수하고는 지금 이름으로 고쳤다. 제도는 天寧寺와 비슷하고 탑은 7층에 높이가 여남은 길이나 되었다.[37]

燕巖의 기술은 天壇의 북쪽 담장을 따라 동쪽으로 줄곧 가면 法藏寺가 나오는 것처럼 되어 있다. 그러나 사실은 법장사는 천단의 동쪽 2리 되는 곳에 있다.[38] 법장사의 위치를 잘못 소개한 것 말고는 연암은 법장사를

---

33) 『北京名勝古蹟辭典』, 211쪽.

34) 국역 『熱河日記』Ⅱ, 482쪽.

35) 『北京名勝古蹟辭典』, 199쪽; 『中國名勝辭典』, 28쪽. 上海辭書出版社, 2001.

36) 馬芝庠저 『北京旅遊指南』, 「天寧寺」, 175쪽.

37) 국역 『熱河日記』Ⅱ, 483쪽.

정확하게 소개하였다.

燕巖은 北京 崇文區에 있는 天慶寺를 이렇게 소개하였다.

> 藥王廟와 담 하나를 사이에 두고 天慶寺가 있다.
>
> ……
>
> 이 절은 명나라 天順 3년(1459)에 세웠다.[39]

그러나 이 절은 명나라 天順 3년에 세운 것이 아니고 원래 遼나라 때 세워진 永泰寺였다. 金나라 大安[1209-1211] 年間에 병화에 없어졌다. 元나라 至元 9년(1272)에 중건할 때 땅 속에서 버려진 종을 발굴해 냈는데, 그 종에 天慶이라는 두 글자가 새겨져 있었다. 天慶[1111-1125]은 遼나라 天祚帝의 연호이었다. 이로 인해서 天慶寺라고 절 이름을 바꾸었다. 이후 세월이 오래되어 허물어졌던 것을 明나라 宣德[1426-1435] 年間에 옛터에 다시 중건하였다.[40]

명나라 天順[1457-1463] 年間에도 重修를 한 적이 있었으므로 燕巖은 그때 창건한 것으로 오해했던 것 같다.

연암은, 西城區에 있는 護國寺를 이렇게 소개하였다.

> 護國寺는 서울 사람들이 千佛寺라고 부르는데, 부처 천 개가 있기 때문이다. 또 崇國寺라고도 한다.
>
> ……
>
> 절의 창건은 언제였는지는 모르겠으나, 元나라 丞相 脫脫의 塑像이 있다.[41]

---

38)『北京歷代地圖』(淸代 乾隆 15)

39) 국역『熱河日記』Ⅱ, 486쪽.

40)『北京名勝古蹟辭典』, 238쪽.

41) 국역『熱河日記』Ⅱ, 491쪽.

護國寺는 元나라 때 창건되었는데, 원래는 원나라의 丞相 脫脫의 故宅이었다. 明나라 宣德 4년(1429)에 大融善寺로 이름을 고쳤다가 명나라 成化 8년(1472)에 大融善護國寺라는 이름을 憲宗皇帝가 하사하였다. 그 뒤 淸나라 康熙 61년(1722)에 蒙古 王公과 貝勒들이 이 절을 수리하여 강희황제를 위한 祈福의 도량으로 삼아 護國寺라고 이름하였다. 또 西寺라고도 일컫는데, 隆福寺를 東寺라 하여 동서로 서로 호응하고 있다.

千佛殿 앞에 元나라 至元 21년(1284)에 세운 비석이 있으니[42] 1284년 이전에 창건되었음을 알 수 있다.

北京 서쪽 香山에 있는 碧雲寺 부근에 있던 魏忠賢의 무덤이 존재하는 것에 대해서 燕巖은 의문을 풀지 못했다.

> 崇禎 초년에 魏忠賢을 鳳陽에 귀양보내고, 그 집은 籍沒하였다. 충현이 군졸을 거느리고 자기 몸을 옹호하매 황제가 크게 노하여 명령을 내려 충현을 체포하였다. 충현이 죽음을 면치 못할 것을 짐작하고 스스로 목매어 죽었다. 그 시신을 河間에서 찢었는데, 충현의 무덤이 어찌 있겠는가?
>
> ……
>
> 명나라 말기에 법을 숭상하기는 엄격하였으나, 紀律이 이 같이도 서지 못했다는 것을 밝히고자 한다.[43]

"魏忠賢의 시체를 河間에서 다시 磔刑에 처하였다고 하니, 충현의 무덤이 어찌 있겠는가?"라고 하여 위충현의 무덤의 존재에 대해서 燕巖은 강한 회의를 품었다. 그러나 魏忠賢의 무덤은 북경 서쪽 香山 碧雲寺에 실제로 존재했고, 지금도 그 흔적이 일부 남아 있다. 그곳은 풍수상 길지로 알려졌는데, 위충현이 자기 전성기 때 여기에 王陵 규모로 자기 무덤을 만들었다. 무덤이 준공된 지 얼마 안 있다가 魏忠賢이 崇禎皇帝에 의해서 쫓겨나 安徽省 鳳陽에 안치되었다. 나중에 자기의 권세가 사라졌음을 알

---

42) 『北京名勝古蹟辭典』, 149쪽.

43) 국역 『熱河日記』 II, 379쪽.

고 자살했고, 사후 그 시체는 토막을 내고 머리는 매달아 사람들에게 보였다. 그래서 그의 시체는 그가 만든 호화로운 무덤에 들어가지 못했다. 그의 무덤은 康熙皇帝 때까지 그대로 남아 있었다. 그 뒤 御史 張瑗의 탄핵에 의해서 비석을 넘어뜨리고 무덤도 평평하게 만들어 버렸다. 위충현이 처형을 당했지만 생전에 무덤을 조성했기 때문에 그의 무덤이 존재할 수 있었던 것이다.

"明나라 말기에 법을 숭상하기는 엄격하였으나"라고 燕巖은 간주하였으나 사실은 명나라 말기의 황제들은 정사를 등한히 하고 착취 수탈만 일삼았다. 예를 들면 神宗皇帝 같은 경우는 20년 동안 조회를 열지 않았고, 崇禎皇帝 때는 세금이 평소보다 10배로 불어났다.[44] 형편없는 황제인데도 燕巖은 모두 좋게 보고 있다. 燕巖의 뇌리에 尊明사상에 그대로 배어 있음을 알 수 있다.

> 崇禎皇帝가 황제 자리에 오른 지 17년 되는 사이에 相臣들의 임면이 모두 50명이다. 그때 군율의 엄격함이 역대에 드물었으나 역시 승패와 존망의 운수에는 아무런 도움이 없고 말았다.[45]

1618년 건국한 後金과의 전쟁 속에서 즉위한 崇禎皇帝는 많은 장수를 임명하고 파면하고 또 처형했다.

崇禎皇帝가 즉위한 이래로 많은 장수들이 억울하게 처형되어 갔는데, 환관들이 국가의 운명은 도외시하고 자신의 권력을 유지하기 위하여 많은 장수들이 희생되었다. 崇禎 때 兵部尙書로 북경방어를 책임지고서 많은 戰功을 세웠던 袁崇煥이 淸의 反間計에 의해서 暗昧하고 의심 많은 崇禎皇帝에 의해서 능지처참되었다.[46] 이 한 가지 예만 들어도 그 실상을 알

---

44) 閻崇年(2007), 『明亡清興六十年』.

45) 국역 『熱河日記』 II, 377-278쪽.

46) 閻崇年, 『明亡清興六十年』.

수 있음에도 불구하고 연암은 명나라의 군율이 엄했음을 강조하고 있으니 당시의 실상을 정확하게 파악하고 있지 못한 것이다.

## Ⅴ. 시각의 보편성 문제

당시 중국 지식계에서 가장 관심을 갖고 있던 대형 편찬사업인 四庫全書의 편찬이다. 『四庫全書』는 1772년에 편찬사업을 시작하였으므로 燕巖이 북경을 방문하였을 때는 거의 마무리 단계에 있었다. 인류역사상 가장 방대한 도서편찬사업이었고, 문화사업으로, 참여한 학자 수만도 4186명이었다. 모두 44류, 3503종, 79337권 36304책으로 구성되어 있다.[47]

물론 燕巖이 북경을 방문했을 때 『四庫全書』가 다 완성된 것은 아니긴 해도, 『四庫全書』 수장을 위해서 특별히 건립한 文淵閣을 참관하고도 방대한 편찬사업에 얽힌 기록 하나 남기지 않은 것은 중국견문록으로서 『熱河日記』의 중대한 결함이 아닐 수 없다.

武英殿은 李自成과 多爾袞이 정사를 보던 곳이다. 그러나 康熙皇帝(1622-1722) 때부터 武英殿書局을 열어 文臣들이 서적 纂修하는 곳이 되었다. 1만권에 달하는 『古今圖書集成』이 武英殿에서 銅活字로 인쇄되었고, 그 활자 25만여 매가 무영전에 보존되어 있었다.[48]

또 乾隆皇帝 때 武英殿에서는 四庫全書 가운데서 善本을 골라 木板으로 인쇄한 聚珍板圖書를 대량 간행했는데도, 『熱河日記』에서는 이에 대한 언급이 전혀 없다.

그 외 당시에 이미 편찬되어 있던 중요도서 『全唐詩』, 『淵鑑類函』, 『佩文韻府』, 『康熙字典』, 『十三經注疏』 등에 대한 언급이 전혀 없는데, 이는 중국 학술계에 대한 情報源이 없은 이유인 것 같다.

---

47) 閻崇年, 『中國古都北京』, 184쪽.

48) 閻崇年, 『中國古都北京』, 144쪽.

그리고 당시에 在世하던 대표적인 학자 · 문인을 燕巖이 거의 만나지 못한 것도 『熱河日記』의 비중을 높이지 못했다. 예를 들면 『四庫全書』의 總纂官 紀昀을 비롯해서 古籍校勘家 盧文弨, 사학자 王鳴盛, 문학가 蔣士銓, 사학가 錢大昕, 『續資治通鑑』의 저자 畢沅, 『古文辭類纂』의 편자 姚鼐, 金石學者 翁方剛, 『文史通義』의 저자 章學誠, 문자학자 王念孫, 사학자 洪亮吉, 고증학자 孫星衍 등등이 북경에서 활동하고 있었다. 일정의 촉박함 등 여러 가지 여건상의 제한이 있었겠지만 직접 만날 기회를 얻지 못했으면 대표적인 학자 · 문인의 이름이나 학문경향 주요저서 등을 수집해서 소개해 주는 것이 국내 학계를 위해서 큰 기여를 하는 것일 텐데, 그런 정보가 『熱河日記』에 전혀 담기지 못했다. 燕巖은 안내를 받을 만한 적절한 인물을 얻지 못했던 것 같다.

北京의 觀象臺를 방문하고서 거기에 설치된 天體觀測 기구에 대해서 전혀 언급이 없는 것도 實學者로서 또는 北學派의 導師로서 燕巖의 진리 탐구 자세에 아쉬움이 남는다. 북경에 전래된 서양과학에 대한 언급이 있었으면 더욱 좋았겠다.

淸나라 皇室에서 儒敎를 國敎로 삼아 숭상해 온 사실을 燕巖은 오로지 思想統制의 수단으로만 간주하였다.

> 아아! 슬프다. 중국이 유학은 점차 줄어듦에 따라 온 천하의 학문이 한 갈래에서 나오지 않게 되어 주자와 陸象山이 나뉘어진 것이 이미 수백 년이 되어 서로 헐뜯으며 미워하여 원수같이 하더니, 명의 말기에 이르러서 천하의 학자들이 모구 朱子를 숭배하였으므로 陸氏를 따르는 이가 드물게 되었다.
>
> 그러다가 淸나라가 중국의 주인이 되자 학술의 종주가 있는 곳과 또 당시 그를 따르는 숫자가 많고 적음을 살펴서 숫자가 많은 편을 좇아 힘껏 숭배하되 朱子를 十哲의 同列에 올려놓고 천하에 외치기를, "朱子의 도덕은 우리 황실의 家學이다."라고 하였다. 천하의 사람들 가운데서 이에 만족하여 열복하는 이도 있었지만 또 이를 가장하여 출세의 길을 바라는 자도 없지 않았다.

> 그러니 이른바 陸氏의 학문은 거의 끊어지고 말았다.
>
> 아아! 슬프다. 그들이 어찌 주자의 학문을 알아서 그 올바른 것을 터득했으리오? 이는 곧 천자의 높은 지위로서 거짓 숭배하였음이다. 이는 다만 중국의 대세를 살펴서 재빨리 남보다 먼저 차지하여, 온 천하 사람들의 입에 재갈을 물려서 감히 자기들에게 오랑캐라는 이름을 씌우지 못하게 하려는 것이다.[49]

淸나라 황실에서 朱子學을 숭상하여 國敎로 삼은 것을 燕巖은 "天子의 높은 지위를 이용하여 거짓 숭배하였다."고 생각하였다. 그러나 연암의 이런 좁은 시각은 아직도 淸나라를 오랑캐라고 생각하는 崇明사상에서 탈피하지 못한 데서 나왔다. 淸나라 황제들의 학문적 수준을 너무 낮게 보는 朝鮮學者들의 고정관념에서 기인한다.

실제로 淸나라 황제들은 대대로 학문을 좋아하고 학문의 수준이 높았다. 淸나라 황제들은 두 사람의 大學士를 師傅로 모시고 엄격한 교육을 받는다. 康熙皇帝의 경우 太子에게 반드시 책은 120회 이상 외우도록 했다. 강희황제 자신은 5세 때 독서를 시작하여 儒敎經典은 날마다 읽었고 반드시 외웠다. 24세 때는 대궐 안에 南書房을 설치하여 侍讀學士를 좌우에 두고 매일 강독하였다. 심지어 전쟁터에 나가서도 매일 강독하였고 신하들이 격일로 강독하자고 주청해도 자신이 매일 하자고 원칙을 견지했다. 노년에 이르기까지 잠시도 손에서 책을 놓아본 적이 없을 정도로 好學하였다.[50]

燕巖의 燕行 당시의 황제인 乾隆皇帝는, 詩文은 물론이고 書畵를 좋아하여 漢文化에 대한 소양이 깊었다. 어디를 가나 붓을 잡고 글을 지어 詩文集이 586권인데, 시가 43830수, 문장이 1067편에 이를 정도로 好學한 군주였다.[51] 건륭황제 혼자서 지은 시가 거의 『全唐詩』에 실린 唐나라

49) 국역 『熱河日記』 I, 442쪽.
50) 閻崇年, 『中國古都北京』, 177쪽.
51) 閻崇年, 『中國古都北京』, 181쪽.

시 전체의 숫자에 육박하는 천문학적인 숫자다. 그리고 그는 라틴어, 수학, 물리학, 천문학 등까지도 알았다 한다. 강희와 건륭은 중국 역사상 가장 학문이 대단한 제왕이었다.

康熙皇帝 자신이 理學을 제창하여 1773년에 李光地 등에게 명하여 주자의 시문을 새로 편집하여 『朱子全書』로 편찬하여 전국에 頒行하였다.[52]

이런 황제들을 두고 燕巖이 "그들이 어찌 주자의 학문을 알아서 그 올바른 것을 터득했으리오?"라고 단언한 것은 너무 淸나라를 貶視한 것이다.

"明나라 말기에 와서 陸王學이 거의 끊어지고 말았다"라고 燕巖이 단정지어 말했으나 이는 전혀 사실이 아니다. 명나라 말기에 가면 실제로는 陸王學이 크게 성행하여 朱子學을 거의 대체할 세력을 가질 정도에 이르렀다.[53] 淸나라 초기에 黃宗羲가 쓴 『明儒學案』안에는 陸王學 계열의 학자들에 관한 내용이 20여권 분량을 차지한다. 乾隆皇帝 때 와서 陸王學이 거의 없어진 것이 아니고 漢學이 세차게 일어나서 주자학이나 양명학이 漢學의 도전을 받게 되었던 것이지 주자학이 성하여 양명학이 쇠퇴해진 것은 전혀 아니었다.

아무튼 「審勢篇」에 나타난 燕巖의 시각은 淸나라 황제들의 학문숭상의 정책을 순수하게 보지 않고 지나치게 정치적으로만 보려는 경향이 농후하다.

『열하일기』에서 북경을 소개하는 글 가운데 별 특징 없는 佛寺에 대한 소개가 너무 많은 양을 차지한다. 佛寺를 소개한 이 글들을 연암이 무슨 의도에서 작성했으며 무슨 의미가 있는지 의아하다.

---

52) 趙宗正 주편, 『儒學大辭典』, 濟南: 山東友誼出版社, 1995, 353쪽.

53) 張傳璽 저, 『中國古代史綱』 下冊, 505쪽, 北京: 北京大學出版社, 1992.

## Ⅵ. 결론

燕巖 朴趾源은 1780년 淸나라 北京과 熱河를 다녀온 뒤 기행록인『열하일기』를 저술하였다.『熱河日記』에는 往還의 일정과 청나라의 풍속, 문물, 생활상 등을 소개하여 당시 대단히 인기가 있어 널리 읽혔고, 지금까지도 많은 연구업적이 나왔다. 지금까지의 연구는 주로『熱河日記』에 대한 칭찬일변도였다.

그러나 정밀하게 검토해 보면 내용상 문제점이 적지 않다. 本考에서는 燕巖의『熱河日記』가운데서 北京을 두고 기술한 내용을 대상으로 정밀한 고찰을 해 실제 사정과 맞지 않은 점 약간을 밝혀 보았다. 글 전체가『熱河日記』를 흠잡는 듯한 인상을 주게 되었는데,『熱河日記』를 좀 더 정확하게 인식하자는 의도에서 쓴 글임을 이해해 주기 바란다.

燕巖은 근본적으로 北京城과 皇城을 혼동하였고, 또 紫禁城과 宮城이 따로 있는 줄로 생각하였고, 紫禁城 내부의 구조에 대해서도 잘못 알고 있는 것이 많았다.

당시 우리나라를 대표하는 實學者이자 문장가였던 燕巖은 北京 觀光에서 중국에 가 보지 못한 많은 우리나라 文人·學者들을 위해서 중국의 학문, 문학, 서적 등에 대해서 우선적으로 잘 소개할 의무가 있다. 그러나 연암의 시각은 淸나라 황제와 청나라 문물을 무시하는 시각을 벗어나지 못했고, 또 관심이 좀 기이한 것에 치우친 느낌이 없지 않다.

물론 조국에 대한 熱愛와 利用厚生的이 사고가 곳곳에 배어 있긴 하지만, 좀더 望蜀의 기대를 한다면, 중국의 학문, 문학, 서적, 교육, 과학기술 등에 대한 소개가 좀 더 풍부했으면 하는 것이다.

# 楚亭 朴齊家의 中國認識에 대한 연구

## Ⅰ. 서론

楚亭 朴齊家(1750-1805)는 조선 후기 실학파 학자 가운데서 北學派의 대표적인 인물이다. 그는 燕巖 朴趾源의 제자로 연암을 중심으로 한 북학파의 대표적 학자이다.

그는 스승 연암에 앞서 1778년 北京을 다녀왔다. 연암이 1780년 단 한번 다녀온 데 비해서 楚亭은 북경을 네 번 다녀왔다. 연암의 『熱河日記』가 일기체 기행문 형식으로 淸나라의 문물제도를 자유롭게 산발적으로 소개했지만, 초정은 『北學議』라는 체재가 잡힌 專著를 저술하여 청나라 문물제도를 집중적으로 소개하였다. 『열하일기』 속에는 종종 『북학의』의 내용에서 인용한 것도 적지 않게 들어 있다. 연암이 만나 대화를 나눈 중국측 인사는 비중 있는 인물이 거의 없었는데, 초정은 四庫全書의 편집 총책임자 紀昀 등을 위시해서 국가적으로 볼 적에 비중 있는 인물이 많았다. 阮堂 金正喜보다도 먼저 翁方綱, 阮元을 만났다. 또 연행 이후에도 계속 중국측 인사들과 서신을 교환하며 학문을 강론하였다.

그러나 연암에 대한 연구는 다각도로 이루어져 풍성한 연구결과가 나와 있고, 지금도 활발하다. 초정에 대한 연구도 상당히 나왔으나 연암의 연구에는 미치지 못 한다.

본고에서는 지금까지 이룩된 연구에 바탕하고, 그의 문집 『楚亭全書』 등에서 정밀하게 자료를 추출하여 초정의 中國에 대한 인식을 고찰해 보고자 한다.

## Ⅱ. 생애와 사상 簡介

### 1. 생애

楚亭은 조선 후기 正祖朝에 활동한 학자이다. 박식한 학자이면서 특히 實學에 관심이 많았다. 서얼이라 관거를 통해 관직에 나갈 수 없었으나 정조에 의해서 奎章閣 檢書로 발탁되어 서적의 관리에 주로 종사하였다. 중국에 4번 다녀왔으니 그 시대 외교관, 문화교류 사절로서의 역할을 충실히 이행하였다.

자는 在先, 次修, 修其이고, 楚亭은 그의 호인데, 또 貞蕤, 葦杭道人 등의 호도 썼다. 본관은 密陽으로 승지 朴坪의 서자로 漢陽에서 1750년 태어났다.

燕巖 朴趾源의 문하에서 수학하였고, 연암을 중심으로 한 그 제자 雅亭 李德懋, 泠齋 柳得恭, 薑山 李書九 등과 함께 하나의 學團을 형성하여 학문을 講磨하고 새로운 사상을 키워나갔다. 또 장인 李觀祥에게도 가르침을 입었다.

상업과 무역을 적극 장려하고 밀무역에 대한 제재를 줄이며, 화폐를 유통할 것, 서양인들을 조선으로 초빙하여 화포 제작, 성곽 축조, 선박 건조, 양잠 등의 신기술을 적극 도입할 것 등을 주장했다.

또 맹목적인 근검절약은 병폐이며, 상품화폐 경제의 발전이라는 현실적 기반을 쌓아 상업 수공업 농업 전반의 생산력 발전을 적극적으로 추진하여 국가경제를 일으킬 것을 역설하였다. 이러한 초정의 주장은 상업과 무역을 천시하던 그 당시의 사대부들에 의해서 심하게 비판받게 된다.

초정은 네 번에 걸친 청나라 使行을 통해 100여 명이 넘는 중국 지식인들과 교유하면서 국제적 안목을 갖춘 지식인이었다.

楚亭이 서출이었지만 박평은 만년에 얻은 자식인 그에게 애정을 각별히 쏟았다. 그러나 11세 때 부친이 죽고 어머니와 따로 살게 되어 매우 가난해졌다. 자주 거처를 옮겨다니며 어머니가 생계를 이어가게 되니 형편이 어려웠다. 그러나 박제가는 밤을 새워가며 품팔이하여 공부시키는 어머니의 지극 정성을 가슴 깊이 새겼다. 그의 어머니는 아들의 장래를 위하여 유명한 학자들을 초청하여 식사를 대접하는 등 모든 노력을 다했다.

기억력이 좋고 암기에 능했던 그는 어릴 때부터 글을 좋아해 읽은 책은 반드시 세 번씩 베껴 썼고, 입에는 늘 붓을 물고 있었다. 그리고 변소에 가서도 그 옆 모래에 그림을 그렸고, 앉아서는 허공에 글쓰기를 연습했다 한다. 끈질기게 노력하여 시문과 그림으로 유명해졌다. 뒷날 박제가 자신의 회상에 의하면 "내가 글을 처음 배운 것은 막 젖을 먹던 때였지"라고 했으니, 아주 어린 나이 때부터 글을 배워 알았다는 것을 알 수 있다.

이와 같은 가정환경과 사회적 여건은 그가 커서 사회적 천대와 멸시, 양반 제도와 계급적 모순에 대해 불만을 갖고 비판하며 빈곤한 농민과 서민을 동정하는 입장에 서게 하는 데 대해 큰 영향을 주었다.

1766년 17세에 李觀祥의 서녀와 혼인하였는데, 한때 그의 집에서 거주하기도 했다. 이관상은 초정이 자신의 집에서 생활하고 독서하게 할 만큼 아꼈다. 초정에게도 계속 자신의 서실에 출입하게 하여 성리학과 글을 가르쳤다.

이 해 燕行에서 돌아온 湛軒 洪大容을 만났다. 清朝 문인들과 교유한 필담인『會友錄』에 관심을 갖고 찾아가 빌려 보기 위해서였다. 이때 비로소 담헌을 알게 되어 평생 선배로 모시면서 많은 가르침을 얻어들었다. 특히 北學에 대한 것은 담헌을 통해서 눈 뜨게 되었다.

1768년 18세 때 燕巖을 스승으로 모시면서 李德懋 柳得恭 李書九 등을 만났는데, 이 가운데 이덕무와 더욱 절친하게 되었다.

청년기에 그는 연암의 가르침을 받은 것 외에도 다양한 서적을 혼자 탐독하였다.

초정은 磻溪 柳馨遠이나 星湖 李瀷 등의 土地經濟思想과 中農思想을 비판하고, 선진적인 淸나라의 문물을 받아들일 것과 상공업을 천시하지 않아야 하고 국가가 상공업을 발전시키고 무역을 장려해야 한다고 주장하였다. 또 그는 상공업의 발전을 위하여 국가는 수레를 쓸 수 있도록 길을 내어야 하고 화폐 사용을 활성화해야 한다고 생각했다.

1769년 楚亭의 시문을 모은 『楚亭集』에 燕巖이 서문을 썼다.

1773년(영조 50) 3월 蔭敍로 출사하려 하였으나 서얼이라 하여 관직에 오르지 못했다.

1776년(정조 즉위) 李德懋, 柳得恭, 李書九 등 세 사람과 합작한 시집 『韓客巾衍集』을 柳得恭의 숙부 柳琴이 청나라에 가져가 소개하여 청나라에서 초정은 조선의 詩文四大家의 한 사람으로 알려졌다.

1778년(정조 2) 29세 때 謝恩使 蔡濟恭을 따라 청나라에 들어가 청나라의 李調元, 潘庭筠 등의 학자들과 학문을 강론하고 돌아왔다. 귀국 직후 그는 도구의 개량과 사회, 정치 제도의 개혁에 관한 내용인 『北學議』 內, 外篇을 저술하였는데, 實事求是의 사상을 토대로 하여 內篇에서는 실생활에서의 기구와 시설의 개선을 다루고, 外篇에서는 정치 사회제도의 전반적인 모순점을 지적하여 庶政의 개혁 방안을 서술했다.

초정은 正祖에게 국력의 부강을 위해서는 교역로를 열어야 하고, 청나라의 문물제도를 받아들이고, 생산 기술과 도구를 개선하고 상업을 장려하여 대외 무역을 조정에서 장려해야 한다고 건의하였다. 그러나 그의 견해는 중신들에 의해 합당치 않은 소리라는 면박을 당하였다.

1779년 3월 정조는 奎章閣에 檢書官職을 신설하고 초정을 검서관에 임명하였다. 李德懋, 柳得恭, 徐理修 등 서얼 출신 학자들도 함께 등용되었다. 이때부터 규장각에 근무하면서 비장된 서적들을 마음껏 탐독하였다. 정조를 비롯한 국내의 저명한 학자들과 깊이 사귀면서 왕명을 받아 많은 책을 교정하여 간행하였다.

1785년 典設司 別提가 되었다. 그는 사직하려 하였으나 정조의 간곡한 만류로 취임하였다. 이때 그는 시정 개혁 상소를 올려 서자들 중에도 유능한 인재가 있으니 서자들의 허통해야 한다는 상소를 하였다. 조정 관원들의 완강한 반대가 있었지만 정조는 그의 상소를 받아들였다.

1786년(정조 10) 정조가 왕명으로 관리들에게 시정의 폐단을 고칠 방안을 구하는 한편 폐단을 고칠 救弊策을 올리게 했을 때, 전설사 별제의 직에 있으면서 장문의 개혁책을 담은 「丙午所懷」를 올렸다. 여기서 그는 상공업 장려, 신분차별 타파, 해외통상, 서양인 선교사의 초청, 과학기술 교육의 진흥 등 국가를 부강하게 하고 국민의 생활을 향상시킬 정책을 펼 것을 건의하였다.

그러나 그의 건의는 당시 지배층의 이해와는 상반된 것이었으므로 묵살되었으며, 오히려 老論 僻派 세력의 심한 반발과 비판을 받았다. 심지어 노론들은 '朴齊家가 다른 마음을 먹고 있다'고 공격하여, 당시 심한 당쟁에 휘말려 비판을 받았다. 급기야 '文體反正'이라는 사상정화운동을 시행하는 원인의 하나가 되게 되었다.

1790년(정조 14) 5월 乾隆帝의 팔순 잔치를 축하하는 進賀使節이 파견될 때 楚亭은 進賀使 黃仁點의 수행원의 자격으로 柳得恭 등과 함께 청나라에 갔다.

건륭제의 팔순을 축하하고 돌아오던 도중 元子의 탄생을 축하해준 건륭제의 호의에 보답하고자 한 정조의 특명으로 軍器寺正에 임시로 임명되어 다시 북경에 갔다. 1791년 귀국 후 軍器寺正이 되었다.

1792년 扶餘縣監으로 나갔다가 1793년 승정원에서 보낸 內閣關文을 받고 「比屋希音頌」이라는 비속한 문체를 쓰는 데 대한 반성문인 「自訟文」을 정조에게 지어 바쳤다.

1794년(정조 18) 2월 春塘臺 武科에 장원으로 급제하여 五衛將에 임명되었다.

1797년 永平縣令으로 부임하였다. 1798년에는 왕에게 바치기 위해 『北學議』 進疏本을 작성했다.

1799년 兼檢書官에 임명되어 영구히 검서관을 겸하게 했다.

1800년(정조 24) 茶山 丁若鏞과 함께 種痘方을 연구하여 永平縣에서 시험해 보고 널리 보급하였다. 이 해 정조가 승하하였다. 영평현령에서

면직되었다.

1801년(순조 1) 2월 謝恩使의 일행으로 북경에 가서 『朱子書』의 善本을 구해 돌아왔다. 이때 李調元, 陳鱣에게 자신의 시문집 『貞蕤稿略』의 서문을 받았다.

9월 사돈 尹可基의 옥사에 연루되어 鍾城으로 귀양갔다. 유배지에서도 계속 공부하여 「周易解」 등을 저술하였다.

1803년 陳鱣의 주선으로 北京에서 『貞蕤稿略』이 목판으로 간행되었다.

1805년 3월에 방면되었다가, 4월 25일 향년 56세로 작고했다.[1)]

## 2. 사상

楚亭은 實學者 가운데서도 北學派에 속한 학자로서 상업과 무역의 장려와 개선을 강하게 주장했다. 그는 淸나라를 오가며 아랍, 베트남 등의 무역상들을 통해 신문물을 접하면서 새로운 문물 전파와 문화 교류 방법의 하나는 상업과 무역이라고 봤다. 따라서 대대로 농업을 중시한 朝鮮에서 상업에서 사회발전의 계기를 찾으려 했다. 상업과 무역을 천시하는 것은 큰 착각이며 상업과 무역이 국가 경제 개선에 도움을 준다고 주장했다.

그는 무조건 勤儉節約만이 미덕이 아니라고 주장했는데, 그의 이러한 주장은 당대의 지배층들로부터 사치를 권장한다는 반박을 받았다. 그는 상업을 발달시키려면 대부분의 실학자들조차 미덕으로 여겼던 봉건적 절검사상을 배격할 필요가 있다고 봤다.

그는 『北學議』 內篇 「市井條」에서 '소비는 단순한 소비에 그치는 것이 아니고, 재생산을 자극하는 것'이라 주장했고, '생산과 소비의 유기적 관계'를 해명함으로써 이를 연결하는 상업과 무역의 중요성을 천명했다. 따라서

---

1) 안대회 역주 『北學議』 부록 연보. 정민 등 역주 『貞蕤閣集』 상권 부록 연보. 위키백과사전 朴齊家項 등 참조.

그의 생각도 상업이 발달하면 농업과 수공업도 아울러 발달한다는 重商主義的 경제이론에 도달해 있었다.

화폐를 유통할 것을 正祖에게 여러 번 건의하였다. 화폐 유통은 상업과 무역을 활발하게 돌아가게 하는 수단이 된다고 본 것이다. 초정의 화폐경제 발달론의 본질은 국가의 경제력을 증대시켜 利用厚生을 도모하는 데 있었다. 그것은 상업이 주가 되면서 농업 공업이 유기적으로 발전해야만 가능했다. 그래서 그는 상인들과 무역상들에 대한 지나친 천대와 편견을 자제할 것, 수공업자에 대한 국가적 수탈을 금지할 것, 대량 생산체제의 구축, 농업기술의 개량을 통한 농업생산성의 증진과 상업적 농업을 실시해야 한다고 역설하였다. 또한 그는 국가경제를 강화하기 위해 해외통상을 통한 財貨의 증식이 필요하다고 역설했다.

초정은 密貿易을 근절할 방안으로도 국가가 상업과 무역에 대한 천대와 경멸, 제재를 줄여야 된다고 건의하였다. 무역과 상행위에 대한 제재가 사라지게 되면, 밀무역 역시 자연스럽게 사라지거나 근절될 것이라고 생각했다. 또 밀무역을 양성화시켜 정상적인 대외무역을 발전시킬 것과 開城, 仁川과 忠淸道와 全羅道 일대의 瑞山, 泰安, 長淵, 恩津, 礪山 등지의 해안을 끼고 있는 지역에 무역항을 열어 중국 남부지방 및 山東지방과 통상을 확대할 것을 주장했다. 그렇게 해서 상권이 커지고 국력이 신장되면 日本 安南 위구르 등 무역대상국을 확대하자고 제안했다.

그의 화폐유통론과 국가의 무역 장려론은 상거래를 천시 여겨 온 조선의 성리학자들에 의해 불순한 사상 내지는 이문을 남기기 위한 협잡군의 행위 정도로 취급되었다.

초정은 어릴 때부터 통찰력과 판단력, 방대한 학식과 예술적 재능을 타고 났다. 하지만 서얼이라는 신분적 차별과 고분고분하지 않은 그의 성격 때문에 주류 사회에서 따돌림과 무시를 당했다. 그는 허울만 좋은 조선의 양반 학자 선비 지식인 등 편협하고 답답한 집단을 비웃었지만 그의 힘으로는 기득권 세력의 벽을 부수지는 못했다.

그러나 초정은, 사회적 차별에 굴하지 않았다. '고독하고 고매한 사람만을 골라서 남달리 친하게 사귀고, 권세 많고 부유한 사람은 일부러 더 멀리하며' 차라리 가난하게 살았다.[2] 그는 그 단단한 습속의 벽과 온몸으로 맞서 싸웠다. 직설과 독설로 맞섰다.

초정은 고군분투했다. 틀에 박히고 고루하고 진부한 시와 문장을 혐오하며 나만의 글쓰기를 찾아 나섰다. 당시 선비들은 杜甫의 시를 최고로 여겨 배웠고, 다음은 唐詩, 그 다음은 宋나라 金나라 元나라 明나라 시를 배웠다.

楚亭은 典範에 매달리는 글쓰기는 남이 한 말의 찌꺼기나 줍는 행태에 불과하다고 보았다. 자기 시대의 현상을 자기만의 말과 글로 표현하는 것이 진정한 시요 진정한 문장이라고 생각했다. 자기만의 글쓰기를 개척하는 것이 진정 古人의 글쓰기에 다가가는 길이었다.

한편 형식에서 지나치게 벗어났다는 노론계 다른 학파의 비난이 빗발치자, 정조는 그의 스승 박지원을 비롯한 북학파 인사들에게 '文體反正'을 하라고 명령하여, 바른 글을 써 내도록 했다.[3]

저서로는 청나라를 배울 것을 체계적으로 역설한 『北學議』, 시문을 모은 『貞蕤詩稿』과 『貞蕤集』, 白東脩 李德懋 등과 공동으로 편찬한 『武藝圖譜通志』, 淸나라에 소개된 『韓客巾衍集』 등이 있다. 농서인 『明農草稿』는 서명만 남아 있고 아직 책은 발견되지 않았다.

실학자 가운데서도 상업을 매우 중시하였고, 특히 중국과의 교역을 강조한 그가 중국을 중시하고, 중국을 배워야 한다고 『북학의』를 저술하게 된 인식을 갖게 된 동기와 과정은 어떠했을까?

---

2) 朴齊家저 정민 등 역 『貞蕤閣集』 하책. 206쪽.

3) 朴齊家 저, 정민 역, 『貞蕤閣集』 돌베개, 2010년. 安大會 역주 『北學議』 돌베개, 2013년. 李英順 『朝鮮北學派實學硏究』, 中國社會科學出版社, 2011년, 北京. 위키백과사전 참조.

## Ⅲ. 丙子胡亂 직후 朝鮮知識人들의 大淸認識

朝鮮은 儒學 가운데서도 性理學을 統治理念으로 삼아 건국한 나라였다. 孔孟의 儒學은 본래 생활철학으로서 현실생활과 밀접한 관계가 있어 儒學 자체에 현실적인 내용이 대부분이었다. 조선이 유학을 통치이념으로 삼은 이유도 유학을 통한 敎化를 펼쳐 법률제도를 대신해서 이상적인 통치에 도움을 받기 위해서였다.

그러나 性理學이 16세기 朝鮮에서 지나치게 이론화하여 점점 소극적이고 지엽적인 空理空談 논쟁으로 치닫게 되었다. 그렇게 되니, 유학의 현실적인 내용이 성리학에 매몰되어 생명력을 이미 잃어 버렸고, 敎化의 기능을 약간 하긴 했지만 도리어 백성들을 구속하는 장애물로 전락하게 되었다.

또 유학은 원래 지나치게 尙古的이고 尊華的인지라 새로운 변화를 싫어하였고, 오로지 中國에만 의지하려는 경향이 강했다. 특히 산업과 국방을 등한시하여 국력을 약화시켰고, 국제정세에 완전히 둔감한 나라가 되어 갔다.

이 결과 壬辰倭亂을 당하여 1개월 내에 전국토의 대부분을 倭賊에게 함락 당했고 백성들은 왜적의 魚肉이 되었다. 거의 망할 운명에 처한 나라를 明나라의 諸侯國이라는 명분으로 명나라 구원군이 와서 멸망은 겨우 면하게 되었다.

임진왜란은 韓中日 동양 삼국에 내외적으로 대단한 변화를 가져왔다. 조선에 구원병을 파견했던 明나라는 1644년 망하여 淸나라가 중국을 지배하게 되었고, 일본도 전쟁을 일으켰던 豐臣秀吉 세력은 몰락하고, 德川幕府가 들어섰다. 조선만이 왕조가 멸망하지 않고 그대로 존속되었다.

宣祖의 뒤를 어어 즉위한 光海君은 변화에 대처하여 새로운 변모를 시도하려고 하였다. 명나라 청나라의 장기간 전투에서 적의하게 대처하여 한 쪽으로부터 원한을 사지 않으려고 노력했다.

그러나 1623년 仁祖反正이 일어나서 光海君이 축출되고, 仁祖가 들어서자 광해군 때 시도되었던 일군의 변화작업은 하루아침에 중단되었다. 국왕과 관료들은 다시 완전히 復古的인 분위기로 돌아가 華夷論이 대두하면서 망해가는 明나라에게만 의리를 내세워 숭상하고 새로 일어나는 청나라는 오랑캐로 보고 멸시하였다.

청나라의 몇 차례의 경고에도 조선이 태도를 변하지 않자 1627년 청나라 군대가 조선을 침범하여 항복을 받아 兄弟의 동맹을 맺었다.

조선이 겉으로만 항복하고 속으로는 여전히 명나라를 숭상하자, 1636년에 이르러 청나라 太宗이 직접 군대를 이끌고 와 仁祖의 항복을 받아냈다. 청나라의 威壓에 의하여 조선은 君臣關係의 동맹을 맺었다.

그러나 조선은 힘에 눌려 청나라에 마지못해 항복했지만 내심으로는 여전히 청나라를 오랑캐로 여기고 명나라를 天子나라로 숭상하였다.

그러는 가운데 1644년에 명나라는 망하고, 청나라가 북경을 차지하여 천하를 통치하게 되었다. 조선에서는 공식적으로는 청나라의 年號를 쓰고, 청나라의 諸侯國 노릇을 했지만 지식인들은 개인적으로는 계속 명나라의 마지막 연호 崇禎을 쓰면서 청나라를 마음속에서는 인정하지 않고 멸시하였다.

조선은 건국 이래로 事大慕華정책을 써 적극적으로 中華文物을 받아들였고, 주변 국가나 민족들은 오랑캐로 멸시하며 우월감을 느꼈다. 특히 청나라를 세운 滿洲族은 바로 조선이 오랜 세월 동안 野人으로 멸시한 女眞族이었는데, 이들이 中原을 모두 석권하여 황제의 자리에 올랐으니 조선 지식인들의 정신에 혼란을 가져왔다. 明나라를 섬기던 이런 華夷觀으로 청나라를 원수의 나라로 보았다. 효종의 北伐策은 곧 명나라를 위해서 조선이 청나라에 원수를 갚아준다는 생각을 갖고 출발한 것이었다.

병자호란 때 인조가 항복하려는 결정을 하려는 것을 보고 고향에 돌아간 桐溪 鄭蘊이 「書崇禎十年曆書」라는 시에서 "숭정이란 연호가 여기에서 그쳤나니, 내년에는 어찌 차마 다른 책력을 펼치겠는가? 이로부터 산골 사람은 일이 더욱 줄었으니 단지 꽃과 잎만 보고서 계절의 바뀜을 알리라. [崇禎年號止於斯. 明歲那堪異曆披. 從此山人尤省事, 只看花葉驗時移.][4]" 라고 하였다. 이 시의 뜻은 청나라에 항복한 뒤로부터 공식적으로 청나라의 책력을 보아야 하지만 자기는 청나라의 책력은 보지 않지 않고 단지 꽃 피고 잎 떨어지는 것을 통해 계절의 바뀜을 알겠다는 말로 명나라에 대한 의리를 나타낸 것임에서 그의 철저히 淸나라를 인정 않겠다는 의식을 볼 수 있다. 華夷論에 뿌리를 둔 철저한 의식이 있었음을 알 수 있다.

동계와 같은 斥和論者로 瀋陽에 억류되었다가 돌아온 淸陰 金尙憲은 1639년 청나라에서 명나라를 칠 군사 5천 명을 보내라 했을 때 다음과 같은 상소를 올려 군대를 보내지 말라고 하였다.

> 당초에 국가가 형세는 약하고 힘은 다하여, 우선 당장 국가의 보전만을 도모하는 계책을 하였습니다. 그러나 전하께서 어지러움을 평정하여 바르게 되돌리려는 큰 뜻을 가지고 와신상담해 오신 지 지금 이미 3년이나 되었습니다. 그리하여 치욕을 씻고 원수를 갚는 일이 머지않아 있을 것이라고 기대하고 있었습니다. 그런데 어찌하여 가면 갈수록 더 미약해져 일마다 순순히 따르기만 하면서 끝내 하지 못하는 바가 없는 지경에까지 이르게 될 줄이야 짐작이나 했겠습니까?
>
> 예로부터 죽지 않는 사람이 없고 또한 망하지 않는 나라가 없는데, 죽고 망하는 것은 참을 수가 있어도 반역을 따르는 것은 할 수가 없는 것입니다. 전하께 어떤 사람이 "누가 원수를 도와 제 부모를 쳤습니다"라고 아뢴다면, 전하께서는 반드시 有司에게 명을 내려 죄를 다스리게 할 것이고, 그 사람이 아무리 교묘한 말로 자신에 대해 해명한다고 할지라도, 전하께서는 용서하지 않고 반드시 왕법을 시행하실 것입니다. 이것은 천하의 공통된 도리입니다. 오늘날 계책을 세우는 자들이 禮義는 족히 지킬 것이 못 된다고 하니 신은 예의에 의거하여 분변할 겨를이 없습니다. 그러나 아무리 이해만 가지고 논한다 하더라도, 강포한 이웃의 일시적인 사나움만 두려워하고 천자의

4) 鄭蘊『東溪集』권1 21장.

六師를 두려워하지 않는다면 원대한 계책이 못 됩니다.

사람들이 모두 말하기를, "저들의 세력이 한창 강하여 따르지 않으면 반드시 화가 있을 것이다"라고 합니다. 그러나 신은 명분과 의리야말로 지극히 중대한 것인 만큼 이를 범하면 반드시 재앙이 이를 것이라고 여깁니다. 의리를 저버리고도 끝내 망하는 것을 면치 못하는 것보다는 正道를 지키면서 하늘의 명을 기다리는 것이 어찌 더 낫지 않겠습니까? 지금 만일 의리를 버리고 은혜를 잊고서 차마 이런 거조를 한다면 비록 천하 후세의 의논은 돌아보지 않는다 하더라도 장차 어떻게 지하에 계신 先王을 뵐 것이며, 또 어떻게 신하들로 하여금 국가에 충성을 다하라고 할 수 있겠습니까?

삼가 바라건대, 전하께서는 흠칫 생각을 바꾸시어 서둘러 큰 계책을 정하소서. 그리하여 강포함에 뜻을 빼앗기지 말고 사특한 의논에 두려움을 갖지 말아 太祖와 宣祖의 뜻을 이으시고, 충신과 의사의 기대에 부응하소서.[5]

淸나라의 명령을 거부하여 明나라에 대한 의리를 지키라고 하지만, 현실적으로 아무런 대책이 없는 상황에서 淸나라에 억류되어 있다가 돌아왔기에 청나라의 세력이 어떠한지 알고 있는 사람이 이런 주장을 했다. 5년 뒤에 망하는 명나라에 대한 의리는 지극히 중요하고 새로 힘차게 일어나는 청나라는 인정하지 못 하겠다는 내용이다.

명나라가 망하고 청나라가 서자 조선의 지식인들은 중국 천하는 오랑캐로 가득하여 中華 전래의 문명은 사라졌고, 中華의 전통은 우리 朝鮮으로 옮겨왔다는 생각을 갖고 있었다. 그래서 이제부터는 우리가 中華이고 청나라는 오랑캐라는 생각을 하기에까지 이르렀다. 華夷論이 거꾸로 적용되었다. 우리를 小中華, 혹은 小華라 하고, 청나라를 오랑캐라 하여 멸시하면서 조선 지식인들은 문화적 자존심을 느꼈다.

淸나라에서 오랜 억류생활을 한 孝宗은 즉위하자 그는 울분을 풀기 위해서 北伐策을 내세웠다. 官僚들은 자기 당파의 정권 유지를 위해서 많은 사람들이 찬동하였다. 임진왜란 때 우리나라를 구제해 준 明나라에 대한

5) 金尙憲 『淸陰集』 권21 2장, 「請勿助兵瀋陽疏」.

의리를 조선의 지식인들로서 잊을 수가 없었던 것이다. 청나라는 정벌해야 할 대상이지, 배울 대상이라고는 꿈에도 생각도 하지 않았다.

당시 조선 최고의 朱子學者 尤庵 宋時烈이 세상을 떠나는 순간 제자들에게 한 유언은 '萬東廟를 세워서 명나라 神宗과 毅宗의 제사를 영원히 받들라'는 것이었다. 청나라를 너무 모르고 국제적 관계를 너무 몰랐던 것이다.

1704년은 明나라 멸망 一周甲이 되는 해였는데, 肅宗은 太牢를 준비하여 崇禎皇帝의 제사를 지내고, 大報壇을 설치하여 萬曆皇帝를 제사지냈다.[6] 왕실에서도 겉으로는 마지 못해 청나라 연호를 썼지만 내심으로는 明나라를 숭상하고 섬기고 있었다.

사신들의 旅行記도 明나라를 '天朝'라고 극도로 높이면서 淸나라는 '淸國', 혹은 '北國'이라 일컬었다. 明나라를 다녀와서는 '朝天'이라고 제목을 붙이지만 淸나라를 다녀와서는 '燕行'이라고 붙였다. 중국에 가는 것도 명나라에 가면 '朝天'이라 하면서 淸나라에 가면 '赴燕'이라 하여 차등을 두었다. 명나라에 사신 가는 것은 '男兒의 事業'이라 하여 즐겁게 여겨 의미를 느끼며 갔지만 청나라에 사신가는 것은 누구도 달가워하지 않았다. 1763년 申光洙가 洪重孝를 전송하는 序에서, "중국이 멸망한 지 지금 1백여 년이 되었소. 이른바 禮樂과 文章은 증명할 수가 없으리니, 그대는 가서 어떻게 보겠는가?"[7]라고 했다.

청나라가 들어선 지 1백여 년이 지나도 이런 생각을 가진 조선의 지식인이 대부분이었다. 더구나 사신으로 간 사람들이 北京에 들어가 보면 중국 사람들의 衣冠이 모두 滿洲族의 의관이었으므로 더욱 경멸하였던 것이다.

楚亭의 「北學辨」에서 당시 조선 지식인들의 청나라에 대한 인식이 얼마나 어두웠는지 알 수 있다.

---

6) 左江 「朝鮮士人的對淸認識」, 『域外漢籍研究集刊』 제7집, 2011.

7) 申光洙 『石北集』 「送奏請副使洪侍郎赴燕序」, 韓國文集叢刊 231책.

> 하급의 선비는 오곡을 보고서 "중국에도 이것이 있습디까?"라고 묻고, 중급 정도의 선비는 "중국은 문장이 우리만 못 하지요"라고 생각하고, 상급의 선비는 "중국에는 性理學이 없다면서요"라고 생각한다.[8)]

이런 선비들의 생각에는 청나라에는 아무 것도 없다는 것이다. 그러니 우리 조선이 문명국이고 청나라는 오랑캐 나라니 배울 것이 아무 것도 없다고 생각한 것이다. 楚亭의 시대에도 일반적인 조선의 지식인들의 생각이 이런 정도였다.

청나라 건국한 초기에 조선의 지식인들은 청나라를 오랑캐로 생각하여 마음속으로는 청나라를 전면적으로 부정하였다. 청나라에 파견되는 사신들은 마지 못 해 국왕의 명을 받들어 가야 한다고 생각했으므로 극히 필요한 일만 보고 돌아왔다. 자신들의 견문을 넓히고, 사람들을 사귈 생각은 아예 하지도 않았다. 이들은 중국 여행일기 가운데 明나라를 일컬어 皇明, 淸나라는 胡皇이라고 하여 오랑캐라고 비하하였다. 使行 도중에 명나라 유적지를 참배하고, 명나라가 망한 것에 대해서 슬픈 감정을 가지기도 하였다.[9)]

심지어 만주족이 '중국 영토를 더럽힌다, 어지럽힌다', '중국 문화를 파괴한다'라는 생각을 가진 지식인들이 많았다.[10)]

그러나 세월이 흘러가면서 淸나라가 明나라를 대신해서 중국의 황제로 있다는 사실이 현실로 다가왔다. 조선 지식인들의 의식 속에서 尊明意識은 점점 희박해지고, 淸나라를 仇視하는 생각도 점점 약화되었다.

1704년 李頤命을 전송하는 金鎭圭는 "우리 조정은 힘으로 오랑캐에게 굴복한 지 60여 년이 되었다. 오랑캐에게 사신가는 사람들도 오래 되었고 또 많아졌다. 오랑캐에게 사신가는 사람을 전송하는 사람도 오래 되었고

---

8) 朴齊家 『北學議』 「北學辨」.

9) 葉楊曦 李正臣 『燕行錄』 解題, 『域外漢籍研究集刊』 제8집, 中華書局. 2012, 北京 :

10) 魚有鳳 『杞園集』 「送李尙書赴燕序」, 韓國文集叢刊 184책.

많아졌다. 이런 까닭으로 사신가는 사람도 점점 부끄러움을 모르게 되었고, 전송하는 사람도 점점 한스러움을 잊게 되었다."[11]라고 하여 조선 지식인들의 對淸意識이 변화해 가는 것을 인정하였다.

1644년부터 명나라가 망한 이후 청나라를 거부하는 조류 속에서도 청나라의 실상을 바로 보고 배우려는 사람이 일부 없지 않았다.

이런 가운데 1712년 老稼齋 金昌業이 형 夢窩 金昌集의 使行에 子弟軍官으로 수행하여 146일 동안 중국을 여행하였다. 그는 실질적으로 맡은 임무가 없어 자유로웠으므로 오로지 중국 風物을 관람하는 것이 그 목적이었다.

그는 중국 조정의 정사, 관리들의 사무, 朝貢貿易關係, 玉河館 관리 등을 관찰하였고, 淸나라 사람들의 언어, 의관제도, 행동방식, 생활상 등을 기록하였다. 중국에 오기 전에 그는 '康熙皇帝는 荒淫하고, 청나라 관원들은 부패하다'고 들었다. 그러나 가서 보니, 강희황제는 검소했고, 청나라 관원에 대해서는 '마음이 밝고 도량이 크다'라는 인식을 갖게 되었다.[12]

노가재는 청나라를 직접 보고서 생각이 완전히 바뀐 것이다. 이런 생각은 그가 남긴 『老稼齋燕行日記』를 통해서 조선 지식인 사이에 많이 전파되어, 조선 지식인들의 인식 변화에 많은 영향을 끼쳤을 것이다.

1715년 李光佐가 淸나라에 사신 갔다 와서 "청나라 사람들은 비록 오랑캐 종족이지만, 모든 일이 매우 文明스럽고, 典章과 文翰이 모두 皇明 때와 같았다"라고 말하였다. 청나라의 文物制度가 명나라에 비하여 조금도 손색이 없다고 아주 긍정적으로 평가하였다.

1720년 陶谷 李宜顯이 冬至正使로 청나라에 가서 北京 國子監에 있는 康熙皇帝 御製의 「訓飭士子文碑」를 보고, "그 말은 자못 典嚴하여 訓諭의 體裁를 얻었다. 오랑캐이면서 이러하니, 또한 이상하다"라고 평했다. 강희

11) 金鎭圭 『竹泉集』 「送養叔使燕序」, 韓國文集叢刊 174책.

12) 兪士玲 『老稼齋燕行日記』 解題, 『域外漢籍研究集刊』 제8집, 中華書局.

황제가 오랑캐라서 형편없을 것이란 생각을 갖고서 북경에 갔다가, 그가 지은 비문을 읽어 보고 생각이 바뀌기 시작한 것이다.[13]

1735년 북경에 갔다가 이듬해 돌아온 李德壽는 英祖에게 復命하면서, "우리나라에서는 옛날부터 입만 열면 청나라 사람들을 가리켜 '되놈[虜]'라고 하지만, 나라를 다스리는 방법은 도리어 그들에게 미치지 못 하니, 어찌 한탄스럽지 않겠습니까?"라고 했다.

조선 지식인들은 점점 청나라의 실상을 정확히 알고 청나라가 朝鮮보다 앞섰다는 것을 인식하기 시작했다.

## Ⅳ. 北學派의 형성

朝鮮 학계에서 星湖 李瀷 등에 의해서 實學이 일어나고, 淸나라에 대한 朝鮮 지식인들의 생각이 조금씩 바뀌는 분위기 속에서 본격적으로 北學을 일어나게 한 인물은 바로 湛軒 洪大容이었다.

湛軒은 본래 渼湖 金元行의 제자로 처음에는 그도 다른 선비들과 같이 性理學을 배웠다. 1765년 겨울 35세의 나이로 季父 洪櫶을 따라 北京에 갔다. 그 이듬해 북경에서 嚴誠, 潘庭筠, 陸飛 등 중국 지식인들을 만났다. 많은 筆談을 나누었는데, 처음에는 자신이 배운 朱子學과 청나라에서 유행하던 考據學 간에 모순을 느꼈지만, 곧 정확하게 실질적으로 청나라를 보았다. 그는 청나라에 머무르는 기간 동안 적극적으로 청나라 문물을 파악하려고 노력했다.

그는 청나라를 보는 시각을 새롭게 바꾸었다.

> 오랑캐가 오랑캐 되는 까닭은 어째서이겠는가? 예의가 없고, 충효가 없고, 본성이 죽이기를 좋아하고, 행실이 금수 같기 때문이 어찌 아니겠는가? 지금

---

13) 李宜顯『陶谷集』, 韓國文集叢刊本, 韓國古典飜譯院.

의 오랑캐처럼 오랫 동안 중국에서 살며 원대한 도모에 힘쓰고, 점점 예의를 숭상하고, 충효를 대략 본받아, 죽이기 좋아하는 본성과 금수 같은 행실이 처음 일어날 때처럼 심하지 않다면, 이를 일러 '중국이 오랑캐만 못 하다'라고 말해도 무엇이 안 되겠는가?[14]

湛軒이 볼 때, 지금의 청나라는 처음 일어날 때의 청나라가 아니다. 예의를 강구하고, 충효를 계승하고 있어, 이전의 시각을 가지고 청나라를 보면 안 되겠다는 것이다. 이미 의식의 전환을 가져왔다.

湛軒은 또 청나라가 현실적으로 중국의 주인 노릇을 하고 있고, 그 영토 면적이나 세력면에서 옛날 明나라를 이미 능가했음을 인정하고 있다.

淸나라가 중국에서 주인노릇하고 있다. 明나라의 옛날 영토를 다 차지하고 있을 뿐만 아니라, 서북쪽으로는 甘肅省에 이르고, 서남쪽으로는 미얀마에 이르고, 동쪽에는 瓦喇에 이른다. 船廠은 그들의 발상지인데 명나라가 다스리던 영토 밖에 있다. 국토 면적이 넓은 것은 역대 왕조 가운데서 으뜸이다.[15]

담헌의 의식 속에는 조선 지식인들의 맹목적인 排淸思想이 완전히 일소되었고, 찬미하는 정서가 나타나 있다.

또 조선이 小中華라는 自大的 意識을 버리고 청나라 의복제도를 인정하였다.

세 사람[嚴誠]은 비록 머리를 깎고 오랑캐 옷을 입어 만주와 다를 바가 없지만, 中華 故家의 후예들이다. 우리들은 비록 넓은 소매에 큰 갓을 쓰고 점잖게 스스로 좋아하지만, 바닷가 오랑캐들인 것이다.[16]

---

14) 洪大容『湛軒書』內集 권3「又答直齋書」, 韓國文集叢刊 248책.

15) 洪大容『湛軒集』,「湛軒燕記」권2 蕃夷殊俗條.

16) 洪大容『湛軒集』,「乾淨錄後語」.

湛軒은 편파적인 선입관에 얽매이지 말고 중국의 실상을 정확하게 파악해야 한다는 점을 강조하였다.

> 문물이 변했다고 해도 산천은 의구하고, 의관이 비록 변했다 하나 인물은 고금의 다름이 없으니, 어찌 한 번 몸을 일으켜 천하가 큼을 보고 천하 선비를 만나 천하 일을 의논할 뜻이 없겠는가? 또 제 비록 더러운 오랑캐라 하더라도 중국에 웅거하여 100여 년의 태평을 누리니 그 규모와 기상이 어찌 한번 볼 만하지 않겠는가? 만약 "오랑캐의 땅은 군자가 밟을 바가 아니오, 胡服을 한 인물과는 함께 말을 못 하리라"한다면, 이것은 편협한 소견이며 인자한 사람의 마음이 아니다.[17]

비록 출신은 오랑캐라도 湛軒 당대까지 1백 년 동안 중국을 지배해 온 청나라는 한 번 볼 만하다고 생각했다. 滿洲族 복장을 했다고 해서 상대를 안 해서는 안된다는 생각을 가졌다.

그는 청나라 학자들과 학문을 숭상할 뿐만 아니라 자연이나 과학기술에도 관심이 많았다. 북경에 도착한 뒤 嚴誠, 潘庭筠, 陸飛 등을 6, 7차 일곱 번 만나 필담을 나누었다. 그의 관심은 학문론, 역사학, 朱子學, 陽明學, 詩論, 천문학, 수학, 병법 등 백과사전적인 범위였다.

湛軒은 중국여행에서 돌아와 『湛軒燕記』를 썼는데 거기서 北京의 상황과 문물을 상세하게 소개하였고, 『乾淨洞筆談』에서는 嚴誠 등과 주고받은 문답을 정리하여 국내에 전파되었다. 그는 책의 곳곳에서 청나라의 문화를 배워야 한다고 강조하였다. 그러나 담헌은 그때까지 '北學'이라는 말을 쓰지는 않았다. 당시 조선지식인들 사이에서는 여전히 崇明排淸의 氣流가 흘렀으므로 사상적인 압박을 받을 수 있었다.[18]

그러나 그의 사상은 이미 北學의 先河였다. 그의 글 속에는 조선의 폐단을 지적하고, 개방을 주장하고, 개혁을 추구하였다. 담헌의 이런 사상은

---

17) 洪大容 『을병연행록』 11월 2일조.

18) 李英順 「朝鮮北學派實學研究」.

北學派의 기초를 마련한 것이다. 華夷觀 같은 좁은 편견을 격파하는 등 사상과 이론상으로 이미 장애를 극복하고 역사의 조류에 적응해 나갔다.

청나라 문물을 바로 보고 배워야 한다는 湛軒의 주장은 그의 친구 燕巖 朴趾源과 그 제자들에 의해서 더욱더 체계적으로 계승되어 확산해 나갔다. 이에 北學派가 형성된 것이다. 담헌은 계속 燕巖을 중심으로 한 북학파 학자들과 어울리며 영향을 주었다.

## Ⅴ. 楚亭의 中國認識

楚亭 朴齊家는 燕巖의 제자로 제자 그룹에서 적극적으로 활약했다. 그러나 초정은 박지원의 薰陶를 받기 전에 이미 淸나라에 관심이 매우 많았다. 17세 때인 1766년 중국에 대한 열망 때문에 燕行에서 막 돌아온 湛軒 洪大容을 만나러 갔다. 『會友錄』을 얻어 보기 위해서였다. 『회우록』은 湛軒이 北京에서 嚴誠, 潘庭筠, 陸飛 세 사람을 만나 학문을 토론한 筆談集인데, 곧 『乾淨衕筆談』이다.

楚亭은 『회우록』을 빌려 읽고서 徐常修에게 보내는 편지에서 이렇게 서신으로 썼다. 자신의 중국에 대한 생각과 느낌을 나타냈다.

> 『會友記』를 보내드립니다. 제가 평소 中原을 무척 사모하지 않은 것은 아니지만, 이 글을 보고 나니, 다시금 갑자기 미칠 것만 같습니다. 밥상을 두고도 수저 드는 일을 잊어버리고, 세수 대야 앞에서 씻는 것도 잊을 정도입니다.
>
> --중략--
>
> 소와 말을 구별하지 못 하는 무리들은 은연중에 이 朝鮮 땅만을 실재하는 세계로 여겨 겨우 몇 천 리의 울타리 안에서 태어나 늙고 병들고 죽어 가고 있습니다. 그 마음에 과연 중원 땅이 있는지 아는 걸까요? 모르는 걸까요? 말이 한 마디만 중원 땅에 이르면 말을 돌려 사양하여 "조선 땅도 아직 다

보지 못했습니다"라고 합니다. 이들은 우물 안 개구리처럼 견문이 좁은 사람이거나 실상도 모르면서 학의 울음소리와 바람소리에도 깜짝깜짝 놀라는 부류들입니다.

또 한편에서는 왁자지껄 떠들어대고 환호하며 칭찬하는 것을 그치지 않습니다. 첫째도 중원이요, 둘째도 중원이라 하는데, 무엇을 좋아하고 무엇을 좋아하지 않는단 말입니까?

저와 惠甫는 천성이 중원을 좋아하고 행동거지 또한 은연중에 그들과 합치되는 바가 있습니다. 이런 것을 누가 가르쳐주고 누가 전해준 것이겠습니까? 만약 저희들이 힘써 노력하고 배워서 그리 되었다고 여기신다면 진실로 우리를 아는 사람이겠지요.

아아! 우리나라는 3백 년 동안 중국과 사신을 왕래하며 만났지만, 한 사람의 名士도 만나보지 못하고 돌아왔을 뿐입니다. 이제 湛軒선생께서 하루아침에 天涯知己를 맺었으니 그 풍류와 文墨이 아름답게 빛나고 있습니다.

사귄 사람들은 모두 하나하나 우리들의 가슴과 머리 속에 박혀 있던 것들입니다. 저들이 비록 천리 밖의 우리를 알지 못 한다 해도 우리가 어찌 저들을 아끼고 사랑하며 감격하여 울면서 의기투합하지 않을 수 있겠습니까?[19]

楚亭은 17세 이전부터 이미 중국을 매우 좋아하였다가 湛軒의 『會友錄』을 구해 읽고는 정말 미칠 듯이 좋아하여 모든 관심이 중국에 집중되었다. 그 당시 조선의 다른 지식인들은 아직도 대부분 중국을 오랑캐라고 생각하고 있었다. 조선 지식인들이 우물 안 개구리처럼 나라 밖을 벗어나려 하지 않았고, 중국에 대해서 알려고도 하지 않는 분위기를 문제 삼았다. 또 우리나라 지식인들이 중국에 사신을 갔다 오더라도 이름난 사람을 만나고 돌아오는 경우가 거의 없었는데, 湛軒이 처음으로 학자다운 학자를 만나 대담을 나누고 그것을 책으로 정리해낸 것을 크게 인정하였다.

楚亭 자신은 그 뒤 네 번이나 사신을 따라가서, 紀昀, 李調元, 李鼎元, 鼓元瑞, 翁方綱, 阮元, 鐵保, 羅聘, 孫星衍, 洪亮吉 같은 대학자들과 깊은

19) 朴齊家 저, 정민 등 역 『貞蕤閣集』 318-220쪽, 「與徐觀軒」.

友誼를 맺었다. 특히 禮部尙書를 지내고 四庫全書 총편찬관인 紀昀은 楚亭이 비범한 인물임을 알아보았다. 초정이 기윤의 집을 방문한 며칠 뒤 80세에 가까운 기윤은 朝鮮館으로 초정을 答訪했다. 초정이 귀국한 뒤에는 비단에, “偶然相見卽相親. 別後悤悤又幾春. 倒履常迎天下士, 吟詩最憶海東人”이라는 시를 써서 초정에게 부쳐 보냈다. 초정을 天下士로 인정하였고, 그리워하는 정도가 尋常한 정도가 아님을 알 수 있다.[20] 또 초정에게 준 서신 2통이 기윤의 문집에 실려 있다. ‘명사를 만나야 한다’는 자신의 주장을 楚亭은 확실하게 실천에 옮겼다.

홍량길은 청나라의 經學者로 유명한데, 楚亭의 시를 보고 입에 침이 마르도록 칭찬했고, 초정이 북경 갔을 때 홍량길이 직접 찾아왔으나 만나지는 못했다. 초정이 그의 堂號인 ‘卷施閣’을 써서 보냈다. 다시 홍량길이 자신의 저서 두 종과 小篆으로 ‘意外相逢塵似海, 眼中誰識氣如虹’이라는 對聯을 써서 보내주었다.[21]

1778년 초정은 李德懋와 함께 중국을 다녀와서 중국을 배워야 한다는 신념을 갖고, 조선의 지식인들이 중국을 배워야 한다고 『北學議』라는 책을 저술했다. 그 서문에서,

> 금년 여름에 陳奏使가 있었는데, 나와 青莊 李君이 따라가 燕薊의 벌판을 마음껏 보고, 吳지방과 蜀지방에서 온 선비들과 어울렸다. 몇 달 동안 머물면서 듣지 못했던 바를 더욱더 많이 들었는데, 옛날 풍속이 그대로 남아 있어 옛 사람들이 나를 속이지 않는 것에 감탄하였다.
>
> 저들의 풍속 가운데서 우리나라에서 시행할 수 있고 일상생활에 편리한 것들은 그때마다 글로 적고, 아울러 그것을 시행했을 때의 이로움과 시행하지 않았을 때의 폐단을 덧붙여 설을 만들었다.
>
> 利用과 厚生은 한 가지라도 닦이지 못 하면 위로 正德을 해친다. --중략-- 오늘날 백성들의 생활은 날로 곤궁해지고, 쓸 재물들은 날로 고갈되어 가고

---

20) 李英順『朝鮮北學派實學硏究』中國社會科學出版社 2011, 北京.

21) 朴齊家著 정민 등 역『貞蕤閣集』하책, 209-210쪽.

> 있다. 그런데도 사대부들은 팔짱을 끼고서 구제하지 않아서 되겠는가? 아니면 과거의 관습에 안주하여 편안히 누리면서 모른 체해서야 하겠는가?[22]

초정이 중국에 다녀와서 중국 풍속 가운데서 우리나라에서 시행하여 백성들의 생활에 도움을 줄 수 있는 것을 적어 모아 『북학의』라는 책을 만들었다. 자기 혼자만 보고 알아서는 안 되겠다 싶어 백성들의 생활을 윤택하게 하고 재물을 넉넉하게 하기 위해서였다. 지식인이라면 백성들을 구제할 의무가 있는데, 조선의 지식인들은 그 의무를 망각한 채 자신의 안일만 추구하고 있는 사실을 개탄했다.

초정이 보니 청나라는 오랑캐 땅이 아니라 중국 산하는 壯美했고, 중국 선비들은 우수했고, 옛 풍속은 그대로 존속했다. 청나라 사람들은 國計民生을 위해서 이미 利用厚生할 줄 알았다.

책을 지어 그 내용이 전파되어 나가면 나라 사람들이 모두 그 내용을 배워 생활을 개선할 것으로 희망을 걸었다.

초정은 또 이렇게 말했다.

> "이제 중국의 법을 배워야 한다"라고 말하면, 떼 지어 일어나 비웃는다.
>
> 필부가 원수를 갚고자 할 때 원수가 날카로운 칼을 차고 있는 것을 보면 그 칼을 빼앗을 방법을 고민하는 것이다. --중략--
>
> 나는 우리나라가 중국을 차지하고 있는 오랑캐를 물리치기는커녕, 우리나라의 오랑캐 풍속도 다 변화시키지 못 할까 염려된다. 오늘날 오랑캐를 물리치고자 한다면 먼저 누가 오랑캐인지를 분간해야 한다.[23]

楚亭 이전에 청나라에 使行 다녀온 선각자 몇 명이 '청나라를 배워야 한다'고 주장해도, 조정을 좌지우지하는 성리학에 바탕을 둔 대부분의 지식인들이나 관료들은 그들의 고정관념인 華夷論을 변하려고 하지 않았다.

---

22) 朴齊家 『北學議』 「北學議自序」.

23) 朴齊家 『北學議』 外篇 「尊周論」.

1644년 이후 조선이 小中華이고, 중국 땅을 차지한 淸나라는 오랑캐라는 것이다. 조선 조정에서 청나라를 天子 나라로 인정하여 해마다 사신을 보내 朝貢을 하면서도 오랑캐라고 간주하고 있었던 것이다. 이념과 현실 사이에 큰 괴리가 있는데도 현실을 바로 보려고 하지 않고, 北伐을 주장하던 國王을 둘러싸고 자기 기만을 계속하고 있었다. 국가 통치의 정확한 노선이 없었던 것이다.

楚亭은 그 당시 지식인들의 思考上의 문제의 핵심을 예리하게 격파하고 있다. 변방 작은 나라에 들어박혀서 우물 안 개구리처럼 국제정세도 모르면서 혼자 큰소리치는 조선이 오랑캐인가? 통치하는 皇族만 다를 뿐 과거 明나라의 문화전통 대부분을 그대로 이어 계승 발전시키고 있는 청나라가 오랑캐인가? 조선의 지식인들은 자신들이 마치 漢族인 듯 明나라 유민인 듯 착각하고 있으면서 청나라를 멸시하지만 조선 사람은 한족이 아니고, 조선이 그렇게 숭상하는 명나라는 청나라에 멸망 당한 나라일 뿐이다. 그런데도 조선의 지식인들은 崇明排淸의식을 고치려고 하지 않았으니 보통 문제가 아니었다.

초정은, 조선 지배층의 이런 고정관념이 나라의 발전을 막고 백성들을 가난으로 몰아간다는 것을 잘 알고 있어, 尊周의 虛像을 폭로하였던 것이다.

> 청나라가 천하를 차지한 지도 1백 년이 흘렀다. 중국에서는 자녀들이 태어나고 보석과 비단이 생산되며 집을 짓고 배와 수레를 만들며 농사를 짓는 방법은 그대로 보존되고, 崔氏 盧氏 王氏 謝氏와 같은 명문 사대부 집안은 예전 그대로 번영을 누리고 있다.
>
> 중국 사람들까지도 깡그리 오랑캐로 몰아세우며, 중국이 지녀 온 법까지도 싸잡아 팽개친다면 그 것은 너무나 옳지 못 하다. 정녕코 백성에게 이익을 가져오는 것이라면, 오랑캐로부터 나온 법이라 할지라도 성인은 채택할 것이다. 더구나 옛 중국 땅에서 나온 법이라면 말해 무엇 하랴?
>
> 지금 청나라는 오랑캐는 오랑캐다. 오랑캐인 청나라는 중국을 차지하는

> 것이 이익이라는 사실을 잘 알기 때문에 빼앗아 차지했다. 그런데 우리나라는 빼앗은 주체가 오랑캐인 것만 알고 빼앗김을 당한 대상이 중국이라는 사실은 모른다. 그렇기에 청나라의 침략으로부터 자신을 지키지도 못했다. 이것은 벌써 명확하게 사실로 입증되었다.[24)]

지금 중국을 차지하고 있는 주체는 淸나라인 것은 누구나 아는 사실이다. 그러나 청나라 속에는 여전히 중국의 문화와 생활이 그대로 존속되어 있는데도, 조선 지식인들은 모르는 것이다. 楚亭은 지금 중국에서 존재하는 문화와 법도가 중국 것이 아니고, 설령 오랑캐에서 나왔다 할지라도 백성에게 이롭다면 채택해야 한다는 생각을 가졌다. 더구나 오랑캐가 다스리는 나라 속에 있지만 오랑캐 것이 아닌데 채택하지 않겠는가? 오랑캐 것이 아닌데도, 조선의 지식인들은 오랑캐 것이라고 잘못 알고서 버리고 있는 것을 초정은 그 것의 실체를 정확하게 알고 찾아서 나라 사람들로 하여금 바르게 알도록 『北學議』를 지었던 것이다.

楚亭이 중국에서 돌아와자 중국 風物에 대해서 듣고 싶은 사람들이 초정에게 방문하였다. 그들은 '중국은 과연 오랑캐더라'라는 말을 들을 것이라는 기대를 갖고 왔다. 그러나 초정은 중국의 실상을 이렇게 소개했다.

> 당신들 저 중국의 비단을 보지 못했소? 꽃 새 용을 수놓은 무늬가 번쩍번쩍 살아 있는 듯하여 가까운 거리에서도 좋은 것과 초라한 것이 다릅니다. 비단을 본 사람들은 비단을 짜는 기술의 정도가 이 정도에 이를 줄은 미처 생각지 못했던 것입니다. 우리나라의 가로 세로 날줄 씨줄뿐인 무명과 비교하면 어떻습니까?
>
> 그렇지 않은 물건이 없습니다. 물건만 그런 것이 아니고, 그들이 하는 말은 문자고, 그들이 사는 집은 단청이 되어 있습니다. 다닐 때는 수레를 타고 다니고, 냄새는 향기입니다. 도시와 성곽, 악기와 노래의 번성함, 무지개 모양의 다리, 푸른 나무 등등, 번성하고 생동하는 것은 모두 그림 속에서 보는

24) 朴齊家『北學議』外篇「尊周論」.

> 풍경입디다.
> 부녀자들은 옛날 머리올림을 하고 긴 옷을 입고 있는데 멀리서 보면 늘씬합디다. 짧은 저고리에 펄렁한 치마를 입은 우리네 여인들이 여전히 몽고식 옷을 입고 있는 것과는 다릅디다.[25]

'중국은 과연 오랑캐더라'라는 말을 듣고자 왔던 사람들이 楚亭의 말을 듣고는 "오랑캐를 편든다"는 생각에 망연자실하여 다 가버렸다. 중국의 직조기술, 가옥, 수레 사용, 향수, 都邑, 성곽, 음악, 虹橋, 植樹 등등을 생동감 있게 소개했다. 초정은, 청나라는 미개한 오랑캐 나라가 아니고 선진화된 문명국이었음을 직접 목도했기 때문에 이렇게 자신 있게 소개할 수 있었던 것이다.

조선의 性理學에서는 너무 正德만을 중시했는데 楚亭은 利用이 안 되면 厚生이 안 되고, 후생이 안 되면 正德이 될 수 없다고 보았다. 의식주 문제가 해결 안 된 상황에서 진정한 正德은 될 수 없다고 보았다.

北京에서 實事求是的인 考證學이 청나라를 풍미하고, 朱子學은 학자들 사이에서 零落해 있는 상황을 보고, 조선에서 獨尊의 위치에 있는 주자학이 空理空論的인 學風에 회의를 느껴 朝鮮의 상황에 대해서 비판적인 태도를 가지게 되었다.

## Ⅵ. 결론

楚亭 朴齊家는 實學者 학자 가운데서 北學派의 旗手였다. 燕巖 朴趾源의 제자지만 燕巖을 만나기 전에 연암보다 먼저 淸나라의 문물에 관심을 가지고 탐구하였다. 1778년 연암에 앞서서 淸나라를 방문하였다. 전후 4차에 걸쳐 북경을 방문하여 청나라 文物制度의 實狀을 정확하게 보고 와서

---

25) 朴齊家『北學議』外篇「北學辨」.

청나라의 발달한 문물을 여러 사람들에게 소개하기 위하여 『北學議』를 지었다. 만난 청나라 인사들도 100여 명에 이르렀고 그 가운데는 紀昀, 李調元, 孫星衍 등 저명한 학자가 많았다.

그의 중국에 대한 선구자적인 인식은 『北學議』와 그의 문집 『貞蕤閣集』에 다 수록되어 있다. 연암보다 더 체계적이고 구체적으로 청나라 문물을 소개하였고, 당시 조선의 지식인들의 사고를 변혁시키려고 노력했다.

楚亭이 중국을 정확하게 인식함으로 해서 조선 지식인들을 변화시키는데 큰 역할을 했다. 첫째, 조선 지식인들의 망상에 가까운 華夷論을 격파하려고 노력했다. 明나라가 망한 이후 '中原 땅을 차지하고 있는 淸나라는 아무런 문화가 없는 오랑캐이고, 진정한 中華는 朝鮮으로 왔다'라는 생각이 크나큰 착각이라는 것을 밝혔다. 비록 명나라로부터 중원 땅을 빼앗은 나라는 청나라지만 중국의 옛 문물제도는 청나라 속에 그대로 있다는 사실을 일깨워주었다. 오랑캐들이 새로 만들어냈거나 전수받아 갖고 있거나 하는 것 가운데서도 백성들을 이롭게 할 수 있는 것이라면 설령 오랑캐 것이라도 우리나라나 백성들에게 유리한 것이라면 전부 배우고 받아들여야 한다고 주장했다.

둘째, 淸나라는 의복 주택, 수레 등등 모든 면에서 우리 朝鮮보다 앞선 先進國이라는 것을 직접 확인하고 조선 지식인들에게 인식시키려고 노력했다.

셋째, 초정은 상업을 중시하고 교역을 통해서 대외적으로 나라를 개방하고, 나아가 서양인들도 초청해서 그들의 기술을 흡수해야 한다고 주장했다.

넷째, 발달하고 합리적인 중국의 농업기술을 도입하여, 농업의 생산성을 높여야 한다고 주장하였다.

다섯째, 朱子學 일변도인 조선의 학계는 학문의 자유가 없는데 다양한 학문을 더 개방해야 한다고 주장했다.

그러나 초정은 중국을 좋아한 나머지 우리의 글자인 한글은 버리고 한자를 쓰고, 나아가 우리 말도 버리고 중국어를 써서 言文一致를 하자는 주장을 했다. 이는 지나친 사대적 발상으로 문제가 있다. 너무 중국에 경도된 나머지 우리 말과 글을 천시하는 이런 도를 넘은 발상을 하게 된 것이다.

楚亭의 이런 여러 가지 참신한 實事求是적 발상도 현실세계에서 실현되지는 못했다. 그가 서얼 출신이고, 그로 인해 科擧를 통해서 華要한 직위에 오를 수 없었고, 그의 주장이 담긴 저서가 출판될 수가 없었다. 그래서 그의 주장은 전파되지 못 하여 크게 영향력이 없었다. 당대는 물론이고 후대에도 마찬가지였다.

楚亭은 소년시절부터 중국을 특별히 좋아해, 많은 자료를 구해 읽고서 淸나라를 이해한 바탕 위에서 4차에 걸쳐 北京을 방문하여 청나라의 실상을 정확하게 이해하여 이를 조선의 지식인들에게 알리기 위해서『北學議』를 지었다. 朱子學의 空理空論에 침체되고 小中華라는 착각에 빠진 조선사회에 새로운 기운을 불어넣으려고 노력했다. 그러나 그는 신분의 한계와 당시 지식인들의 고루함과 편협함 때문에 그의 학문과 사상은 조선사회를 변화시키는 데까지는 이르지 못했다. 이는 초정 개인의 불행이자 우리나라의 불행이었다.

# 제2부

# 淵民 李家源의 學問과 思想

# 淵民 李家源 先生의 漢文學 成就過程에 대한 고찰

## Ⅰ. 序論

큰 저수지를 축조하면 많은 면적의 전답에 물을 댈 수 있다. 큰 저수지를 축조하려면 높은 둑이 필요하다. 둑을 높게 쌓으려하면 기초를 넓게 잡아야한다. 그와 마찬가지로 학문을 깊게 넓게 하려면 기초공부를 튼튼하게 해야 한다. 기초공부가 튼튼해야 다방면으로 깊이 있는 연구를 수행할 수가 있다. 淵民 李家源(1917-2000) 선생은 한문학계에서 큰 저수지와 같은 존재였다.

淵民은 해방 이후 韓國漢文學界의 제1세대를 이끈 주역이다. 탁월한 漢文實力, 漢詩文創作 능력, 100종에 달하는 풍부한 저서 등은 타의 추종을 불허한다.

그는 또 어린 시절에는 우리나라 正統的 漢文學 學業課程을 밟아 근대적 학교교육을 받지 못했으면서도 나중에 文學博士학위까지 취득하여 대학의 교수가 되어 漢文學 國文學 등을 강의하고 연구한 독특한 학력의 소유자다. 제도적 교육의 기준에서 보자면 약간 비정규적인 경로를 거쳐 그는 전통학문을 하는 학자에서 근대학문을 하는 학자로 전환하는 데 성공하였다.

이렇게 博深한 학문을 이루는 데는 남 다른 노력이 뒤따른다. 그가 어떻게 공부를 하여 그 높은 수준을 성취했는지를 밝히는 것이 이 연구의 목적이다. 본고에서는 淵民의 漢文學만을 연구대상으로 하였을 뿐, 國文學·中文學·書學 등에 관한 것은 논외로 했다.

## Ⅱ. 成學의 課程

### 1. 家學的 淵源

淵民은 退溪 李滉先生의 14대손으로 1917년 4월 6일, 安東 陶山 溫惠里 古溪精舍에서 태어났다. 古溪精舍는 退溪의 10대 종손 古溪 李彙寧의 서당인데 古溪는 바로 淵民의 고조부이다.

우리나라 儒宗인 退溪에 대해서는 새삼 소개할 필요가 없지만, 퇴계의 손자인 蒙齋 李安道로부터 문집을 남기기 시작하여 문집을 남긴 후손만도 100여 명에 이르고, 문과급제자 33명과 進士·生員급제자 63명을 배출한 학문이 융성한 가문이었다.

淵民의 조부 老山 李中寅은 바로 퇴계의 12대 宗孫 李中慶의 아우이다. 연민은 어려서 宗家 가까이 살면서 종가의 학문적 분위기에 그대로 擩染이 되었다. 연민의 가문은 宗派일 뿐만 아니라 그 生家高祖인 李彙絅과 그 아들 李晩孫[연민의 從曾祖]은 양대에 걸쳐 「嶺南萬人疏」의 疏首로 嶺南儒林에서 名望이 대단히 높았다.

연민의 조부 老山는 어려서부터 몸이 약하였고 또 어린 조카가 맡고 있는 종가 살림을 돌봐야 했고, 나중에 陶山書院 원장을 다년간 맡아 여러 가지 일을 하는 등 공부를 크게 하지는 못했다. 그 아들 石田 李齡鎬도 몸이 건강하지 못했으므로 공부하라고 엄하게 독려하지 못하였으므로 61세에 처음으로 얻은 손자 淵民에게 어려서부터 큰 기대를 걸고 엄격한 훈육을 하였다.

조부께서는 일찍 부친을 잃어 공부를 못한 것을 개탄하여 발분하여 불초를 가르쳤다. 세속의 일찍 효과를 보는 방법을 쓰지 않고 오로지 옛날 經書와 史書로 엄하게 日課를 세워 조금도 용서가 없었다. 不肖는 부산하게 百家를 이야기하기 좋아했는데, 府君께서 "이것 저것 하지 말고 오직 朱子와 退溪를 目標로 삼으라"라고 경계하셨다.[1]

老山은 어린 淵民을 직접 데리고 자면서 밤에 조금이라도 일찍 자면 "그렇게 해서 어떻게 학문을 이루겠느냐?"고 화를 내며 불호령을 내렸다 한다.[2]

淵民의 啓蒙까지는 老山 자신의 손으로 했지만 손자의 장래를 위해서 당시 종가와 가까운 촌수 가운데서 학문이 제일 나은 조카 陽田 李祥鎬에게 주로 연민의 교육을 부탁하였다.

내가 나이 겨우 7, 8살 때 陽溪草菴에서 季從祖叔父인 陽田先生에게서 句讀를 받았다. 이때부터 날마다 학습의 課程이 있었다. 매년 봄 기운이 화창하고 붉은 꽃이 수풀에 비칠 때, 講學하는 방에 화로가 뜨뜻하고 낮은 물처럼 맑으면 마을 아이 두서너 명과 함께 방 옆의 시냇물을 움큼으로 떠와서 벼루에 먹을 갈아 나비 날개 같은 얇은 종이를 펄럭이며 글을 지었는데, 마치 개구리가 우는 듯 지렁이가 탄식하듯 했다. 體本을 놓고 글씨를 연습하면 마치 까마귀가 비뚤어진 듯 벌이 윙윙 그리는 듯했다. 그러면서도 오히려 선생이 하는 바를 흠모하여 그대로 했다. 선생이 갓을 쓰고 禮服을 차려 입고 말씀하고 웃는 모습에 이르기까지 물러나면 반드시 서로 더불어 본떠 즐거움으로 삼았다. 그래도 장난삼아 그렇게 했을 뿐이지, 어진 父兄이 계셔서 즐거워할 만했다는 것은 알지 못했다. 조금 지각이 있게 된 뒤에야 혼자 생각해 보니 어진 부형은 유독 나에게만 있는 것이지 다른 사람들은 없었던 것이다.[3]

---

1) 『淵淵夜思齋文藁』 178쪽, 「王考老山府君行狀草記」.

2) 필자가 淵民으로부터 직접 들었다.

3) 『淵淵夜思齋文藁』 129쪽, 「季從祖叔父陽田翁六十一歲壽序」.

淵民은 당숙 陽田에게서 글만 배우는 것이 아니라 그의 操行까지도 따라 배웠고 또 글씨도 연습했다. 그리고 나중에 자신에게 어진 부형이 있어서 매우 다행이었다는 점을 깨달았다. 당숙인 종손 霞汀 李忠鎬로부터 "退溪의 글을 읽으면 賢哲하게 될 수 있다", "문장은 소박하게 지어라", "글씨는 반듯하게 써라", "옛날 아름다운 말의 뜻을 계속해서 찾아라" 등등 淵民에게 관심을 두고 가르쳤다.

> 小子 보잘것없어나 관계는 조카가 됩니다.
> 생각은 유치하고 재주도 없었습니다.
> 옛날 학문에 부지런히 힘쓴다 하여 특별한 사랑 받았습니다.
> 때로 위엄이 우레처럼 일어났지만, 잠깐 사이에 그쳤습니다.
> 일찍이 "저에게 행동을 삼가라"고 하셨습니다.
> "선조의 책을 힘써 읽으면 賢哲하게 될 수 있다"
> "소박하게 문장을 지으면 되지 다시 무슨 法度가 있겠는가?"
> "글자 획은 반듯하게 굳세기는 강철처럼 하라"
> "옛날 아름다운 말의 뜻을 풀이하되 중단하지 말아라"
> 소자 지각이 없어 이룬 것이 없습니다.
> 어찌 향할 줄을 몰랐겠습니까? 혼자 가만히 느낀답니다.[4)]

그 외 집안 조부 東田 李中均에게서 淵民은 『論語』와 詩 창작을 배웠다. 東田은 進士에 급제한 뒤, 당시 조정의 혼란상을 보고 出仕를 포기하고 초야에 묻혀서 학문 연구와 제자 양성을 한 강개한 선비였다.

> 생각해보니 내 나이 겨우 11세 때 할아버지의 명으로 東田선생을 뵈옵고 『論語』를 배웠으니 정묘년(1927) 겨울이었다. 그때는 생각이 유치해서 가르침을 잘 받지 못했다. 지금도 학식이 황폐하여 형편없으니 선생을 생각하여 마지 않는다.[5)]

4) 『淵淵夜思齋文藁』 235쪽, 「祭伯從祖叔父文」.
5) 『淵淵夜思齋文藁』 329쪽, 「東田潛士李公墓志銘」.

자신의 사고가 아직 성숙하지 못하여 東田의 강의를 깊이 있게 이해하지 못한 것을 아쉬워하고 있다.

> 정묘년(1927) 음력 3월에 집안의 스승 진사 東田 李中均翁을 좇아서 비로소 律詩를 짓는 것을 배웠다.[6]

東田은 시로 아주 이름이 높았고 또 많은 시 작품을 남겼는데, 淵民은 東田에게서 율시를 배웠다. 연민은 나중에 동전의 「墓志銘」을 지어 그 敎恩에 보답하였다.

집안의 어른인 愛磵 李和聖은 退溪의 후손은 아니었지만, 조부 老山과 아주 절친한 관계였다. 조부의 주선으로 愛磵의 제자가 되었는데, 淵民은 애간에게서 詩文 창작을 주로 배웠다.

> 내 나이 7, 8세 때 할아버지를 곁에 모시고서 句讀을 받아 이 총명과 식견을 단련할 때 어떤 어른이 때때로 오셨다. …… 할아버지께서 나에게 책을 잡고 오라고 하셨다. 이것이 우리 公께서 나를 가르치게 된 처음이었다. 나에게 무엇을 가르쳤는가? 봄에는 經書요 여름에는 作文이었다.[7]

諸體에 걸친 詩文創作의 공부는 愛磵을 따라 배운 것이 가장 많았고 또 장기간에 걸쳐 하였다.

> 을해년(1935) 여름에 愛磵 李和聖翁을 따라서 詩歌, 雜記, 論, 說, 碑誌 짓는 것을 배웠다. 병자년(1936) 여름에 다시 愛磵翁을 따라서 辭, 賦, 詩歌, 頌, 贊, 哀祭 짓는 것을 배웠다. 정축년(1927) 여름에 다시 愛磵翁을 따라서 다시 詩歌, 書牘 짓는 것을 배웠다.[8]

---

6) 『萬花齋笑集』 154쪽, 「淵翁幼時課作年代記」.
7) 『淵淵夜思齋文藁』 184쪽 「祭愛磵李翁文」.
8) 『萬花齋笑集』 154쪽, 「淵翁幼時課作年代記」.

愛礀은 겸손하여 자신을 드러내지 않고 亡國을 슬퍼하여 초야에 묻혀 지냈지만 시문창작의 솜씨는 대단했다. 『愛礀稗語』라는 문집을 남겼는데 연민은 거기에 서문을 써서 敎恩의 일부나마 갚았다.

이 밖에도 집안의 스승인 可栖 李炳朝翁을 따라 운자를 안 붙이는 五言古風詩 짓는 공부를 어릴 때 한 적이 있었다.

老山은 陶山書院의 院長을 지낸 正統儒林이지만 舊習만 고수하는 사고를 가진 것이 아니고 실질을 중시하는 사고를 가졌다. 연민에게 늘 "너는 道袍 입고 꿇어앉는 선비는 되지 말아라."라고 훈계했다.[9] 자기의 독자적인 생각은 전혀 없이 의관만 갖추고 서원을 출입하면 선비가 되는 것이 아니다. 아무런 능력 없는 迂儒로 전락하고 많다. 그래서 자기 생각을 가진 선비가 되어야 한다는 점을 강조했는데, 연민이 一家를 이룬 대학자로 성장하는 데는 어릴 적에 들은 조부의 이 가르침이 큰 영향을 미친 것이다.

## 2. 外家로부터의 禪受

淵民의 외가 집안은 榮州 苗浦라는 곳에 世居해 왔는데, 朝鮮朝에 들어와 校理 丁子伋으로부터 5대에 걸쳐 玉堂에 들어갔고, 肅宗朝에 이르러 愚潭 丁時翰은 학문과 志節로 이름이 높았다. 연민의 외가는 유명한 실학자 茶山 丁若鏞의 집안과 촌수가 별로 멀지 않다.

淵民의 외조부 松臺 丁大植은 愚潭의 7대손으로 生員에 급제하였고 추천으로 義禁府都事, 安峽縣監 등의 직을 지냈고 품계가 通訓大夫에 이르렀다. 당대의 대학자 俛宇 郭鍾錫, 退溪의 후손인 東亭 李炳鎬 등과 관계가 절친하였고 두 선생에게 집안의 자질들을 보내어 가르침을 받도록 했다.

松臺는 당시 初學者들 가운데 재주 있는 사람들이 文辭에만 급급한

9) 필자가 淵民선생에게 전해들은 말이다.

것을 보고는 "모름지기 朱子書를 읽어 방향을 잡는 것이 옳다"고 훈계하였다.[10]

외조부 松臺는 淵民에게 家學을 잘 계승하라고 학문의 방향을 제시해 주었다.

> 내가 일찍이 외조부 松臺公을 모시고 글을 읽을 때 달은 밝고 눈이 희었다. 府君께서 술을 불러 가득 따라 마시다가 취하게 되면 退溪의 「聖學十圖箚子」를 낭랑하게 외우시고는 나[淵民]에게 "네가 능히 이 글을 읽어 家學을 맑게 계승해야 退溪先生 집안의 자식이라는 것을 저버리지 않게 될 것이다"라고 명하셨다.[11]

淵民의 氣風과 思想은 그의 외조부로부터 받은 것이 많았다.

> 부군께서 세상을 떠난 지 25년 되는 정유년(1957)에 손자 奎賢씨가 『松臺實錄』 한 책을 갖고 와서 나에게 "우리 할아버지의 氣風과 사상은 자네에게 전해진 것이 실로 많다. 이제 墓志銘과 墓碣銘은 완성되었으나 아직 行狀이 빠져 있으니 자네는 힘써 이 글을 짓도록 하게나"라고 했다.[12]

그리고 松臺는, 淵民을 자기 집안의 후배인 畏齋 丁泰鎭에게 나아가서 經書와 史書 등을 배우게 했다.

> 그리고는 그 집안 후배 泰鎭에게 명하여 나에게 經書와 史書를 가르치게 했다.[13]

외조부의 소개로 畏齋의 문하에 나간 淵民은 畏齋의 가르침을 오랫동안

---

10) 『淵淵夜思齋文藁』 492쪽, 「外王考通訓大夫行安峽縣監松臺丁府君行狀」
11) 『淵淵夜思齋文藁』 493쪽, 「外王考通訓大夫行安峽縣監松臺丁府君行狀」
12) 『淵淵夜思齋文藁』 493쪽, 「外王考通訓大夫行安峽縣監松臺丁府君行狀」
13) 『淵淵夜思齋文藁』 493쪽, 「外王考通訓大夫行安峽縣監松臺丁府君行狀」

받았다. 그에게서 『論語』와 『書經』을 배웠다.

> 12세 되던 정묘년(1927) 봄에는 榮州의 儉巖精舍에서 畏齋 丁泰鎭선생을 좇아 『論語』를 읽었다.[14]

> 을해년(1935)에 畏齋翁을 좇아 다시 『書經』을 2백 번 읽었다.[15]

또 畏齋를 따라 詩文創作의 기법을 다음과 같이 익혔다.

> 계유년(1933) 여름에 畏齋 丁泰鎭翁을 따라서 詩歌 및 傳, 行狀 짓는 것을 배웠다. 갑술년(1934) 여름에 다시 畏齋翁을 따라 辭, 賦 및 詩歌 짓는 것을 배웠다.[16]

淵民은 畏齋에게서 6세 때부터 시작하여 가장 많은 사랑을 받았다.

> 어린양 부리고 울고 밤을 주웠으니 그때 나이 6세도 되지 않았습니다.
> 막 어머니 품을 떠나 선생에게 나가 글을 읽었습니다
> 선생께서 "아름답도다!"하시고, 송아지처럼 어루만졌습니다.
> 겨울에는 經書를 읽고 여름에는 글을 지어 저의 주린 배를 불려주었습니다.
> 저가 태어난 이후로 가장 많은 사랑을 받았습니다.[17]

淵民은 畏齋에게 20년 동안 공부하였고, 여러 동문들의 요청으로 외재의 일생을 총정리한 行狀을 지었고, 1961년에는 그의 시문 원고를 정리하여 『畏齋全書』라는 좀 독특한 문집 이름을 붙여 편찬했다.

---

14) 『萬花齊笑集』 153-154쪽, 「淵翁幼時讀書年月及遍數記」.
15) 『萬花齊笑集』 153-154쪽, 「淵翁幼時讀書年月及遍數記」.
16) 『萬花齊笑集』 154쪽, 「淵翁幼時課作年代記」.
17) 『淵淵夜思齋文藁』 293쪽 「祭畏齋丁翁文」.

> 내가 선생을 따라 공부한 것이 전후 20여 년으로 가장 오래다. 내가 이에 감히 망령되이 내 뜻대로 10분의 8을 남겨 문체별로 나누고 종류별로 계통을 잡아서 모두 14권 7책으로 만들고 行狀 墓碣 墓志 跋文 등 약간 편을 붙여 삼가 「畏齋全書」라 이름하였다.[18]

畏齋는 俛宇 郭鍾錫이 주도한 「巴里長書」에 儒林代表로 서명하는 애국정신이 투철한 학자였다. 이런 국가민족을 생각하는 사상이 淵民에게도 전수된 것이다.

畏齋를 통해서 榮州의 선비 西洲 金思鎭의 문하에 들어갔다. 西洲는 俛宇 郭鍾錫의 제자로 「파리장서」에 유림대표로 서명하였다. 西洲는 일반 선비들과 다른 아주 독특한 경력과 자유로운 思考를 갖고 있었다. 그는 宣城金氏 柏巖 金玏의 宗孫의 從弟로서 전통적인 朱子學 가문에서 태어났지만 기상이 豪邁하여 俗儒의 학업을 탐탁하게 여기지 않았다. 20세 이후부터 氣節을 꺾고 독서를 하였는데 程朱學에만 국한되지 않고 漢代의 經學도 아울러 연구하였고 時務에도 정통하였고 세계정세에도 관심이 많았다. 특히 우리나라 實學者에 관심이 많았다.

西洲의 10조인 柏巖은 退溪의 제자인 점 등 淵民의 집안과 西洲의 집안은 世交가 있었다. 西洲는 특히 淵民의 조부 老山과 절친하게 지냈다. 石田 등 淵民의 부친 형제들도 그 문하에 출입하였다.

> 선생께서는 일찍이 우리 할아버지 老山翁과 잘 지내셨다. 그래서 우리 아버지 형제들도 모두 그 문하를 출입하였다. 나도 아이 때부터 畏齋에게서 수업을 들었고, 그 인연으로 선생의 문하를 출입한 것이 30여년이 되었다.
>
> 지난 병술년(1946)에 내가 榮州郡에 있는 학교[榮州農業學校]에 가서 가르쳤는데, 그때 龜臺에서 살았다. 선생은 곧 나와 더불어 고금의 性理學, 文章 등의 名論과 분파의 同異에 대해서 토론했다.[19]

---

18) 『淵淵夜思齋文藁』 328쪽 「畏齋全書跋」.

19) 『淵淵夜思齋文藁』 354쪽 「西洲金翁墓碣銘」.

西洲는 光復運動을 위하여 滿洲에 가서 德興堡를 개간하다가 뜻대로 되지 않아 돌아왔다. 그래서 시골의 고루한 유학자들과는 달리 현실적인 학문을 하였는데, 『星湖僿說』·『磻溪隨錄』·『熱河日記』 등 實學派의 著作을 열심히 읽었다고 한다.

淵民은 西洲를 통해서 實學에 관심을 두게 되었고, 燕巖의 「許生傳」을 접한 것도 서주에 의해서라고 했다.[20] 나중에 燕巖小說을 연구하여 박사 학위를 받고 『熱河日記』를 번역하게 되고, 『金鰲新話』를 번역하고 『九雲夢』·『春香傳』 등을 연구하게 된 것에는 西洲의 영향이 컸다고 할 수 있다.

西洲가 聽荷 朴勝振에게 답하는 서한에서 星湖와 磻溪의 학문을 논하였는데 그 대략은 이러하다.

> 요즈음 『磻溪隨錄』을 얻어서 읽어 보았더니 이 어른의 역량이 매우 크고 안목은 아주 높습니다. 정말 천년에 한 사람 나올 정도의 경제의 대가였습니다. 일찍이 『星湖僿說』을 보았더니 가끔 앞 시대 사람들이 발견하지 못한 것을 발견하였습니다. 저가 망령되이 말하건대 "우리 동쪽 나라에서 경제를 이야기한 사람 가운데서 이 두 어른과 상대할 사람이 있지 않습니다"라고 하겠습니다.
>
> ……
>
> 근세에 와서 유행처럼 아무 쓸데없는 학문을 하는 것을 매양 탄식해 왔습니다. 입과 귀로 표절하기만 하여 經世濟物의 학문을 이 세상에서는 다시 강론하지를 않습니다. 그리하여 선비는 쓸데없는 사람을 일컫는 천한 호칭이 되어버렸을 따름입니다.
>
> 오직 이치를 밝혀 그 큰 근본을 세워야만 실용에 미루어 나갈 수가 있습니다. 그렇지 않으면 고상하게 西洋을 이야기하고 영웅의 책략을 이리저리 뒤집는 사람들은 우리 儒家에서 귀하게 여길 바가 아닙니다. 모두가 世道의 홍망성쇠에 도움 되는 바가 없습니다.[21]

---

20) 필자가 淵民선생으로부터 직접 들은 내용이다.

당시의 선비로서『磻溪隨錄』과『星湖僿說』을 읽고 그 가치를 정확하게 판단한 것은 대단히 선구적인 학자라 할 수 있다. 선비는 세상을 經綸하고 사물을 구제하는 임무를 맡아야 하는데 세상 사람들로부터 '쓸데없는 사람'이라는 낙인이 찍혀 있었으니 정당한 인정을 받지 못했던 것이다. 朝鮮 말기에 이르러서는 유학이 타락하여 세상에는 通儒, 眞儒, 純儒보다는 俗儒, 腐儒, 迂儒가 더 많았던 것이다. 西洲는 선비에 대한 오해를 행동으로 바로잡으려고 노력했던 사람이다. 이런 정신이 淵民에게 일찍이 전수되었던 것이다.

西洲는 또 아주 융통성 있는 정신적 자유를 갖고 있었다. 자신의 스승 東亭 李炳鎬의 性理說이 退溪와 어긋난다고 비난하는 사람이 있었는데, 西洲는 퇴계와 다른 것의 가치를 인정하여 이런 말을 하였다. 그 당시는 退溪의 學說과 조금만 달라도 문제가 되던 시절이었는데 대담하게 대응하였다.

> 사람들 가운데 혹 東亭 李炳鎬의 主理說이 陶山의 본래 취지에 위배되는 바가 있어 비난하는 바가 있었지만 西洲선생은 웃으면서, "만약 그대의 말과 같다면 孔子 문하의 子夏보다 못하지 않을 것이요"라고 했다.[22]

東亭의 학설이 퇴계와 다를까 걱정할 것이 아니고, 다르다면 그것은 孔子 문하의 子夏처럼 스승의 학설에 구애를 받지 않는 독창적인 학문의 노선이 될 것이라고 했다. 참신한 발상이라 하지 않을 수 없다.

西洲는 실로 淵民에게 가장 큰 영향을 준 스승인데, 淵民에게 세속의 비난과 견제에 구애받지 말고 國士로 성장할 것을 기대하였다.

> 아아! 보잘것없는 저는 지각도 없고 도리에도 어긋납니다.

---

21)『淵淵夜思齋文藁』353쪽「西洲金翁墓碣銘」.

22)『淵淵夜思齋文藁』353쪽「西洲金翁墓碣銘」.

선생님과 畏齋선생께서 실로 저를 돌봤습니다.
아이 때부터 가르치기를 게을리하지 않으셨습니다.
國士로 기대하시며 "세속에 현혹되지 말라"고 하셨습니다.[23]

과연 淵民은 西洲의 기대대로 한 나라를 대표할 만한 國士로 성장하였다.

## 3. 妻家에서의 硏磨

淵民은 1929년 13세 때부터 匯溪 柳建宇의 사위가 되어 스승으로 모시고 시를 배웠다. 조부 老山은 연민을 학자로 만들기 위해서 학문이 있는 집안에 출입하게 하려고 全州柳氏 宗家와 혼사를 맺었던 것이다.

> 옛날 내가 冠禮를 하고 婚禮를 올리게 되었을 때, 할아버지 老山府君께서 나에게 명하시기를 "내가 너를 위해서 색시를 구한 것은 세속의 계산을 따른 것이 아니고 오직 독서하는 집의 따님을 택한 것이다. 이는 네가 장차 이것에 힘입어 선비가 되라는 것이다. 네 처의 아버지 翼八은 효도하고 공경하고 글에 능한 사람이고, 네 처의 외조부 致三은 우리 고을의 으뜸가는 선비인데 나의 절친한 친구다. 그러니 너의 스승으로 삼도록 하라"라고 하셨다. 致三은 鶴山의 자다. 혼례를 올린 지 얼마 안 되어 학산이 갑자기 後學들을 버렸으므로 내가 그 분의 가르침을 한 번도 받지 못한 것을 한탄하였다. 드디어 匯溪翁의 문하를 출입하였는데 장인 겸 스승의 은혜가 있어 온 것이 20여 년이다.[24]

匯溪는 水谷에 세거하는 全州柳氏 집안의 종손인 柳建宇인데 학문이 뛰어났음을 알 수 있다. 山康 卞榮晩으로부터 "문장과 행실로 훌륭한 이름이 있는 사람으로, 文筆이 바르고 高雅하여 流俗에서 멀리 뛰어난 사람이

23) 『淵淵夜思齋文藁』 262쪽 「祭西洲金翁文」.
24) 『淵淵夜思齋文藁』 360쪽, 「外舅匯溪柳翁墓碣銘」.

다.[25]라는 평가를 들은 인물이었다.

또 鶴山은 琴鏞夏의 號인데 匯溪의 장인으로서 文辭가 맑고도 굳세었는데 庚戌國亡 뒤에 패랭이를 쓰고 다니면서 安東 孤山에 있는 先代의 정자에 들어가 독서하며 세상과 인연을 끊었다.[26]

匯溪가 세상을 떠났을 때 淵民은 祭文을 지어 그로부터 받은 문학적 수련과 특별한 사랑을 회상하였다.

> 보잘것없는 저 어리석지만, 翁의 門徒의 한 사람입니다.
> 처음 저가 장가들 때, 나이는 어리고 읽은 것도 거칠었습니다.
> 옹은 저의 정수리를 어루만지면서 신비한 말인양 사랑했습니다.
> "아름다운 신랑으로 봉황새 새끼로다"라고 말씀하셨습니다.
> 翁의 입장에서는 정이 보통사람과 달랐습니다.
> ……
> 바위 오른쪽 새 집에다 書齋를 마련해 주었습니다.
> ……
> 저가 비록 어리석고 버릇없었지만 어찌 느낌이 없었겠습니까?
> 힘을 들여서 용광로에 풀무질을 해 주었습디다.
> 가르침의 말씀은 무궁하여 아침 저녁을 가리지 않았습니다.[27]

淵民을 '봉황새 새끼'라고 특별히 인정하여 淵民이 공부할 수 있도록 書齋까지 마련해 주었다. 용광로의 온도가 올라가 쇠를 녹일 수 있도록 풀무질을 해 주었다는 것은, 연민의 학문적 발전을 위해서 뒷바라지를 열심히 해 주었다는 것이다.

安東 동쪽 臨河面 水谷 일대의 全州柳氏는 4백여 년 세거하면서 많은 학자 문인이 나왔고, 한 집안에서 150여 종의 文集을 낸 것으로 이름이

25) 卞榮晩『山康齋文鈔』97쪽,「鮮原齋柳翁墓碣銘」
26) 李家源『玉溜山莊詩話』84쪽,「琴鏞夏條」.
27)『淵淵夜思齋文藁』215쪽,「祭外舅匯溪柳翁文」.

나 있는 文翰을 극도로 숭상하는 집안이었다.

淵民은 장가들었을 당시 처삼촌 淡如 柳建濩, 野人 柳東銖 등 妻族 선비들과 문학적 교류를 했다. 淵民은 淡如, 野人 등과의 문학적 交驩을 이렇게 회상하였다.

> 구슬피 생각해 보건대 나는 公이 알아주고 사랑해 줌을 받은 것이 깊다. 일찍이 경인년(1950) 난리 뒤 釜山에서부터 水谷으로 가서 공을 모시고 옛날 집으로 가서 장모 琴夫人에게 문안을 드렸다. 그때 野人 柳東銖공이, 公과 내가 왔다는 것을 알고는 냇물을 건너 애써 와서 안부를 물었다. 그러고서 세 사람이 둘러 앉아 聯句를 지었다. 가는 국수가 눈보다 희고 호박 부침이 동전 모양이었고 시골 막걸리가 막 익어 두 분은 거나하게 취하여 옥으로 된 산이 무너지는 듯했다. 시를 읊기를 두 서너 차례 했지만 그래도 흥이 다하지 않았는데 속세의 일이 나를 몰아서 가게 만들었다.[28]

13세 때부터 淵民은 장인 匯溪로부터 문학 수업을 받고, 처족들과의 문학적 교류로 많은 발전이 있었음을 알 수 있다.

## 4. 鄕里 學業의 總決算

23세 淵民은 전통적인 한문공부를 끝내고 서울로 올라가 서울에서 공부를 하면서 많은 師友들을 사귀게 되었다. 서울에 가기 전에 자신이 공부한 과정을 정리해 둔 기록이 있다.

자신이 讀書한 이력은 이렇게 기록해 두었다.

> 대개 내가 다섯 살 되던 신유년(1921) 봄에 할아버지 老山翁에게서 처음으로 『千字文』을 배웠다. 이때부터 날마다 과제를 따라가기에 바빴다.
>
> 10세[29] 되던 병인년(1926)에 『史略』, 『通鑑』(9권까지), 『小學』, 『孟子』를

28) 『淵淵夜思齋文藁』 363쪽 「淡如柳公墓碣銘」.

과제로 내주셨다. 『孟子』는 매월 초하루 보름에 老松亭[30]에 모여서 講을 하였다.

12세 되던 정묘년(1927) 봄에는 榮州의 儉巖精舍에서 畏齋 丁泰鎭선생을 좇아 『論語』를 읽었다. 그 해 겨울에는 집안의 스승 進士 東田 李中均翁을 좇아 계속 『論語』를 읽었다.

그 다음해 무진년(1928) 여름에 古溪山房으로 돌아와 경오년(1930)까지 『大學』, 『詩經』을 다 읽었다.

신미년(1931)에 『書經』을 읽었다.

이상은 과제로 받아 외운 것이다.

16세 되던 임신년(1932)에 다시 『詩經』을 읽었는데 2백 번을 읽었다. 이때부터 외우는 것을 일삼지 않고 그 깊은 뜻을 연구하였다.

18세 되던 계유년(1933) 陶山書院 隴雲精舍에서 『大學』 1천 번을 읽었다.

갑술년(1934)에 『大學或問』 20번을 읽었다.

을해년(1935)에 다시 畏齋翁을 좇아 다시 『書經』을 2백 번 읽었다. 9월 26일부터 시작해서 10월 10일에 虞書의 「堯典」, 「舜典」을 다 마쳤다. 20일에는 「大禹謨」, 「皐陶」, 「益稷」을 다 마쳤다. 11월 5일에 이르러서 夏書의 「禹貢」, 「甘誓」, 「五子之歌」, 「胤征」을 마쳤다. 18일에는 商書의 「湯誓」, 「仲虺之誥」, 「湯誥」, 「伊訓」, 「太甲」, 「咸有一德」을 마쳤다. 섣달 20일에는 「盤庚」, 「說命」, 「高宗肜日」, 「西伯」, 「戡黎」, 「微子」 및 周書의 「泰誓」, 「牧誓」, 「武成」, 「洪範」, 「旅獒」를 마쳤다. 그 이하는 기록이 빠져 있다.

정축년(1937)에 다시 『孟子』를 읽었는데 「梁惠王」, 「公孫丑」, 「滕文公」, 「離婁」을 연달아서 2백 번 외웠다. 「萬章」은 1백 번 읽었고 「告子」과 「盡心」은 50번 읽었는데 섣달 그믐날에 이르러 마쳤다.

그 밖에 『唐音』, 『古文眞寶』, 『唐宋八家文』, 『史記』 등은 모두 백번 이하로 읽은 것은 없다. 오직 「離騷經」만은 1천 번을 읽었다. 이것 등은 모두 연월을 기록하지 않아 상고할 수가 없다.[31]

29) 원문에 11세로 되어 있으나 10세의 잘못이다.

30) 老松亭 : 退溪의 조부 李繼陽의 종택에 딸린 정자. 陶山面 溫惠里에 있는데, 古溪精舍에서 멀지 않는 거리에 있다.

31) 『萬花齊笑集』 153-154쪽, 「淵翁幼時讀書年月及遍數記」.

5세 때부터 공부를 시작하여 21세 때까지 공부한 것을 기록한 것이다. 특이한 것은 淵民은 16세 이후로 외우는 공부를 하지 않고 그 뜻을 깊이 궁구하기 시작했다는 점이다. 옛날 시골 선비들이 공부하는 방법은 책을 다 외우는 것이었는데, 책이 적을 때는 외우는 데 시간을 소비해도 괜찮지만 책이 기하급수적으로 많아진 시대에 책 몇 권만 외우고 있다면 새로운 학문의 대열에서 낙오하지 않을 수 없다. 연민이 시골에서 공부했지만 외우기를 하지 않고 뜻을 깊이 궁구하고, 또 외우는 데 들일 시간을 책을 널리 보는 데 활용하였으므로 뒤에 큰 학자로 성장할 수 있었던 것이다.

淵民은 詩文 創作 공부의 과정을 이렇게 정리하였다.

> 내 나이 7세 되던 계해년(1923) 이후부터 종숙 陽田翁 및 집안의 스승인 可栖 李炳朝翁을 따라 운자를 안 붙이는 五言古風詩 짓는 공부를 했다. 병인년(1926)에 양전옹을 따라서 비로소 운자가 있는 시를 짓는 것을 배웠다. 정묘년(1927) 음력 3월에 집안의 스승 進士 東田 李中均翁을 좇아서 비로소 律詩 짓는 것을 배웠다. 그 해 여름에 다시 陽田翁을 따라서 詩歌 짓는 것을 배웠다. 기사년(1929) 여름에 다시 양전옹을 따라서 시가 짓는 것을 배웠다. 경오년(1930) 여름에 장인 匯溪 柳建宇翁을 따라서 시가 짓는 것을 배웠다. 신미년(1931) 여름에 다시 匯溪翁을 따라서 科時 짓는 것을 배웠다. 임신년(1932)에 다시 陽田翁을 따라서 시가 및 科時 짓는 것을 배웠다. 계유년(1933) 여름에 畏齋 丁泰鎭翁을 따라서 詩歌 및 傳, 行狀 짓는 것을 배웠다. 갑술년(1934) 여름에 다시 畏齋翁을 따라 辭, 賦 및 詩歌 짓는 것을 배웠다.
>
> 을해년(1935) 여름에 愛碉 李和聖翁을 따라서 詩歌, 雜記, 論, 說, 碑誌 짓는 것을 배웠다. 병자년(1936) 여름에 다시 愛碉翁을 따라서 辭, 賦, 詩歌, 頌, 贊, 哀祭 짓는 것을 배웠다. 정축년(1927) 여름에 다시 愛碉翁을 따라서 다시 詩歌, 書牘 짓는 것을 배웠다.[32]

7세 때부터 古風詩 짓기를 시작하여 20세 때까지 律詩, 科時, 傳, 行狀,

---

32) 『萬花齊笑集』 154쪽, 「淵翁幼時課作年代記」.

辭, 賦, 雜記, 論, 說, 碑誌, 頌, 贊, 哀祭 등의 창작 공부를, 陽田 李祥鎬, 可栖 李炳朝, 東田 李中均, 畏齋 丁泰鎭, 匯溪 柳建宇, 愛磵 李和聖 등을 스승으로 모시고 經書와 史書를 읽고 시문창작의 연습을 하였다.

그러나 淵民은 서울 올라가기 전에 지은 詩文原稿를 다 불살랐다. 전통학문과 신학문 사이에서 정신적 갈등이 적지 않았던 것 같다. 그러나 그의 아동기의 시문은 뒷날 그의 조부가 다시 수습하여 남아 있게 되었다.

> 내가 6세 때 대충 문장을 엮을 줄 알았다. 그러나 13세 때 원고를 불살라 버렸다. 23세 때 다시 원고를 불살랐다. 밖으로 나가 나라 안의 이름난 산과 큰 도회지를 돌아다니다가 몇 년만에 돌아오니 87세 되는 할아버지 老山翁께서 나에게 文藁 한 책을 주면서 명령하시기를, "이것은 네가 지은 것이다. 너는 간직하고 싶어하지 않았지만 나는 간직하고 싶다. 네 仲父와 여러 아우들에게 시켜 번갈아 가면서 베끼도록 하여 너에게 주는 것이다. 할애비가 손자의 원고를 거두는 일은 古今天下에 내가 처음일 것이다"라고 하셨다. 이에 小子는 다시는 감히 불사르는 일이 없었다. 이것이 『淵淵夜思齋文藁』다.[33]

이 기록은 '계미년(1943) 꽃 피는 아침에 쓴 것이다'라는 쓴 시기가 나와 있는데 淵民이 明倫專門學校를 마치고 다시 고향으로 돌아왔을 때 쓴 것이다. 연민은 서울로 공부하러 올라가면서 이전에 지은 漢詩文에 스스로 만족하지 못하고 또 전통학문과 신학문과 사이에 갈등으로 인하여 다 불태운 것 같다.

이때 향리에서 家學을 전수받은 영향으로 이후 다른 학문에 관심을 두면서도 평생 退溪學을 떠나지는 않았다. 退溪의 시를 번역하여 『退溪詩譯註』를 출판했고 退溪學을 系譜的으로 연구하는 등 퇴계학에 관한 업적을 많이 남겼다.

---

33) 『淵淵夜思齋文藁』 1쪽, 「淵淵夜思齋文藁序」.

## Ⅲ. 서울에서 師友從遊

### 1. 新·舊學問으로 인한 정신적 갈등

淵民이 20대가 된 1930년대 말기는 시대적으로 대단히 혼란하였다. 일본 식민지하에서 시골까지도 각급학교가 설립되어 학교교육이 보급되어 서양의 새로운 학문이 전파되는 시기에, 汗血駒 같은 淵民의 가슴은 평온할 리 없었다. 시골에서 日課에 따라 漢文工夫를 했지만 자신의 장래문제에 대해서 걱정이 되지 않을 수 없었고 傳統學問에 대한 회의가 없을 수가 없었다. 이미 결혼을 하여 청장년이 된 연민은 漢文 解讀과 作文 능력 말고는 다른 능력이 없었다. 옛날 시골의 선비들은 농사일은 전혀 할 줄 몰랐다.

이 시기에 淵民이 갖고 있던 구시대의 제도나 방법에 대한 회의와 새로운 길에 대한 갈망을 이렇게 표현하였다.

> 전해 오는 책에 "큰 길은 갈래가 많아서 양을 잃고, 배우는 사람은 방향이 많아서 생명을 잃는다"라고 했습니다. 천하의 사물이 많고 학술이 분분하기로는 지금보다 심한 적이 없었습니다. 배우는 사람들은 대부분 지루하여 이룬 것이 없습니다. 이 어찌 이 세상에 한 사람의 영재도 없어서 그런 것이겠습니까? 대개 많은 방향 때문에 미혹할 따름입니다. 또 우리 동쪽 나라 사람들의 폐단은 오래 되었습니다. 자질구레한 행동과 미세한 뜻은 처음에는 파고들지만, 연약한 뼈대에 가혹한 禮法 때문에 마침내는 노쇠한 기운에 점점 이르고 맙니다. 오늘날의 급선무는 낡은 것은 보내버리고 새 것을 맞이하는 데 있습니다.[34]

經書라는 것도 큰 가르침이 있지만 注釋의 바다에 빠져들면 공부의 방향 자체를 잃고 만다. 禮法도 필요하지만 너무나 번잡하고 瑣細하기 때문에 거기에만 전념해도 일생을 다 보낼 수가 있다. 그래서 淵民은 '연약한

---

34) 李家源『淵淵夜思齋文藁』, 34쪽,「答恭山宋翁浚弼」.

뼈대', '가혹한 禮法'이라는 표현을 썼던 것이다. 淵民이 전통학문을 唾棄한 것은 아니라 해도 구체적인 사안에 있어서는 傳統學問이나 傳統文化에 불만이 많았던 것이다.

새로운 시대에는 새로운 사상과 문명을 받아들여야지 옛날 도덕의 테두리에 가두어 두어서는 안 되며, 漢文學을 공부해서 성취하기도 어렵지만 설령 성취한다 해도 생계를 유지하기 어려운데 부형들이나 스승들은 漢文學만을 강요해서는 안 된다는 매우 혁신적인 생각을 淵民은 갖고 있었다.

> 오늘날의 젊은 아이들을 옛날 도덕의 테두리 안에 거두어들여 기를 수는 없을 것입니다. 또 새로운 것에 어두우면 세상의 버림을 받게 됩니다. 그들이 자라게 되면 초라하여 아무 데도 쓰일 곳이 없게 될 것이니, 부친과 스승을 원망하지 않는 사람이 아주 적게 됩니다.
>
> 漢文學을 가지고 말하자면 한없는 세월을 소비하여 한없는 노력을 들여야만 성공함에 이르게 되니, 성공하는 사람은 백 명 가운데 두서너 명도 되지 않습니다. 이는 천하에 지극히 어려운 일입니다.
>
> 하물며 지금 동서양의 사상과 문명이 날마다 변천하는 때에 속히 변하는 기술이 아주 많은데, 어찌 닭이나 돼지처럼 가두어서 길들일 수가 있겠습니까? 지금 세상에는 흠모할 만한 벼슬이나 봉록도 없으니 굶주림과 추위가 닥쳐오면 마음 놓고 글을 읽을 용기가 반드시 없어질 것입니다.[35]

선비들이 수백 년 동안 꿈을 깨지 못하여 결국 우리나라가 日本의 식민지 노예상태로 전락하게 된 것이다. 공허하게 큰 소리만 치는 썩은 선비들이 자기를 따라 하라고 젊은 자제들을 질곡에 빠뜨려도 안 되고, 門閥만을 숭상하는 양반들의 행위는 근절되어야 한다고 淵民은 주장했다. 썩은 선비들의 행위는 자기들만 망치는 것이 아니라 이 나라의 젊은 세대까지도 망친다고 생각한 것이다. 그래서 漢文學만 墨守하는 學問世界에 革命이 필요함을 역설하고 있다.

---

35) 『淵淵夜思齋文藁』 101-102쪽, 「上王父大人」.

> 대저 상하 수백 년 동안 하나의 큰 꿈을 꾸고 있으면서 깨어나지 않는 것이 오늘날의 사회요, 식민지 노예입니다. 증세에 맞게 약을 써서 귀신에서 구제하여 사람으로 돌아오게 하는 것은 의원의 좋은 처방입니다. 빠른 눈 빠른 솜씨로 꿈을 뒤집어 깨어나게 하고, 태고의 황폐함을 깨뜨려 사람의 문명을 만드는 것이 우리 청소년들의 熱血思想입니다. 이제 우리나라는 죽었고 혼은 돌아오지 않습니다. 선비는 썩었으면서 공허하고 큰 소리만 하고 있습니다. 그 집안 자제들은 다 흩어져 어울리지 않으니 더욱 가소롭습니다. 시골 글방의 선생들은 이름을 훔치는 무리들입니다. 그들이 道가 있다고 칭찬하는 사람들은 겨우 몇 줄의 글을 외우고 虎皮를 깔고 앉아서 天理를 이야기합니다만, 민망스럽게도 두려워할 줄을 모릅니다. 남의 집 영명한 젊은 사람들을 몰아서 말하기를 "너는 아무 집안에서 태어났으니 문벌이 양반이다. 머리를 숙이고 길이 꿇어앉아서 마음을 안정시키고 용모를 단정히 하도록 해라"라고 합니다. 그와 더불어 같이 거처하면서 날마다 자기를 닮으라고 빌면서 "내가 노래하면 너도 노래하고, 내가 울면 너도 또한 울어라. 내가 꿈꾸면 너는 깨지 말아야 한다"라고 말합니다. 불행하게도 이런 사람을 저가 일찍이 보았는데 그 때문에 크게 슬퍼하였습니다. 슬픈 것은 어째서이겠습니까? 저들이 자기 몸을 죽일 뿐만 아니라 수많은 우리의 사랑스러운 英發한 아이들을 죽이기 때문입니다. 영발하고 사랑스러운 아이들이 죽는데도 이 꿈을 꾸면서 우레처럼 다시 코를 골고 있습니다. …… 오늘 이 꿈을 깨뜨리는 방법은 두 가지가 있소. 첫째는 '學界의 革命'이고 둘째는 '民間團體의 革命'이오.[36]

결국 새 학문을 추구하려는 젊은 세대들의 생각을 구시대 노인들이 막을 수 없으니, 서로가 서로를 인정해야지 갈등을 일으켜서는 안 된다는 절충안을 淵民은 제시했다.

> 지금은 동양과 서양이 서로 통하고, 학술의 분야는 많습니다. 새 것을 추구하는 사람들은 마치 밤 벌레가 촛불로 다가가듯이 구제할 수가 없습니다. 옛날 것을 추구하는 사람은 마른 나무나 불 꺼진 재 같아 다시 탈 수가 없습

---

36)『淵淵夜思齋文藁』72-73쪽,「答李東甫震宰」.

니다. 다투어 서로 허물을 잡아 지루하게 악착같이 싸워 오늘에까지 이르렀습니다.[37]

우리 같은 보잘것없는 서생들은 젊은 시절 몇 구절의 글을 읽었는데, 곁의 사람들이 바라 칭찬하여 "아무개는 재주 있는 선비고 아무개는 학자다"라고 하면, 그 말은 듣는 사람은 또한 그 이야기를 듣기를 좋아하여 오직 그 칭찬을 잃을까 두려워합니다. 어리석은 저는 이 점을 혼자서 매우 우려합니다.[38]

위와 같이 학문의 폭이 좁은 시골 선비들은 상호간의 칭찬 속에 안주하는 것에 강한 불만을 갖고서 새로운 큰 발전을 도모하여 北京으로 유학을 모색했던 것이다.

## 2. 明倫專門學院에서의 修學

이런 혁신적인 생각을 갖고 있으면서도 눈앞의 현실은 전통적 한문공부만 할 수 밖에 없는 상황이었는데, 마침내 淵民에게 전환의 계기가 찾아왔다. 1939년 연초에 榮州郡 豐基邑 한약방 집 아들인 宋志英씨가 淵民에게 엽서를 보내어 "내가 지금 北京大學[39]으로 유학을 가려고 출발하는데, 자네도 마음이 있으면 瓮川驛[40]으로 나오라"라고 통지하였다. 송지영은 연민보다 한 살 위였는데, 집이 부유하여 돈의 구애를 받지 않고 중국에 유학할 수 있었다.

求學의 熱意가 불타는 淵民은 이때 용기를 내어 송지영씨를 따라 나섰다. 그러나 서울에 이르니 준비해 간 돈이 다 떨어졌다. 서울에서 북경으로

37) 『淵淵夜思齋文藁』 100쪽, 「答李碧史佑成」.

38) 『淵淵夜思齋文藁』 100쪽, 「答李碧史佑成」.

39) 1937년부터 北京은 일본군 점령하에 들어가 있었으므로, 이때 北京大學은 이미 雲南省 昆明으로 피난가 淸華大學 등과 西南聯合大學이라는 이름으로 운영되고 있었다. 송지영씨가 정확한 정보를 갖고 있지 못했던 것이다.

40) 瓮川驛 : 안동시 陶山面 북쪽에 있는 中央線 역 이름.

가는 송지영씨를 전송하고 연민은 다음을 기약하며 서울의 外家에 잠시 머물렀다. 苦學이라도 하며 버틸 각오를 하였다.[41]

서울에 머물고 있는 동안에 마침 明倫專門學院 硏究科의 학생 모집이 있었다. 各道에서 한명씩 모집하였는데 淵民은 응시하여 합격을 하였다. 명륜전문학원은 옛날 成均館 건물을 그대로 쓰는 經學院에 부속된 3년제의 전문학교로 학과내용은 漢文學이었는데, 현대식 학제를 가미하였다. 곧 지금 成均館大學校의 전신이었다. 학비가 없고 학생들에게 숙식을 제공하고 약간의 장학금도 지급하였다. 이때부터 연민은 숙식 문제가 해결된 상태에서 비교적 안정적으로 학업을 계속할 수 있었다.

시골에서 걱정할 조부 老山에게 明倫專門學院에 대하여 소개하는 서신을 보냈는데, 연민은 명륜전문학원에 대해서 비교적 긍정적으로 생각하고 있었다.

> 이른바 明倫專門學院이라는 것은 가정에서 본디 희망을 걸던 바는 아니지만, 이곳은 옛날 泮宮으로 선비를 기르던 곳입니다. 옛 조국의 유풍이 아직도 남아 있는 곳으로 온 나라의 인재들이 모여든 곳입니다.
>
> 강의하는 것은 실로 經書와 史書, 諸子百家의 책들에다 지금 세상의 학문을 참작한 것입니다. 여기서 몇 년 있으면서 그 본말을 궁구해 본 그런 뒤에 마땅히 그 사이에서 절충해야 하겠습니다. 그리고 이 보잘것없는 손자는 아직도 연소자인데 어찌 하나의 일만 고수하여 시골 선비처럼 기가 꺾이고 얽매여야 하겠습니까? 앞에 큰 길이 다가와 있는데 방황한들 어떠하며 엎어지고 자빠진들 어떠하겠습니까?[42]

淵民은 明倫專門學院을 옛 成均館으로서 간주하고 같이 공부하는 학생들은 각도에서 漢文 잘 하는 사람 한 명씩 뽑아 모였으니 아주 우수한 인재들인 것도 마음에 들었다. 강의의 내용도 자신이 공부하던 儒敎經典,

---

41) 李家源『靑梨來禽藁』19쪽,「上慈氏」.

42)『淵淵夜思齋文藁』47쪽,「上王考大人老山翁」.

史書, 諸子百家 등에 약간의 현대학문을 첨가한 것이었다. 젊은이로서 시골 선비들처럼 얽매여 기가 꺾여서는 안 된다고 할아버지를 설득하고 있다. 어떠한 고난이 앞에 닥쳐도 뚫고 나갈 결심이 의연하였다.

당시 明倫專門學院의 교수진으로는, 蘆洲 金永毅, 素堂 金承烈, 願海 朱柄乾, 聖岩 金台俊 등이 있었다. 金台俊과는 가까이 접촉하였고, 金承烈과는 書信往復이 몇 차례 있었다. 金永毅와도 한 차례 서신왕래가 있었지만 朱柄乾교수와는 별 접촉이 없었는지 淵民의 글에 기록이 없다.

金台俊은 淵民에게 民族精神을 고취시켜주었고,『韓國漢文學史』를 집필하게 한 동기를 마련해 주었다.

> 내 나이 23세 때 처음으로 서울에 들어왔는데, 서점에서 聖岩 金台俊선생이 지은『朝鮮漢文學史』를 보고 사서 읽어보았다. 그 규모가 너무 좁고 엉성하고 잘못된 곳이 많아 자못 의심을 하면서 되는대로 마음에 들지 않는 곳을 지적해 두었다.
>
> 그 뒤 성암은 이 때문에 구슬퍼하면서 "그러한 점이 있도다. 그대의 말은 정말 그렇다네. 나의 이 책은 京城大學 學部에 재학할 때, 우리 민족이 쓰러져가고 일본 사람들이 식민지교육을 강행하고 저들 학자들이 우리 학문을 차지하고서 재빨리 책을 이룩하려는 것을 목도했다. 나는 이 때문에 남모르는 울분이 가득하였으므로 이 책과『朝鮮小說史』를 서둘러 간행했던 것이다. 깊이 스스로 부끄러워한다. 혹 뒷날 고쳐 써야 하는데 자네들이 학문을 이루어 예리한 마음으로 이런 책을 지어야 할 것이다. 크게 바란다.[43]

金台俊의『朝鮮漢文學史』는 우리나라 최초의 漢文學史라는 의의가 크지만, 다룬 범위가 너무나 좁고 소략하고 잘못된 부분도 적지 않다. 淵民 같은 분이 불만을 갖는 것은 당연한 일이다. 김태준은 상황이 그럴 수밖에 없었음을 해명하면서 연민에게 학문을 크게 이루어 韓國漢文學史를 쓸 것을 기대하였다. 연민은 20여 년 뒤에 스승의 뜻을 이루어 韓國漢文學史

43)『貞盦文存』52쪽「韓國漢文學史中譯本序」.

를 저술·간행하였다.

서울로 올라와 많은 師友를 만나 그 麗澤을 입은 淵民은 師友의 필요성을 절실히 깨달았다.

> 생각해 보니 옛날 내가 吉甫[金喆熙]를 만났던 날에 길보는 시골 글방 선생의 氣習을 면치 못했던데, 이는 좋은 師友를 만나서 서로 같이 지내지 못했기 때문이요.[44]

이 기간에 학교 안의 동창생으로는 落村 丁駿燮, 東樵 李鎭泳 등이 있었고, 학교 밖에서 사귄 친구로는 放隱 成樂熏, 老村 李九榮 등이 있었다.

淵民은 1939년 4월 18일에 明倫專門學院 研究科에 입학하여 3년 동안의 수학연한을 마치고 1941년 12월 24일에 졸업하였다.

그 다음해 1월 10일에 明倫專門學校 經學研究科에 입학하여 1943년 12월에 졸업하였다. 명륜전문학교에서 수학하는 5년 동안 阿峴文庫라는 도서관에서 中國古典을 마음대로 빌려 볼 수 있었다. 그리고 朝鮮時代 成均館의 장서인 尊經閣 서적을 마음대로 볼 수 있었던 것이 큰 소득이었다. 특히 아현문고는 일본이 중국에서 신간을 사들인 것으로 그 당시에는 일반사람들은 얻어 보기가 아주 어려웠던 책들이 소장되어 있었다. 시골에서는 근본적으로 볼 수 없었던 책이었다. 淵民은 이 5년 동안에 중요한 典籍에서 抄錄하여 작성한 카드가 1만 장 이상이었다고 한다.[45] 이때 작성한 카드는 대부분 實學關係 자료로 뒷날 연민이 학문 연구하는 데 많은 도움이 되었다.

그리고 이때 많은 서적을 구입하여 장서를 갖추었음을 알 수 있다. 1942년에 친구에게 보낸 편지에서 두 차례 '萬卷 藏書'라고 언급하였다. 明倫專門學院에서 공부한 이후로 많은 서적을 구입하여 소장하고 있었음을 알

---

44) 『淵淵夜思齋文藁』 96쪽, 「答金龍田」.

45) 필자가 淵民선생에게서 들었다.

수 있다. 특히 향리에서 볼 수 없었던 中國古典을 많이 접하여 시골 학자들과 차별화를 할 수 있었다.

> 저는 새해가 되니 온갖 생각이 뒤얽힙니다. 25년의 세월은 이미 내 소유가 아닙니다. 곤하여 客窓에 누웠으니, 책이나 칼 모두 이룬 것이 없습니다. 다만 돌아가 고향의 매화와 대를 지키면서 남은 참된 기운을 보존할 뿐입니다. 아직 결정하지 못한 것은 서울 여관의 萬卷의 藏書를 다른 사람에게 양여하려고 하니 아까울 따름입니다.46)

> 아직도 머뭇거리면서 결정하지 못하는 것은 羣書堂의 萬卷書를 다른 사람의 손이나 눈에 양여하고 싶지 않은 것일 따름입니다.47)

그 당시 사정으로 만권의 장서를 비치할 곳이 없었겠지만 장서가 아주 많았다는 것은 알 수 있다. 후일 1987년 淵民이 자신의 장서를 檀國大學校에 기증했는데, 자세히 조사해 보니 연민의 장서는 1만 9천 책 정도에 이르렀다. 그 뒤 辭世할 때까지 갖고 사용하다가 사후 기증한 도서까지 합치면 淵民의 장서는 2만권은 충분히 넘는다.

淵民은 明倫專門學校 재학시절에 한문학을 공부하려면 中國語를 배워야할 필요성이 있다는 것을 알았다.

> 손자는 요즈음 朱子, 退溪, 老子, 莊子 등의 책을 과목으로 삼고 있습니다. 그 밖에는 모두 日本語입니다. 中國語는 학문학자가 알지 못해서는 아니될 것입니다.48)

또 이 시기에 四庫全書를 접하고 지대한 관심을 갖고서 수십 종류를 골라서 읽기도 했다. 이 사실을 조부에게 알리고 있다.

---

46) 『淵淵夜思齋文藁』 110쪽, 「答李碧史」.

47) 『淵淵夜思齋文藁』 111쪽, 「與朴沂湖」.

48) 『淵淵夜思齋文藁』 101-102쪽, 「上王父大人」.

천하의 책으로 康熙[실제로는 乾隆]의 四庫全書에 실린 책은 3400종류, 7970권 3060책입니다. 평생을 다 바쳐 연구한다 해도 다 할 수 없습니다. 그 사이에서 힘을 쓸 수가 없다는 것을 알고 그 가운데서 수십 종을 골라 주야로 보고 있는데, 혹시라도 감히 게을리하지 못합니다.[49]

그리고 이때 褚遂良과 王羲之의 法帖을 입수하여 서예에도 유념을 했다.

褚氏의 善本과 右軍帖을 얻어 번갈아가면서 보아 반드시 그 神韻을 얻고자 합니다. 그러나 전문적인 노력이 아니면 갑자기 얻을 수 있는 것은 아닙니다.[50]

요컨대, 淵民은 23세 때 시골의 전통학문의 틀을 벗어나 서울로 와서 明倫專門學校에서 5년 동안 수학하면서 漢文學의 새로운 면모를 접하게 되어 村學究의 범위에서 벗어날 수 있게 되었다.

## 3. 山康 卞榮晩의 薰陶

당시 서울에는 漢文學으로 양대 산맥을 이루는 두 대가가 있었으니, 곧 山康 卞榮晩과 薝園 鄭寅普였다. 淵民이 서울 생활하면서 이 두 분과 만나 가르침을 받게 되었으니 淵民의 학문인생에서 큰 행운이라 하겠다. 淵民은 1939년 서울에 올라오자 바로 山康을 한번 찾아뵈었고, 그 다음 해에는 山康에게 다음과 같은 서신을 올렸다. 山康은 朝鮮末期 判事로 있다가 사법권이 일본에 넘어갈 때 사직하고 중국을 周遊하다가 돌아와 漢文學에 전념하여 일찍이 이름이 난 학자였고 해방 이후 成均館大學校 교수를 지냈다.

---

49) 『淵淵夜思齋文藁』 102쪽, 「上王父大人」.
50) 『淵淵夜思齋文藁』 137쪽, 「上季從祖叔父陽田翁」.

> 저가 아이였을 때 이미 선생의 이름을 들었고 선생의 글을 얻어 읽어 보고서 우뚝하여 우리 東方 문학계의 한 분의 큰 혁명가라는 것을 알았습니다. 곧 바로 한번 가서 만나 뵙고 싶었지만 뜻대로 되지 못했습니다. 작년에야 비로소 한번 가서 만나 뵙고 오묘한 말씀을 들었습니다.[51]

淵民이 山康의 이름을 듣고 그 글을 읽어본 것은 어린애 때부터였다. 연민은 산강을 문단의 혁명가로 규정하였다. 연민의 혁명가적인 발상이 산강으로부터 영향 받은 것이 적지 않을 것이다.

淵民은 山康에게 자신이 지은 글을 보였는데, 「芍藥山居記」는 " 글의 격이 무성하고 빽빽하고 뜻을 씀이 깔끔하니 진실로 山居의 記文이라 일컬을 만하다"라는 山康의 評語를 얻었다. 「丁錦人大武六十一歲壽序」는 山康에게 보여 批點을 받고, "말을 구성하는 것이 특별히 예스럽고 무성하여 사랑할 만하다"라는 評語을 얻었다. 「雪溜書室記」는 "少泉[淵民의 그 당시 호]의 이 글은 옛사람의 뜰을 짓밟았다"라는 評語를 얻었다. 옛사람의 경지를 능가했다고 높이 평가한 것이다. 「弗丁室銘」은 "글 한 篇의 짜임이 정밀하고 견고하여 진실로 아름다운 작품이다"라는 評語를 얻었다. 「寒水亭耆老會帖序」는 "착상이 조화롭고 아득하고 글 짓는 것이 바르고 高雅하니 정말 아름다운 작품이다"라는 評語를 얻었다. 「松广記」는 "功令文의 낡은 습속을 한번 싹 씻어버리니 깨끗하여 사랑할 만하다"라는 評語를 얻었다. 「南谷精舍記」는 "글의 뜻은 仙家를 매우 배제했으나 글의 기운은 황홀하고 혼미하여 신선의 정취가 있으니 기이하고 기이하도다!" 라는 評語를 얻었다. 「靜思齋記」는 "정교하고 아름답고 아주 절묘한 작품으로 지금 세상에서는 아마도 다시 이런 格調를 만들지 못할 것이다"라는 評語를 얻었다.[52]

또 山康은 淵民에게 보내는 서신에서,

51) 『淵淵夜思齋文藁』 71쪽, 「與山康卞翁榮晩」
52) 『淵淵夜思齋文藁』 92-110쪽.

문장이 渾融하고 高古한 것은 대수롭잖은 일이니 어찌 그대를 위해서 慶賀해야겠는가? 나도 모르게 백번 읽어도 싫지 않으니 심하도다! 예술이 사람을 중독시키는 것이.[53]

일국의 제일가는 대가인 山康이 25세 청년인 淵民의 문장에 대해서 극찬을 아끼지 않았으니, 연민의 문장의 수준이 어느 정도인지 짐작할 수가 있다. 山康이 淵民을 필요 이상으로 칭찬할 아무런 이유가 없다. 단지 그 문장이 좋았기에 이런 평가를 내렸던 것이다. 山康은 나중에 자기가 지은 글 1백 편을 뽑아 편집하여 『山康齋文鈔』라 명명하고서 淵民에게 그 跋文을 부탁하였으니, 진심으로 연민의 문장을 좋아했다는 것이 증명이 된다.

1942년에는 山康이 東坡 蘇軾의 칠언율시를 모은 『長蘇七律集』 한 책을 淵民에게 선사하였으므로 연민은 그 시집 안에 있는 구절을 모아 絶句 한 수를 만들어 올려 감사하는 표시를 하였다.[54]

1954년 山康이 세상을 떠났을 때 淵民은 이런 내용의 祭文을 지었다.

저가 처음 翁을 뵈었을 때 글로써 폐백으로 삼았습니다.
"보통이 아니구나"라고 생각하시어 바로 評語를 쳐 주셨습니다.
"자네의 나이로 이런 이야기가 어찌 쉽겠는가?"
나는 이 말에 크게 감동하여 정신없이 혼자 기뻐했습니다.
혹 꾸짖기도 혹 추겨주어 저가 명철하고 예리하게 되길 원했습니다.[55]

세상을 떠난 山康의 영전에서 산강과 자신의 관계를 회고하고 있다. 연민의 문장을 인정하자 연민은 고무되었고, 산강은 연민이 명철하고 예리하게 되기를 기대하였다. 淵民은 山康의 가르침을 많이 받았는데, 淵民이

53) 『淵淵夜思齋文藁』 114쪽, 來書.
54) 『淵淵夜思齋文藁』 103쪽 「山康惠以長蘇七律集一冊」.
55) 『淵淵夜思齋文藁』 254쪽 「祭山康卞翁文」.

釜山에서 거주할 때, 山康이 한국전쟁을 만나 부산에 피난 와서 가끔 淵民의 댁에서 숙식을 하며 지냈으므로 더욱 자주 만나 從遊를 할 수 있었다.

## 4. 爲堂 鄭寅普의 誘掖

爲堂은 또 薝園이라는 號도 썼는데 당대에 한학자로서 이름이 높았다. 그는 젊은 시절에 중국에 장기간 유학하여 중국 학계의 동향을 잘 알고 있었다.

1942년에 爲堂은 淵民에게 德衣라는 호를 지어 주었으므로 연민은 자신이 독서하는 방을 德衣筆耕處라고 이름을 붙였던 적이 있었다.56) 爲堂은 淵民의 문장을 "금석의 소리가 쟁쟁하다"고 평하였고, 또 "더욱 더 노력하여 봉황새 같은 존재가 되라"고 격려했다.

> 문장의 뜻이 홀로 老成하여 때때로 金石의 소리가 쟁쟁함을 이미 보았소. 하늘이 준 자질을 가지고 부지런히 功力을 들이시오. 다른 날 그대는 봉황새가 되어 울 것을 기약할 수 있소. 「弗丁室銘」, 「寒水亭耆老會序」, 「忱婦傳」, 「東樵傳」은 다 읽어 보았소.57)

1943년에 淵民은 爲堂을 찾아뵙고 古文에 대한 가르침을 받았다. 이때 淵民은 爲堂으로부터 문장 짓는 법에 대한 가르침을 받았다. 그리고 위당은 연민의 작품에다 評語까지 붙여주고 기대 이상의 칭찬까지 해주어 연민은 매우 鼓舞되었다.

淵民은 爲堂의 古文은 桐城派 가운데서 姚鼐와 흡사하다는 것을 알아냈다.

---

56) 『淵淵夜思齋文藁』 101-102쪽, 「德衣筆耕稿小敍」.

57) 『淵淵夜思齋文藁』 121쪽, 「東樵傳」 評語.

지난 겨울에 한 차례 댁으로 찾아뵀을 때 보통 이상의 관심을 따듯하게 받았는데 그 분위기가 봄날처럼 포근하여 눈보라가 창틈으로 새어 들어오고 산속의 해가 서쪽으로 진 줄도 몰랐습니다. 외람되게 선생님을 가까이서 접한 지가 여러 해가 되었지만 이때처럼 지극한 적은 없었습니다.

하물며 문장 짓는 일은 옛날의 道가 의지해 있는 바이고 신비함이 간직되어 있는 것입니다. 이미 보잘것없는 저를 위해서 문장의 과정을 가르쳐주시기를 아끼지 않으셨고, 아울러 저의 작품에다 評語를 붙여 주시고, 다시 시를 내려주셨습니다. 그러시고는 "전날 서로 만났을 때는 글 읽는 사람으로만 생각했지 이런 작품을 짓는 사람일 것으로는 생각지 못했네"라고 말씀하셨습니다.

저는 굼뜨고 못난 사람으로 일찍이 조그마한 재주로도 다른 사람에게 알려지기를 구하지 않았습니다. 또 지은 것이 있어도 보잘것없어 저의 눈에도 차지 않았습니다. 그런데 어찌 선생 같은 지금 세상의 大家에게 나아가 저의 작품을 평가해주기를 구하겠습니까?

그러나 혼자서 저의 생각을 가지고 다른 사람의 작품을 가져다 보기를 좋아했습니다. 얕고 깊고 순수하고 駁雜한 것에 대해서 그 실정대로 다 알았다고 감히 말할 수는 없지만 멍청하게 식별하지 못하는 것은 아니었습니다.

대개 10여 세 때부터 다른 사람을 통해서 선생의 작품 몇 편을 보고서 혼자서 기뻐하여 "지금 세상에 있을 바가 아니다"라고 생각했습니다. 그 뒤 桐城派의 이른바 義法의 문장을 보고서 "姚氏가 지은 것이 어찌 그리도 선생께서 지은 것과 비슷할까?"라고 생각하고, 때때로 아울러 취하여 읽어본 지가 이제 장차 10년이 되어 갑니다.[58]

문장의 奇異함에 대해서 爲堂과 논란을 벌였는데 淵民은 기이함과 기이하지 않음이 동시에 존재해야 한다고 생각했다.

다만 전에 만났을 때 문장을 짓는 도리에 대해서 "한 편의 글 가운데서 어떤 곳은 기이하고 어떤 곳은 기이하지 않은 것은, 처음부터 끝까지 기이하지 않으면서 흠이 없는 것만 못하다"라고 말씀하셨습니다. 저 혼

58) 『淵淵夜思齋文藁』 135쪽, 「與薝園鄭翁」.

자 생각해 보고서 의심이 없을 수 없었습니다. 저는 생각하기를 "한 편의 문장에서 한 글자도 기이한 것이 없으면 족히 문장이 될 수가 없고, 한 글자도 기이한 것이 없다고 해서 또한 반드시 지극한 것은 아니다. 대개 기이하지 않은 것이 있은 그런 뒤에라야 기이한 것이 있게 되는 것이다. 만약 기이하게 여기지 못할 것이 없다면, 그 기이함은 또한 기이한 것이 아니고 평범한 것일 따름이다"라고 생각했습니다.[59)]

淵民은 爲堂의 권유로 段玉裁의 『說文解字注』를 구해서 읽어 보고 爲堂에게 자신의 의견을 제시하였다. 우리나라 학자들은 글을 반복해서 읽고 외우는 방법을 쓰지 漢字 한 글자 한 글자의 뜻의 기원과 변천 등을 연구하는 文字學, 訓詁學 등은 등한히 했으므로 어떤 경우에는 문장 해석을 모호하게 하고 넘어가는 경우가 많았다. 爲堂이 淵民에게 『說文解字』를 읽으라고 권유한 것은 爲堂이 중국에서 교유한 章太炎 등의 영향인 것 같다. 章太炎은 『說文解字』를 매우 중시하였고 그 학파의 학자들이 나중에 중국 문자학, 훈고학 관계의 연구업적을 많이 내게 되었다.

段氏의 『說文解字』는 그 사이에 이미 사서 보았습니다. 연전에 이 책을 빌려서 겨우 반을 보고서 그 분야에 대해서 자못 알게 되었습니다. 그러나 세속에서 잘못된 것을 참된 것으로 알고 있는 것이 많은데, 갑자기 고치기는 어려울 것이라 잠시 그만두었습니다. 이제 그렇지 않다는 것을 알았습니다만, 그 가운데는 간혹 전부 다 믿을 수 없는 것도 있었습니다. 선생님은 어떻게 기준을 잡으시는지 모르겠습니다.[60)]

淵民은 韓國戰爭 발발 며칠 전에 南山의 새 집으로 爲堂을 방문하여 위당과 시를 주고받았는데, 얼마 뒤 爲堂이 납북됨으로 해서 위당과의 학연은 끝나게 되었다.[61)]

---

59) 『淵淵夜思齋文藁』 136쪽, 「答薝園鄭翁」.

60) 『淵淵夜思齋文藁』 156쪽, 「與薝園鄭翁」.

爲堂은 납북전 延禧專門에서 國學을 가르쳤는데 爲堂의 납북으로 공석이 된 자리를 나중에 淵民이 계승하는 인연을 맺게 되었다.

## 5. 晦峯 河謙鎭의 鼓勵

淵民이 서울로 와서 공부하면서 晉州 水谷面 士谷에 살던 대학자 晦峯 河謙鎭을 알게 되었다. 1942년 晦峯의 친척 菁阿 河文見을 통해서 먼저 회봉에게 서신을 보내어 안부를 묻고 다른 날을 위해서 소통의 길을 열어 두었다.[62)]

그러자 회봉은 바로 회답을 보내어 아주 반가워하였다.

> "退溪 가문의 후손으로서 家學 淵源에서 傳受된 것이 많을 것이니, 지나는 길이 있으면 한번 방문하여 속마음을 터놓고 이야기해 보도록 하세.[63)]

그 다음해에 淵民은 晦峯에게 다시 서신을 보내어 晉州와 禮安 사이에 교류가 없음을 개탄하였고 학문의 성취가 어려움을 토로하였다.

> 저는 본디 남과 경쟁할 정도도 못되는 재주로 망령되어 옛사람의 학문에 뜻을 두었습니다. 그러나 견문이 넓지 못하여 서울의 학교에 적을 두고서 마음껏 책을 읽고자 한 지가 이미 5년이 되었습니다. 27년의 세월이 흘러가는 물처럼 퍼뜩 지나가 버렸습니다. 아득한 길에 임하여 방황하며 홀로 가는 길이 이르기 어려움을 슬퍼합니다.[64)]

明倫專門學校에서의 5년 동안의 학습에도 만족하지 못한 淵民은 이런

---

61) 李家源 『玉溜山莊詩話』 90쪽. 乙酉文化社, 서울, 1972.

62) 『淵淵夜思齋文藁』 112쪽, 「與晦峯河翁謙鎭」.

63) 河謙鎭 『晦峯遺書』 권19 36장, 「答李淵生」.

64) 『淵淵夜思齋文藁』 136쪽, 「答晦峯河翁」.

내심의 고민을 회봉에게 털어놓았다.

晦峯은 즉각 답장을 보내어 儒林에 이런 의지할 後學이 나타났음을 다행으로 여기며 연민을 인정하면서 격려하고 있다.

> 은혜롭게 보내주신 편지를 받아 세 번 읽어 본 이후로 서로 인정하는 것이 대단하다는 것을 더욱 느꼈습니다. 그리고 간직한 뜻과 배운 것이 우뚝하여 보통 사람들과 다르다는 것을 상세히 보았습니다. 우리 儒林에 뒷날 장차 의지할 곳이 있으니 저 혼자 마음속으로 관심이 가고 기쁩니다. 어찌 「橘頌」만 읊고 말아야 하겠습니까?
>
> 보내주신 서신에서 "아득한 길에 임하여 방황하며 홀로 가는 길이 이르기 어려움을 슬퍼합니다"라고 했더군요. 가만히 생각해 보건대 공부는 이 경지에 이르면 더욱 어렵습니다. 옛사람이 말씀하시기를 "길이 막혀 끊어져 사방 어디에도 갈 길이 없을 때가 바야흐로 得力하는 곳이다"라고 했습니다. 그대가 방황하면서 이르기 어려움을 슬퍼하는 것은 요컨대 반드시 이런 점에서 본 바가 있어야 할 것입니다. 이미 그 어려움을 알았으니 더욱 온 힘을 들여 큰 용기를 떨쳐 일으켜 목숨을 걸고 앞으로 나가 겹겹의 험준함을 뚫고 반드시 저쪽 언덕으로 넘어가기를 기약해야 할 것이지 어물어물해서는 정말 안 됩니다. 앞길이 험한지 평이한지 먼지 가까운지는 다른 사람은 모르고 길 가는 사람 자신이 마땅히 알 것입니다. 어찌 혼자 가는 것을 슬퍼하겠습니까?[65]

공부의 어려움을 호소한 27세 청년 淵民에게, 晦峯은 학문을 한 선배로서 어려움을 느끼는 경지에 이르면 더욱 어렵게 되는데, 그 험준한 관문을 잘 통과해야만 得力을 할 수 있다고 조언을 하였다.

1944년에 淵民은 晦峯에게 서신과 함께 지은 글 두 편을 보냈다. 이 글에 대해서 회봉이 평을 하여 보냈는데 회봉은 연민의 글에 대해서 "무릎이 저절로 굽는다"는 등 극찬을 하면서도, 연민의 글이 "잘 지으려고 인위

65) 『晦峯遺書』 권19 36-27장, 「答李淵生」.

적으로 노력하는 흔적이 보인다"라고 지적하여 충고를 담은 장편의 서신을 보냈다.[66]

이 서신에 대해서 淵民은 晦峯에게 장편의 답장을 보냈다. 단순한 서신이 아니고 元老學者와 新銳靑年學者 사이의 진지한 文章論의 토론이 전개된 것이다. "退溪의 문장은 朱子를 계승했다"는 회봉의 서신에 대해서 淵民은 朱子와 退溪를 비교하여 그 차이점을 밝혔다.

> 朱子의 문장이 韓愈와 비슷하다면 退溪는 歐陽脩와 비슷하고, 주자의 기상이 孟子와 같다면 퇴계의 기상은 顏子와 비슷합니다.[67]

이 서신을 받고 淵民 서신의 문장 자체를 극찬하는 답장을 보냈다. 그리고는 문장가로 만족하지 말고, 孔子 같은 인물이 될 것으로 스스로 목표를 세우라고 충고하고 있다.[68]

1944년 晦峯은 淵民의 字辭를 지어 보냈다. 淵民이 요청하는 서신이 없고 晦峯의 요청을 받았다는 기록도 없는 것으로 봐서, 회봉이 연민의 앞길을 제시하는 의미에서 자진해서 字辭를 지어보낸 것 같다. 그 字辭의 전문은 이러하다.

| | |
|---|---|
| 李君 家源은 자를 淵生이라고 하네. | 李君家源, 字曰淵生 |
| 淵生은 자질이 좋아 총명하고 지혜롭다네. | 淵生好資, 聰智而明 |
| 일찍이 멀리 가서 공부하여 사방에 그 명성 떨쳤네. | 蚤歲游學, 四噪厥聲 |
| 아아! 退溪先生은 儒學을 집대성하셨네. | 於維退翁, 集儒大成 |
| 明과 誠을 밝히는 학문과 博과 約의 방법을, | 明誠之學, 博約之詮 |
| 그대 잊었는가? 여기에 어찌 힘쓰지 않겠는가? | 自其無念, 曷不勉旃 |
| 家學의 바른 학문이 그 淵源이라네. | 家學之正, 此其淵源 |

66) 『晦峯遺書』 권19 37장, 「答李淵生」.

67) 『淵淵夜思齋文藁』 158쪽, 「答晦峯河翁」.

68) 『晦峯遺書』 권19 39장, 「答李淵生」.

그 근원을 계속 이어지게 하고, 그 못을 깊게 할 지어다.[69]

源源其源, 淵淵其淵

유학을 집대성한 退溪의 家學을 계승하여 바른 학문을 할 것을 당부하고 있다.

1948년 淵民 32세 때 晦峯이 辭世했기에 晦峯의 愛顧와 鼓勵는 끝나고 말았다. 연민은 회봉에게 이런 挽詞를 지어 올려 조의를 표하였다.

저의 얕고 어리석음을,
군자께서 어찌 안다고 말씀하셨는지요?
온화한 문장은 읽어 보았고,
맑고 화평한 기상은 알겠습니다.
이제 사람이고 하늘이고 의지할 데 없고,
세상엔 음탕한 것과 고상한 것 등 갈래 많습니다.
여생이 얼마 남지 않은 줄도 살피지 못했으니,
꿈속에서 과제 받기를 원하나이다.[70]

晦峯이 세상을 떠남에 의지할 데가 없음을 아쉬워하면서 그의 갑작스런 서거를 못내 아쉬워하고 있다. "꿈속에서 과제 받기를 원하나이다"라는 구절에서 여건이 되었으면 晦峯의 가르침을 받았으면 하는 희망이 있었음을 밝히고 있다.

## Ⅳ. 淵民의 文論

淵民은 漢文 文章을 지으면서 古文을 답습하지 않고 자신의 개성이

69) 『晦峯遺書』 권28 16장, 「李淵生字辭」

70) 『淵淵夜思齋文藁』 199쪽, 「晦峯河翁輓辭」

있는 문장을 지어야 한다는 생각을 갖고 있었다. “李家源의 문장은 李家源의 문장이어야 한다”는 독창적인 생각을 갖고 있었는데, 그 당시 漢學者들에게는 쉽게 볼 수 없는 사고였다.

> 저 스스로 생각건대 古文을 배운 지 20년에 단지 금일 동아시아의 한 사람의 큰 거지가 되기에 족할 뿐입니다. 지금부터는 고문을 배우지 않을 것을 맹세합니다. 그대는 다시는 ‘동방의 한 사람의 선비’니 ‘옛 마음’이니 옛 모습‘이니 하는 말로 대충 저에게 적용하지 마시기 바랍니다. 다른 사람의 웃음꺼리가 될까 정말 두렵습니다.
>
> 또 그대는 문장을 짓는 일에 있어 옛날을 본받는 것을 법으로 삼습니다. 정말 그렇지만 다만 원대하지 못할 따름입니다. 만약 옛 사람으로써 법도로 삼는다면, 三代나 漢나라 이전의 것을 가지고 하겠습니까? 아니면 韓愈, 曾鞏, 朱子, 歸有光으로 하겠습니까? 오늘날의 金喆熙가 韓愈, 曾鞏, 朱子, 歸有光이 되겠습니까?
>
> 李家源의 문장은 바로 李家源의 문장이지 漢나라 이전이나 한유, 귀유광의 글은 결코 아닙니다. 그래서 옛날 뜻에 차분하게 접근하여 새 빛으로 창작하여 혹은 정통으로 혹은 기이하게, 혹은 홀수로 혹은 짝수로 하여 아득한 옛날 것을 참고하되 그 것에 집착하지 않고, 지금 사람에게 묻되 의심하지 않으면 해야 할 일이 끝날 것입니다.[71]

“옛것에 참고하되 집착은 하지 말고, 지금 사람들에게 묻되 의심하지 않으면 문장 짓는 일은 다 끝난다”라고 했다. 옛날 것을 참고하고 지금 것도 물어서 고금을 다 흡수하려는 것이 淵民의 文學觀이다.

문장을 지음에는 內實을 기하는 것이 중요한데 옛 것을 추구하되 진부하지 말고 새것을 추구하되 속되지 말고, 約禮하되 좁게 하지 말고, 博文하되 浮華하지 말아야 한다고 淵民은 주장했다. 특히 俗儒들의 상투적인 견해에 자신을 얽어매서는 안 된다는 점을 비상하게 강조하였다. 그렇다고

71) 『淵淵夜思齋文藁』 96쪽, 「答金龍田」.

자기 멋대로 억지를 부려서도 안 된다는 것도 연민은 알았다. 淵民 자신이 시골서 자랐으면서도 자기 생각 없이 옛날 것만 숭상하면서 옛날 글만 외우고 따라 짓는 시골 서당의 學風에 대해서 환멸을 느꼈던 것이다. 法古創新의 노선을 따라 옛 것과 지금 것의 조화를 이루라고 아우 春初 李國源을 면려하고 있다.

> 내가 자네를 걱정하는 것 또한 적지 않다. 죽은 기운을 굳게 지킬뿐이고, 活氣를 구하지 않는다는 것이다. 저 文辭와 言語 사이에서 화려하게 빛을 내려는 것은 모두 外的인 것이다. 어찌 족히 일곱 자의 몸을 아름답게 하겠는가?
>
> 무릇 학문을 함에 있어서는 옛것을 추구하되 케케묵지 말며, 새롭게 하되 속되지 말며, 約禮하되 좁게 하지 말며, 博文하되 浮華하게 하지 말아야 된다. 자네는 俗儒들의 말에 얽매이지 말고 또 스스로 주장하는 견해도 세우지 말고 맑은 마음을 다하여 글을 많이 외우도록 하라.[72]

한문학을 하더라도 새로운 시대에는 새로운 것에 적응해야지 생명력을 잃은 옛날 것만 고수해서는 참된 선비가 아니라고 보았다.

> 經書에는 남아 있는 뜻이 있으니 진실된 마음으로 옳은 것을 구하면 저절로 남는 스승이 있을 것입니다.
>
> 筋骨을 얽어매고 죽은 기운을 죽음으로써 지킨 그런 뒤에라야 선비의 참된 본색이 되겠습니까?[73]

淵民은 中國의 여러 文學 流派 가운데서도 桐城派 義法에 찬탄하면서 그 노선을 지지하였다.

> 그러나 文辭에 뜻을 오로지하기를 韓愈나 曾鞏처럼 한다 해도 正宗이

72) 『淵淵夜思齋文藁』 144쪽, 「答春初」.

73) 『淵淵夜思齋文藁』 98-99쪽, 「答金書山」.

> 될 수는 없습니다. 그래서 程子나 朱子는 義理의 說을 주창하였습니다. 명나라 청나라 때의 큰 선비들은 주자를 배척하고 멀리 漢儒의 학설을 찾아 考據學이라 하니 천하에서 모두 다 호응했습니다. 유독 桐城派 일파만은 자신감을 갖고 당시의 세상을 웃으면서 "의리와 考據와 詞章 가운데서 하나라도 빠지면 안 된다"라고 했습니다. 저는 전에 그 說을 읽고서 마음으로 자못 부러워하면서 탄복했습니다.74)

淵民은 스스로 자신의 古文의 궤도를 밝혔다. 經書에 바탕을 두었는데 古文도 아니고 今文도 아니면서 낡은 것은 버리되 世俗으로 흐르는 글은 짓지 않는다고 했다.

> 내가 일찍이 古文辭를 전공했는데, 무릇 지은 것이 있으면 經書를 으뜸으로 삼기를 힘써 주장하여 經書를 날줄로 삼고 그 나머지는 씨줄로 삼아 옛것에 얽매이지 않고 세속에 흐르지도 않았다. 지금 문장을 하는 사람들은 내 글을 일러 古蒼하다고 한다. 어째서이겠는가? 그 까닭을 궁구해 보건대 '세속에 흐르지 않았기 때문'이다. 그러나 옛날 사람으로 하여금 구부려서 내 글을 읽어보게 하면 반드시 "옛날 사람이 지은 글은 아니다"라고 할 것이다. 대개 내가 사는 시대가 高麗時代나 朝鮮時代가 아니고 또 漢나라나 唐나라도 아닌데 어떻게 高麗, 朝鮮, 漢나라, 唐나라의 글을 지을 수 있겠는가? 그래서 묵은 말을 쫓아내기에 힘쓰고 지금 말도 버리지 않는다. 우리나라의 토산품으로 비록 깨어진 기와, 못 쓰는 자갈 등도 금싸라기처럼 아낀다. 經書를 날줄로 삼고 緯書를 씨줄로 삼으려는 한 조각 충성심은 진하고 구슬퍼 영원히 사라지지 않을 것이다.75)

淵民은 우리나라 역대의 漢文學家 가운데서도 개성이 강하고 문단에 개혁의 바람을 일으킨 惺叟 許筠과 燕巖 朴趾源을 좋아했다. 燕巖의 문학을 계속해서 연구하여 마침내 1966년 9월 26일에 이르러 『燕巖小說研究』

---

74) 『淵淵夜思齋文藁』 76-77쪽, 「與學田李翁」.

75) 『貞盦文存』 48쪽, 「通故堂集自序」.

라는 논문으로 박사학위를 받았다.

> '惺顚燕癖'이라는 네 글자는 나의 세상을 떠난 친구 樂村 丁駿燮이 나를 일컬은 말이다. 나를 일러 "惺叟 許筠에게 미치고, 燕巖 朴趾源에게 癖이 있다"라고 했다. 이때(1966)에 이르러 나는 『燕巖小說硏究』로 成均館大學校에서 박사학위를 받았다. 그래서 憙譚實學之齋이라는 서재의 이름을 惺顚燕癖之室이라고 했다.[76]

자신의 서재 이름을 '惺顚燕癖之室'이라고 할 정도로 許筠과 朴趾源의 문학을 明倫專門學校 시절부터 酷好하였다. 淵民은 뒷날 『韓國漢文學史』나 『朝鮮文學史』를 저작하면서 許筠과 朴趾源을 비중 있게 다루었다. 朴趾源의 소설을 연구하여 박사학위를 받고, 연암의 소설 9편을 다 번역하여 『李朝漢文小說選』에 넣어 새 생명을 불어 넣었고, 『熱河日記』도 번역하여 보급하였다. 허균에 대해서도 「許筠的思想及其文學硏究」[77]라는 장편 논문으로 許筠의 思想과 文學을 총정리하여 소개하였다.

## Ⅴ. 淵民의 漢文學에 대한 師友들의 평가

龍田 金喆熙[1915-2008]는 淵民의 고향 사람으로 연민과 어려서부터 70년 동안을 사귀며 학문을 같이하고 많은 서신을 교환한 절친한 친구였다. 그는 淵民 성장과정을 어려서부터 가까이서 직접 본 가장 오래된 친구였다. 그는 淵民의 학문경향과 범위를 이렇게 요약하였다.

> 대저 淵生은 글을 널리 배우고 정밀하게 생각하여 지금 선비 가운데 걸출

76) 『淵淵夜思齋文藁』 444쪽, 「惺顚燕癖之室藁小敍」.

77) 이 논문은 한문으로 된 것으로 1980년 臺灣의 中央硏究院에서 개최한 國際漢學會議에서 발표한 것이다. 연민의 제자 許敬震교수가 이 논문을 번역하고 許筠의 연보 등 관계 자료를 붙여 『儒敎叛徒許筠』이라는 제목으로 2000년도에 출판하였다.

> 한 사람으로서, 그 스스로 樹立하기를 韓昌黎나 程子·朱子처럼 한다. 머리를 숙여서는 글을 읽고 고개를 들어서는 생각하는데 낮 시간으로 부족하여 밤에도 계속한다. …… 깊이 있게 하고 또 깊이 있게 하여 그 神妙함을 간직하고, 생각하고 또 생각하여 그 극치에 이르고자 한다. 한 집안의 쌀이나 소금 같은 자질구레한 것으로부터 미루어 천하처럼 큰 것, 고금의 먼 것, 백성과 社稷의 存亡 등에 이르기까지 그 까닭을 궁구하지 않는 것이 없다. 그런 뒤에 유감이 없고자 하니 그 생각함은 깊고도 또 깊지 않은가?[78]

龍田은 1943년 淵民 나이 26세 때 이 글을 지어 주었다. 淵民 스스로 성취한 바와 그 폭이 대단히 크다는 것을 밝혀 말했다.

1966년 淵民이 文學博士學位를 받았을 때 龍田은 연민의 학문에 대해서 이런 평가를 했다.

> 淵民子는 退溪의 후손으로서 그 家學을 계승하여 집에 들어가면 서적이 서고에 가득하고 밖에 나가서는 나라 안의 여러 명사들과 從遊하면서 文翰을 일상생활로 삼았다.
>
> 그때 우리나라에 山康 卞榮晩과 爲堂 鄭寅普 두 분이 계셨는데, 古文辭로 한 시대에 이름이 있었다. 卞선생은 연민의 글을 '渾沖·高古하다'고 평가했고, 鄭선생은 '金石의 소리가 난다'고 평가했다. 淵民의 글 짓는 것이 찬란하게 문채를 이루었다는 것은 묻지 않아도 저절로 알 수 있는 것이다.
>
> 비록 그러하나 淵民子는 이것으로써 스스로 잘난 체하지 않고, 깊은 것을 찾아내고 오묘함을 길러 그 극치에 이르렀다. 오늘날까지 계속하여 수십 년이 되어 엄연히 文學博士의 지위에 있다. 안에서 쌓여서 밖으로 나타나는 아름다움은 절로 가릴 수 없는 것이 있음이 진실로 이러하다. 저 세속에서 글을 하는 사람들은 아침에 한 편 외우고 저녁에 한 구절 읊조려 흐릿하고 비슷한 사이에서 모양이나 자취를 본떠서 말하기를, "이것은 韓愈와 蘇軾을 본뜬 것으로 같은 경지라 할 수 있다. 이것은 歸有光과 曾鞏을 본뜬 것으로 어깨를 견줄 만하다"라고 한다. 아아! 한유나 소식의 모양만 본뜨기를 일삼

78) 金喆熙『天海亭文稿』권9, 336쪽,「淵淵夜思齋記」.

> 는다면 어찌 한유나 소식이 되겠는가? 귀유광이나 증공의 자취만 견주고자 한다면 어찌 귀유광이나 증공이 되겠는가? 대개 그 정신과 理趣가 속에서 스스로 터득한 것이 깊어야 英華와 彩色이 밖으로 나타난 것이 멀리 갈 수 있는 것이다. 그래야 우뚝이 이름난 사람이 될 수 있는 것이다. 淵民子는 이러할 따름이다.79)

淵民은 정진하여 독창적인 경지를 확보하였고 외형을 모방한 詩文은 짓지 않았고 옛사람들의 精神과 理趣를 다 흡수했다는 사실을 龍田은 밝혔다.

1943년 山康 卞榮晩은 淵民의 고향인 安東郡 陶山面 溫惠里 古溪精舍를 방문하였고, 연민의 요청에 의하여 「淵生書室銘」과 그 序文을 지었는데 연민을 인정하면서 小成에 안주하여 남에게 자랑하지 말라고 당부하고 있다.

> 淵生은 李家源군의 字다. 나이 겨우 26세에 용모는 옥이나 눈과 같고 뜻은 깊고 재주는 빛나고 글씨는 오묘하면서도 고와서 바로 옛날의 일류 학자들과 대등하다.
>
> ……
>
> 물은 천지에 이어져, 水絡天地
> 가지 않는 곳 없다네. 無方不徂
> 여러 물 가운데서도, 淵于衆水
> 못은 가장 중추적인 것. 爲象最樞
> 항상 그 기개 화평하게 가져, 恒平厥槩
> 가만히 함양하는 바 있어야 하리. 隱有所濡
> 마음속에 구슬 머금었나니, 中含珠寶
> 누가 감히 베어 가겠는가? 疇敢就刳
> 淵生의 서실은, 淵生之室
> 맑음과 밝음이 모이는 곳. 澄明攸都

79) 金喆熙 『天海亭文稿』 381쪽, 「淵淵夜思齋文藁跋」.

| | |
|---|---|
| 神韻이 넘치는 학문과, | 津潤地學 |
| 기이하고 고운 문장. | 怪麗之觚 |
| 어떤 일 도모함에 있어, | 迺至謀畫 |
| 모두 다 이 길을 말미암아. | 胥由是塗 |
| 다른 사람에게 팔기 위해, | 愼毋揭揭 |
| 부디 내보이지 말지어다. | 爲人所沽 |
| 팔게 되면 빨리 없어지나니, | 沽則速渴 |
| 머금어서 더욱더 살아나게 해야지. | 涵之愈蘇 |
| 山康老人이 銘을 지어서, | 山叟作銘 |
| 명철한 도모 영원히 넉넉케 하리.[80] | 永裕悊圖 |

1944년 晦峯과 淵民은 書信往復만 있었을 뿐 만난 적은 없다. 晦峯은 연민의 특출함을 알아보고서 極讚을 아끼지 않았다. 옛날의 진정한 문장가를 추종하여 말세의 위축된 문장을 구제하려는 능력을 갖고 있다고 보았다.

> 답장을 받아보니 그대의 작품인 雜文 2편을 보내셨군요. 뜻을 만드는 것이 그윽하고 멀고 글의 文彩가 넘쳐나 읽어보니 사람에게 다가오는 기운이 있어 사람으로 하여금 자기도 모르는 사이에 무릎을 저절로 꿇게 만듭디다. 바로 '그 나이로는 이를 수 없다'는 것이더군요.
>
> ……
>
> 요즈음 여러 선비들은 心性·理氣의 분변에 빠지고 考證하고 귀로 듣고 입으로 말하는 습속에 신경을 써서 그들이 지은 글이 책상에 쌓이고 상자에 가득하여 汗牛充棟일 정도지만, 그런 글은 있어도 아무런 도움이 안 되고 없어도 손해될 것이 없는 헛된 말입니다. 생각건대 그대는 반드시 이런 점을 병통으로 여겨 옛날의 진정한 문장가들을 추종하여 속된 말세의 시들어빠진 문장을 점차적으로 구제하려고 하니, 그 기개는 정말 날카롭고 그 뜻은 정말 높습니다.

80) 卞榮晩『山康齋文鈔』113장,「淵生書室銘」

> 저가 가만히 염려하는 것은 이 두 편의 글은 문장을 짓는 데 유의한 바가 있어 도리어 혹 참되지 못하고 알차지 못한 병통에 빠질까 하는 것입니다. 저가 감히 지나치게 그대를 의심하는 것이 아니라 깊이 사랑하고 기대하기에 이렇게 삼가 충고하는 바입니다.[81]

淵民의 문장에 대해서 晦峯이 극찬을 했다. 내용 있는 淵民의 문장은 홀로 터득한 바가 있다고 보았다.

> 요컨대 문장을 짓는 도리는 그 말이 이치를 이루어야 하는 것이지 밖으로 말만 하는 것을 그치지 않습니다. 이치가 극진하면 말은 따라서 지극하게 되니 글 짓는 데 신경을 쓸 필요가 없지요. 이치가 되지 않으면서 겉만 꾸미는 것은 말은 비록 정교하지만, 군자들은 그것을 글이라고 하지 않습니다. 이제 그대의 말로써 그대의 글을 증명해 보니 더욱 그렇습니다. 그대 서신 가운데서 '直自效轚逐臭'에서부터 '粟帛茶飯'까지 사이의 160여 자[82]는 그 문장의 생각이 다함이 없고 홀로 터득한 경지로서 빛깔과 모양도 따라서 넘쳐납니다. 마치 날랜 말이 자기 그림자를 희롱하듯 빨리 달려나감에 방울이 절로 울리는 듯하고, 경지가 높은 스님이 총채를 흔들면서 說法을 함에 하늘에서 꽃이 어지러이 떨어져내리는 것 같습니다. 그대가 어찌 이런 문장을 짓는 데 뜻을 두어서 이렇게 되었겠습니까? 오직 잘 지어야 되겠다는 뜻이 없었기에 그 말이 자연스럽게 여기에 이른 것일 따름입니다.[83]

아무런 지위나 영향력이 없는 27세의 청년인 淵民에게 최고의 경지에 이르렀다고 하는 讚辭는 정말로 연민의 문장에 魅了되지 않고서는 나오지 않을 말이다.

育川 安朋彦은 山康 卞榮晚의 성실한 제자로 문장가로 이름이 높았다. 淵民과 교유가 빈번했는데 연민 학문과 문장에 대한 종합적 평가를 이렇

---

81) 河謙鎭『晦峯遺書』권9 37장,「答李淵生」.

82)『淵淵夜思齋文藁』157-158쪽,「答晦峯河翁」을 가리킨다.

83) 河謙鎭『晦峯遺書』권19 38장,「答李淵生」.

게 하고 있다. 연민의 문학은 옛것에 固着되지 않아 고루한 폐단이 없고, 새로운 것을 추구하면서도 확고한 근본이 있어 체계가 있고, 앞 시대의 학문을 이어 다음 세대를 인도하는 역할을 다했다는 특징을 밝혔다.

> 천하의 의리는 무궁한데 이 점을 생각하지 못하고 오직 고착되어서 옛것만 지키려고 한다면 그 폐단은 固陋한 데 있다. 고루하면 통하지 않게 된다. 그러면 사람들의 사상을 원대한 쓸모 있는 데로 인도할 수가 없다. 역사가 오래 되어 만들어온 것이 많이 쌓였다. 이런 점을 모르고서 새 것만 추구하기에 급급하다면 그 폐단은 흐르는 데 있다. 흐르게 되면 주관이 없게 되어 확고하게 근본이 있는 곳에다 사람의 체계를 세울 수가 없다. 이런 두 가지 유형은 마음을 쓰는 것이 부지런하지 않은 것은 아니로되 그래도 실제와는 거리가 멀다. 비록 날마다 東魯를 높여 이야기하고 먼 서양을 번지러하게 이야기한다 해도 결국 우리들에게 무슨 도움이 되겠는가?
>
> 만약 이 두 가지를 겸하였으면서도 고루하지도 흐르지도 않는 사람은 내가 보니 적었다. 오직 내 친구 가운데 淵民 李家源군 같은 사람은 학문하는 것이 여기에 거의 가까울 것인져!
>
> 淵民은 이미 陶山의 家學에 淵源을 두었으면서 또 신식 학문도 공부했다. 古文辭에 성취를 하여 일찍부터 능하다는 소리가 있었다. 우리 글로 된 학문도 연구하여 깊은 경지에 이르렀다.
>
> 오랫동안 대학에서 교수를 하면서 간간히 지은 새 책을 내 놓아 세상에 묻는다. 그가 아주 우수한 것은 新舊를 나누지 않고 장점을 모으고 좋은 점을 취하여 國粹를 유지하여 백성들의 떳떳한 윤리를 진작시키면서도 앞 시대 분들이 남겨준 전통을 이어서 후생들을 마땅히 나아가야 할 길로 인도하였다.
>
> 이렇기 때문에 모든 지은 작품은 古文이나 話文이나 할 것 없이 모두 독특하고 특이한 경지를 얻게 되었으니 그렇고 그런 보통의 길은 아니다. 실제에 절실하게 접근하여 우리들에게 도움 준다는 것은 논할 필요도 없다.[84]

淵民의 長處는 新舊에 다 통하여 앞 시대의 전통학문을 이어 다음 세대

84)『淵淵夜思齋文藁』388-299쪽,「淵淵夜思齋叢書序」.

를 인도해 주었다는 것이다. 학문뿐만 아니라 古文에도 뛰어났음을 아울러 강조하고 있다.

深齋 曺兢燮의 대표적인 제자로 文章家로 이름이 있던 臨堂 河性在는 淵民의 文學에 대해서 이렇게 평하였다.

> 淵民 李家源君은 嶺南의 安東에서 태어나 약관의 나이에 북쪽으로 遊學하여 찬란하게 글을 지어 옛날 문장가의 경지에서 활약하였으니, 대개 나라 안의 뛰어난 사람에 한정되지 않는다.[85)]

淵民은 옛날 문장가의 경지에 이르렀고, 우리나라 안에서만 뛰어난 것이 아니라 밖으로 중국 사람들과 필적할 수 있을 정도의 수준을 갖추었다고 臨堂은 보았다.

碧史 李佑成은 淵民 家門의 贅客으로 16세 때부터 淵民과 結識하였고, 또 釜山高等學校에서 同僚로 재직하였고, 이후 漢文學會長을 授受하는 등 절친한 관계였다. 淵民이 세상을 떠났을 때 碧史 李佑成 선생이 「輓詞」를 지었는데 거기서 연민의 문장을 매우 높게 평가하였다.

| | |
|---|---|
| 淵翁의 재주와 학문 실로 무리에서 뛰어났나니, | 淵翁才學寔超群 |
| 말세에서 능히 옥과 돌을 구분해 내겠는가? | 季世猶能玉石分 |
| 이미 글 잘한다는 이름으로 온 나라에 빛났고, | 已把文名耀一國 |
| 다시 筆力으로 많은 서예가들 소탕했도다. | 更將筆力掃千軍 |
| 明倫洞 차가운 골목에 가을 낙엽 흩날리고, | 明倫巷冷飛秋葉 |
| 溫惠里 적막한 산엔 저녁 구름 뒤덮었네. | 溫惠山空掩暮雲 |
| 크게 탄식하노라! 麗韓十大家 이후로, | 太息麗韓十家後 |
| 曺·河·卞·鄭에다 그대를 더해야 하리.[86)] | 曺河卞鄭更添君 |

85) 河性在『臨堂集』, 「淵淵夜思齋文藁跋」.

86) 李佑成『碧史館文存』375쪽, 「哭淵民李家源兄」. 창작과비평사, 서울, 2005.

당대의 대가로 淵民과 漢文學界의 兩大山脈을 형성한 碧史가 이미 작고한 淵民에게 아첨할 하등의 이유가 없다. 순수하게 그 문장의 수준을 인정하였을 따름이다. 우리나라 역대 문장가 가운데서 滄江 金澤榮이 '麗韓九家'를 선발하였고, 그 제자 王性淳이 滄江을 포함시켜 '麗韓十家'라 명명하고 이들의 문장을 가려뽑아 『麗韓十家文』이라는 책을 출간하였다. 滄江 이후 활약한 문장가들 가운데서 대표적인 문장가로 벽사는 이렇게 뽑았다. 深齋 曺兢燮, 晦峯 河謙鎭, 山康 卞榮晩, 爲堂 鄭寅普에 이어 淵民 李家源을 추가하겠다고 천명하였다.

山康・爲堂 이후에도 漢詩文 창작가가 수없이 많이 있었지만 연민을 당할 사람이 없다는 주장이다. 상대를 인정하는 碧史의 襟度를 짐작할 수 있다.[87]

淵民의 聲價는 국내에서만 높은 것이 아니었다. 中國의 대가들에게서도 높은 평가를 받았다. 孔子의 77대 宗孫으로서 衍聖公에 봉해졌고 臺灣의 考試院長, 總統資政, 臺灣大學 中文科 교수 등을 역임한 孔德成은 淵民의 제1차 문집인 『淵淵夜思齋文藁』를 읽어보고 이렇게 찬탄하였다.

> 大著 『淵淵夜思齋文藁』를 절하고 읽고 나니 감명됨을 이길 수가 없습니다. 선생의 漢文 조예의 정밀하고 깊은 것은 비록 우리 中國 고금의 이름난 대가들 속에 두더라도 조금도 손색이 없을 것입니다. 班固와 司馬遷의 風骨에 樂府의 風味와 杜甫의 氣格이 작품 속에 베어들어 있습니다. 외울 때 아주 진하게 사람으로 하여금 감홍이 지극하게 합니다.[88]

태어나자마자 衍聖公으로 봉해져 孔府에서 당대 최고의 학자를 초빙하여 漢學 교육을 받은 孔德成선생의 안목에 淵民의 詩文이 높게 평가를

87) 許捲洙 「淵民이 지은 箴銘類 작품에 대한 小考」, 연세대학교 국학연구원 『東方學志』.
88) 『淵民之文』 112쪽, 「答孔達生德成」, 附來書.

받은 것이다. 필자가 2006년 12월 26일 孔德成선생을 臺灣大學으로 찾아 뵈었을 때 그의 책상 위에는『淵民之文』등 연민의 漢文詩文集 몇 책이 놓여 있었다. 그런데 얼마나 많이 읽었던지 양장으로 된 책 표지가 낡아서 다 헤어졌다. 이는 공덕성선생이 연민의 글을 좋아하여 매우 자주 읽었다는 증거인데, 淵民의 글의 내용인즉 대부분 우리나라의 것이니 공덕성선생이 관심을 가질 만한 것이 거의 없다. 단지 淵民의 문장이 좋아서 자주 읽었다는 것임을 확실히 알 수 있다.

臺灣師範大學, 文化大學 교수를 지낸 대만의 저명한 학자인 高明은 淵民의 문장을 이렇게 평하였다.

> 저가 아는 국외의 학자들은 많습니다. 漢學을 전공하는 분들은 대부분 오로지 精微하게 나아가 말하는 것이 이치에 맞습니다. 그러나 詩文에 능한 사람으로 中國 사람들의 시문집에 둘지라도 선생처럼 上等에 뽑힐 사람은 진실로 여러 대를 두고도 만나기 어려울 것입니다.89)

漢學을 전공하는 외국인 가운데서 연민처럼 漢詩文을 자유자재로 짓는 사람은 이미 드물고 중국 사람들의 詩文選集에 뽑아 넣는다 해도 上等에 갈 수 있을 정도의 수준이라고 찬사를 보냈다.

## Ⅵ. 결론

淵民은 駿逸한 자질과 剛毅한 집념으로 6세 때부터 학문에 정진하였다. 가정적으로는 조부 老山 李中寅·陽田 李祥鎬·東田 李中均·愛磵 李和聖 등의 정성어린 교육을 받았고, 외가쪽으로는 畏齋 丁泰鎭·西洲 金思鎭 같은 通儒를 만나 학문의 깊이와 폭을 넓힐 수 있었고, 처가 쪽으로

89)『淵民之文』108쪽,「答高明華」.

匯溪 柳建宇으로부터 文學的 修鍊을 받았고, 淡如 柳建瀷·野人 柳東銖 등과 酬酌을 하여 문학을 노련하게 만들었다.

23세 이후 鄉吏에서의 硏學을 종결짓고, 서울로 올라와 5년 동안 당대 우리나라 漢文學界의 最高峰인 山康 卞榮晚, 爲堂 鄭寅普 등을 從遊하며 새로운 안목을 키웠다. 그리고 中國文學을 전공하고 우리나라 최초로 漢文學史를 저작한 聖岩 金台俊을 따라 漢文學史 집필의 의지를 세우고 민족의식을 고취받았다.

서울에서 공부하는 동안 晉州의 碩儒 晦峯 河謙鎭을 알게 되었는데, 직접 만나지는 못해도 네 차례의 서신왕복을 통해서 문학의 바른 길을 인도받게 되었다.

서울 明倫專門學校에 재직하면서 四庫全書 등 많은 中國 書籍을 접하게 되어 학문의 깊이와 폭을 더하게 되었다. 이를 계기로 나중에 우리나라 최초의 中國文學史인 『中國文學思潮史』를 집필하게 되었다.

淵民은 대학에서 제자들을 양성하면서 100여 권의 저서와 2500편의 한시와 2000여 편의 漢文文章을 저작해 낸 대학자요, 대문장가, 대시인이다. 그리고 韓國漢文學會, 漢文教育學會 등 여러 학회나 退溪學硏究院 등 여러 학술단체를 맡아 운영하면서 후학들을 인도하고 학문할 수 있는 풍토를 조성하였다. 동시에 儒道會總本部 委員長·陶山書院·竹樹書院·深谷書院 등의 원장을 맡아 傳統儒林의 지도자로서의 역할도 수행하였다. 일본의 우리 문화 말살과 해방후의 서양문물의 범람으로 우리 民族의 學問이 인멸되어 가는 시기에 태어나 우리 학문을 정립하고 발전시켜 나가는 데 많은 공헌을 했다.

淵民의 漢文學은 『韓國漢文學史』, 『朝鮮文學史』 집필 등 漢文學을 전반적으로 조감하는 巨視的인 학문과 蛟山, 燕巖 등 참신한 改革派의 학문에 관심이 많았고, 家學으로서 退溪學도 평생 연구하였다. 아울러 漢文學의 發源地인 中國文學도 아울러 연구하여 우리나라 최초의 중국문학사인 『中國文學思潮史』를 저작하였다.

그의 문장에 대해서는 우리나라의 최고 경지에 이른 山康 卞榮晩, 爲堂 鄭寅普, 晦峯 河謙鎭, 碧史 李佑成, 芝薰 趙東卓 같은 분들이 淵民의 젊은 시절부터 극찬을 했고 그의 漢詩文集인 『淵淵夜思齋文藁』를 읽고 孔子의 宗孫이며 대만대학 교수인 孔德成, 대만대학 高明, 屈萬里 이외에 文化大學의 林尹·王雲五·蔣復璁 등 여러 대가들이 극찬을 아끼지 않았다. '名不虛傳'이라는 말이 있듯이 實相이 없는데 이런 讚辭가 지속적으로 나올 수 있겠는가?

淵民의 글도 한 편 읽어보지 않은 안목 없는 俗學들이 淵民의 學問의 水準이나 그 詩文의 長短에 대해서 논의하는 것은 蜉蝣撼樹라 하지 않을 수 없다.

# 淵民 李家源 先生의 生涯와 文學

## Ⅰ. 序論

現在의 韓國은 歷史上 朝鮮이라는 이름으로 오랫동안 일컬어져 왔는데, 中國과 가장 오래, 가장 密接하게 文化를 交流한 國家다. 韓國에서는 아득한 옛날부터 1910年 日本에게 나라가 亡할 때까지 漢文을 公用文으로 使用해 오며 거의 모든 文書가 漢文으로 作成되었고, 學者文人들이 漢文으로 創作活動을 하였다. 그래서 韓國의 古典文獻은 거의 모두 漢文으로 作成되어 남아있다.

朝鮮民族은 好學하는 傳統이 있어 372年 高句麗에서 國學을 創設하여 經史를 가르쳤고, 地方에는 마을에 扃堂을 세워 經史子集을 가르쳤다. 朝鮮時代에는 서울에는 國學에 該當하는 成均館을 두었고 各郡縣에는 鄕校를 두어 經史 等 中國古典을 가르쳤다. 이 밖에도 各地域에 書院, 書塾 等을 設立하여 中國古典을 熱心히 익혔다. 지금 漢文으로 지어진 文集만도 1萬 5千種이 넘을 것으로 推定된다. 또 高麗 光宗 9年(958) 科擧制度를 實施하여 1894年까지 持續되었는데, 朝鮮의 儒生들은 科擧에 應試하기 爲해서 盡力하여 經書를 익혔다.

朝鮮王朝時代에는 每年 中國에 公式的으로 네 번 使臣을 派遣하였고 明나라에서도 朝鮮에 隨時로 使臣을 派遣하여 왔다. 이를 통하여 旺盛하게 文化交流를 해왔다.

中國 周邊의 日本, 越南 等의 國家에서도 漢文을 써 왔지만 좋아하는 程度나 水準이 朝鮮에 훨씬 못 미쳤다. 이 점은 中國에서 이미 認定한

바이다.

數千年間 持續되어 왔던 交流가 1945年에 이르러 두 國家의 理念이 다른 關係로 不幸히도 斷絶되었다. 1980年代 後半에 이르러서야 兩國間에 交流가 再開되었고 學者들 사이의 學問的 交流도 비로소 再開되었다. 1986年 10月 日本 東京 筑波大學에서 退溪學 國際學術會議가 開催되었는데, 中國 大陸에서 19名의 學者들이 參席하였다. 韓國學者들과 中國學者들이 51年 만에 大規模로 만나게 되었다. 韓國의 代表的인 漢文學者 淵民 李家源 先生(1917-2000)은 이때 參加하여 처음으로 中國 學者들과 學術的인 討論을 展開하였다. 돌아와서 中國 學者와는 처음으로 廈門大學의 高令印教授와 書信往復을 하였다. 그 이듬해인 1987年 1月에는 香港 中文大學에서 韓國學者들과 中國學者들이 두 번째로 大規模로 만나게 되었다. 이때도 淵民 李家源 先生도 參席하여 中國學者들과 交流를 하였다.

그 해 8月에는 中國孔子基金會에서 淵民先生을 包含해서 丁範鎭·安炳周·尹絲淳 등 4名의 韓國學者들을 招請하였다. 이때 淵民先生은 26日 동안 北京·濟南·曲阜·西安 等地의 文化遺蹟을 參觀하였고, 生涯 처음으로 中國의 學術大會에 參加하여 「曰若稽考孔子」라는 論文을 發表하여 그 名聲이 中國學者들 사이에 알려지기 시작했다. 이때 張岱年·辛冠潔·王瑤·步近智 등을 만나 學問的 交流를 하였다. 그 以前 1950年代末부터 董作賓·溥儒·孔德成·高明·林尹 등 臺灣學者들과 交流가 있었지만 中國 本土의 學者들과 本格的인 交流를 始作한 것은 이때부터였다. 이때 淵民은 「中華大陸紀行一百首」라는 各體의 詩 1백수를 지었으니 운문으로 된 中國 旅行錄이다.

淵民 李家源 先生은 韓國을 代表하는 著名한 學者이다. 그는 漢文學者·中國文學者·詩人·古典翻譯家·書法家·教育者·儒林指導家라고 할 수 있다. 近 30年 동안 成均館大學, 延世大學 等에 教授로 있으면서 많은 弟子들을 養成하였고, 1百餘種의 著書를 남겼다. 韓國漢文學會 會

長, 韓國漢文教育學會 會長 等을 맡아 漢文學界를 이끌었다. 退溪學硏究院 院長, 陶山書院 院長, 儒道會總本部理 事長 等을 맡아 韓國 儒林을 이끌었다.

그는 現代式 學校教育을 받지 않고 傳統的인 方式의 漢文古典教育만 받아 現代學者로서 成功한 特殊한 經歷을 가진 學者다. 本考에서는 그의 生涯, 그의 學問淵源, 文學的 特徵 등에 焦點을 맞추어 紹介하고자 한다.

## Ⅱ. 生涯簡介

### 1. 家系

淵民 李家源 先生은 1917年 韓國 慶尙北道 安東郡 陶山面 溫惠里에서 태어났다. 退溪 李滉이 태어난 곳도 바로 이 곳이다. 字는 悊淵, 號는 淵民, 淵民 以外에도 笠翁 等 90餘個가 있다.

本貫은 眞城으로 朝鮮을 代表하는 大學者 退溪 李滉의 14代孫으로 그의 曾祖父 때까지는 退溪의 胄孫이다. 그의 家門은 代代로 學者들이 많이 나오는 書香門第이다. 淵民의 高祖父 古溪 李彙寧은 嶺南 儒林에서 重望을 입었고 仕宦하여 同副承旨에 이르렀고, 文集『古溪集』을 남겼다. 退溪의 後孫들 가운데서는 文科及第者[中國의 進士에 해당됨]가 33名, 進士[중국의 貢生에 해당함] 及第者가 63名이 나왔고 文集을 남긴 文人・學者가 100餘 名에 이른다.

그의 祖父 老山 李中寅과 그의 父親 石田 李齡鎬도 文集을 남길 程度의 水準이 되는 漢學者였다. 祖父 老山은 自身이 젊은 時節 健康이 좋지 못해서 깊이 工夫하지 못한 것을 크게 悔歎하여 왔는데, 아들 石田도 健康이 좋지 못 하였으므로 嚴格하게 工夫를 督勵할 수 없어 안타까워했으므로, 孫子 淵民을 큰 學者로 키우기 위해 어려서부터 至極히 精誠을 들여 嚴格하게 培育하였다.

1922年 5歲 때부터 1939年 23歲 때까지 17年 동안 鄕里에서 傳統的 方式에 依한 漢文工夫를 繼續하였다.

1939년 23歲 되던 해 淵民은 傳統式 漢文敎育의 限界를 切感하고 故鄕을 떠나 서울로 올라갔다. 본래는 中國 北京大學으로 留學을 떠나기 위해서였으나 旅費가 없어서 그대로 서울에 머물러 있다가, 3年制 明倫專門學院에 入學하여 3년 동안 修學하였다. 1941年 12月에 卒業하고 다시 1942年 1月에 明倫專門學校 經學硏究科에 入學하여 1943年 12月에 졸업하였다.

1944년부터 1945년까지 鄕里에서 讀書하며 지냈다.

1946년부터 慶北 榮州農業學校 敎師로 시작해서 1954년까지 金泉女子高等學校, 東萊高等學校, 釜山高等學校 등지에서 韓國文學 敎師 生活을 했다.

1952年 成均館大學校 總長 金昌淑先生의 特別配慮로 成均館大學校 韓國文學科에 編入하여 1952년에 卒業하여 文學士 學位를 獲得했다. 1955년 成均館大學校 中文科 助敎授가 되어 大學講壇에 섰다. 1956년에는 成均館大學校 大學院에서 文學碩士學位를 獲得했다. 이 해 成均館大學校에서 罷免되었다. 李承晩 大統領의 獨裁政權에 抵抗하는 金昌淑 總長의 親密한 參謀라고 指目되었기 때문이었다. 罷免된 以後로 每日 國立圖書館 古書室에 가서 漢文文獻 가운데서 韓國漢文學史 資料를 抄寫하였다. 困窮한 속에서도『春香傳』注釋 등 著書를 繼續 내었다.

1959年에 이르러 延世大學校의 招聘으로 國文科 助敎授가 되었다. 漢文學 以外에 漢文小說, 國文小說 등에 關心을 두고 著譯書를 내었고, 燕巖 朴趾源의 小說을 硏究하여『燕巖小說硏究』라는 著書로 1966년 成均館大學校 大學院에서 博士學位를 받았다. 1982년 敎授에서 退任하였다. 1983年 檀國大學校 大學院 待遇敎授, 延世大學校 碩座敎授, 大韓民國學術院 會員 等을 歷任하였다.

學術團體 活動으로는 韓國漢文學會 會長, 韓國漢文敎育學會 會長, 退

溪學硏究院 院長을 歷任했다. 儒林團體 活動으로는 全國儒道會總本部 委員長, 陶山書院 院長 등을 歷任했다.

2000년 11월 9일에 享年 83歲로 逝世하여 忠淸北道 中原郡 嚴正面 蘇臺에 安葬되었다. 墓前에는 自撰의 墓碣銘이 세워져 있다.

그의 藏書와 文物들은 1987年 모두 檀國大學校에 寄贈되었는데 藏書 2萬卷, 線裝古籍 4千卷 以外에 退溪·茶山·秋史 等의 親筆과 蘭雪軒 許楚姬·謙齋 鄭敾·檀園 金弘度 等의 繪畵, 古董 및 自身의 書法作品 등이 包含되어 있다. 檀國大學校에서는 淵民紀念館을 지었는데 그의 圖書와 遺物들을 整理하여 保管, 展示할 計劃을 하고 있다.

淵民의 學問을 硏究하는 淵民學會가 그의 生前에 그 弟子와 後學들에 의하여 結成되어 그의 學問을 持續的으로 硏究하여 學術大會를 開催하여 『淵民學報』를 25輯까지 刊行했고, 또 洌上古典硏究會가 結成되어 그 후 學問的 傳統을 이어 古典文學을 硏究하여 『洌上古典硏究』 40輯 이상 刊行해 오고 있다.

## Ⅲ. 傳統學問淵源

### 1. 家學淵源

淵民의 家學은 곧 退溪學이다. 退溪의 學問은 經學을 爲主로 하면서 文學을 重視하였다. 淵民은 어려서부터 여러 名의 家門의 스승으로부터 배웠다.

맨 먼저 祖父 老山에게서 句讀 끊는 법을 배웠다. 그 이후 6歲 무렵부터 堂叔 陽田 李祥鎬에게서 漢文과 書法을 배웠다.

10歲 때부터는 族祖인 東田 李中均으로부터 『論語』와 作文法, 律詩 創作法을 배웠다.

어릴 때 집안의 스승인 可栖 李炳朝로부터 無韻의 五言古風詩 創作法

을 배웠다.

18歲(1935) 때부터 族祖 愛磵 李和聖으로부터 詩歌, 雜記, 論, 說, 碑誌 創作法을 배웠다. 丙子年(1936) 여름에 愛磵으로부터 辭, 賦, 詩歌, 頌, 贊, 哀祭 創作法을 배웠다. 丁丑年(1937) 여름에 詩歌, 書牘 創作法을 배웠다.[1)]

退溪의 冑孫인 堂叔 霞溪 李忠鎬는 "文章은 소박하게 지어라", "退溪先祖의 글을 읽으면 賢哲하게 될 수 있다"라는 말로 激勵하였고,[2)] 祖父 老山은 "道袍 입고 꿇어앉는 선비가 되지 말아라"라고 하여 形式的인 古禮만을 墨守하지 말고 獨創的 思考를 하도록 訓育하였다.

어릴 때 族師로부터의 學習과 教訓이 淵民이 大學者가 되는 데 큰 影響을 주었다.

## 2. 外家의 影響

淵民의 外家 亦是 學問하는 家門으로 그 外祖父 松臺 丁大植은 退溪學派에 屬하는 性理學者 愚潭 丁時翰의 7代孫이다. 有名한 實學者 茶山 丁若鏞과 가까운 집안이다. 外祖父는 淵民에게 退溪의 學問을 繼承하라고 勸誘하였다.

外族 가운데 畏齋 丁泰鎭이라는 학자가 있었는데, 역시 愚潭의 後孫으로서 朝鮮末期의 儒林代表 俛宇 郭鍾錫의 弟子였다. 外祖父는 淵民에게 經書와 史書를 가르쳐주도록 그에게 命했다.[3)]

10歲 때 畏齋로부터 『論語』를 배웠고, 16세 때는 畏齋에게서 詩歌·傳·行狀 짓는 法을 배웠다. 17세 때 畏齋에게서 辭·賦·詩歌 짓는 法을 배웠다. 18세 때 畏齋를 따라 『書經』을 2百番 읽었다.

1) 『萬花齊笑集』 184頁, 「淵翁幼時課作年代記」.
2) 『淵淵夜思齋文藁』 235頁, 「祭伯從祖叔父文」.
3) 『淵淵夜思齋文藁』 493頁, 「外王考行狀」.

淵民은 畏齋를 통해서 榮州에 사는 學者 西洲 金思鎭의 門下에 出入하였는데 그는 鄕村의 선비들과는 달리 『星湖僿說』, 『磻溪隨錄』, 『熱河日記』 등 畿湖地方의 實學派 學者들의 著作을 熱心히 읽고 있었다. 그래서 淵民으로 하여금 實學思想을 갖게 해 주었다. 그래서 淵民이 迂儒나 俗儒가 되는 것을 免하게 하고 通儒, 眞儒가 되도록 길을 提示한 것이었다.

## 3. 妻家의 影響

淵民은 12歲 때 安東 동쪽 水谷에 世居해온 全州柳氏 宗家의 사위가 되었다. 岳丈 匯溪 柳健宇 역시 文章과 行實이 뛰어난 學者이었다. 祖父 老山이 淵民을 學者로 만들기 위해서 學問이 있는 家門에 장가들게 하였다. 水谷의 柳氏 집안에서는 17世紀 以後로 한 家門에서 150餘種의 文集이 著作되었다.

岳丈이 淵民을 '鳳凰의 새끼'라고 귀여워하며 따로 書齋를 마련해서 工夫하게 해 주었다.[4] 13歲 때 岳丈에게 詩歌 創作法을 배웠고, 14歲 때는 科時 創作法을 배웠다. 當時 妻家에는 妻叔 淡如 柳健瀷, 妻族 野人 柳東銖 等 漢文學에 造詣가 깊은 學者들이 많이 있었는데, 자주 詩會를 열어 淵民의 創作 솜씨를 硏磨할 수 있게 하였다.

## 4. 傳統的 學習의 內容

家庭·外家·妻家 等에서 傳統的인 方式에 의하여 學習한 內容을 淵民 自身이 이렇게 整理해 둔 記錄이 있다.

> 대개 내가 다섯 살 되던 辛酉年(1921) 봄에 祖父 老山翁에게서 처음으로 『千字文』을 배웠다. 이때부터 날마다 課題를 따라가기에 바빴다.

4) 『淵淵夜思齋文藁』 97頁, 「祭外舅匯溪柳公文」.

9歲 되던 丙寅年(1926)에 『史略』, 『通鑑』(9卷까지), 『小學』, 『孟子』를 課題로 내주셨다. 『孟子』는 每月 초하루 보름에 老松亭에 모여서 講을 하였다.

10세 되던 丁卯年(1927) 봄에는 榮州의 儉巖精舍에서 畏齋 丁泰鎭先生을 좇아 『論語』를 읽었다. 그 해 겨울에는 집안의 스승 進士 東田 李中均翁을 좇아 繼續 『論語』를 읽었다.

그 다음해 戊辰年(1928) 여름에 古溪山房으로 돌아와 庚午年(1930)까지 『大學』, 『詩經』을 다 읽었다.

辛未年(1931)에 『書經』을 읽었다.

이상은 課題로 받아 외운 것이다.

15세 되던 壬申年(1932)에 다시 『詩經』을 읽었는데 2百 番을 읽었다. 이때부터 외우는 것을 일삼지 않고, 그 깊은 뜻을 硏究하였다.

16세 되던 癸酉年(1933) 陶山書院 隴雲精舍에서 『大學』 1千番을 읽었다.

甲戌年(1934)에 『大學或問』 20番을 읽었다.

乙亥年(1935)에 다시 畏齋翁을 좇아 다시 『書經』을 2百番 읽었다. 9月 26日부터 始作해서 10月 10日에 虞書의 「堯典」, 「舜典」을 다 마쳤다. 20日에는 「大禹謨」, 「皐陶」, 「益稷」을 다 마쳤다. 11月 5日에 이르러서 夏書의 「禹貢」, 「甘誓」, 「五子之歌」, 「胤征」을 마쳤다. 18日에는 商書의 「湯誓」, 「仲虺之誥」, 「湯誥」, 「伊訓」, 「太甲」, 「咸有一德」을 마쳤다. 섣달 20日에는 「盤庚」, 「說命」, 「高宗肜日」, 「西伯」, 「戡黎」, 「微子」 및 周書의 「泰誓」, 「牧誓」, 「武成」, 「洪範」, 「旅獒」를 마쳤다. 그 이하는 記錄이 빠져 있다.

丁丑年(1937)에 다시 『孟子』를 읽었는데, 「梁惠王」, 「公孫丑」, 「滕文公」, 「離婁」을 붙여서 2百番 외웠다. 「萬章」은 1百番 읽었고, 「告子」과 「盡心」은 50番 읽었는데, 섣달 그믐날에 이르러 마쳤다.

그 밖에 『唐音』, 『古文眞寶』, 『唐宋八家文』, 『史記』 등은 모두 百番 이하로 읽은 것은 없다. 오직 「離騷經」만은 1千番을 읽었다. 이것 등은 모두 年月을 記錄하지 않아 詳考할 수가 없다.

蓋余五歲辛酉春, 始學千字文於王考老山翁, 自是, 逐日趲課. 至十一歲丙寅, 課了史略通鑒(至九卷)小學孟子. 孟子則月朔望會講于老松亭. 丁卯春從丁畏齋泰鎭翁於榮州之儉巖精舍, 讀論語. 冬從族師東田上舍中均翁, 繼讀論語. 翌年戊辰夏, 歸古溪山房, 至庚午, 讀了大學詩經. 辛未讀書經, 以上止於課誦. 壬申重讀詩經二百遍. 自是, 不事記誦, 究擘奧義. 癸酉冬, 讀大學於隴雲精舍, 二千遍. 甲戌, 讀大學或問, 二十遍. 乙亥復從畏齋翁, 重讀書經, 二百遍, 自九月二十六日始, 十月十日終虞書之二典, 二十日終大禹謨皐陶益稷. 至月五日終夏書之禹貢甘誓五子之歌胤征, 十八日終商書之湯誓仲虺之誥湯誥伊訓太甲咸有一德, 臘月二十日終盤庚說命高宗肜日西伯甘黎微子及周書之泰誓牧誓武成洪範旅獒. 以下闕錄. 丁丑讀孟子梁惠王公孫丑滕文公離婁, 二百遍, 連誦萬章百篇, 告子盡心五十遍, 至臘月晦日而終. 其餘, 讀唐音古文眞寶唐宋八家文史記, 皆不下百遍, 而唯離騷經, 則讀至一千遍, 而年月則皆闕錄, 無可攷矣.[5]

5歲 때부터 工夫를 始作하여 20歲 때까지 工夫한 것을 記錄한 것이다. 特異한 것은 淵民은 15歲 以後로 記誦하는 工夫를 하지 않고 그 뜻을 깊이 窮究하기 시작했다는 점이다. 옛날 韓國 鄕村의 선비들이 工夫하는 方法은 冊을 다 외우는 것이었는데, 冊이 적을 때는 외우는 데 時間을 消費해도 괜찮지만, 冊이 幾何級數的으로 많아진 時代에 冊 몇 卷만 외우고 있다면 새로운 學問의 隊列에서 落伍하지 않을 수 없다. 淵民이 鄕村에서 工夫했지만 외우기를 하지 않는 대신 그 뜻을 깊이 窮究하고 또 외우는 데 들일 時間을 冊을 널리 보는 데 活用하였으므로 뒤에 大學者로 성장할 수 있었던 것이다.

淵民은 또 自身의 詩文 創作 工夫 課程을 이렇게 回顧하였다.

내 나이 6세 되던 癸亥年(1923) 以後부터 從叔 陽田翁[李祥鎬] 및 집안의 스승인 可栖 李炳朝翁을 따라 韻字를 안 붙이는 五言古風詩 짓는 工夫를 했다. 丙寅年(1926)에 陽田翁을 따라서 비로소 韻字가 있는 詩 創作法을 배웠다. 丁卯年(1927) 陰曆 3月에 집안의 스승 進士 東田 李中均翁을 좇아서 비로소 律詩 創作法을 배웠다. 그 해 여름에 다시 陽田翁을 따라서 詩歌 創作法을 배웠다. 己巳年(1929) 여름에 다시 陽田翁을 따라서 詩歌 創作法을 배웠다.

5) 『萬花齊笑集』 153-154頁, 「淵翁幼時讀書年月及遍數記」.

庚午年(1930) 여름에 丈人 匯溪 柳建宇翁을 따라서 詩歌 創作法을 배웠다. 辛未年(1931) 여름에 다시 匯溪翁을 따라서 科時 創作法을 배웠다.

壬申年(1932)에 다시 陽田翁을 따라서 詩歌 및 科時 創作法을 배웠다.

癸酉年(1933) 여름에 畏齋 丁泰鎭翁을 따라서 詩歌 및 傳, 行狀 創作法을 배웠다. 甲戌年(1934) 여름에 다시 畏齋翁을 따라 辭, 賦 및 詩歌 創作法을 배웠다.

乙亥年(1935) 여름에 愛碉 李和聖翁을 따라서 詩歌, 雜記, 論, 說, 碑誌 創作法을 배웠다. 丙子年(1936) 여름에 다시 愛碉翁을 따라서 辭, 賦, 詩歌, 頌, 贊, 哀祭 創作法을 배웠다. 丁丑年(1927) 여름에 다시 愛碉翁을 따라서 다시 詩歌, 書牘 創作法을 배웠다.

余年七歲癸亥以後, 從從叔陽田翁及族師可栖炳朝翁, 課做五言古風無韻詩. 丙寅, 從陽翁始做有韻詩歌. 丁卯晩春, 從族師進士東田中均翁始作律詩. 夏, 復從陽翁做詩歌. 己巳夏, 復從陽翁做詩歌. 庚午夏, 從外舅柳匯溪健宇翁做詩歌. 辛未夏, 復從匯翁做科時. 壬申, 復從陽翁做詩歌及科時. 癸酉夏, 從丁畏齋泰鎭翁, 做詩歌及傳狀. 甲戌夏, 復從畏翁做辭賦及詩歌. 乙亥夏, 從族師愛碉和聖翁做詩歌雜記論說碑誌. 丙子夏, 復從碉翁, 做辭賦詩歌頌贊哀祭. 丁丑夏, 復從碉翁做詩歌書牘.[6]

6歲 때부터 古風詩 짓기를 始作하여 19歲 때까지 律詩, 科時, 傳, 行狀, 辭, 賦, 雜記, 論, 說, 碑誌, 頌, 贊, 哀祭 等의 創作 工夫를 陽田 李祥鎬, 可栖 李炳朝, 東田 李中均, 畏齋 丁泰鎭, 匯溪 柳建宇, 愛碉 李和聖 等을 스승으로 모시고 하였다. 이 期間에 經書와 史書를 읽고 詩文創作 練習을 하였다.

그러나 淵民은 서울 올라가기 前에 지은 自身의 詩文原稿를 다 불살랐다. 新學問을 두고 精神的 葛藤이 적지 않았던 것 같다. 그러나 뒷날 그의 祖父가 다시 收拾하여 保存되게 되었다.

내가 5歲 때 대체로 文章을 엮을 줄 알았다. 그러나 12歲 때 原稿를 불살라

6) 『萬花齊笑集』 154쪽, 「淵翁幼時課作年代記」.

버렸다. 22歲 때 다시 原稿를 불살랐다. 밖으로 나가 나라 안의 이름난 山과 큰 都會地를 돌아다니다가 몇 年만에 돌아오니 87歲 되는 祖父 老山翁께서 나에게 文藁 한 冊을 주면서 命令하시기를, "이것은 너가 지은 것이다. 너는 간직하고 싶어 하지 않지만 나는 간직하고 싶다. 네 仲父와 여러 아우들에게 시켜 번갈아 가면서 베끼도록 하여 너에게 주는 것이다. 할애비가 孫子의 原稿를 거두는 일은 古今天下에 내가 처음일 것이다"라고 하셨다. 이에 小子는 다시는 敢히 불사르는 일이 없었다. 이것이 『淵淵夜思齋文藁』다.[7]

家源六歲時, 則粗知綴辭. 十三焚藁, 二十三再焚藁. 出遊國中名山大都, 數載而返, 則王父八十七歲老山翁, 授小子文藁一冊, 而詔之曰, "是汝所爲者也. 汝欲勿存, 而吾則欲存之, 故命汝仲父及諸弟, 遞手寫此, 以貽汝, 而祖收孫藁, 古今天下, 始吾有之也". 於是, 小子不敢更有所焚焉. 是爲淵淵夜思齋文藁.

이 記錄은 '癸未年(1943) 꽃 피는 아침에 쓴 것이다'라고 쓴 時期가 밝혀져 있는데, 淵民이 明倫專門學校 마치고 다시 故鄕으로 돌아왔을 때 쓴 것이다. 1939년 淵民은 서울로 工夫하러 올라가면서 以前에 지은 漢詩文에 스스로 滿足하지 못하여 다 불태운 것 같다.[8]

## Ⅳ. 서울에서의 새로운 學習

淵民은 鄕村에서 長期間 經史를 읽고 漢詩文 創作方法을 배웠지만, 植民地國家의 靑年으로서 將來가 暗澹했다. 家庭의 父老들은 日本式 敎育은 斷乎히 拒否하고 있었다. 그 속에서 많은 葛藤을 느꼈다.

이때 마침 淵民에게 轉換의 契機가 찾아왔다. 1939년 年初 豐基에 사는 宋志英이란 사람이 "北京大學으로 儒學을 가니 같이 가자"고 연락이 왔다. 淵民은 北京行을 決心하고 祖父 몰래 서울까지 따라왔다. 그러나 旅費

7) 『淵淵夜思齋文藁』 1쪽, 「淵淵夜思齋文藁序」.

8) 許捲洙 「淵民 李家源 先生의 漢文學 成就過程에 對한 考察」, 『洌上古典硏究』 第28輯, 2008年, 洌上古典硏究會.

가 떨어져 不得已 서울에 머물렀다. 서울에서 苦學이라도 하며 지낼 생각이었다.

그때 마침 明倫專門學院 研究科에서 學生을 募集했다. 淵民은 거기에 應試하여 合格하였다. 各 道에서 한 名씩 募集하였는데 學生에게 宿食을 提供하고 若干의 奬學金도 支給하였다. 明倫專門學院은 朝鮮時代 成均館을 改造한 經學院 傘下에 있었는데 學習內容은 儒教經傳・史書・諸子百家에다 若干의 現代的 學問을 더한 것이었다. 當時 教授陣으로는 金台俊, 金承烈, 朱柄乾, 金永毅 等이 있었다.

金台俊은 平安北道 出身으로 京城帝大 中文科를 卒業했는데, 民族精神이 透徹했고 國學에 關心이 깊어 이미 『朝鮮漢文學史』와 『朝鮮小說史』 등의 著書가 있었다. 淵民은 金台俊과 가장 接觸을 많이 했는데, 淵民에게 民族意識을 鼓吹시켜 주고 『韓國漢文學史』를 著作하게 된 契機를 마련해 주었다.

淵民은 1941년 研究科를 卒業하였고, 1942년 1월에 明倫專門學校 經學研究科에 入學하여 1943년 12월에 卒業하였다.

이 기간 동안에 朝鮮時代 成均館의 圖書館인 尊經閣에 備置된 書籍과 日本 사람들이 中國에서 사들인 새로 刊行한 中國古典을 비치한 阿峴文庫라는 圖書館에서 中國古典을 마음대로 閱覽할 수 있었다. 이때 四庫全書를 처음 接했는데 그 가운데 몇 種을 골라서 閱讀한 事實이 있었다.[9] 그리고 段玉裁의 『說文解字注』, 鮑廷博의 『知不足齋叢書』 같은 冊도 보았는데 이런 冊들은 鄕村에서는 到底히 볼 수 없는 책들이었다. 淵民이 學問을 크게 이루는 데 큰 도움을 주었다.

서울에서 工夫하는 동안 만난 스승으로는 當代 漢文學의 大家인 山康 卞榮晩과 爲堂 鄭寅普가 있는데, 이들의 薰陶를 많이 입었다. 이 두 분은 모두 中國에 長期間 留學한 분들로 鄭寅普는 中國에서 章太炎을 만나

9) 『淵淵夜思齋文藁』 102頁, 「上王父大人書」.

學問을 討論하였다. 淵民은 卞榮晩, 鄭寅普 두 분에게 自己가 지은 詩文을 가지고 가서 批評을 받기도 했다. 이 분들의 影響으로 韓國의 漢文學者 가운데서 中國의 學問을 比較的 잘 理解하고 있다.

이때 사귄 學友로는 나중에 韓國 漢文學界에서 頭角을 나타낸 放隱 成樂熏, 東樵 李鎭泳 등이 있는데 이들과 學問을 討論했다.

이때 淵民은 많은 書籍을 蒐集했음을 알 수 있는데 스스로 '萬卷藏書'라고 일컬었다.[10] 藏書가 實際로 萬卷에 이르지는 않았겠지만 이미 많은 書籍을 收藏했다는 事實을 알 수 있다.

서울에서 工夫하면서 中國語 學習의 必要性을 느꼈다. 淵民이 나중에 魯迅의 小說 等을 飜譯할 수 있었던 것도 이때 準備한 白話 讀解實力이 바탕이 된 것이다.

## V. 淵民의 文學

### 1. 文學論

淵民은 創作에 있어서 經學 工夫의 基礎를 매우 强調하였다. 그의 「和陶淵明飮酒二十首」 가운데 第五首에서 이렇게 읊었다.

> 萬學經爲大, 百家漫自喧. 正德與利厚, 缺一已爲偏.[11]

모든 學問 가운데서 經學이 가장 위대한 것인데도 많은 사람들은 잘 모르고 멋대로 떠들어대고 있다는 것이다. 學問 가운데서 正德과 利用, 厚生 어느 하나가 빠져도 이미 치우친 것이라고 밝혔다. 朝鮮時代 性理學者들은 너무 正德에 치우쳐 있고, 이를 바로잡겠다고 나선 實學者들은

10) 『淵淵夜思齋文藁』 110頁, 「答李碧史書」.

11) 『遊燕堂集』 103頁.

利用厚生에 치우칠 憂慮가 있는데, 淵民은 어느 한 쪽으로도 치우쳐서는 안 된다고 했다.

이 詩의 第四首에서는 이렇게 읊었다.

> 嬰年誦古書, 沖霄壯懷飛. 六經嘿嘗㳙, 造句亦淸悲. 陳言務去之, 孤詣獨吾依. 孳孳罄丹忱, 往哲可同歸. 凡甫有恒言, 古旺今何衰? 徒慨而無爲, 畢竟古道違.[12]

淵民은 六經을 默默히 吟味하면 詩文의 句節이 저절로 淸悲해진다고 생각했다.

淵民은 또 한 篇의 文章은 奇와 不奇가 同時에 存在해야 한다고 主張했다.

> 凡文, 一篇無一字奇者, 固不足爲文, 無一字不奇者, 亦不必爲至. 蓋有不奇, 而後有奇. 若其無不可奇, 其奇亦未奇已矣, 平凡已矣.[13]

爲堂 鄭寅普의 "爲文之道, 一篇之中, 或奇或不奇, 不如首尾之未奇而無瑕"라는 主張에 대하여 淵民 自身의 見解를 펼친 것이다.

淵民은 自身의 獨創的인 文章을 지을 것을 宣言하였다.

> 足下, 以文章之事, 依古爲法, 誠然, 第未遠耳. 若以古人爲法, 以三代先漢乎? 抑韓曾朱歸乎? 今日金喆熙, 爲韓曾朱歸乎? 李家源之文, 卽李家源之文, 決非先漢韓歸之文也. 故從容古義, 創以新色, 或正或奇, 或奇或偶, 參之億古, 而無有, 質之今人, 而不疑, 能事乃可畢矣.[14]

옛날 儀法을 차분히 參酌하되 正法이냐 奇法이냐에 拘碍 받지 않고,

---

12) 『遊燕堂集』 104頁.

13) 『淵淵夜思齋文藁』 136頁, 「答薝園鄭翁」.

14) 『淵淵夜思齋文藁』 96頁, 「答金龍田」.

자신의 獨創的인 特色이 나타난 '李家源之文'을 짓겠다고 했다. 이는 當時 漢文學界의 雰圍氣를 볼 적에 劃期的인 發想이라고 말할 수 있다.

그래서 經書를 根本으로 하면서 다른 典籍들을 參酌하여 非古非今의 自身의 독창적인 文章을 創造하였다.

> 余嘗治古文辭, 而凡有所爲之者, 力主宗經, 以經爲經, 餘則爲緯, 而不泥於古, 不流於俗. 乃今之操觚者, 多謂之古蒼, 何哉? 究之, 是吾所謂不流者之所致也. 然若使前古之人, 俯而讀之, 則必謂之非前古之人之所爲也. 顧吾所居之代, 旣非麗鮮, 又非漢唐. 烏能爲麗鮮漢唐之文也哉? 故懋出陳言, 而不棄今語. 方俗土品, 雖殘瓦敗礫, 憐若金粒, 然而經經緯緯之一片丹忱, 則芊眠菲測, 永不銷亡.[15]

淵民은 그의 생각과 같이 古法에 얽매이지 않으면서 自己만의 獨創的인 文章을 지어내었다. 그 아우 春初 李國源에게 法古創新의 原則에 따라 古今을 잘 調和시켜 詩文을 지을 것을 當付하였다.

> 凡爲學, 古而無陳, 新而無俗, 約而勿窄, 博而勿浮, 乃是爲可. 君可勿牽於俗儒之語, 勿立自主之見.[16]

中國의 여러 文學 流派 가운데서 桐城派의 義法을 가장 肯定하였다.

> 昔, 濂溪氏稱文以載道, 以虛車視俗儒, 以後之一種人, 乃謂讀聖賢書, 當明其道, 不必究其文字, 其言蓋已失之偏矣. 今, 村人學究, 皆誦其說, 而讀書, 旣不能行乎其身, 又不知文字之義法者, 比比也. 然專志文辭, 如韓曾之爲, 猶不得爲正宗, 故程朱氏倡義理之說, 明淸之世, 鴻博之士, 排朱氏, 而遙搜漢儒之說, 號爲攷據, 天下皆響應, 而獨桐城一派, 笑遨一世, 以爲義理攷據詞章, 缺一不可, 家源向讀其說, 心頗艶歎也.[17]

---

15) 『貞盦文存』 48頁, 「通故堂集自序」.

16) 『淵淵夜思齋文藁』 144頁, 「答春初」.

## 2. 淵民의 散文

淵民은 5歲 때부터 文章을 짓기 시작하여 83歲로 逝世할 때까지 2500餘篇[18]의 文章을 지었다. 그 가운데는 正統漢文學의 各各의 文體를 다 包括하고 있다. 書簡, 箴, 銘, 頌, 贊, 序, 跋, 記, 祭文, 祝文, 論, 說, 碑碣, 墓誌, 行狀, 傳 等에 두루 미치고 있어 옛날의 大家에 遜色이 없다. 그의 文章 가운데서 代表的인 것 三篇만 들어 같이 읽어 보도록 하자.

淵民이 晩年에 自身의 一生을 總括하여 지은 「自撰墓銘」을 같이 보기로 한다.

> 歲在癸未, 時維九月, 黃葉西流, 鳴雁南征. 淵民李子, 乃永辭洌上之梅花老屋, 大歸于中原蘇臺之阡, 宗族親隣, 摯友門生, 酌酒而送之. 嗚呼! 宇宙曠矣, 古今悠矣, 人類繁矣, 世又大亂矣. 維玆眇然一身, 適來適去於大自然之中, 是無足悲矣. 知我諸君, 其勿哭也夫! 銘曰, 天生癡淵, 有意非歟? 悲呻敵絆, 喬木春噓. 河山半壁, 幽憂未除. 讀古無偶, 與今爲疏. 有等身著, 惜費居諸. 在野文柄, 深慙虛譽. 唯厥心事, 一味淡如. 時游四國, 盪洋憑虛. 縱得瑰觀, 一夢旋蘧, 如是已矣, 曷求其餘?[19]

自身의 辭世를 미리 想像하고서 쓴 墓碣銘인데 天地 運行의 理致에 順應하는 達觀한 大人의 衿度를 볼 수 있는, 內容에 있어서 抒情性이 아주 豊富하고 文章 構成도 아주 自然스럽고 꾸밈이 없다.

1987年 가을 처음으로 中國 大陸을 다녀와서 시골 학자 鶴隱 李馥에게 答한 書信은 이러하다.

> 承書以後, 越月彌時, 歲華又紗薄矣. 未審炳燭之工, 更復何如? 讀何書? 吟何詩? 與何友談何事, 講何義? 白雪山窓, 古髮峩冠, 焚香靜坐, 讀古書, 吟古

17) 『淵淵夜思齋文藁』 76, 77頁, 「與學田李翁」.

18) 1977年부터 2000年 사이에 지은 文章은 아직 編輯, 出刊되지 못하고 있다.

19) 『貞盦文存』 446, 447頁, 「蘇臺自銘」.

詩, 行古道, 想厥風猷, 祇自欽艷不已. 弟自十數年來, 狃工盪溟, 無遠不到, 已於遠西諸國, 宣揚退溪之學, 秋間, 復應曲阜之邀, 萬邦之士, 咸萃一堂, 講討孔學, 登臨泰山, 賡邱陵之歌. 驅車西安, 觀秦皇之陵. 逍遙萬里長城, 俯瞰大陸, 列若棋置, 壯觀瑰聞, 莫可名言也. 金風蕭瑟, 撩我詩思, 吟得諸體一百餘篇, 費了三旬而始返. 若得淸暇, 一切整頓, 作大陸遊記一編, 可與吾友, 張鐙一讀也. 塵事叢冗, 稽謝至此, 亦不盡矣. 嘻噫! 鶴隱居士其諒焉.[20]

中國 旅行의 感懷를 生動感 있게 表現하여 知人에게 전하고 있다.

1986年 中國大陸에서 退溪學國際學術大會의 開催를 懇請하는 書信을 鄧小平主席에게 보냈다.

竊以, 敝邦與大陸, 隔一衣帶, 亘數千載化育於同一文化圈內, 故稱之爲小華. 不意輓近以來, 陸梁空路, 遽爾封鎖, 有意不能宣其情, 有事不能通其津, 感慨愁歎, 自非一日矣. 足下, 以命世之才, 處至重之位, 上法孔夫子大同之盛典, 躬行現代實用之至治, 名動四海, 遐方婦孺, 莫不知誦, 則當此之時, 究得世界人類平和之責, 亶繫足下一身, 此實敝邦士類之所共顒望於足下者也. 故玆不敢自隱其情, 而有所敷陳焉. 蓋敝邦退溪學硏究院, 創立倏已十七星霜. 以本邦退溪李滉先生, 在朝鮮朝明宣之際, 遙紹孔孟程朱之學, 漢宋兼治, 知行併進, 集成東方, 其遺書, 可以追配六經, 不第本邦林士之家喩戶誦, 傍播隣邦日本, 遠漸歐美諸族. 歐士之恒言曰, "東洋只有思想, 未有哲學, 不可與議於文化民族." 今則大悟其不然, 以爲, "修己安人之學, 莫良於退溪之哲學." 蓋西士之厭飫於物質文明, 日久矣. 探索光明於東方, 勢固然矣. 何則? 正德與利用厚生, 三者固當幷行, 不可缺一. 物質文明滾到窮極, 精神世界枵然空餒, 竊嘗以爲, "原子强梁, 人類淪亡, 倫理道義, 萬代康寧", 則當此之時, 正德利厚, 可以幷行, 囿天下於大同之圈, 在所急務也. 今, 足下, 欲置大中華十億蒼生於熙皥之地, 恐不可以塼於實用, 而弁髦正德也. 伏願足下, 幸勿以蒭言見棄, 亟賜採納, 就諸儒學, 去其陳腐, 取其眞腴, 可以經世, 可以致用, 可以爲天下主盟, 則實爲人類社會之無上幸福矣. 自敝院屢次召開退溪學國際學術會議於日本歐美諸國, 凡八回, 大有成果. 昨歲, 日本筑波大學之會, 貴邦學者參席者,

20)『遊燕堂集』226頁,「答李鶴隱」.

十有九人, 而其席上, 各國學者, 咸爲一辭, 欲以今秋, 繼開於貴邦. 幸足下深憐此意, 一言頷可, 幸莫甚焉.[21]

治國하는 데는 實用主義路線만으로는 不足하고 正德이 不可缺한 要素이므로 退溪學國際學術會議를 中國에서 開催하여 中國에 倫理道義를 펼칠 것을 建議하였다.

## 3. 淵民의 詩歌

淵民은 5歲 때부터 詩를 짓기 始作하여 83歲 때까지 約 3千餘首[22]의 漢詩를 지었는데, 古體詩 近體詩 等 各種 詩體를 두루 網羅하고 있다.

그 內容은 天人合一의 思想, 修己治人의 旨訣, 硏學의 方法, 憂國憐民의 思想, 獨裁政治에 대한 抵抗·社會·風俗·個人의 喜怒, 自身의 回顧, 人生經驗, 景物, 紀行, 詠史 等 多樣한 內容을 包括하고 있다. 年代別로 그의 文集에 收錄되어 있어 마치 그의 年譜와도 같다. 그 밖에 儒林指導者로서 應酬한 次韻詩, 頌壽詩, 祝詩, 輓詩 等도 많이 지었다.

그 가운데서 自身의 回甲을 맞이하여 自身의 六十平生을 돌아보고 餘生의 計劃을 밝힌 「六一初度志感」이란 시는 이러하다.

[前略] 六旬光陰何淩遽? 耳順之年媿先悊. 六旬非難亦非易, 更辛茹苦祗堪咽. 焚碎金甌尙未完, 風樹餘哀未盡洩. 六十書種稱富翁, 徒費紙墨蔑風烈. 補壁菓袋無足慳, 後雲留知亦云拙. 粗可慰者也非無, 坡翁在堂望八載. 糟糠之妻尙齊眉, 九個璋瓦森成列. 隨俗可以邀賓朋, 親不待焉戒勿設. 同學諸子爲之憐, 松峴高樓張華筵. 頌壽論叢刊而頒, 文酒渢渢集羣仙. 亦有異邦諸學者, 淸詞瑰律義芊眠. 印書家亦罄厥悃, 二種新刊也芳鮮. 海鶴風標瑤華想, 憶昔青春綦嬋娟. 青雲難力致非願, 白酒爲潦倒是顚. 農也詎爲水旱輟, 深宵炳燭

21) 『遊燕堂集』 140, 141頁, 「與鄧公小平」.

22) 1997년부터 2000년 사이에 지은 5百餘首는 아직 出刊되지 못 하고 原稿로 쌓여 있다.

對硏田. 擬刊書種百八冊, 如此無休竟殘年.[後略]

전부 2百句로 된 長篇 七言古詩인데 한 篇의 有韻의 自敍傳이라 할 수 있다. 學問에 對한 熱意와 謙虛한 姿勢가 나타나 있다.

오랫동안 그리던 中國大陸을 旅行하는 마지막 日程에 萬里長城에 올라 長篇의 七言古詩를 읊었다.

嘻噫戲偉哉壯哉! 此是萬里長城也. 延袤六萬七千里, 自古雄名宏天下. 高低起伏八達嶺, 隘爲咽喉延爲頸. 行時飛騰更紆餘, 一條靑龍雲海騁. 粤自春秋戰國代, 燕趙防胡固北塞. 嬴皇雄略統六王, 亡秦者胡不可貸. 笞卒鞭石起大役, 神媧補天猶云窄. 安知大禍起蕭牆, 萬世雄圖壞一夕. 兩漢魏晋賴而安, 唐宋明淸各鬱盤. 如今登場新武器, 魚艇排空飛爆彈. 萬古雄威尙未亡, 倚重不第此東方. 遠西英英豪健客, 俯瞰仰瞻感歎長. 我亦登臨恣一吟, 冲宵逸氣橫古今. 夷猶竟日渾忘返, 秋聲瑟瑟動高岑.[23]

萬里長城의 雄壯한 貌習과 歷史的 事實을 섞어서 잘 描寫했다. 秦始皇의 暴虐함에 對한 諷刺와 後世에 對한 敎訓을 곁들이고 있다.

79세 되던 해에 지은 「漫興三絶」에서는 作詩와 書法의 妙訣을 밝히고 있다.

靑歲爲詩追甫白, 追之靡及自萋悲. 賤今貴古元來誤, 唐宋羅麗各一時.
書嫥仿古亦非至, 各盡其才而已矣. 蚓歎龍拏總自然, 創新爲貴更誰擬.[24]

老境에 읊은 「秋」라는 詩는 天地運行의 原理에 順應하는 老學者의 心境을 잘 나타내었다.

---

23) 『遊燕堂集』 191頁, 「長城行」.

24) 『萬花齊笑集』 382頁.

> 秋聲撼庭樹, 病葉黃而墮. 老木猶耐寒, 不憂全身裸. 感慨時節變, 明燭久兀坐. 春華無足戀, 胸中獨磊砢. 風黑菊將盡, 瓷甁揷數朶. 寒暑自去來, 榮枯淡忘可.[25]

이 밖에도 23歲 때 金剛山을 遊覽하고 읊은 882句 4410字에 이르는 五言古詩가 있는데, 當時 이미 老學者들이 刮目相對하게 만들었다. 또 韓國古代小說 『春香傳』을 七言詩 4760句 33320字로 읊은 長篇敍事詩가 있는데, 韓國의 漢詩 가운데 가장 긴 詩일 것으로 思料된다.

## Ⅵ. 淵民의 著書

淵民의 著書는 1百餘種에 이르는데, 크게 나누면 文學史類 · 漢詩文創作集 · 한글 詩文創作集研究論考 · 譯書 · 傳記資料 · 資料選集 · 教科書 및 辭書類 等으로 大別할 수 있다. 代表的인 것을 紹介하면 아래와 같다.

### 1. 文學史類

1) 『中國文學思潮史』: 1959年에 出版되었는데, 韓國人이 지은 最初의 中國文學史이다. 成均館大學校 中文科에서 中國文學史를 講義할 때 蒐集한 資料를 爲主로 整理하였다.

2) 『韓國漢文學史』: 1960年 出版되었는데, 金台俊의 『朝鮮漢文學史』가 너무 疏略한 것을 보고 20年 뒤에 完成한 것이다. 漢文學史의 敍述體系와 文學史의 時代區分과 韓國의 漢文小說 資料와 樂府詩 資料의 發掘이 큰 貢獻으로 評價된다.

3) 『韓國漢文學小史』: 高麗大學校 民族文化研究所에서 企劃한 韓國文化史大系에 編入된 漢文學史로 『韓國漢文學史』의 縮約本이다.

---

25) 『萬花齊笑集』 124頁.

4)『朝鮮文學史』3冊 :『韓國漢文學史』를 廓大하고, 한글로 쓰여진 時調, 歌辭, 小說 및 現代文學까지도 包括하여 敍述한 尨大한 著書이다.

## 2. 漢詩文創作集

1)『淵淵夜思齋文藁』: 淵民이 12歲 되던 1929년부터 49歲 되던 1966년까지 漢文으로 지은 詩文集으로 淵民의 最初의 詩文集이다. 國內外로부터 그의 詩文 水準을 認定 받는 契機를 만들어 준 著書이다.

2)『淵民之文』: 50歲 되던 1967年부터 55歲 되던 1972年까지 지은 詩文을 收錄한 第2 詩文集이다.

3)『通故堂集』: 56歲 되던 1973年부터 60歲 되던 1977年까지 지은 詩文을 收錄한 第3 詩文集이다.

4)『貞盦文存』: 61歲 되던 1978年부터 67歲 되던 1984년까지 지은 詩文을 收錄한 제4 詩文集이다.

5)『遊燕堂集』: 68歲 되던 1985年부터 72歲 되던 1989年까지 지은 詩文을 收錄한 제5 詩文集이다. 中國 大陸과 關係된 作品이 처음으로 登場한다.

6)『萬花齊笑集』: 73世 되던 1990년부터 79歲 되던 1996년까지 지은 詩文을 收錄한 제6 詩文集이다.

以後 1997年부터 2000年까지 지은 詩文은 原稿 狀態로 檀國大學校에 保管되어 있고 아직 刊行되지 못하고 있다.

## 3. 한글 詩文創作集

1)『東海散藁』: 淵民이 22歲 되던 1939年부터 75歲 되던 1983年까지 한글로 지은 詩文을 수록한 것이다.

2)『雜同散異集』: 한글로 지은 제 2 詩文集이다.

3)『甁花集』: 한글로 지은 第 3 詩文集이다.

4)『碧梅漫藁』: 한글로 지은 第 4 詩文集이다.

5)『靑李來禽藁』: 한글로 주고받은 書簡集이다.

## 4. 硏究論考

1)『燕巖小說硏究』: 朝鮮의 實學者 燕巖 朴趾源의 漢文小說을 연구한 尨大한 著書로 이 論文으로 成均館大學校에서 文學博士學位를 받았다.

2)『韓文學硏究』: 各種 學會誌 等에 發表한 韓國文學에 대한 論文을 모아 만든 著書다.

3)『淵民國學散藁』:『韓文學硏究』出版 以後, 各種 學會誌 等에 發表한 韓國文學에 대한 論文을 모아 만든 著書다.

4)『儒敎叛徒許筠』: 朝鮮 中期 大文豪 蛟山 許筠의 生涯와 文學을 明나라 革新思想家 李贄와 比較하여 硏究한 것이다. 原文은 漢文인데 淵民의 弟子 許敬震敎授가 韓譯하고, 許筠의 年譜를 添加하여 이런 書名으로 出版하였다.

5)『漢文新講』: 漢文 學習者에게 도움을 주기 爲해서 著作된 책으로, 漢文文法・漢文解釋・文字論・文體論・原典 등 5篇으로 構成되어 있다.

## 5. 譯書類

1)『論語新釋』

2)『三國遺事』

3)『金鰲新話』

4)『李朝漢文小說選』

5)『熱河日記』

6)『選譯四書五經』

7)『九雲夢』

8)『春香傳』

9)『西廂記』

10)『東醫壽世保元』

11)『論語・孟子』

12)『阿Q正傳』

13)『狂人日記』

14)『滑稽雜錄』

15)『周易』

16)『退溪詩譯注』

## 6. 列傳類

1)『李朝名人列傳』: 朝鮮時代 著名人物 1千餘名의 略傳이다.

2)『韓國名人小傳』

## 7. 資料編纂

1)『大學漢文新選』: 中國과 韓國의 名詩・名文 170篇을 뽑아 싣고 簡略한 한글 注釋을 달았다. 모든 詩文에 韓國의 傳統的 吟誦方式에 따라 吐[口訣]을 달아 韓國人들이 讀誦에 便利하도록 했다.

2)『玉溜山莊詩話』: 韓國 歷代의 詩話集을 網羅하여 整理한 가장 完備된 韓國詩話集이다.

3)『儒家必攜』

4)『實學叢書』 全5冊

5)『上溪家錄』 全2冊 : 退溪를 비롯한 淵民의 直系先祖들의 碑碣, 誌狀을 모은 것이다.

6)『韓國호랑이이야기』: 韓國에 傳來되는 호랑이에 關한 說話를 採錄한 것이다. 燕巖 朴趾源의 虎叱을 硏究하기 爲한 資料로 活用하기 위해 모았다.

7)『麗韓傳奇』: 高麗와 朝鮮의 傳奇小說 1百篇을 모아 標點을 찍어 出版하였다.

8)『陶山書院儀禮攷』: 退溪를 享祀하는 陶山書院의 謁廟笏記, 享禮笏記, 祝文 等을 모아 飜譯한 것이다.

## 8. 教科書類

1)『中等漢字語讀本』

2)『高等漢文讀本』

3)『中等漢字語新選』

4)『標準漢文』: 高等學校[中國의 高中에 該當] 漢文教科書다.

5)『中學漢文』

## 9. 辭書類

1)『大字源』(共著): 漢字字典.

2)『漢字大典』: 古代漢語詞典.

# Ⅶ. 諸家의 評價

淵民은 젊은 時節부터 傑出한 漢文學 實力으로 周邊의 師友들로부터 極讚을 받았다. 55歲 이후로는 臺灣, 日本 等地에 알려졌고, 1986年 以後 中國 大陸에도 알려져 推仰을 받게 되었다.

同鄕人으로서 같이 學問을 硏磨한 龍田 金喆熙는 淵民의 學問과 經綸을 이렇게 評價하였다.

> 夫淵生, 博文而精思, 爲今士之傑, 而欲自樹立, 如昌黎程朱之爲者也. 俯而讀, 仰而思, 日之不足, 繼之以夜, 風雨如晦, 獨見曉焉. 四顧無聲, 獨聞和焉. 淵之又淵, 而存其神焉. 思之又思, 而要其臻焉. 自一室之米鹽, 推而至於天下之大, 古今之遠, 民社之興淪, 罔不極其故, 然後欲無憾也, 則其思之也, 不亦淵乎淵哉?[26]

젊은 時節 淵民의 스승으로 淵民이 지은 文章에 評點을 加하던 山康 卞榮晩은 淵民의 「書室銘」을 지으면서 이렇게 稱讚했다.

> 淵生之室, 澄明攸都. 津潤之學, 怪麗之觚. 迺至謀畫, 胥由是塗.[27]

嶺南의 大學者인 晦峯 河謙鎭은 淵民의 文章을 稱讚하면서 그 問題點도 指摘하였다.

> 辱覆書, 并示大著雜文二篇, 造意幽遠, 辭采溢發, 讀之如有亹亹來逼, 令人不覺膝之自屈, 政所謂其年不可及也. [中略] 足下思欲追蹤古先作者, 以稍救末俗之委靡, 其氣誠銳, 其志誠高. 謙鎭竊恐此二篇者, 不能不爲有意於爲文, 而或反易陷於不眞不衷之科, 則非少慮也.[28]

淵民은 韓國內의 師友들로부터 稱讚을 들었을 뿐만 아니라, 外國의 學者들로부터 稱讚을 들었다. 臺灣大學 敎授를 지낸 孔子의 77代 宗孫인 孔德成으로부터 이런 稱讚을 들었다.

---

26) 金喆熙 『天海亭文稿』 第9卷 336頁, 「淵淵夜思齋記」.

27) 卞榮晩 『山康齋文鈔』 113張, 「淵生書室銘」.

28) 河謙鎭 『晦峯遺書』 第7卷 37張, 「答李淵生」.

> 先生漢文造詣之精湛, 雖置之我國古今名家之林, 亦毫不遜色. 蓋班馬之風骨, 樂府之況味, 與夫杜陵之氣格, 涵茹篇中. 諷誦之餘, 拂拂然令人感興之至也.29)

文章은 司馬遷·班固의 風骨이 있고, 詩는 樂府와 杜甫의 風格이 있어 中國 古今의 名家에 比較해도 遜色이 없다고 했다.

臺灣師範大學 教授를 지낸 高明은 淵民의 詩文을 이렇게 稱頌하였다.

> 求其能詩能文, 置諸中國人詩文集中, 亦屬上選. 若先生者, 誠曠世難遇者矣.30)

淵民의 詩文은 中國 사람들의 詩文集 속에 섞어 놓아도 上等에 屬할 수 있는 水準으로 이런 程度의 水準을 보기는 어렵다고 했다.

春秋學 專門家인 臺灣師範大學의 程發軔教授는 淵民의 『淵淵夜思齋文藁』를 이렇게 評했다.

> 大著淵淵夜思齋文藁一巨冊, 積三十八年之歲月, 總一千四十有七首之英華. 詩仿漢唐, 文宗司馬, 深淺有姿, 纖穠俱妙. 喜談實學, 無背於利用厚生. 世代書香, 有光於上溪洌水, 洵繼志述事之鴻文, 啓後承先之鉅著也.31)

淵民의 詩는 漢唐을 본받았고, 文章은 司馬遷을 으뜸으로 삼아 深淺, 纖穠에 다 適宜하여 以前을 繼承하여 來世를 열어 줄 大端한 著書라고 稱讚하였다.

孔德成 等 臺灣의 教授들은 淵民에게 阿諂할 何等의 理由도 없다. 오로지 淵民의 詩文의 水準이 높기 때문에 이런 讚嘆을 表示한 것이다.

---

29) 『淵民之文』 112頁, 附, 「孔達生來書」.

30) 『淵民之文』 108頁, 附, 「高仲華書」.

31) 『淵民之文』 1114頁, 附, 「程發軔書」.

## Ⅷ. 結論

淵民 李家源은 20世紀 韓國을 代表하는 傑出한 學者로 높고 큰 學問을 이루었고 많은 저서를 남겼다. 그리고 그는 實踐을 兼備한 學者로 決코 文弱하지 않았다. 그러나 그의 學問을 正當하게 평가해 주는 사람이 많지 않았고 대다수 사람들은 잘 몰랐다.

그러나 1970年代 以後 臺灣의 學者들이 그의 學問的 水準을 正當하게 評價해 주었고, 1980年代 後半부터 中國 大陸의 學者들도 讚嘆하기 始作했다.

今年 2012年 5月 4日 韓國 晉州 慶尙大學校에서 開催된 淵民學國際學術大會를 開催했다. 이때 參席한 南開大學의 趙季教授는 淵民의 詩는 中國古典詩의 法度에 맞는 優秀한 作品이라고 極讚을 했다. 香港 嶺南大學 汪春泓教授는 古文을 自由自在로 지을 수 있는 學者는 解放 以後 中國에서도 찾아보기 어렵다고 했다.

貴重한 寶石이 있으면 언젠가는 그 價値가 正當하게 評價된다. 앞으로 中國大陸의 젊은 學者들이 淵民 李家源의 學問을 研究하는 隊列에 參與하여 그 正當한 價値를 찾아보면 다행이겠다.

# 淵民先生 所撰 碑誌類文字의 特性과 價値

## Ⅰ. 서론

碑誌類文字는 撰者의 創作意識이 발로된 문학작품이면서도 중요한 역사적 자료이다. 현존하는 최초의 石刻文字로는 戰國時代 秦나라의 것으로 추정되는 石鼓文이 있다. 그 이후 六國을 통일한 秦始皇이 각지를 순행하면서 자신의 공적을 칭송하는 碑를 泰山을 위시한 네 곳에 세움으로 해서 본격적인 碑誌類文字가 출현하게 되었다.

개인의 행적을 적은 碑誌類文字는 後漢末期 蔡邕이 대량으로 지음으로 해서 널리 보급되기 시작하였다. 이후 南北朝時代에는 撰者를 明記하지 않은 墓誌銘이 대량으로 지어졌고, 唐宋代의 古文家들은 碑誌類文字를 통해서 자신의 문학적 기량을 발휘하기 시작하였고, 明淸代에 이르러서는 碑誌類文字의 작품 수량이 엄청나게 불어나 산문문학의 중요한 한 장르를 차지하게 되었다.

우리나라에는 古朝鮮時代의 黏蟬縣神祠碑가 현존하고 있어 碑誌類文字가 지어지기 시작한 역사가 오래 되었다는 것을 알 수 있다. 개인의 일생의 행적이 기록된 碑誌類文字는 현존하는 것으로는 高句麗 廣開土大王碑가 최초이고, 統一新羅時代의 崔致遠이 여러 편을 지었고, 高麗時代의 李奎報·李穡 등에 와서는 대량으로 짓기 시작했다.

朝鮮時代에 들어와서는 諸體의 碑誌類文字가 보편화 되어 諸家의 文集에 실린 작품 가운데서 碑誌類文字가 많은 비중을 차지하게 되었다.

朝鮮이 망한 이후로 碑誌類文字의 비중도 많이 감소되었고 또 순 한문

보다는 국한문을 섞어 짓는 경우가 점점 늘어나게 되었다.

그러나 오늘날에도 순 한문으로 된 碑誌類文字가 적지 않게 창작되고 있는데, 가장 대표적인 撰者는 바로 淵民 李家源 선생이다. 淵民 李家源 先生(1917-현존)은 國學者로서 많은 업적을 남겼을 뿐만 아니라 漢詩와 古文의 창작자로서 1989년까지 『淵淵夜思齋文藁』, 『淵民之文』, 『通故堂集』, 『貞盦文存』, 『遊燕堂集』 등 다섯 책의 전통적인 文體分類에 따라 편집된 시문집을 출간하였다. 이 가운데는 1720수의 漢詩(韻文으로 된 箴銘·頌贊을 포함)와 2253의 古文이 실려 있다. 1990년부터 1996년까지의 한시와 고문을 편집하여 『萬花齊笑集』이라는 이름으로 편집을 완료하여 인쇄 중에 있는데, 이 책에도 한시 약 500수 고문 약 500편이 실려 있다.

1989년까지 지은 고문 작품 2253편 가운데서 碑誌類文字에 해당되는 글이 475편인데 선생이 지은 諸體의 문장 가운데서 양적으로 가장 큰 비중을 차지하고 있을 뿐만 아니라, 선생의 古文家로서 창작의 역량이 가장 잘 발휘된 文體가 바로 이 碑誌類文字이다.

朝鮮時代 인물 가운데서 碑誌類文字를 가장 많이 지은 분이 尤庵 宋時烈인데 대략 500여 편을 지었다. 앞으로 출판될 선생의 第六文集인 『萬花齊笑集』에 실린 작품까지를 포괄한다면 선생이 지금까지 지은 碑誌類文字는 시대상황이 많이 바뀌었음에도 불구하고 양적으로 우암을 앞지르고 있다.

본고에서는 선생이 지은 고문 작품 가운데서 碑誌類文字의 문학작품으로서의 가치와 사료로서의 가치를 규명해 보고자 한다. 본고에서는 순 한문으로 된 작품만 대상으로 할 뿐이고 국한문을 섞어 지은 碑誌類文字는 논외로 한다.

## Ⅱ. 淵民先生 所撰 碑誌類文字의 개관

淵民先生은 19세 되던 1935년부터 冢銘 2편을 짓기 시작해서 매년 1, 2편 정도의 碑誌類文字를 지어 오다가 40대에 들어선 1960년 이후부터 본격적으로 많이 짓기 시작했다. 가장 많이 지은 해는 61세 때인 1977년과 66세 때인 1982으로 1년에 38편의 碑誌類文字를 지었고, 그 다음은 71세 때인 1987년으로 33편을 지었다. 1970년 이후로는 대체로 매년 15편 내지 20편의 碑誌類文字를 지었다.[1)]

40대 이후로 선생이 應酬文字의 대표격인 碑誌類文字를 많이 짓게 된 이유는 전통학문을 익힌 한문에 능한 학자들이 많이 서거한 것도 한가지 원인이 되겠지만, 선생의 學德이 높아감에 따라 그 명망이 널리 알려지게 된 것이 더 큰 원인이다.

세상이 어지러웠던 한국동란 시기인 50년·51년·52년 3년 동안과 5.16 군사쿠데타가 있었던 61년에는 단 한편의 碑誌類文字도 지은 것이 없다. 세상이 평화로와야 글을 청하는 사람도 있게 되고 글을 짓는 사람도 안온한 분위기에서 글을 지을 수 있다는 것을 보여 준다.

선생이 지은 碑誌類文字를 더 세부적인 文體에 따라 세분하면, 墓志銘 27편, 神道碑銘 21편, 墓碑銘 2편, 墓銘 1편, 隧道碑銘 1편, 墓碣銘 332편, 墓表 3편, 阡表 1편, 阡銘 5편, 自銘 1편, 遺墟碑銘 19편, 遺蹟碑銘 18편, 紀蹟碑銘 15편, 行蹟碑銘 3편, 事蹟碑銘 3편, 遺莊碑銘 1편, 廟庭碑銘 7편, 祭壇碑銘 5편, 孝烈碑銘 1편, 孝行碑銘 1편, 舍利塔碑銘 1편, 望鄉碑銘

---

1) 참고로 지금까지 나온 다섯 책의 詩文集에 실린 淵民이 지은 碑誌類文字의 연대별 창작편수를 보면 다음과 같다. 1935년(19세) 2편, 42년 1편, 44년 1편, 45년 2편, 46년(30세) 2편, 47년 2편, 48년 1편, 53년 1편, 54년 1편, 56년(40세) 2편, 57년 2편, 58년 1편, 59년 1편, 60년 3편, 62년 7편, 63년 2편, 64년 2편, 66년(50세) 18편, 67년 4편, 68년 11편, 69년 10편, 70년 7편, 71년 20편, 72년 25편, 73년 16편, 74년 21편, 75년 20편, 76년(60세) 29편, 77년 38편, 78년 12편, 79년 29편, 80년 10편, 81년 9편, 82년 38편, 83년 14편, 84년 18편, 85년 15편, 86년 20편, 87년 33편, 88년 28편, 89편 25편이다.

1편, 墓碣後識 1편, 墓表追記 1편, 自銘追記 1편, 壽藏碑銘 3편으로 분포되어 있다. 이 가운데 墓碣銘이 332편으로 전체의 삼분의 이 이상을 차지하고 있고, 그 다음은 墓志銘이 27편, 神道碑銘 21편의 순으로 되어 있다.

전통적인 碑誌類文字 가운데서 가장 보편적으로 쓰이던 문체는 곧 墓志銘, 神道碑銘, 墓碣銘이었다. 묘지명은 死者의 일생의 행적을 적어 땅 속에 묻는 글인데 오늘날은 이미 실용적 가치가 거의 없어 사용하는 사람이 거의 없다. 神道碑銘은 朝鮮時代의 제도에 의하면 從二品 이상의 관직에 오르거나 從二品 이상의 관직을 追贈 받은 사람만이 세울 자격이 있는 것이므로, 朝鮮時代 종 이품 이상의 벼슬을 지내거나 추증 받은 적이 없거나 조선이 망한 이후에 태어난 사람에게는 해당이 되지 않는 글이므로, 朝鮮時代 고관을 지낸 사람으로서 아직 비석이 서지 않았거나 비석을 다시 세울 때만 쓰일 수 있는 글이다. 朝鮮時代 正三品 이하의 관직을 지낸 사람이나 그다지 저명하지 않은 사람과 오늘날의 인물에게까지 두루 쓰일 수 있는 문체가 바로 墓碣銘이다. 이런 까닭에 碑誌類文字 가운데서 묘갈명이 용도가 가장 광범위하므로 자연히 많이 짓게 된 것이다.

선생이 475편이라는 많은 碑誌類文字를 지었는데, 평소의 원칙으로 정직하고 성실하게 산 農夫・樵叟를 위해서는 請文에 응하지만, 親日했거나 독재정권에 협력한 사람일 경우에는 응하지 않았다. 그 한 예로 문교부장관으로 있으면서 정부시책에 반대의사를 표명한 교수와 시위에 참여한 학생을 대학에서 내쫓은 인사의 유족이 비문을 부탁해 왔을 때 단호히 거부한 적이 있었다.

## Ⅲ. 淵民先生 所撰 碑誌類文字의 文學的 價値

### 1. 碑誌類文字의 淵源과 特性

唐나라 賈公彦의 『禮記』 「祭義」 注에 "宮室이나 廟에는 다 碑가 있어

해 그림자를 기록하여 시간의 늦고 빠름을 알았다”라고 했고, 淸나라 段玉裁의『說文解字注』에 “옛날에 宗廟에 碑를 세워 犧牲을 매어 두었는데, 후세에는 사람들이 그 위에 功德을 기록하게 되었다”라고 했다. 이에서 볼 때 본래 宮室의 碑는 해 그림자를 기록하는 것이고, 宗廟의 碑는 희생을 매어 두는 것이었다. 秦代에 들어와서 비로소 글을 새긴 돌을 ‘碑’라고 부르게 되었으니, 李斯가 지은「嶧山碑」가 그 시초이다.

後漢 이후로 碑誌類文字를 짓는 사람이 점점 많아졌고, 그 종류도 다양해져 山川에 세우는 비, 城池에 세우는 비, 宮室에 세우는 비, 橋道에 세우는 비, 壇井에 세우는 비, 神廟에 세우는 비, 家廟에 세우는 비, 古蹟에 세우는 비, 風土에 관계되는 비, 災難이나 祥瑞에 관계되는 비, 功德을 기록한 비, 墓道에 세우는 비, 사찰이나 道觀에 세우는 비 등이 있게 되었다.

碑石은 銘을 새기기 위한 도구인데 銘은 곧 일반적으로 말하는 碑文으로 序와 銘으로 나누어지는 바, 序는 傳記文의 성격이다. 碑文은 敍事를 위주로 하는데, 후세에 와서는 議論을 섞기도 한다. 서사를 위주로 한 것이 正體이고, 의론을 위주로 한 것이 變體이고, 서사를 위주로 하면서 의론을 섞은 것을 變而不失正體라 할 수 있다. 간혹 사물에 의탁하여 寓意的으로 표현한 것도 있는데 이를 別體라 할 수 있다.[2)]

碑誌類文字에는 銘主(碑銘에 서술된 사람)의 學行大節만 서술하지 세세한 사실은 다 적지 않고, 아름다운 점만 적지 좋지 못한 점은 일컫지 않는 법이다. 그러므로 본래 흠이 있는 인물일 경우에는 원칙적으로 碑誌類文字의 서술 대상이 될 수가 없다.

銘은 후대에 와서는 대체로 韻文形式을 많이 사용하는데 그 體가 실로 다양하다. 三言體, 四言體, 五言體, 七言體, 長短句體, 散文體, 句中에 ‘兮’자를 사용한 體, 句末에 ‘兮’자를 사용한 體, 句末에 ‘也’자를 사용한 體 등이 있다. 押韻에 있어서도 每句마다 압운한 것, 隔句로 압운한 것, 每三

2) 姜濤,『古代散文文體概論』山西人民出版社, 1990, 中國 太原.

句마다 압운한 것, 앞부분은 압운하고 뒷부분은 압운하지 않은 것, 앞부분은 압운하다가 뒷부분에서는 압운하지 않은 것, 句頭에 압운한 것, 전혀 압운하지 않은 것 등이 있다. 換韻에 있어서도 每兩句마다 환운한 것, 每四句마다 환운한 것, 數句마다 환운한 것, 全篇에 걸쳐 환운하지 않은 것 등이 있다.

碑誌類文字는 古文의 중요한 분야이지만 지금까지는 별로 연구대상이 되지 못했으나 최근에 문학적 측면에서 접근한 몇몇의 연구업적이 나오고 있다.

아래에서 淵民先生이 지은 碑誌類文字의 문학적 價値를 人物形象化의 成功, 變化를 통한 構成의 妙味, 銘의 文藝性 등으로 나누어 고찰하도록 하겠다.

## 2. 人物形象化의 成功

碑誌類文字의 생명은 銘主를 구체적으로 생동감 있게 묘사하여 그 특색이 드러나도록 짓는 데 있다. 사람의 얼굴이 각각 다르듯이 碑文에 묘사된 내용도 각각 달라 銘主의 개성이 선명하게 눈앞에 부각되어야 한다. 독자가 한편의 비문을 읽고 나서 銘主의 실체를 선명하게 파악할 수 있도록 지은 것이 잘된 비문이라고 할 수 있다.

漢나라 蔡邕이 지은 비문은 전체가 허황된 칭찬 위주로 일관되어 오다가 간간히 행적을 섞어 넣는 방식인데, 세상에서는 채옹의 비문을 칭찬하는 사람들이 많지만 이는 비문의 本領도 아니고 잘 지었다고 할 수도 없다. 그러나 이런 잘못된 전통이 채옹으로부터 魏晋南北朝를 거쳐 唐代에 이르기까지 계속되었다.

史書의 列傳처럼 裁斷하여 사실을 있는 그대로 서술한 것은 韓愈로부터 비롯되어 歐陽脩・蘇軾・曾鞏・王安石에게 전승되어 古文家들의 碑文 창작의 典範이 되었다. 후세에는 두 가지 창작방식이 의연히 존속하였다.

선생의 비문은 銘主를 생동감 있게 묘사하여 그 특색이 잘 들어나고 있다. 각각의 銘主의 差別性이 확연하게 부각되어 있어 적당하게 구색만 갖춘 글과는 거리가 멀다.

「水宇柳公建斗墓碣銘」에는 가난한 시골 선비가 주경야독하면서 天理에 순응하여 淡泊하게 진실된 일생을 살아가는 모습을 눈앞에 보이는 듯 핍진하게 묘사되어 있다.

> 公家甚貧, 晝與農樵爲伍, 夜則讀古人書, 荒園薄土, 麥飯蔥湯, 幾不自存, 而家室融融也, 禁書秩秩也. 短兵耘草, 十指胼胝, 而藻思時至, 則尖奴淡墨, 爛楮胡寫, 自無虛日也(공은 집이 매우 가난하여 낮에는 농사꾼 땔나무꾼들과 어울렸다가, 밤이 되면 옛사람의 책을 읽었다. 거친 동산 척박한 땅이라 보리밥 파국도 거의 이어 대지를 못할 정도였지만 집안은 화기애애했고 거문고와 책은 가지런히 정돈되어 있었다. 호미로 김을 매느라 열 손가락에는 다 못이 박혔는데, 때로 詩文에 대한 생각이 떠오르면 뾰족한 붓으로 연한 먹물을 찍어 낡은 종이에다 재빨리 썼는데 이렇게 하지 않는 날이 없었다).[3]

집이 가난하여 직접 농사도 짓고 땔나무도 하고 지내면서도 가정을 화목하게 이끌어 나가고 文學에 남다른 功力을 들인 水宇公의 생활상이 躍如하다.

「上護軍向北堂鄭公遵一神道碑銘」에는 壬辰倭亂 때 왜적의 침략을 보고 분연히 起義하였으나 갑작스런 身病으로 인하여 출전하지 못하고 안타까워하는 慷慨之士의 憂國衷情이 잘 묘사되어 있다.

> 嗚呼! 粤昔朝鮮宣祖壬辰島夷之訌, 霽峯高敬命先生之起義湖南也, 南平之鐵冶里, 有鄭公遵一, 霽翁之高足弟子也. 初霽翁起兵於潭陽, 飛檄列郡, 次礪山爲北上之計. 公見檄慷慨, 傾括家困, 招募死士百餘人, 將赴于礪. 公素嬰風痺, 至是卒劇, 臨發旋停, 乃汪然攬涕, 而諭衆曰, "吾輩俱以聖人之氓, 生長率

---

3) 『遊燕堂集』 334, 335쪽.

育之內. 今虜氛甚惡, 國勢阽危, 此正臣子敵愾之時, 卽欲與爾等, 共效尺寸之誠, 以圖萬一之報. 不幸吾病如此, 事將歸虛, 雖死, 寧忍瞑目於九原耶?" 衆皆感泣, 不能捨去. 乃命長子晛代領其衆, 致書霽翁而遣之. 晛時年財卄三, 霽翁大加稱歎曰, "尊公之病不能來, 命也. 而君以不更事之年, 領不節制之卒, 數百里梗路, 無一人散亡, 克遂父命, 君之材可共大事". 欲留佐軍務. …… 公之疾未及瘳, 而錦山之敗報遽至. 公失聲痛哭, 幾絶者累矣(아아! 옛날 조선 선조 임진년 섬 오랑캐들의 난리에 霽峯 高敬命先生이 호남에서 의병을 일으켰을 적에, 南平 고을의 鐵冶里에 鄭公 遵一이 있었으니 제봉의 우수한 제자였다. 처음에 제봉이 潭陽에서 군사를 일으킬 때 여러 고을에 격문을 급히 보내고서 礪山에 주둔하면서 장차 북상할 계획을 하고 있었다.

공은 격문을 보고 강개하여, 집안의 창고를 다 기울여 목숨을 걸고 싸울 사람 백여 명을 모집하여 장차 여산으로 가려고 했다. 공은 평소에 중풍기가 있었는데 이때에 이르러 갑자기 심해져, 출발할 시간에 다달아 도로 중지하였다. 이에 펑펑 흘러 내리는 눈물을 훔치면서 여러 사람들에게 타일러 말하기를 "우리들은 모두 거룩한 임금님의 백성으로서 보호하여 길러주는 은혜 속에서 자라났소. 이제 오랑캐의 침략으로 분위기가 매우 안좋고 나라의 형세가 대단히 위태롭소. 이때는 바로 신하가 적개심을 가질 때이오. 곧 여러 분들과 함께 조그만 충성이라도 바쳐 임금의 은혜에 만분지일이라도 보답할까 했더니, 불행히도 내 병이 이러하니 일이 장차 헛되이 되게 되었소. 내 비록 죽더라 해도 어찌 차마 저승에서 눈을 감을 수 있겠소?"라고 하니, 여러 사람들이 모두 흐느껴 울면서 그만두고 떠나가질 못했다. 이에 맏아들 晛에게 그 무리들을 대신 거느리고 가도록 명령하고, 제봉에게 편지를 올리고서 아들을 보냈다. 현은 그때 겨우 스물세 살인지라 제봉이 크게 칭탄하여 말하기를, "그대의 부친이 병으로 오지 못한 것은 운명이다. 군은 일을 겪어 보지 않은 나이에 훈련되지도 않은 군사를 거느리고서 적이 막고 있는 수백 리나 되는 길을 오면서도 한 사람도 흩어져 도망친 사람이 없었으니, 아버지의 명령을 잘 수행한 것이다. 군의 재주는 큰 일을 함께할 만하도다"라고 하고는 그곳에 머물러 두고서 군무를 도우도록 했다. …… 공의 병이 아직 낫기도 전에 금산의 패보가 갑자기 날아드니, 공이 실성통곡하여 거의 기절한 것이 여러 번이었다.)[4]

向北堂의 우국충정이 마치 곁에서 직접 보는 것처럼 생생하게 묘사되어 있어, 읽는 사람으로 하여금 감탄하여 눈물을 흘리게 할 정도이다.

「戶曹判書重湖尹先生卓然遺蹟碑」에는 重湖의 盡瘁報國하는 衷情이 잘 묘사되어 있다.

> 壬辰島夷入寇, 王西播, 公陪臨海君而北, 途拜檢察使. 時賊已逼咸關, 軍民皆鳥獸竄. 行入北邊, 民多附賊. 公馳聞行在, 召募殘卒, 爲復疆計. 特拜都巡察使, 公灑淚宣敎, 義聲所臻, 遠近響應. 却賊於咸興, 大捷於洪原, 尾擊於安邊, 前後捷報, 爲最於諸道矣(임진년 섬오랑캐가 침략하자 왕은 서쪽지방으로 파천하였다. 공은 臨海君을 모시고 북쪽으로 갔는데, 도중에 檢察使에 제수되었다. 이때 적들은 이미 咸鏡道 문턱에 다달아 있었고 군사와 백성들은 새나 짐승처럼 다 도망가고 없었다. 북쪽 국경지방으로 가니 적에게 붙은 백성들이 많았다. 공은 급히 行在所에 狀啓하고 남은 군사들을 불러 모아 다시 강토를 회복할 계책을 세웠다. 특별히 都巡察使에 제수되어 눈물을 뿌리면서 敎書를 읽었다. 의리를 부르짖는 소리가 미치는 곳이면 멀고 가깝고 할 것 없이 호응하였다. 咸興에서 적을 물리치고 洪原에서 대첩을 거두고 安邊에서 적을 추격하여 쳤는데, 전후 여러 차례의 승전보가 전국에서 으뜸이었다.)[5]

국가 민족을 倭賊의 침략으로부터 구해 내기 위해서 자기 한 몸을 돌보지 않고 최선을 다해서 분투하는 懇誠을 잘 묘사해 냈다.

「全羅都事鼎谷曺先生大中遺蹟碑銘」에는 鼎谷의 狷介한 성격이 잘 묘사되어 있다.

> 洎東西分黨, 先生疾鄭松江澈甚, 嘗以洛東江聞笛詩譏之. 又嘗同舟涉錦江, 嘿不與之語, 後日之禍, 實萌於此(동인 서인으로 당이 나뉘어짐에 미쳐서 선생은 송강 정철을 매우 미워하였다. 일찍이 「洛東江聞笛詩」를 지어 그를

4) 『遊燕堂集』 356쪽.
5) 『遊燕堂集』 93, 94쪽.

풍자하였다. 또 일찍이 같은 배를 타고 금강을 건널 때 입을 닫고서 송강과 말하지 않았다.)[6)]

고향도 이웃 고을이고 자기보다 벼슬도 높은 松江 鄭澈에 대해서, 사람이 되지 않았다고 생각될 때는 사람으로 대하지 아니하고 아주 가까운 거리에 있어도 아는 체도 않았다. 그런 행동으로 인해 뒷날 어떤 대가를 치룰지라도 아랑곳하지 않는 그 불의와 타협하지 않는 우직할 정도로 견개한 자세가 잘 묘사되어 있다.

「伯從祖叔父章陵叅奉霞汀李府君墓碣銘」에는 霞汀의 절륜한 기억력이 잘 묘사되어 있다.

眞聰絶人, 邦故祖懿, 委若身歷. 至如年少輩之或十年一謁者, 輒聞其音, 而辨爲誰某也(참으로 총명이 보통 사람들보다 뛰어나 나라의 典故나 조상의 아름다운 일을 직접 겪은 듯이 알고 있었다. 십년만에 혹 한 번 찾아오는 젊은 사람인 경우 그 목소리만 듣고서도 누구인지 알아볼 정도였다.)[7)]

남달리 뛰어난 기억력을 실제적인 사례를 들어 생생하게 증명하고 있다. 얼굴을 보기도 전에 그 목소리만 듣고서도 알아 볼 정도였으니 그 기억력이 어느 정도인지를 글을 읽는 사람들이 직감을 할 수 있도록 되어 있다.

### 3. 變化를 통한 構成의 妙味

碑誌類文字는 行狀보다는 형식이 자유롭다. 필수적인 서술의 요소는 있지만 서술의 순서는 撰者가 자기의 독창성을 발휘하면서 지을 수 있다. 그러나 朝鮮時代 學者文人들의 文集에 실린 碑誌類文字를 살펴 보면 고정적인 틀에 박힌 것이 대다수를 점하고 있다.

---

6) 『通故堂集』 267쪽.

7) 『通故堂集』 129쪽.

선생이 찬한 碑誌類文字는 구성형식 다양하다는 것이 하나의 큰 특징이라고 할 수 있다. 크게 전통적으로 많이 쓰이던 구성형식을 따른 正格, 正格에다 변화를 가미한 變格, 전통적인 구성형식에 전혀 얽매이지 않고 독특한 창작기법을 발휘한 別格 등 세 가지로 구분할 수가 있다.

여타 碑誌類文字 撰者들은 대체로 正格이 많은데 비해서 연면선생의 경우는 정격이 아주 드물다. 「再從大父數山李公中澤墓碣銘」이 碑誌類文字의 전형적인 정격의 글이다.

> 數山李公 諱中澤, 字淸彥, 數山其自號也. 我眞城之氏, 起自麗季成均生員諱碩, 六傳而至退陶夫子諱滉, 又九傳而至後溪先生諱頤淳, 恩津縣監, 寔於公爲曾考. 大考諱彙炳, 通德郎, 號素溪. 皇考諱晚孫, 號遯窩. 外大考通德郎全州柳箕鎭, 安東金養深, 公金出也. 公以先韓哲宗丙辰九月卄一日, 生于宣城之淸洞(數山 李公의 휘는 中澤, 자는 淸彥, 수산은 그 자호이다. 우리 眞城李氏는 고려 말엽 成均生員 諱碩에서부터 일어났다. 여섯 대를 전하여 退陶夫子 諱滉에 이르렀고, 또 아홉 대를 전하여 後溪先生 諱頤淳에 이르렀는데 恩津縣監을 지냈다. 이 분이 공의 증조부이다. 할아버지는 諱彙炳인데 通德郎을 지냈고 호는 素溪였다. 아버지는 諱晚孫인데 호는 遯窩이다. 외조부는 통덕랑인 全州 柳箕鎭과 安東 金養深인데 공은 김씨에서 출생했다. 공은 哲宗 병진년(1856) 9월 21일에 宣城의 淸洞에서 태어났다.)[8]

墓碣銘의 전형적인 형식은 '公의 諱는 무엇, 字는 무엇, 姓氏는 무엇인데 始祖는 누구'이고를 먼저 서술한 뒤에 중간중간에 顯祖를 이야기하고 그 다음 高祖, 曾祖, 祖考, 皇考의 차례로 서술하고, 그 다음에 外系를 이야기한다. 이어서 언제 어디에서 출생했는지를 밝힌 뒤 대개 연대순으로 일생의 행적을 서술하고, 언제 어디서 몇 살 때 죽었는데 어느 곳 무슨 산 무슨 坐向에 안장했다고 쓴다. 그 뒤에 配位의 성씨와 妻父의 이름을 밝히고 夫人의 특별히 내세울 만한 행실이 있을 경우 간단히 적고 生沒日字와

8) 『貞盦文存』 307쪽.

묘소를 밝힌다. 그 다음에 자손을 기록한다. 그 다음에 묘갈명의 주인공에 대한 撰者의 總評이 들어가는데 이는 묘갈명 가운데서 대단히 중요한 부분이다. 그 다음에는 비를 짓게된 연유 등을 밝히기도 한다. 여기까지가 墓碣의 序文에 해당된다. 마지막으로 묘갈명의 핵심인 銘이 들어간다.

위에 例示한 묘갈명은 대체로 이런 전형적인 형식을 잘 지킨 묘갈명인데, 선생은 독창적인 文章技法을 발휘하는데 제약을 받지 않을 수 없는 이런 틀에 박힌 글을 좋아하지 않기 때문에 정격의 형식을 갖춘 묘갈명은 별로 많지 않다.

變格은 正格의 큰 틀을 완전히 허물지는 않으면서 곳곳에 순서를 바꾼다던지 생략 혹은 첨가하여 비문의 주인공을 부각시켜 碑誌類文字를 특색있게 만들면서 撰者의 창작적 역량을 발휘할 수 있는 방법으로 선생의 비지류의 대부분을 차지한다.

「司憲府大司憲朴谷李公元祿神道碑銘」은 變格의 형식에 해당된다고 할 수 있다.

> 嗚呼! 朋黨之禍, 有國之通患, 至於朝鮮顯肅之世而極矣. 于是時也, 有若司憲府大司憲朴谷李公, 關於南老之携貳, 互不相能, 報怨復讐, 久無已時, 其狀慘憺不忍言也(아아! 붕당의 화는 나라마다 두루 있는 고질이지만 朝鮮 顯宗, 肅宗 시대에 이르러 극에 달했다. 이때 사헌부 대사헌 朴谷 李公 같은 분이 있었는데, 南人과 老論의 분쟁에 관계되어 서로 용납하지 못하고 원수를 갚고 또 갚고하여 오랜 세월 동안 그치지 않았으니, 그 참담한 형상은 차마 말로 할 수 없었다.)[9]

朴谷 李元祿의 神道碑銘의 서두인데, 주인공이 극렬한 당쟁의 소용돌이 속에서 살았기 때문에 그 참혹상을 강조하기 위해서 서두를 이렇게 시작하였다. 이 당쟁의 참상을 심각한 필치로 묘사한 基調는 곧 이 글

9) 『遊燕堂集』 364쪽.

전체의 伏線의 역할을 겸하고 있다. 이 점이 곧 이 글의 특색이라 할 수 있다. 이렇게 서두를 시작하고 한참 뒤에 가서 '公의 諱는 무엇, 자는 무엇, 본관은 무엇, ……'의 순서로 서술하여 正格과 대동소이하게 구성되어 있다.

「承政院右副承旨兼禮曹參判小鳳金公神道碑銘」[10]의 경우가 別格이라고 할 수 있는데, 평생의 행적과 逸事를 위주로 서술하고 撰者의 의론을 첨가하였다. 配位와 子孫錄 등을 다 생략하였다. 碑誌類文字는 다른 사람의 請文에 의해서 짓는 경우가 대부분인데, 이런 別格은 문학성은 높다 해도 실용성이 거의 없기 때문에 거의 짓지 않았다.

## 4. 銘의 文藝性

銘은 碑誌類文字에서 그 분량은 짧아도 核心的인 글이다. 본래는 '銘' 부분만 있었고 '序' 부분은 나중에 첨가된 것이다. 碑誌類文字의 평가도 銘을 잘 지었느냐 못지었느냐에 따라서 좌우된다.

앞에서도 언급했지만 銘은 그 형식이 다양한데, 선생이 지은 碑誌類文字에서 가장 많이 쓰이는 형식으로는 四言體 隔句押韻이고, 그 다음은 辭의 형식에 隔句押韻을 한 것이다. 四言體는 『詩經』의 頌에서 유래하였고, 辭의 형식은 『楚辭』에서 유래하였다. 이 밖에 七言·六言·五言·三言·長短句로 된 것도 있는데, 淵民先生은 無韻의 銘은 안 짓는 것을 원칙으로 하고 있다. 초기에 지은 銘에는 定型의 것이 많았는데, 老年이 될수록 非定型의 것이 많아지는 경향이 있다.

四言體로 된 것으로는 「菊史黃公永周墓碣銘」의 銘은 나라를 잃고 광복운동을 위해 이국의 황아에서 참담해하는 모습을 비장한 필치로 표현한 것으로, 독립적인 한 편의 서정시로서 손색이 전혀 없다.

---

10) 『遊燕堂集』 436, 437쪽.

| | |
|---|---|
| 아아! 菊史여, | 嗚呼菊史 |
| 그 뜻 매우 꽃다워라. | 其志甚芳 |
| 태어나던 시기의 큰 슬픔, | 有生大戚 |
| 조국이 망한 일이었지. | 祖國淪亡 |
| 죽기로 마음 먹고서, | 以死爲程 |
| 황량한 만주에서의 나날. | 塞日蒼涼 |
| 興業團을 결성하였으니, | 興業締團 |
| 격앙하지 않음이 없었다네. | 非不激昂 |
| 마침내 왜적 그물에 걸려들어, | 竟墮鬼網 |
| 날개 꺾이어 날기 어려웠다네. | 翼摧難翔 |
| 고향엔 가을이 찾아와서, | 故園秋至 |
| 국화 향기가 그득하다네. | 寒華剩香 |
| 땅 속에 한을 묻었으니, | 埋恨厚土 |
| 지나가는 사람들도 방황하는구나? | 過者回皇 |
| 내 지은 銘을 밝게 새겨서, | 我銘昭揭 |
| 저 높은 산등성이에 둔다네.[11] | 寘彼高岡 |

필자의 관점에서는 「蘇臺自銘」을 四言銘 가운데서 壓卷이라고 친다. 평생을 名利를 초월하여 淡泊하게 살아오면서 학문에 전념하여 等身의 저서를 남긴 선생 자신의 자화상이다. 학문에 전념한다는 핑계로 조국과 민족의 운명을 도외시한 것은 더욱 아니고, 지식인으로서의 사명감도 잘 토로되어 있다.

| | |
|---|---|
| 하늘이 어리석은 선생 나을 적에, | 天生癡淵 |
| 그 뜻이 있었는지 없었는지? | 有意非歟 |
| 왜적의 사슬 아래 슬피 신음했는데, | 悲呻敵絆 |
| 높다란 나무에 봄기운 돌아왔건만. | 喬木春噓 |
| 조국 산하가 반으로 갈라지니, | 河山半壁 |

11) 『貞龕文存』 189, 190쪽.

| | |
|---|---|
| 그윽한 근심 없어지지 않았네. | 幽憂未除 |
| 옛 글 읽었으나 때 만나지 못했고, | 讀古無偶 |
| 지금 세상과도 소원하다네. | 與今爲疏 |
| 쌓으면 키만큼 높은 저서가 있나니, | 有等身箸 |
| 시간을 아껴 쓴 덕분이라네. | 惜費居諸 |
| 재야의 대제학이라 부르지만, | 在野文柄 |
| 헛된 이름 깊이 부끄러워한다오. | 深慙虛譽 |
| 오직 그 마음일랑, | 唯厥心事 |
| 한결같이 담박했다오. | 一味淡如 |
| 때로 사방의 나라 유람하느라, | 時游四國 |
| 바다에서 출렁이고 창공을 날았다네. | 盪洋憑虛 |
| 비록 진귀한 것을 보았지만, | 縱得瑰觀 |
| 꿈에서 문득 깨어난 듯. | 一夢旋蘧 |
| 이러했을 뿐이거늘, | 如是已矣 |
| 그 나머지야 따져 무엇하리.12) | 曷求其餘 |

「李從祖李府君墓碣銘」은 재주를 갖추고서도 때를 만나지 못하고 일찍 죽은 그의 생애를 서리를 만나 시든 꽃다운 난초에 견주었으니, 凄然한 悲壯美가 全篇에 짙게 배어 있어 楚辭의 餘韻을 느낄 수 있다.

| | |
|---|---|
| 저 지대의 뜰을 바라보니, | 睠芝臺之中庭兮 |
| 난초대가 솟아 막 자라나는데. | 蘭有秀而方滋 |
| 하루 저녁에 된 서리가 내려, | 墮嚴霜於一夕兮 |
| 갑자기 중도에서 시들어버렸네. | 羌中途而遽萎 |
| 나 때문이지 하늘이 나를 어떻게 한 건 아니니, | 由我吾而不我天兮 |
| 어찌 공자만이 슬퍼할 일이겠는가? | 豈獨夫子之爲悲也 |
| 담쟁이를 거머잡은 채 얼굴 가리고 눈물 흘리며, | 攬薜荔以掩涕兮 |
| 높은 언덕에 올라 말을 서술하노라.13) | 登高丘而敶詞 |

12) 『貞盦文存』 447쪽.

13) 『通故堂集』 202쪽.

「故室柳淑曜墓銘」은 三言 定型에 隔句押韻으로 되었는데, 菲惻·艶麗한 필치로 故室에 대한 回憶의 情이 은근하게 표현되어 있다. 潘岳 등 역대 諸家들의 悼亡詩에 손색이 없다고 할 수 있다.

| | |
|---|---|
| 옛날 집 동쪽 落帽峯 갈래져 나온 곳에, | 舊廬東 落帽支 |
| 고운 몸 묻었는데 봄 풀은 향그럽구료. | 委淑質 春草薿 |
| 아아! 이 李郎이 墓銘을 지었다오. | 嗟李郎 茶毗詩 |
| 말은 매우 애달파도 슬픔 가눌 길 없구료. | 辭甚苦 未瘳悲 |
| 이팔청춘 꽃다운 그 자태를, | 二八代 翳芳姿 |
| 삼십년 지난 지금 아련히 생각한다오. | 卅載餘 黯黯思 |
| 앞으로 다시 어떻게 할까나? | 來者日 更若爲 |
| 저 세상에 가서 만나야지.[14] | 指黃泉 與之期 |

## Ⅳ. 淵民先生 所撰 碑誌類文字의 史料的 價値

우리나라에는 유사이래로 수많은 인물들이 태어났다 죽어갔다. 三國時代, 統一新羅의 인물들은 『三國史記』 列傳에 그나마 정리·수록되어 있고, 高麗時代의 인물들은 『高麗史』 列傳에 정리·수록되어 있다. 물론 누락된 인물들도 수 없이 많지만 일단은 체계적이고 포괄적으로 정리되어 문헌으로 남아 세상에 전해지게 되었다.

그러나 朝鮮時代는 그 양상이 아주 다르다. 朝鮮時代의 역사를 정리한 正史가 존재하지 않는다. 그러므로 각 시대의 인물을 다루는 列傳이 編修되지 못했다. 淸나라 같은 경우에는 나라가 망한 이후에도 民國時期의 지식인들이 편찬위원회를 결성하여 『淸史稿』 列傳, 『淸史列傳』 등 몇 종류의 列傳類 文獻이 정리되어 淸代의 인물들을 일목요연하게 고찰할 수 있다. 朝鮮時代의 가장 주된 基本史料인 『朝鮮王朝實錄』은 왕조를 중심

---

14) 『貞盦文存』 446쪽.

으로 한 編年的 기록이므로 왕실 주변에서 매일매일 일어난 사건을 위주로 기록한 것을 모아 놓은 것에 불과하다. 朝鮮時代에 활약했던 많은 政治家, 官吏, 學者, 文人, 武人, 藝術家들을 전반적으로 분류·정리하여 실은 자료를 찾을 수 없다. 弟子나 子孫들의 정성에 의해 정리된 家狀, 行狀, 遺事, 墓誌銘, 神道碑銘, 墓碣銘, 墓表이 갖추어져 있는 인물일 경우에는 그 인물의 生平을 고찰할 수 있어 그나마 다행이지만, 그렇지 못한 경우 대단히 비중 있는 인물이라 할지라도 그 생평에 대해서 알 수 없다. 한 예로 朝鮮末期 嶺南萬人疏의 疏首였던 李晩孫은 高等學校 國史 교과서에서도 언급되는 인물이지만 정작 그의 행적에 대해서는 전혀 알 수가 없었다. 선생이 지은 墓碣銘이 『遊燕堂集』에 실림으로 해서 그의 행적을 소상히 알 수 있게 되었다.

선생이 지은 碑誌類文字 가운데는 고려와 朝鮮時代에 대단히 비중 있는 인물이었으면서도 지금까지 그 행적을 전반적으로 소상하게 알 수 없었던 인물에 대한 전기자료가 대단히 많다. 그 자료들 가운데서 중요한 인물에 관한 碑誌類文字를 지어진 연대순으로 살펴 보면 다음과 같다.

學者·文人·儒林에 관한 자료로는 「東田潛士李公墓志銘」, 「判敦寧府事文憲公性齋許先生傳神道碑銘」, 「成均祭酒易東禹先生倬紀蹟碑銘」, 「公忠道都事溪堂柳公疇睦墓碣銘」, 「伯從祖叔父章陵叅奉霞汀李府君墓碣銘」, 「漢城府判尹諡憲靖豹菴姜公世晃神道碑銘」, 「弘文館侍講大訥盧公相益墓碣銘」, 「江原道觀察使石川林先生億齡神道碑銘」, 「從高祖通德郎素溪李公彙炳墓碣銘」, 「從曾大父遯窩李公晩孫墓碣銘」, 「恭酬學恩之碑銘(朴燕巖)」 등이 있다.

易東 禹倬의 紀蹟碑銘은 高麗末期 性理學의 수입과정을 알려 주는 중요한 내용을 알 수 있는 자료이다. 豹菴 姜世晃의 神道碑銘은 朝鮮 英祖 때의 文壇과 畫壇의 동향을 알 수 있는 중요한 자료이다. 石川 林億齡의 神道碑銘은 朝鮮 中期의 詩壇의 동향과 乙巳士禍로 말미암은 儒林의 핍박받는 상황을 이해할 수 있는 중요한 자료이다.

官界의 인물에 관한 자료로는 「兵曹參判贈吏曹判書月軒丁先生壽崗神道碑銘」, 「警齋郭先生珣遺墟碑銘」, 「判三司諡文靖李公克松神道碑銘」, 「吏曹參議贈吏曹參判缾山金先生鸞祥神道碑銘」, 「吏曹判書兼集賢殿大提學諡文靖注村金公孝貞神道碑銘」, 「權判尙書吏部事諡忠肅文公克謙神道碑銘」, 「吏曹參判駱峯朴公謹元墓碣銘」, 「京畿道觀察使挹淸軒朴公自興墓碣銘」, 「高麗兵部尙書盧公旨神道碑銘」, 「戶曹判書重湖尹先生卓然遺蹟碑銘」, 「高麗判典校寺事贈議政府左贊成遁村李公集神道碑銘」, 「兵曹參判雞川君贈吏曹判書諡襄敏松齋孫公昭神道碑銘」, 「刑曹判書廣城君贈議政府左議政諡文景二峯李公克堪神道碑銘」, 「高麗兵部尙書南坡金公光富墓碣銘」, 「兵曹參判贈吏曹判書諡文獻謙齋朴公聖源墓碣銘」, 「黃海道兵馬節度使贈吏曹判書北麓丁公好恕墓碣銘」, 「兵曹參判贈吏曹判書月軒丁公壽崗神道碑銘」, 「司憲府大司憲朴谷李公元祿神道碑銘」, 「高麗壁上三韓三重大匡檜山府院君諡恭僖黃公石奇遺蹟碑銘」, 「李東巖潑南溪洁兩先生遺蹟碑銘」, 「秋坡宋先生麒壽遺墟碑銘」, 「高麗端誠佐理功臣興安府院君藝文館大提學諡文忠樵隱李先生仁復祭壇碑銘」, 「議政府左議政廣南君諡忠愍五峯李公克均神道碑銘」 등이 있다.

警齋 郭珣의 遺墟碑銘, 缾山 金鸞祥의 神道碑銘, 秋坡 宋麒壽의 遺墟碑銘 등은 乙巳士禍로 인하여 士林이 어떤 타격을 받았는지를 알 수 있는 자료이다. 駱峯 朴謹元의 墓碣銘은 당쟁 초기에 東人과 西人 사이의 정치적 갈등을 알 수 있는 자료이다. 挹淸軒 朴自興의 墓碣銘에서는 仁祖反正으로 인한 大北一派의 몰락 과정을 생생히 전해 주는 자료이다. 重湖 尹卓然의 遺蹟碑銘에서는 壬辰倭亂 때 抗戰의 상황을 알 수 있는 중요한 자료이다. 朴谷 李元祿의 神道碑銘에서는 顯宗, 肅宗 年間의 老論과 南人 사이의 정치적 대립을 알 수 있는 자료이다. 東巖 李潑 南溪 李洁의 遺蹟碑銘에서는 己丑獄事의 慘虐狀을 생생히 전해 준다.

武人에 관한 것으로는 「靈山縣監全霽將軍忠節事蹟碑銘」이 있다. 壬辰倭亂 때 敗戰之將의 누명을 덮어 쓴 全霽將軍에 대해서 여러 典籍을 참고

하여 다시 그 명예를 회복시켜 준 자료이다.

書院이나 祠宇에 관한 것으로는 「道洞祠遺墟碑銘」, 「三峯書院廟庭碑銘」, 「遠慕祠廟庭碑銘」, 「臨皐書院刱建事蹟碑銘」, 「錦岳書院廟庭碑銘」, 「高麗金太師宣平廟庭碑銘」 등이 있다.

씨족에 관한 것으로는 「李村遺蹟碑銘」, 「寧海朴氏三代侍中神道碑銘」, 「咸悅南宮氏世葬阡碑銘」, 「密陽朴氏四世祭壇碑銘」, 「長興魏氏始祖懷川君鏡事蹟碑銘」, 「羅州丁氏世葬阡碑銘」 등이 있어 각성씨의 기원과 연혁을 아는 데 참고가 된다.

독립운동사의 자료로는 「文巖孫公厚翼墓碣銘」, 「任宮內部特進官修堂李公南珪墓碣銘」, 「通德郎唯齋忠求墓碣銘」, 「伯從祖叔兄圓臺李公源台墓碣銘」, 「小湖李公吉浩墓碣銘」, 「白溪李公基仁墓碣銘」, 「栢村河公鳳壽墓碣銘」, 「秋帆權公道溶墓碣銘」, 「三洲李公基元墓碣銘」 등이 있어 朝鮮末期의 義兵活動, 巴里長書運動, 第二次儒林團事件 등에 대해서 알 수 있는 중요한 자료이다.

광복 이후의 인물로는 「西洲金翁墓碣銘」, 「民議員平山申公河均墓碣銘」, 臨堂河公性在墓碣銘」 등이 있어 학문적으로나 사회적으로 저명한 인물에 대한 자료를 정리하였다.

위에 언급되지 않은 많은 인물 가운데는 각고을의 儒林, 여러 가문의 顯祖 등이 있어 유림의 동향, 봉건사회에서 근대사회로 전환하는 과정에서의 지식인의 처세방식과 의식구조 등을 알 수 있는 자료가 많다. 그리고 다수의 근현대 인물에 대한 전기자료를 정리하여 문자화한 공로도 작지 않다.

선생은 碑誌類文字를 지으면서 지금까지 있어온 定論에 얽매이지 않고 새로운 독자적인 인물평을 내린 경우도 적지 않다. 「京畿道觀察使挹淸軒朴公自興墓碣銘」에서 그 단적인 예를 찾을 수 있다. 그는 光海朝의 領議政密昌府院君 朴承宗의 아들로서, 李爾瞻의 사위이자 光海君의 世子 祗의 장인으로 光海君의 亂政과 밀접하게 연관되어 있고, 권세를 빙자하여 날

뛰던 인물로 각인되어 있지만, 仁祖反正이 일어났을 때 부자가 자결할 정도의 염치가 있었고 관직에 있을 때도 공정하게 처신한 인물이라는 것을 밝히고 있다.

## Ⅴ. 結論

碑誌類文字는 문학작품인 동시에 역사적 자료로서의 가치가 대단히 크다. 淵民 李家源 先生은 1989년까지 475편의 碑誌類文字를 지었고, 그 가운데서 墓碣銘이 332편으로 가장 많다. 碑誌類文字는 古文作品 가운데서 가장 비중 있는 文體로서 선생의 문장가로서의 창작적 역량이 잘 발휘된 분야라 할 수 있다. 아직 출판되어 나오지 않은 것까지 포함시키면 550여 편 정도로, 선생은 조선시대의 撰者를 통틀어서도 비지류문자를 가장 많이 지은 인물이다.

선생이 지은 碑誌類文字의 특색은 이러하다. 첫째 銘主를 구체적으로 생동감 있게 묘사하여 그 개성이 드러나도록 지어 銘主의 개성이 선명하게 눈앞에 부각되도록 한 것이다. 둘째 구성의 변화를 추구하여 형식이 다양한데 正格보다는 變格을 즐겨 사용한다는 것이다. 셋째 銘의 藝術性이 뛰어나 한 편의 시로서 손색이 없다는 것이다. 초기에는 定型의 銘을 많이 지었는데 후기로 올수록 자유로운 銘이 늘어간다.

사료적 가치는 正史로 정리되지 않은 비중 있는 學者, 文人, 儒林, 藝術家, 官僚, 將帥 등의 전기자료를 정리하여 후세에 전함으로서, 역사의 缺落된 부분을 보완한 공로가 있다. 그리고 그다지 저명하지 않은 근현대의 경향 각지의 인물들의 행적을 문자로 남겨 민간의 역사를 정리하였는데, 이는 봉건국가에서 근대사회로 이행하는 시기를 살았던 인물들의 처세방법, 의식구조 등을 알 수 있는 귀중한 자료가 된다.

# 淵民 李家源 先生이 지은 箴銘類 작품에 대한 小考

## Ⅰ. 서론

漢文學 국문학 및 中文學 분야의 걸출한 碩學이요, 漢詩文 작품의 불세출의 창작가요, 독창적인 서법가인 淵民 李家源선생이 逝世하신 지 만6년의 세월이 흘렀다. 그리고 淵民이 대학 강단에서 퇴직하신 지는 이미 24년이란 세월이 흘렀다. 연민의 마지막 강의를 들었던 대학생이라도 벌써 40대 중반을 넘긴 연령에 이르렀으니, 國學界의 학자들 가운데서 연민의 偉大性을 모르는 사람들이 이미 태반을 넘은 실정이 되었다.

淵民이 남긴 地負海涵의 저서들은 이제 文學史 연구의 史料로 전환되었으니, 존경의 대상 인간 淵民이 아니라 연구의 대상인 역사 속의 대학자 淵民이 되어야겠다. 이제 마침 연민이 20여 년 동안 연구하고 가르치던 延世學園에서 연민의 학문을 淵民學으로 명명하여 선포한다 하니, 연민의 학문은 앞으로 많은 신진들의 연구의 손길을 기다리고 있다. 장구한 光陰이 흐르고 나면 우리나라 學術史에 退溪學, 南冥學, 栗谷學, 星湖學, 茶山學과 함께 淵民學도 하나의 場을 확보하게 될 것이다.

필자는 평소에 漢詩文의 창작에 관심이 적지 않아 淵民 생존시에도 이 분야에 대한 질의를 한 적이 자주 있었고, 淵民의 漢詩文集들을 자주 閱讀하는 편이다.

淵民의 한시문 작품의 독창성과 우수성을 마음으로 느끼기만 하고 글로 발표한 적이 없었는데, 지난 1997년 주변의 권유로 「淵民先生 所撰 碑誌類 文字의 特性과 價値」[1]라는 논문을 발표하여, 연민이 지은 한문학 작품의 문학적 분석을 시도하여 보았다. 필자로서는 아주 불만족스러운 글이었으나 그 글을 좋게 보고 관심을 갖는 분들이 많았다. 그 뒤에 다시 다른 文體의 작품도 연구를 시작해 보려는 생각을 갖고 있다가 이번에 마침 淵民學 선포의 기회에 맞추어 이 글을 발표하게 되었다.

本考에서는 주로 교훈적인 성격을 담고 있는 箴과 銘만 연구대상으로 삼는다. 墓誌銘, 墓碣銘 등에 붙은 銘은 성격을 달리하기 때문에 여기서 다루지 않는다. 또 비슷한 형태의 문체인 頌과 贊이 있으나 그 내용이나 성격이 다르기 때문에 다루지 않는다.

연민이 남긴 잠과 명의 창작 동기와 그 의미와 내용 그리고 문예적 특징 등에 초점을 맞추어 다루고자 한다.

## Ⅱ. 淵民이 지은 漢文學 작품의 位相

漢文學 작품의 수준을 알아보는 안목을 갖추기는 지극히 어려운 일이다. 그래서 한문학 작품에 대한 평가는 일치되는 경우가 드물다. 朝鮮 중기 우리나라 최고의 古文家로 인정받던 簡易 崔岦의 문장에 대해서 동시대의 대문장가 月沙 李廷龜 같은 분은 대단히 높이 쳤으나, 근세의 한학자 山康 卞榮晩 같은 이는 "簡易의 글 같은 것은 버리는 방법 밖에는 없고, 취할 것은 전혀 없다"라고 할 정도로 심한 貶毁를 가하였다.[2]

淵民과 동시대에 漢文으로 시문을 창작하는 학자 문인들이 경향각지에서 많이 있었다. 그들을 크게 네 가지 부류로 나눌 수 있는데, 첫째는 옛날 시문을 널리 읽어 자기 것으로 흡수한 바탕에서 내용면에서 문예적인 면

1) 『淵民八秩頌壽紀念論文集』 洌上古典研究會編, 1997.
2) 卞榮晩 『山康齋文鈔』 25장, 「題崔簡易集後」.

에서 옛날의 문장가나 시인에게 전혀 손색이 없이 독창성 있는 한시문을 지어내는 부류이다. 둘째 옛날 시문을 많이 외워 그대로 답습하여 짓는 부류이다. 이런 이들이 지은 시문은, 옛날 시문의 수준에 상당히 접근했으나 독창성이 거의 없다. 대부분의 在野 漢學者들이 이 부류에 속한다. 셋째 정통 한시문의 수준높은 문예적인 측면에는 미치지 못하고 그저 뜻만 통하도록 한시문을 짓는 부류이다. 이들은 대부분 어릴 때 엄격한 전통식 창작훈련을 받지 않은 상태에서 학교교육을 마치고 난 뒤 한문책을 많이 보아 자기 나름대로 한시문을 짓는 부류이다. 이른바 '梁啓超式 漢文'이다. 넷째 白話에 능한 학자들이 특별히 유념하여 古文 형식으로 짓는 것이다.

淵民은 첫 번째 경우에 해당된다. 천부적인 駿逸한 자질과 근면이 바탕이 되었고, 거기에다 退溪家의 家學과 山康 卞榮晩, 爲堂 鄭寅普 등 당대 大家들의 지도가 있었기 때문이다. 많은 고전을 흡수하여 자기화하여 자기의 독창적인 시문으로 지어낸 것이다. 어릴 때 서당에서 공부한 한문학자 치고 연민은 漢詩文을 많이 외우는 편이 아니다. 그래서 延世大學校 부임 초기에 淵民과 같은 연구실을 사용하던 无涯 梁柱東박사는, "淵民 같은 대가가 한문 글을 많이 외우지 못하는 것 같은데 이상한 일이오?"라고 물은 적이 있었는데, 연민은 "선생님이 저를 잘 보았습니다. 저는 20세 이후로 외우기를 안 했습니다. 그 대신 글의 뜻을 깊이 탐구하는 방법을 취했지요."라고 대답한 적이 있었다. 맹목적인 암기에 습관화되어 놓으면 자기 생각이 자랄 수 없고, 그렇게 외운 글은 그대로 모방만 되지 활용이 되지 않는다. 그런 사람의 예를 연민은 이렇게 들었다. "내가 明倫專門學院에 다닐 때 같은 방을 쓰던 평안도에서 온 朱夢龍이라는 학생이 있었는데, 四書三經의 小註까지도 완전히 다 외울 정도로 공부를 독실히 했는데, 무엇을 물어보면 대답을 하는 것이 아무 것도 없었다. 왜냐하면 글은 열심히 읽었으되, 아무런 생각 없이 읽었기 때문에 그런 것이다. 공부는 이렇게 하면 안 된다"[3]. 연민이 필자에게 "내가 20 이후에도 禮安 시골 서당에서 글 읽기만 계속 했다면 시골 선비를 면하지 못했을 것이다"라고 한 적이 있었다. 많을 글을 읽고서 사색을 통해서 자기화한 것이 淵民이 漢詩文 創作家로서도 대성한 근원적인 이유라고 생각한다.

대부분의 사람들은 한문으로 지은 시문의 수준이 다 같은 것인 줄로 알고 있다. 한문 번역과 경서 강의에 종사하는 어떤 한학자 있었는데, 자기 조부의 墓碣銘을 받으면서 자신이 淵民을 가끔 만나고 잘 아는 처지면서도 "某先生이 淵民보다 글을 더 잘한다"고 하여 연민한테서 글을 받지 않은 경우를 필자는 직접 목도하였다.

그러나 한국이나 중국의 한문고전을 폭넓게 읽고 이름난 시문을 많이 접하여 안목이 높은 분들은 淵民이 지은 漢詩文 작품의 眞價를 정확하게 알아보고, 그 位相을 알맞게 설정한다.

연민이 세상을 떠났을 때 碧史 李佑成선생이 「輓詞」를 지었는데, 거기서 연민의 문장을 매우 높게 평가하였다.

| | |
|---|---|
| 淵翁의 재주와 학문 실로 무리에서 뛰어났나니, | 淵翁才學寔超群 |
| 말세에서 능히 옥과 돌을 구분해 내겠는가? | 季世猶能玉石分 |
| 이미 글 잘한다는 이름으로 온 나라에 빛났고, | 已把文名耀一國 |
| 다시 筆力으로 많은 서예가들 소탕했도다. | 更將筆力掃千軍 |
| 明倫洞 차가운 골목에 가을 낙엽 흩날리고, | 明倫巷冷飛秋葉 |
| 溫惠里 적막한 산엔 저녁 구름 뒤덮었네. | 溫惠山空掩暮雲 |
| 크게 탄식하노라! 麗韓十大家 이후로, | 太息麗韓十家後 |
| 曺, 河, 卞, 鄭에다 그대를 더해야 하리.[4] | 曺河卞鄭更添君 |

당대의 대가로 淵民과 漢文學界의 兩大山脈을 형성한 碧史가 이미 작고한 淵民에게 아첨할 하등의 이유가 없다. 순수하게 그 문장의 수준을 인정하였을 따름이다. 우리나라 역대 문장가 가운데서 滄江 金澤榮이 '麗

3) 1998년 10월 경상대학교 한문학과 주최 연민선생초청강연회 「한문학유산 전승방안」에서 하신 말씀이다.

4) 李佑成 『碧史館文存』 375頁, 「哭淵民李家源兄」.

韓九家'를 선발하였고, 그 제자 王性淳이 滄江을 포함시켜 '麗韓十家'라 명명하고 이들의 문장을 가려뽑은『麗韓十家文』이라는 책을 출간하였다. 滄江 이후 활약한 문장가들 가운데서 대표적인 문장가를 뽑는다면 벽사는 深齋 曺兢燮, 晦峯 河謙鎭, 山康 卞榮晩, 爲堂 鄭寅普에 이어 淵民 李家源을 추가하겠다고 천명하였다. 山康, 爲堂 이후에도 많은 한시문 창작가가 있었지만 연민을 당할 사람이 없다는 증거이다. 상대를 인정하는 碧史의 襟度를 짐작할 수 있다.

晉州에 世居하는 許某氏가 자기 선친의 墓碣銘을 淵民에게 받아와 진주의 학자들이 모이는 장소에 가서 글을 내놓았더니, 진주의 학자들이 각자 은근히 淵民의 글을 폄하하는 말을 한 마디씩 하였다. 그들의 내심에는 "李家源이보다 더 나은 우리가 가까운 晉州에 있는데, 왜 서울까지 가서 대수롭잖은 글을 받아와서 보라고 하나?"라는 불만이 가득 쌓여 있었던 것이다. 그러자 淵民의 글을 높이 평가하는 어떤 사람이 晦峯 河謙鎭의『晦峯集』을 여러 사람들에게 내놓고 읽어 보라고 했다. 거기에는 晦峯이 淵民의 글을 극도로 칭찬하는 서신이 실려 있다.

> 회답을 주시고 아울러 그대가 지은 위대한 글 雜文 두 편을 보내주셨군요. 그 뜻을 구성함이 그윽하고 멀고, 文彩가 넘쳐 발합니다. 읽어보니 기운차게 사람에게 다가오는 것이 있는 듯하여, 저도 모르게 무릎이 저절로 굽혀지는군요. 정말 이른바 "그 연령으로서는 그 경지에 미칠 수 없다"는 격입니다.[5]

이 답서가 쓰여진 때는 1942년으로 淵民은 26세 청년이었고 晦峯은 73세의 老師宿儒였다. 이때 회봉은 연민을 본 적이 없었고 단지 편지와 부쳐 온 글 두 편만 보고서 답한 글이다. 회봉은 滄江 金澤榮이 그 문장을 극구칭송하였고 深齋 曺兢燮과는 쌍벽을 이루는 위치에 있는 당시 국내의

---

5) 河謙鎭『晦峯集』권19 36장,「答李淵生」. 辱覆書, 並示大著雜文二篇, 造意幽遠, 辭彩溢發, 讀之, 如亹亹來偪, 令人不覺膝之自屈.

巨擘이었다. 회봉이 아무리 겸손하게 말했다 해도 청년 연민의 문장에 탄복하지 않았다면 이런 찬사를 보낼 수는 없는 것이다.

> 중간에 일백육십여 자는 문장의 내용에 다함이 없으면서 홀로 깊은 경지에 나아갔고 빛깔과 자태는 곳에 따라 넘쳐 발하니, 마치 날랜 말이 자기 그림자를 희롱하며 빨리 달려나감에 방울이 절로 울리는 듯하고, 경지가 높은 스님이 총채를 흔들며 설법을 함에 하늘에서 꽃이 어지러이 떨어져 내리는 것 같습니다.[6)]

이 답서가 쓰여진 때는 1945년으로 淵民 29세, 晦峯 76세로 돌아가기 1년 전이다. 연민의 서신을 두고서 회봉은 그 문장을 극찬해 마지 않았다. 이 두 서신을 보자 연민의 문장에 대해서 왈가왈부하던 晉州의 학자들이 입을 다물었다고 한다. 당대 최고의 학자가 이미 40여년 전에 연민의 문장에 대해서 극찬을 한 마당에, 자신들이 더 이야기를 하면 할수록 자신들의 낮은 안목만 노출시키기 때문이었다.

이 이외에 동시대의 醇齋 金在華, 山康 卞榮晩, 爲堂 鄭寅普, 臨堂 河性在, 于人 曺圭喆, 龍田 金喆熙, 臺灣의 高明, 林尹, 屈萬里, 孔德成 교수 등의 평을 종합해 볼 때, 그 한시문의 수준이 얼마나 높은 지를 충분히 가늠할 수 있다.

## Ⅲ. 箴銘類의 유래와 退溪學派의 箴銘類 重視傾向

箴銘은 하나의 文體로서 그 유래가 오래되었는데, 箴은 『逸周書』에 보이는 「夏箴」과 『呂氏春秋』에 보이는 「商箴」의 일부가 최초의 箴 작품이고, 完整하게 남아 있는 작품으로는 『春秋左氏傳』의 「虞箴」이 최초의 것

---

6) 『晦峯集』 권 19 39장, 「答李淵生」. 中間百有六十餘言, 其文思不窮, 而色態隨在而溢發, 如快馬弄影疾走, 和鸞自鳴, 高釋揮麈說法, 天花亂落.

이다. 後漢 때부터 학자나 문인들이 많이 짓기 시작했고, 唐나라 문장가 韓愈의 「五箴」이 유명하고, 宋나라 性理學者들이 勸戒하는 뜻을 담은 箴을 많이 지었다.

商周시대 靑銅器에 공적이나 사실을 새겨 넣는 銘이나 碑銘 등도 크게 보면 銘에 속하지만 여기서 말하는 勸戒性이 있는 銘과는 구별된다. 勸戒性이 있는 명으로는 『禮記』「大學篇」에 나오는 商나라 湯임금의 「盤銘」이 현재 전해오는 최초의 것이다. 唐나라에 와서 白居易의 「盤石銘」, 劉禹錫의 「陋室銘」이 유명하다. 宋나라 성리학자들이 銘을 많이 지었고 朱子는 특히 35편의 銘을 지었다.

宋代 性理學者들의 箴銘 작품 가운데서 『性理大全』에 箴 6편, 銘 29편이 실림으로 해서 우리나라 성리학자들이 자주 접할 수 있게 되었다.

朝鮮朝 性理學者 들 가운데서 箴銘의 중요성을 알고서 學問과 修行에 잘 활용한 학자가 바로 晦齋 李彦迪이고, 그 전통을 이은 학자가 退溪 李滉이다. 퇴계 자신은 2편의 箴과 2편의 銘 밖에 짓지 않았지만, 역대 문인 학자들의 箴銘을 모아 『古鏡重磨方』이란 책으로 엮어서 자신의 학문과 수양에 도움을 받았음은 물론 제자나 子姪들로 하여금 열심히 읽어서 실천하도록 했다. 여기에는 銘 53편, 箴 18편, 贊 4편이 들어 있다.

퇴계는 朱子의 詩句에서 『古鏡重磨方』이라는 책이름을 따고, 주자의 시에 화답하여 시를 지어 그 책의 가치와 효용을 밝혔다. 그 시는 이러하다.

| | |
|---|---|
| 옛 거울 오래도록 묻혀 있었기에, | 古鏡久埋沒 |
| 갈고 갈아도 쉽게 빛나지 않는구나. | 重磨未易光 |
| 본래 가진 밝음은 그래도 어둡지 않나니, | 本明尙不昧 |
| 지난 날 어진이들 남긴 방법이 있도다. | 往哲有遺方 |
| 사람은 나이 늙고 젊고 할 것 없이, | 人生無老少 |
| 이 일에 스스로 힘쓰는 것 귀히 여긴다네. | 此事貴自强 |
| 衛나라 武公은 구십오세 나이 되어서도, | 衛公九十五 |
| 아름다운 勸戒하는 시 지어 훌륭한 마음 보존했네.[7] | 懿戒存圭璋 |

사람은 누구나 하늘이 참된 천성을 부여하는데, 세상을 살아가면서 마음이 후천적으로 더러운 것에 물들어진 것이 마치 밝은 거울이 오래도록 닦지 않아 먼지가 많이 끼어 거울로서의 기능을 못하는 것과 같다. 본성을 회복하는 것이 때 낀 거울을 닦는 것과 같다고 해서 책이름을 『古鏡重磨方』이라고 붙인 것이다. 爲己之學을 위한 방법이 옛 사람들의 箴銘 속에 있다는 것을 알고 이를 학자들이 접하여 읽기 쉽도록 책으로 편찬한 것이다. 퇴계가 『古鏡重磨方』을 편찬하여 남긴 이래로 이 책은 退溪學派의 하나의 필독서로서 후세의 학자들의 학문 형성과 인격 수양에 많은 영향을 미쳤다.

퇴계는 또 65세 때 宋나라 성리학자들이 지은 箴 12편, 銘 25편, 贊 2편을 손수 적어 손자 李安道에게 주었다. 그 뒤에 퇴계가 친필로 붙인 小跋은 이러하다.

> 嘉靖 을축년(1565) 초여름에 손자 安道에게 준다. 학문하는 要訣이 여기에 다 갖추어져 있다. 그러나 깊이 체득하여 힘써 행하지 않는다면, 비록 격언과 지극한 말이 앞에 널려 있다 해도 오히려 유익함이 없을 것이다.[8]

여기서 퇴계가 箴銘類의 글을 중시한 이유가 어디에 있으며, 학문 연구와 자기성찰에 어떻게 잘 활용하였는지를 알 수 있다.

退溪가 제자 鶴峯 金誠一에게 써준 「題金士純屛銘」은 道統의 傳受過程과 여러 聖人들의 특성과 儒學의 핵심을 응축시킨 銘으로서 유명하다. 퇴계의 친필로 전해 오고 있고 또 친필을 원형대로 목판에 摸刻하여 찍어 널리 보급하였고, 大山 李象靖 등이 『屛銘發揮』를 짓는 등 깊은 탐구가 嶺南의 학자들 사이에서 계속되어 왔다.

퇴계의 이런 인식 때문에 퇴계학파에 속하는 학자들은 여타 학파에 속

---

7) 『古鏡重磨方』 卷首.

8) 『退溪先生遺墨(箴銘)』, 퇴계학연구원 1984.

하는 학자들보다도 箴銘類의 글을 중시하는 것이 하나의 전통이 되어 왔고, 淵民도 이런 전통에서 받은 영향이 클 것으로 생각된다.

## Ⅳ. 淵民이 지은 箴銘類 개관

退溪學派에 속하는 학자들이 箴銘類를 중시하고 또 많이 지었지만, 작품수에 있어서나 그 내용의 광범위함에 있어서 淵民만 한 경우는 없었다. 옛날 학자들은 箴銘類 글의 범위를 주로 자신의 수양, 제자나 자질들의 勸戒 등의 내용에만 국한했는데, 淵民은 옛날 학자들의 범위는 물론 다 포함하면서 治學方法論, 서예, 미술, 골동품, 文房四友, 생활용품 등에까지 그 범위를 확장시켰다.

연민이 남긴 箴銘類의 글은 모두 箴 6편, 銘 279편이다. 아직 발간되지 않은 1997년부터 2000년까지의 4년간의 漢詩文 원고가 檀國大學校에 보관되어 있는데, 이 원고 속에도 상당수의 箴銘類 작품이 들어 있다.

작품 창작연대순으로 구분해 보면 다음과 같다. 1938년 22세 때 최초로 銘 1편을 지었다. 1942년 26세 때 銘 1편, 1944년 銘 1편, 1948년 31세 때 銘 1편, 1950년 銘 3편을 지었고, 1951년 최초로 箴 1편을 지었다. 한동안 공백이 있다가 1959년 42세 때 銘 2편, 1966년 50세 때 銘 1편, 1969년 銘 1편, 1970년 銘 4편을 지었는데, 이 해에 屛銘을 처음으로 지었다. 1971년 銘 7편, 1972년 銘 13편, 1973년 銘 17편, 1974년 銘 17편, 1975년 銘 13편, 1976년 銘 10편, 1977년 61세 때 銘 20편을 지었다.

1977년 회갑을 맞이하여 최초로 서울 寬勳洞 東山房에서 書藝展을 개최한 바 있는데, 연민의 서예 수준이 널리 알려지자 屛銘을 요청하는 知舊들이 많아져 16편의 屛銘을 지었다. 1978년 銘 3편, 1979년 銘 9편, 1980년 銘 6편, 1981년 銘 4편을 지었다. 1982년 66세 때 箴 1편을 짓고, 銘 11편을 지었다. 1983년 銘 4편, 1984년 銘 6편, 1985년 銘 6편, 1986년 銘 8편,

1987년 71세 때 銘 12편을 지었다. 1988년 箴 1편과 銘 13편을 지었다. 1989년 銘 11편, 1990년 銘 16편을 지었다. 이때부터 우리나라 人士들의 중국 대륙 출입이 빈번하다 보니 端溪硯을 구입해 와서 淵民에게 銘을 청하는 경우가 많았으므로 銘의 창작이 크게 늘어났는데, 이해에 端溪硯에 붙인 銘만도 8편이나 된다. 1991년 銘 23편을 지었는데 단계연에 붙인 銘이 10편이다. 또 중국서 知人들이 지팡이 필통 등을 사와 銘을 청하므로 지팡이에 붙인 銘이 2편, 필통에 붙인 銘이 3편이다. 1992년 箴 2편과 銘 7편을 지었다. 1993년 銘 12편, 1994년 箴 1편, 銘 6편, 1995년 銘 6편, 1996년 銘 3편을 지었다.

屛銘은 銘의 한 종류이지만 中國에는 아예 그 명칭조차 존재하지 않는 것으로, 退溪가 창시하였고 淵民이 가장 널리 보급하였다. 이는 연민이 書藝에 능하기 때문에 銘을 지을 때 병풍으로 표구하여 늘 진열하여 볼 수 있도록 배려한 것이다. 연민이 지은 銘 가운데서 屛銘은 152편이 되니 전체 銘의 반 이상을 차지하고 있다.

## Ⅴ. 淵民 箴銘類의 내용분석

銘은 文體의 성격상 줄거리가 있기보다는 압축된 표현으로 心靈에 호소하는 글이다. 주로 訓戒, 勸勉, 善導, 祈願 등의 취지가 대부분이다. 이제 그 내용에 따라서 몇 가지로 분류하여 기술하고자 한다.

### 1. 修省과 處世의 道理

淵民이 75세 때 지은 「自警箴」은 이러하다.

| | |
|---|---|
| 禹임금은 착한 말 들으면 절하니, | 禹拜善言 |
| 모든 관료들이 정성을 다했네. | 百揆罄忱 |

| | |
|---|---|
| 周公은 밥 먹다가 뱉어내고 사람 맞이하니, | 周公吐哺 |
| 천하 사람들 마음이 모여들었네. | 四海歸心 |
| 임금이건 제후건 상관없이, | 維后維公 |
| 그렇게 하지 않은 이 없었다네. | 莫不爲然 |
| 하물며 나 평범한 사내인데, | 矧余匹甫 |
| 감히 경계하지 않을 수 있으리오? | 敢不戒旃 |
| 겸허하게 공손하여 선비들에게 몸 낮추고, | 謙恭下士 |
| 주야로 부지런히 힘써야 하리. | 日夕劳勤 |
| 신이여 이를 아름답게 여기시어, | 神其爾嘉 |
| 吉祥 구름같이 풍성하게 해 주길.[9] | 吉祥如雲 |

중국 夏나라의 성스러운 임금인 禹임금이나 周나라 禮樂文物의 기틀을 마련한 周公 같은 분이 천하 사람들의 마음을 얻어 위대한 업적을 이룩한 것은 겸허하고 공손하여 다른 사람의 좋은 점을 흡수했기 때문이다. 淵民은 자신을 필부로 간주하여 감히 겸허하고 공손하지 않을 수 없다고 생각하여, 자기 주변의 선비들에게 몸을 낮추고 주야로 부지런히 노력하겠다고 스스로 다짐하고 있다. 복을 받는 비결은 따로 무슨 기도를 하거나 조상의 산소를 옮기는 데 있지 않고, 겸허하고 공손하여 부지런히 노력하는 것이라고 했다. 연민다운 절제된 처신과 합리적인 사고를 읽을 수 있다.

淵民의 절친한 벗인 東樵 李鎭泳翁은 연민에게, "자네에게는 三驕가 있네. 즉 첫째 '人驕'니 '내가 잘 났다'는 것이오. 둘째는 '文驕'니 '내가 글을 잘 한다'라는 것이오. 셋째는 '閥驕'니 退溪先生 후손이라 좋은 집안이라는 것이다"라는 충고를 한 적이 있었다. 그러나 필자의 생각에는 처음 대하면 혹 그런 인상을 받을 수 있으나, 연민의 내면을 자세히 들어다 보면 전혀 그렇지 않다. 공부를 좋아하는 열정으로 젊은 학자들과 밤 깊도록 담소하기를 좋아했고, 젊은 사람의 의견이라도 옳으면 곧바로 받아들였다. "나는 '내가 최고다', '내가 권위자다', '내가 아니면 안 된다'라는 생

9) 『萬花齊笑集』 128頁, 「自警箴」.

각을 해 본 적이 없다. 하루하루 조금이라도 더 발전하기 위해서 쉬지 않고 노력하는 사람일뿐이다". 淵民이 팔십세 때 岳陽樓 가는 길에 필자에게 들려준 말로서, 이 銘의 내용과 그 정신이 일치한다고 할 수 있다.

| | |
|---|---|
| 좁디좁은 벽돌 집 한 채, | 窄一甓館 |
| 겨우 무릎 들일 수 있네. | 財容我膝 |
| 돌 도장 가득히 쌓여 있고, | 石印磊磊 |
| 책상에는 책 가지런하네. | 牀書秩秩 |
| 매화는 우리 집 꽃이요, | 梅爲家花 |
| 난초 또한 진귀한 바탕. | 蘭亦瑰質 |
| 蟲吟樓라 편액 걸었고, | 慶揭蟲吟 |
| 술잔 잡고 虎叱 이야기하네, | 巵譚虎叱 |
| 즐거워서 원망 없나니, | 樂且無怨 |
| 학문한 결실이라네.[10] | 爲學之實 |

淸苦한 선비의 서재 정경을 잘 묘사하였고, 그 속에서 살아가는 淵民의 학자로서의 생활이 눈에 보이는 듯 선하다. 무릎 겨우 들여놓을 수 있는 좁은 붉은 벽돌집 좁은 방, 한 쪽으로는 각종 石材로 갖가지 조각을 한 인장이 진열되어 있고 책상에는 책이 놓여 있다. 책상이라야 책 한 권 겨우 놓을 수 있는 낡은 經牀이다. 매화는 退溪 이후로 淵民 집안의 家花다. 연민은 난도 몹시 사랑하였고 난을 감식하는 능력도 탁월하였다. 둘 다 선비의 지조를 상징하는 꽃이다. 淵民은 雅號와 堂號 등을 합치면 90여 종이 되는데, 68년도 경에는 '著書吟蟲樓'라고 집 이름을 붙인 적이 있었다. 60년대 중반에는 『熱河日記』를 번역해 내고 『燕巖小說研究』를 저술하는 등 燕巖 朴趾源의 문학과 문장에 경도되어 있었다. 가난하지만 이 모든 것이 즐거운 淵民이라 원망할 것이 없다. 이것이 다 학문으로 해서 얻어지는 즐거움이었다. 연민이 굳이 벽돌집을 지은 것도 燕巖이

10) 『通故堂集』 212頁, 「小屛自銘」.

中國 사람들이 벽돌을 잘 활용하는 것을 보고 와서 벽돌의 좋은 점을『열하일기』에서 자세히 소개했다. 자기가 安義縣監으로 나가서는 관아에다 벽돌집을 짓고 생활했었다. 연민은 篆刻을 좋아하고 그 鑑賞의 수준이 높았으므로, 篆刻家들이 刻印을 하여 선물하였다. 그리하여 연민이 소장하고 있던 고금의 전각작품이 70여 종에 이르자 이를 搨印하여『著書蟲吟樓印譜』라는 책으로 낸 적이 있었다.

孔子가 자기 스스로를 소개하여 "그 사람됨은 공부하느라고 분을 내어 먹는 것도 잊어버리고, 공부가 즐거워서 근심을 잊고, 늙음이 바야흐로 닥쳐오고 있는 것도 모른다[其爲人也, 發憤忘食, 樂以忘憂, 不知老之將至.]"는 경지와 같다고 할 수 있다. 명예나 관직이나 이익보다는 공부가 좋아서 평생토록 학문에 종사하는 학자의 自畫像이 단 40자의 한자에 압축되어 있다.

| | |
|---|---|
| 효도하고 공경하며 농사에 힘쓰는 게, | 孝弟力田 |
| 儒家에서 만들어진 교훈이라네. | 儒家成訓 |
| 만사는 실질에 힘써야 하나니, | 萬事懋実 |
| 한결 같은 마음으로 분수 지켜야 해. | 一心守分 |
| 떳떳한 윤리를 독실하게 행하고, | 竺行倫彝 |
| 학문을 부지런히 연구해야 하리. | 勤斲學問 |
| 깨끗하여 물욕 없는 길을 가고, | 澹白是途 |
| 浮華한 것 가까이하지 말아야지. | 浮華勿近 |
| 그윽한 난초 골짜기에 있으면, | 幽蘭在谷 |
| 아무리 멀어도 향기 퍼져간다네. | 靡遠不聞 |
| 좋은 책을 서가에 쌓아두고, | 良書儲架 |
| 틈이 있으면 봐야 한다네. | 有隙則看 |
| 집에는 버리는 물건이 없고, | 室無棄物 |
| 사람은 늘 하는 일 있어야 하네. | 人有恒幹 |
| 빠르게 흘러가는 세월에, | 鼎鼎光陰 |
| 아침 저녁으로 부지런히 힘써야지. | 孳孳莫旦 |

너 곁에다 병풍을 펼쳐 놓고, 屛陳爾傍
때때로 외우면서 음미하게나. 時誦以玩
글씨는 비록 보잘것없지만, 字墨雖拙
내 말 되는 대로 하는 것 아니네.11) 我言非謾

부모에게 효도하고 어른들을 공경하고, 농촌에 산다면 부지런히 농사지으며 살아가야 한다. 모든 일은 실질적인 것에 힘쓰고 늘 분수를 지키며 처신해야 한다. 윤리를 독실히 실천하며 학문하는 사람이라면 학문을 부지런히 연구해야 한다. 담백한 것을 추구하고 浮華한 것을 따르지 않는 것이 참 선비의 바른 길이다. 바르게 살아가면 언젠가는 이름이 나게 되어 있다. 마치 난초가 사람 없는 깊은 산골짝에 있어도 향기는 저절로 퍼져나가는 것과 같다. 근검절약하여 집에는 버리는 물건이 없어야 하고, 가족은 누구도 노는 사람이 있어서는 안 되고 각자 자기 맡은 일을 해나가는 집안이라야 정상적으로 꾸려나갈 수 있는 법이다. 흐르는 세월은 사람을 기다리지 않는 법이니 늘 부지런히 힘써야 한다.

사람으로서 살아갈 참된 도리를 80자의 銘 속에 충분히 다 이야기했다. 분수를 넘쳐 허욕을 부리면 우선은 당장 목적을 달성하는 것 같지마는 언젠가는 一敗塗地하는 일을 당하게 되어 있다. 세상을 살아가는 데는 별다른 이치가 있는 것이 아니다. 분수를 지키며 勤儉節約하면서 남이 알아주기를 바라지 않고 꾸준히 자기 할 일을 잘하는 것이다. "아래로 사람의 일상사를 배워, 위로 천리에 통달한다[下學人事, 上達天理]"란 말이 있듯이 평범하게 사람답게 사는 것이 바로 중요한 工夫다. 그런 속에 다 天理가 깃들어 있으니, 열심히 자기의 본분을 다하면 학문의 이치도 깨우칠 수 있는 법이다. 이 銘은 마치 『小學』에 실려 있는 宋나라 范質이 승진을 청탁한 조카를 훈계하여 준 시의 분위기와 흡사하다고 할 수 있다.

---

11) 『通故堂集』 212頁. 「仲從祖姪東柏屛銘」.

(前略)

| | |
|---|---|
| 효도와 우애로 행동을 단속하고, | 孝友制行 |
| 근면과 검소로 삶의 비결 삼게나. | 勤儉爲符 |
| 따라서 집이 윤택해 질 것이고, | 屋隨而潤 |
| 대비함이 있으면 걱정 없게 된다네. | 有備無虞 |
| 땅 이름 따라 서재 이름 걸었나니, | 因地署齋 |
| 길하여 이롭지 않음이 없으리라. | 吉无不利 |
| 길하게 되는 단 한가지 비결은, | 維吉單詮 |
| 윤리와 도의 지켜나가는 것이라. | 倫理道義 |
| 人心은 위태로운 것인지라, | 人心惟危 |
| 잠시만 해이해도 방자해지나니. | 暫弛則恣 |
| 힘쓸지어다! 源甫여, | 勗哉源甫 |
| 경계하여 떨어뜨리지 말기를.[12] | 戒之勿墮 |

삼종제 李源甫에게 지어준 屛銘이다. 세상 살아가는 데 비결이 있나니, 그 것은 곧 '근면'과 '검소'다. 吉하게 되는 單方은 '倫理道德'이라 했다. 淵民다운 발상이다. 그러나 사람은 잠시만 방심해도 마음이 제 마음대로 출입을 하여 간사하고 방자하게 될 수 있으므로 잠시도 멈추지 않고 마음을 잘 붙들어야 한다. 자신을 돌아보고 사람답게 살아갈 바른 길을 추구하여야만 아무런 흠 없는 생애를 살 수 있다는 것을 밝혔다.

결혼하는 넷째 아들 李東衡에게 주는 屛銘은 다음과 같다.

(前略)

| | |
|---|---|
| 네가 공부에 전념하지 않으면, | 爾不學竱 |
| 이것을 고칠 수가 없다네. | 是無可訂 |
| 천진하게 놀기만 하는데, | 天眞游嬉 |
| 아직 꿈 깨지 않은 듯하구나. | 若夢未醒 |
| 지금 혼례 올리는 때 맞이하여, | 今當行醮 |

12) 『萬花齊笑集』 298頁, 「吉齋銘」.

| | |
|---|---|
| 너의 말과 행동 삼갈 지어다. | 愼爾言行 |
| 마음 가짐은 맑고 밝게 하고, | 秉心淸明 |
| 일에 임해서는 정성스럽게 경건하게. | 臨事誠敬 |
| 너의 먹고 사는 일 부지런히 하고, | 勤爾産業 |
| 너의 지혜로운 본성 회복할지어다.[13] | 復爾慧性 |
| (後略) | |

결혼하는 때로부터 마음을 가다듬어 언행을 삼가고, 마음 가짐을 맑고 밝게 하고 일에 대처함에 있어서 정성스럽고 경건하게 하고, 생업에 부지런히 힘쓰고, 지혜로운 본성을 회복하라고 당부하고 있다. 배필을 맞이하여 새롭게 출발하는 아들의 앞날을 축복하는 부친으로서의 애정과 염려가 깊이 배어 있다. 實學을 연구한 학자답게 먹고 사는 生業을 중시하는 것을 잊지 않았다.

선비가 세상을 살아가는 것은 다 자기 하기에 달려 있다. 孔孟 같은 聖人의 경지에도 갈 수 있고 아주 타락한 인간으로 침몰할 수도 있다. 그래서 뜻을 세우고 마음을 단속하는 것이 중요하다. 渙齋 河有楫에게 지어 준 「濟用書室銘」은 이러하다.

| | |
|---|---|
| 가는 시내의 콩깍지 같은 배나, | 細流荳殼 |
| 큰 바다의 기선이 있듯이, | 鉅海輪船 |
| 기구에는 큰 것 작은 것이 있고, | 器有大小 |
| 쓰임에는 맞는 것 맞지 않는 게 있네. | 用有違適 |
| 河君 有楫은, | 河君有楫 |
| 자를 濟用이라 하네. | 字曰濟用 |
| 그 의미 거슬러올라가 보니, | 溯究厥義 |
| 기대한 바가 무거웠도다. | 期儗之重 |
| 黃河에 노가 있다 한들, | 維河有楫 |

13) 『貞盦文存』 91頁, 「東衡屛銘」.

쓰지 않으면 무엇 하리? 不用奚爲
강물 넓고 다리 없어도, 廣無梁矣
거룻배 하나로도 건널 수 있어. 一葦杭之
힘쓸지어다! 濟用이여, 勗哉濟用
능히 그 재주를 다하길. 能竭其才
나 같이 쓸모없는 사람이, 如余瓠落
다시 무슨 말 하겠는가?[14] 何復言哉

渙齋 河有楫의 이름 자의 뜻은 "黃河에 노가 있다"는 것이요, '濟用'이라는 字의 뜻은 "건너는 데 써라"는 뜻인데, 그 이름 자와 字를 절묘하게 융합하여 한 편의 독특한 銘을 지어내었다. 콩깍지 만한 배가 되느냐? 큰 바다의 기선이 되느냐는 모두 자기 하기에 달려 있다. 아무리 넓은 黃河라도 노가 있으면 다리가 없어도 어려움이 없다. 마찬가지로 아무리 어려운 일도 능력을 갖고 잘 활용하는 사람은 얼마든지 극복해 나갈 수 있다. 사물마다 다 용도가 있는데, 노는 물 건너는 데 유용하게 쓸 수 있다. 사람으로서 자기의 능력과 소질을 개발하여 자기를 필요로 하는 데서 자기의 능력을 발휘하는 것이 사람이 이 세상에 태어난 보람이다.

淵民의 문장에 대해서 늘 "정상적인 것이 아니다"라고 내심 불만을 품고 있던 동시대의 대가 于人 曺圭喆선생이 이 「渙齋書室銘」을 읽어 보고는, "내가 지금까지 淵民을 몰라봤다. 어떻게 이런 표현을 해낼 수 있단 말인가?"라고 탄복하며 연민의 글을 보는 시각을 바꾸었다고 한다.

## 2. 學問觀

淵民의 銘은 공부하는 동료・후배・제자・자질들에게 준 것이 많아 공부하는 선각자로서의 깨달음과 원리를 밝힌 것이 많다.

14)『貞盦文存』162頁,「濟用書室銘」.

(前略)

| | |
|---|---|
| 마음으로 백성과 사직 걱정하고, | 心殷民社 |
| 학문은 하늘과 인간에 통하기를. | 學通天人 |
| 말없이 가만히 나아가면, | 闇嘿征邁 |
| 드디어 처음 뜻 이룬다네. | 遂我初志 |
| 신이 너를 가상히 여겨, | 神其汝嘉 |
| 吉祥이 절로 이르리라.[15] | 吉羊自至 |

“말없이 가만히 나아간다[闇嘿征邁]”는 말은 연민이 좋아하여 즐겨 쓰는 말로 학문하는 사람의 가장 기본 되는 자세라고 할 수 있다. 이런 자세를 유지하면 결국 자기가 목표로 세운 바를 달성할 수 있다. 이 말은 본래 山康 卞榮晩이 1943년도에 淵民에게 지어준 「淵生書室銘」에 나오는 말이다[16]. 학자는 학문연구를 할 때 자기가 즐거워서 해야지 남이 알아주기를 바라고 해서는 안 된다. 남이 알아주기를 바라고 학문하는 사람은 자기가 바라는 명예를 얻고 나면 곧 학문에 대한 열정이 사라져 버린다. 淵民이 80 고령에도 방대한 『朝鮮文學史』를 저작해 내는 것은 바로 이런 정신이 바탕이 되었다고 생각된다.

제자 姜東燁 교수에게 준 屛銘에서 漢文學의 기초는 儒敎經典에 있음을 강조하였고, 경전을 숙달되게 외우는 것의 중요성도 역설하였다.

| | |
|---|---|
| 姜君 山碧이, | 姜君山碧 |
| 나를 따라 논 지 오래 되었네. | 從余日久 |
| 조금이라도 깨끗한 틈 있으면, | 少有淸隙 |
| 와서 구름 속의 빗장 두드렸지. | 雲扃來叩 |
| 먼저 성현의 말씀을 익히느라, | 先習聖言 |
| 머리 숙이고 경전 파고들었지. | 擘經垂首 |

15) 『遊燕堂集』 281頁, 「吉羊自至屛銘」.

16) 이미 출간된 卞榮晩의 문집 『山康齋文鈔』에는 이 부분이 삭제되어 있다. 淵民이 편찬한 『大學漢文新選』 및 『漢文新講』에 실린 「淵生書室銘」에는 이 부분이 들어 있다.

| | |
|---|---|
| 널리 諸家의 학문에 미쳐서, | 淹及諸家 |
| 하찮은 것도 버리지 않았네. | 不舍涓塿 |
| 燕巖의 『熱河日記』며, | 燕巖熱河 |
| 惺所의 『覆瓿藁』 등을, | 惺所覆瓿 |
| 자기 말 외듯이 하여, | 如誦己言 |
| 입으로 외운 것 손으로 쓰네.[17] | 手寫其口 |
| (後略) | |

어린 손자 李昌南에게 독서를 권장한 「讀書箴」은 이러하다.

| | |
|---|---|
| 사람으로서 배우지 않으면, | 人而無學 |
| 살아서 세상에 도움 됨 없어. | 生無益兮 |
| 책이 있어도 읽지 않는다면, | 有書不讀 |
| 책만 아까울 뿐이라네. | 書可惜兮 |
| 봄에 부지런히 일하지 않으면, | 春而不勤 |
| 가을에 수확하는 것 없다네. | 秋無獲兮 |
| 텅 빈 벌판 방황하게 되어, | 曠野回皇 |
| 마침내 삭막하게 된다네. | 竟索莫兮 |
| 너 어릴 때 처음을 잘 관리해, | 善爾幼初 |
| 지혜의 구멍이 뚫리게 하기를. | 慧竇闢兮 |
| 정성이 이르는 곳이면, | 精忱所到 |
| 쇠나 돌도 뚫을 수 있다네. | 透金石兮 |
| 사물 열어 주고 일 성취시키는 건, | 開物成務 |
| 어질고 뛰어난 사람의 책임이라네. | 賢豪責兮 |
| 나라 빛내고 세상에 모범 되어, | 華國范世 |
| 영원토록 혜택을 흘러 보내야지.[18] | 永流澤兮 |

---

17) 『貞盦文存』, 207頁, 「姜山碧東燁屛銘」.

18) 『貞盦文存』, 256-257頁, 「勸讀箴貽昌南」. 그 뒤 1994년에 다시 「勸讀箴」을 지었는데, 자구가 약간 다르다. 人而不學, 是誰責兮. 有書不讀, 書可惜兮. 所以往悊, 靡不繹兮. 天下事爲, 載方冊兮. 嘗其眞腴, 詎不懌兮. 嘗不知味, 竟無懌兮. 春而不耕, 秋無獲兮. 幼而不勤, 老無泊兮. 茫茫窮宙, 竟安適兮? 嗟嗟小子, 我言匪僻兮(『萬花齊笑集』 297頁).

사람으로 태어났으면 이 나라를 빛내는 일을 하거나 세상에 모범이 될 만한 일을 하는 등 세상에 태어난 보람이 있어야 하는데, 그렇게 하기 위해서는 독서가 필요하다. 독서는 어릴 때부터 시작해야만 지혜가 열리는 법이다. 어린 시절을 허송하는 것은 마치 농부가 봄에 밭을 갈아 씨를 뿌리지 않는 것과 같다. 가을이 되면 수확할 것이 없다. 그때 가서 후회해 봐야 소용이 없다. 사람의 일생도 마찬가지다. 손자에게 기대를 걸고 자상하게 타이르는 할아버지의 모습이 눈 앞에 나타나는 경계의 글이다. 『古文眞寶』 첫머리에 실려 있는 勸學하는 여러 詩文들에 못지 않게 뜻이 간절하고 지시하는 바가 크다.

「新意屛銘」은 한 편의 훌륭한 創作理論인데, 문학의 중요성과 자신의 글 짓는 방법을 제시하였다.

| | |
|---|---|
| 공자는 네 가지 과목을 창설했는데, | 孔刱科四 |
| 문학이 그 가운데 하나 차지했네. | 文居其一 |
| 말을 다듬어 정성을 나타낼 때는, | 修辭立誠 |
| 힘써 그 실질을 남겨야 한다네. | 懋存其實 |
| 말을 글로 나타내지 않는다면, | 言或不文 |
| 멀리까지 전해갈 방법이 없네. | 行遠無術 |
| 운문이건 산문이건 할 것 없이 | 無論韻散 |
| 經書를 으뜸으로 하여 나오는 법. | 宗經而出 |
| 마치 물이 빙빙 소용돌이치듯 하고, | 若水廻盪 |
| 璞玉이 푸르고 푸른 듯 해야 하리. | 如璞瑟瑟 |
| 부드러운 것 딱딱한 것 정취 달리하고, | 軟硬異趣 |
| 홀수 짝수도 아울러 기술하네. | 奇偶幷述 |
| 옛 법도에서 어긋나지 않아야만, | 古法勿叛 |
| 이에 새로운 뜻이 잘 자라나리. | 新意乃茁 |
| 揚子江 쏟아져 흘러 내리듯, | 一瀉長江 |
| 손에 잡은 붓 멈추지 말아야지. | 手不停筆 |
| 옛날 상고해 봐도 있지 않았고, | 稽古未有 |

지금 세상에도 대적할 이 없나니. 在今無匹
이런 경지에 도달해야만이, 到此境地
能事를 다했다 할 수 있으리.[19] 能事可畢

朝鮮時代 유학자들은 대부분 道學만 숭상하고 문학의 가치와 효용은 폄하한 경우가 많았지만 淵民은 문학도 같이 중시하였다. 孔子가 이미 교육과정 네 과목 가운데 문학을 열거하였음을 들어 증명했다. 그리고 말을 시간적으로 공간적으로 멀리 전달하려고 하면 글이 아니면 안 된다. 그러나 모든 문학의 원천은 經書이다. 연민은 문학전공자이지만 경서의 중요성을 곳곳에서 강조하였다. 인간의 지혜가 담긴 경서를 깊이 읽지 않으면 문학 발전에 한계가 있기 때문이다. 새 것을 창조해도 옛날 법도에서 어긋남이 없어야 한다.

"揚子江 쏟아져 흘러 내리듯, 손에 잡은 붓 멈추지 말아야지[一瀉長江, 手不停筆.]"라는 구절은 淵民 자신의 창작하는 모습을 그대로 그림으로 그려 낸 것 같다. 그리고 연민의 창작의 목표는 前無後無한 걸출한 작품을 지어내는 것이었다. 이것이야말로 옛 사람들이 三不朽의 하나로 치던 '立言'인 것이다.

학문을 이루는 것은 산을 쌓는 것과 같다. 산을 이루려면 적은 양의 흙도 받아들여야 하듯이, 학문을 이루는 것도 미세한 하나 하나를 다 탐구하여 유기적으로 자기 것으로 만드는 작업이 필요하다. 그렇게 하기를 오래 하면 마침내 큰 것을 성취해 낼 수 있는 것이다. 그것이 참된 경지로서 어떤 것보다도 더 즐겁다.

(前略)
그것을 하기를 쉬지 않으면, 爲之不已
아홉 길 높은 산이 앞에 있게 되네. 九仞在前

---

19) 『萬花齊笑集』 130頁, 「新意屏銘」.

| | |
|---|---|
| 조그만 흙덩이도 사양하지 않아야, | 不辭土壤 |
| 큰 것을 능히 이루어낼 수 있다네. | 能成其大 |
| 참된 경지에 잘 이르게 되면, | 克到眞境 |
| 그 즐거움 가장 크리라.[20] | 其樂爲最 |

淵民 자신이 진지하게 학문 탐구를 해 왔기 때문에 그 경지에 이르렀을 때의 즐거움을 알 수 있는 것이다.

| | |
|---|---|
| 그대 端甫를 좋아하나니, | 子憙端甫 |
| 어찌 성씨만 같을 뿐이겠는가? | 豈第姓同 |
| 文辭는 찬란하고, | 文辭璀璨 |
| 재주와 지혜 신령스레 뚫렸네. | 才慧靈通 |
| 道術은 南宮斗에 거슬러 올라가고, | 道溯南斗 |
| 俠氣는 洪吉童을 전하였네. | 俠傳洪童 |
| 내 생각에 許筠은, | 余謂筠也 |
| 신기루와 채색 무지개라. | 蜃樓彩虹 |
| 王世貞・李攀龍은 復古를 주도했고, | 王李復古 |
| 徐渭와 袁枚는 性靈說 주장했지. | 徐袁聖靈 |
| 이에 李卓吾에게 미쳐서는, | 爰暨卓吾 |
| 혼혈종이라 모양을 달리했네. | 混血殊型 |
| 진실로 큰 道가 아니기에, | 諒非大道 |
| 그를 두고 괴이하다 하는 것. | 故謂之怪 |
| 괴이한 것 힘에 관한 것, 어지러운 것, 귀신은 | 怪力亂神 |
| 성인 孔子가 禁戒했나니. | 聖悊所戒 |
| 이에 그대는 이를 멀리 하여, | 期君斯遠 |
| 옮기는 것을 아끼지 말지어다. | 勿靳於遷 |
| 학문은 경전 으뜸으로 여기나니, | 學貴宗經 |
| 별과 달이 하늘에 있도다.[21] | 星月在天 |

20) 『萬花齊笑集』 196頁, 「一山書室銘」.

21) 『萬花齊笑集』 261頁, 「許文泉敬震屛銘」.

蛟山 許筠은 淵民이 매력을 느끼는 문학가로서 蛟山의 폭넓은 독서와 자유로운 文學思想, 뛰어난 문장을 자신의 모델로 삼았다. 제자 許敬震교수에게도 蛟山의 文辭와 재주와 지혜는 닮되, 그의 괴이함은 배우지 말도록 당부하고 있다. 연민의 글에 자주 등장하는 '善變'이라는 단어, 배우되 敎條的으로 배우지 말고 융통성 있게 배워 그 장점은 흡수하고, 그 단점은 反面敎師로 삼을 것을 권하였다.

그리고 이 잠은 한 편의 「許筠論」으로서도 문학적 가치가 높아 漢文學史의 자료가 될 수 있겠다.

나의 벗 厦卿은, 吾友厦卿
기이한 뜻 일찍 품었네. 夙褱奇志
大韓帝國의 말년에, 韓之季年
안팎으로 일 많았네. 外內多事
고찰하고 연구하기를, 攷之硏之
주야로 부지런히 진지하게 했네. 蚤夜勤摯
그 저서를 펴냄에 미쳐서는, 繄其成書
전혀 자질구레하지 않았네. 判不瑣僿
實事求是하는 선비 되기에, 實求之彦
그대는 부끄러울 것 없도다. 君其無媿
그대 같은 재주와 학문은, 如君才學
얻기가 쉽지 않다네. 得之不易
어찌 같은 고향 출신이라고, 豈以鄕産
괜히 과장하는 말 늘어놓겠는가? 誇辭空費
묵은 이삭은 줍지 않기에, 不拾陳穗
절로 새로운 뜻이 있도다. 自有新意
힘쓸지어다! 厦卿이여, 勗哉厦卿
하늘이 준 능력 모름지기 간직해야지. 須將天畀
스스로 힘써 쉬지 않으면, 自强不息
길하여 이롭지 않음이 없으리.[22] 吉无不利

朝鮮末期의 역사를 전공하는 제자 權五榮교수에게 지어 준 屛銘이다. 학문을 하는 데는 일찍 뜻을 세우는 것이 중요하고, 저서는 체계와 논리가 뚜렷이 서야지 지리멸렬해서는 좋은 저서가 될 수 없다. 권교수의 몇 종의 저서를 보고, 實事求是의 정신으로 학문하는 학자로 인정하였다. 농작물을 수확할 때 맨 먼저 앞장서서 베어가야지, 다른 사람 다 베어가고 난 뒤에 이삭이나 주우려하면 힘만 들지 소득이 없다. 학문에는 특별한 비결이 있는 것이 아니다. 자기의 타고난 소질을 잘 살려 自强不息하는 것이 최고다. 그렇게 꾸준히 업적을 내어가면 그 것이 곧 吉祥이고 利益이다.

서울 崇文洞에 살았던 石北 申光洙, 騎鹿 申光淵, 震澤 申光河 삼형제와 妹氏 芙蓉堂의 문학에 대한 학술발표회를 1975년에 개최하고, 그 뒤 이들 4인의 문집을 모아 『崇文聯芳集』이란 이름으로 출판한 뒤, 그 石北의 7대손 申夏植氏의 요청에 의하여 지은 「崇文屛銘」 申氏 일가의 문학의 연원과 특징을 축약한 한 편의 문학사라 할 수 있다.

| | |
|---|---|
| 옛날 崇文洞에 살던, | 崇文古洞 |
| 이 집안 식구들은, | 一家眷屬 |
| 시에 능하지 않은 이 없었고, | 莫不能詩 |
| 천륜을 독실히 지켜왔다네. | 天倫是竺 |
| 아름다운 네 명의 형제자매, | 懿四兄妹 |
| 꽃다운 자취 아련히 그리워라. | 緬懷芳躅 |
| 石北은 큰 형님이었는데, | 石北大哥 |
| 사실주의 사조의 으뜸이었소. | 寫實宗風 |
| 「關西樂府」와 「關山戎馬」 두 작품, | 西關二吟 |
| 세상에 드문 沈鬱·雄渾한 시였네. | 曠世沈雄 |
| 騎鹿의 시집 『山謠』[23]는, | 騎鹿山謠 |

22) 權五榮所藏, 「厦卿屛銘」. 이 銘은 1999년 음력 6월 상순에 짓고 쓴 작품으로 아직 출판된 문집에 실리지 않은 것인데, 淵民이 지은 銘 가운데 최후의 작품으로 짐작된다.

23) 『山謠』: 『騎鹿樵吟』의 異稱.

| | |
|---|---|
| 老健하면서 蒼鬱하였다오. | 老健蒼鬱 |
| 震澤은 신통하면서 날랬으니, | 震澤神駿 |
| 아주 보통 인물이 아니었소. | 大不凡物 |
| 아름다운 芙蓉堂 있었나니, | 有美芙蓉 |
| 蘭雪軒에 짝할 수 있으리라.[24] | 追配蘭雪 |
| (後略) | |

申氏 형제 자매 4인의 문학 특색을 잡아 간결하게 요약해 내었다. 英正祖時代의 사실주의 대표시인 申光洙는 「關山戎馬」와 「關西樂府」로 시단에 이름이 높았다. 그의 형제자매 4인은 조선중기 許筠 집안의 岳麓 許筬, 荷谷 許篈, 蛟山 許筠과 蘭雪軒 許楚姬에 겨눌 만하다고 할 정도로 높이 칭도하였다.

## 3. 救世精神

선비가 본래 공부하는 목적은 修己·治人에 있다. 治人의 최종단계는 곧 治國, 平天下이다. 그래서 본래 선비는 벼슬에 나아가건 안 나아가건 국가와 民生을 잊지 않는다. 선비는 바른 말로써 나라를 바로잡는 존재다. 재야의 선비 南冥이 「丹城疏」를 올리자 朝野가 진동하였으니 참된 선비의 역할은 이런 것이다. 그러나 대부분의 조선시대 선비들은 修己에 너무 치중하여 治人의 영역에 힘이 미치지 못하고 말았다.

일반적으로 세상 사람들은 흔히 漢文學을 전공하면 고리타분하여 세상을 등지고 시대에 뒤떨어져 사는 것으로 간주한다. 그런 학자들이 없는 것은 아니다. 淵民은 학문 연구도 왕성하게 하면서 사회활동도 적극적으로 하였다. 해방 이후 이념대립의 상황에서 구속된 학생을 구제하는 데 앞장섰고, 成均館 재건 때는 참신한 개혁방안[25]을 心山에게 건의하였고,

24) 通故堂集 159頁, 「崇文屛銘」.

한국전쟁 때는 독특한 통일방안을 실현하려다가 구속되기도 했고, 사일구 학생의거 때 학생들이 경찰의 총탄에 사상자가 발생하자 교수들의 대처방안을 맨 먼저 제시하였다. 성균관이 다시 친일유림들에 의해서 점거 당하고 당시 성균관장이자 성균관대학교 총장인 心山 金昌淑 선생이 축출 당할 때 교수직을 내던지고 저항하였다. 1967년도엔 心山이 축출된 이후 해체되었던 儒道會總本部를 재건하여 위원장으로 활동하였다. 그리고 평생 수집한 古籍, 古書畫, 문화재 등을 아무런 반대급부 없이 檀國大學校에 기증하여 민족의 문화재로 만들었다. 이 여러 가지 일에서 淵民의 국가민족에 대한 열정을 읽을 수 있다.

1990년 盧泰愚 당시 대통령이 青瓦臺 본관을 새로 짓고서 20폭 병풍을 비치하기로 결정하였다. 우리나라에서 누가 글을 제일 잘 짓는지를 수소문한 결과, 淵民에게 「青瓦臺屛銘」의 창작을 의뢰해 왔다. 연민은 이 기회를 십분 활용하여 강직한 옛 선비들의 직간정신(直諫精神)을 발휘하여 대통령을 바른 길로 인도하여 백성들에게 혜택이 돌아가도록 노력하였다.

(前略)

| | |
|---|---|
| 나라가 흥하느냐 망하느냐는, | 國之興替 |
| 정치하는 데 매어 있다오. | 係於爲政 |
| ‘정치’란 ‘바르게 하는 것’이라는, | 政者正也 |
| 옛 성현 孔子 말씀 삼가 따르길. | 恪遵前聖 |
| 나라의 우두머리가 현명하면, | 元首旣明 |
| 팔 다리 같은 신하들 어질다오. | 股肱克良 |

25) 참신한 개혁방안 : 필자는 연민에게 다음과 같은 이야기를 직접들었다. 연민은 1945년 8월 17일 안동 甕泉驛에서 기차를 타고 서울로 와서 成均館으로 心山을 방문하여 세 가지 건의를 내놓았으나 하나도 채택되지 않았다. 세 가지 건의는 다음과 같다. 첫째 성균관 주변의 땅을 다 매입하여 성균관과 성균관대학교의 부지를 넓혀야 한다. 둘째 성균관에서 서울 시내 중심부의 큰 극장을 하나 구입하여 평소에는 임대하여 영화를 상영하여 세를 받고, 유림의 모임이 있을 때는 이 극장을 이용하여 대규모집회를 하여 세를 과시하자. 셋째 신문사를 하나 만들어 유교를 선양하자.

| | |
|---|---|
| 문화 있는 백성 만들려는 뜻 있으면, | 志在文民 |
| 여러 백성들 건강하게 만들어야 하오. | 庶億其康 |
| 사악한 자 물리치고 능한 이에게 양보하고, | 出邪讓能 |
| 신의를 강구하고 화목하도록 노력해야지. | 講信脩睦 |
| 풀 위에 바람이 불 듯이 하면, | 草上之風 |
| 누가 감히 복종하지 않으리오? | 疇敢不服 |
| 조국 강토 통일시키는 일에는, | 祖疆統一 |
| 너도 나도 함께 참여해야지. | 爾我同參 |
| 북쪽과 화합하려고 한다면, | 欲和其北 |
| 먼저 남한부터 단결해야 하리. | 先締其南 |
| 위대한 통일과업 이루게 되면, | 成就偉業 |
| 세운 공적 풍성할 것이오. | 菀有所樹 |
| 사람과 귀신 모두 다 통쾌해 하고, | 人神胥快 |
| 새나 짐승들도 너울너울 춤추리라. | 鳥獸翩舞 |
| 멀리 보는 것이 현명함이고, | 視遠維明 |
| 말을 듣는 것이 총명함이라. | 聽言維聰 |
| 만약 덕을 닦지 않는다면, | 若不修德 |
| 하늘의 福祿 영원히 끝나리. | 天祿永終 |
| 곁에다 병풍 펼쳐 두소서. | 屛陳于傍 |
| 道는 일상적인 것에 존재한다오. | 道存于常 |
| 정치를 함에 仁을 좋아한다면, | 爲政好仁 |
| 하늘이 잊지 않을 것이오.[26] | 天其不忘 |

오늘날 대부분의 백성들은 정치에 관심이 없고 정치가라 하면 좋지 않은 시선으로 본다. 그러나 국가에 있어서 정치는 중요하다. 더구나 대통령은 더욱 중요하다. 대한민국의 운명이나 대한민국 백성들의 삶의 질이 대통령 한 사람의 마음먹기에 따라 달라진다. 대통령은 늘 판단을 하며 살아야 하는데 바른 판단은 바른 생각에서 나온다. 그러나 대통령 곁에는

26) 『萬花齊笑集』 46頁, 「靑瓦臺屛銘」.

바른 말을 하는 사람은 드물고 대통령의 비위만 맞추려는 사람이 많다.

淵民은 이 점을 정확하게 파악하고서 대통령의 역할이 나라의 흥망을 좌우한다는 점을 먼저 인식시켰다. 그리고는 "정치는 바르게 하는 것"이라는 孔子의 말을 인용하여, 정치에 비결이 따로 있는 것이 아니고 바르게 하는 것이 제일가는 비결이라는 점을 부각시켰다. 대통령이 현명하면 아래 사람들도 다 능력 있는 사람으로 채워진다는 것을 인식시켰다. 조국통일의 중요성을 인식하고서 통일의 위업을 달성할 것을 권면하고 있다. 대통령은 국가의 장래를 멀리 보고 諫言을 잘 들어야만 현명하게 될 수 있다.

德을 닦는 것의 중요함을 강조하였고, 대통령이 덕을 닦지 않으면 하늘이 우리 大韓民國을 돌보지 않는다고 警戒를 하였다. "제도나 법령이 중요하지, 迂闊하게 무슨 德을 들먹이냐?"라고 누가 반대의사를 표시할지 모르겠으나, 법령으로 하는 정치는 가장 저급한 정치다. 대통령이 덕을 닦아 순리대로 정치를 하면 나라는 저절로 질서가 잡히고 信義가 회복되어 사람들이 살 만한 수준 높은 나라 즉 '仁邦'이 될 것이다. "자기 자신이 안으로 성인의 경지에 이르러야 밖으로 나와서 임금 노릇할 수 있다[內聖外王]"는 莊子의 말처럼 대통령이 성인의 경지에 이른 사람이 나오면 그런 나라 백성은 복 받은 백성이 되는 것이다.

160자의 한자 속에 治國의 원리가 다 함축되어 있다. 그리고 『論語』, 『孟子』, 『書經』, 『荀子』 등의 고전이 다 인용되었으면서도 아주 자연스럽게 잘 조화되어 있다. 연민이 학문과 사상이 가장 완숙한 시기에 혼신의 힘을 기울여 지은 작품으로 필자의 생각으로는 가장 우수한 작품의 하나가 아닌가 사료된다. 이른바 '爐火純靑'의 경지에 이른 작품이다.

일반 사람들이 갖고 있는 또 한 가지 오해는 漢文學을 전공하는 사람들은 慕華主義者로 생각하는 것이다. 한문학을 전공하는 대부분 학자들은 우리 민족의 전통문화를 매우 사랑하는 사람들이다. 淵民은 특별히 민족의식이 강했고 통일에 대한 염원이 간절하였다. 그의 이런 사상이 잘 나타난 글이 다음에 소개하는 「民族統一屛銘」이다.

| | |
|---|---|
| 인간세상을 크게 이롭게 하신, | 弘益人間 |
| 檀君할아버지는 신성하였네. | 檀祖聖神 |
| 朴赫居世는 지혜롭고 밝았고, | 居世睿悊 |
| 溫祚임금은 맑고 순박하였네. | 溫祚淸醇 |
| 東明王은 영웅답고 강렬한데, | 東明雄烈 |
| 아울러 모두가 우뚝하십니다. | 幷峙嶙峋 |
| 앞으로도 聖神이 계속해서 나와서, | 聖神繼起 |
| 나라 다스리고 백성 편안하게 한다면, | 理國安民 |
| 무릇 우리 동포 된 사람들로서, | 凡我疇胞 |
| 감히 서로 친하지 않겠는가?[27] | 敢不相親 |

역대 네 나라 시조왕들의 특징을 뽑아내어 이야기하고, 앞으로 이러한 임금들처럼 훌륭한 지도자가 나와 나라를 다스려 백성들을 편안하게 한다면 우리나라의 백성들이 그런 지도자 아래서 서로 화목하게 잘 살아 갈 것이라는 희망을 밝히고 있다.

우리 조상들 가운데 뛰어난 네 명을 골라 그 특징을 나타낸 「四聖屛銘」은 이러하다.

| | |
|---|---|
| 크게 인간세상을 이롭게 하는 건, | 弘益人間 |
| 檀君 할아버지의 정신이고, | 檀祖精神 |
| 바른 소리를 창조하신, | 刱製正音 |
| 세종대왕 백성 가르쳤네. | 世宗訓民 |
| 退溪선생의 철학은, | 退陶悊學 |
| 유학을 집대성하였네. | 集儒大成 |
| 충무공은 영웅다운 전략으로, | 忠武雄略 |
| 나라 위해 그 마음 다했도다. | 爲國罄情 |
| 아! 천년 억년 동안, | 於千億載 |
| 그 명성 영원히 흘러가리.[28] | 永流厥聲 |

27) 『遊燕堂集』 40頁, 「民族統一屛銘」.

弘益人間의 이념을 펼쳐 나라를 세운 檀君, 訓民正音을 창제하여 우리 말을 표기할 수 있도록 한 世宗大王, 유학을 집대성하여 철학의 체계를 세운 退溪, 나라 위해 영웅다운 작전 펼친 忠武公 李舜臣, 역사에 빛나는 인물 가운데서도 가장 걸출한 네 분이다. 우리나라를 있게 한 인물, 우리 글자를 있게 한 인물, 우리의 철학이 있게 하여 문화민족이 되게 한 퇴계, 왜적의 침략에서 나라를 구출한 李舜臣 장군, 오늘날의 문화와 번영을 있게 해 준 인물들, 곧 우리 민족의 자존심이다. 그 공적은 영원히 전해갈 것이라고 淵民은 그 위대성을 부각시켰다.

## 4. 書法論

淵民은 어려서부터 붓으로 많은 책을 베껴서 보았으므로 서예는 생활의 한 부분이 되었다. 옛날의 선비들은 다 서예를 겸하여 하고 있었다. 현대적 의미의 직업적인 서예가는 본래 존재하지 않았다. 淵民은 집이 가난하여 문방사우를 갖출 수 없어 감나무 잎에 글씨를 연마하기도 하고 소나무 그을음을 모아 먹을 만들고, 갈대를 꺾어 모래에 쓰기도 하고 칡을 두들겨 돌에 긋기도 하는 등 글씨를 익혔다.[29]

특별히 臨書에 시간을 들이지는 않았지만 고금의 좋은 法帖과 많은 금석문을 접함에 따라 서법의 기법과 안목이 동시에 높아졌다. 특히 漢文 독해 능력의 부족으로 서예 이론서를 볼 수 없는 대부분의 직업적인 서예 가들은 근본적으로 서예 이론을 습득하기가 쉽지 않고, 서예의 심오한 발전에도 한계가 없을 수 없다. 연민은 자신이 터득한 기법과 이론과 여러 서예 관계 서적에서 얻은 이론 등을 종합하여 독자적인 서법론을 내놓게 되었다.

---

28) 『遊燕堂集』 40頁, 「四聖屛銘」.

29) 『萬花齊笑集』 196頁, 「斬蘆耕沙屛銘」.

자신의 손으로 篆刻을 하지는 않았지만 전각을 특별히 좋아하였고, 전각을 감상하는 수준도 높았다.

먼저 서법을 연마하는 정신과 방법을 제시한 「題人屛銘」이 있다.

| | |
|---|---|
| 글씨는 하나의 예술이니, | 書爲一藝 |
| 창제한 의의가 높고 깊다네. | 刱義崇深 |
| 殷나라 옛터에서 출발하여, | 肇自殷虛 |
| 우리 한국에까지 미쳤다네. | 爰曁韓林 |
| 사물을 보고서 모양 형상하고, | 覽物象形 |
| 도를 싣고 마음을 전한다네. | 載道傳心 |
| 만 권의 책을 독파해야 하고, | 萬卷讀破 |
| 천 개의 비석 더듬어야 해. | 千碑搜探 |
| 조화에 참여하고 신과 통하면, | 參化通神 |
| 다가오는 세상에서 흠앙하리라.[30] | 來世是欽 |

서예의 비결은 사물을 잘 관찰하여 그 모양을 본떠야 한다. 그리고 글씨에는 마음을 실어야 한다. 그러나 단순히 붓만 들고 기법만 익히려고 해서는 안 되고 많은 책을 읽어서 식견을 넓혀야 하고 많은 비석을 직접 탐사해서 실제 크기의 글씨를 봐야 한다. 천지의 조화와 어울리는 정신이 담긴 글을 남겨야 후세의 존경을 받을 수 있다고 보았다. 秋史가 강조한 "書卷氣, 文字香"이란 말과 일맥상통한다.

22년 지난 1992년에 이르러 서예의 기법을 더 구체적으로 제시한 「偶然欲書屛銘」이 있다.

| | |
|---|---|
| 우연히 글씨가 쓰고 싶나니, | 偶然欲書 |
| 붓 꼿꼿이 세우고 팔꿈치 들어야 하리. | 中鋒懸臂 |
| 힘을 너무 딱딱하게 넣지 말고, | 用力勿硬 |

30) 『淵民之文』 168頁, 「題人屛銘」.

| | |
|---|---|
| 그 뜻을 조화롭게 해야 하나니. | 沖穆其志 |
| 낙수물이 돌을 움푹하게 만들고, | 溜穿石窪 |
| 쇠 절구공이도 갈면 바늘처럼 날카로워져. | 鐵磨鍼利 |
| 옛 것을 본받되 얽매이지 말아야 하고, | 法古勿泥 |
| 새 것 창조하되 거짓됨 없어야 한다네. | 刱新無僞 |
| 참되게 실력 쌓기 오래오래 하면, | 眞積日久 |
| 머금었던 精華 사방으로 나오는 법. | 涵華四出 |
| 용이 가듯 꿈틀꿈틀하게 되고, | 蜿若龍行 |
| 너울너울 나비가 취하여 춤추는 듯. | 翩疑蝶醉 |
| 여러 가지 書體는 비록 달라도, | 諸體雖殊 |
| 隸書의 맛을 간직해야 한다네. | 頗存隷意 |
| 누에 머리 모양, 말 발굽 모양 등등은, | 蠶頭馬蹄 |
| 속된 선비가 좋아하는 것이라네. | 俗士所媚 |
| 예서는 前漢의 것 귀하게 여기나니, | 隸貴西漢 |
| 끊어진 등나무가 외로이 떨어지는 듯. | 斷藤孤墜 |
| 바야흐로 깨달은 경지에 이르러야, | 方臻悟境 |
| 해야할 일 다한 것이라 할 수 있네.[31] | 財畢能事 |

淵民 82세 때 젊은 서예가들이 연민에게 서예의 技法에 대해서 묻자, 연민은 "붓을 꼿꼿이 세우고 팔꿈치를 들고 쓰는 것[中鋒懸臂] 밖에 없다"라고 했다. 淵民의 서예 작품의 특징이자 매력인 것이다. 마음을 느긋하게 가지고 어깨에 힘을 빼고 꾸준히 노력하면 그 효과가 언젠가는 나타난다는 것이다. 옛 것을 본받되 얽매이지 말고, 새로운 것을 창조하되 진실성이 있어야 한다는 것이다. 흔히 대부분의 서예가들이 서예를 가르칠 때, '一'자 획을 그을 때 시작하는 부분은 '누에 머리처럼', 마치는 부분은 '말 발굽처럼'하라고 철칙처럼 가르친다. 그러나 연민은 이를 저속한 논의라고 치부해 버렸다. 자유스럽게 運筆해야 하는데 그런 제약조건이 많으면 글씨의 韻致가 살아날 수 없는 죽은 글씨가 되고 만다. "용이 가듯 꿈틀꿈틀하게

31) 『萬花齊笑集』 196頁, 「偶然欲書室銘」.

되고, 너울너울 나비가 취하여 춤추는 듯[蜿若龍行, 翩疑蝶醉]"은 절묘한 표현으로 서예를 직접 해 본 사람만이 그런 표현을 할 수 있을 것이다.

淵民은 글씨의 典範을 이렇게 제시했다. 세상 사람들이 좋아하는 글씨의 겉모양을 매끈하게 할 것이 아니고, 내면에 충실한 힘이 있는 정상적인 글씨를 지향하도록 방향을 제시했다.

| | |
|---|---|
| 굳게 쓰되 마르게 쓰지 마소서. | 勁而勿枯 |
| 아담하게 쓰되 잔약하게 쓰지 마소서. | 雅而勿孱 |
| 호방하게 쓰되 거칠게 쓰지 마소서. | 豪而勿荒 |
| 건장하게 쓰되 미련하게 쓰지 마소서. | 健而勿頑 |
| 차라리 야위게 쓰되 살찌게 쓰지는 마소서. | 寧瘦勿肥 |
| 차라리 추하게 쓰되 곱게 쓰지는 마소서. | 寧醜勿姸 |
| 차라리 졸하게 쓰되 흐물흐물 쓰지는 마소서. | 寧拙勿爛 |
| 차라리 괴이하게 쓰되 치우치게 쓰지는 마소서.[32] | 寧怪勿偏 |

淵民과 동시대에 직업적인 서예가로 지내면서 대가로 대접받는 사람들이 많았다. 그러나 그들 가운데는 대부분이 서예의 원리를 모르고 속된 글씨를 써내는 사람이 많았다. 연민은 그 문제점을 이렇게 지적하였다.

| | |
|---|---|
| 고금의 서예가들, | 古今書家 |
| 손가락 이루 다 꼽을 수 없네. | 指不勝僂 |
| 실기와 이론에 관한 것들로, | 實作理論 |
| 찬란하게 책 이루었다네. | 璨然成譜 |
| 모두가 터득한 것 있다 하나, | 咸有自得 |
| 모양이라도 닮은 것 하나 없어. | 一無貌肖 |
| 歐陽詢, 褚遂良, 虞世南, 顔眞卿 등은, | 歐褚虞顔 |
| 모두가 다 王羲之에서 나왔다네. | 皆出逸少 |
| 법도 밖에서 승리를 구해야지, | 法外取勝 |

32) 『遊燕堂集』 280頁, 「臨地八勿箴」.

| | |
|---|---|
| 묵은 이삭 주워서는 안 되는 법. | 不拾陳穗 |
| 오직 王獻之가 있어, | 唯有獻之 |
| 아버지 따라 하다 퇴보했다네. | 襲父而頹 |
| 학문도 또한 그런 것이니, | 爲學亦然 |
| 어찌 서예뿐이겠는가? | 不第書也 |
| 오로지 한 스승만 섬기면, | 塼師而師 |
| 수준이 아래에 있게 된다네. | 風斯在下 |
| 무릇 지금의 스승들은, | 凡今之師 |
| 자기를 닮기를 바란다네. | 祝之猶我 |
| 잘 변하는 것 귀하게 여기나니 | 貴在善變 |
| 내 말은 잔소리가 아니라네.[33] | 余言匪瑣 |

현재 활약하고 있는 서예가들의 공통된 문제점들을 정확하게 잘 지적해 내었다. 실제로는 서법을 모르면서도 자기가 터득한 비결이 있는 줄로 착각하는 것이 가장 큰 문제다. 법도를 따라 배우다가 자기만의 독창적인 세계를 개척해야 할 것인데, 법도에까지도 가지 못하면서 자기 세계를 개척하여 자기를 따라 배울 것을 강요하니 결과적으로 서예를 망친다. 그런 사이비선생 한 사람만을 스승으로 삼아 서예를 배운 사람은 평생 노력한다 해도, 그 결과가 어떻게 될지는 보지 않아도 알 수 있다. 답습은 안 되지만 법도를 익히지도 않으면서 자기 멋대로 가는 것도 안 된다.

「偉哉屛銘」에서는 우리나라와 중국의 書藝史를 압축해 담았고 할 수 있다.

| | |
|---|---|
| 위대하도다! 蒼頡과 史籒氏여, | 偉哉蒼籒 |
| 멀어 따라잡을 수 없구나. | 逖矣難攀 |
| 殷나라 옛 터의 甲骨文은, | 殷虛甲骨 |
| 아직 그 전모 엿볼 수 없네. | 未窺全斑 |

33) 『萬花齋笑集』 196頁, 「書忌蹈襲箴」.

周나라 石鼓文과 漢나라 隸書는, 周鼓漢隸
하늘이 끝내 아끼지는 않았네. 天不終慳
王羲之 嫡傳의 系統으로는, 逸少傳嫡
歐陽詢, 褚遂良, 虞世南, 顔眞卿. 歐褚虞顔
新羅時代의 金生은, 羅代金生
安閒한 경지까지 나아갔네. 境造安閒
고려에서 조선초기까지는, 麗及韓初
원기가 깎이지는 않았다네. 元氣未刪
문제는 가짜 王羲之 글씨로, 病在僞王
맑고 잔약한 데로 흘러갔네. 流於淸孱
阮堂은 어찌 기이하고 험했던가? 阮何奇險
무너진 것 만회하기 힘들었네. 挽頹則艱
지금 세상은 말할 것도 없나니, 俗今無謂
발라놓은 담장에 낙서하는 것 같아. 畫墁一般
그래도 오히려 스스로 잘난 채하는데, 猶自爲大
누가 그 미련함 고쳐주려나?[34] 孰訂其頑

연민이 볼 적에 秋史 이전의 우리나라 글씨는 다 망했는데, 그 원인은 조선 중기에 중국에서 흘러들어 온 여러 차례 飜刻한 王羲之의 法帖을 따라 臨書하다 보니 생명력이 없는 죽은 글씨를 익힌 것이다. 왕희지의 眞蹟은 지구상에 존재하는 것이 하나도 없고 모두가 다 摸刻本이다. 우리나라에 전래된 것은 모각본의 모각본이니 많이 변모되어 원래의 모습과는 거리가 멀다. 그런 법첩을 가지고 글씨 공부를 한 대표적인 인물이 韓濩이다. 그러고서도 모두가 자만심에 젖어 있었다. 이런 분위기를 추사가 바로 잡으려 했지만 쉽게 만회될 수 있는 것이 아니었다.

연민의 시대까지도 가짜 王羲之體를 배운 글씨가 주를 이루었는데, 이를 누가 바로잡을 것인가 하여 연민은 개탄하고 있다.

34)『通故堂集』158頁,「偉哉屏銘」.

서예가로서 篆刻에 조예가 깊은 呂元九에게 준 「丘堂銘」은 전각 작품에 대한 연민의 鑑識 안목을 보여주고 있다.

| | |
|---|---|
| 수많은 전각 작품들, | 有萬衆琱 |
| 그 처음에 있어서는, | 在其初也 |
| 기교 모으지 않은 게 없으니, | 莫不湊巧 |
| 아름답게 세련되게 하기에 힘썼네. | 嫥精豔冶 |
| 이는 물려받은 법도 없는 것이니, | 此無嬗焉 |
| 참된 것 같으면서도 가짜라네. | 似眞而假 |
| 아름답도다! 丘堂이여. | 猗歟丘堂 |
| 이런 전철 밟지 않았네. | 不途是者 |
| 손이 마음먹은 대로 되어, | 手如其心 |
| 질박하여 촌스러웠네. | 璞而近野 |
| 돌아보지 않고 나아가, | 不顧而往 |
| 차라리 추해도 예쁘게는 안 해. | 寧醜勿姹 |
| 내 안목으로 보아서는, | 以余瞳孔 |
| 대적할 이가 드물 것 같네. | 見之蓋寡 |
| 날마다 힘써 나가면, | 唯日斯邁 |
| 大雅의 경지에 이르리라.[35] | 克臻大雅 |

세상에는 篆刻으로 자부하는 사람들이 많다. 기교만 부려 아름답게 하려고만 하는데, 본래 전각에는 商周시대 青銅器 文字의 맛이 남아 있어야 한다. 그런데 전통적인 전각의 맛을 모르고 低俗한 수준의 사람이 전각의 대가로 자처하여 많은 제자들을 양성한다. 그런 사람들은 오로지 아름답게 하려고 기교를 부리니 전각의 본래 모습을 많이 잃었고, 우리나라에서는 이런 원리를 아는 사람이 드물다.

丘堂 呂元九만은 전각의 전통 법도를 알아 古拙하며 質朴한 길을 추구하는 데, 세상에 비난하는 사람이 많아도 개의치 말라고 격려하고 있다.

---

35) 『通故堂集』 214頁, 「丘堂銘」.

서예학 교수이면서 전각에 능한 近園 金洋東에게 주는 「近園書屋銘」은 이러하다.

(前略)

| | |
|---|---|
| 도장 새기는 건 글 짓는 것과 같아, | 治印若文 |
| 번잡하게도 너무 깎지도 말아야 해. | 勿冗勿髡 |
| 맑기는 차와 같이 해야 하고, | 淸之若茶 |
| 專一하기는 밥 먹는 일처럼 해야지. | 嫥之若餐 |
| 법도에 의거하여 창조적으로 하되, | 倚法而刱 |
| 저속한 사람들의 지껄임 개의치 말아야. | 勿介俗喧 |
| 세월이 더욱 오래 지나고 나면, | 歷歲滋久 |
| 자연스런 정취가 절로 존재하리.36) | 天趣自存 |

너무 번잡하게도 하지 말고 그렇다고 너무 함부로 칼질을 하지도 말아야 한다. 茶를 마셔 정신을 맑게 하듯 정신을 맑게 한 상태에서 전각작품을 새겨야 하고, 또 밥 먹는 일처럼 생활화 자동화가 되어야 한다. 법도에 의거하되 더 나아가 독창적인 경지를 개척해야 하여 꾸준히 지속해 나가면 자연스런 높은 경지가 전개되는 것이다. 역시 저속한 사람들의 비난에 개의해서는 안 된다는 점을 강조했다.

淵民은 비록 전문 서예가나 篆刻家는 아니지만 書藝史나 書藝理論 방면에 깊은 지식을 갖고 있었고, 서예작품이나 전각작품을 감상하는 안목이 높았으므로 서예가들이 문하에 많이 출입하였다. 그러다 보니 서예와 관계되는 屛銘을 많이 짓게 되었는데, 당대의 서예의 문제점을 정확하게 진단하여 나아갈 방향을 제시한 공이 있다.

36) 『遊燕堂集』 195頁, 「近園書室銘」.

## 5. 古董·器玩에 대한 鑑賞

淵民은 書畫는 물론이고 文房四友를 포함한 골동 등에도 감식안이 높아 그 가치와 鑑賞方法 등을 箴銘으로 나타낸 것이 많이 있다. 서예작품은 물론이고 그림, 도자기, 文房四友, 水石 등 그 범위는 광범위하다.

서예는 앞에서 따로 다루었고 그림에 관한 그의 이해를 알아보도록 한다. 화가인 少園 文銀姬에게 지어 준 屛銘은 이러하다.

| | |
|---|---|
| 아리땁도다! 少園이여, | 嫩哉少園 |
| 타고난 자질 두텁구나. | 天賦之厚 |
| 예술은 그 사람과 같나니, | 藝如其人 |
| 야위지 않고 풍성하도다. | 不瘠而阜 |
| 옛 것 본받아 신비롭고 힘찬데, | 望古神昌 |
| 높은 것은 吾叟를 흠모하였다네. | 高景吾叟 |
| 한 사람만 오로지 배우지 않았고, | 不嫥一家 |
| 지금 사람한테 배우기에 구차하지 않았네. | 學今無苟 |
| 꺾은 가지는 하늘의 구름 스치고, | 折枝戞雲 |
| 기이한 꽃술에 위로 본 술동이, | 奇蕊仰卣 |
| 먹이 닿으면 종이는 사라지고, | 著墨處滅 |
| 渲染法이 잘 베어들었구나. | 渲采善受 |
| 이에 화랑에 진열했더니, | 乃陳于肆 |
| 찬탄하기를 한참 한다네. | 贊歎者久 |
| 그대 위해 병풍에 써 주니, | 爲之題屛 |
| 자리 오른쪽에다 두기를.[37] | 寘諸其右 |

수준 낮은 예술은 손끝에서 나오지만, 수준 높은 예술은 그 사람의 사상에서 나온다. 그래서 "예술은 그 사람과 같다[藝如其人]"라는 말을 한 것이다. 그 사람됨처럼 그림에서 중후한 느낌이 풍겨 나왔던 것 같다. 그리고

37) 『通故堂集』 160頁, 「文少園銀姬屛銘」.

한 사람의 스승만 따르지 말고 여러 스승의 좋은 점을 아우르고, 옛날 畵法만 고집하지 말고 지금 사람들 가운데서도 좋은 점이 있으면 따르라고 가르치고 있다.

꽃가지와 청동기를 한 폭에 그리는 文人畫 소품의 배치구도라든지 먹 쓰는 법, 渲染하는 법 등에 대해서도 구체적으로 그 특징을 잡아서 부각시키고 있다. 그림을 모르는 凡眼으로서는 지어낼 수 없는 屛銘이다.

「朴英喜永姬屛銘」은 蘭 그림을 보고 그 자태를 생동감 있게 묘사해 내었다.

| | |
|---|---|
| 저 향기 나는 난 보소서. | 瞻彼芳蘭 |
| 바람 맞기를 꺼려하는 듯. | 迎風若憚 |
| 연약한 듯해도 오히려 굳세고, | 脆而猶勁 |
| 뒤엉킨 듯해도 어지럽지 않아. | 縈而不亂 |
| 맑은 향기 멀리 퍼져 나가고, | 淸香遠聞 |
| 퍼져 나가서 흩어지지 않네. | 播而不散 |
| 사람 또한 그러함이 있나니, | 人亦有然 |
| 英喜를 보소서.[38] | 英喜是看 |
| (後略) | |

蘭의 특징을 잘 포착하여 글로 형상화하는 데 성공하였다. 그 섬세하면서도 정확한 묘사는 蘭을 두고 지은 작품 가운데 그 짝을 찾기 힘들 것 같다. 화가는 단순히 그림으로 나타내는 데 그쳐서는 안 되고, 난의 特長을 배워 난과 같은 인품을 갖추기를 화가에게 당부하고 있다. 연민의 實事求是 정신이 여기서도 나타난다. 그림은 그림대로 화가는 화가대로 따로 논다면 아무리 많은 그림을 그려도 자신의 인격도야에는 아무런 도움이 안 되기 때문이다.

淵民은 漢文學者이면서 서예가이므로 文房四友는 그의 일상에서 필수

---

38) 『通故堂集』 283頁, 「朴英喜永姬屛銘」.

품이자 그의 오랜 친구이다. 그래서 자신이 가진 文房四友에 붙인 銘이 많고, 또 知舊나 門生들의 요청에 의해서 지은 銘도 많다. 그 가운데서 벼루에 붙인 銘이 제일 많다. 벼루는 문방사우 가운데서도 그 형상에 銘을 새길 면적이 있기 때문에 옛날부터 벼루에 새긴 銘이 제일 많았다.

淵民 자신이 소장한 매화가 조각된 端溪硯에 새긴 銘은 이러하다.

| | |
|---|---|
| 아름다운 꽃에 달 돋으니, | 瓊華月生 |
| 날개 달린 신선 춤추는 듯. | 翠羽翩仙 |
| 나는 벼루 좋아하는 병 있고, | 余癖於研 |
| 매화에도 미쳐 있다오. | 亦梅其顚 |
| 두 가지 아름다움 같이 했으니, | 二物駢美 |
| 볼 때마다 사랑하는 마음 일어. | 觸目生憐 |
| 날마다 곁에다 두고 있으니, | 日寘諸側 |
| 붓과 먹과 깊은 인연이라. | 翰墨深緣 |
| 나는 이제 늙었나니, | 余今老矣 |
| 글 지을 생각 고요히 가다듬는데, | 文思靜婞 |
| 누구와 더불어 벗할 것인가? | 疇與爲友 |
| 맑은 매화와 굳은 벼루라네.[39] | 梅淸石堅 |

연민은 벼루를 매우 좋아하여 좋은 벼루를 많이 소장하였고 벼루를 구입하여 주변 사람들에게 선물도 하였다. 그리고 매화를 退溪 이후로 家花로 삼아 매우 사랑하였다. 스스로 "나는 벼루 좋아하는 병 있고, 매화에도 미쳐 있다오[余癖於研, 亦梅其顚.]"라고 할 정도였다. 사랑하는 벼루와 매화를 둔 서재에서 詩文을 지으니, 淸福을 마음껏 누린 것이다.

그러나 매우 즐기기만 하고 만다면 程伊川이 경계한 '玩物喪志'로 빠지고 말 것이다. 연민답게 매화와 벼루에게서 그 좋은 점을 배운다. 매화의 맑은 점, 벼루의 굳은 점. 사람 아닌 자연물도 淵民에게는 다 스승이다.

---

39) 『萬花齊笑集』 47頁. 「端谿梅華研銘」.

淵民 자신이 20여 년 이상 늘 두고 써 왔던 한 쌍의 벼루에 붙인 두 수의 「端谿圓硏銘」은 이러하다.

| | |
|---|---|
| 나에게 벗이 있나니, | 余有友 |
| 성씨는 端이고 이름은 圓. | 氏端名圓 |
| 이십여 년 동안 서로 갈았으니, | 相磨卄餘載 |
| 翰墨의 인연 크게 고질처럼 맺었소. | 大痼結翰墨緣 |

| | |
|---|---|
| 그 바탕은 부드럽고, | 其質女耎 |
| 그 빛깔은 고르다네. | 其色媥 |
| 옥은 아니어도 윤택하고, | 非玉而潤 |
| 둥글기는 달과 같다네. | 如月之圓 |
| 이 늙은 恷淵 도와 글 나오게 하여, | 助發老恷文 |
| 종이 가득히 구름과 안개 얽혔구나.40) | 滿紙纈雲煙 |

첫째 銘은 高麗末期 성행한 假傳처럼 擬人化의 기법을 도입하여 벼루에게 인격을 부여하여 더욱 생동감 있게 지었다. "이십여 년 동안 서로 갈았다[相磨卄餘載]"라는 표현이 더욱 돋보인다. 연민을 벼루에 먹을 갈았고 벼루에 먹을 갈므로 해서 연민은 인격이 연마되었던 것이다. '相'자에 妙味가 있다.

제2수에서는 좋은 벼루 고르는 방법을 다 열거하였다. 바탕은 부드럽고, 빛깔은 골라야 하고 돌은 윤택해야 한다는 것이다. 이 벼루를 친구처럼 가까이 하니 좋은 글, 좋은 글씨도 나오는 것이다.

中堂 丁範鎭교수에게 지어 준 「端溪硯銘」은 이러하다.

| | |
|---|---|
| 내 半丁을 사랑하노니, | 我憐半丁 |
| 뜻 반듯하고 행동 원만하기에. | 知方行圓 |

40) 『萬花齊笑集』 48頁, 「端谿圓硏銘」.

| | |
|---|---|
| 이제 이 벼루를 보고서는, | 今觀此硏 |
| 그렇다는 것 더욱 믿어야겠네.[41] | 尤信其然 |

벼루를 玩賞의 대상으로만 보면 하나의 무생물에 불과하다. 그러나 그 주인과 연관을 시킬 때 생명이 부여되는 것이다. 벼루의 모양은 많고 거기에 한 조각도 다양하다. 中堂이 윤곽이 둥글면서 가운데 硯臼가 모나게 파여 있는 벼루를 사 온 모양이다. 그러자 연민은 그 벼루와 중당의 인품과 行身을 결부시켜 이런 銘을 지었고, 또 그렇게 자신을 관리해 가기를 기대하는 뜻도 붙였다.

자신이 선물 받은 臺灣 天祥에서 나온 書鎭에 붙인 銘은 이러하다.

| | |
|---|---|
| 내 친구 종이는, | 吾友楮生 |
| 글은 잘 하지만 너무 날려. | 能文輕颺 |
| 이것 차고 좀 진중하게나. | 佩而爲塡 |
| 臺灣 天祥에서 온 거라네.[42] | 來天祥兮 |

종이의 드날리는 속성을 먼저 언급함으로써 그 것을 진압하는 데 필요한 書鎭의 효용을 대비적으로 부각시켰다. 의인화 기법으로 지어 경박한 인물과 진중한 인물이 서로 보완적으로 살아가야 한다는 교훈을 주는 작품이다.

淵民은 어릴 때 바둑을 몹시 즐겼고 실력도 상당히 높았는데, 한국전쟁 이후 서울로 옮겨 온 이후 30년 동안 끊었다가 1982년부터 다시 두기 시작하였다. 그래서 자주 접하는 바둑판에다 이런 銘을 붙였다.

| | |
|---|---|
| 옥 바둑판에 손으로 이야기하면서, | 手談玉局 |
| 눈길은 날아가는 기러기에게 보내네. | 目送飛鴻 |

41) 『萬花齊笑集』 46頁, 「端溪硯銘」.

42) 『淵民之文』 72頁, 「天祥書鎭銘」.

정신 맑게 하고 근심 녹이고, 淸神銷愁
즐거움도 또한 끝이 없구나.[43] 樂且無窮

말없이 두 사람이 바둑판을 사이에 두고 마주 앉아 손으로 바둑을 둔다. 마음속으로 세운 작전이 손을 통해서 전달되므로 바둑을 '手談'이라고 일컫는다. 바둑을 두면서 상대방의 작전에 전혀 동요되지 않는 듯한 표정이 필요하다. 그래서 자기 속마음과 상관없이 때때로 날아가는 기러기에게도 눈길을 두는 것이다. "바둑 같은 하찮은 기예를 배울 때는 거기에 專心致志해야지 '기러기가 날아오면 어떻게 잡을까?'라는 엉뚱한 생각을 해서는 안 된다"는 『孟子』의 말을 反面的으로 활용하여 재미있게 표현하였다.

바둑을 두면 정신을 맑게 하고 근심을 녹인다는 바둑의 효용을 잘 활용하여 긴장된 학문생활 속에서도 여유를 즐기는 연민의 風度가 느껴지는 작품이다.

이 밖에도 도자기, 책상, 필통, 지팡이, 水石 등에 붙인 銘이 있는데 독특한 寓意를 하고 있는 것이 많다.

## Ⅵ. 결론

淵民은 걸출한 漢詩文 창작능력으로 6편의 箴과 279편의 銘을 지었다. 이는 우리나라나 중국을 통틀어서도 가장 많은 편수의 銘을 지은 작가가 될 것이다.[44]

箴銘類의 글은 주로 勸戒의 뜻을 담는 것이 전통적인 법도였는데 淵民은 이의 활용범위를 확대하여 修己治人의 도리, 治學方法論, 救世精神,

---

43) 『萬花齊笑集』 298頁, 「棋局銘」.

44) 참고로 비교해 보면 우리나라 역사상 문집 분량이 가장 많다는 重齋 金榥(1896-1979)은 평생 잠 19편, 銘 70편을 남기고 있고, 秋淵 權龍鉉(1899-1987)은 6편의 箴과 40편의 銘을 남기고 있다.

서예, 미술, 골동품, 文房四友, 생활용품 등까지 두루 포괄하였다.

22세 때부터 짓기 시작했으나 학문이 경지에 오른 50대 후반부터 많이 짓기 시작했다. 주로 一句를 四言으로 한 定型으로 隔句韻을 쓴 작품이 대부분이고 간혹 非定型의 작품도 있다. 연민은 다양하고 압축된 언어를 사용하여 전달하려는 의미를 함축적으로 표현하였다. 이전의 箴銘 작품이 천편일률적인 면이 없지 않았는데, 이를 일소하여 독창적인 면모를 개척해서 작품의 내용과 형식이 다양하다.

내용면에서 보면 자신을 수양하는 방법, 세상을 살아가는 방법, 학문하는 방법, 서예론, 회화론, 古董鑑賞論, 취미생활 등 다양하여 교훈서로서의 역할도 충분히 하고 있다.

# 淵民 李家源의 韓國詩歌整理 功績

## Ⅰ. 序論

朝鮮民族은 아득한 옛날부터 好學하는 傳統이 持續되어 왔다. 西紀 372年 高句麗에서 國學을 創設하여 經史를 가르쳤고, 地方에는 마을에 扃堂을 세워 經史子集을 가르쳤다. 朝鮮時代에는 서울에는 國學에 該當하는 成均館을 두었고, 各郡縣에는 鄕校를 두어 經史 等 中國古典을 가르쳤다. 이 밖에도 各地域에 書院, 書塾 等을 設立하여 中國古典을 熱心히 익혔다. 지금 漢文으로 지어진 文集만도 1萬 5千種이 넘을 것으로 推定된다. 또 高麗 光宗 9年(958) 科擧制度를 實施하여 1894年까지 持續되었는데, 朝鮮의 儒生들은 科擧에 應試하기 爲해서 盡力하여 經書를 익혔다. 大略的인 統計에 의하면 文科及第者 1萬5千 名, 小科及第者 5萬 名 程度라고 한다. 이들은 모두 漢文學 專門家로서 그 影響이 相當히 컸다고 할 수 있다.

朝鮮王朝時代에는 每年 中國에 定期的으로 네 번 使臣을 派遣하였고, 일이 있을 때마다 隨時로 使臣을 派遣하였다. 明나라에서도 朝鮮에 隨時로 使臣을 派遣하여 왔다. 이를 통하여 旺盛하게 文化交流를 해왔다.

中國 周邊의 日本, 越南 等의 國家에서도 漢文을 써 왔지만, 좋아하는 程度나 水準이 朝鮮에 훨씬 못 미쳤다. 이 점은 中國에서 이미 認定한 바이다.

數千年間 持續되어 왔던 交流가 1945年에 이르러 두 國家의 理念이 다른 關係로 不幸히도 斷絶되었다. 1980年代 後半에 이르러서야 兩國間에 交流가 再開되었고, 學者들 사이의 學問的 交流도 비로소 再開되었다.

1986年 10月 日本 東京 筑波大學에서 退溪學 國際學術會議가 開催되었는데, 中國 大陸에서 19名의 學者들이 參席하였다. 韓國學者들과 中國學者들이 51年 만에 大規模로 만나게 되었다. 韓國의 代表的인 漢文學者 淵民 李家源(1917-2000)은 이때 參加하여 처음으로 中國 學者들과 學術的인 討論을 展開하였다. 돌아와서 中國 學者와는 처음으로 廈門大學의 高令印敎授와 書信往復을 하였다.

그 이듬해인 1987年 1月에는 香港 中文大學에서 韓國學者들과 中國學者들이 두 번째로 大規模로 만나게 되었다. 이때도 淵民도 參席하여 中國學者들과 交流를 하였다.

그 해 8月에는 中國孔子基金會에서 淵民을 包含해서 丁範鎭, 安炳周, 尹絲淳 등 4名의 韓國學者들을 招請하였다. 이때 淵民은 26日 동안 北京・濟南・曲阜・西安 等地의 文化遺蹟을 參觀하였고, 生涯 처음으로 中國의 學術大會에 參加하여 「曰若稽考孔子」라는 論文을 發表하여 그 名聲이 中國學者들 사이에 알려지기 시작했다. 이때 張岱年・辛冠潔・王瑤・步近智 等 中國의 著名學者들을 만나 學問的 交流를 하였다.

그 以前 1950年代末부터 董作賓・溥儒・孔德成・高明・林尹 등 臺灣學者들과 交流가 있었지만, 中國 本土의 學者들과 本格的인 交流를 始作한 것은 이때부터였다. 이때 淵民은 「中華大陸紀行一百首」라는 各體의 詩 1백수를 지었으니, 韻文으로 된 中國 旅行錄이다.

淵民 李家 源先生은 韓國을 代表하는 著名한 學者이다. 그는 漢文學者, 中國文學者, 詩人, 古典翻譯家, 書法家, 敎育者, 儒林指導家라고 할 수 있다. 近 30年 동안 成均館大學, 延世大學 等에 敎授로 있으면서 많은 弟子들을 養成하였고, 1百餘種의 著書를 남겼다. 韓國漢文學會 會長, 韓國漢文敎育學會 會長 等을 맡아 漢文學界를 이끌었다. 退溪學硏究院 院長, 陶山書院 院長, 儒道會總本部 理事長 等을 맡아 韓國 儒林을 이끌었다.

그는 現代式 學校敎育을 받지 않고 傳統的인 方式의 漢文古典敎育만 받아 現代學者로서 成功한 特殊한 經歷을 가진 學者다.

本考에서는 그의 生涯, 그의 學問淵源, 文學的 特徵, 詩歌整理上의 功績 等에 焦點을 맞추어 紹介하고자 한다.

## Ⅱ. 生涯簡介

淵民 李家源은 1917年 韓國 慶尙北道 安東郡 陶山面 溫惠里에서 태어났다. 朝鮮의 儒宗 退溪 李滉의 14大 後손인데 退溪가 태어난 곳도 바로 이 곳이다.

字는 埏淵, 號는 淵民, 淵民 以外에도 笠翁 等 90餘個가 있다.

本貫은 眞城으로 그의 曾祖父 때까지는 退溪家의 胄孫이다. 그의 家門은 代代로 學者들이 많이 나오는 書香門第이다. 淵民의 高祖父 古溪 李彙寧은 嶺南 儒林에서 重望을 입었고 仕宦하여 同副承旨에 이르렀고 文集 『古溪集』을 남겼다. 退溪의 後孫들 가운데서는 文科及第者[中國의 進士에 해당됨]가 33名, 進士[중국의 貢生에 해당함] 及第者가 63名이 나왔고, 文集을 남긴 文人, 學者가 100餘 名에 이른다.

그의 祖父 老山 李中寅과 그의 父親 石田 李齡鎬도 文集을 남길 程度의 水準이 되는 漢學者였다. 祖父 老山은 自身이 젊은 時節 健康이 좋지 못해서 깊이 工夫하지 못한 것을 크게 悔歎하여 왔는데, 아들 石田도 健康이 좋지 못 하였으므로 嚴格하게 工夫를 督勵할 수 없어 안타까워했으므로, 孫子 淵民을 큰 學者로 키우기 위해 어려서부터 至極히 精誠을 들여 嚴格하게 培育하였다.

1922年 5歲 때부터 1939年 23歲 때까지 17年 동안 鄕里에서 傳統的 方式에 依한 漢文工夫를 繼續하였다.

1939년 23歲 되던 해 淵民은 傳統式 漢文敎育의 限界를 切感하고 故鄕을 떠나 서울로 올라갔다. 본래는 中國 北京大學으로 留學을 떠나기 위해서였으나 旅費가 없어서 그대로 서울에 머물러 있다가, 3年制 明倫專門

學院에 入學하여 3년 동안 修學하였다. 1941年 12月에 卒業하고 다시 1942年 1月에 明倫專門學校 經學硏究科에 入學하여 1943年 12月에 졸업하였다.

1944년부터 1945년까지 鄕里에서 讀書하며 지냈다.

1946년부터 慶北 榮州農業學校 教師로 시작해서 1954년까지 金泉女子高等學校, 東萊高等學校, 釜山高等學校 등지에서 韓國文學 國語教師 生活을 했다.

1952年 成均館大學校 總長 金昌淑先生의 特別配慮로 釜山高等學校 教師身分으로 成均館大學校 韓國文學科에 編入하여 1952년에 卒業하여 文學士 學位를 獲得했다.

1955년 成均館大學校 中文科 助教授가 되어 大學講壇에 섰다. 中文學科 學科長을 맡아 學科의 體裁를 잡고 基礎를 닦았다. 1956년에는 成均館大學校 大學院에서 文學碩士學位를 獲得했다.

이 해 成均館大學校에서 罷免되었다. 李承晩 大統領의 獨裁政權에 抵抗하는 金昌淑 總長의 親密한 參謀라고 指目되었기 때문이었다. 罷免된 以後 特別한 職業이 없는 狀況에서도 每日 國立圖書館 古書室에 가서 漢文文獻 가운데서 韓國漢文學史에 관계되는 資料를 抄寫하였다. 困窮한 속에서도『春香傳』注釋 등 著書를 繼續 내었다.

1959年에 이르러 延世大學校의 招聘으로 國文科 助教授가 되었다. 漢文學 以外에 漢文小說·國文小說 등에 關心을 두고 著譯書를 내었고, 燕巖 朴趾源의 小說을 硏究하여『燕巖小說硏究』라는 著書로 1966년 成均館大學校 大學院에서 博士學位를 받았다.

1982년 教授에서 退任하였다. 1983年 檀國大學校 大學院 待遇教授, 延世大學校 碩座教授, 大韓民國學術院 會員 等을 歷任하였다.

學術團體 活動으로는 韓國漢文學會 會長, 韓國漢文教育學會 會長, 退溪學硏究院 院長을 歷任했다.

儒林團體 活動으로는 全國儒道會總本部 委員長, 陶山書院, 竹樹書院,

深谷書院 等의 院長을 歷任했다.

2000년 11월 9일에 享年 83歲로 逝世하여 忠淸北道 中原郡 嚴正面 蘇臺에 安葬되었다. 墓前에는 自撰의 墓碣銘이 세워져 있다.

그의 藏書와 文物들은 1차로 1987年에 대부분 檀國大學校에 寄贈되었고 2000년 거의 逝世와 함께 모두 寄贈되었다. 藏書 2萬卷, 線裝古籍 4千卷 以外에 退溪, 茶山, 秋史 等의 親筆과 蘭雪軒 許楚姬, 謙齋 鄭歚, 檀園 金弘度 等의 繪畫, 古董 및 自身의 書法作品 등이 包含되어 있다. 檀國大學校에서는 淵民紀念館을 지었는데, 그의 圖書와 遺物들을 整理하여 保管·展示할 計劃을 하고 있다. 2013年 9월 寄贈品 가운데 一部를 골라 展示會를 개최한 적이 있다.

淵民의 學問을 硏究하는 淵民學會가 그의 生前에 그 弟子와 後學들에 의하여 結成되어 그의 學問을 持續的으로 硏究하여 學術大會를 開催하여 『淵民學報』를 刊行하고 있는데, 25輯에 이른다. 또 洌上古典硏究會가 結成되어 그의 學問的 傳統을 이어 古典文學을 硏究하여 『洌上古典硏究』 40輯 이상 刊行해 오고 있다.

## Ⅲ. 傳統學問淵源

### 1. 家學淵源

淵民의 家學은 곧 退溪學이다. 退溪의 學問은 經學을 爲主로 하면서 文學을 重視하였다. 淵民은 어려서부터 여러 名의 家門의 스승으로부터 배웠다.

맨 먼저 祖父 老山에게서 句讀 끊는 법을 배웠다. 그 이후 6歲 무렵부터 堂叔 陽田 李祥鎬에게서 漢文과 書法을 배웠다.

10歲 때부터는 族祖인 東田 李中均으로부터 『論語』와 作文法, 律詩 創作法을 배웠다.

어릴 때 집안의 스승인 可栖 李炳朝로부터 無韻의 五言古風詩 創作法을 배웠다.

18歲(1935) 때부터 族祖 愛磵 李和聖으로부터 詩歌, 雜記, 論, 說, 碑誌 創作法을 배웠다. 丙子年(1936) 여름에 愛磵으로부터 辭, 賦, 詩歌, 頌, 贊, 哀祭 創作法을 배웠다. 丁丑年(1937) 여름에 詩歌, 書牘 創作法을 배웠다.[1]

退溪의 冑孫인 堂叔 霞溪 李忠鎬는 "文章은 소박하게 지어라", "退溪先祖의 글을 읽으면 賢哲하게 될 수 있다"라는 말로 激勵하였고,[2] 祖父 老山은 "道袍 입고 꿇어앉는 선비가 되지 말아라"라고 하여 形式的인 古禮만을 墨守하지 말고 獨創的 思考를 하도록 訓育하였다.

어릴 때 族師로부터의 學習과 敎訓이 淵民이 大學者가 되는 데 큰 影響을 주었다.

## 2. 外家의 影響

淵民의 外家 亦是 學問하는 家門으로 그 外祖父 松臺 丁大稙은 退溪學派에 屬하는 性理學者 愚潭 丁時翰의 7代孫이다. 有名한 實學者 茶山 丁若鏞과 가까운 집안이다. 外祖父는 淵民에게 退溪의 學問을 繼承하라고 勸誘하였다.

外族 가운데 畏齋 丁泰鎭이라는 학자가 있었는데, 역시 愚潭의 後孫으로서 朝鮮末期의 儒林代表 俛宇 郭鍾錫의 弟子였다. 外祖父는 淵民에게 經書와 史書를 가르쳐주도록 그에게 命했다.[3]

10歲 때 畏齋로부터 『論語』를 배웠고, 16세 때는 畏齋에게서 詩歌・傳・行狀 짓는 法을 배웠다. 17세 때 畏齋에게서 辭・賦・詩歌 짓는 法을

---

1) 『萬花齊笑集』 184頁, 「淵翁幼時課作年代記」.

2) 『淵淵夜思齋文藁』 235頁, 「祭伯從祖叔父文」.

3) 『淵淵夜思齋文藁』 493頁, 「外王考行狀」.

배웠다. 18세 때 畏齋를 따라 『書經』을 2百番 읽었다.

淵民은 畏齋를 통해서 榮州에 사는 學者 西洲 金思鎭의 門下에 出入하였는데, 그는 鄕村의 선비들과는 달리 『星湖僿說』·『磻溪隨錄』·『熱河日記』 등 畿湖地方의 實學派 學者들의 著作을 熱心히 읽고 있었다. 그래서 淵民으로 하여금 實學思想을 갖게 해 주었다. 그래서 淵民이 迂儒나 俗儒가 되는 것을 免하게 하고 通儒, 眞儒가 되도록 길을 提示한 것이었다.

### 3. 妻家의 影響

淵民은 12歲 때 安東 동쪽 水谷에 世居해온 全州柳氏 宗家의 사위가 되었다. 岳丈 匯溪 柳健宇 역시 文章과 行實이 뛰어난 學者이었다. 祖父 老山이 淵民을 學者로 만들기 위해서 學問이 있는 家門에 장가들게 하였다. 水谷의 柳氏 집안에서는 17世紀 以後로 한 家門에서 150餘種의 文集이 著作되었다.

岳丈이 淵民을 '鳳凰의 새끼'라고 귀여워하며 따로 書齋를 마련해서 工夫하게 해 주었다.[4] 13歲 때 岳丈에게 詩歌 創作法을 배웠고, 14歲 때는 科時 創作法을 배웠다.

當時 妻家에는 妻叔 淡如 柳健灝, 妻族 野人 柳東銖 等 漢文學에 造詣가 깊은 學者들이 많이 있었는데 자주 詩會를 열어 淵民의 創作의 솜씨를 研磨할 수 있게 하였다.

### 4. 傳統的 學習의 內容

家庭·外家·妻家 等에서 傳統的인 方式에 의하여 學習한 內容을 淵民 自身이 이렇게 整理해 둔 記錄이 있다.

---

4) 『淵淵夜思齋文藁』 97頁, 「祭外舅匯溪柳公文」.

대개 내가 다섯 살 되던 辛酉年(1921) 봄에 祖父 老山翁에게서 처음으로 『千字文』을 배웠다. 이때부터 날마다 課題를 따라가기에 바빴다.

9歲 되던 丙寅年(1926)에 『史略』, 『通鑑』(9卷까지), 『小學』, 『孟子』를 課題로 내주셨다. 『孟子』는 每月 초하루 보름에 老松亭에 모여서 講을 하였다.

10세 되던 丁卯年(1927) 봄에는 榮州의 儉巖精舍에서 畏齋 丁泰鎭先生을 좇아 『論語』를 읽었다. 그 해 겨울에는 집안의 스승 進士 東田 李中均翁을 좇아 繼續 『論語』를 읽었다.

그 다음해 戊辰年(1928) 여름에 古溪山房으로 돌아와 庚午年(1930)까지 『大學』, 『詩經』을 다 읽었다.

辛未年(1931)에 『書經』을 읽었다.

이상은 課題로 받아 외운 것이다.

15세 되던 壬申年(1932)에 다시 『詩經』을 읽었는데 2百 番을 읽었다. 이때부터 외우는 것을 일삼지 않고 그 깊은 뜻을 硏究하였다.

16세 되던 癸酉年(1933) 陶山書院 隴雲精舍에서 『大學』 1千番을 읽었다.

甲戌年(1934)에 『大學或問』 20番을 읽었다.

乙亥年(1935)에 다시 畏齋翁을 좇아 다시 『書經』을 2百番 읽었다. 9月 26日부터 始作해서 10月 10日에 虞書의 「堯典」, 「舜典」을 다 마쳤다. 20日에는 「大禹謨」, 「皐陶」, 「益稷」을 다 마쳤다. 11月 5日에 이르러서 夏書의 「禹貢」, 「甘誓」, 「五子之歌」, 「胤征」을 마쳤다. 18日에는 商書의 「湯誓」, 「仲虺之誥」, 「湯誥」, 「伊訓」, 「太甲」, 「咸有一德」을 마쳤다. 섣달 20日에는 「盤庚」, 「說命」, 「高宗肜日」, 「西伯」, 「戡黎」, 「微子」 및 周書의 「泰誓」, 「牧誓」, 「武成」, 「洪範」, 「旅獒」를 마쳤다. 그 이하는 記錄이 빠져 있다.

丁丑年(1937)에 다시 『孟子』를 읽었는데, 「梁惠王」, 「公孫丑」, 「滕文公」, 「離婁」을 붙여서 2百番 외웠다. 「萬章」은 1百番 읽었고, 「告子」과 「盡心」은 50番 읽었는데, 섣달 그믐날에 이르러 마쳤다.

그 밖에 『唐音』, 『古文眞寶』, 『唐宋八家文』, 『史記』 등은 모두 百番 이하로 읽은 것은 없다. 오직 「離騷經」만은 1千番을 읽었다. 이것 등은 모두 年月을 記錄하지 않아 詳考할 수가 없다.[5]

---

5) 『萬花齊笑集』 153-154頁, 「淵翁幼時讀書年月及遍數記」.

5歲 때부터 工夫를 始作하여 20歲 때까지 工夫한 것을 記錄한 것이다. 特異한 것은 淵民은 15歲 以後로 記誦하는 工夫를 하지 않고 그 뜻을 깊이 窮究하기 시작했다는 점이다. 옛날 韓國 鄕村의 선비들이 工夫하는 方法은 冊을 다 외우는 것이었는데, 冊이 적을 때는 외우는 데 時間을 消費해도 괜찮지만 冊이 幾何級數的으로 많아진 時代에 冊 몇 卷만 외우고 있다면 새로운 學問의 隊列에서 落伍하지 않을 수 없다. 淵民이 鄕村에서 工夫했지만 외우기를 하지 않는 대신 그 뜻을 깊이 窮究하고, 또 외우는 데 들일 時間을 冊을 널리 보는 데 活用하였으므로 뒤에 大學者로 성장할 수 있었던 것이다.

淵民은 또 自身 詩文 創作 工夫의 課程을 이렇게 回顧하였다.

> 내 나이 6세 되던 癸亥年(1923) 以後부터 從叔 陽田翁[李祥鎬] 및 집안의 스승인 可栖 李炳朝翁을 따라 韻字를 안 붙이는 五言古風詩 짓는 工夫를 했다. 丙寅年(1926)에 陽田翁을 따라서 비로소 韻字가 있는 詩 創作法을 배웠다. 丁卯年(1927) 陰曆 3月에 집안의 스승 進士 東田 李中均翁을 좇아서 비로소 律詩 創作法을 배웠다. 그 해 여름에 다시 陽田翁을 따라서 詩歌 創作法을 배웠다. 己巳年(1929) 여름에 다시 陽田翁을 따라서 詩歌 創作法을 배웠다.
>
> 庚午年(1930) 여름에 丈人 匯溪 柳建宇翁을 따라서 詩歌 創作法을 배웠다. 辛未年(1931) 여름에 다시 匯溪翁을 따라서 科時 創作法을 배웠다.
>
> 壬申年(1932)에 다시 陽田翁을 따라서 詩歌 및 科時 創作法을 배웠다.
>
> 癸酉年(1933) 여름에 畏齋 丁泰鎭翁을 따라서 詩歌 및 傳, 行狀 創作法을 배웠다. 甲戌年(1934) 여름에 다시 畏齋翁을 따라 辭, 賦 및 詩歌 創作法을 배웠다.
>
> 乙亥年(1935) 여름에 愛磵 李和聖翁을 따라서 詩歌, 雜記, 論, 說, 碑誌 創作法을 배웠다. 丙子年(1936) 여름에 다시 愛磵翁을 따라서 辭, 賦, 詩歌, 頌, 贊, 哀祭 創作法을 배웠다. 丁丑年(1927) 여름에 다시 愛磵翁을 따라서 다시 詩歌, 書牘 創作法을 배웠다.[6]

6歲 때부터 古風詩 짓기를 始作하여 19歲 때까지 律詩, 科時, 傳, 行狀, 辭, 賦, 雜記, 論, 說, 碑誌, 頌, 贊, 哀祭 等의 創作 工夫를, 陽田 李祥鎬, 可栖 李炳朝, 東田 李中均, 畏齋 丁泰鎭, 匯溪 柳建宇, 愛磵 李和聖 等을 스승으로 모시고 하였다. 이 期間에 經書와 史書를 읽고 詩文創作의 練習을 하였다.

그러나 淵民은 서울 올라가기 前에 지은 自身의 詩文原稿를 다 불살랐다. 新學問을 두고 精神的 葛藤이 적지 않았던 것 같다. 그러나 뒷날 그의 祖父가 다시 收拾하여 保存되게 되었다.

> 내가 5歲 때 대체로 文章을 엮을 줄 알았다. 그러나 12歲 때 原稿를 불살라 버렸다. 22歲 때 다시 原稿를 불살랐다. 밖으로 나가 나라 안의 이름난 山과 큰 都會地를 돌아다니다가 몇 年만에 돌아오니, 87歲 되는 祖父 老山翁께서 나에게 文藁 한 冊을 주면서 命令하시기를, "이것은 너가 지은 것이다. 너는 간직하고 싶어 하지 않지만 나는 간직하고 싶다. 네 仲父와 여러 아우들에게 시켜 번갈아 가면서 베끼도록 하여 너에게 주는 것이다. 할애비가 孫子의 原稿를 거두는 일은 古今天下에 내가 처음일 것이다"라고 하셨다. 이에 小子는 다시는 敢히 불사르는 일이 없었다. 이것이 『淵淵夜思齋文藁』다.[7)]

이 記錄은 '癸未年(1943) 꽃 피는 아침에 쓴 것이다'라고 쓴 時期가 밝혀져 있는데 淵民이 明倫專門學校 마치고 다시 故鄕으로 돌아왔을 때 쓴 것이다. 1939년 淵民은 서울로 工夫하러 올라가면서 以前에 지은 漢詩文에 스스로 滿足하지 못하여 다 불태운 것 같다.[8)]

---

6) 『萬花齋笑集』 154쪽, 「淵翁幼時課作年代記」.

7) 『淵淵夜思齋文藁』 1쪽, 「淵淵夜思齋文藁序」.

8) 許捲洙 「淵民 李家源 先生의 漢文學 成就過程에 對한 考察」, 『洌上古典研究』 第28輯, 2008年, 洌上古典研究會.

## Ⅳ. 서울에서의 學問方法 轉換

淵民은 鄕村에서 長期間 經史를 읽고 漢詩文 創作方法을 배웠지만 植民地國家의 青年으로서 將來가 暗澹했다. 家庭의 父老들은 日本式 教育은 斷乎히 拒否하고 있었다. 그 속에서 많은 葛藤을 느꼈다.

이때 마침 淵民에게 轉換의 契機가 찾아왔다. 1939년 年初 豐基에 사는 宋志英이란 사람이 "北京大學으로 儒學을 가니, 같이 가자"고 연락이 왔다. 淵民은 北京行을 決心하고 祖父 몰래 서울까지 따라왔다. 그러나 旅費가 떨어져 不得已 서울에 머물렀다. 서울에서 苦學이라도 하며 지낼 생각이었다.

그때 마침 明倫專門學院 研究科에서 學生을 募集했다. 淵民은 거기에 應試하여 合格하였다. 各 道에서 한 名씩 募集하였는데, 學生에게 宿食을 提供하고 若干의 奬學金도 支給하였다. 明倫專門學院은 朝鮮時代 成均館을 改造한 經學院 傘下에 있었는데, 學習內容은 儒教經傳・史書・諸子百家에다 若干의 現代的 學問을 더한 것이었다. 當時 教授陣으로는 金台俊, 金承烈, 朱柄乾, 金永毅 等이 있었다.

金台俊은 平安北道 出身으로 京城帝大 中文科를 卒業했는데, 民族精神이 透徹했고 國學에 關心이 깊어 이미 『朝鮮漢文學史』와 『朝鮮小說史』 등의 著書가 있었다. 淵民은 金台俊과 가장 接觸을 많이 했는데 淵民에게 民族意識을 鼓吹시켜 주고 『韓國漢文學史』를 著作하게 된 契機를 마련해 주었다.

淵民은 1941년 研究科를 卒業하였고 1942년 1월에 明倫專門學校 經學研究科에 入學하여 1943년 12월에 卒業하였다.

이 기간 동안에 朝鮮時代 成均館의 圖書館인 尊經閣에 備置된 書籍과 日本 사람들이 中國에서 사들인 새로 刊行한 中國古典을 비치한 阿峴文庫라는 圖書館에서 中國古典을 마음대로 閱覽할 수 있었다. 이때 四庫全書를 처음 接했는데 그 가운데 몇 種을 골라서 閱讀한 事實이 있었다.[9] 그리고 段玉裁의 『說文解字注』, 鮑廷博의 『知不足齋叢書』 같은 冊도 보았는데 이런 冊들은 鄕村에서는 到底히 볼 수 없는 책들이었다. 淵民이 學問을 크게 이루는 데 큰 도움을 주었다.

서울에서 工夫하는 동안 만난 스승으로는 當代 漢文學의 大家인 山康 卞榮晩과 爲堂 鄭寅普가 있는데 이들의 薰陶를 많이 입었다. 이 두 분은 모두 中國에 長期間 留學한 분들로, 鄭寅普는 中國에서 章太炎을 만나 學問을 討論하였다. 淵民은 卞榮晩, 鄭寅普 두 분에게 自己가 지은 詩文을 가지고 가서 批評을 받기도 했다. 이 분들의 影響으로 韓國의 漢文學者 가운데서 中國의 學問을 比較的 잘 理解하고 있다.

이때 사귄 學友로는 나중에 韓國 漢文學界에서 頭角을 나타낸 放隱 成樂熏, 東樵 李鎭泳 등이 있는데, 이들과 學問을 討論했다.

이때 淵民은 많은 書籍을 蒐集했음을 알 수 있는데 스스로 '萬卷藏書'라고 일컬었다.[10] 藏書가 實際로 萬卷에 이르지는 않았겠지만 이미 많은 書籍을 收藏했다는 事實을 알 수 있다.

서울에서 工夫하면서 中國語 學習의 必要性을 느꼈다. 淵民이 나중에 魯迅의 小說 等을 飜譯할 수 있었던 것도 이때 準備한 白話 讀解實力이 바탕이 된 것이다.

## Ⅴ. 淵民의 文學論과 漢詩創作

### 1. 文學論

淵民은 創作에 있어서 經學 工夫의 基礎를 매우 强調하였다. 그의 「和陶淵明飮酒二十首」 가운데 第五首에서 이렇게 읊었다.

---

9) 『淵淵夜思齋文藁』 102頁, 「上王父大人書」.

10) 『淵淵夜思齋文藁』 110頁, 「答李碧史書」.

萬學經爲大, 百家漫自喧. 正德與利厚, 缺一已爲偏.[11]

모든 學問 가운데서 經學이 가장 위대한 것인데도 많은 사람들은 잘 모르고 멋대로 떠들어대고 있다는 것이다. 學問 가운데서 正德과 利用, 厚生 어느 하나가 빠져도 이미 치우친 것이라고 밝혔다. 朝鮮時代 性理學者들은 너무 正德에 치우쳐 있고, 이를 바로잡겠다고 나선 實學者들은 利用厚生에 치우칠 憂慮가 있는데 淵民은 어느 한 쪽으로도 치우쳐서는 안 된다고 했다.

이 詩의 第四首에서는 이렇게 읊었다.

嬰年誦古書, 沖霄壯懷飛. 六經嘿嘗蔵, 造句亦淸悲. 陳言務去之, 孤詣獨吾依. 孳孳罄丹忱, 往哲可同歸. 凡甫有恒言, 古旺今何衰? 徒慨而無爲, 畢竟古道違.[12]

淵民은 六經을 默默히 吟味하면 詩文의 句節이 저절로 淸悲해진다고 생각했다.

淵民은 또 한 篇의 文章은 奇와 不奇가 同時에 存在해야 한다고 主張했다.

凡文, 一篇無一字奇者, 固不足爲文, 無一字不奇者, 亦不必爲至. 蓋有不奇, 而後有奇. 若其無不可奇, 其奇亦未奇已矣, 平凡已矣.[13]

爲堂 鄭寅普의 "爲文之道, 一篇之中, 或奇或不奇, 不如首尾之未奇而無瑕"라는 主張에 대하여 淵民 自身의 見解를 펼친 것이다.

淵民은 自身의 獨創的인 文章을 지을 것을 宣言하였다.

---

11) 『遊燕堂集』 103頁.

12) 『遊燕堂集』 104頁.

13) 『淵淵夜思齋文藁』 136頁, 「答薝園鄭翁」.

> 足下, 以文章之事, 依古爲法, 誠然, 第未遠耳. 若以古人爲法, 以三代先漢乎? 抑韓曾朱歸乎? 今日金喆熙, 爲韓曾朱歸乎? 李家源之文, 卽李家源之文, 決非先漢韓歸之文也. 故從容古義, 創以新色, 或正或奇, 或奇或偶, 參之億古, 而無有, 質之今人, 而不疑, 能事乃可畢矣.[14]

옛날 儀法을 차분히 參酌하되 正法이나 奇法이나에 拘碍 받지 않고, 자신의 獨創的인 特色이 나타난 '李家源之文'을 짓겠다고 했다. 이는 當時 漢文學界의 雰圍氣를 볼 적에 劃期的인 發想이라고 말할 수 있다.

그래서 經書를 根本으로 하면서 다른 典籍들을 參酌하여 非古非今의 自身의 독창적인 文章을 創造하였다.

> 余嘗治古文辭, 而凡有所爲之者, 力主宗經, 以經爲經, 餘則爲緯, 而不泥於古, 不流於俗. 乃今之操觚者, 多謂之古蒼, 何哉? 究之, 是吾所謂不流者之所致也. 然若使前古之人, 俯而讀之, 則必謂之非前古之人之所爲也. 顧吾所居之代, 旣非麗鮮, 又非漢唐. 烏能爲麗鮮漢唐之文也哉? 故懋出陳言, 而不棄今語. 方俗土品, 雖殘瓦敗礫, 憐若金粒, 然而經經緯緯之一片丹忱, 則芊眠菲測, 永不銷亡.[15]

淵民은 그의 생각과 같이 古法에 얽매이지 않으면서 自己만의 獨創的인 文章을 지어내었다.

그 아우 春初 李國源에게 法古創新의 原則에 따라 古今을 잘 調和시켜 詩文을 지을 것을 當付하였다.

> 凡爲學, 古而無陳, 新而無俗, 約而勿窄, 博而勿浮, 乃是爲可. 君可勿牽於俗儒之語, 勿立自主之見.[16]

---

14) 『淵淵夜思齋文藁』 96頁, 「答金龍田」.
15) 『貞盦文存』 48頁, 「通故堂集自序」.
16) 『淵淵夜思齋文藁』 144頁, 「答春初」.

中國의 여러 文學 流派 가운데서 桐城派의 義法을 가장 肯定하였다.

昔, 濂溪氏稱文以載道, 以虛車視俗儒, 以後之一種人, 乃謂讀聖賢書, 當明其道, 不必究其文字, 其言蓋已失之偏矣. 今, 村人學究, 皆誦其說, 而讀書, 既不能行乎其身, 又不知文字之義法者, 比比也. 然專志文辭, 如韓曾之爲, 猶不得爲正宗, 故程朱氏倡義理之說, 明淸之世, 鴻博之士, 排朱氏, 而遙搜漢儒之說, 號爲攷據, 天下皆響應, 而獨桐城一派, 笑遨一世, 以爲義理攷據詞章, 缺一不可, 家源向讀其說, 心頗艶歎也.[17]

## 2. 淵民의 詩歌創作

淵民은 5歲 때부터 詩를 짓기 始作하여 83歲 때까지 約 3千餘首[18]의 漢詩를 지었는데, 古體詩 近體詩 等 各種 詩體를 두루 網羅하고 있다. 그 內容은 天人合一의 思想, 修己治人의 旨訣, 硏學의 方法, 憂國憐民의 思想, 獨裁政治에 대한 抵抗, 社會, 風俗, 個人의 喜怒, 自身의 回顧, 人生經驗, 景物, 紀行, 詠史 等 多樣한 內容을 包括하고 있다. 年代別로 그의 文集에 收錄되어 있어 마치 그의 年譜와도 같다. 그 밖에 儒林指導者로서 應酬한 次韻詩, 頌壽詩, 祝詩, 輓詩 等도 많이 지었다.

그 가운데서 自身의 回甲을 맞이하여 自身의 六十平生을 돌아보고 餘生의 計劃을 밝힌 「六一初度志感」이란 시는 이러하다.

[前略] 六旬光陰何淩遽? 耳順之年媿先惁. 六旬非難亦非易, 更辛茹苦祇堪咽. 焚碎金甌尙未完, 風樹餘哀未盡洩. 六十書種稱富翁, 徒費紙墨蔑風烈. 補壁菓袋無足慳, 後雲留知亦云拙. 粗可慰者也非無, 坡翁在堂望八載. 糟糠之妻尙齊眉, 九個璋瓦森成列. 隨俗可以邀賓朋, 親不待焉戒勿設. 同學諸子爲之憐, 松峴高樓張華筵. 頌壽論叢刊而頒, 文酒渢渢集羣仙. 亦有異邦諸學者,

17) 『淵淵夜思齋文藁』 76, 77頁, 「與學田李翁」.

18) 1997년부터 2000년 사이에 지은 5百餘首는 아직 出刊되지 못 하고 原稿로 쌓여 있다.

淸詞瑰律義芊眠. 印書家亦罄厥悃, 二種新刊也芳鮮. 海鶴風標瑤華想, 憶昔青春綦嬋娟. 青雲難力致非願, 白酒爲潦倒是顚. 農也詎爲水旱輟, 深宵炳燭對硏田. 擬刊書種百八冊, 如此無休竟殘年.[後略]

전부 2百句로 된 長篇 七言古詩인데 한 篇의 有韻의 自敍傳이라 할 수 있다. 學問에 對한 熱意와 謙虛한 姿勢가 나타나 있다.

오랫동안 그리던 中國大陸을 旅行하는 마지막 日程에 萬里長城에 올라 長篇의 七言古詩를 읊었다.

嘻噫戲偉哉壯哉! 此是萬里長城也. 延袤六萬七千里, 自古雄名宏天下. 高低起伏八達嶺, 隘爲咽喉延爲頸. 行時飛騰更紆餘, 一條青龍雲海騁. 粤自春秋戰國代, 燕趙防胡固北塞. 嬴皇雄略統六王, 亡秦者胡不可貸. 笞卒鞭石起大役, 神媧補天猶云窄. 安知大禍起蕭牆, 萬世雄圖壞一夕. 兩漢魏晋賴而安, 唐宋明淸各鬱盤. 如今登場新武器, 魚艇排空飛爆彈. 萬古雄威尙未亡, 倚重不第此東方. 遠西英英豪健客, 俯瞰仰瞻感歎長. 我亦登臨恣一吟, 沖宵逸氣橫古今. 夷猶竟日渾忘返, 秋聲瑟瑟動高岑.[19]

萬里長城의 雄壯한 貌習과 歷史的 事實을 섞어서 잘 描寫했다. 秦始皇의 暴虐함에 對한 諷刺와 後世에 對한 教訓을 곁들이고 있다.

79세 되던 해에 지은 「漫興三絶」에서는 作詩와 書法의 妙訣을 밝히고 있다.

青歲爲詩追甫白, 追之靡及自萋悲. 賤今貴古元來誤, 唐宋羅麗各一時.
書婢仿古亦非至, 各盡其才而已矣. 蚓歎龍拏總自然, 創新爲貴更誰擬.[20]

老境에 읊은 「秋」라는 詩는 天地運行의 原理에 順應하는 老學者의 心境을 잘 나타내었다.

---

19) 『遊燕堂集』 191頁, 「長城行」.

20) 『萬花齊笑集』 382頁.

秋聲撼庭樹, 病葉黃而墮. 老木猶耐寒, 不憂全身裸. 感慨時節變, 明燭久兀坐. 春華無足戀, 胸中獨磊砢. 風黑菊將盡, 瓷甁揷數朶. 寒暑自去來, 榮枯淡忘可.[21]

이 밖에도 23歲 때 金剛山을 遊覽하고 읊은 882句 4410字에 이르는 五言古詩가 있는데, 當時 이미 老學者들이 刮目相對하게 만들었다. 또 韓國古代小說 『春香傳』을 七言詩 4760句 33320字로 읊은 長篇敍事詩가 있는데 韓國의 漢詩 가운데 가장 긴 詩일 것으로 思料된다.

## Ⅵ. 韓國漢詩整理功績

### 1. 文學史著作

淵民 李家源은 三種의 文學史를 지었다. 『中國文學思潮史』, 『韓國漢文學史』, 『朝鮮文學史』 등이다. 이 가운데서 『中國文學思潮史』는 中國古代文學에 관한 것이므로 여기서는 論外로 한다.

#### 1) 『韓國漢文學史』

『韓國漢文學史』는 淵民 이전에 金台俊의 『朝鮮漢文學史』가 있지만 內容이 너무 疏略하여 朝鮮 數千年의 漢文學를 다 包括해서 敍述했다고 말하기 어렵다. 豐富한 資料를 參考하여 本格的으로 體裁를 갖춘 漢文學史로는 淵民의 『韓國漢文學史』가 最初라고 할 수 있다.

이 『韓國漢文學史』에서는 古朝鮮時代의 詩歌를 俗曲과 漢體의 詩歌로 分類하여 수록하였다. 俗曲은 우리 말로 불려진 노래라 비록 歌詞는 없어졌지만 그 詩歌에 關한 緣起를 『高麗史』에서 찾아 그 內容만이라도 把握

21) 『萬花齊笑集』 124頁.

할 수 있게 하였다. 이는 朝鮮民族의 詩歌創作의 起源을 古朝鮮時代로 잡은 것이니 매우 意味 있는 일이다. 漢體의 詩歌로는 檀君 때의 史官인 神志가 지었다는 「秘詞」를 『高麗史』에서 발굴하여 수록하고 있다. 後世의 文獻에 나타난 기록이라 信憑性은 낮지만, 檀君時代 作品의 존재를 확인하여 수록했으니 우리나라 漢詩의 起源이 中國에 비해서도 결코 늦지 않았다는 것을 보여 준다.

中國 晉나라 崔豹가 編纂한 『古今注』에 실린 「箜篌引」을 採擇하여 手錄하였다. 이 「箜篌引」은 詩가 남아 있을 뿐만 아니라 이 詩가 지어지게 된 緣起도 詳細히 기록되어 있어, 朝鮮 百姓들의 日常生活 속의 詩歌와의 관계를 알 수 있는 重要한 資料이다. 韓國文學史上 最初의 作者를 알 수 있는 漢詩이다.

三國時代 高句麗의 詩 역시 俗曲과 漢體의 詩로 分類하여 收錄하였다. 俗曲 가운데는 歌詞는 모두 없어졌지만, 緣起는 『高麗史』에서 發掘하여 收錄하였다.

高句麗 漢體의 詩歌로 『三國史記』에 실린 琉璃王의 「黃鳥歌」를 收錄하였다. 詳細한 緣起와 詩歌가 完全히 남아 있어 文學史的 價値가 아주 높다. 詩經詩의 詩體로서 押韻도 完全히 한 詩로서 詩經詩에 遜色이 없다고 하겠다.

乙支文德의 「遺于仲文詩」를 『隋書』에서 發掘하여 그 緣起와 함께 수록하였다. 이 詩는 韓國文學史上 最初의 五言詩로서, 武將으로서 漢詩를 지어 隋나라 將帥 于仲文을 譏弄한 것에서 高句麗 사람들의 氣像을 알 수 있는 作品이다.

新羅의 詩歌로는 그 時代에 創作된 鄕歌를 그 緣起와 함께 全數 收錄하였고, 우리 말로 노래 불렀던 鄕曲도 그 緣起를 採錄하였다. 崔致遠의 漢詩 「鄕樂雜詠」은 비록 漢體의 詩歌지만 그 內容에 따라 鄕曲에 所屬시켰다.

新羅 漢詩를 唐體의 詩歌라 하여 節을 나누어 收錄했는데 伽倻國의

詩歌도 包含하였다. 伽倻國의 建國敍事詩인 「龜何歌」를 그 緣起와 함께 收錄하였다. 鼻荊郎의 「鼻荊詞」는 新羅의 漢詩 가운데서 押韻을 한 現存 最初의 五言詩다. 眞德女王의 「太平詩」를 『全唐詩』에서 發掘하여 收錄하였는데, 詩의 格調나 對偶 處理 등의 作法이 唐詩에 比肩할 수 있다. 「海龜」라는 시는 水路夫人에 얽힌 說話를 詩로 읊은 것인데 新羅 最初의 七言詩이다.

百濟의 詩歌로는 唯一한 鄕歌인 「薯童謠」를 緣起와 함께 收錄하였고, 그 밖에 鄕曲의 緣起를 『高麗史』에서 發掘하여 收錄하였다.

統一新羅의 詩歌로는 그 時代에 創作된 鄕歌를 緣起와 함께 全數 收錄하였다.

唐體의 詩歌로는 『三國遺事』에서 漸開가 지은 「呪願詞」 및 「北庵詞」, 「南庵詞」, 「海歌」, 「兜率歌」, 「佛簡飛揚歌」等을 發掘하여 收錄하였다.

또 新羅 最初의 女流詩人 薛瑤의 漢詩 「返俗謠」를 『全唐詩』에서 發掘하여 收錄하였다.

新羅末 隱者 王巨仁의 「憤怨詩」는 『三國史記』에 登載된 것과 『三國遺事』에 登載된 것을 모두 다 실어 그 內容과 字句의 同異를 比較研究할 수 있게 하였다.

遣唐留學派의 詩人인 崔致遠·朴仁範의 漢詩는 '賓貢諸子와 韓國漢文學'이라는 節을 따로 만들어 특별히 소개하였다. 崔致遠의 漢詩 3首를 紹介하고 그의 詩世界를 알 수 있는 많은 關係資料를 添附하였다.

高麗時代 詩歌文學은 1170년 武臣亂을 分水嶺으로 하여 思潮가 크게 달라졌기 때문에 두 章으로 나누어 서술하였다.

高麗 前期를 다룬 章에서는 詩歌 創作의 時代的 思想的 背景이 되는 資料를 많이 收錄하였다. 詩歌史의 背景, 高麗 建國의 思想的 背景, 科擧制度, 私學의 興隆 等을 詩歌로 다루기 전에 深度 있게 다루었다. 958年부터 科擧制度를 實施함에 따라 文學의 底邊이 크게 擴大되어 詩文 創作者가 新羅時代에 比해서 急激히 增加하였고, 또 高麗의 詩人이나 詩 作品에

關한 評論이 많이 남아 있어 韓國의 詩歌史가 비로소 體裁를 이루게 되었다. 詩人 諸家의 特徵이나 長短點, 時代的인 思潮 等에 關한 資料를 適所에 編入하여 詩人들의 位相이나 詩歌의 水準을 明確히 把握할 수 있게 하였다.

『均如傳』에 실린 「普賢十願歌」를 紹介했다. 이는 僧 均如가 지은 高麗 鄕歌 11首인데 그 緣起와 함께 全部 收錄하였다. 이 노래는 高麗時代에도 如前히 鄕歌가 지어졌다는 事實을 證明해 준다.

高麗의 歌謠 가운데서 노래할 수 있고 風俗을 다룬 詩라는 側面에서 樂府라는 名稱을 賦與하였다. 우리 말로 된 노래는 俗樂이라 하였는데 『高麗史』에서 그 緣起를 發掘하여 收錄하고, 李齊賢이 지은 漢譯詩가 있는 것은 全部 紹介하였다. 中國詩를 본떠 音樂으로 演奏되던 漢詩는 唐樂으로, 高麗의 宗廟樂으로 쓰이던 漢詩는 雅樂으로 分類했다. 離別曲으로 쓰이던 鄭知常의 「送友人」도 樂府로 分類해 둔 것이 特徵이다.

高麗 前期의 漢詩로는 崔承老, 崔沖, 朴寅亮, 金黃元, 郭輿, 鄭知常, 金富軾, 鄭敘 等의 代表作 1, 2首를 소개하여 그들 詩의 特徵을 알도록 했다.

武臣亂 以後의 高麗 後期 漢詩史에서는 武臣亂으로 因한 詩歌思潮의 變化와 詩人들 變化를 强調하여 다루었다.

亂後 새로 發生한 景幾體歌인 「翰林別曲」·「關東別曲」·「竹溪別曲」과 武臣亂 以後의 高麗歌謠를 樂府로 다루었다. 李齊賢의 高麗歌謠 漢譯詩를 小樂府로 다루었다.

高麗 後期 지어진 閔思平의 「別曲」도 樂府詩로 다루었다.

李齊賢이 지은 詞 2首도 樂府詩에 包含시켜 다루었는데 이는 近理하지 않다.

武臣亂 以後 蘇東坡 詩를 崇尙하는 高麗 詩壇의 傾向을 소개하였는데, 그 原因과 當時의 雰圍氣를 詳細히 다루었다.

韓國文學史上 最初의 文學同好人 團體인 竹林七賢의 形成과 그 活動狀을 소개하였다.

이 時期의 代表的인 詩人으로 竹林七賢에 屬하는 李仁老, 吳世才, 林椿 등과 조금 後輩인 李奎報, 陳澕, 李承休 등을 소개하였다.

李奎報에 대해서는 特別히 詳細히 다루었다. 그의 英雄敍事詩 「東明王篇」을 序文과 함께 全文을 收錄하였다. 韓民族의 正統性과 自尊心을 鼓吹시키는 五言 242句의 大作이다. 그리고 中國과 韓國의 歷史를 詩로 읊은 歷史書 『帝王韻紀』를 詠史詩로 看做하여 文學史에 收錄하였다.

高麗 後期의 女流詩人 動人紅 等 세 사람을 소개하였다.

高麗 後期 性理學 導入 以後의 代表的 詩人으로는 李齊賢, 李穡, 鄭夢周, 金九容 등을 소개하였다. 이들은 高麗 前期의 吟風弄月的인 貴族詩人들과는 文學的 傾向을 달리한다. 훨씬 自主的이고 寫實的이고 愛民的이다.

武臣亂 以後에 出現한 詩話集 『破閑集』, 『白雲小說』, 『補閑集』, 『櫟翁稗說』을 소개하였다. 韓國漢文學史上 批評文學이 처음으로 登場한 것이다. 이 文獻들의 內容을 爲主로 '批評文學의 登場'이라는 節을 따로 獨立시켜 다루었다.

同時에 詩文選集인 『東國文鑑』, 『東人之文』 등을 紹介하여 그 長短點을 比較하였다.

朝鮮王朝의 詩歌는 朝鮮建國以後부터 壬亂以前까지, 壬亂直後, 光海朝, 仁祖反正以後, 英正以後 朝鮮末까지 다섯 時期로 나누어 다루었다.

壬亂 以前에는 朝鮮初期의 樂府를 독립시켜 다루었는데 建國讚美詩인 「龍飛御天歌」를 比重있게 다루었다.

그 다음으로 朝鮮朝 詩歌를 槪括的으로 總評한 許筠, 南龍翼, 金錫冑, 金萬重 등의 評語를 引用하여 讀者들로 하여금 朝鮮朝 詩歌의 全體的인 思潮를 大觀하게 하였다.

壬亂 以前의 代表的인 詩人과 詩歌를 紹介하였는데 鄭以吾, 趙云仡, 金時習, 申叔舟, 徐居正, 金宗直과 그 弟子, 江西詩派에 屬하는 李荇, 朴誾을 紹介하였고, 그 다음으로 性理學派에 屬하는 鄭汝昌, 徐敬德, 李彦迪,

李滉, 曹植을 紹介하였다. 性理學者로서 文學에 造詣가 깊어 道文一致의 境地를 이루어 낸 退溪의 詩에 대해서 많은 紙面을 割愛하여 特別히 紹介했다.

그 밖에 賤民詩人 魚無迹, 館閣詩人 蘇世讓, 鄭士龍, 盧守愼, 僧侶詩人 休靜 등을 紹介하였다.

朝鮮王朝부터는 많은 詩話와 文學史 資料集인 筆記類 著作이 多量으로 생산되었으므로, 仔細히 紹介하지 못 하고 그 書名만 소개하는 程度에 그쳤다.

壬亂 直後에도 樂府를 먼저 紹介하였다.

漢詩作家로는 唐詩를 提唱하였던 三唐派 詩人 李達, 崔慶昌, 白光勳을 紹介하였다. 그 다음으로 八文章系의 李山海, 崔岦, 李珥, 鄭澈, 賤民詩人 宋翼弼을 紹介하고 湖南 出身 詩人 林億齡, 朴淳, 高敬命, 林悌를 紹介하였다. 그 밖에 어느 系派에도 屬하지 않던 著名한 詩人 黃廷彧, 柳成龍, 李好閔, 李睟光, 車天輅를 紹介하였다. 明使 朱之蕃이 促急하게 時間을 限定하여 次韻詩를 지어 바치라고 接伴使 一行을 困境에 몰아넣었을 때, 車天輅가 機敏한 詩才로 克服해낸 事實을 밝히고 있다.

그리고 朝鮮中期의 傑出한 女流詩人 黃眞伊의 生涯와 詩作을 詳細히 紹介하였다.

光海君時代에는 樂府로 女流詩人 許楚姬의 「漁家敖」와 「臨江仙」을 紹介하였는데, 이는 事實 詞 作品으로 樂府라 하기는 어렵다.

詩人으로는 柳夢寅, 許筠, 權韠, 李安訥, 任叔英을 그들의 作品과 함께 들었다.

女流詩人으로 許楚姬의 生涯와 詩作을 仔細히 紹介하였다. 이 밖에 女流詩人으로 이름 높던 李玉峯 等도 紹介하였다.

仁祖反正 以後부터 英祖까지의 詩歌로 樂府를 먼저 들었다. 이 時期에는 樂府가 興盛한 시기였는데 歷史나 風俗을 읊은 詩人들의 連作 樂府가 大量으로 創作되었고, 또 우리 말 노래인 時調를 漢詩化한 樂府가 登場하

여 樂府의 作品數가 豊盛해졌다.

沈光世의 「海東樂府」, 南九萬의 「飜方曲」을 소개하였다.

이 時期의 詩人으로는 李植, 許穆, 鄭斗卿, 申維翰 金得臣 등을 作品과 함께 紹介하였다.

英正祖 以後부터 朝鮮末까지의 詩歌에서도 樂府를 먼저 들었다. 林昌澤의 「海東樂府」, 李瀷의 「星湖樂府」, 李匡師의 「東國樂府」, 申光洙의 「關西樂府」, 洪良浩의 「北塞雜謠」, 丁若鏞의 「耽津樂府」, 趙秀三의 「外夷竹枝詞」, 「高麗宮詞」, 申緯의 小樂府, 李學逵의 「嶺南樂府」, 「金官竹枝詞」, 「海東樂府」, 金鑢의 「荒城俚曲」, 「思牖樂府」, 柳晩恭의 「歲時風謠」, 趙顯範의 「江南樂府」, 朴珪壽의 「鳳韶餘響」, 朴致馥의 「大東續樂府」, 尹達善의 「廣寒樓樂府」, 李裕元의 「嘉梧樂府」 등 樂府詩를 大大的으로 發掘하여 文學史에 登載함으로써 韓國의 獨自的인 價値를 認定하여 生命力을 불어넣었다.

詩人들 사이에서 間或 지어져 왔던 詞도 몇 首 紹介하였다.

이 時期는 實學의 雰圍氣가 高潮되었는데, 이런 傾向이 詩人들에게까지 미쳐 이 時代의 詩歌에 影響을 주었다. 이 時期의 代表的인 詩人으로 李光庭, 李用休, 申光洙, 蔡濟恭, 丁範祖, 朴趾源, 李德懋, 李家煥, 柳德恭, 朴齊家, 李書九, 丁若鏞, 申緯, 李亮淵, 洪奭周, 李學逵, 姜瑋, 金澤榮, 黃玹, 李中均, 安重根, 卞榮晩, 鄭寅普, 柳寅植 等을 들었다.

이 時期의 詩歌에서 특히 우리나라에만 있고 科擧試驗에 쓰이던 科詩를 大量으로 紹介하였다. 科詩 作者로 申光洙, 朴趾源, 李家煥, 金炳淵 等을 들었다. 中國 漢詩와 完全히 다른 우리나라 科詩를 紹介하여 漢詩가 韓國化되고 있음을 證明하고 있다.

### 2) 『朝鮮文學史』의 著作

淵民은 晩年에 漢詩文은 勿論 한글 作品까지 다 包括하여 『朝鮮文學

史』를 저술했는데 漢詩 整理의 큰 틀은 大同小異하다. 漢詩 創作의 背景이 되는 時代狀況, 詩人의 生涯에 關한 記錄은 줄이고 各 詩人들의 作品만 한두 수씩 例示하는 方式을 취하였다.

또 各 時期 詩人들의 詩가 收錄된 詩文集의 書名을 各 章의 끝에 收錄하여 參考할 수 있게 하였다.

朝鮮末期와 日帝强占期에 活躍하던 詩人들의 漢詩를 많이 採錄하여 漢詩創作의 連續性을 證明해 보였다.

## 2. 詩話의 創作과 整理

淵民은 『玉溜山莊詩話』라는 尨大한 詩話集을 저술했다. 韓國漢文學史上 最後에 나온 詩話集이다. 洪萬宗의 『詩話叢林』·『小華詩評』, 任廉의 『暘葩談苑』, 李德懋의 『清脾錄』, 河謙鎭의 『東詩話』 等 歷代 韓國의 詩話諸種을 總網羅하여 重要한 것은 다 뽑아 整理하여 時代順으로 配列하였다. 以前의 여러 詩話의 誤謬를 修訂한 곳도 많이 있다. 重複되는 것은 그 가운데 內容이 가장 具備된 것을 選擇하였다.

그리고 後半部에서는 自己時代의 詩話 材料를 蒐集하고 創作하여 添加하였다. 自身이 直接 參與한 것, 自身이 直接 본 것, 들은 것 등에 바탕하여 詩話를 長期間 創作하여 모은 것이다.

淵民은 22歲 때부터 『麗韓詩話』를 짓기 始作하여 30代에는 『橘雨仙館詩話』, 『六六草堂詩話』, 『玉溜詩話』 등을 지었던 것을 1964年頃에 統合하여 『玉溜山莊詩話』에 包含시켰다.[22] 淵民 自身의 漢詩創作 學習課程, 師友間의 作詩現場도 곳곳에 敍述하였다.

---

22) 李家源 「玉溜山莊詩話序」, 『韓國詩話全編校注』 第12冊 收錄, 中國人民文學出版社.

## 3. 漢詩選集

淵民이 韓國의 漢詩를 選別하여 獨自的인 選集을 낸 적은 없다. 그러나 그의 『大學漢文新選』과 『漢文新講』 原典篇에서 우리나라 漢詩를 選出하여 作者 紹介와 簡單한 解題를 붙여 紹介하였다.

『大學漢文新選』은 本來 『漢文李選』이라 하여 淵民 自身이 中韓 兩國의 古典을 읽다가 마음에 드는 作品을 選出하였다가 1961년에 出版하였는데, 最終的으로 170篇을 選定 收錄하였다. 韓國과 中國의 詩文 170篇을 相互類似한 것끼리 篇篇마다 對比하여 收錄한 것이 特徵이다. 모두 懸吐하였고 比較的 詳細한 眉注가 있다.

이 『新選』에 韓國의 漢詩는 34題, 47首가 실려 있다.

가장 앞 時代의 漢詩로는 新羅 女流詩人 薛瑤의 「返俗謠」와 王巨仁의 「怨憤詩」가 收錄되어 있다.

高麗 武臣亂 以前의 漢詩로는 鄭知常의 「送友人」이 唯一하다. 武臣亂 以後의 高麗 漢詩로는 李奎報의 「夏日卽事」, 陳澕의 「春日」, 李齊賢의 「山中雪夜」, 李穡의 「浮碧樓」, 鄭夢周의 「使日本旅懷」 등이다. 大體로 武臣亂 以後 性理學者들의 作品이 주로 選錄되었다.

朝鮮時代 詩로는 許楚姬의 「雜詩」, 申光洙의 「登岳陽樓歎關山戎馬」, 李亮淵의 「避稅怨」, 林悌의 「閨怨」, 李家煥의 「練光亭次鄭知常韻」, 李學逵의 「金官竹枝詞六首」, 李希輔의 「挽宮媛」, 黃眞伊의 「別蘇暘谷」, 黃玹의 「涵碧亭贈申老人」, 成樂熏의 「動亂中脫至海上與親友見」, 李建昌의 「高靈歎」, 金澤榮의 「聞安重根報國讐事三首」, 柳夢寅의 「題寶蓋寺」, 申緯의 「東人論詩絶句三十五首」, 李南珪의 「永興雜詠十九首」, 鄭之升의 「傷春」, 金昌淑의 「大邱獄中」, 洪奭周의 「詠史六首」, 魚無迹의 「流民歎」, 權韠의 「過松江墓有感」, 李達의 「湖寺僧卷次韻」, 李安訥의 「東萊孟夏有感」, 姜瑋의 「太子河」, 林悌의 「中和道中」, 安重根의 「哈爾濱歌」 등이 選錄되었다. 收錄된 順序는 詩人의 生卒年代順을 따르지 않았다.

朝鮮時代 詩人 가운데서 林悌가 唯一하게 詩 두 首가 選錄되었다. 申緯의 「東人論詩絶句三十五首」는 詳細한 注釋을 붙여 全部를 選錄하였다. 이는 絶句詩 型式을 通해서 新羅 崔致遠부터 朝鮮後期까지의 主要 詩人들을 들어 그들 詩의 特徵이나 優秀性을 評論한 것으로, 韓國詩史의 흐름에 매우 重要하기 때문이다.

李達, 權韠, 李安訥 等 唐詩를 崇尙하는 사람들의 詩가 相當히 많이 뽑혔고, 李學逵 等 朝鮮 後期 南人實學者들의 作品을 뽑았다. 黃眞伊나 許楚姬 等 女流詩人들의 作品도 뽑았다. 朝鮮 末期 詩人 四大家에 속하던 姜瑋와 黃玹의 作品도 뽑혔다.

『大學漢文新選』에 뽑힌 韓國 漢詩는 47首에 불과하지만 淵民의 詩觀과 選好하는 詩人이 누구인지를 알 수 있는 重要한 資料이다.

『漢文新講』은 140편의 作品을 골랐는데 모두 『大學漢文新選』 170篇 속에서 다시 選拔한 것이고 5편만 새로 追加했다. 그 가운데 韓國漢詩는 鄭知常의 「西都」, 權五惇의 「偶吟」 等 2首가 追加되었고, 王巨仁의 「怨憤詩」, 鄭知常의 「送友人」, 陳澕의 「春日」, 林悌의 「閨怨」, 鄭之升의 「傷春」, 金昌淑의 「大邱獄中」 等 6首가 除外되었다. 鄭知常의 境遇, 「送友人」이 「西都」로 交替되었다. 淵民 自身의 延世大學 同僚인 權五惇의 詩가 追加된 것이 特異하다.

『大學漢文新選』에서의 眉注를 『漢文新講』에서는 後注로 바꾸고 解題와 作者紹介도 作品 뒤로 보냈다. 全篇에 懸吐하였던 것을 『漢文新講』에서는 原典을 1部・2部・3部로 나누고, 3部에서는 懸吐하지 않아 讀解練習의 段階를 두었다.

## 4. 漢詩譯註

淵民은 著書가 많지만 韓國 漢詩를 譯註한 것은 『退溪詩譯注』가 唯一하다. 1969年부터 退溪의 漢詩를 譯註하기 始作하여 1970년에 이르러 『退

溪集』內集 5卷 가운데 4卷까지의 譯註를 마쳤다. 門中의 元老 李晩佐 등에게 檢討를 要請했으나, 모두가 "退溪의 詩 飜譯은 누구도 不可하다"는 反對意見에 부딪쳤다. 5권 譯註 原稿는 油印 途中 紛失했다.

그 뒤 1974년에 이르러 『退溪學報』 第3輯부터 6輯까지 3회에 걸쳐 나누어 揭載하였다. 그 뒤 5卷의 譯註를 다시 하여 1987年 서울 正音社에서 出版하였는데, 모두 1115首의 漢詩가 飜譯되어 收錄되었다. 그러나 『退溪集』의 外集 1卷, 別集 1卷, 續集 1卷에 실린 漢詩의 譯註에까지는 미치지 못했다. 退溪學硏究院에서 企劃한 退溪學譯註叢書本 『退溪全書』 1, 2冊으로 編入되어 1991년에 出刊되었다.

譯詩의 律調는 4·4調를 爲主로 하여 韻律味를 살려 그 自體로서 한 首의 獨自的인 한글 詩가 되게 하였다.[23] 注釋은 매우 簡明하여 꼭 必要한 곳에만 달았다. 原詩에도 일일이 懸吐하여 活字로 組版하여 譯詩 바로 뒤에 붙여 두었다. 이 譯注本은 退溪의 詩나 思想을 硏究하는 데 큰 도움을 줄 수 있다.

## 5. 漢詩關係論文

淵民이 著作한 많은 論文 가운데서 韓國漢詩 整理와 關係된 論文을 提示하면 다음과 같다.

1956년 著述하여 1966년 『人文科學』 15·16合輯號에 揭載했던 「讀詩淺知」라는 論文은 『詩經』의 起源과 刪詩說, 採詩說 및 各 詩의 內容과 價値를 簡明하게 밝힌 것이다.

1958년 延世大學校 『東方學志』에 발표한 「石北文學硏究」는 石北 申光洙의 詩文을 다룬 것이다. 특히 그의 詩를 中心으로 寫實的인 詩風을 浮刻시켰고 그의 科詩 「關山戎馬」와 樂府 「關西樂府」를 紹介하였다. 淵民의

23) 李章佑 『退溪全書』 第1冊 解題. 退溪學譯註本 1991년, 서울 退溪學硏究院.

碩士學位 論文이다.

1964년『韓國藝術總覽』槪觀編에 收錄된「李朝漢詩考」는 朝鮮朝 初期부터 英正祖 때까지의 漢詩를 流派別로 槪觀한 論文인데, 이미 나온『韓國漢文學史』가운데서 朝鮮詩歌 部分을 若干 修整하여 縮約한 것이다.

1964年 成均館大學校『國際文化』에 發表한「紫霞詩評考」는 紫霞 申緯의 生涯와 漢詩의 特徵을 밝힌 논문이다. 特히 淸朝 翁方綱, 翁樹崑 父子와 文學的 交流를 浮刻시켰다.

1969年 臺灣 中華學術院 詩學硏究所에서 發表하고『中華詩學志』에 登載된「韓國詩家之學杜」는 新羅 崔致遠으로부터 淵民 自身에 이르기까지 韓國 漢詩人들에게 끼친 杜甫의 影響을 史的으로 考察한 것이다.

1979년『退溪學報』에 發表한「退溪先生의 文學」第3章에서 '漢文學'이라 題目을 붙이고서 退溪의 漢詩 7首를 들어 그 主題와 意義를 簡略하게 紹介하였다.

1982년 日本 朝鮮學會에서 發表하고 1996年에 編刊한『萬花齊笑集』에 收錄된「韓國漢文學的演變及其展望」이라는 論說은 漢文으로 지은 것인데, 新羅 崔致遠으로부터 日帝强壓期 鄭寅普까지의 漢文學의 흐름을 槪觀한 것이다. 그 가운데 太半이 詩에 關한 內容으로 簡略한『韓國漢詩史』라고 일컬을 수 있다. 淵民의 詩觀으로 各時代의 代表的인 詩人의 詩를 評考하여 詩史의 主幹을 提示한 價値가 있다.

1984년 獨逸 함부르크에서 發表하고 그 해『退溪學報』에 登載된「退溪詩의 特徵」은 退溪詩의 特徵이 儒家 詩敎의 宗旨인 溫柔敦厚에 바탕하여 退溪 自身의 새로운 理想과 格調를 열었음과, 그의 詩에 陶潛과 杜甫의 影響이 크게 미쳤음을 밝혔다.

1987年 日本 筑波大學에서 발표하고『退溪學報』에 登載된「陶山雜詠과 山水之樂」은 退溪詩 가운데서「陶山雜詠」을 硏究對象으로 삼아 退溪詩에 담긴 山水之樂은 孔孟의 仁智之樂에 淵源을 둔 山水之樂으로서 山水文學派의 詩文에 나타난 浪漫的 顚狂的 山水文學과는 차원을 달리하는

것임을 밝혔다.

1987年 檀國大學校에서 發表하고 『退溪學의 現代的 照明』에 登載된 「退溪先生의 和陶集飮酒二十首初探」은 退溪가 陶淵明의 「飮酒詩」에 和作한 20首의 詩를 一一이 對照, 分析하여 두 詩의 特徵을 比較한 論文이다.

## Ⅶ. 結論

淵民 李家源은 20世紀 韓國을 代表하는 傑出한 學者로 높고 큰 學問을 이루었고 많은 저서를 남겼다. 그리고 그는 實踐을 兼備한 學者로 決코 文弱하지 않았다. 그러나 그의 學問을 正當하게 평가해 주는 사람이 많지 않았고 대다수 사람들은 잘 몰랐다.

그러나 1970年代 以後 臺灣의 學者들이 그의 學問的 水準을 正當하게 評價해 주었고, 1980年代 後半부터 中國 大陸의 學者들도 讚嘆하기 始作했다.

今年 2012年 5月 4日 韓國 晉州 慶尙大學校에서 開催된 淵民學國際學術大會를 開催했다. 이때 參席한 南開大學의 趙季教授는 淵民의 詩는 中國古典詩의 法度에 맞는 優秀한 作品이라고 極讚을 했다. 香港 嶺南大學 汪春泓教授는 古文을 自由自在로 지을 수 있는 學者는 解放 以後 中國에서도 찾아보기 어렵다고 했다.

偉大한 學者로서 뿐만 아니라 그는 韓國의 傳統漢詩를 自身이 能熟하게 創作할 수 있다. 또 以前에 남겨진 漢詩를 研究對象으로 하여 『韓國漢文學史』를 지어 史的으로 정리했다. 특히 自主的인 立場에서 韓國의 樂府詩를 많이 發掘하여 우리 漢詩學의 特色이 돋보이게 하였고, 鄕歌, 景幾體歌, 科詩, 科賦 等 우리 祖上들이 開發한 詩 形式을 比重을 두어 소개했다.

또 退溪, 石北, 紫霞의 漢詩를 對象으로 하여 論文을 써서 그 意味와

價値를 밝혔다. 또『大學漢文新選』,『漢文新講』등의 選集에 韓國漢詩를 47首 包含시켜 一般讀者들이 漢詩를 接하여 감상할 수 있게 하였다.

以前에 나와 있던 多種의 詩話를 統合整理하고 修訂하고, 自身이 創作한 詩話를 더 添加하여『玉溜山莊詩話』를 지었는데, 數千年 韓國詩話를 整理한 功勞도 있지만 日帝强占期, 解放 以後의 漢詩界의 傾向과 活動狀을 알 수 있는 좋은 資料이다.

淵民의 漢詩文學整理는 3千年 韓中文學 交流史에 基礎作業이 될 것으로 확신한다.

貴重한 寶石이 있으면 언젠가는 그 價値가 正當하게 評價된다. 앞으로 中國大陸의 젊은 學者들이 淵民 李家源의 學問을 硏究하는 隊列에 參與하여 그 正當한 價値를 찾아 中國에 淵民의 學問과 詩文이 널리 퍼지게 한다면 다행이겠다.

# 淵民李家源之和陶詩小考

## Ⅰ. 序論

陶淵明之詩, 傳來韓國時期, 邈不可以確知. 然以新羅末期文人崔致遠之文集裏已言及者考之, 可知至晚新羅時代, 已傳入韓國而流行. 高麗武臣亂以後, 西河林椿白雲李奎報等之詩文裏, 頻數提及陶淵明, 可推高麗後期陶淵明之詩文, 於韓國頗流行焉.

現存韓國最早之和陶詩, 是朝鮮初期陽村權近所作「擬古和陶」4首, 以後在韓國, 和陶詩不斷創作, 多至於一百餘家, 至於最近, 仍然創作. 淵民李家源乃其中之一. 創作時點是公元1986年農曆6月20日也.

本考要考明淵民之和陶詩何以創作? 內容何如? 意義何如? 占如何位相於韓國漢文學史?

## Ⅱ. 淵民李家源是誰?

淵民李家源, 1917年出生於韓國慶尙北道安東市陶山面溫惠村. 此地乃是他的宗族世居之地, 而其先祖退溪李滉先生是韓國最高之學者, 亦在此出生. 淵民之字曰愁淵, 號曰淵民.

郡望卽眞城, 淵民是退溪之14代孫. 他的家門奕世輩出學者文人, 是韓國最有名的書香門第. 淵民的高祖父是古溪李彙寧 見推于嶺南之儒林社會, 甚得重望, 對於朱子學與退溪學, 造詣很深, 後出仕而官至同副承旨. 詩文甚高雅, 有文集『古溪集』. 退溪之後孫們, 效退溪, 努力學習, 其結果, 文科及第者[相當於中國之進士], 33名出, 進士[相當於中國之貢生]及第者, 63名出, 著作文集者, 超過100餘人, 可謂韓國第一之文翰世家.

淵民之祖父老山李中寅及父親石田李齡鎬, 也對于漢詩文, 造詣不淺, 亦有文集. 祖父老山常悔歎自己年青時, 因健康問題, 不可盡力於學問. 父親石田亦身體不康, 不可强勸讀書. 至於其孫淵民, 期望甚宏, 是以, 自幼盡誠嚴厲地培育之.

淵民, 自5歲(1922年)到22歲, 一直在鄕家, 按傳統的教育方式受到經史教育. 到1939年, 以22歲的青年, 淵民切覺傳統的漢文學習有界限, 遂離鄕往漢城而居住焉. 他本擬留學中國北京大學, 而到漢城, 到京則盤繳輒竭, 不可更圖往中國, 只得留住漢城.

恰好那時, 3年學制的明倫專門學院招生. 明倫專門學院乃朝鮮成均館之適應時代狀況而變成者也. 淵民考上而入學. 校裏有宿舍, 可以安靜地學習, 淵民可以學習3年. 到1941年12月畢業. 1942年1月, 適明倫專門學院研究科設立,更進研究科而學習焉, 到1943年12月畢業.

明倫專門學院, 注重教育經史, 其教科, 乃是儒教經傳, 史書, 諸子百家及若干現代的學問. 該校教授有金台俊, 金承烈, 朱柄乾, 金永毅.

金台俊是出生於平安北道, 畢業京城帝大中文科, 而見聘於明倫專門學院, 他的民族精神很徹底, 對于韓國學, 關心很深, 著述『朝鮮漢文學史』與『朝鮮小說史』, 時已被盛譽. 淵民與金台俊結師弟關係, 交往最頻繁, 金台俊鼓吹淵民的民族意識, 不專精於中國文學, 而專精於韓國古典學. 淵民讀了金台俊所著漢文學史, 覺得太疏略而甚失望, 因此起著作精詳之『韓國漢文學史』之誓願.

在明倫專門學校學習之期間, 淵民閱覽料朝鮮時代成均館的圖書館尊經閣傳存之古籍, 又閱讀阿峴文庫所藏之新自中國購來之書. 裏面有四庫全書, 於韓國人當中, 淵民最初見之, 揀出其中幾種書, 而閱讀之.[1] 阿峴文稿裏有段玉裁所作之『說文解字注』, 鮑廷博所編之『知不足齋叢書』, 此等書籍, 鄕村儒生根本不可見之珍籍. 圖書之如此豐富, 爲大益於淵民之大成學問.

居京學習之期間, 從當代韓國漢文學大家如山康卞榮晩與爲堂鄭寅普等而問學焉, 洽蒙其薰陶. 此兩位學者, 曾長期遊歷中國各地而擴充其見聞. 尤其鄭寅普, 曾於中國, 會晤章太炎而論學. 淵民種種携持其所作之詩文, 專往而示諸卞榮晩與鄭寅普, 得兩位老師之評點.

那時所交之學友有放隱成樂熏, 東樵李鎭泳洛村丁駿燮等, 交換意見. 成李兩人後日成大學者, 丁則以思想的問題, 竟不知行方.

居京之期, 淵民懋購書籍, 自稱'萬卷藏書', 可推知其藏書之贍富.[2)]

居京學習之間, 淵民自覺得學習漢語之必要性, 故學習漢語. 後日, 淵民可以譯出中國之現代文學作品如魯迅的小說, 可知其漢語能力頗强, 其能力實此時培養者也.

自1944年 到1945年8月之解放, 淵民居住其家鄕, 沈潛讀書. 解放之後, 不久, 往漢城, 謁見當時成均館館長金昌淑先生, 提示復興儒教之三大策, 然終不見採納.

自1946年, 始就教職爲慶北榮州市所在之榮州農業學校之韓國語文教師, 間嘗歷任金泉女子高等學校, 東萊高等學校, 釜山高等學校等校之教師. 到1954年離釜山, 移于漢城.

到1955年, 被命爲成均館大學校中文系助教授, 至此, 始任教於大學講臺. 先是, 於1950年, 以韓國動亂, 成均館大學 搬到釜山, 借釜山高等學校之建築而寄住焉. 賴那時成均館大學校長金昌淑先生之特別照顧, 以釜山高等學校教師身分, 編入成均館大學韓國文學系, 到1952年畢業, 而獲文學士學位. 這個畢業文憑, 後日起很重要的作用於他, 自沒受到新式教育之傳統的儒學者轉成到現代的學者. 淵民繼續進研究生院, 而研讀韓國古典, 到

1) 『淵淵夜思齋文藁』 102頁, 「上王父大人書」.

2) 『淵淵夜思齋文藁』 110頁, 「答李碧史書」.

1956年獲得成均館大學研究生院的文學碩士學位. 適此年他被開除於成均館大學, 因被認爲抵抗韓國總統李承晩獨裁政權之金昌淑校長的核心參謀. 他被開除以後, 毫不喪氣, 每日早朝往國立圖書館之古書室, 鈔出漢文文獻裏之韓國漢文學史的資料. 雖生活貧窘, 仍然繼續研究, 著『春香傳』的注釋, 而公刊之.

1959年受到延世大學之聘請, 任韓國文學系助教授. 他研究正統漢文學以外, 又對于韓國漢文小說, 韓文小說有興趣, 不斷地精深研究, 著書, 譯書. 畢竟研究燕巖朴趾源之漢文小說, 而撰出『燕巖小說研究』一巨著, 到1966年, 獲文學博士學位於成均館大學研究生院.

一直任教於延世大學, 到1982年退休. 1983年被任爲檀國大學研究生院待遇教授, 1996年被推爲大韓民國學術院會員, 而被配於語文分科.

身爲韓國著名漢文學者, 儒林巨擘, 他領導學術團體, 例如曾歷任韓國漢文學會會長, 韓國漢文教育學會會長, 退溪學研究院院長, 全國儒道會總本部委員長, 陶山書院院長等職.

2000年11月9日考終, 享年83歲. 安葬于忠淸北道中原郡嚴正面蘇臺之原. 墓前樹自撰墓碑.

他蒐集而收藏之書籍及文物, 1987年當他古稀之年, 都捐贈于檀國大學, 毫不受酬錢 捐贈文物之內容, 則藏書2萬冊, 線裝古籍4千冊, 此外還有退溪, 茶山, 秋史等 朝鮮著名學者文人之手蹟, 謙齋鄭敾等著名畵家之繪畫, 古董等. 檀國大學已建立淵民紀念館, 將來把其遺物整理而展示, 公開于大衆.[3)]

爲了研究淵民之學問及詩文, 其門生及後學創辦淵民學會, 而繼續研究他的學問及詩文, 且每年召開學術大會兩次, 刊行『淵民學報』, 已至第30輯, 另外, 又創辦洌上古典研究會, 着重于古典文學而研究, 刊行『洌上古典研

3) 淵民之生平資料, 大部分引用自拙論「淵民李家源之韓國詩歌整理的功績」, 2015年, 發表於南開大學文學院.

究』, 已至第50輯.

他受到韓國傳統式漢詩創作法. 自10歲, 從族祖東田李中均學習『論語』及作文法, 律詩創作法. 幼時, 從族師可栖李炳朝學習無韻五言古風詩的作法.

16歲時, 重讀詩經二百遍. 到18歲(1935年), 從族祖愛碉李和聖學習詩歌, 雜記, 論, 說, 碑誌的創作法. 丙子年(1936)夏, 從愛碉學習辭, 賦, 詩歌, 頌, 贊, 哀祭的作法. 丁丑年(1937)夏, 學習詩歌, 書牘的作法.[4] 21歲時, 讀唐晉古文眞寶唐宋八家文史記, 皆不下百遍, 而唯離騷經, 則讀至一千遍.[5]

## Ⅲ. 淵民之漢詩創作

淵民自5歲開始作詩, 到83歲逝世, 一生做出了3千餘首[6]之漢詩. 其詩體, 網羅古體詩, 近體詩, 雜體詩等諸體.

詩的內容, 包括天人合一的思想, 修己治人的旨訣, 研學的方法, 憂國憐民的思想, 反抗獨裁政治的精神, 自己的喜怒, 自己一生的回顧, 人生的經驗, 景物, 紀行, 歷史, 風俗等等, 實豐富多彩. 按創作年月次序, 收錄於文集, 恰如他的年譜. 此外, 還有以儒林之首長不得不應酬之次韻詩, 頌壽詩, 祝詩, 輓詩 等等.

下面看看帶有淵民特色的幾首詩.

值他的回甲, 回顧六十年生涯, 兼樹立桑楡的計劃, 而作「六一初度志感」.

> [前略] 六旬光陰何凌遽? 耳順之年媿先愆. 六旬非難亦非易, 更辛茹苦祗堪咽. 焚碎金甌尙未完, 風樹餘哀未盡洩. 六十書種稱富翁, 徒費紙墨蔑風烈. 補

4) 『萬花齊笑集』 184頁, 「淵翁幼時課作年代記」.
5) 『萬花齊笑集』 153-154頁, 「淵翁幼時讀書年月及遍數記」.
6) 自1997年到2000年間所作之5百餘首漢詩, 尙未出刊.

> 壁菓袋無足慳, 後雲留知亦云拙. 粗可慰者也非無, 坡翁在堂望八載. 糟糠之妻尙齊眉, 九個璋瓦森成列. 隨俗可以邀賓朋, 親不待焉戒勿設. 同學諸子爲之憐, 松峴高樓張華筵. 頌壽論叢刊而頒, 文酒渢渢集羣仙. 亦有異邦諸學者, 淸詞瑰律義芊眠. 印書家亦罄厥悃, 二種新刊也芳鮮. 海鶴風標瑤華想, 憶昔靑春綦嬋娟. 靑雲難力致非願, 白酒爲潦倒是顚. 農也詎爲水旱輟, 深宵炳燭對硏田. 擬刊書種百八冊, 如此無休竟殘年.[後略]

全詩是2百句長篇七言古詩, 是可稱他的一篇有韻的自敍傳. 詩中可見其學問的熱愛與謙虛的心態.

淵民自厥靑歲時, 欽羡中華文化, 久欲壯遊中國大陸, 而實未易得其機會. 遂至1987年之秋, 償其宿願. 遊歷中國各地, 遂躬登萬里長城, 豪吟長篇七言古詩.

> 嘻噫戲偉哉壯哉! 此是萬里長城也. 延袤六萬七千里, 自古雄名宏天下. 高低起伏八達嶺, 隘爲咽喉延爲頸. 行時飛騰更紆餘, 一條靑龍雲海騁. 粤自春秋戰國代, 燕趙防胡固北塞. 嬴皇雄略統六王, 亡秦者胡不可貸. 筈卒鞭石起大役, 神媧補天猶云窄. 安知大禍起蕭牆, 萬世雄圖壞一夕. 兩漢魏晋賴而安, 唐宋明淸各鬱盤. 如今登場新武器, 魚艇排空飛爆彈. 萬古雄威尙未亡, 倚重不第此東方. 遠西英英豪健客, 俯瞰仰瞻感歎長. 我亦登臨恣一吟, 冲宵逸氣橫古今. 夷猶竟日渾忘返, 秋聲瑟瑟動高岑.[7]

詩裏, 描述萬里長城的雄貌, 糅以歷史的事實. 兼刺秦始皇的虐政, 垂戒於後世.

79歲時 做出「漫興三絶」, 說明其詩與書法的觀點.

> 靑歲爲詩追甫白, 追之靡及自萋悲. 賤今貴古元來誤, 唐宋羅麗各一時.
> 書嫥仿古亦非至, 各盡其才而已矣. 蚓歎龍拏總自然, 創新爲貴更誰擬.[8]

---

7) 『遊燕堂集』 191頁, 「長城行」.

8) 『萬花齊笑集』 382頁.

老年所作「秋」裏, 叙述欲乘化歸盡的老學者之心境.

> 秋聲撼庭樹, 病葉黃而墮. 老木猶耐寒, 不憂全身裸. 感慨時節變, 明燭久兀坐. 春華無足戀, 胸中獨磊砢. 風黑菊將盡, 瓷甁揷數朶. 寒暑自去來, 榮枯淡忘可.[9]

淵民之詩裏, 還有23歲時遊覽金剛山而做出之一篇882句4410字五言古詩, 此詩, 當時已使文壇宿儒高手刮目相對. 又有把代表的韓國古代小說『春香傳』的內容, 譯成4760句33320字之長篇敍事詩, 此詩, 恐是韓國漢詩當中最長的詩.

## Ⅳ. 韓國和陶詩之傳統

新羅末期孤雲崔致遠, 已提及陶淵明之詩, 高麗後期文人如西河林椿, 白雲李奎報等, 經常引用陶淵明詩. 李奎報之自傳白雲居士傳, 與陶淵明之五柳先生傳頗相似. 可知受到其影響者, 不少. 喜歡陶淵明之曠達, 撰「陶淵明贊」. 其文如下.

> 予讀淵明本傳及詩集, 愛其曠達, 故贊之云.
>
> 無絃琴上, 怡怡其心. 人曰無絃, 不如無琴. 有琴無絃, 安有厥音. 若曰寓意, 凡物皆是. 淵明嗜酒, 惟日以醉. 有杯無酒, 其可醉止. 達士之趣, 人豈易會. 所攝者內, 可遣者外. 苟慕於外, 惟慾之漸. 豈獨絃耳, 需索莫猒. 苟遺其內, 短折之招. 眞人鍊丹, 長生是邀. 酒亦神藥, 不飮病隨. 絃寧可忘, 酒不可離.

高麗朝之文壇巨匠如益齋李齊賢, 稼亭李穀, 牧隱李穡, 皆喜歡陶淵明詩.

---

9) 『萬花齊笑集』 124頁.

然和陶詩則至於朝鮮初期陽村權近始出現. 朝鮮朝之文壇巨匠如梅月堂金時習, 佔畢齋金宗直, 退溪李滉, 象村申欽, 尤庵 宋時烈, 文谷 金壽恒, 蒼雪權斗經, 屐園 李晚秀, 臺山 金邁淳, 艮齋 田愚等, 都作和陶詩. 若李晚秀, 對于陶淵明之全詩, 作和韻詩. 最近1931年, 晦峯河謙鎭作120首和陶詩.[10]

# V. 淵民之和陶詩

## 1. 創作動機

公元1986年 農曆6月20日, 淵民李家源作和陶詩20首. 此作乃是和陶淵明之飮酒詩20首者也. 此詩之自序如下.

陶淵明嘗有飮酒二十首. 蓋借題寫意, 非眞惑嗜也. 蘇軾蘇轍昆季, 及晁无咎, 張文潛, 皆有和之者. 吾邦退溪先生亦有之. 今譯注退溪詩, 莊誦玩味, 深得陶意, 大有所感, 乃欣然泚毫, 步其韻而和之. 自午抵酉, 一氣呵成, 蓋各言其志也. 時丙寅農曆六月二十日也. 李家源題.[11]

淵民所作和陶詩之範作, 是陶淵明之飮酒詩. 然飮酒詩, 詩題雖稱飮酒, 而內容則不是飮酒也. 包括多樣之內容, 淵民之和陶詩, 亦內容多樣, 擧皆言其志者, 多也.

淵民之作和陶詩, 其動機卽譯注其先祖退溪李滉之漢詩也. 退溪詩裏有和陶詩20首, 退溪之和陶詩, 乃和陶淵明之飮酒也. 退溪之性情, 與陶淵明頗相似 故退溪喜歡陶淵明詩. 淵民之和陶詩受退溪之直接的影響. 淵民亦甚喜淵明之爲人與處世方式. 所以作和陶詩之後, 命其書齋曰, 和陶吟館. 其「和陶吟館藁丙寅小叙」如下.

---

10) 李永淑「晦峯河謙鎭之和陶詩和首尾吟的硏究」, 慶尙大學校 漢文學科 博士學位論文, 2012年.

11) 李家源『遊燕堂集』101-106頁.

余, 於詩, 尊尙陶杜, 是歲夏日, 有和陶淵明飮酒二十首, 別字其齋, 以和陶吟館.[12] 以此可推知淵民之愛好淵明之如何.

## 2. 詩內容簡介

淵民之和陶詩各首之內容如下.

第一首：

淵民年青之時, 祖國大韓國被並於倭而無主權, 韓民之地位如倭人之奴婢, 悲憤難勝, 故不可不飮, 然自持貞確.

第二首：

若逢得意之人, 可以頹然醉, 三十光陰流去, 以文酒頗被人知.

第三首：

大亂之中, 初從浪漫之士從遊, 然失望於他們, 故改路絶之, 又戒酒而專精硏究, 所圖竟成.

第四首：

自幼年誦典, 黙嘗六經, 撰文務去陳言.

第五首：

萬學之中, 經學最重要, 正德利用, 缺一不可, 大同與小康, 其論重如山.

第六首：

性理眞詮裏, 大道尊焉. 是道淳朴. 性理學是其家學, 淵民不能承, 是可憐之事.

第七首：

性理學生末弊, 難見古貌. 淵民喜歡實學, 就中尤欽慕蛟山許筠星湖李瀷燕巖朴趾源茶山丁若鏞, 他們鳴一代, 淵民平生心醉而躡後.

第八首：

12) 李家源『遊燕堂集』196頁.

燕巖朴趾源, 實是曠世偉士. 其所作許生虎叱篇, 大驚奇. 司馬遷以後, 燕巖實不羈.

第九首：

韓邦光復, 而江山忽半壁, 同室操戈, 胞族相乖. 淵民長栖栖, 唯祈盡快統一, 南北百姓可自由往來.

第十首：

最近十年間, 遍行地球村, 飽得各國風物.

第十一首：

天降退溪於朝鮮國, 是大幸矣. 退溪之學, 主張知行竝進, 西方人認爲高度哲學. 世界百餘國之學者, 寶之如聖.

第十二首：

陶淵明天眞, 其詩不欺, 故大聲讀之.

第十三首：

昔東坡作和陶詩, 然句中多瑣語, 只飾外遺本領. 其弟蘇轍亦作和陶詩, 而志氣不及東坡.

第十四首：

退溪最懷陶淵明, 其次懷杜甫. 詩能薰德性, 故君子貴之.

第十五首：

淵民四十年客居, 只有數間小屋, 屋裏藏萬卷書, 從遊者不只十百.

第十六首：

門徒皆賢俊, 願各自開門庭, 能作鳳鳴, 不效予之夏蟲語.

第十七首：

學者之曲學阿世者, 不如屠狗. 士貴尙志, 不計窮通, 丈夫重義氣.

第十八首：

爲學貴樹風, 不惑衆人之咻. 制行宜淸明, 秉心宜淵塞. 人各守業, 眞是愛國. 世人多言, 君子淵默.

第十九首：

學成而邦有道, 則可以出仕. 撥亂反正, 先修己然後治人. 然邦無道而受祿是恥也. 禮義廉恥, 國之四維. 溫凉祗自知, 世變固難恃.

第二十首 :

淵明之飮酒詩, 實借題寓其意. 其詩曠古天淳, 澹遠淸新. 淵民因譯注退溪集, 故知退溪詩裏有和陶詩, 淵民亦效之.

### 3. 現於淵民和陶詩上之思想

淵民當年靑時, 祖國淪亡, 植民地之靑年, 不勝鬱憤, 不得不棲遑飮酒. 及祖國光復, 江山半壁, 同族相殘, 使人痛嘆.

淵民自幼年誦讀中國古典, 黙嘗六經, 撰文務去陳言.

萬學之中, 經學最重要, 正德利用, 缺一不可, 大同與小康, 其論重如山.

其先祖退溪所治之性理學, 乃是其家學, 而淵民不能承之. 且到朝鮮之末, 性理學生末弊, 是以淵民甚喜實學, 尤其喜歡實學者如蛟山許筠, 星湖李瀷, 燕巖朴趾源, 茶山丁若鏞.

治學上, 重要的事, 就是竪立學風. 若學者曲學阿世, 則不如屠狗輩. 淵民甚蔑視之.

學成則可以出仕, 當修己安人, 撥亂反正. 然邦無道而受祿是恥也.

陶淵明之飮酒詩, 實借題寓其意. 其詩曠古天淳, 澹遠淸新. 東坡之和陶詩內容上, 不得本領, 注重於外飾. 其弟蘇轍之和陶詩, 其志氣不及于東坡之水平.

退溪詩裏有和陶詩, 淵民因譯注退溪集而知有之, 淵民亦效而作之.

## VI. 結論

淵民之和陶詩二十首, 亦與飮酒有關者不無, 而總體而言之, 不甚有關,二十首裏無一貫之主題, 各首不甚相聯關. 隨便吟出其志與其學而已.

淵民景仰陶淵明, 尤景仰淵明之酷愛自然與厭忌拘束之思想. 面臨時代之淆亂, 淵民與淵明亦相同. 是以, 效淵明之飲酒詩, 和其韻而作之.

淵民之和陶詩, 雖無一貫之主題, 詳考此詩, 則可以認得淵民之治學方法與文學思想, 所嗜之文人, 及對于性理學與實學之觀點.

不但和陶詩, 淵民所編詩文選集裏, 選入淵明之歸去來辭, 可知淵民之欽慕淵明之文學與爲人如何.

到二十世紀後半, 於韓國猶作和陶詩于韓國, 因此看到韓國之漢學傳統綿綿不絶.

附, 淵民所作「和陶淵明飮酒二十首」

其一

憶昔青歲日, 得酒輒飮之. 非吾酷嗜也, 適值黯黮時. 祖國已淪亡, 萬悲都萃玆.

不飮更何爲, 頓無自驚疑. 然而微醉已, 貞確固自持.

其二

得意若相遻, 頹然倒玉山. 講到酒中趣, 含情妙莫言. 昨焉今復是, 潦倒三十年.

稍稍文酒名, 浪爲世人傳.

其三

大亂苦無涘, 事皆違常情. 我邁浪漫士, 亦似睹淸名. 若不改吾路, 竟當誤此生.

一滴乃不飮, 朋輩吃一驚. 嫥精恣究覈, 拙計乃得成.

其四

嬰年誦古書, 沖霄壯懷飛. 六經嘿嘗胾, 造句亦淸悲. 陳言務去之, 孤詣獨吾依.

孳孳罄丹忱, 往哲可同歸. 凡甫有恒言, 古旺今何衰. 徒慨而無爲, 畢竟古道違.

其五

萬學經爲大, 百家慢自喧. 正德與利厚, 缺一已爲偏. 大同與小康, 其論重如山.

大旣難得就, 小亦久忘還. 秋聲讀古史, 長息復何言.

其六

性理好眞詮, 大道諒在是. 此是吾家學, 淸嗣不可毁. 荒亡今無謂, 可憐吾與爾.

吾道布與粟, 奚羨肉兼綺.

其七

老我千億語, 敢欺滿世英. 性理生末弊, 難得見古情. 憙譚實學士, 感慨一尊傾.

蛟星與燕茶, 鏘鏘一代鳴. 唉余躡後塵, 心醉竟平生.

其八

偉哉燕巖氏, 曠世好風姿. 嶠然超黨色, 而不戀古枝. 許生虎叱篇, 疇不大驚奇.

酒戶寬如海, 不醉更何爲. 子長一去後, 此翁乃不羈.

其九

祖國初光復, 笑齒暫見開. 河山忽半壁, 同室操異懷. 紫白是何道, 胞族永相乖.

問天蒼無語, 使我更栖栖. 南播更北旋 不飮醉如泥. 荒野久回皇, 朋聚恣談諧.

盈盈一水間, 魂夢亦凄迷. 何日堅氷釋, 北去復南回.

其十

吾生非匏繫, 烏能委一隅. 而今十載間, 空陸長爲途. 行遍地球村, 風狃復雲驅.

歸來海天闊, 蕭蕭白髮餘. 梅華迎我笑, 是我洌上居.

其十一

東方無悊學, 西士尋常道. 幸此朝鮮國, 天降退陶老. 知與行倂進, 萬古不偏枯.

所以天下士, 一辭稱很好. 所以百種國, 唯聖以爲寶. 但願斯道昌, 光明遍八表.

其十二

吾知陶處士, 生逢澒洞時. 無心雲出峀, 漫賦歸來辭. 采菊悠然見, 所思不在玆.

乘化聊歸盡, 樂天復奚疑. 醉時彌天眞, 其言不我欺. 秋風增慷慨, 高聲大讀之.

其十三

坡翁善爲詩, 幾到神悟境. 曾有和陶篇, 紛紛論醉醒. 句中多瑣語, 糊外遺本領.

其弟字子由, 其辭雖驚穎. 志氣元不侔, 安得知孤炳.

其十四

溫溫退陶翁, 平生懷陶至. 有酒斯飲之, 取適非取醉. 爲詩稱陶杜, 雲谷乃其次.

詩能薰德性, 君子以爲貴. 花雪吟弄者, 烏能知其味.

其十五

離鄉四十年, 僅有數間宅. 樓藏萬卷書, 庭無俗人跡. 唯有從遊子, 藹菀非十百.

蘭薰播遠馥, 梅淸吐冷白. 勿忘古人言, 寸陰眞可惜.

其十六

吾徒皆賢雋, 能知誦六經. 銳者容易穿, 深者竟大成. 不如此老夫, 哀吟歎五更.

亦多爲人師, 別自開門庭. 媿我夏蟲語, 期君作鳳鳴. 可不擧一酌, 聊以娛我情.

其十七

曲學阿世輩, 揚濁滓古風. 不如屠狗子, 狂歌鍾街中. 士也貴尙志, 翳不計窮通.

丈夫重義氣, 落地已掛弓.

其十八

萬波波不息, 千山來得得. 爲學貴樹風, 衆咻我不惑. 制行宜淸明, 秉心旣淵塞.

人各守其業, 是眞愛其國. 嘵嘵世多言, 君子乃淵默.

其十九

學成邦有道, 乃可出而仕. 撥亂而反正, 安人先修己. 邦之無道也, 穀也知爲恥.

達固兼濟焉, 否乃歸田里. 廉恥與禮義, 爲國之四紀. 可以行則行, 亦可知所止.

溫涼祇自知, 世變固難恃.

其二十

細味淵明詩, 飮酒非爲眞. 借題寓其意, 曠古塼天淳. 吟得未忘言, 澹遠更淸新.

復有桃源記, 託諸避强秦. 我旣不飮久, 豈願嗣前塵. 其人澹如菊, 所以嚮往勤.

逮譯退陶詩, 硏墨日以親. 莊誦和陶篇, 如迷始得津. 莫言猥且濫, 古色生布衣.

淸風噓百世, 先生何許人.

# 제3부

# 韓中 漢文學의 交涉

# 退溪先生的『南行录』研究

## 一. 序论

研究一个伟大人物的学问和思想是件非常重要的事情, 而通过研究一个人的生平, 来透视其学问和思想也是很重要的. 特别是一个人年轻时确定的学术与思想取向, 正处於旺盛的发展时期, 研究这个时期尤其富有意义.

在退溪先生的『南行录』中, 通过先生青年时期的经历, 可看到其学问和思想的形成过程. 因此,『南行录』具有极高的资料价值.

『南行录』是先生於33岁时 (即1533年2月初到3月末), 在庆尚右道旅行时作的109首诗所成诗集. 虽然原本未能流传下来, 但在『陶山全书』里收集了他的汉诗71首 (原集3首, 别集23首, 续集1首, 遗集44首), 诗序6篇, 南行录跋1篇, 从这些诗文内容, 可知晓退溪南行的动机, 日期, 路线, 日程等.

笔者拟通过考察先生年轻时的生平, 进而考察其学识和思想的形成过程.

## 二. 南行的动机

先生32岁时 (1532年) 文科初试合格以後, 从汉城回到了故里. 这年冬天, 昆阳郡守灌圃鱼得江写信给先生, 邀请他去河东双溪寺一游. 这就是先生南行的直接契机.

鱼得江比先生年长30多岁, 且是做过大司谏的元老, 他何以从远方邀请尚未入仕的先生呢? 鱼得江住在固城, 和先生夫人的从祖许元弼 (先生的妇翁许瓚的伯父) 是同乡, 且在朝廷共过事. 这样他早已闻知先生的才学, 很想见上一面, 故邀请了先生.

另外, 先生的原配家在宜宁嘉礼村. 当时虽然原配夫人许氏已经去逝, 但先生的岳父, 岳母都仍住在宜宁. 从妹夫吴彦毅 (松斋公的女婿) 的世居地在咸安郡茅谷, 另一个从妹夫曹孝渊 (松斋公的女婿) 在昌原府世居. 先生的叔父松斋李堣任晋州牧使的时候 (1507年), 先生的三兄漪和四兄瀣, 随叔父到晋州月牙山青谷寺读书. 还有先生的进士同榜及第者姜应奎, 郑纪南亦住在晋州.

上述种种因缘, 亦是先生南行的动机之一. 这样, 应鱼得江之邀, 於翌年2月初开始了南行. 当然, 先生并非初次成行, 21岁时他曾去过宜宁妻家, 23岁时去过宜宁妻家和昌原的从妹夫家, 26岁及32岁时也去过宜宁妻家.

1533年以後, 先生曾先後五次去过该地, 但从没像此行这样写过很多诗, 先生自己也似把这次癸巳南行看作是文学纪行.

## 三. 南行的时间及日程

1533年1月31日, 先生从礼安启程, 在善山, 金乌山下吉再的祠堂, 作了题为『过吉先生问』的诗. 那诗中就已写到: “丈夫贵大节, 平生知者难. 嗟尔世上人, 慎勿爱高官.”强调了大丈夫要有气节, 并忠告世人不要贪爱官职. 从中我们可以略知先生不热心於科举, 一生不愿仕进而多退避官职, 这种高洁风范已从这一时期开始形成.

2月3日, 先生经位於星州和陕川境界的伽川, 进入了陕川. 他在路经伽倻山时作了一首诗. 诗中回首新罗崔致远的故事, 寄托了先生企望与之同游红流洞的心境.

过了陕川郡衙, 在黄江北岸的南亭 (又名涵碧楼) 与内兄许士廉. (字公简) 一起唱酬诗篇. 在『南亭次许公简韵』中写道: "闲寻知意远, 高依觉身浮. 幸未名繮绊, 犹能任去留." 抒发了他在南行时的闲情逸致. 他自认为身不在官位而能来去自如, 自由自在, 这再幸运不过了.

过了三嘉, 顺便去了宜宁嘉礼白严村的岳母家, 作了一首长篇梅花诗, 决心要学梅花的皎洁, 清绝, 以自警养成不俯仰时势的气节. 先生颇喜欢梅花, 几乎把它当做家花, 从这首诗里就可以看出先生在青年时代就已经有了爱梅之心.

2月11日, 路经宜宁和咸安交界处的鼎岩津, 到了咸安茅谷的从妹夫吴彦毅家. 吴彦毅的父亲竹斋吴硕福厚爱先生的人品和才华, 不顾年已八旬, 热情周到地款待了先生.

先生去了昌原参加了从妹的60还甲寿宴.

2月15日, 与吴彦毅及从外甥曹允慎, 曹允惧兄弟一同去马山月影台游玩作诗, 直到日落才乘船回到昌原.

2月16日, 返回咸安吴彦毅家. 原打算直接去宜宁妻家赴庆事, 因吴竹斋挽留, 未能及时参加岳母的宴会.

3月3日, 游览宜宁一带的山水, 作了许多诗.

3月18日, 再次经咸安茅谷, 20日到昌原曹允惧书斋逗留後, 徒步登上位於马上舞鹤山西北麓的鼻岩赋诗. 次日, 告别了吴彦毅, 重新返回宜宁妻家.

3月26日, 造访姜应奎和姜晦叔读书的晋州月牙山法轮寺, 因两人都不在, 独自过了一夜.

在从宜宁去法轮寺的时候, 误入往金山去的路, 迷途中路经27年前两个兄长曾读过书的青谷寺, 吟诗『过青谷寺』, 回忆往事, 慨叹人间变故不测.

27日, 见到了姜应奎, 姜晦叔, 郑纪南等, 一同过了一夜.

28日, 为赶赴灌圃鱼得江之邀, 告别他人, 只与姜晦叔一起前往昆阳. 途中登上晋州矗石楼赋诗.

到了昆阳後, 拜见了灌圃鱼得江. 灌圃任兴海郡守时曾作过东州道院诗十六绝, 先生到来, 他便请次韵. 灌圃的原作或其他人的次韵诗都只写了兴海, 而先生把灌圃的现任地方昆阳的景胜与兴海相比而作, 劝灌圃在昆阳也要和在兴海时一样实施善政. 之後在昆阳官衙往南十里的鹊岛下泛舟, 到下午上了岛, 边饮酒边议论潮汐的道理.

前一年12月, 先生收到了灌圃的邀请信, 决心南行, 於2月初来到宜宁, 发现昆阳离宜宁并不近, 便有些踌躇, 故3月末才来到昆阳.

本打算也去智异山和双溪寺, 不料收到了母亲催还的信, 便取消了这些计划, 次日踏上了归途.

这样, 灌圃在去往晋州的路口浣纱溪旁, 设宴饯行, 依依不舍地送走了先生.

先生对灌圃的厚待感激不尽, 又很敬佩他的脱俗气慨. 表示愿与他一起住在智异山青鹤洞, 种些药草, 同过闲逸生活.

归途中, 先生去了咸安告别竹斋, 顺便也去了宜宁妻家, 然後经过陕川, 星州回到了礼安.

南行从二月初到四月初, 大约两个月有余.

## 四. 南行的诗文

『南行录』原收录了109首诗, 但流传下来的只有71首, 此外有诗序6篇, 南行录跋1篇.

由於南行录的原本没能流传下来, 所以很难判断确切的时间和选编的经过. 若从地域和时间等方面考察可以断定, 最先作的诗是『过吉先生问』. 在现存先生的诗中, 除了15岁时的石蟹诗, 18岁时的野塘诗, 19岁时的咏怀诗以外, 恐怕这首诗是最早的诗作了. 从这以後, 先生成熟的诗作才真正留传下来.

朝行过洛水, 洛水何漫漫。
午憩望龟山, 龟山郁盘盘。
清流彻厚坤, 峭壁凌高寒。
有村名凤溪, 乃在山水间。
先生晦其中, 表闾朝命颁。
大意不可挠, 岂曰辞尘寰。
千载钓台风, 再使激东韩。
扶持已无及, 植立永坚完。
丈夫贵大节, 平生知者难。
嗟尔世上人, 慎勿爱高官。[1)]

这首南行第一诗, 与其说是纪行诗, 倒不如说是表达先生气节的诗. 尽管士祸频仍, 士人常被奸恶之徒残害致死, 但世人却为了做官而钻营. 先生在年轻时就已经领悟到人的价值不在於官位的高低, 而在於气节, 可以说这种品格贯穿了先生的一生.

吉再虽未能挽救腐败的高丽王朝, 但他为扶佐君王, 一生不慕通达显贵. 对此, 先生深为景仰.

在宜宁岳家, 先生为岳祖父许元辅道义之交濯缨金驲孙的诗次韵, 赋诗『白严东轩濯缨金公韵』一首. 此诗亦是先生内心的披露.

万古英雄逝, 追思泪满裳。
当时留醉墨, 此日媚韶阳。
为国肠如铁, 诛奸刃似霜。
花明驳川上, 慷慨一挥觞。[2)]

追慕在戊午士祸中, 35岁就被狐羣狗党害死的濯缨金驲孙, 先生挥泪沾

1) 『陶山全书』卷一, 第1页.
2) 『陶山全书』卷二, 第459页.

襟. 他敬佩前贤坚如盘石的气节和嫉恶如仇的士人精神. 那白严村还留有濯缨的诗, 使先生更加怀念前辈先仁.

白严驳川披着春光, 点缀着明丽的花蔟, 可人世间善良的人反倒被奸恶之辈所害. 现实不能不令先生感慨万分.

我们从『南行录』中的先生早期诗作里可以领悟到, 先生的学问和思想培育了退溪学派, 进而成为朝鲜思想史的主脉, 其肇始在於先生从青壮年时期就继承和发扬了岭南士林派的传统.

## 五.『南行录』的价值

『南行录』中的109首诗, 现留传下来的71首是先生青年时期的诗作, 是研究先生的学说及思想形成过程的重要资料.

在先生现存的文章中, 『南行录』中的6篇诗序和跋是最早的. 同年虽有『答许公简书』, 但成文於岁末, 比上面说到的文章要稍晚一些. 此外先生的文章从4旬後半期始流传, 5旬後绝大部分文章都已传世.

研究先生青壮年期的珍贵文献, 可以考察先生的句法, 文体等的发展过程.

在大约两个月内, 先生留下了109首诗, 几乎像日记一样, 天天作诗, 由此可细察其踪迹. 通过『南行录』中的诗和诗序, 参照简略的年谱, 就可以细致地考察先生在青壮年时期的事迹.

## 六. 结论

先生的『南行录』诗集原本散失, 仅有71首诗, 6篇诗序和1篇『南行录跋』载於『陶山全书』.

先生南行以灌圃鱼得江之邀为契机, 从礼安出发, 历经善山, 星州, 陕川,三嘉, 宜宁, 咸安, 昌原, 咸安, 宜宁, 咸安, 昌原, 宜宁, 晋州, 昆阳, 晋州, 咸安, 宜宁, 三嘉, 陕川, 最後返回了礼安.

这个时期的诗篇表达了先生对吉再不事二君的气节和金驲孙对奸恶之徒宁为玉碎, 不为瓦全精神的景仰之情. 先生的学问和思想继承了岭南士林派的传统, 形成了退溪学派. 可见『南行录』已是其学说流派的发轫.

南行诗是先生青壮年时期流传不多的诗篇, 这些诗篇是研究先生青壮年期的文学, 学术, 思想形成和发展过程的宝贵资料.

先生青壮年时期的文章则更少得到流传, 而『南行录』载有7篇, 可资仔细研究考察先生青壮年时期文章的句法, 文体等的发展过程.

此外还可通过诗文内容, 补足被疏误的先生当时的年谱, 可使先生的生平记叙更趋准确.

# 关於韩国之国学与孔庙之历史

## 1. 韩国历史简介

现在的韩国, 以前叫朝鲜. 最初的部族国家是古朝鲜, 在公元前2333年, 檀君建立的. 那个时候有何样之教育, 因为无文献之留存者故, 现在不可以考详.

到公元前57年, 新罗王朝建立於韩国之东南地区, 到公元前37年, 高句丽王朝建立於韩国之北部地区, 到公元前18年, 百济王朝建立於韩国之西南地区. 韩国历史上, 把这个时代叫为三国时代.

到公元668年, 新罗王朝灭亡高句丽与百济而成立统一国家.

到935年, 新罗王朝把国土捐给高丽王朝而被并合. 自是高丽时代开始.

高丽王朝, 到1392年告终. 朝鲜王朝代高丽而立, 朝鲜王朝是以儒教中之性理学为统治理念之国家. 所以国家特别地重视儒教, 对於孔庙, 国家的关心很大, 管理很好.

到1896年, 朝鲜把王朝的国号变更曰大韩帝国. 到1910年, 大韩帝国被日本之所占而灭亡.

日本把大韩帝国之领土强制属于自己的国家而统治, 长达三十六年之久.

到1945年, 日本败退, 朝鲜解放, 1948年建立立宪政府, 国号曰大韩民国. 1949年北韩另单独地树立政府曰朝鲜民主主义人民共和国. 朝鲜王朝统一国家经过日本占领之时代而再独立之际, 不幸分裂两个国家, 到目今亦如此.

## 2. 韩国之国学与孔庙之演变

### 1) 高丽时代以前

韩国之学校之设立目的是尊贤与养士, 盖与中国无异. 欲养士时, 需要以圣贤为榜样之必要, 是以国学与孔庙不可离的. 到公元372年, 高句丽始建立国学. 是文献上最初可见之学校关系记录. 韩国之三国时代正史『三国史记』里曰,

> 高句丽小兽林王二年, 夏六月, 立太学, 教育子弟.[1]

新罗则到648年, 才知有释奠之礼. 『增补文献备考』里曰,

> 新罗真德女主二年, 金春秋如唐, 诣国学观释奠而还. 东国始知有释奠之礼.[2]

虽然知道有释奠之礼, 还没有举行释奠之记录. 然有真德女主五年置大舍二人之记录, 大舍是学官也. 据此可知, 置学官, 则可知必已有学校.

到682年才有设立国学之记录.

> 新罗神文王二年夏六月, 立国学, 置卿一人以掌之.[3]

这个记录 可以证明到这个时候, 新罗设立国学.

到717年, 始自唐输入孔子及其弟子们之画像以设置国学

> 新罗神文王十六年, 秋九月, 入唐大监守忠回, 献文宣王十哲七十二弟子

---

1) 金富轼 撰, 『三国史记』 卷36, 「高句丽本纪」 第8.

2) 卷202, 张1, 「学校考」.

3) 『增补文献备考』 卷202 「学校考」 第1.

图, 即置於大学.[4]

据此可知设置孔子等之画像而祭祀之. 何以知之, 有庙然後可以设置画像. 760年, 新罗国景德王幸国学, 命博士讲尚书. 776年, 新罗惠恭王幸国学听讲. 864年, 新罗景文王幸国学, 令博士以下讲论经义, 赏赐有差. 879年, 新罗宪康王幸国学, 命博士以下讲论矣. 新罗之国王们, 对于国学, 关心很深. 然国学之制度, 到776年才完备矣.

> 国学, 属礼部, 神文王二年置, 景德王改为大学监, 惠恭王复故. 卿一人, 景德王改为司业, 惠恭王复称卿, 位与他卿同. 博士(若干人, 数不定), 助教(若干人, 数不定), 大舍二人, 真德王五年置, 景德王改为主簿, 惠恭王复称大舍, 位自舍知至奈麻为之. 史二人, 惠恭王元年加二人. 教授之法, 以周易・尚书・毛诗・礼记・春秋左氏传・文选, 分而为之业. 博士若助教一人. 或以礼记・周易・论语・孝经. 或以春秋左传・毛诗・论语・孝经. 或以尚书・论语・孝经・文选教授之. 诸生读书, 以三品出身. 读春秋左氏传, 若礼记, 若文选, 而能通其义, 兼明论语・孝经者为上. 读曲礼・论语・孝经者为中. 读曲礼・孝经者为下. 若能兼通五经・三史・诸子百家书者, 超擢用之. 凡学生, 位自大舍已下, 至无位. 年自十五, 至三十, 皆充之. 限九年. 若朴鲁不化者罢之, 若才器可成而未熟者, 虽踰九年许在学. 位至大奈麻・奈麻, 以後出学.[5]

新罗之国学, 以周易・尚书・毛诗・礼记・春秋左氏传・论语・孝经和文选为教材, 分三个等级而教育之. 若干人之博士及助教掌其教. 学生们, 随其学习成绩而除官职. 新罗之官员之大多数, 毕业於国学而就其职者也. 新罗王朝, 在统一三国之前, 用花郎制度擢用人材, 在统一以後, 用国学教育, 培养人材而授职. 是以, 新罗 自设立国学而教育以後, 儒学渐渐

---

4)『三国史记』卷8「新罗本纪」第8.

5)『三国史记』卷38,「杂识」第7.

普及，一般的官员 具备了相当深厚的儒教的素养.

### 2) 高丽时代

及高丽王朝(公元918-1392年)之建立，建国者，是太祖王建，对于国学，关心很大，且不吝财政的支援. 建国初期公元930年冬，高丽国第一代王太祖幸平壤，创置学校，置博士官. 又以谷帛帮助.

> 高丽太祖十三年冬，幸西京(今平壤)，创置学校，置博士官. 以秀才廷鹗为书学博士. 别创学院，聚六部(把平壤城区分成六部)生徒而教之. 赐彩帛以劝之，又赐仓谷百石.[6]

厥後，到高丽第6代王成宗朝，命令诸州郡县，选拔子弟，诣京肄业.

983年，高丽成宗2年，任成老自宋归，献文宣王庙图一幅，祭器图一卷，七十二贤赞记一卷.[7] 以此可知高丽之孔庙参照中国宋朝之孔庙制度，且仿造宋朝所用之祭器而使用之.

成宗6年，设置经学博士於全国十二牧. 选拔通晓经学者以为博士，十二牧各遣一位博士，敦行教谕. 各牧若有励志明经足用者，令牧宰荐贡京师，以为恒式.

到993年，成宗12年，创立高丽之国子监. 国王命担当官员广大地建立书斋与学舍，且量给田地，以充学资.

1020年，高丽显宗11年，以新罗国之侍郎崔致远配享孔庙. 昔年，高丽太祖王建之在潜邸也，崔致远贻书，里面有"鸡林(新罗)黄叶，鹄岭(高丽)青松"之句. 故高丽王以为密赞始祖之开国功业，而至是有是命. 1022年，以新罗国之翰林薛聪配享孔庙，追封弘儒侯.[8]

---

6)『增补文献备考』권202,「学校考」.

7)『增补文献备考』권202,「学校考」第1.

8)『增补文献备考』卷202 5张.

1031年, 显宗22年, 始设国子监试, 试以诗赋, 韩国之有监试之制昉於此.

1091年, 宣宗8年, 画七十二贤像於国子监壁上, 其位次依宋朝之国子监之名目次第, 其章服, 皆仿十哲.

1101年, 肃宗6年, 文宣王殿之左右廊, 画六十一子, 二十一贤, 而从祀於孔子.

1109年, 睿宗4年, 国子监之内, 设七斋. 盖学习易经之舍曰丽泽斋, 学习尚书之舍曰待聘斋, 学习诗经之舍曰经德斋, 学习周礼之舍曰求仁, 学习戴礼之舍曰服膺斋, 学习春秋之舍曰养正斋, 学习武学之舍曰讲艺.

1119年, 睿宗14年, 设置养贤库, 以养士. 高丽国, 自其建国之初, 设立孔庙于国子监, 其势不振, 至是国王锐意儒学, 广设学舍, 招置儒学生六十人与武学生十七人, 以王之近臣担当其事务, 甄拔名儒为学官及博士, 讲论经义以教导学生, 由是文风稍振.

至高丽仁宗时, 详定国子监之制度, 而施行之.

> 国子学生, 以文武官三品以上子孙, 及勋官二品带县公以上, 并京官四品带三品以上勋封者之子为之. 大学生, 以文武官五品以上子孙, 若正从三品曾孙, 及勋官三品以上有封者之子为之. 四门学生, 以勋官三品以上无封, 四品有封, 及文武官七品以上之子为之. 三学生各三百人, 在学, 以齿序. 凡系杂路及工商乐名等贱事者, 大小功亲犯嫁者, 家道不正者, 犯恶逆归乡者, 贱乡部曲人等子孙, 及身犯私罪者, 不许入学. 其律学书学算学, 皆肄国子学, 律书算及州县学生, 并以八品以上子及庶人为之, 七品以上子者情愿者听. 国子大学四门, 皆取博士助教, 必择经学优长, 景行修谨, 堪为师范者, 分经教诸生. 每授一经, 必令终讲, 未终讲者, 不得改业. 年终, 计讲授多小, 以为博士助教考课等第. 律书算学只置博士. 律学博士掌教律令, 书学掌教八书, 算学掌教算术. 凡经周易尚书周礼礼记毛诗春秋左氏传公羊传谷梁传, 各为一经, 孝经论语必令兼通. 诸学生课业, 孝经论语共限一年, 尚书公羊谷梁传各限一年半, 周易毛诗周礼仪礼各二年, 礼记左传各三年. 皆先读孝经论语, 次读诸经. 并算习时务策. 有暇兼须习书, 日一纸. 并读国语说文字林三苍尔雅.[9]

1129年, 高丽仁宗7年, 国王幸国学, 释奠於孔子, 命儒臣会诸生讲论经学. 且仁宗下命严禁诸生治老庄之学.

1304年, 忠烈王30年, 纳安裕之建议, 置国学之赡学钱. 且从中国画孔子及七十子之像, 兼购祭器乐器六经诸子史而来.

> 五月, 赞成事安裕建议置赡学钱. 裕忧学校日衰, 议两府曰, "宰相之职莫先於教育人才, 今养贤库殚竭, 无以资教养. 令百官出银布有差, 以为赡学之资. 王亦出内库财, 以助之. 裕以馀赀, 付博士金文鼎, 送中原, 画先圣及七十子之像, 又购祭器乐器六经诸子史以来.[10]

是岁6月, 扩建国学之大成殿. 大成殿乃是孔庙之建筑.

> 初元耶律希逸, 以殿宇隘陋, 甚失泮宫制度, 劝王重新文庙以振儒风. 至是乃成.[11]

1314年, 忠肃王元年 大量购入中国书籍以来. 且元国朝廷捐给书籍四千七十一册.

六月, 赞成事权溥如李瑱权汉功等, 会成均馆, 考阅新旧书籍, 且试经学. 初成均提举司, 遣博士柳衍学谕俞迪, 购书籍于江南. 判典校寺事洪瀹, 以太子府参军在南京, 遗衍宝钞一百五十锭, 使购得经籍一万八百卷而还. 元又遣使赐王书籍四千七十一册, 皆宋秘阁所藏也. 宋之亡也, 其秘阁藏书之东来者, 若是盛焉. 未几, 文忠公郑梦周出而本朝诸贤相继蔚兴. 宋之道学大明於东土, 其亦异矣.

1319年, 忠肃王6年, 以故中赞安裕从祀文宣王庙. 裕以兴学养贤为己任.

---

9)『增补文献备考』卷202 9张.
10)『增补文献备考』卷202 11张.
11)『增补文献备考』卷202 12张.

> 晚年尝挂晦庵先生像, 以致景慕, 遂号晦轩. 及卒, 谥文成. 朝廷议以裕从祀文庙. 人有谓裕虽建议置赡学钱, 岂可以此从祀. 其门生辛蕆力请, 竟得从祀.[12]

1320年, 重新塑造孔子像. 时王出捐银钱以助其费. 宰枢皆出币以助之. 1366年, 元国使臣郭永锡参谒孔庙, 见学舍荒颓, 谓馆伴李穑曰, “吾闻贵国自古愚问, 何至是耶?” 李穑对曰, “国学火于辛丑(1361), 王方务息民, 宫禁尚未营葺. 此乃开城府学也.” 高丽国王闻之甚惭. 其翌年, 成均祭酒林木业上言请改造成均馆. 以新经兵乱也. 於是命重营国学, 命令中外儒生儒官, 随品出布以助其费. 是岁十二月创建成均馆於崇文馆之旧址. 以李穑为兼大司成, 郑梦周为博士. 高丽之国学设置兼大司成之职, 自李穑始. 李穑任兼大司成, 增置学生之额数, 择经术之士郑梦周金九容朴尚衷朴宜中李崇仁等, 皆以他官兼教官.

### 3) 朝鲜时代

公元1392年, 李成桂建立朝鲜王朝. 朝鲜王朝是以崇尚儒教排斥佛教之国家. 故自建国之直後, 夺取寺院之土地财产 以助国学及各地方之乡校. 高丽之都城在开城(现今属于北韩), 朝鲜迁都城於汉城, 而新建孔庙与国学於汉城. 孔庙如国学之位置到现今不变.

1398年, 朝鲜太祖7年, 成均馆文庙成. 文庙从享诸贤一遵中国之制, 东国诸儒从祀仍依高丽制. 又设置成均馆诸官职.

> 太祖元年, 因丽制, 置成均馆掌儒生教诲之任, 并用文官. 大司成一员, 祭酒一员, 乐正二员, 直讲一员, 典簿一员, 博士二员, 谆谕博士二员, 进德博士二员, 学正二员, 学录二员, 直学二员, 学谕四员. 後改定知事一员, 大提学例兼. 同知事二员, 以他官兼. 大司成一员, 祭酒二员, 司艺三员, 直讲四员, 典

12) 『增补文献备考』 卷202 13张.

籍十三员, 学正三员, 学录三员, 学谕三员, 兼博士一员, 以议政府司录兼, 後废. 兼学正, 兼学录, 兼学谕, 以奉常寺直长以下及四学训导兼. 太宗元年改祭酒为司成. 仁祖朝别设司业. 孝宗九年, 别设祭酒二员. 後减司成司艺各一员. 吏属书吏二十一人, 库直一名, 使令四十名, 军士七名.[13]

太祖七年, 又命置学田, 以供粢盛, 廪生徒, 赐复户, 以洒扫使令之役.
太祖欲亲祀孔庙, 以祭酒闵安仁明典礼, 命修乐器.
是岁, 建立国学之明伦堂于文庙之北. 命成均馆提调郑道传权近, 集四品以下儒士, 讲习经史.
养贤库成, 掌儒生之供馈.
至第三代王太宗七年, 始升配宗圣公曾子述圣公子思. 又以子张跻于十哲. 又以董仲舒许衡从祀于东西庑. 黜扬雄之享. 又太宗王赐给一万亩田奴婢三百口于成均馆.
1409年, 国王命成均馆典簿许稠厘正释奠仪. 以後朝鲜王朝之孔庙, 遵用这仪式 以举行释奠祭. 权近评价此释奠仪如斯,

古者, 释奠于学, 其礼极简, 其详不传也. 自唐有开元礼, 宋有政和新仪, 然历废坠多莫之行. 紫阳朱文公尝有志於改正其节次, 而卒莫之就. 宁国府学所刊仪式, 乃先儒孟君之潜取紫阳释奠仪湖学冕服图, 禾卒一编, 而释奠须知沧洲舍菜仪, 并载于後. 神位向背器服制度与夫登降酌献之仪, 无不备载. 所谓紫阳仪者, 亦因开元之旧, 文公尝欲改正, 而未就者也. 建文庚辰之岁, 始得宁国全文以刊. 又以元朝至元仪式附之. 是其节次先後, 於文公所欲改正者, 盖庶几焉. 故今成均遵用之.[14]

1463年, 世祖九年, 礼曹作成均馆九斋学规如下.

13) 『增补文献备考』 卷221 34,35张. 「职官考」.
14) 『增补文献备考』 卷203 2张.

大学论语孟子中庸诗书春秋礼记周易为九斋. 每年春秋, 本馆堂上, 及礼曹堂上二员, 艺文堂上一员, 台谏各一员, 会坐, 讲所读三处, 句读精熟, 义理融贯, 方许以次升斋. 若一时通数书, 许超升. 升至易斋者, 每式年直赴会试. 又於式年, 讲举子四书三经. 自愿他经者, 及欲讲左传纲目宋元节要历代兵要训民正音东国正韵者, 听.[15]

1546年, 明宗元年, 颁赐学校节目於京外. 节目之内容如下.

文官学行堪为师表者, 及经学精通者, 各别选择司成以下典籍以上, 每品各一员, 四学兼教授各一员. 以参选人员, 差下专委教诲. 有作成之效者, 超升褒奖, 以劝其馀.

居馆生员进士, 及寄斋四学儒生, 读书日数, 大学一朔, 中庸二朔, 论孟各四朔, 诗书春秋各六朔, 周易礼记各七朔, 为定限. 或通读, 或分训, 每书始读及毕读, 录其名下. 每月初旬, 礼曹及成均馆堂上, 同会考讲, 簿其通略粗不. 每式年夏初, 四书一经以上分数, 通计, 优等五人, 直赴会试. 寄斋及四学儒生, 每月初旬, 聚会中学, 礼曹郎厅, 成均馆长官, 四学官员, 及轮次官, 考讲, 其四书分数, 通计, 优等十人, 直赴生员进士试. 时居馆赴学者, 方许入讲, 分数内有不者, 勿置优等之例. 其中懒慢不卒业者, 及考讲连不者, 生员进士论罚, 寄斋及四学儒生, 削名到记, 限三朔, 不许复属.[16]

1552年, 明宗七年, 国王赐给田土于太学.

1574年, 宣祖七年, 质正官赵宪, 上封事要请孔子以下诸贤位号, 及文庙之额, 以遵嘉靖之制. 其封事如下.

汉平帝时, 王莽谬尊先圣称为褒成宣尼公, 而唐之玄宗, 始谥为文宣王, 颜子以下, 秩称公侯伯. 其封公封王者, 於夫子所谓君君臣臣父父子子之道, 则一切悖乱, 而佯尊圣人以欺天下. 曾谓责家臣之私, 而易大夫之箦者, 其肯安享斯名乎? 况自称皇帝, 以其所以封臣子者, 强加以王, 尤非所以尊圣人也.

15) 『增补文献备考』 卷203 3,4张.

16) 『增补文献备考』 卷230 7,8张.

臣窃见嘉靖中，改题文宣王之号为至圣先师孔子之位. 颜子以下俱改去爵名. 庙额, 不曰大成殿, 而曰先圣庙, 一洗千载之误, 而我朝犹袭陋, 恐当议改也.[17]

然朝鲜朝廷不纳其建议，而仍存从前之例.

1582年, 宣祖 15年, 命大提学作学校事目, 一曰立志, 二曰检身, 三曰读书, 其读书之序, 则先以小学, 培其根本, 次以大学及近思录, 定其规模, 次读论孟中庸五经, 间以史记及先贤性理之书, 以广意趣, 以精识见, 而非圣之书勿读, 无益之书勿观. 读书之暇, 时或游艺, 如弹琴习射投壶等事. 四曰慎言, 五曰存心, 六曰事亲, 七曰事师, 八曰择友, 九曰居家, 十曰接人, 十一曰应举, 十二曰守义. 十三曰尚忠, 十四曰笃敬, 十五曰居学, 十六曰读法.

1592年, 宣祖25年. 倭人侵掠朝鲜. 孔庙与太学都烧烬於兵燹. 到1601年, 重建文庙. 翌年, 国王命使明之臣, 购来中国太学志. 初, 明使万世德, 以我国文庙从享制度多与中国异, 劝遵明朝嘉靖之制. 至是, 筵臣, 奏曰, “我国虽遵明朝洪武之典，嘉靖既更定制度，则今何可违之？请从其制”. 王曰, “尝见中朝国子监所撰太学志，从祀制度，甚为详备”. 仍命购来. 1606年, 重建明伦堂.

1610年, 光海君 2年, 以文敬公金宏弼, 文献公郑汝昌, 文正公赵光祖, 文元公李彦迪，文纯公李滉，从祀文庙.

1682年, 肃宗8年, 黜公伯寮等十人於圣庑. 以将乐伯杨时, 文质公罗从彦, 文靖公李侗, 文肃公黄干, 及本朝文成公李珥, 文简公成浑, 从祀於文庙.

1717年，以文元公金长生，从祀文庙.

1750年，英祖26年，国王命均役厅，岁赐钱二千缗绵布九百馀匹于成均馆，以为供士之需. 初太学有鱼盐税钱及奴婢贡布，盖列朝所赐也. 又命，

---

17)『增补文献备考』卷203 9张,

京外新刊之书, 随刊随送于太学为正式.

1756年, 以文正公宋时烈, 文正公宋浚吉, 从祀文庙.

1764年, 以文纯公朴世采从祀文庙.

1895年, 朝鲜王朝变更官制, 成均馆只掌释奠祭, 教育机能, 则新设经学科而使担之.

至1910年, 朝鲜王朝灭亡, 强制变更成均馆而称经学院, 已不属於国家官衙, 只是私设机关耳. 自此, 从事於经学院之儒林, 大部分是附倭儒林. 守志之儒林皆不肯参与於经学院.

1945年, 朝鲜解放, 恢复成均馆之名称及机能. 祭孔典礼与古无异. 然其教育机能, 则别设成均馆大学而掌之.

在朝鲜时代, 汉城府有四学, 各郡县有乡校三百七十所, 里面各具文庙及明伦堂, 亦各行祭孔典礼与养士机能. 现在南韩仍然留存二百三十四所乡校, 而继续举行祭孔典礼. 教育机能则几乎衰颓矣.

## 3. 朝鲜文庙之祭礼

### 1) 祭祀之种类

○. 释奠祭 : 每岁春秋仲月上丁日, 举行.

○. 朔望祭 : 自1592年壬辰倭乱以後, 废而不行. 当朔望只焚香耳.

○. 告由祭 : 有特别之事, 则告厥事由.

○. 慰安祭 : 有灾难时举行.

○. 移安祭・还安祭 : 时或因孔庙建筑之重建或修理, 把神主移安或还安时举行.

○. 礼成祭 : 在特别之典礼完成时举行.

○. 亲临酌献 : 每三年国王亲诣文庙而举行.

○. 亲临释奠祭 : 国王有特教乃行.

### 2) 祭孔时祝文

维某年岁次某甲某月某朔某日某甲, 朝鲜国王姓某, 谨遣臣某官某, 敢昭告于大成至圣文宣王. 伏以, 道冠百王, 万世之师. 兹值上丁, 精禋是宜. 谨以牲币醴齐粢盛庶品, 式陈明荐.

### 3) 祭官之种类

释奠献官(以正二品官荐), 亚献官(正三品堂上官), 终献官(正三品), 大成殿内东西从享分献官(四品官) 各一人. 两庑从享分献官(五品官或六品官), 各十人.

国王亲行释奠时, 王世子为亚献官, 领议政为终献官(有故则其次官当之), 大成殿内东西从享分献官(正二品官) 各一人. 两庑从享分献官(三品官或四品官), 各十人.

王世子行释奠时, 亚献官(正二品), 终献官(正三品堂上官), 大成殿内东西从享分献官(四品官) 各一人. 两庑从享分献官(五品官或六品官), 各十人.

### 4) 释奠馔品之式

○. 粢盛四品 : 一曰稻, 二曰黍, 三曰稷, 四曰粱. 稻粱盛於簠, 黍稷盛於簋.

○. 笾豆各十品 : 在笾者, 一曰鹿脯, 二曰鱼鱐, 三曰形盐, 四曰栗, 五曰枣, 六曰榛, 七曰芡, 八曰菱, 九曰白饼, 十曰黑饼. 在豆者, 韭菹, 醓醢, 菁菹, 鹿醢, 芹菹, 兔醢, 笋菹, 鱼醢, 脾析, 豚拍.

○. 菹腥三品 : 一曰牛腥, 二曰羊腥, 三曰豕腥.

○. 登羹三 · 鉶羹 : 登曰大羹, 鉶曰和羹.

○. 爵三 : 牺尊二, 一实明水, 一实醴齐. 象尊二, 一实明水, 一实盎齐.

山罍二, 一实玄酒, 一实清酒.

○. 币用白苎一端.

从享位之馔品如此. 稻一, 黍一, 脯一, 醢一, 果一, 葅一, 牲用豕腥. 爵一, 象尊二, 一实玄酒, 一实清酒.

陈设序次如此. 每位, 十笾在左为三行, 以右为上. 第一行, 形盐在前, 鱼鱐, 枣栗次之. 第二行, 榛在前, 菱, 芡次之. 第三行, 鹿脯在前, 白饼, 黑饼次之. 十豆在右为三行, 以左为上. 第一行, 韭葅在前, 醓醢, 菁葅, 鹿醢次之. 第二行芹葅在前, 兔醢, 笋葅次之. 第三行鱼醢在前, 脾析, 豚拍次之. 俎三, 二在笾前, 一在豆前. 笾前之俎, 一实牛腥, 一实羊腥, 七体, 两髀两肩两胁并脊, 而髀在两端, 肩胁次之, 脊在中. 豆前之俎, 实以豕腥, 七体, 其载如羊, 豆右之俎三, 一实牛熟肠胃肺, 一实熟肠胃肺, 一实豕熟肤, 豕在前, 羊牛次之. 簠簋在笾豆之间, 簠在左, 簋在右. 簠实稻粱, 粱在稻前. 簋实黍稷, 稷在黍前. 登鉶在簠簋之後, 鉶居前, 登次之. 爵三, 在簠簋前, 各有坫, 牺尊二, 象尊二, 山罍二, 为三行, 第一行牺尊, 第二行象尊, 第三行山罍, 皆加勺幂, 在殿上东南隅.

从享位陈设序次如此. 二笾在左(栗黄在前, 鹿脯次之), 二豆在右(菁葅在前, 鹿醢次之) 簠簋各一, 在笾豆间(簠在左, 实以稻, 簋在右, 实以黍) 俎一, 在簠簋前(实以豕腥) 爵一, 在俎前, 有坫, 象尊二, 皆加勺幂, 在户外之左(两庑则在庑内).[18]

### 5) 其他祭祀馔品之式

告由祭馔品之式(只行正配从享二十一位) : 簠簋二, 一稻, 一黍. 笾豆二, 一脯, 一醢. 爵一, 币用白苎(只用正配位) 牲用豕)

慰安祭・移还安祭・礼成祭馔品之式 : 与告由祭同.

18) 『增补文献备考』 卷204 27,28张.

酌献馔品之式(正位配位从享位并同)：左一笾，鹿脯. 右一豆，鹿醢. 爵一在笾豆前. 牺尊一，象尊一(正配位牺尊，从享位 象尊)

韩国文庙之祭礼，现今仍然遵行，与古别无变化，而保存其传统.

## 4. 结论

韩国是儒教国家，历来国家保护儒教，奖励儒教，统治国家时，以儒教之仁义礼智为准. 对于孔庙及国学不停地给深切的关心与大力帮助. 百姓信奉儒教，实践儒教的教理.

韩国之国学公元372年始设，以後王朝虽累变，而国学则存续，各时代培养了大量的人材. 983年始设孔庙而祭祀孔子. 孔庙之制度盖仿中国. 韩国之孔庙祭祀制度，几无变化，甚好保存昔日原形态. 现在亦每年春秋仲月上丁举行祭孔典礼.

# 『康熙字典』之韩国传来与其活用

## Ⅰ. 导语

韩国民族自何时受纳汉字而使用之, 不可以确知, 然以诸况推定之, 盖已自三千年前, 韩国人开始使用汉字. 在韩国国土之內, 现存最古金石文字, 乃是北朝鲜龙冈郡所在之秥蝉县神祠碑, 即公元前85年所立者也. 读之, 则可以看出那时韩国人已熟读中国经史, 而其能引用名句, 故其属文之水平, 其或庶几接近於中国矣.

虽然, 韩国无自己所编之字典, 是以不得不借用中国传来之字典. 高句丽[前37-668年]时, 考读下面所引资料, 可以知民间用中国字典之情况.

> 俗爱书籍, 至於衡门厮养之家, 各於街衢, 造大屋, 谓之扃堂, 子弟未婚之前, 昼夜於此读书习射. 其书, 有五经, 及史记, 汉书, 范晔後汉书, 三国志, 孙盛晋春秋, 玉篇, 字统, 字林. 尤有文选, 已爱重之.[1]

不确知从何时起, 高句丽民间, 已广范地使用梁顾野王所编之玉篇, 北魏阳承庆所编之字统, 晋吕忱所编之字林.

厥後, 新罗武烈王以前[前654], 尔雅, 已传入韩国.

> 强首, ……, 遂就师, 读孝经, 曲礼, 尔雅, 文选, 所闻虽浅近, 所得愈高远, 魁然为一时之杰.[2]

---

1) 『旧唐书』列传, 「高丽传」.

至王氏高丽[936-1392]时代, 其存藏之书籍里, 中国所已逸之书, 颇多, 故宋帝命高丽使臣李资义送高丽国所藏之书籍目录于宋国. 李资义, 1081年, 自北宋回, 滙报高丽王如下, 高丽送北宋之其藏书目录中, 多包括中国之字书及韵书, 其目录如下.

> 吕忱字林七卷, 古玉篇三十卷, 王羲之小学篇一卷, 张揖广雅四卷, 尔雅图赞二卷, 三苍三卷, 埤苍三卷.[3]

高丽朝时, 韩国尚未受入广韵, 集韵, 类编等书.

至于朝鲜建国[1392]之後, 朝鲜王朝之第四代王世宗, 1430年, 命学士申叔舟等把洪武正韵之训, 译成韩文, 并注音以韩字而刊行之. 以後继续用之. 同年韩国始编自己所编之最初韵书东国正韵, 亦注音以韩字. 又命学者编纂韵考.

至于朝鲜中宗朝[1506-1544], 译官崔世珍编纂韵会玉篇. 此书是把修改宋朝黄公绍所撰之韵会集字而成. 然普及不广, 人几乎不知此书之存在.

到了康熙字典之传入於韩国, 虽韩国不无自国之字书, 然韩国人仍用中国传来之字典, 洪武正韵译训及东国正韵几乎不用.

## Ⅲ. 康熙字典传入及其活用

『康熙字典』, 在1728年[朝鲜英祖王4年], 最初传入朝鲜. 李肯翊所撰燃藜室记述云如下.

> 戊申遣西平君桡等陈奏, …… 回, 赏赐康熙字典, 性理精义, 诗经传说汇

2) 高丽 金富轼『三国史记』「强首传」.

3)『高丽史』卷10,世家10, 宣宗 8年.

纂, 音韵阐微四种书.[4]

然按照李德懋之记录, 则康熙字典传入之年是1729年. 相差一年. 可能是28年使入中国, 到29年回来. 李德懋之记录如下.

> 雍正元年癸卯。我景宗三年。附周易折中, 朱子全书。七年。我英宗五年。附康熙字典, 性理精义, 诗经传说汇纂, 音韵阐微。全唐诗等书。金昌集持来。周易折中等书。密昌君樴持来.[5]

1766年, 朝鲜使臣随行员湛轩洪大容, 在北京琉璃厂, 亲眼查过康熙字典.

> 石存名经。石存其号也。或称石可。时年三十。见任钦天监博士。居琉璃厂。开舖卖器玩古董刻印章。与金译复瑞素善。……, 余曰。此有韵书。可以立辨。经即出康熙字典。使余考出。余即考腊字而示之。经怃然无以答.[6]

至于朝鲜王朝第二十二代正祖王(1777-1800)代, 实学者茶山丁若镛经常活用康熙字典.

> 康熙字典曰神痘法。凡痘汁纳鼻。呼吸即出。余尝疑之。知有妙法。而不传我邦。为之怅然。嘉庆己未秋。茯庵自龙湾还。时义州府尹递来。其胤子沧溟云湾人入燕。得种痘方来。其书不过数叶。亟求见之。其法曰取圣痘玉成者之痂子七八粒.[7]

---

4) 李肯翊『燃藜室记述』别集 권5, 事大故事「使臣」.
5) 李德懋『青庄馆全书』卷55,「盎叶记」「中国书来东国」.
6) 洪大容『湛轩书』248册 260页,「燕记」.
7) 丁若镛『与犹堂全书』1辑, 281册 217页,「种痘说」.

案康熙字典曰。痘。胎毒也。有终身不出者。神痘法。凡痘汁纳鼻。呼吸即出。此盖指浆种法也.[8)]

正祖王代实学者李德懋所编之儿童礼节书曰士小节, 此书之注释里, 比较详细地介绍康熙字典之编纂者.

字典。即康熙字典。张玉书等纂。清一统志玉书字素存。镇江府人。官文华殿太学士。谥文贞.[9)]

正祖王, 是好学君主, 甚喜欢看书, 写文章, 自己撰出弘斋全书, 达于200卷之多, 仔细地查看康熙字典, 而批评之. 褒贬都有.

字学蔑裂。莫近日若。如张自烈正字通, 释适之金壶字考, 康熙字典。非不钜丽纤悉。间亦有失真而伤巧者。字学之难有如此.[10)]

到了朝鲜後期正祖王代, 王命学者李德懋徐荣辅等编纂自国之字书, 命之曰全韵玉篇, 而至1796年 刊行而使用之. 并此, 编纂自国之韵书奎章全韵[1800]而刊行之. 全韵玉篇援用康熙字典之体例, 其214部数与康熙字典完全一样. 然训义尚用汉字以,注之, 且节略训义太甚, 又一切之例文都削掉, 此书一套只是上下两卷单册耳. 试而比较康熙字典与全韵玉篇之典字条

* 康熙字典 :

<典> 古文 籅 : 唐韵, 集韵, 韵会, 正韵 并多殄切. 颠上声. 说文 : 典, 五帝之书也. 从册在丌上, 尊阁之也. 尔雅 释言 : 典, 经也. 广韵 : 法也.

---

8) 丁若镛『与犹堂全书』286册 517页,『麻科会通』.

9) 李德懋『青庄馆全书』卷31「士小节」. 韩国文集丛刊 257册 533页.

10) 正祖王(李祘)『弘斋全书』卷162,「日得录」卷2. 韩国文集丛刊 267册 164页.

书 舜典：慎徽五典. 注：五典, 五常也. 周礼 天官：大宰之职, 掌建邦之六典. 秋官 大司寇：掌建邦之三典. 疏：常经, 即是法式. 又周语 召公曰, 瞽献典. 注：典, 乐典也. 又典守犹主也. 周礼 春官 典同. 又：典书. 战国策：我典主东地. 注：典, 犹职典也. 又, 姓. 魏志有典韦.

又, 集韵, 韵会, 正韵, 并徒典切. 音殄. 正韵：坚润貌. 周礼, 冬官考工记：是故輈欲颀典. 注：颀, 读为恳, 典, 坚韧貌. 韵会：一曰车辕束.

＊ 全韵玉篇：

<典>：主也. 法也. 常也. 五典. 经典. [铣].

一较之则看出两书之间详略之悬殊. 然因为奎章全韵之书帙轻简, 故普及甚快, 不久之间, 朝鲜全域 都用之. 清国 光绪庚寅年(1890), 在上海出刊了.[11)]

李德懋等编纂奎章全韵时, 参考之 中国书籍目录如下. 李德懋之孙子实学者李圭景(1788-?)录之. 康熙字典 当在里面.

> 我王考编『奎章全韵』时。有引用书目。故谨钞附。以为韵学之矩股。音学之渊薮。其目曰。『蒙古韵略』亡名氏。『书学正韵』、『锺鼎篆韵』薛尚功。『锺鼎古今韵』释道泰。『篆韵』亡名氏。『声音文字通』赵撝谦。『谐声指南』吴元满。『字韵全书』杨时乔。『悉昙总持』唐僧法天校。『文殊问字经』、『韵集』吕静。『韵集』段弘。『韵略』阳休之。『韵略』杜台卿。『音谱』李槩。『声谱』周研。『翻切书』孙炎。『古今通韵』、『古今定韵』并毛大可。『字林』吕忱。『古今韵括』吴汝纪。『训纂』扬雄。『西儒耳目资』金尼阁, 西人。『韵经张月鹿』、『字学元元』、『中原七音』、『切韵正义』、『声律发蒙』。已上五种书。著人不可考.『字汇』梅膺祚。『正字通』张自烈。『洪武正韵』御

11) 鄙藏一本.

撰。『蒙汉韵要』。成庙命司译院撰。『训蒙字会』崔世珍撰。『大东韵玉』权文海撰。『类合』徐居正撰。『语录解』退溪、眉岩撰。『字考』曾德昭, 西人。『三百篇声谱』张蔚然。『切韵射标』李世泽。『释常谈』亡名氏。『鸡林遗事』孙穆。『声音文字通』柴广进。『正韵牋』杨时伟。『篇海五音』韩孝彦。『韵海镜源』颜真卿。『音义杂说』方密之。『四声纠缪』、『五声谱』并郝敬。『五经音义』徐邈。『切韵』, 一曰『切韵指掌』。一曰『音韵指掌』司马光。『群经音辨』贾昌朝。『汉书音义』延笃。『汉书音注』徐广。『经史动静字音』刘鉴。『字音』孙炎。『国语补音』宋庠。『正始音』王柏。『大宋五音正韵』米芾。『五音谱』李焘。『韵集』吕静。『韵诠』武元之。『四声韵林』张谅。『音韵决疑』, 一曰『音谱』 李槩。『礼部韵拾遗』杨朴。『景祐集韵』宋祁。『古韵通式』程迥。『古韵通』柴氏, 似是广进。『群玉典韵』王该。『四声指归』刘善经。『切图四法』李嘉绍。『免疑字韵』李士谦。『韵要』李元寿。『声韵谱』张贵谟。『四声韵类』郑升卿。『切韵声原』方密之。『毛诗古音考』、『屈宋古音考』并陈第。『交泰韵』吕坤。『韵通』萧云从。『杜律细』上同。『切韵』释神珙等。元和『韵谱』释处忠。『补修加字切韵』释智猷。『四声等第图』释宗彦。『韵英』释静洪。『直指玉钥匙』释真空。『说文』许慎。『音论』顾炎武。『古今韵略』、『康熙字典』清圣祖命诸臣纂辑。吕维祺『音韵日月灯』。『龙龛手镜』释行均, 契丹僧。王锡侯.『字贯』。『金壶字考』僧适之。『音学五书』顾炎武。『音论』上同。『四声通解』崔世珍。『释言类解』、『同文类解』、『正音通释』朴性源。『奎章韵瑞』徐命膺。『奎章全韵』正庙命诸臣纂辑。我王考专任编摩撰修.『全韵玉篇』上同。『三韵通考』。『三韵声汇』金济谦、成孝基同撰。『华东正音』。『韵学要指』毛奇龄.[12]

参考书目之淹博如此, 可以知朝鲜学人之对於中国音韵训诂, 关心甚深, 全韵玉篇一书之编刊, 费力难量.

李德懋之孙子李圭景, 对于其祖所编之全韵玉篇, 满怀信心. 以为字学之宝典 而古今韵书之集大成者. 又称康熙字典是海内字书之宗.

---

12) 李圭景『五洲衍文长笺散稿』994页,「韵学即音学辨证说」

我王考青庄公[李德懋], 承正庙命, 撰御定奎章全韵. 原增叶文, 总一万三千三百四十五. 原一万九百六十四, 增二千一百二, 叶二百七十九. 此书, 於今, 字韵之学, 金科玉条, 於古今韵书, 为集大成之书也. 以字书论之, 则清康熙字典, 寔海内字书之宗, 张自烈正字通, 王锡侯字贯, 又是字书之海也. 虽曰後出者愈巧, 不过拾前人之剩说也. 迄可休矣.[13)]

朴思浩, 1828年, 使行北京, 参观琉璃厂, 看中国书籍之富盛, 自己认为康熙皇帝欲箝制汉族知识人, 故起了康熙字典等大形编书事业.

册肆。在正阳门外。非止一处。其畜书之法。设堂数三十间。每间四壁。设间架。层层井井。排列积峙。每套付签曰。某册。故充栋溢宇。不可计量。而前阁置一大卓。卓上置十馀卷册匣。乃册名目录也。人坐椅上。欲买某册则一举手。抽给抽插。甚便易也。阅其目录。则其大帙。有四库全书, 文章大成, 册府元龟, 渊鉴类函, 佩文韵府, 全史, 十三经注疏, 康熙字典, 万国会通, 大藏经等。而其外经史, 诸子百家, 医药, 卜筮, 种树之流。稗官杂记, 四大奇书, 演义等书。其数亦不亿。多有不知其名目者。盖中国有大小字板。顷刻印出。故文人词客。片词只句。亦皆刊出成集。书籍日富。文明之兆。非不幸也。异端之教。稗官之家。淫谈悖说。无关於治教者。愈往愈盛。大为圣道榛芜。安得火其书而人其人也。大抵夷狄之入主中国。右文之治。自拓跋氏以後。未有盛於此时。而抑有说焉。康熙时。天下初定。人心未服。海内豪杰之士。搤腕而谈愤。开口而咏叹。无非尊攘之义也。海可蹈也。山可隐也。薙发左衽。投帽而抵地曰。甚麽物也。於是乎。康熙大忧之。开文渊阁。集天下文学之士。縻以美衔。厚其饩养。裒聚书籍。昼夜考校。向所谓豪杰之士。埋头蠹鱼之间。不知老之将至。而愤叹之心如雪遇阳。此乃赚得英雄之术。非但出於右文之意也.[14)]

李圭景亦对于字学, 关心很深, 是以查阅康熙字典, 而摘出其疵纇.

---

13) 李圭景『五洲衍文长笺散稿』卷8, 278页,「字书字数辨证说」.

14) 朴思浩『心田稿(1828年刊)』卷2「留馆杂录」册肆.

> 凡为字学者。以六书为宗。『说文』为祖。此乃不刊之论也。虽好辨之士。此不敢移易。而字书中集大成者。梅氏『字汇』、张氏『正字通』。取『字汇』、『正字通』。折衷为书者。即『康熙字典』。而有王锡侯者。以『字典』为犹未尽善。纂辑一书。『字贯』。颇有发明。竟以此书被祸。然书则流行於世。更无雌黄云。其精可知也。按梅氏之『字汇』。未免舛讹疏漏。然『正字通』、『字典』。皆从此中出。亦不可偏废。宜视作不祧之典矣。张自烈撰『正字通』。廖文英据为己作。而知者不韪廖而称张云。『康熙字典』。以『正字通』之舛讹驳杂。存援厘正。可谓换骨脱胎。然『字典』亦多疏略。又或不出引用书名之病。故王锡侯复有『字贯』之作。触忤受祸。可不惜哉。『正字通』.15)

李圭景纂著类书五洲衍文长笺散稿时，常常引用康熙字典.

朝鲜王朝之末期，实学者崔汉绮提出各种字典之活用方案.

> 文字者。所以象形会意。相传教习。通言语记事实。明物理达政教者也。自尔雅说文以後。梁有玉篇。唐有广韵。宋有集韵。金有五音集韵。元有韵会。明有洪武正韵。今有康熙字典。随代沿革。省繁不同。但当从其典常字六七千或八九千。娴习其参用句读。其馀诸字。可将字书而考证。岂可费精力而记绎。不识文字。便是有耳目之聋瞽。岂独自己言说。不克登诸纸墨。且於他人论辞。不能究之书册.16)

至1915年，崔南善编纂新字典时，以康熙字典为台本而节省为书. 其凡例如下.

> 此书，用康熙字典为台本，剪其繁衍，补其阙漏，兼收新制之字，新增之义，以应新时代之用，故名曰新字典.17)

---

15) 李圭景『五洲衍文长笺散稿』1068页，「字学集成辨证说」

16) 崔汉绮『人政』卷8.

17) 崔南善『崔南善全集』第7辑所收，『新字典』凡例.

新字典里面之典字条如下.

<典>：主也.『战国策』我典东地. ◯. 法也.『书』慎徽五典. ◯. 五帝书. ◯. 质贷. [铣].

虽然崔南善标榜以康熙字典为台本, 不近於康熙字典之其体例, 为书之简率, 犹不异乎全韵玉篇而已.

到了朝鲜王朝之末, 进口商开办中国书店于汉城等地, 中国石印本康熙字典大量地贩卖于韩国. 于是, 韩国学人容易购得此书, 而使用之, 康熙字典遂周徧於韩国全域.

## Ⅳ. 结语

韩国人, 已自三千年前, 开始使用汉字. 不确知从何时起, 高句丽民间, 广范地使用梁顾野王所编之玉篇, 北魏阳承庆所编之字统, 晋吕忱所编之字林.

厥後, 新罗武烈王以前[前654], 尔雅, 已传入韩国.

高丽王朝[918-1392]时, 经常使用之字书, 乃吕忱字林七卷, 古玉篇三十卷, 王羲之小学篇一卷, 张揖广雅四卷, 尔雅图赞二卷, 三苍三卷, 埤苍三卷等也.

朝鲜朝 世宗, 於1430年, 命学士申叔舟等把洪武正韵之训, 译成韩文, 并注音以韩字而刊行之. 以後继续用之. 到此时, 韩国尚无自国所撰之字书.

到1728年[朝鲜英祖王4年],『康熙字典』, 最初传入朝鲜.

正祖王, 是好学君主, 甚喜欢看书, 仔细地查看康熙字典, 而批评之曰, 康熙字典。非不钜丽纤悉。间亦有失真而伤巧者. 褒贬并加.

正祖命学者李德懋徐荣辅等编纂自国之字书, 命之曰全韵玉篇, 而至

1796年 刊行而使用之. 并此, 编纂自国之韵书奎章全韵[1800]而刊行之. 全韵玉篇援用康熙字典之体例, 其214部数与康熙字典完全一样. 然训义尚用汉字而注之, 且节略训义太甚, 又一切之例文都削掉.

自康熙字典传入韩国以後, 韩国之实学者, 常常使用康熙字典, 然.不太普及. 到了朝鲜王朝之末, 进口商开办中国书店于汉城等地, 中国石印本康熙字典大量地贩卖于韩国. 于是, 韩国学人容易购得此书, 而使用之, 康熙字典遂周徧於韩国全域.

# 近畿南人学者们之对南冥的关心

## Ⅰ. 序论

南冥曺植(1501-1572)素常不重视空虚的理论, 很重视实践的学问. 赖于重视实践之他的教育方法, 很多的南冥的弟子们, 当壬辰年之倭乱, 拼命倡义兵, 讨倭树勋.

朝鲜第十四代王宣祖, 在南冥生存的时候, 常钦慕南冥之学德, 恳愿聘他除授官职. 然南冥不肯应命出仕. 以故, 在南冥之死後, 宣祖大举提拔南冥之弟子, 而除授官职, 使参与于朝廷政治, 以偿其夙愿. 这些人, 以为国家献身树功之故, 从宣祖後期, 渐渐掌握了朝廷的权力, 际于光海君之登王位, 决定性地帮助. 所以在光海朝, 始终朝廷政权落入在南冥之弟子郑仁弘, 以及郑之弟子李尔瞻等之手心. 他俩及其追随者所结之党叫大北派. 大北派政权强有力地发挥了政治权力.

然而, 郑仁弘为首长的大北派政权, 因为既与栗谷学派・牛溪学派, 产生了矛盾, 又驳斥退溪学派, 杀害其弟永昌大君, 废黜光海之继嫡母仁穆大妃等等之事, 自取孑立无援之势. 此等事究竟引起了公元1623年发生的仁祖反正. 因此, 光海王被黜, 郑仁弘等大北派人物, 或被处死刑, 或被流放, 大北派人物完全不存在于政界. 因此以大北派为核心的南冥学派自然地随而消亡了, 自此以後对于朝廷政治, 南冥学派不有临河影响力了.

郑仁弘所主导之南冥学派, 随着大北政权之消亡, 受到大规模的变化. 虽然郑仁弘本来为了尊崇南冥, 拼命地努力, 而结果论的角度看, 郑仁弘给南冥学派很大的损失. 有什麽损失呢? 举例则如下, 自仁祖反正以後, 新秉政柄之西人政权认为大北派就是南冥学派, 是以, 对于南冥学派有不好的成见, 自此以後, 南冥学派不免为西人政权之歧视差别.

因为仁祖反正之成功, 郑仁弘一朝一败涂地为叛贼, 西人政权使郑仁弘背黑锅, 一切的大罪恶汇集了郑仁弘的身上. 西人政权用巧妙的方法恶意宣传郑仁弘之罪恶无疑地源自南冥. 那时的知识人不知不觉地稍稍被洗脑, 究竟都认为事实. 因此, 南冥学派受到很大的损失, 终于南冥学派极其枯萎, 几乎瓦解了.

自郑仁弘及李尔瞻等大北派骨干被刑以後, 大北派完全消亡, 其残馀之人, 为了偷活转变为南人, 或西人. 郑仁弘之原来的弟子们, 自郑仁弘被刑以後, 不敢再标榜自己是叛贼郑仁弘之弟子, 是以不得不变成为寒冈郑逑之弟子.

寒冈郑逑就是南冥与退溪两人之弟子. 然而从仁祖反正以後, 郑逑之弟子们, 不肯说自己的老师是南冥与退溪两人之弟子, 很愿意只说吾等之师寒冈乃是退溪之弟子耳. 以故, 世人但知寒冈就是退溪之弟子, 不知寒冈又是南冥之弟子.

自仁祖反正以後, 再结成之南人而居汉城与京畿地域者叫近畿南人. 近畿南人学者自以为吾等是寒冈之渊源, 而寒冈乃是退溪之弟子. 近畿南人之其中心学者乃是龙洲赵絅, 眉叟许穆, 通过星湖李瀷, 顺庵安鼎福, 至于朝鲜末期之性斋许传. 退溪学统流至于朝鲜王朝末期.

鄙人在这个文章里要考明者, 就是近畿南人对于南冥拥有什麼主意? 近畿学派为了南冥做了什麼努力? 近畿南人学者认为南冥之历史的位相居何水准等等的问题?

## Ⅱ. 自仁祖反正以後近畿南人学者之对于南冥的关心

自仁祖反正之後, 郑仁弘之弟子桐溪郑蕴・寒沙姜大遂等, 复被起用,而参与西人新政权，承担了相当重要的职位. 桐溪平日极诩南冥曰，“专精敬义之学，已至圣贤之域”.[1] 虽然，桐溪已变成为南人，是以 他没有为了南冥学派起了什麼重要的作用. 而且在郑仁弘已被刑为逆贼之局势，桐溪无以伸诉郑仁弘之冤枉. 当时几乎无人不忌嫌郑仁弘，以南冥是郑仁弘之老师故，南冥亦受到不少不好的影响，所以一提到郑仁弘，就必须提及南冥.

出入德川书院之儒生们，本来大部分是北人，从仁祖反正以後，德川书院之儒生里面，已有变成西人的，而他们积极地追踪西人政权的心意. 虽然西人文臣里面， 例如申钦·李植·金昌协·金昌翕等等不断地把南冥挂钩郑仁弘，心怀叵测地贬低南冥. 那些人当中，尤其李植，最彻底贬低南冥，反而尊崇退溪. 他详尽地指出大北政权主撰之『宣祖实录』的诸种问题，提议须当改正『宣祖实录』之扭曲，更撰『宣祖修正实录』. 後日国家纳入了他的建议. 他自己负责改修『宣祖实录』之役. 因乘这个机会，若有与南冥相关之记录之出现，暗暗私自变更原来的记录，滥加了贬低南冥及南冥学派的笔调.

在此南冥不断地被贬之场面，近畿南人学者们，还是尊敬南冥，而努力维持南冥之位相. 近畿南人之初期重要人物可以算是梧里李元翼，他被戴为近畿南人领袖的地位. 但是在仁祖反正之後，他第一次承担西人政权之领议政的职任，努力安定政局. 颇得舆颂. 可是他本来不是搞学问的人，所以他没有提到过南冥与退溪之学问.

承继他的近畿南人领袖的地位者，就是桐溪郑蕴，然而他从公元1636年之丙子胡乱以後，辞官归乡，一直隐居安义之金猿山以没世，不更问世间事. 所以对于南人，没有起了任何作用.

承继桐溪之後而崛起，被戴为近畿南人之领袖者，对于南冥最初予以深切的关注者，就是龙洲赵䌹. 欲知龙洲对于南冥的关注如何，请看下文.

---

1) 郑蕴『桐溪集』卷2 24张，「南冥曺先生学记类编後跋」.

## 1. 龙洲 赵絅

在仁祖反正之後, 对于南冥最初予以深切的关注者, 就是龙洲赵絅. 他在西人政权里面, 屡次承担了大提学, 他是南人的领袖, 兼受到西人的尊重.

龙洲, 在光海君为王的大北政权执权期, 寓居了居昌. 何则? 他的祖母李氏之祖籍, 就是庆尚道居昌郡. 所以他从小在居昌过了日字. 他的祖父赵玹也在居昌寓居过[2], 他的父亲赵翼南结交了居昌之著名学者茅溪文纬. 所以龙洲当初事文纬以父亲之挚友, 後来事以老师.[3] 那个时候, 眉叟许穆之父亲许乔当着居昌郡守, 因此, 眉叟也来居昌住过一段时间, 那时眉叟也登上了文纬之门下. 後来龙洲与眉叟前後当了近畿南人之中心人物, 他俩在其青壮时节, 凑教地在居昌相结以後, 一辈子交往以学问的弟兄, 持续了敦厚的友谊.

文纬原来是德溪吴健之弟子, 兼是寒冈郑逑之弟子, 德溪与寒冈出入过南冥与退溪两先生之门下, 是以文纬算是南冥和退溪的弟子之弟子. 通过文纬・龙洲, 可以接合退溪学派与南冥学派. 龙洲虽师事郑仁弘之弟子桐溪郑蕴, 龙洲受过郑仁弘为首的大北政权的钳制, 是以对于郑仁弘感情不好, 根本不可能通过桐溪接合南冥学派的学统. 龙洲之学脉可以因其师文纬接合南冥. 可是龙洲不原意承接南冥学派之学统.

龙洲住居昌之年青时节, 亲自访问过南冥的生长地庆尚道三嘉县兔洞. 他日龙洲撰写南冥的神道碑的时候, 对于南冥的人禀之高古, 器局之峻整, 称颂不已, 而且大大发扬了南冥之疏及封事里面所含的救世之意志, 然毫不提及自己的学问承接到南冥学问的渊源. 只说南冥气像如秋霜烈日, 对此, 尊敬而不忘

龙洲撰写南冥的神道碑铭, 然而把与南冥的学问有关的内容, 都省略

2) 赵絅『龙洲遗稿』卷15 23张,「祖考墓碣阴记」.

3)『龙洲遗稿』卷14 18张,「茅溪墓志铭」.

了, 何以如此敍述? 他说南冥之平生摯友大谷成运所撰的「南冥墓碣铭」里面, 已都说及, 故不须复添蛇足. 如是的撰写态度, 暗地露出了他自己不喜欢提及南冥之学问渊源, 以及门人们之学问传承关系.[4)]

其由何在? 龙洲自己, 承继郑蕴的南人领袖地位, 在西人政权里面, 纠合近畿南人与岭南南人, 领导他们. 在光海朝, 南人们受到郑仁弘为首的大北政权之严酷压迫, 极其厌嫌郑仁弘为首的大北政权, 是故他们对于南冥的视觉, 也是扭曲的.

近畿南人学派, 本来承继退溪的学问学统, 已以退溪学问为他们学问的中心, 龙洲不愿意更以评价南冥之学问之水平及其性格得很高, 引起了问题, 是以, 在撰写南冥的神道碑铭的时候, 关于南冥学问有关的内容, 都省略了.

龙洲为领袖的近畿南人学者们, 要挡住西人之诋毁南冥, 以保护之, 然而根本没有推仰南冥于与退溪同级水平的意思. 他们明确地差别推仰退溪与推仰南冥之程度. 虽然, 龙洲要巩固了南人内部之团结力, 努力谋图融合南冥学派于退溪学派. 他认为两学派之继承人不需要吵架.

他在「南冥神道碑铭」里面, 这样说.

> 先生, 於人, 少许可, 独於退溪先生, 不以无一日雅为嫌. 往复书牍甚数, 必称先生. 後之论者, 或以为, 二先生不相能, 异哉![5)]

大北派执权的时候, 南冥之代表弟子郑仁弘拥有很大的影响力. 郑仁弘每欲尊南冥, 不免厉害地诋毁退溪, 追随郑仁弘之应声虫, 比郑仁弘还厉害地诋毁退溪及其弟子. 由是, 两学派之关系越来越不好, 所以经过仁祖反正, 郑仁弘及其追随者, 几乎都被开除之後, 南冥学派之部分人士, 对于退溪学派, 含着有些不好的感情. 在如此局面下, 龙洲要纠正南冥学派部

---

4) 『龙洲遗稿』 卷18 8-11张, 「南冥先生神道碑铭」.

5) 『龙洲遗稿』 卷18 8-11张, 「南冥先生神道碑」.

分人士之偏见，在撰写「南冥曹先生神道碑铭」的时候，特地强调了实在退溪跟南冥的关系格外好，到後世，有些人喧传退溪与南冥不能相容，而与实不符.

龙洲在撰写『桐溪集』序的时候，只说"若圃隐，若晦斋，若退陶先生，无所事於文，而流出胸中者，尽义理也. 其後百有馀年，闻三先生之风而悦之者，先生庸非其人哉?"[6]，全然不说自己之老师桐溪之属于南冥学派，依于这样的敍述方法，可以看出对于岭南学问的龙洲之态度. 龙洲本来不太满足于南冥之学问态度，而且不愿意属桐溪于南冥学派，因为南冥学派，以郑仁弘之擅专，与本来的面貌不一样.

龙洲之为什麽撰写「南冥神道碑铭」? 是应了庆尚右道之南人系儒林的要求. 现在六种南冥的碑志文字留下来了. 最初，就是在南冥逝世之直後，南冥之亲友大谷成运所撰之墓碣铭，大谷平生与南冥久交而很亲熟，故详尽地描写了南冥之学德与行迹. 南冥之弟子寒冈郑逑尝评说，"成大谷所撰曹先生碣文，善形容大贤气像.[7]" 依寒冈所评，可以知大谷所撰墓碣铭之文章之品居下等. 入于光海君时代 国家追赠南冥以议政府最高职领议政，按照朝鲜王朝之规定，二品以上官员作故後，可以建树神道碑，南冥受到领议政职之追赠，故不容不树神道碑. 照此，郑仁弘撰写神道碑铭，而树于神道，然到1623年仁祖反正，处郑仁弘以死刑，把那座碑石碎掉了.

自仁祖反正以後，据于庆尚右道之大北人士，大部分变成为南人，一部分或变成为西人，因此，出入德川书院之儒生们，分裂为两个党派. 趋附西人之德川书院儒生们，以及部分南冥後孙，要要请南冥的神道碑于西人系列的学者，他们因为，若要请于南人学者，则他们尽管推崇南冥之学德，而还不到于退溪之水平. 趋附西人的儒生们，最初要请神道碑铭于清阴金尚宪，而清阴不肯应，因此，更要请于清阴之弟子而老论之领袖尤庵宋时烈.

---

6) 赵絅『龙洲遗稿』卷11 37张，「桐溪先生集序」.

7)『南冥别集』卷7 12张，「师友录」郑寒冈条.

尤庵立即撰给.

出入德川书院之南人系列儒生们, 以及南冥之孙子曺晋明·曺俊明等认为, "南冥的神道碑铭必须由南人系列的学者撰写. 是以, 到1657年, 招集数百名之儒林, 开会论议立碑之事, 决定将要请于当代南人领袖龙洲赵䌹. 于是要请于龙洲. 然龙洲拖拖拉拉地迁延太长之时日, 德川之儒生们以为龙洲没有撰写的意思, 更请龙洲的晚辈而近畿南人学者之第二代表眉叟许穆, 眉叟立即撰给. 德川书院之儒生们, 将眉叟所撰之神道碑铭刻石, 而建立于神道, 然後龙洲所撰之神道碑铭才到. 已不必刻石. 是故, 龙洲所撰之神道碑铭未尝刻石, 只附载于『南冥别集』.[8]

墓所下神道之边, 眉叟所撰之神道碑已经建立了, 是故尤庵所撰之神道碑不可并立, 只得删除世系, 立于三嘉县所在之龙岩书院, 做为庙庭碑. 到1920年代, 出入德川书院之老论系列的儒生们, 以及部分南冥後孙, 拿眉叟所撰之神道碑铭之内容中几个问题当回事儿. 把眉叟所撰之神道碑铭拔而埋于地, 反而把尤庵所撰之神道碑铭新立, 南人儒生们激烈地反对, 无可奈何.

龙洲所撰之「南冥神道碑明」包含了南冥之成学过程, 出处大节 而且强调了南冥所上之疏箚足为统治国家之药石, 南冥之所建白 不是处士之空言, 认同南冥之学就是经世济民之伟大的学问.

龙洲在访问南冥家乡的时候, 说"悦若挹先生之謦欬其侧也[9]", 表示尊慕南冥之意, 不说自己之学统接续于南冥.

---

8) 『南冥集』 卷5 25张, 「龙洲所撰神道碑後注」. 孝庙八年丁酉, 院儒数百人, 与先生诸孙相议, 联名上书于赵龙洲, 乞铭, 而久不制送矣. 先生诸孙更请於许眉叟. 既入石之後, 此铭又来, 故并录于此, 以备参考焉.

9) 『龙洲遗稿』 卷18 8张, 「南冥曺先生神道碑铭」.

## 2. 眉叟 许穆

承继龙洲之後而当了近畿南人的领袖者, 就是眉叟许穆. 他应南人儒生们之要请, 撰写了南冥之神道碑铭. 然而开头此文不无惹起是非的因素.

眉叟之文集叫『记言』, 是很特异的.『记言』当中, 其原集就是眉叟亲手编摩的. 所以编排诗文之顺序及目次, 都由自己所定的.『记言』里面入载南冥之神道碑, 不称之曰「南冥曹先生神道碑铭」, 而只称「德山碑」.『记言』里面编在其次之寒冈郑逑之墓志铭, 则使用谥号, 而称之曰「文穆公圹铭」, 遍在其次之桐溪郑蕴之行状, 使用其号, 而称之曰「桐溪先生行状」算计文章的篇幅, 则「文穆公圹铭」的字数, 达到2600馀字,「德山碑」的字数不过1216字. 而且「德山碑」里面, 载录已判处为叛贼的郑仁弘的名字, 而没有录载子孙名单, 只要烘托南冥之气节. 对于此等诸问题惹起了趋附老论的儒生们, 以及部分南冥後孙之愤懑.

後来,『记言』之别集所载之「答学者书」, 公刊于世, 本来对于眉叟所撰神道碑满腔地怀着不满的趋附老论的儒生们, 以及部分南冥後孙, 看到此文而确知眉叟之对于南冥的精神姿势, 于是极其激烈地声讨眉叟. 眉叟所写之答学者书如下.

> 吾以无能, 徒以古文名世. 老来, 其文, 益简奥, 其轻重取舍, 无一字一句散漫. 此, 古论撰者之体法, 如此. 此, 可与知者言, 非俗辈耳目所悦也. 来示云云, 果然有此说也. 凡记事之法, 详其大而略其小, 取其华而尤致志於其要. 故, 孔子纪[10], 不言居家事亲从兄之节. 其弟子传, 颜渊不言孝, 惟曾子闵子言之. 此皆举其大而言之, 非孔子颜渊之行, 不贤於曾子闵子也. 世俗之论, 不举细行, 则以为没其实而无称, 称大节, 则以为众人所知, 寻常而不取, 岂不可笑? 如南冥者, 能大言高行, 特立不顾, 不屈於万乘之尊, 视富贵如浮云, 轻一世而傲前古. 其所取尚, 专在於秋霜烈日, 壁立千仞八字, 其志不为不高.[11]

---

10)「孔子本纪」: 司马迁所撰『史记』里, 有「孔子世家」, 而无「孔子本纪」.

文章到这个地方, 尚没有问题, 某人对于眉叟所撰之南冥神道碑铭之篇幅太短, 所以胸怀不平, 而向眉叟提问, 故眉叟说明自己作文的原则而已. 且以'秋霜烈日' 及'壁立万仞'为南冥的特点.

然而到达眉叟论评南冥之学问, 呈露了眉叟自己对于南冥几无尊敬的意思, 是甚不稳当的. 因为南冥就是眉叟自己之老师寒冈的老师, 南冥相当为眉叟自己之师祖, 然而书信的内容似乎不无尝试南冥是何如人的意思.

> 论其学, 则一传而得仁弘. 仁弘之术, 专用法家, 惨刻无恩, 言必称春秋之义, 正其法, 则其子可以废母之恶, 去人伦之重而不顾. 至於身被极刑, 而不觉悟. 至今, 其人, 隐然尊师. 其心窃谓曰, 南冥之传法, 在此. 此当迸诸四裔, 不与同中国者也. 南冥之末弊, 至於如此. 然南冥者, 古之所谓高士, 若其人在, 吾亦愿见而一识其为人也. 然与之友, 则吾不为也. 龟岩, 古之贤大夫之知礼好古者也. 视二人, 则南冥高, 龟岩不高, 南冥奇, 龟岩不奇, 人情莫不好奇而慕高也. 然龟岩无弊.[12)]

眉叟如此说, "南冥之学问, 转变到郑仁弘, 呈露其末弊", 又曰, "很多的人认为, '到今, 南冥之学问, 留下到郑仁弘'", 又曰, "吾亦愿见而一识其为人也. 然与之友, 则吾不为也", 综述之, 眉叟心里以南冥为奇特的人, 别无尊仰南冥之心, 眉叟自己明白地说如此.

而且提举与南冥断交之龟岩李桢, 与南冥比较, 到末尾作结论说"龟岩无弊", 信着他的这样话调, 似乎强调南冥则颇有弊端.

眉叟自己说, "因为郑仁弘是极恶无道的人, 所以他被处死刑, 是活该的", 眉叟自己既然有这样的看法, 为什麽在撰写南冥的神道碑铭的时候, 必须搀揉郑仁弘的名字? 是不免眉叟自己自相矛盾的. 此等矛盾乃是眉

---

11) 许穆『眉叟记言』别集 卷6 9张,「答学者书」.

12) 许穆『眉叟记言』别集 卷6 9张,「答学者书」.

叟所撰之南冥神道碑被拔而埋的第一原因.

朝鲜末期的学者晚醒朴致馥等给设在汉城的『眉叟记言』补刊所之编辑者送信说, "是书之载在刊集, 非先生之本意也. 审矣. 天幸斯文, 补刊之役, 又丁斯时. ……此等文字, 当在可议. 若曰, "事体难慎, 谁敢删拔云乎, 则非鄙等之所与闻也." 世人之对于南冥之评价已很高, 是固定不变的. 若不拔去此信而载在『记言』, 只损伤了眉叟的盛德大业而已.[13]

眉叟在撰写南冥之弟子东冈金宇颙之文集序的时候如此说, "东冈初学於南冥, 卒闻大道於陶山."[14] 东冈本来是南冥之外孙婿, 从其年青时节, 跟着南冥学, 後来当南冥易箦的时候, 一直守着南冥的属纩, 按照这样的事情, 他可以算是代表性的南冥弟子. 东冈自己说过, "退溪先生, 则一谒于京师逆旅之中.", 然而眉叟反而说, "东冈完成学问于退溪门下." 这样的语调是有意图地牵引东冈于退溪学派的.

眉叟撰写过很多属于南冥学派的人物之应酬文字. 比如南冥之弟子寒冈文集序, 寒冈之墓志铭, 南冥弟子守愚堂崔永庆之文集序, 南冥弟子忘忧堂郭再祐之神道碑铭, 然而没有提及南冥之学问, 以及其渊源关系. 在寒冈之墓志铭里面, 称退溪曰, '退陶李先生', 称南冥曰, '南冥先生', 在选择词汇的方面, 可以看出眉叟之尊崇两先生, 有明确的差异.

### 3. 星湖 李瀷

星湖李瀷不及登上眉叟许穆之门, 只私淑而受到其学问的影响, 然而他承继了近畿南人之学统. 星湖一辈子没有仕进, 是以于政界没有影响力. 但是他跟眉叟不一样,维持尊崇南冥之积极的态度.

他算是自北人转变南人的家门出身, 他是自宣祖朝至仁祖朝之名臣少陵李尚毅的後裔, 少陵到底参与大北政权, 可谓北人系列的人物. 星湖尊

13) 朴致馥『晚醒集』卷6 27张, 「「山天斋抵京中记言补刊所文」.

14) 许穆『眉叟记言』卷10 5张, 「东冈先生文集序」.

仰退溪而称之曰李子, 然而尊仰南冥亦不逊于退溪.

他先考察庆尚左道与右道之风俗性向之差异, 然後指出退溪与南冥之学问如何受到地域的风气, 而形成其学问的特徵.

> 圣朝建极, 人文始辟. 中世以後, 退溪生於小白之下, 南冥生於头流之东, 皆岭南之地. 上道尚仁, 下道主义, 儒化气节, 如海阔山高. 於是乎, 文明之极矣. 余生两贤之後, 犹是文未坠地. 自此以後, 如下滩之舟, 其势难住, 不知更有几里激滩坎窞在也. 後来者, 必将企余而起羡.[15]

他说, "庆尚左道尚仁, 而庆尚右道主义, 因此两地域之居民之气质亦不一样, 随着风土之差异, 退溪和南冥亦受到风土的影响, 其学问态度与气质相异. 退溪则以儒教教化为主, 其气像若广阔的海洋, 南冥则其气节之高如高山. 自己赖两先生所遗之惠泽, 很容易成就学问, 他认为如此之局面怎麽幸运, 对此他由衷地表示感谢".

星湖同等地尊敬南冥与退溪, 如果有提举南冥或退溪的必要, 惯常同时提举两先生.

> 至弘治辛酉, 斯文不坠, 蔚发於一区. 有若退溪李先生, 降生於大小白山之下, 亦越 南冥曹先生, 降生於头流之东. 自有邦未始有焉. 此, 天意也. 李先生, 既没, 及门诸子, 步趋矩矱, 扶佑世教, 式至今冠儒冠者, 孰非馀泽. 若谦斋河先生, 生於南冥之乡, 私淑诸人者也. ……. 其言曰, "……近世曹文贞公, 铭其剑曰, '内明者敬, 外断者义', 用为栖壁日月, 佩服此言, 表里互参, 知行并进, 则入自德川洞门, 直可以溯伊洛, 仰泰山矣.[16].

星湖认为, 退溪与南冥诞生于吾东方, 乃是天意. 自朝鲜建立以後, 最有意思的事. 到了星湖的时代, 两先生之弟子欲学得两先生之法度, 以扶植

---

15)『星湖僿说』卷1 天地门 33张,「东方人文」.

16) 李瀷『星湖全集』卷50 4-5张,「谦斋河先生文集序」.

世教. 如此的儒生们出现, 都是两先生之惠泽. 星湖引用谦斋河弘度之语, 说德川一带依旧尚遗南冥先生之教化惠泽. 乘此而溯上, 可以承接程朱之学问, 再溯上, 可以承接孔子之学问.

星湖说, 晋州之居民, 崇尚节义, 扶植名教, 行己严厉, 处事果断, 都是受到南冥的影响.

> 晋, 古南冥曹先生之乡. 曹先生有壁立万仞气像, 遗韵未沫, 其俗大抵尚节义立名教,[17)]

星湖欲缓解退溪学派与南冥学派之间的矛盾, 使岭南之学者们互相和合.

> 黄锦溪上退溪书, 论南冥义理未透. 退溪答曰, "此等人, 多是老庄为祟. 於吾学, 例不深邃. 何怪其未透也? 要当取其所长耳." 开岩金副学宇宏得见其书, 大惊, 乃上退溪书曰, "南冥先生之於右道, 先生之於左道, 如日月然. 皆以兴起斯文为己任. 士习一变, 可以至道, 如饮河充腹. 虽硁硁小人, 言行信果. 曹先生则尤以下学为主曰, '为学不出事亲从兄, 若不务此, 是不於人事上求天理, 终无所得', 无一言近於虚无, 今乃曰, '老庄为祟, 学不深邃'. 小子妄以为, 学问不出人伦日用间, 存心省察, 习於其事, 然後为实得. 敢问吾学此外安在? 今先生肆然诋斥, 至比於异端, 恐有损於先生大度. 愿赐开释, 以解滋甚之惑". 退溪答曰, "吾於某, 慕用之甚, 安敢肆然诋斥? 但不能溢口称誉, 故有下帷之评, 未醇之论耳". 庚午, 南冥闻退溪之卒, 悲悼流涕曰, "生同年, 居同道, 七十年未相见, 岂非命也? 斯人云亡, 吾其逝矣夫!" 越二年壬午, 南冥卒. 盖退溪靳许南冥, 不止一言, 而南冥无一句及退溪. 不但退溪纯德无瑕, 亦可见南冥之无一点猜嫌, 可以为法. 郑寒冈有言, "南冥, 夫岂东方再生之杰也". 李栗谷有言, "挽回世道之功, 恐不在东方诸子之下. 若其壁立千仞气像, 可以廉顽立懦", 则所谓百世之师也. 近世儒者, 或因退溪之评, 乃谓'非儒

17) 李瀷『星湖全集』卷55 36张,「台溪集附录跋」.

家者流', 即处士中有侠气者, 亦可哈耳.[18].

退溪在答弟子黄俊良书里面说, 南冥的问题在于'老庄为祟, 学问不深'." 开岩金宇宏知道退溪书信的内容, 为了辩护南冥 悍然究问于退溪, 退溪否认其事而回答说, 自己钦慕南冥 何为肆然诋斥? 退溪自己不太称誉南冥, 因以人们讹传说, 退溪诋斥南冥. 然此风闻耳. 与事实不符.

南冥传闻退溪逝世的消息, 流涕而悲. 退溪几次批评过南冥, 南冥没有说过批评退溪的一句话. 可以作为後世人的矜式. 随着退溪的评语, 若说南冥带有老庄的色彩, 则他决非儒者, 是话真荒谬. 星湖完全否认南冥带有老庄的倾向. 星湖认为南冥之度量比退溪还宽阔,

星湖比较南冥和退溪之文章之特点, 而这样说.

> 曹南冥先生作文甚奇. 退溪见其鸡伏堂等铭曰, "南华书中, 不曾见此", 盖讥之也. 南冥尝云, "吾之文, 织锦而未成匹者也. 退溪之文, 织布而成匹者也." 亦自知矣.[19]

南冥, 在年青时节, 酷好『春秋左氏传』与柳宗元之文章. 他本来要正规地学习古文, 而以文章家扬名, 自二十五岁以後变化意思沈潜于为己之学之故, 不再致力于文章工夫. 反而, 退溪留意于科举工夫, 而到34岁的时候考上了. 退溪很喜欢朱子及韩愈・欧阳修・曾巩等之文章, 退溪一般撰写以内容为主之平凡文章, 是以南冥说这样. 南冥与退溪之对于文章之看法相异, 随而其评语宜不同. 星湖举南冥所作之「三足堂墓碣铭」为例, 以证明了南冥文章之奇异点.

南冥诗当中, 星湖特举「题德山溪亭柱」, 以论南冥诗之特徵如下.

---

18) 『星湖僿说』 人事门 卷9 68,69张, 「退溪南冥」.

19) 『星湖僿说』 诗文门 卷30, 「南冥先生文」.

尝有诗云,“请看千石锺, 非大叩无声. 万古天王峰, 天鸣犹不鸣. 此何等力量气魄, 虽不可比论於退溪之一月春风, 令人心胆为之壮浪.[20]

星湖选择好好地表现南冥气像之诗, 以评论南冥之力量和气魄, 又表示无量赞叹. “万古天王峰”于『南冥集』里面, 作“争似头流山”. 星湖正确地掌握了欲学智异山之雄壮气魄之南冥精神.

星湖拿南冥一生所佩之惺惺子, 敷衍其意义, 写作一首乐府诗, 以编入于『海东乐府』. 星湖写作小序冠于诗前. 小序如下.

南冥曺先生, 尝语学者曰, “无多着睡. 思索工夫, 於夜尤专, 尝自佩金铃, 号曰, 惺惺子, 时振以唤醒.[21]

星湖所作「惺惺子」诗如下.

惺惺子! 大人先生所敬尊.
有心有口过, 动必察察必言.
察则知惧, 言乃惕然.
始要从改, 卒期无愆.
苟外体之不饬, 岂内直之可望.
鼠守穴而不动, 鸡伏卵而不忘.
维嵬赫之气节, 必临履中养来.
才差失於举止, 辄先警于灵台.
罔终食之或违, 宜造次之於是.
先生所以先生, 维惺惺子.[22]

星湖给南冥常佩而警惕的惺惺子予以很大的意味, 直截了当地说, “南

20) 星湖僿说 诗文门 卷30 53张,「南冥先生诗」.
21) 李瀷『星湖全集』卷18 27张,「惺惺子小序」.
22) 李瀷『星湖全集』卷8 17张,「惺惺子」.

冥先生之所以能为南冥先生, 直由于此惺惺子" 盖人之外行不正, 则不可敬内, 体不正, 则用亦不正. 惺惺子是可以正外行正内心的. 所以星湖肯定了惺惺子之功能.

惺惺子本来是朱子的老师延平李侗为了自己修养而佩着的. 在我国, 南冥最初效法而佩着, 以为自己修养的方法. 到捐馆时, 把这个传授于东冈金宇顒.

虽然, 李喜朝提问曰, "南冥之惺惺子, 有何效于自己?", 其师尤庵宋时烈回答曰, "士子不须如此?" 对于惺惺子, 尤庵不太肯定.

星湖对于南冥之气质与学问及诗文等等, 关心甚广而深, 尤其南冥以佩着惺惺子为修养方法, 予以很大的意义

### 4. 顺庵 安鼎福

顺庵安鼎福乃是星湖李瀷的得意弟子, 承继了近畿南人的学统. 是著述深富的实学者. 他生长于近畿地域, 他尽管短暂时间仕宦过, 但是大部分的时间, 研究学问, 教导弟子.

他与岭南儒林交往很多, 他对于岭南之文化和人物, 有着强烈的仰慕和兴趣.

> 山南, 土厚水深, 山水归一, 无散漫之势. 故其人果多质直刚毅务实之人. 所以一隅新罗能统三韩者, 实由人才而然. 以本朝言之, 前後道学之士, 经济之人, 皆出岭南, 果是士大夫之邹鲁冀北, 愚於岭中亲知, 不问亲疏, 倾心向慕, 实由於此也.[23]

顺庵是近畿南人学者的代表, 对于南冥关心很深的学者, 特地多多撰写了江右地域之应酬文字. 在撰写江右地域之应酬文字的时候, 必须申明那

---

23) 安鼎福『顺庵集』卷8 38张,「答李仲章书」.

个人与南冥有什麽关系.

昔日南冥在世时, 目睹退溪之弟子们太倾倒于性理学之理论的探究, 送书信于退溪以致苦言. 顺庵以为, 南冥之戒语, 到今仍然可以适用.

> 退溪之时, 此道之原本不明, 故必以濂溪图说为先, 时义然矣. 当时南冥有手不知洒扫应对之节, 而口谈天理之讥. 此则不知老先生本意而然也. 当今之世, 义理之说, 已烂漫矣. 学者所行, 实不出南冥之语. 仆则, 阅历多少岁月, 见如此人多矣. 欺天欺人欺心, 而能有为学乎?[24]

南冥所指出的学者之病痛, 跨长久的岁月, 蔓延学界, 成为量产伪学者之弊端. 顺庵亲眼看见欺天欺人欺己的似而非学者, 以为南冥之苦言足以为一针见血的箴言, 很佩服南冥有先见之明, 是以特地提举于回答南汉朝之书信里.

『南冥年谱』之记事里面, 不免有考证年代之错误, 但是已历100馀年之久, 谁也不能指出其讹误.顺庵最初指出得锐尖.

> 余观, 南冥年谱云, 嘉靖己丑六月, 文定王后升位, 同月晦日, 入宫, 七月初一日, 大雪, 两尹相轧, 先生因绝仕进之意. 据国史及璇源录, 文定入宫, 在於丁丑, 则此条爽实, 无疑. 又乙巳年下注云, 是年, 李芑等杀直笔史臣安名世. 按名世之死, 在戊申, 则此亦误引. 又丁卯年云, 八月先生会东洲成先生于伽倻之海印寺. 其下注云, 去年, 先生自京南归, 入俗离山, 访大谷成先生. 时东洲, 以邑宰在座. 先生初面接话, 若旧交. 临别, 期以明年八月十五日会於海印寺云. 按, 东洲, 以正德丙寅生, 嘉靖己未卒. 此云, 丁卯, 则东洲之丧, 已久矣. 更按, 壬子年, 东洲为报恩县监, 乙卯弃归. 在官时, 东洲谒大谷, 南冥适来云. 此出於许草堂晔所记前言往行录矣. 据此, 则伽倻之会, 似在乙卯丙辰年间也. 南冥年谱, 成於朴无闷茵, 河谦斋弘道, 赵涧松任道之手. 三公, 皆岭中文学士也. 事迹之显著者, 爽实如此, 信乎纂述之难也.[25]

---

24) 安鼎福『顺庵集』卷8 35张,「答南宗伯书」.

南冥弟子之弟子无闷堂朴茵初次编纂『南冥年谱』的草稿, 其友谦斋河弘度与涧松赵任道等屡次检讨, 然後刊出. 他们倾注精力, 实不可有错误. 顺庵细致察看, 摘出了三处误谬. 於是可以知顺庵平素对于南冥关心很深, 屡次精读『南冥年谱』.

顺庵考明『南冥集』所载『无题』诗 不是南冥的诗, 乃是元人的诗.

> 南冥诗集, 多有删定处. 其无题一绝曰, "服药求长年, 不如孤竹子. 一食西山薇, 万古犹不死." 此元人卢处道「夷齐采薇诗」也, 出胡应麟『诗薮』. 上'不'字, 作'孰'. 又「谩成」一绝曰, "取舍人情不足诛. 宁知云亦献深谀. 先乘霁日争南下, 却向阴时竞北趋."李清江鲦鯖录, 以此为茅斋观云诗. '先'作'旋'.[26]

顺庵精读『南冥集』, 指出中国人的诗之误羼于『南冥集』. 而且找到「谩成」之正确诗题「茅斋观云诗」. 此可以证明顺庵素常对于南冥之诗文关心很深.

南冥指出空疏学风终为学者的病痛, 一直到顺庵的时代, 仍然做很好的箴言. 顺庵明白了南冥的话起了什麽作用. 南冥的学问里面, 略微地含有实学的因素.

## 5. 樊岩 蔡济恭

樊岩, 在正祖时代, 以属于南人之丞相, 承受正祖王之烈烈的信任. 他特别地对于岭南关心很大. 在朝鲜後期, 在庆尚右道地域, 学问风潮再起, 是实大赖于樊岩之支持. 他已经被戴而当过陶山书院院长, 又被戴为德川书院院长, 从1787年到1799年担任着院长之职.

他的父亲蔡膺一曾当过邑宰于德川书院隣近之丹城县, 是故他在幼小

25) 安鼎福『顺庵集』卷13 2-3张,「橡轩随笔」下编.

26) 安鼎福 顺庵集 卷13 20张,「橡轩随笔」下篇.

时，过日子于那个地方，那时他一次访问过德川书院，所以他很熟悉德川书院之规模与环境，以及四围之山川风物. 後来，他仕宦在汉城，有标致地描绘了德川书院周围之景色如下.

> 德川，在方丈山中，南冥曹先生，生而讲道於是，殁而葬，而俎豆於是，盖天下之异区也. 余，少也，晨昏丹丘衙，尝一访焉. 有石立洞门口，刻入德门三字，流水挟两山飞鸣，窅不知其源. 始至已不觉松爽. 穿石门行，无几，忽旷然有大野，其平如局，禾黍桑麻被之. 高山四拥，扇铺而幄围也. 有川蜿蜿，若游龙，竟其野，然後屈折而出石门. 院宇，中於野，而临其水，制甚闳严，院之外，有亭翼然而起，曰醉醒也，曰洗心也. 水之到亭下，绀洁沦沦，游鱼，或跃或沈，可倚栏而数也. 余心乐之，咏以归. 伊後四十年之间，水石烟霞，时入梦想.[27]

樊岩跨12个年居院长之职，因为被官职缠住了，不能亲莅书院，领导书院的儒生，办理书院的诸务，虽然，1796年他嘱咐那时晋州牧使而他的亲家丁载远，大规模地重修德川书院. 那时的情况在樊岩之弟子锦带李家焕所撰之「德川书院重修记」里，描绘得有声有色地.

> 晋州牧南冥先生德川之院，始建于我宣祖大王九年丙子，至二十五年壬辰，毁于倭贼. 贼退，复建于三十五年壬寅. 嗣後重修者，光海君己酉，肃宗大王二十九年癸未也. 自癸未距今，凡九十馀年，固者，毁，竖者，欹而袤，新鲜者，漶漫. 山长蔡相国，属州牧丁载远，与州之士河应德，李必茂，及先生之後孙龙玩，鸠材庀工，仍旧而新之. 告功于丙辰之仲春. 多士以其不可无记，以命家焕. ……. 雷龙者，刚健奋迅，以勉进乎此者也. 此者，何也? 曰敬义也. 大易，始言之，程朱申阐之，至先生，为能真知，而实践之，以奋於绝学之中，巍然为百世师.，而其效又使後之学者，由入德之门，主神明之舍，有以极其正大光明，而或有一毫未尽於是者，皆苟焉而已. 呜呼! 伟哉.[28]

---

27) 『樊岩集』 卷23 24张，「送赵文然归德川序」.

28) 李家焕 『锦带诗文钞』 下卷 20-21张，「德川书院重修记」.

尽管樊岩不能亲莅书院, 领导书院的儒生, 办理书院的诸务, 还倾倒多多的关心于重修书院之事. 使书院的样子一新.

是年, 正祖赐南冥以致祭文, 此事想有赖于居德川书院院长之位的樊岩之提议.

> 文贞公曺植, 规模, 气像, 可使懦夫立, 顽夫廉, 克造奥处, 所守卓尔. 如今委靡颓惰之俗, 安得文贞公来任砥砺之功? 文贞公曺植家, 以书下之祭文, 遣官致祭.[29]

那时, 朝鲜国王正祖, 为什麽亲命朝廷官员往而赐祭文于德川书院, 正祖王要以南冥之思想精神, 纠正那时已衰颓的社会伦理道德. 凭据此事, 可以知到南冥之逝世已过二百二十馀年之久, 还贻影响于正祖的脑海里. 综述之, 樊岩确然起了提高南冥及德川书院之位相的作用.

## 6. 性斋 许传

性斋许传是在朝鲜宣祖王时东人领袖草堂许晔的十代孙, 而其子岳麓许筬的九代孙. 岳麓在大北政权的初期逝世, 与大北政权未暇有很深的关系. 然草堂和岳麓对于南冥, 关心很深, 南冥捐馆的时候, 草堂及长子岳麓次子荷谷许篈制献挽词, 而表示哀悼. 可以算是南冥的弟子. 其亲弟蛟山许筠始终参与大北政权, 到1618年, 许筠被死刑, 许筬之子许实被谪, 许氏家门与大北政权关系已断绝. 因以性斋之祖先, 自仁祖反正以後, 变成南人, 然对于南冥学派之沈滞, 不无一些矜恤的心理.

性斋登文科仕进以後, 次第晋升, 後来在朝鲜後期政界活跃以南人的领袖, 曾经当过四个曹之判书, 最後官至知中枢府事. 以学问的影响力说, 他是近畿南人学者的代表, 承继了星湖 · 顺庵 · 下庐黄德吉之学统.

---

29) 『正祖实录』 卷45, 20年 8月 13日条.

1864年性斋刚到任金海府使之职, 就在衙署里开公馀堂, 给弟子讲学, 庆尚右道的儒生们, 要听他的课, 坌集如云. 他尽诚教导, 儒生们的感应很好.

从仁祖反正以後 由于南冥学派已经瓦解, 江右地域的儒生们, 欲搞学问, 不得不寻找属于退溪学派或栗谷学派的学者从学, 然而路程太远, 大部分儒生没有逢到好师的机会, 不免终归于乡曲的小儒而没世. 因以自仁祖反正以後, 在江右地域, 硕儒没有出现. 一直那样, 就待大学者如性斋来到江右地域, 教授弟子, 才一朝解消江右地域儒生们的学问的渴望. 因以庆尚右道之晋州・丹城・三嘉・咸安・宜宁・固城等地之儒生而为性斋之弟子者, 达到数百名之多. 因此庆尚右道的学风, 可以再兴.

性斋莅任之後, 遍访了在江右地域之书院及祠堂, 接见那个院祠的儒生们给讲课. 且自仁祖反正以後, 很长时间埋没着的江右地域先贤不少, 为了他们, 性斋撰写了很多的碑志文, 文集及实纪之序跋, 斋亭之记文, 而把他们的学问与事行积极地显扬. 在江右地域的学问的环境复兴, 恢复精神的自负心的方面, 性斋建树了很大的功劳. 称得上性斋乃是江右地域学问复兴的牵引船.

性斋把南冥推崇到吾国历史上最高的人物.

> 余尝读东冈金文贞公所撰南冥先生行状, 及言行录, 寒冈郑文穆公祭文, 及龙洲赵文简公, 眉叟许文正公所撰神道碑, 乃知穷天地, 亘万世, 卓然特立而独行己志者, 东方惟先生一人耳. 窃自叹世之相後, 不得亲承謦咳於惺惺子之前矣. 七十之年, 往谒德川书院, 因遍观洗心亭・山天斋, 得敬义二字而归, 少遂平生之愿矣.[30]

性斋平时对于南冥关心很大, 多多阅读了与南冥有关之文字, 刚莅金海府使之後, 才参谒德川书院, 偿其最敬仰之宿愿, 而且从南冥明确地学得敬义, 以为自我精神的珍宝. 性斋认识到南冥所摘取而标榜的敬义, 既是

---

30) 『性斋集』 卷13 4张, 「山天斋讲会诗轴序」.

诸圣贤已成的学问枢纽, 又是儒学的精髓.

到了1883年, 性斋代表士林上了把南冥从祀成均馆文庙之疏, 要请国王的允许, 在这篇文章里, 可以看见性斋多麽熟悉南冥的学问与思想. 性斋好好地撮要如下.

> 南冥…….渊源乎洙泗濂洛, 贯穿乎阴阳性命, 道成德立, 志伊尹之志, 学颜渊之学, 合於君子出处之义, 称东方大贤, 为吾儒师表者, 先正臣文贞公曺植, 实其人也. 其生也, 明宗称道德之高, 而屡徵之, 其卒也, 宣祖谓斯文之椓, 而震悼之. 是以, 卒之数年, 而多士追慕, 刱立三书院, 曰德川, 曰新山, 曰龙岩, 并赐额号, 以崇奖之. 继而有从祀文庙之请, 始於门人文穆公臣郑逑, 而朝野相先相後, 而陈疏箚. 玉堂一, 两司二, 馆学十二, 岭南十三, 湖西八, 湖南四, 开城一, 畿湖岭联章二, 八道联章二, 凡四十五度. 自初至今, 三百馀年, 而举国人士, 并为一谈, 俱无异辞, 公议之定, 不亦大乎? 不亦久乎? ……. 曺植, 实与李滉, 并世同德, 存没哀荣之施, 褒崇尊尚之举, 一体无憾, 而惟此从祀之典, 显晦殊涂, 历世未伸, 多士之所以感慨郁悒者, 此也. ……. 且夫今之时, 异言喧豗, 邪教横流, 吾道之微, 凛凛如一发千匀. 诚以此时, 表章真儒, 示民趋向, 则其於裨益儒化, 扶树名教, 当如何哉?[31]

性斋要请把南冥从祀文庙, 陈述自己之意见若斯. 南冥之德比退溪全然不逊. 国家将追赠赐谥赐书院额之礼典, 施于两个人, 毫无差别. 至于从祀文庙, 只允许于退溪, 而终不允许于南冥, 因此, 退溪已显赫, 南冥反沈滞. 其情况如此, 很多的儒生们烦闷痛惜. 当天主教这麽蔓延的时候, 国家若使鼓励南冥学, 则可以扶树儒化, 然则可以导示老百姓以正路. 是故, 把南冥从祀文庙的措施, 就是防止国家思想的混乱相.

性斋推崇南冥以为吾邦最高的学者, 且代表士林撰写请南冥文庙从祀疏章, 以献给国王. 以此观之, 断定地说近畿南人学者当中, 性斋就是对于南冥关心最深, 最热心地努力显扬南冥的人.

---

31) 许传『性斋续集』卷1 19-21张,「请南冥先生从祀文庙疏」.

## Ⅲ. 结论

从仁祖反正之後, 新构之南人党, 是原来的南人党和没落以後北人相合的. 南人党根植于汉城及京畿地域, 参与西人政权, 仕进而得官职者也不少. 而且相当多的著名学者·文人不断涌现. 把此南人党叫近畿南人学派.

近畿南人学派就是退溪学派之一支, 由寒冈郑逑之弟子眉叟许穆把退溪学传播到近畿地域, 以退溪学为他们的学问思想之肯綮. 此学派跟岭南的南人学派继续活泼地沟通.

可以算是近畿南人学派之代表学者, 就是龙洲赵絅·眉叟许穆·星湖李瀷·顺庵安鼎福·樊岩蔡济恭·性斋许传等等. 这些学者承继了近畿南人学派的衣钵. 承接退溪之学问思想, 与实学相结合, 形成了独特的学问.

近畿南人学者们, 自仁祖反正以後, 在有些西人之别有用心地诋贬南冥的情况下, 始终庇佑南冥, 为了提高南冥的位相不断地努力. 虽然他们尊崇南冥的水平不到尊崇退溪的, 而维持南冥学派之性命, 起了很大的作用. 他们当中, 尤其星湖李瀷·樊岩蔡济恭·性斋许传三位学者的贡献最大. 最近, 南冥学的再兴, 寔源于此三位学者的努力.

冥先生之所以能为南冥先生，直由于此惺惺子" 盖人之外行不正，则不可敬内。体不正，则用亦不正。惺惺子是可以正外行正内心的。所以星湖肯定了惺惺子之功能。

惺惺子本来是朱子的老师延平李侗为了自己修养而佩着的。在我国，南冥最初效法而佩着，以为自己修养的方法。到捐馆时，把这个传授于东冈金宇颙。

虽然，李喜朝提问曰，"南冥之惺惺子，有何效于自己?"，其师尤庵宋时烈回答曰，"士子不须如此?" 对于惺惺子，尤庵不太肯定。

星湖对于南冥之气质与学问及诗文等等，关心甚广而深，尤其南冥以佩着惺惺子为修养方法，予以很大的意义。

## 4. 顺庵 安鼎福

顺庵安鼎福乃是星湖李瀷的得意弟子，承继了近畿南人的学统，是著述深富的实学者。他生长于近畿地域，他尽管短暂时间仕宦过，但是大部分的时间，研究学问，教导弟子。

他与岭南儒林交往很多，他对于岭南之文化和人物，有着强烈的仰慕和兴趣。

> 岭南，土厚水深，山水归一，无散漫之势，故其人果多质直刚毅务实之人。所以一隅新罗能统三韩者，实由人才而然。以本朝言之，前後道学之士，经济之人，皆出岭南。[illegible] 愚於岭中亲知，不问亲疏，倾心向慕，盖由於此也。[23]

顺庵是近畿南人学者的代表，对于南冥关心很深的学者，特地多多撰写了有关岭地域之应酬文字。在撰写有关岭地域之应酬文字的时候，必须申明那

23) 安鼎福，『顺庵集』卷[illegible]，[illegible]「[illegible]」。

# 제4부

# 漢文學 散稿

# 한자(漢字)와 한문(漢文)은 꼭 배워야 하고 배우기 어렵지 않다

## Ⅰ. 서론

한글로 된 역사기록만이 한국의 역사인 것이 아니듯이 한글로 된 문학작품만이 한국문학이 아니다. 얼마 전까지는 한글로 적힌 문학작품만을 한국문학의 범주에 넣는 학자들이 있었지만, 지금은 이런 편견은 사라졌다. 한국문학은 한글로 적힌 문학작품과 한문으로 적힌 문학작품 그리고 구비문학까지를 다 포괄한다. 한자(漢字) 한문(漢文)은 우리 민족과 밀접한 관계를 맺어 온 언어문자로서 우리가 남의 것이라고 잘못 알고서 버려서는 안 된다. 우리 민족이 배우지 않아서는 결코 안 된다.

한자 한문은 꼭 알아야 하고 한자 한문 교육은 꼭 필요하다고 역설하면 한자 한문 교육이나 사용을 반대하는 사람들은 다음과 같은 이유로 반박한다. 그들은 대부분 한글전용주의자들이다. 한자는 우리나라 글이 아니다. 한글전용을 주장하는 사람은 애국자고 한글전용을 반대하고 한자 한문 교육이나 사용을 주장하는 사람은 사대주의자다. 한자 한문은 배우기 어려워 학생들에게 많은 부담을 준다. 한자를 쓰지 않고 우리 말만 가지고도 언어생활을 하는 데 전혀 문제가 없다. 한자어로 된 말을 한글로 썼을 때 의미의 혼란이 오면 한자로 쓸 것이 아니라 우리말로 풀어쓰면 된다. 한자 한문은 과학적이지 않아서 현대생활에 맞지 않다. 일반 사람들이 한자 한문을 좀 배운다고 한문으로 된 우리의 고전을 읽을 수가 없다.

대체로 이런 등등의 주장이다.

사람이란 이성적으로 통제가 되는 사람을 제외하고는 본능적으로 힘든 것보다는 편안한 것을 좋아한다. 그래서 많은 사람들이 한자 한문은 꼭 배워야 한다는 주장보다는 한자 한문은 전혀 배울 필요가 없다는 주장에 더 많은 동조를 한다. 쓴 약과 달콤한 약이 있을 때, 실력 있는 의사가 '두 가지 약을 다 먹어야 나을 수 있다'라고 환자에게 권유하는데, 서투른 의사는 '달콤한 약만 먹어도 나을 수 있다'라고 환자에게 말했을 때, 의사의 실력을 평가할 능력이 없는 환자가 달콤한 약만 먹으려 하고 쓴 약을 먹으려 하지 않는 것과 같은 논리다. 일반 대중을 상대로 하여 한자 한문 교육에 대한 찬반 여론조사를 실시하면, 그 결과는 한자 한문 교육을 반대하는 숫자가 많은 것은 당연한 일이다.

아무리 필요한 한자 한문이라도 싫어하면 안 쓰게 되고, 안 쓰게 되면 점점 일반대중들의 관심 밖으로 밀려나게 되는 것은 당연한 이치다. 일반 대중들의 수준이 낮아지면 질수록 한자 한문을 더욱 더 싫어하게 된다.

한자 한문 교육은 필요 없다는 이런 검증되지 않은 그릇된 주장을 한글 전용주의자들은 오랫동안 해왔다. 그러나 이런 주장을 하는 자신들만 피해를 보면 그래도 괜찮겠지만 이들의 주장으로 인해서 아직 정신적으로 사고가 성숙되지 않아 옳게 판단할 수 없는 우리나라의 많은 청소년들의 일생을 정신적으로 크게 그르치게 된다. 대한민국 건국 이후 지금까지 많이 그르쳐 왔다.

한자 한문 교육을 반대하는 사람들의 주장이 사실이 아니라는 것을 그들의 주장을 하나하나 반박하여 밝히고자 한다. 그리하여 한자 한문 교육을 받지 않아 피해를 본 사람들을 구제하고 아울러 한자 한문 교육 문제에 판단이 서지 않는 많은 사람들에게 바른 방향을 감히 제시하고자 한다. 이런 방향을 제시하기 위해서는 한자의 특성과 우리 민족과의 관계를 먼저 밝혀야 하겠기에 거기에 관계된 글을 먼저 앞에 둔다.

## Ⅱ. 한자의 특성과 우리 민족과의 관계

한자라는 독특한 문자로 기록된 우리 민족의 문화유산을 한문 유산이라고 한다. 한문을 구성하는 한자는 여러 가지 독특한 특징을 갖고 있다. 한자는 고립어(孤立語) 또는 단음절어(單音節語)라고도 한다. 한자는 모든 글자가 서로 다른 일정한 모양〔形〕과 음(音)과 뜻〔意〕을 갖고 있는데, 이를 한자의 삼요소(三要素)라고 한다. 여러 개의 한자가 어울려져 문장을 이룰지라도 언제나 어느 곳에서나 각각의 한자는 각각의 독자적인 삼요소를 갖고 있다. 그래서 고립어라고 부르는 것이다. 그리고 모든 글자는 문장 속에서도 각각의 독음(讀音)을 유지하고 있기 때문에 단음절어라고 한다.

한자는 '문(文)'과 '자(字)'로 되어 있다. '문(文)'은 본래 '무늬', '사물의 결' 등의 뜻이 있고, '자(字)'는 '새끼 친다', '애를 기른다' 등의 뜻이 있다. 그래서 사물(事物)의 모양을 본떠 만든 상형(象形)이나 어떤 개념(槪念)을 가시적(可視的)인 부호로 나타낸 지사(指事) 등은 '문(文)'이라고 불렀다. 이미 있는 한자(漢字)를 두 글자 혹은 두 글자 이상으로 결합하여 만든 한자를 '자(字)'라고 불렀다. 그러다가 글자가 많아져 '문(文)'과 '자(字)'를 구분하기 어렵게 되고 또 구분할 필요도 없게 되자 그냥 '문자(文字)'라고 통칭하게 되었다.

한자는 원칙적으로 한 글자가 하나의 단어를 이루고 있었지만 후대로 올수록 점점 같거나 비슷한 뜻의 한자가 두 글자 혹은 세 글자 이상으로 결합되어 한 단어를 이루었다. 이는 뜻을 좀 더 명확히 전달하려는 의도에서 그렇게 변했다. 예를 들면 '지(知)'에서 지식'(知識)', '도(道)'에서 '도로(道路)', '미(美)'에서 '미려(美麗)' 등으로 변한 것이다. 한자가 문장 속에서 쓰일 때 후대로 오면 올수록 단어로 쓰이는 경우가 많아졌다. 우리 말 속에서 쓰이는 한자어(漢字語)는 95% 이상이 두 글자 이상으로 된 것이다. 지금 현대 중국어에서도 실제로 한 글자만으로 된 단어는 2200단어 정도

밖에 되지 않는다.

한자의 가장 큰 특성은 표의문자(表意文字)이면서, 표음문자(表音文字)의 기능도 아울러 갖고 있다. 그러나 다른 문자에는 없는 표의문자의 특성이 워낙 강하기 때문에 일반적으로 표의문자라는 것만 알고 표음문자의 기능도 겸하고 있다는 사실을 대부분 알지 못하고 있다. 중국사람들이 전혀 글자를 보지 않은 상태에서 한자로 된 문장으로 대화가 가능한 것에서, 한자가 표음문자의 기능을 갖고 있다는 것을 알 수 있다. 곧 한자의 어떤 발음을 들으면 그 발음과 관계되는 대상이 머리에 떠오른다. 표음문자인 우리말과 거의 다를 바가 없다. 예를 들면, '산'이라는 우리말 발음을 들으면 듣는 사람의 머리 속에는 '산(生)' '산(住)' '산(買)' '산(山)' 등등의 개념이 떠오를 것이고, 그 다음 발음을 들으면 앞서 발음을 듣고서 떠올렸던 개념 가운데서 그 다음 발음과 어울리는 것을 선택할 것이다. '산 사람'의 경우에는 '생(生)'의 뜻으로 쓰였고, '내가 산 마을'의 경우에는 '주(住)'의 뜻으로 쓰였고, '내가 산 우산'의 경우에는 '매(買)'의 뜻으로 쓰였고, '산이 높다'의 경우에는 '산(山)'의 뜻으로 쓰였다. 한문의 경우에도 '산'이라는 발음을 들으면, 듣는 사람의 머리 속에는 '산(山)' '산(產)' '산(算)' '산(散)' 등의 개념이 떠오를 것이고, 그 다음 발음을 들으면, 앞서 발음을 듣고서 떠올렸던 개념 가운데서 그 다음 발음과 어울리는 것을 선택할 것이다. '산촌(山村)'의 경우에는 '산(山)'의 뜻으로 쓰였고, '산업(產業)'의 경우에는 '산(產)'의 뜻으로 쓰였고, '산법(算法)'의 경우에는 '산(算)'의 뜻으로 쓰였고, '산책(散策)'의 경우에는 '산(散)'의 뜻으로 쓰였다. 한자는 표의문자인 동시에 표음문자의 기능도 아울러 갖추고 있다는 엄연한 사실을 일반적으로 잘 인식하지 못하고 있는 것이다.

한문의 또 다른 특징은 문장 속에서 전혀 형태의 변화 없이 품사전성(品詞轉成)을 자유롭게 한다는 것이다. 그래서 한문 문장을 읽을 때는 글자와 글자의 관계를 잘 파악하는 것이 중요하다. 글자를 알고 그 글자를 바탕으로 이루어진 단어를 알고 나아가 글자와 글자 단어와 단어의 관계를 잘 파악하여 문장의 뜻을 아는 과정을 일반적으로 '문리(文理)가 틔었다'라고 한다.

한자는 『한비자(韓非子)』, 『세본(世本)』, 『설문해자(說文解字)』 등의 책에 "황제(黃帝)의 사관(史官) 창힐(倉頡)이 새나 짐승의 발자국을 보고 만들었다"라고 기록되어 있지만 사실 이는 전설적인 이야기에 불과하다. 한자의 창제는 일시에 한 사람이 만들어 낼 수 있는 일이 아니다. 이러한 사실은, 후대로 내려올수록 한자의 글자수가 불어나고 의미가 다양해지고 형태가 변하는 것에서 알 수 있다. B.C. 200년경 진(秦)나라 때 이사(李斯)가 편찬한 『창힐편(倉頡篇)』이라는 자전에서는 수록된 한자의 총수가 3300자 정도였는데, 2세기 전기 후한(後漢) 때 허신(許愼)이 지은 『설문해자(說文解字』에 이르러서는 9353자로 불어났다. 6세기 중기 양(梁)나라 때 고야왕(顧野王)이 지은 『옥편(玉篇)』에 이르러서는 22726자로 불어났다. 1716년 청(淸)나라 강희제(康熙帝) 때 편찬된 『강희자전(康熙字典)』에 이르러서는 42174자로 불어났다. 1986년 중화인민공화국(中華人民共和國)에서 편찬해 낸 『한어대자전(漢語大字典)』에는 54000여자의 한자가 수록되어 있다. 여기서 볼 때 한자가 시간이 흐름에 따라서 계속 불어나고 있다는 사실을 증명할 수 있다.

아주 옛날에는 각 지역마다 한자의 형태가 달랐다. 전국시대(戰國時代)의 일곱 개 나라는 각나라마다 쓰고 있는 한자의 형태가 각각 달랐다. 진시황(秦始皇)이 천하를 통일한 뒤인 기원전 221년에 이사(李斯)에게 명하여 일곱 나라의 문자를 통일한 것에서 이 사실을 증명할 수가 있다. 주(周)나라 무왕(武王) 초기에는 800여개의 제후국(諸侯國)이 있었다 하니 형태를 달리하는 보다 더 많은 각각의 한자가 있었다는 사실을 유추할 수 있겠다.

한자는 중국 국민의 절대다수를 차지하는 한족(漢族)들이 대부분을 만들었겠지만 우리 조상들이 만든 한자도 적지 않고 그 밖에 한족 이외의 여러 소수민족(少數民族)들도 한자를 만드는 일에 참여했으리라 짐작할 수 있다. 고조선(古朝鮮)의 강역(疆域)이 어디에까지 벋쳤는지 정확히 고증할 수는 없지만, 우리 민족을 지칭하는 동이족(東夷族)이 산동(山東)지역에 살았다는 역사상의 사실은 중국인이 저술한 중국 역사서에 기술되어 있다(郭沫若의 『中國史要』, 龔伯贊의 『中國史綱要』) 그리고 산동지역 이외에도 살았을 가능성을 부인하기는 어렵다.

그러므로 오늘날 별생각 없이 그냥 '한자(漢字)'라는 명칭으로 부르고 있지만 이는 타당하지 못한 명칭이다. 이 한자라는 명칭은 갑오경장 이후 일본인들이 만들어 쓰던 말이 들어온 것이지 그 이전에는 우리나라에서 한자라는 말이 쓰이지 않았다.

한자(漢字)를 '한(漢)나라 시대의 문자'라고 정의한다면 한자는 한나라보다 훨씬 이전부터 존재했기 때문에 타당한 명칭이라 할 수 없다. 한자를 '한족(漢族)들이 쓰는 문자'라고 정의한다면 한자는 한족들만이 만들어 한족들만이 쓰는 문자가 아니기 때문에 역시 타당하지 못하다. 이런 까닭에 '한자는 중국 글자이지 우리 것은 아니다.'라고 생각하는 것은 잘못이다. 한자는 동양의 공통문자라고 생각하는 것이 옳고 한자에 대한 무조건적인 거부감을 갖는 태도는 옳지 못하다.

더욱이 우리나라는 한자의 중국발음과 다른 우리나라 고유의 한자발음을 갖고 있다. 이러하기 때문에 한자는 무조건 중국 글자라고 생각해서는 안 되겠다. 서양의 여러 나라에서 로마자를 공통적으로 쓰고 있다 하여 영어 불어 독어가 아닌 로마어라고 하지 않는 것과 마찬가지 논리다.

## Ⅲ. 한자와 한문은 꼭 배워야 하고 배우기 어렵지 않다

한자 한문에 대해서 부정적인 생각을 갖고서 한자 한문 교육이나 사용을 반대하고 있는 한글전용주의자들의 잘못된 주장을 논박(論駁)하여 그 맹점(盲點)을 게로(揭露)하여 '한자 한문은 꼭 배워야 하고 배우기 어렵지 않다'는 사실을 증명하고자 한다.

1) '한자는 우리 글자가 아니고 중국 글자다'라는 주장에 대하여

이 문제에 대해서는 앞의 「한자의 특성과 우리 민족과의 관계」에서 이미 상세히 설명했으므로 다시 췌언할 필요가 없다.

2) 한자는 글자수가 너무 많고, 각각의 한자는 획수가 너무 많아 배우기 어렵고 쓰기 어렵다는 주장에 대하여

한자는 글자가 많은 것은 사실이다. 1716년 청(淸)나라 강희제(康熙帝) 때 편찬된 『강희자전(康熙字典)』에 이르러서는 42174자로 불어났다. 1986년 중화인민공화국에서 나온 『한어대자전(漢語大字典)』에는 54000여자의 한자가 수록되어 있다. 그러나 한문 문헌에서 일반적으로 자주 쓰이는 한자는 3000여 자에 불과하다. 사서삼경(四書三經)에 쓰인 글자수도 5000여자에 불과하고, 『논어(論語)』에는 1500여자, 『맹자(孟子)』에는 1800여자 정도의 한자가 쓰였다. 한자가 5만자 이상이나 되지만 반 이상은 역사상 어떤 문헌에도 용례가 전혀 없는 자전(字典)이나 한자사전(漢字辭典)에만 있는 한자이고 용례가 있는 한자는 24000여자에 불과하다. 이 24000여자도 반쯤은 특정한 고전에 한 번 나오거나 고유명사 등에만 쓰였다. 『조선왕조실록(朝鮮王朝實錄)』 등 우리나라의 역대 중요한 고문헌(古文獻)에 쓰였던 적이 있는 한자의 총수도 1만8천여 자 정도이다. 우리나라에서는 지금 교육용한자 1800자를 선정해 놓았다. 이 1800자만 알면 우리나라에서 쓰이는 한자어를 거의 90% 이상을 저절로 알 수 있다. 한자를 전용하는 중화인민공화국에서도 현재 1500자를 모르는 사람을 문맹자로 간주한다. 1500자 정도의 한자만 알아도 중국 본토에서도 문맹자 취급을 당하지 않으니, 실제로 쓰이는 한자의 수는 별로 많지 않다는 것을 알

수가 있다. 그러나 1500자의 한자만 알면 약 10만 개의 단어를 거의 저절로 알 수 있다고 한다. '산(山)'자, '수(水)'자, '중(中)'자, '촌(村)'자 등 한자 4자만 알면, 산수(山水), 산중(山中), 수중(水中), 촌중(村中), 산촌(山村), 수촌(水村), 중산(中山), 중촌(中村), 산중수(山中水), 산중촌(山中村), 수중산(水中山), 촌중산(村中山), 산수중(山水中), 산수촌(山水村), 산수촌중(山水村中) 등 배우지 않고서도 15개의 한자어를 거의 자동적으로 알 수가 있다. 알고 있는 한자가 많으면 많을수록 조합할 수 있는 한자어는 기하급수적으로 불어난다.

흔히 한글은 24자 밖에 되지 않는데, 이 24자는 하루 아침에 다 배울 수 있다고 한다. 그러나 24자를 다 알게 된 어린이나 외국인이 한글로 쓰인 단어의 뜻을 저절로 알아 책을 읽고 내용을 이해할 수는 없다. ㄱ, ㄴ, ㄷ이나 ㅏ, ㅓ, ㅗ 등은 발음을 나타내는 부호에 불과하다. 곧 한자의 각글자를 구성하는 획(劃)에 불과하다. 24자를 다 아는 사람이 책을 읽고 그 내용을 이해하려면 각각의 단어의 뜻을 따로 다 노력하여 기억해야 한다. 우리 말 단어 5000개를 외우기는 한자 5000자 외우기보다 훨씬 힘들 뿐 만 아니라, 우리 말 단어 5000개는 서로 조합(組合)되어 저절로 알 수 있는 새로운 단어를 거의 만들어 낼 수 없다. 그리고 우리 말 단어 5000개 정도 아는 실력으로는 도저히 책을 읽어 그 내용을 알거나 내용 있는 대화를 할 수가 없다.

한자는 배우기 어려운 것이 아니다. 그 이유인즉 첫째, 각각의 글자마다 독특한 형태가 있기 때문에 보는 순간 머리 속에 '상(像)'이 그려져 기억이 잘 된다. 표음문자는 음절 하나 하나를 읽어 그 각각의 발음이 합쳐져야 그 단어의 뜻을 알 수 있다. 묵독(默讀)을 할 때도 소리만 내지 않는다 뿐이지 마찬가지다. 한자로 쓰여진 단어는 보는 순간 전체가 한꺼번에 상(像)들어 온다.

둘째, 각각의 한자는 그 글자를 보는 순간에 이미 어느 정도 그 글자의 의미와 발음을 암시해 주고 있다. 예를 들면 '초두(++)' 부수가 붙은 한자는 거의 모두 풀과 관계가 있는 한자들이고, '불 화(火)' 부수가 붙은 한자는 모두 불과 관계가 있는 한자들이고, '비 우(雨)' 부수가 붙은 한자는 모두 기후와 관계가 있는 한자들이다. 그리고 수풀 '림(林)'자가 들어간 한자인 林, 琳, 霖, 淋 등은 모두 발음이 '림'이고, 서로 '상(相)'자가 들어간 한자인 相, 想, 箱, 霜, 湘, 廂, 孀, 緗 등은 모두 발음이 '상'이다. '창(昌)'자가 들어간 한자인 昌, 唱, 娼, 菖, 猖, 倡 등은 모두 발음이 '창'이다.

그리고 발음을 나타내는 부분이라도 거의 모두 일정한 뜻을 담고 있다. 예를 들면, 책 '권(卷)'자는 발음 '권'을 표시하기 위하여 들어간 글자지만 본래의 뜻인 '말다' '구부리다' 등의 의미를 그대로 포함하고 있다. 卷 圈 拳 捲 淃 埢 婘 惓 棬 睠 蔧 綣 蜷 踡 錈 鬈 등의 글자가 그 예이다. 사이 '간(間)'자는 발음 '간'을 표시하기 위해서 들어간 글자지만 '사이' '간간이' 등의 의미를 그대로 포함하고 있다. 簡, 澗, 磵, 癇, 覵 등의 글자가 그 예이다. '봉(夆)'자는 발음 '봉'을 표시하기 위해서 들어간 글자지만 '뾰족하다' '길죽하다' 등의 의미를 포함하고 있다. 峯, 蜂, 棒, 蓬, 鋒, 烽 등의 글자가 그 예이다.

그리고 거의 모든 한자어는 계통적으로 되어 있어 처음 보는 단어라도 그 뜻을 대략 알 수 있다. 예를 들면 물고기에 관계되는 단어는 모두 리어(鯉魚), 추어(鰍魚), 문어(鮫魚), 궐어(鱖魚), 선어(鮮魚), 접어(鰈魚) 등 물고기 '어(魚)'자가 들어 있어, 물고기 '어(魚)'자를 아는 사람은 물고기 이름이란 것은 금방 알 수 있다. 그러나 우리말은 계통적이지 않아 잉어 미꾸라지 가물치 쏘가리 두렁허리 가자미 등등 단어 하나 하나를 다 외워야만 그 뜻을 알 수 있도록 되어 있다.

필자가 직접 목도한 현상인데, 중국의 정상적인 유치원 학생들이 몇 달만에 일상생활에서 많이 쓰이는 4, 5000자의 한자를 2, 3개월 동안에 거의 다 배운다. 또 『논어(論語)』, 『맹자(孟子)』, 『사기(史記)』 등에 나오는 명구(名句) 몇몇 개를 일상 대화 속에서 주고받고, 또 당시(唐詩) 등을 노래처럼 수십 수씩 암송한다. 중국 어린이만 그런 것이 아니라 부모를 따라가서 중국 유치원에 다니는 한국 출신 유치원 학생들도 거의 마찬가지다. 이런 사실 등에서 볼 때 한자는 배우기 어렵지 않다는 사실을 알 수 있다. 배우기에 가장 적절한 시기에 정상적인 교육방법으로 가르치면 쉽게 배울 수 있다는 것이다.

이 지구상에는 수천 종류의 문자가 존재해 있지만 배운 적이 없는 처음 보는 단어의 뜻을 알 수 있는 문자는 한자 밖에 없다.

한자는 쓰기 어렵다는 주장에 대해서 치밀하게 따져 보자. 한자 한 글자의 획수는 분명히 많다. 그러나 단순히 한글이나 로마자 한 글자와 한자 한 글자를 대비하여 한자는 획수가 많아서 쓰기가 어렵다고 하는 것은 공정한 비교가 아니다. '하', '며', '니' 등의 글자로는 의미를 담고 있지 못하다. 동일한 양의 의미를 나타내는 데 소요되는 시간이나 노력을 다른 문자와 비교해서 한자는 쓰는 데 시간과 노력이 많이 든다고 해야 옳은 비교가 될 수 있다. '할아버지'와 '祖', '가람'과 江, '지팡이'와 '杖', '뿌리'와 '根', '붉다'와 '紅', '푸르다'와 '靑' 등을 비교하여야 한다. 간혹 예외가 있기는 하지만 한자의 획수가 훨씬 적다. 예를 들어 "할아버지께서는 고기를 좋아하신다"라는 뜻을 한문으로 표기하면 "祖好肉"이 되는데, 한글로 된 문장은 모두 67획인데 한자로 된 문장은 21획이다. "퇴계를 스승으로 삼았다"라는 뜻을 한문으로 표기하면 "師退溪"가 되는데 한글로 된 문장은 모두 50획인데 한자로 된 문장은 33획이다. 같은 정보량을 전달하는 데 있어 한글은 한자보다 평균 2배 내지 3배 정도 획수가 더 많다. 우리 말 속에 들어 있는 한자어를 설령 토박이말로 다 풀 수 있어 푼다고 해도 분량이 엄청나게 불어나 읽거나 쓰는 데 많은 시간과 정신력을 낭비해야 한다. 또 그만큼 읽는 사람의 시력도 혹사 당해야 한다. 참고로 부언하자면 오늘날 유엔총회의 회의록은 세계 6개 국어로 번역되고 있는데, 한자를 쓰는 중국어로 된 회의록은 영어 불어 등 여타 언어로 된 회의록 두께의 4분의 1밖에 되지 않는다. 이는 바로 한자는 간결성과 의미 함축 기능이 뛰어나다는 것을 증명해 준다.

그리고 컴퓨터가 필수품처럼 된 오늘날은 한자의 획수는 많은 것은 전혀 문제가 되지 않는다. 한자어를 한글로만 처넣어도 특별히 희귀한 글자가 아닌 경우 컴퓨터에 자동으로 한자로 바꿔 주는 기능이 개발되어 사용되고 있기 때문이다. 같은 분량의 내용을 담은 문장일 경우 글자 수는 한자가 제일 적다. 이렇기 때문에 앞으로 한자는 정보화시대가 되면 더욱 더 환영을 받을 것이다. 정보화시대에는 동일한 시간 동안 가장 많은 정보량을 교환할 수 있는 문자가 환영을 받을 것인데 그런 문자가 바로 한자인 것이다.

또 얼핏 보아 어려워 보이는 한자도 대부분 많이 쓰이는 쉬운 한자의 결합체이기 때문에 기본 되는 한자를 쓸 줄 알면 나머지 한자는 대부분 쓸 수 있게 된다.

한자를 접할 기회가 적기 때문에 미리 두려움이 앞서게 되고, 그렇게 되니 한자를 보아도 글자의 구조가 파악 분석되지 않아서 한자는 매우 복잡해 보인다. 중고등학교에 한문시간이 들어 있고 한문교과서가 비교적 잘 개발되어 있는데도 학생들이 한자 한문을 잘 모르고 배우기 어렵다고 생각하고 있다. 그 이유는 현재 전국 어느 지역을 막론하고 중고등학교에서 한문과목을 담당하는 교사들의 거의 대부분이 전공자가 아니기 때문에 근본적으로 한문실력이 모자라 한문의 구조나 특성을 잘 파악하지 못하고 있다. 또 다른 과목 전공자로서 임시로 한문을 담당하기 때문에 한문에 대한 관심도 없고, 학생들을 잘 가르치겠다는 열성도 부족한 게 현실이다. 이러한 형편에서 학생들에게 효과적인 올바른 학습법을 제시하지 못하기 때문에 학생들은 한자 한문은 어렵다고만 느끼고 있다. 사실 학생들은 한자 한문 과목에 있어서는 교육다운 교육을 받지 못한 것이다.

또 고등학교입학고사나 대학입학고사에 배점(配點)이 너무나 적기 때문에 학교에서 교육부에서 정해 준 한문시간에 아예 점수를 잘 올릴 수 있는 다른 과목을 공부하도록 교장 교감 및 학교 내에서 영향력 있는 주임급교사가 적당하게 배려를 한다. 대부분의 학교에 한문을 전공한 교사가 없으므로 한문을 가르치지 않기로 한 학교당국의 비정상적인 부당한 조처에 대해서 항의를 할 생각도 하지 않는다. 전공도 아닌 한문을 가르치다가 자신의 한문실력 없다는 사실이 탄로날 위기에서 벗어났기에 도리어 속으로 달가워하고 있다. 그리고는 학생들에게 이렇게 말한다. "대학수능고사 전체 400점 만점에 한문은 겨우 4, 5점이니, 열심히 한문을 공부하나 연필을 구르나 결과는 마찬가지다. 그런데도 어려운 한문 공부하다가 배점이 큰 중요한 다른 과목을 망치겠는가?" 일선교육현장의 한문교육실태가 이런 판국인데 특별히 한자 한문에 관심 있는 학생을 제외하고 누가 한자 한문을 공부하겠는가?

한자는 글자의 시각적인 미감(美感)은 세계 어느 문자보다도 뛰어나 배우면 배울수록 매력을 느끼게 되고, 미술 건축 디자인 장식 등을 공부하는 데도 도움을 준다. 현대의 세계적인 화가 피카소가 한자를 처음 보고서 그 조형미(造形美)에 대해서 극찬을 한 적이 있다.

3) 한자는 표의문자(表意文字)라서 표음문자인 우리 말을 표기하는 데 부족한 점이 많다는 주장에 대하여

한자는 표의문자의 장점을 가졌으면서도 동시에 표음문자의 기능도 갖고 있다. 더욱이 우리나라는 우리의 독특한 한자발음을 갖고 있다. 이 한자 발음은 본래는 중국의 발음과 한 가지였을 것이다. 그러나 오랜 세월 동안 여러 가지 음운변화를 거치면서 우리 민족의 발음기관에 가장 적합하게 변화하여 오늘에 이르렀다. 우리 말의 80% 이상이 한자어(漢字語)이고 더구나 학술용어(學術用語) 등은 거의 99% 이상이 한자어이다. 이것을 한글로만 적어 놓으면 이것은 발음기호만 적어 놓은 것이어서 읽는 사람이 뜻을 파악하기가 거의 어렵다. 한글로 적어놓은 것을 발음만 할 줄 아는 것과 아는 것과는 다른 것이다. 고등학교 국사 교과서에 나오는 '즐문토기'나 지리교과서에 나오는 '조경', '사빈' 등은 이 단어를 이전에 외우지 않은

학생은 글자만 보고서 이 단어의 뜻이 무엇인지를 알 수가 없다. 저명한 한문학자라도 알 수가 없다. 그러나 '즐문토기(櫛紋土器)', '조경(潮境)', 사빈(沙濱)으로 써 놓으면 한자를 아는 학생은 그 뜻을 미루어 알 수 있다.

그리고 서명(書名), 작품명(作品名) 사건명 지명 등등을 한자로 적어 놓으면, 그 내용을 전부 혹은 일부를 알 수 있지만 한글로 적어 놓으면, 자신이 이미 배워서 기억하고 있는 경우가 아니면 전혀 그 내용을 알 수가 없다. 서명인『고려사(高麗史)』,『동국여지승람(東國輿地勝覽)』, 작품명인「도이장가(悼二將歌)」,「상춘곡(賞春曲)」, 사건명인 폐모론(廢母論), 임오군란(壬午軍亂), 지명인 강선대(降仙臺), 세심정(洗心亭) 등등의 경우, 한자를 알고 있는 사람은 이런 이름을 처음 본다 해도 이 책이 무엇에 관한 책인지, 내용이 어떤 작품인지, 어떤 종류의 사건인지, 어떤 유래와 전설이 있고 어떤 특징이 있는 곳인지를 거의 완전히 알 수가 있다. 한글로만 써 놓으면 의도적으로 노력하여 단어를 외우는 수고를 하지 않으면 안된다.

한자 한문의 교육을 반대하는 사람들은 한자 한문 교육이 청소년들에게 쓸데없는 부담을 가중(加重)시킨다고 주장하고 있다. 어떤 공부든지 전혀 부담이 되지 않는 것은 없다. 한글로 표기된 단어를 뜻도 모르고 기계적으로 외우는 것이 청소년들에게 부담을 주겠는가? 얼마간의 한자를 익혀 거의 저절로 수많은 한자어의 뜻을 아는 것이 부담을 주겠는가?

표음문자인 우리 한글과 표의문자인 한자를 병용하는 문자생활이 우리말의 어문구조에도 맞고 의미의 파악도 신속 정확한 것으로서 표음문자와 표의문자의 장점을 아울러 갖춘 가장 합리적이고 효과적인 언어문자생활이 될 것이다.

4) 한자는 과학적이지 않아 현시대에 맞지 않다는 주장에 대하여

한자는 과학적이지 않아서 현시대에 맞지 않다는 주장을 하는 사람들은

대부분 한자를 모르거나 배워 보지도 않고서 거부감을 갖고 있는 사람들인데, 실험을 통한 과학적인 근거 없이 이런 주장을 하고 있는 것이다.

모든 한자는 기본 되는 뜻을 가진 글자 하나 이상의 체계적인 결합이고, 한자어는 또 각각의 고유한 뜻을 그대로 가진 한자가 문법적인 규칙에 의해서 유기적으로 결합되어 있기 때문에 도리어 과학적이다. 한자가 비과학적 문자라면 한자를 상용하는 중화인민공화국에서 어떻게 핵무기를 만들고 인공위성을 발사할 수 있었겠는가? 아주 수준 높은 학문도 한자를 사용하는 중국말로 강의를 진행하고 있는데 한자를 거의 모르는 사람들이 자기의 인식세계 속에서 막연히 비과학적일 거라고 억측을 해서는 곤란하다.

이 밖에 한자의 가장 뛰어난 점은 무궁무진한 조어력(造語力)과 단어를 구성하는 응집력(凝集力)이다. 오늘날 급변하는 세상에 매일 새로운 물품이 발명되어 나오고 있다. 이런 새로운 산물의 명칭을 부여하려면 조어력이 제일 좋은 한자를 사용하여 조어(造語)하는 밖에는 없다. 인공위성에 쓰이는 부속품이 물경 200만개나 된다고 하는데 한자를 사용하여 조어하면 두 자 내지 석 자의 단어로 그 명칭을 다 만들어 낼 수 있다고 한다. 오늘날 자동차나 컴퓨터 등 새로 발명된 문명의 이기(利器)에 관계되는 단어들을 한자를 상용하는 중국에서는 모두 두 자 내지 석자의 단어로 번역해서 사용하고 있다. 예를 들면, '디스켓'을 자접(磁檠)으로, '드럼'을 '자고(磁鼓)'로, '컴퓨터 코드'는 '전뇌마(電腦碼)'로, '마우스'는 '서표(鼠標)'로 바꾸어 쓰고 있다. 그런데 우리는 한자를 사용하여 새로운 명칭을 만들어 붙이지 않으니 외래어가 침범해 들어와 있다. 한자를 쓰는 것에 대해서는 결사적으로 반대운동을 벌이면서도, 외래어의 범람은 관대하게 그대로 방치하고 있다.

컴퓨터 용어뿐만 아니라 자동차용어, 각종 정밀기계, 생활용품 등에 붙은 명칭들은 우리말로 된 단어보다 외래어를 그대로 쓰는 단어가 더 많으니 큰 문제라 하지 않을 수 없다. 우리 주변에서 흔히 볼 수 있는 식품

이름, 햄버거, 핫도그, 피자, 캐찹, 햄, 소세지, 셀러드, 컴퓨터 각 부분의 명칭과 부품 명칭, 자동차의 각 부분과 부품 명칭 등등 정확한 뜻을 모르는 외래어가 우리말을 날로 더욱 심하게 침식해 가고 있다. 얼마간의 세월이 지나면 우리의 언어생활은 정말 해결하기 힘든 엄청난 문제에 봉착하게 될 것이다. 이런 어지러운 언어생활은 사람의 사고를 어지럽게 만드는데 이렇게 되면 결국 올바른 정신이 아닌 행동이 문란한 인간을 대량으로 양산하지 않을 수 없게 된다.

한자가 들어가야 할 자리에 벌써 영어 등 서양외래어가 들어와 차지하고 있다. 학술용어를 한글로만 표기하다 보니 의미가 불완전하여 괄호 속에 영어를 써넣지 않으면 안되게 되었다.

우리 말도 조어력이 있다고 주장하는데 어느 나라 언어이든 조어력이 전혀 없는 것은 아니다. 그러나 한자처럼 그렇게 뛰어난 조어력을 가진 언어문자는 없다. 만약 우리말로 조어를 하면 하나의 명칭을 만드는 데 여러 개의 단어를 사용해야 한다. 그러면 설명문이 되어 버려 단어로서의 함축력(含蓄力)과 응집력(應集力)이 없어 기억하기가 쉽지 않을 뿐만 아니라 더욱이 문장 속에서 쓰였을 때 어디서 어디까지가 그 단어인지를 알 수가 없고 뒤에 조사가 붙었을 경우 다른 단어와 구분이 어렵기 때문에 책을 읽고서 그 내용을 파악하기가 대단히 어렵다. 또 내용을 파악할 수 있다 해도 상당히 모호할 수밖에 없다.

5) 일반인들이 한자를 배운다고 한문고전(漢文古典)을 읽을 수 있는 것이 아니므로 한자 교육으로 인해서 많은 사람들이 헛수고만 하게 된다는 주장에 대하여

한자 한문 교육은 전문한문학자들을 양성하기 위한 것이 아니다. 가장 큰 목적은 바로 일반 사람들의 언어문자생활을 정상화하자는 데 있다. 우리 말의 표기를 한글전용식으로 하느냐 국한문혼용으로 하느냐는 사실

그렇게 큰 문제는 아니다. 한자를 아는 사람은 한글전용식으로 표기되어 있어도 그 뜻을 정확하게 알 수 있지만 한자를 모르는 사람은 국한문혼용식으로 써 놓으면 물론 모르지만 한글로 써 놓아도 정확한 뜻을 파악할 수 없다. 우리 말 가운데 있는 한자어를 한글로만 표기해 놓으면 한자를 모르는 사람이 도저히 그 뜻을 짐작도 하기 어려운 단어가 너무나 많기 때문이다.

한자를 모르니 한자어의 뜻을 정확히 알 수 없고, 한자어의 뜻을 정확하게 알지 못하니 하나의 문장을 읽어도 그 정확한 내용을 알 수가 없다. 그러니 단어의 뜻을 대충으로만 알고 있으니, 글을 쓸 수가 없다. 글을 써도 단순한 저급(低級)한 글 밖에 쓰지 못하게 된다. 이는 결국 우리 국민 전체의 문화수준을 계속 하향조절(下向調節)하는 결과를 초래하고 있다.

또 한문 유산은 그 내용이 문학에 관한 것만 있는 것이 아니다. 그 속에는 역사학 철학은 물론이고 정치학, 경제학, 사회학, 심리학, 음악, 미술, 심지어 수학, 물리학, 천문학, 식물학, 동물학, 농학, 의학, 약학, 어류학, 건축학, 토목학 등등 거의 모든 분야를 다 포함하고 있다. 이런 분야는 한문학을 전공한 사람이 그 분야의 한문 전적(典籍)을 읽고서 연구를 할 수 없다. 이 모든 분야의 한문유산은 한문을 아는 그 방면의 전공자가 연구를 해야 한다. 그러나 초등학교에서 대학까지 한자 한문을 학습할 기회를 얻지 못하고 있으니 한문을 배울 수가 없다. 예를 들면 수학을 전공하는 사람이 나중에 우리나라 수학사(數學史)를 정리할 필요를 느끼고, 그 작업에 착수해 보려고 하지만 한문의 장벽 때문에 도저히 될 수가 없다. 만약 이 사람이 초등학교 때부터 한자 한문을 배웠더라면 수학을 잘 하면서 한문에 대한 흥미를 갖고 한문실력을 증강해 나갈 수 있었을 것이고, 더욱이 수학에 관한 한문 전적을 계속해서 읽어 나갈 수 있었을 것이다. 이렇게 되었다면 이 사람이 우리나라 수학사를 저술하는 작업은 별 어려움 없이 순조롭게 진척될 수 있었을 것이다. 다른 분야도 마찬가지다. 한문실력만 있다면, 그 전공자가 우리나라의 모든 분야의 학문을 사적

(史的)으로 고찰할 수가 있는 것이다.

지금 우리나라의 과학사, 농업사, 상공업사, 광업사(鑛業史) 등을 연구하는 학자들이 몇 명 있지만 그들의 가장 큰 문제는 한문실력의 부족이라는 것을 그들 스스로가 인정하고서 고민하고 있다. 그래서는 아무리 노력을 해도 한계를 극복할 수가 없다. 더구나 어학의 학습은 나이가 들면 언어중추가 퇴화해 버려 아무리 배우려고 노력해도 성과가 미미하기 때문이다.

한글전용을 주장하거나 한자, 한문 교육을 반대하는 것이 우리나라 학문의 수준을 전반적으로 저하시킨다는 사실을 많은 사람들이 알아야 하겠다. 나이 젊은 사람들은 경험이 없기 때문에 기성세대가 올바른 방향을 잡아 주어야 한다. 그런데 지금 기성세대 지식층의 사람들은 오랜 세월 동안 완전히 상반된 두 가지 견해를 서로 옳다고 주장해 오고 있다. 이러는 사이에 우리나라의 청소년들은 계속해서 정신적인 손해를 보고 있는 것이다.

한글전용만을 주장해서 한자, 한문 교육을 정상적으로 하지 않은 까닭에 우리의 청소년들을 민족의 전통문화와 격리되도록 만들었다. 우리 민족만이 갖고 있는 우수한 문화를 바로 이해하지 못하게 되었다. 더욱이 우리 민족이 자랑하는 도덕윤리를 익힐 기회를 얻지 못하게 되었다. 오늘날 우리나라의 청소년들이 비행을 저지르는 것도 한자, 한문 교육을 하지 않는 결과에서 초래된 것이라고 볼 수 있다. 우리의 전통문화에 대한 이해가 없다 보니 자연 뿌리 없는 사람이 되어 서구의 문화를 아무 분별이나 비판 없이 받아들여 서양의 저질문화에 오염된 나라를 만들고 있다.

6) 우리말 속에 있는 한자어는 한글로만 써도 충분히 알 수 있고, 또 한글로만 쓰면 뜻이 명확하지 않은 한자말이 있다면 쉬운 우리 토박이말로 바꾸면 된다는 주장에 대하여

한자 한문을 아는 사람은 한자어를 한글로 써 놓아도 거의 대부분은 알 수 있다. 그러나 가장 큰 문제는 한자어 가운데는 동음이이어(同音異義語)가 너무 많다는 점이다. 한글전용주의자들은 앞 뒤 관계를 보면 그 뜻을 다 알 수 있다고 한다. 그러나 그들의 말처럼 앞 뒤 관계를 보면 그 뜻을 알 수 있다고 하더라도, 책을 읽어 가는 과정에서 문장 속에 들어 있는 하나의 단어의 뜻을 파악하기 위해서 앞뒤에 있는 단어들을 계속 왔다 갔다하면서 책을 읽는다면 책의 내용이 머리에 들어올 턱이 없다. 그리고 엄청난 시간과 정신력(精神力)의 낭비를 초래한다. 그리고 이런 혼동을 초래하는 단어가 너무나 많다.

문장 속의 단어의 뜻을 파악하려고 앞뒤를 살피면서 노력해도 되지 않을 때가 있다. '안중군의사'라고 책에 나왔을 때, '안중근(安重根)이 의사(義士)냐? 의사(醫師)냐?가 문제다'라고 문제를 삼으면, 한글전용주의자들은 '앞 뒤 관계를 보면 알 수 있는 것 아니냐?'고 대답한다. 그러나 우리가 안중근이 '의사(義士)'라는 사실을 아는 것은 문장의 앞 뒤 관계 때문이 아니고, 이전에 습득해 둔 지식 때문에 아는 것이다. 안중근의사에 대한 사전지식이 없는 사람이라면 아무리 우리 말을 잘 하고 앞 뒤 관계를 살펴봐도 도무지 알 수 없는 것이다. 우리 말을 잘 하는 외국인도 끝내 알 수 없는 것이다. 필자가 만난 적이 있는 조선시대 역사를 전공하는 프랑스 학자 베르나르라는 사람은 우리 말을 한국 사람과 거의 차이 없을 정도로 아주 잘 했다. 그가, "한글로 된 책을 읽으면 이해가 잘 안되고 골치가 아프다."라는 말을 필자는 들었다. "우리 말 속에 있는 한자어는 한글로만 써도 충분히 알 수 있다."라고 한글전용주의자들은 주장하지만 이는 사실이 아니라는 점을 이 말에서 증명할 수 있다.

한글로만 쓰면 뜻을 알 수 없는 한자말이 있으면 쉬운 우리 토박이말로 바꾸면 된다는 주장을 살펴보자. 사실 우리나라에서 통용되는 한자어를 바꿀 수 있는 토박이말은 십분의 일도 되지 않는다. 토박이말은 대부분 옛날부터 있던 사물의 명칭이나 기본적인 동작 등에 많이 있는 편이고,

학술용어, 과학기술용어, 문화용어 등은 전부 한자어이다. 근본적으로 바꿀 수가 없는 것이다. 또 토박이말이 있어 바꾼다 해도 의미상 혼란을 초래하는 경우도 있고, 꼭 들어맞지 않는 경우도 있고, 언어관습상 도저히 정상적인 언어가 되지 않는 경우도 있고, 또 한 단어 가운데서 일부만 토박이말로 바꾸고 나머지는 한자어를 그대로 두어 단어로서의 안정성(安定性)을 해치는 경우도 있다. 우리 말로 바꿀 수 있다는 주장을 하는 사람들은 바꿀 수 있다는 예를 들면서 항상 가능한 몇몇 단어만 가지고 예를 든다.

7) 일곱째 현재 우리는 정식 한자를 쓰지만 중국 대륙에서는 문자개혁을 하여 자기들만 아는 간체자(簡體字)를 쓰고 일본에서는 자기식의 약자(略字)를 쓰기 때문에 우리나라에서 쓰고 있는 한자하고는 서로 통하지 않는다는 주장에 대하여

현재 중국 대륙에서는 사용빈도가 많은 한자는 공식적으로 간체자(簡體字)를 쓰고 있다. 1956년 중화인민공화국(中華人民共和國) 국무원(國務院)에서 한자간화방안(漢字簡化方案)을 공포한 이래로 네 차례에 걸쳐서 모두 2238자의 간체자를 제정하여 공포하였다. 이는 중국인들로 하여금 한자를 쉽게 익힐 수 있도록 하고, 쓰는 데 걸리는 시간을 단축하려는 목적에서 제정된 것이었다. 그러나 2238자는 모두 새로 생긴 글자가 아니고 대부분은 오래 전부터 계속해서 써 오던 약자(略字)·이체자(異體字)·별자(別字)·고자(古字)·통자(通字) 등에서 찾아내어 가장 쓰기에 간편한 한자를 공식문자로 지정한 것이다. 그러므로 한자를 정상적으로 아는 사람들은 대부분은 알고 있는 한자이다. 또 비교적 알기 쉽고 쓰기에도 간편한 한자 초서(草書)를 해서(楷書)의 형태로 변화시켜 공식문자로 지정한 것도 있다. 이런 종류의 간체자도 실제로 일상생활 속에서는 전에부터 오랫동안 써 오던 한자이다. 그 밖에 번체자(繁體字)와 의미상 상관

이 있거나 발음이 같은 글자로써 간체자를 만들었기 때문에 간체자를 익히는 일은 중국인에게는 전혀 문제가 되지 않는다. 왜냐하면 중국인들은 소학교 중학교 고등학교 대학교를 졸업하는 동안에 고전(古典)에 관계된 과목을 다 이수하기 때문이다.

중국에서는 지금도 고전은 거의 대부분 번체자로 간행되고 있다. 중국의 중화서국(中華書局)이나 각지의 고적출판사(古籍出版社) 등을 번체자(繁體字)로 고전을 간행하는 일을 전담하고 있다. 공식적으로는 간체자를 쓰지만 비공식적인 개인의 명함, 상호, 서예작품 등은 번체자를 많이 쓰고 있다. 그러니 중국 사람들이 우리나라에서 쓰고 있는 번체자 한자는 모른다는 주장은 말이 되지 않는다.

중국인 가운데도 번체자는 물론 간체자도 모르는 사람이 없지는 않지만 우리나라를 방문하거나 우리나라에서 간행되는 출판물을 읽을 정도의 사람으로서 우리나라에서 쓰고 있는 번체자를 모르는 사람은 존재하지 않는다.

일본에서도 정자(正字) 이외에 약간의 약자(略字)를 쓰고 있지만 대부분 옛날부터 한국 중국 일본에서 공통으로 써 오던 약자이고, 간혹 일본에서 만들어진 약자가 없지 않지만 이것은 숫자가 얼마 되지 않기 때문에 문제가 되지 않는다. 우리나라 사람들이 쓰는 한자를 일본사람들이 글자가 달라서 모르지는 않는다.

그러므로 우리나라에서 한자를 혼용(混用)하거나 병용(竝用)한다 할지라도 중국 사람들이나 일본 사람들은 보아도 모르므로 동양문화권이 형성될 수 없고 서로 문화 교류를 할 수 없다는 주장은 전혀 말이 되지 않는다.

또 우리나라 사람이 중국이나 일본의 문화를 이해하고 받아들이거나 교류를 하는 데는 한자 한문을 아는 것이 훨씬 유리하다. 그리고 우리나라 문화를 소개하는 데도 한자 한문을 알면 훨씬 유리한 것은 말할 필요도 없다.

이 지구상에 존재하는 언어 가운데서 약 20억 정도의 가장 많은 인구가 사용하는 언어가 한어(漢語)이고, 그들이 쓰는 문자는 한자이다. 또 한어를 사용하지 않더라도 한자를 쓰는 나라는 우리나라를 비롯해서 일본 월남 태국 말래아시아 싱가포르 등의 나라가 있다. 결국 한자로 문자생활을 하는 인구는 전세계 인구의 삼분의 일이 넘는다. 우리가 한자를 익히면 이들 나라의 사람들과 일상적인 교류는 할 수가 있다. 싱가포르나 일본에서 보내 온 한자로 써여진 상품주문서를 한자를 몰라서 읽을 수 없다면 우리나라 경제에까지 영향을 끼치게 될 것이다.

8) 본래 우리나라에는 한글로 된 책은 한글로만 적는 전통이었고, 국한문혼용으로 우리 문장을 적는 것은 일본인들이 강제로 시킨 방법이라는 주장에 대하여

한글전용주의자들은 이런 주장의 근거로 이렇게 이야기한다. 옛날의 우리나라의 한글소설들은 모두 한글로만 적는 전통이 있어 왔다. 그러다가 1894년 갑오경장 때에 이르러 여러 가지 제도를 개혁하였는데, 그때 일본인들이 침략의 야욕을 갖고서 고종(高宗)황제를 위협하여 모든 공문서를 국한문혼용으로 쓰도록 했다는 것이다. 왜냐하면 자기들의 언어와 통사구조(統辭構造)가 같은 우리 말 문장 속에 한자어를 한자로 많이 써넣어 놓으면 일본이 자기들이 다 알 수 있다는 것이고, 일본의 문화를 우리 문화 속에 침투시켜 종국(終局)에 가서는 우리나라의 문화를 완전히 말살시킬 수 있다는 것이다.

이 주장은 매우 그럴듯한 주장이지만 사실은 아니다. 퇴계(退溪) 이황(李滉)이 지은 「도산십이곡(陶山十二曲)」은 국한문혼용으로 표기되어 있다. 한글전용주의자들은 본래 한글로만 적은 것을 갑오경장 이후에 국한문혼용으로 바꾸어 표기했을 것이라고 반박할는지 모른다. 그러나 지금 경북 안동에 있는 도산서원(陶山書院)에는 퇴계가 친필로 쓴 「도산십이곡」이 잘 보존되어 있다. 또 한글소설은 한글전용으로 된 것이 대부분이지만

『숙향전(淑香傳)』처럼 국한문혼용으로 표기된 것도 있고, 고문서 가운데는 국한문으로 표기된 것이 적지 않다.

갑오경장 이전까지는 줄곧 우리 말과는 어순(語順)이 다른 순 한문(純漢文)으로 국가의 공용문서를 작성해 왔는데, 이때에 이르러서 한글전용으로 바로 바꾸기는 어려웠을 것이다. 순 한문으로 공문서를 작성하기에는 국내외적인 상황이 많이 바뀌었다. 그렇다고 순 한문에 젖어 있는 관리들이 하루아침에 한글전용으로 공문서를 작성한다는 것은 현실적으로 어렵다. 당시의 형편으로 볼 때 국한문혼용으로 공문을 작성할 수밖에 없는 실정이었던 것이다.

## Ⅳ. 결론

올바른 언어문자생활은 입으로 하는 말만 가지고 하는 것이 전부가 아니다. 아주 저급한 생활을 하는 데는 입으로 하는 말만 가지고도 언어생활이 가능하다. 그러나 수준 높은 문화를 창조하고 유지하고 발전시켜 나가려면 문자로 기록을 만들어야 하고 이를 읽고 이해할 수 있어야만 한다. 저급한 생활을 하는 데 필요한 말만 하는 데는 한글만 써도 되고, 더 심한 경우에는 한글마저 없어도 된다. 그렇게 해서 무슨 유명한 문학작품이 나오고 심오한 학문사상이 나오겠는가?

우리 문화를 유지 발전시켜 나가는 정상적인 언어문자생활을 하기 위해서는 한자, 한문은 꼭 알아야 한다. 한자, 한문을 꼭 알아야 한다면, 한자, 한문 교육은 꼭 해야 한다. 한자, 한문을 배우는 학생들이 가장 이상적인 효과를 얻게 하기 위해서는 학교에서 한문교육을 정상적으로 해야 한다. 정상적으로 한문 교육을 하기 위해서는 자격을 갖춘 한문교사의 양성과 일선 각급학교에서 자격을 갖춘 교사를 채용하는 것이 중요하다.

한자, 한문은 어려워 학생들에게 부담을 많이 준다는 한글전용론자들의 주장은 아무런 과학적 근거가 없다. 도리어 한자, 한문을 가르치는 것이 여러 가지로 학생들의 부담을 들어 준다.

우리 조상들이 남긴 학문·사상·예술·정서·생활상·풍속 등 민족문화의 정수(精髓)는 모두 한문문헌 속에 들어 있다. 어렵고 남의 나라 글자라는 잘못된 선입견을 가지고서 민족문화의 정수를 방치해서는 우리의 민족문화를 세계에 자랑할 수가 없다. 적극적으로 한문 문헌을 읽고 그 좋은 점을 찾아내어 자손 대대로 영원히 계승해 나가려고 노력해야 하겠다. 오늘날을 살아가는 우리들은 우리 조상들이 남긴 문화전통 가운데서 좋은 것을 우리 다음 세대에게 계승해 줄 책임이 있다. 그 첫걸음이 바로 한자와 한문을 학습하여 아는 것이다.

오늘날 세계화라는 미명 아래 각 민족의 문화가 독특한 면모를 잃고 전세계의 문화가 서로 혼합되어 가고 있어 어떤 한 나라의 문화가 자칫하면 흔적도 없이 사라질 위기가 감돌고 있다. 이런 때에 우리의 특색 있는 전통문화를 잘 계승하여 보전하지 않으면, 우리 스스로 우리 문화의 파괴를 초래하게 된다. 우리 민족도 이미 우리의 고유문화의 면모를 많이 잃어버렸다.

자기 나라의 독특한 문화, 곧 학문·사상·예술·풍속 등을 잘 간직하고 발전시켜 나가는 민족이 위대한 민족이다. 한자 한문을 알아야 우리의 학문 사상 예술 풍속 등에 관한 기록을 읽고 연구하여 발전 보존시켜 나갈 수 있다. 고유문화를 잃어버린 민족은 정신을 잃고 몸뚱이만 남은 것과 다를 바가 없는 것이다.

우리가 한자, 한문을 배워서 알아야 우리의 문화가 영원한 생명력을 가질 수 있다. 한자, 한문은 어렵다는 선입견에 사로잡혀 더 이상 경원시(敬遠視)해야 할 대상이 아니다. 한자, 한문은 절대 배우기 어렵지 않다는 것은 앞에서 다 이야기했다. 우리 민족과 오랫동안 밀접한 관계를 맺어온 글자이고, 글자를 보면 상(像)이 그려져 빨리 쉽게 기억되고, 글자를 보면 그 음과 뜻을 대체적으로 짐작할 수 있고, 실제로 많이 쓰이는 한자는 별로 많지 않다. 그리고 1500자만 알면 10여만 단어를 거의 저절로 기억할 수가 있고, 새로운 사물의 명칭을 뛰어난 조어력으로 얼마든지 만들어 낼 수가 있다. 한자를 사용하는 인구는 20억 정도 되므로 오늘날 국제적 교류에도 아주 유용한 문자다. 새로운 문명의 이기인 컴퓨터에도 가장 적합한 문자인 것이다.

해방 이후 계속 한글전용정책에 밀려 한자 한문 교육을 하지 않아서 교육을 받지 않은 사람들이 어렵다고 느낄 뿐이다. 지금이라도 올바른 한문교육만 실시하면 누구나 한문을 쉽게 익힐 수 있다. 올바른 한문교육이 가장 시급하다. 우리 민족이 우수한 문화를 계승 발전해 나가는 위대한 민족이 될 수 있느냐, 자기의 문화를 다 상실한 저급한 민족이 되느냐 하는 관건(關鍵)이 바로 한자 한문을 아느냐 모르느냐에 달려 있는 것이다.

# 世宗大王이 한글전용을 안 한 理由

## Ⅰ. 導言

한글 전용론자들은 항상 世宗大王이 한글전용을 주장한 한글전용주의자인 것처럼 선전하고 있지만 어떤 문헌에도 세종대왕이 한글전용을 주장했다는 기록이 없다. 또 한글 창제를 한 근본목적도 어린 백성들의 자기 의사 표기를 위한 것일 따름이다.

世宗大王은 한글창제의 공로만 있는 것이 아니고, 우리나라 역사상 가장 好學의 君主로 集賢殿을 만들어 학자들을 양성하고 학자들과 학문을 토론하고 많은 서적을 편찬하여 우리나라 역사상 學問의 最高絶頂期를 이루었다. 한글 창제도 그 가운데 하나의 업적이었을 뿐이다. 세종대왕이 추구한 학문은 儒學에만 치우치지 않고 정치, 경제, 국방, 과학 등 모든 분야에 걸친 종합적인 학문이었다.

한글 창제는 우리 민족이 써 온 말을 表記할 수 있게 해 준 획기적인 업적이다. 우리민족 고유어인 韓國語와 우리조상들이 써 오던 漢文사이에는 語文一致가 되지 못했는데 한글을 창제함으로써 우리 말을 글로 적을 수 있게 되었다. 그러나 세종대왕이 우리 말을 만들어내거나 말에 큰 변화를 준 것은 전혀 아니었다. 세종대왕은 한글을 창제함으로 해서 表音文字인 한글과 表意文字인 漢字가 相補的으로 쓰이도록 한 것이지 서로 不兩立의 敵對的 관계가 되게 하려는 것은 아니었다.

오늘날 한글전용논자들이 한글전용을 주장하여 全國民을 文盲으로 만들고 民族文化를 단절하게 하는 소모전을 하는 것은 世宗大王의 한글

創製 精神과는 정면으로 배치되는 행위다.

## Ⅱ. 世宗大王이 한글전용을 안한 이유

왜 세종대왕은 한글을 창제한 뒤에도 계속 한문으로 글을 짓고 한문 한자를 사용하였을까? 事大主義者라서 그랬을까? 한글 전용이 안 된다는 것을 세종대왕은 잘 알았다. 세종대왕이 한글전용을 하지 못한 데는 이유가 있다. 그 이유는 아래 다섯 가지로 요약될 수 있다.

### 1) 漢字, 漢文의 簡明性

한글전용론자들은 흔히 漢字, 漢文은 어렵고 한글은 간편하다고 주장한다. 그래서 늘 한글 24자와 漢字 5만자를 비교하여, '한글은 금방 배울 수 있지만, 漢字는 평생을 배워도 다 배울 수 없다.'라고 주장한다. 또 '한글은 간단한데 한자는 劃數가 너무 많아 복잡하다.'라고 주장한다.

그러나 이는 사실과 정반대다. 한글로 써 놓은 한자어를 읽을 수 있다고 뜻을 아는 것은 전혀 아니다. 漢字語를 한글로 써 놓으면 전부 暗號다. 평생을 배워도 배울 수가 없다. 요즈음 醫學이나 法律 교재가 전부 한글로 되어 있어 의미를 변별할 수 없으니까 괄호 속에다 모두 英語를 집어넣어 변별을 하고 있다.

한글 24자와 한자 5만자를 비교하면 절대 안 된다. 비교하는 기준이 잘못 되었다. 지금까지 한자 교육을 반대하는 사람들은 한글 24자와 漢字 5만 자를 비교대상으로 삼아 왔다. 많은 사람들이 여기에 속여 왔다. 심지어 漢字, 漢文 교육의 필요성을 역설하고, 漢字並記를 주장하는 대부분의 사람들도 여기에 속여 왔다.

한글 24자를 다 배우면 한글로 된 책을 읽을 수 있는 것이 아니다. 한글은 간단한데 한자는 획수가 많아 복잡한 것은 아니다. 어떤 내용을 표현하는 데 있어서 한글이 배우기 쉬운지 한자가 쉬운지를 비교해야 한다. '아버지'와 '父', '버드나무'와 '柳', '달리다'와 '走', '이야기하다'와 '說'자를 비교해야 한다.

평균적으로 계산해 보면 漢字語가 복잡한 것이 아니고 도리어 간단하다. 한글보다 4분의 1로 줄어든다. '賊反荷杖'이라고 하면 될 것을 '도둑이 도리어 몽둥이 울러매는 격'이라고 해야 한다.

책을 읽는 데 필요한 수준까지 도달하는 데 있어 한글 단어로만 된 책을 공부하는 것이 간편한지 한자를 배워 漢字語로 공부하는 것이 간편한지를 비교해야 한다.

2) 漢字, 漢文 學習의 容易性

한글 24자를 안다고 한글로 된 책을 읽을 수 있는 것이 아니다. 적어도 한글 단어 1만 개 이상을 인위적으로 노력해서 외워야 쉬운 책도 읽을 수 있다. 그러나 한자 1천자만 알면 漢字語 10만 단어는 배우지 않아도 거의 저절로 알게 된다. 지구상의 3천여 종의 언어 가운데서 자기가 배운 적이 없는 데도 보는 순간 그 단어의 뜻을 알 수 있는 문자는 漢字 밖에 없다. '靑'자와 '天'자를 아는 어린이가 '靑天'이라는 단어를 보면 바로 그 뜻을 알 수 있다. 역사적 事件이나 書名 등을 한자로 써 놓으면 바로 그 뜻을 알 수 있지만 한글로 써 놓으면 암호가 된다.

13세 이전에 漢字 1천자만 익히면 우리 말에 쓰이는 漢字語를 거의 다 이해하기 때문에 평생 언어생활을 편리하게 할 수 있고, 나아가 思考도 깊이 있게 알 수 있다. 그리고 한글로만 우리 말을 익히면 어느 정도에 이르면 더 이상 발전이 없다. 생각을 담을 그릇이 없기 때문이다.

조금 귀찮다고 한자를 배우지 않으면 평생 文盲者 수준의 언어생활을 해야 한다. 한자를 모르는 사람이 한글로 표기해 놓은 漢字語를 읽을 수 있다고 뜻을 아는 것은 절대 아니다. 뜻을 모르면서 아는 줄 착각하는

自己欺滿이 한평생 계속된다. 한글의 가장 큰 문제점은 뜻을 몰라도 읽을 수 있다는 것이다.

한자 3000자만 알면 漢文으로 된 책도 거의 읽을 수 있다. 中國의 어린애들은 유치원에 몇 달 다니면 한자 3천자를 금방 배운다. 중국 어린애들만 그런 것이 아니고 부모를 따라 중국에 가서 사는 한국 어린애들도 역시 금방 배운다. 한국에서 안 되는 이유는 어려워서 못 할 것이라고 아예 어린애들에게 한자교육을 안 시키기 때문에 한자를 못 배우는 것이지, 한자가 어려워서 못 배우는 것은 아니다.

실험을 해 보면 한자 5만 자는 글자마다 모두 고유의 形體와 發音과 意味가 있기 때문에 어린애들에게 쉽게 기억된다. 24자나 26자 안에서 앞뒤 순서만 바꾸어 자꾸 반복되어 쓰이는 한글이나 알파벳 문자와는 記憶의 速度가 완전히 다르고, 記憶의 壽命도 완전히 다르다.

3) 漢字, 漢文의 不變性

漢字, 漢文으로 기록해 놓으면 변치 않는데 한글로 적어 놓으면 수시로 변한다.

2500년 전에 나온 『論語』도 漢文을 조금 공부한 사람이면 금방 읽을 수 있다. 조선 초기의 『世宗實錄』도 오늘날 읽는 데 별 문제가 없다.

그러나 한글로 된 『月印千江之曲』은 國語學을 전공한 전문가 아니면 읽지 못 한다. 『杜詩諺解』도 마찬가지다. 새로 발견된 한글 필사본 古典小說을 지금 국문학 전공 교수들도 읽지 못한다고 한다. 오늘날 한글과 너무 많이 달라 읽기가 매우 어렵기 때문이다. 100여 년 전에 나온 『독립신문』도 일반사람들은 읽을 수 없다. 일제 때 나온 잡지도 읽기 어렵다. 왜? 한글은 워낙 자주 바뀌기 때문이다. 각 시대마다 표기법이 다르니 앞으로 역사가 더 흐르면 더 읽기 어렵게 될 것이다. 15세기 한글, 16세기 한글이 다 다르다. 앞으로 25세기, 29세기의 한글은 시대마다 다 다를 것이니,

오랜 후세에 역대의 한글 문헌을 누가 다 해독해 내겠는가?

4) 意味의 確實性

역사 기록에서 '진나라'라고 한글로 기록해 두었다면, 후세 사람들은 '陳나라'인지, '晋나라'인지, 아니면 '秦나라'인지 알 수 없다. '유씨 부인'이라고 한글로 표기해 놓았으면 '柳氏부인'인지, '劉氏부인'인지, 아니면 '兪氏부인'알 수가 없다.

한글로만 표기된 『春香傳』 같은 널리 읽히는 고전소설도 아직 해결 못하는 부분이 많이 남아 있다.

漢字, 漢文으로 표기되면 확실하게 구분되어 이런 문제가 전혀 없게 된다.

5) 뛰어난 造語力

시대가 바뀌면 새로운 文化가 創造되고 일부 문화는 도태되면서 사고가 바뀌고 생활이 바뀐다. 따라서 語彙도 많이 바뀐다. 그래서 시대가 바뀜에 따라 새로운 語彙가 생겨나고 쓰이지 않은 어휘는 도태된다.

漢字로는 새로운 語彙를 얼마든지 만들어낼 수 있다. 한글도 가능하다고 주장하지만 극히 일부만 가능할 뿐 문화의 새로운 변화에 전혀 적응하여 새로운 어휘를 만들어낼 수 없다. 지금 우리가 쓰는 漢字語는 대부분 19세기 말기부터 새로 만들어진 것이다. 급변하는 오늘날 현재 중국에서는 1년에 4천 어휘가 새로 만들어지는데 한자로 새로 말을 만들고 있다.

6) 國際交流의 便利性

漢字, 漢文은 中國 日本 및 중국 주변 국가들과 소통하는 데 아무런 문제가 없었기 때문이다. 한글로 적어놓으면 우리나라 안에서만 통한다.

오늘날도 漢字, 漢文으로 표기해 놓으면 中國, 日本은 물론 말레이지아,

태국, 싱가포르, 심지어 월남 태국 등과도 통한다. 英美 등 서양사람들 가운데서도 漢文을 공부한 사람이 많기 때문에 소통할 수 있는 사람이 많다.

## Ⅲ. 世宗大王의 정신을 살리는 길

가장 올바른 言語文字生活은 입으로 하는 말만 가지고 하는 것이 아니다. 아주 低級한 言語生活을 하는 데는 입으로 하는 말만 가지고도 언어생활이 가능하다. 그러나 수준 높은 文化를 創造하고 유지하고 발전시켜 나가려면 文字로 記錄을 만들어야 하고, 이를 읽고 이해할 수 있어야만 한다. 저급한 생활을 하는 데 필요한 말만 하는 데는 한글만 써도 되고, 더 심한 경우에는 한글마저 없어도 된다. 그렇게 해서 무슨 유명한 文學作品이 나오고 심오한 學問이나 思想이 나오겠는가? 經濟發展 科學發展도 그 것을 담을 수 있는 그릇인 언어가 있어야 가능한 것이다.

한글전용론자들은 日常生活에 필요한 言語와 學問硏究와 文化의 創造와 繼承에 필요한 언어를 전혀 구분하지 못한다. 한글전용론자들의 말을 들으면 大韓民國은 결국 세계에서 가장 野蠻的인 국가로 전락하고 말 것이 틀림없다.

中國은 현제 컴퓨터用語 人工衛星用語를 새롭게 다 造語해서 쓰는데, 우리는 왜 전부 英語를 그대로 쓰는가? 漢字, 漢文 교육을 거부하고 한글전용만 주장해 왔기 때문에 造語가 안 되어 英語 用語가 그대로 범람하고 있는 것이다.

우리 文化나 學問을 유지 발전시켜 나가는 正常的인 言語文字생활을 하기 위해서는 漢字, 漢文은 꼭 알아야 한다. 한자, 한문을 꼭 알아야 한다면, 漢字, 漢文 敎育을 꼭 해야 한다. 한자, 한문을 배우는 학생들이 가장 이상적인 敎育效果를 얻게 하기 위해서는 學校에서 漢字, 漢文 敎育을 정상적으로 해야 한다. 최대의 효과를 얻기 위해서는 言語中樞가 살아 있는 13세 이전에 정상적으로 한자, 한문 교육을 하는 것이 중요하다.

漢字, 漢文은 어려워 학생들에게 부담을 많이 준다는 한글전용론자들의 주장은 아무런 과학적 근거가 없다. 도리어 한자, 한문을 가르치는 것이 여러 가지로 학생들의 부담을 들어 준다. 잠시 귀찮아도 컴퓨터를 배워두면 평생 편리하게 살 수 있다. 누가 컴퓨터 배우는 것이 귀찮으니까 배우지 말라고 하면 평생 컴맹으로 살게 된다. 나중에 그 피해를 누가 책임질 것인가? 한자, 한문 교육 안 하는 것도 마찬가지다. 한글전용론자들에 의해 60여 년 동안 우리나라 사람들은 모두가 크게 정신적인 손상을 입었고, 지금도 입고 있다. 누가 책임지며 누가 보상할 것인가?

우리 조상들이 남긴 學問 思想 藝術 生活相 風俗 등 民族文化의 精髓는 모두 漢文文獻 속에 들어 있다. 어렵고 남의 나라 글자라는 잘못된 선입견을 가지고서 民族文化의 정수를 방치하면 文化의 斷絶이 온다. 그래서는 우리의 우수한 民族文化를 세계에 자랑할 수가 없다.

적극적으로 漢字, 漢文을 배워서 우리 조상들이 남긴 漢文文獻을 읽고서 그 가운데서 좋은 점을 찾아내어 자손 대대로 영원히 계승해 나가려고 노력해야 하겠다. 오늘날을 살아가는 우리들은 우리 조상들이 남긴 文化傳統 가운데서 좋은 것을 우리 다음 세대에게 계승해 줄 책임이 있다. 그 첫걸음이 바로 漢字와 漢文을 학습하여 아는 것이다. 서양학자들의 학설을 선불리 배워 '漢字가 없어지지 않으면 중국은 망한다'라고 주장한 魯迅의 주장은 완전히 틀렸음이 증명되었다. 漢字, 漢文만 專用하는 中國이 核武器 開發하고 人工衛星 쏘아올리고 세계 최강의 經濟富國으로 성장하였다. 누가 漢字, 漢文을 非科學的이라고 했는가?

오늘날 世界化라는 미명 아래 各民族의 文化가 독특한 면모를 잃고 전세계의 문화가 서로 혼합되어 가고 있어 어떤 한 나라의 문화가 자칫하면 흔적도 없이 사라질 위기가 감돌고 있다. 이런 때에 우리의 특색 있는 傳統文化를 잘 계승하여 보전하지 않으면 우리 스스로 우리 文化의 破壞

를 방조하게 된다. 우리 민족도 이미 우리의 固有文化의 면모를 많이 잃어 버렸다. 해방 이후 60여 년 동안 漢字, 漢文을 敎育하지 않음으로 해서 초래된 피해다.

자기 나라의 獨特한 文化, 곧 學問, 思想, 藝術, 風俗 등을 잘 간직하고 발전시켜 나가는 민족이 偉大한 民族이다. 漢字, 漢文을 알아야만 우리의 學問, 思想, 藝術, 風俗 등에 관한 기록을 읽고 연구하여 발전 보존시켜 나갈 수 있다. 고유문화를 잃어버린 민족은 정신을 잃고 몸뚱이만 남은 것과 다를 바가 없는 것이다.

우리가 한자, 한문을 배워서 알아야 우리의 文化가 영원한 생명력을 가질 수 있다. 한자, 한문은 어렵다는 선입견에 사로잡혀 더 이상 敬遠視할 대상이 아니니다. 한자, 한문은 절대 배우기 어렵지 않다. 우리 민족과 수천 년 동안 밀접한 관계를 맺어 온 문자이고, 글자를 보면 像이 그려져 빨리 쉽게 기억되고, 글자를 보면 그 음과 뜻을 대체적으로 짐작할 수 있고, 실제로 많이 쓰이는 한자는 2000자 이내다. 그리고 1000자 정도만 알면 거의 10여만 단어를 거의 저절로 기억할 수가 있고, 새로운 사물의 명칭을 뛰어난 造語力으로 얼마든지 만들어 낼 수가 있다. 한자를 사용하는 인구는 20억 이상 되므로 오늘날 국제적 교류에도 가장 유용한 문자다.

表音文字인 우리 한글과 表意文字인 漢字를 竝記하는 文字生活이 우리말의 語文構造에도 맞고, 意味의 把握도 신속 정확하게 할 수 있다. 漢字, 한문을 전용하는 中國보다 한자와 한글을 竝記하는 우리가 더 편리하고 정확하다. 漢文은 문맥파악의 어려움이 있는데 우리말 속의 漢字 竝記는 정확한 의미전달을 하면서도 내용을 쉽게 이해할 수 있다.

한글과 漢字의 竝記는 表音文字와 表意文字의 長點을 아울러 갖춘 가장 合理的이고 效果的인 言語文字生活이 될 것이다.

# 儒教精神을 통한 企業經營 改善에 대한 研究

## Ⅰ. 序論

儒教는 우리의 傳統的인 民族文化의 중요한 구성부분이다. 朝鮮時代에는 儒教가 指導理念으로 채택되어 절대적인 權威를 갖고서 政治·經濟·社會·文化 등 다방면에 걸쳐서 基本的인 方向을 잡아주었다. 오늘날은 과거보다는 儒教의 影響力이 많이 弱化되었지만 그래도 아직 우리가 의식하던 의식 못하던 간에 현재 韓國 사람들의 생활 속에는 儒教文化가 뿌리 깊게 자리잡고 있고 각자의 思考나 行動에 많은 영향을 미치고 있는 것이 사실이다.

儒教文化 속에는 좋은 점과 좋지 못한 점이 함께 들어 있다. 朝鮮時代에는 儒教를 지나치게 崇尙하였기 때문에 그에 따른 弊端도 많이 발생하였다. 오늘날에 와서는 西洋의 物質文明이 밀어 닥쳐 儒教文化는 거의 命脈을 유지하기도 힘들게 되어 있다. 이로 말미암아 儒教文化의 좋은 점마저도 한 번의 考究도 없이 廢棄해 버리고 있는 실정이다.

역사적으로 고찰해 볼 때 자기 고유의 傳統文化를 버리고서 存續하거나 發展하는 나라는 없다. 世界化, 國際化의 구호를 외치는 이런 때일수록 우리는 더욱더 우리의 뿌리를 찾아 지켜야만 國際社會에서 우리의 特徵을 나타내어 우리가 살아남을 수 있는 力量을 길러나갈 수 있다. 우리의 뿌리를 찾으려면 傳統文化의 精髓를 깊이 연구하여 그 좋은 것은 繼承·發展시켜 나가고 좋지 못한 점은 反面教材로 삼아야 하겠다.

지금까지 企業經營의 현장에서 쓰이고 있는 理論은 모두 西洋에서 계발

된 이론들이다. 그 것을 어떻게 韓國的 環境에 適用하느냐 하는 것이 關鍵이었다. 그러나 西洋에서 도입된 이론들은 韓國人의 情緖와 社會慣習에 맞지 않는 것이 많았다.

筆者는 장기간 소규모지만 企業을 經營해 오면서 발생하는 여러 가지 問題點을 직접 經驗하면서 새로운 方案이 없을까 하고 深刻하게 그 길을 摸索해 왔다.

筆者는 儒敎에 관심이 많고 儒敎經典을 조금 涉獵해 보고서 企業經營에 活用하면 좋은 점이 적지 않겠다는 생각을 늘 갖고 있어 왔다. 한국 사람들은 儒敎的 思考와 慣習에 익숙해 있으므로 어떤 면에 있어서는 西洋의 經營理論보다 儒敎的인 經營方法이 나을 수도 있겠다는 생각을 가졌다. 그래서 本考에서는 우리의 傳統的인 學問인 儒敎에서 企業經營의 方法을 찾으려는 試圖를 하였다. 특히 儒敎는 사람을 바탕으로 하는 學問이기 때문에 經營者의 資質과 人事管理에 초점을 맞추어 論文을 구성하였다.

그러나 筆者는 現場에서 企業을 經營해 오기는 했지만 西洋의 經營學을 體系的으로 알지도 못하고, 또 儒敎經典에 대한 知識도 한계가 있기 때문에 평소에 가졌던 생각을 論文으로 옮기는 과정에서 많은 애로를 느꼈다. 혹 이 論文으로 인해서 다른 여러 企業가들이 經營의 방법을 儒敎에서 찾아보려는 發想의 轉換을 가져오는 契機만이라도 만들 수 있다면 필자에게는 더 없는 보람이 되겠다.

## Ⅱ. 儒敎精神의 本質과 歷史的 變遷

儒敎는 孔子를 宗師로 삼는다. 孔子는 자기보다 앞 시대의 聖人인 堯·舜·文王·武王·周公 등의 文化傳統을 綜合·繼承하여 禮樂과 仁義를 崇尙하고 忠恕를 강조하는 儒敎를 형성하였다. 그리하여 儒敎를 통하여 개인적으로 修身·齊家를 기본으로 하여 나아가 治國·平天下를 儒教精神의 窮極的인 目標로 삼았다. 儒教精神은 곧 人間을 핵심으로 하는 思想과 文化의 體系이다. 그래서 그 대상은 자기자신과 사람과 사람의 관계, 사람과 자연의 관계를 기본으로 한다.

孔子는 人間關係를 매우 중시하였는데 그 기본적인 기준은 '仁'이었다. 인간의 理性과 개인의 修養, 人間相互間의 利益을 重要한 要因으로 삼았다. 孔子는 '仁'을 '사람을 사랑하는 것[愛人]'[1]이라고 해석하였는데, '사람을 사랑한다'는 것의 의미는 자기가 하고 싶지 않은 일은 다른 사람에게 하지 않는 것이다. 그렇게 하면 어디를 가도 원망함이 없게 될 수 있다. 이것이 바로 '忠恕의 道'이다. 자기에게 最善을 다하는 것이 '忠'이고, 다른 사람을 이해하는 것이 '恕'이다.

儒教精神은 또 自己의 慾求를 抑制하고 克服하여 全體의 統一과 平衡을 유지하려고 노력한다. 이런 노력은 사람과 사람 사이를 和睦하게 만들고 나아가 全體社會의 安定된 局面을 조성하는 데 크게 寄與할 수 있다. 사람과 사람 사이에 理想的인 관계를 유지하려면 개인의 道德的인 修養이 필요하다. 道德的 修養이 된 사람들은 理想을 갖고 있는데 이 理想이 바로 '道'이다. 儒教에서는 이 道를 매우 중시하여 어떤 경우에는 그 價値가 생명을 초월하는 경우도 있다. 그래서 孔子는 "아침에 道를 들으면 저녁에 죽어도 괜찮다[朝聞道, 夕死 可矣]"라는 말을 했는데, 道를 얼마나 중시했는지를 단적으로 보여주는 말이다. 道德을 통해서 자신을 修養한 뒤에는 사회의 발전을 위해서 자기의 역량을 바치는 사람이 儒教에서 바라는 사람이다.

儒教는 中國과 韓國의 傳統社會에서 歷史的으로 重要한 位置를 차지하고 있었고, 廣範圍하게 영향을 미쳐 왔다. 오늘날에도 우리가 알게 모르게 儒教文化는 우리의 思考와 行動에 많은 영향을 미치고 있다. 儒教的 思考

---

1) 『論語』「顔淵篇」, 樊遲問仁, 子曰, 愛人.

를 가진 사람은 자신의 발전을 위해서 나아가 사회발전을 위해서 자신이 獻身할 정신적 자세가 되어 있는 사람이므로 오늘날의 사회에서도 충분히 쓰일 수 있는 사람들이다.

孔子에 의해서 創設된 儒敎는 曾子, 子思를 거쳐 孟子에 이르렀다. 孟子가 죽은 뒤에는 儒敎의 맥이 끊어졌다. 그러다가 漢나라 武帝 때 이르러 董仲舒의 건의로 百家를 물리치고 儒敎를 國敎로 삼게 되었다. 그러나 이때의 儒敎는 孔子, 孟子가 提唱한 道德·倫理를 통한 개인의 人格 완성을 기본으로 하던 원래의 儒敎精神과 乖離가 있었다. 漢代의 통치자들에게 協力하는 그런 儒敎였고, 漢代에 유행하던 讖緯說까지 흡수된 歪曲된 儒敎라고 할 수 있다. 漢代에도 孔子를 숭상했지만 儒敎는 孔子의 가르침과는 점점 멀어져 敎條化, 迷信化되어 갔다.

魏晉南北朝時代에는 道敎에 바탕을 둔 玄學이 성행하여 儒敎가 다시 道敎의 영향을 받아 漢代와는 다른 방향으로 변질되었다.

唐代에는 儒敎, 佛敎, 道敎가 竝立하였는데 그 가운데서도 佛敎가 가장 성행하였다. 儒學者라고 표방하는 사람도 자기도 모르는 사이에 思考體系에 佛敎의 영향을 받게 되었다.

宋代에 들어와서도 초기에는 佛敎와 道敎가 성행하였고, 儒敎는 그 세력이 미미하였다. 中期 이후로 程子·朱子 등의 노력으로 儒敎의 세력이 점점 강화되게 되었다. 朱子는 『論語』, 『孟子』, 『中庸』, 『大學』을 四書라 하여 새로운 註釋을 붙여 儒敎의 교과서로 삼았다. 漢唐시대에는 내용이 難澁하고 체계가 없는 五經 위주의 儒敎에서 修己·治人의 德目에 바탕을 둔 四書 위주로 바꾸었다. 이로 인하여 元, 明, 淸과 高麗, 朝鮮에 至大한 영향을 미쳤다. 그러나 朱子에 의해서 다시 정리된 儒敎는 性理學인데 孔孟의 전통적인 倫理道德을 핵심으로 했지만 그 당시 유행하던 道敎와 佛敎의 영향을 받아 儒敎의 본질에서 많이 벗어난 것이었다. 그러나 性理學은 儒敎學派 가운데 하나일 뿐 性理學이 곧 儒敎인 것은 아니었다. 性理學의 煩瑣한 思辨體系는 形而上學的이라 儒敎의 經世濟民的인 側面을 너무 輕視하였다.

高麗後期에 우리나라에 수입된 儒教는 바로 이 性理學이다. 朝鮮을 건국하면서 儒教를 國教로 삼은 儒教는 바로 이 性理學이었다. 孔孟이 부르짖은 儒教의 기본 되는 목표는 修身, 齊家, 治國, 平天下였다. 그러나 朝鮮時代에 성행했던 性理學은 마음의 本體가 理인가 氣인가를 따지는 정도에서 머물고 말았다. 修身하기 위해서는 正心[마음을 바로 잡는 일]을 해야 하는 데 마음을 바로잡기 위해서는 마음의 본질이 무엇인가를 알아야 한다. 朝鮮時代 내내 마음의 본질이 무엇인가로 논쟁을 계속하다 보니 결국 孔孟이 의도했던 목표인 治國, 平天下의 단계에는 이르지 못하게 되었다. 朝鮮이 儒教國家라고 하지만 엄밀히 이야기하면 孔孟이 주창한 儒教의 理想은 실현해 보지도 못했다. 그러니 儒教가 올바른 역할을 할 수 있는 여건이 되지를 못했다. 儒教 때문에 朝鮮이 망했다는 억울한 비난을 듣게 된 것은 朝鮮時代의 儒學者들이 儒教精神을 올바로 파악하여 현실에 활용하지 못하고 空理空論 쪽으로만 발전시킨 데 원인이 있었던 것이다.

孔子・孟子의 진정한 儒教精神을 잘 활용하면, 오늘날의 정치・경제 등의 발전에 크게 기여할 수 있을 것이고, 일반 사람들의 儒教에 대한 잘못된 시각도 바로 잡을 수가 있을 것이다.

## Ⅲ. 儒教精神을 통한 經營者의 力量增進

사람은 自然과 社會를 알기 위해서나 人間의 本質을 알기 위해서는 꾸준히 學習해야 한다. 사회 발전의 법칙, 시장경제 발전의 법칙, 기업 경영의 법칙을 알기 위해서는 학습을 통해서 자신의 지식을 새롭게 획득하여 축적해 나가야 한다.

儒教에서는 본래 學習을 인류의 知識 傳承의 수단으로 보아 사람에게 있어서 아주 비중 있는 일로 보았다. 孔子의 『論語』 첫머리는 "배우고 때때로 익히면 또한 기쁘지 않은가?"[2]라는 말로 시작되고 있음에서 알 수 있다. 孔子는 배우는 일을 하나의 즐거운 일로 보았다. 결국 학습을 통해서 자기를 발전시키고 승화시켜야만 人格이 완성될 수가 있다. 人格을 닦아 나가는 일은 결국 인생에서 중요한 일이고 또 즐거운 일이 될 수 있다. 또 꾸준히 학습해 나가면 眼目이 넓어지고, 局量이 크질 수도 있고, 여러 가지 憂慮되는 狀況도 사전에 예측하여 방지할 수가 있는 것이다.

學習은 단번에 완성되는 것은 아니고, 계속해서 쉬지 않고 해야만 완성될 수 있다. 그래서 孔子는 "배우면서 싫증내지 않는다."[3]라는 말을 했다. 學習에는 그 한계가 있는 것이 아니고, 또 학습하는 사람 자신이 만족함을 느낄 수 있는 것이 아니다. 恒心을 갖고서 꾸준히 해 나가야만 한다. 자기가 모르는 바를 알고 있는 사람이라면 그 사람의 사회적 지위에 상관하지 말고 겸허한 자세로 그에게 배워야 한다. 그래서 孔子는 "아래 사람에게 묻는 것을 부끄러워하지 말라."[4]고 말했다. 孔子 자신도 나라의 祠堂인 太廟에 들어가서 제사 지내는 일을 도운 일이 있는데, 모든 일을 물어서 했다. 어떤 사람이 "누가 鄹나라 사람의 아들[孔子]을 禮를 안다고 하겠는가? 모든 일을 물어서 하는구나"라고 비웃자, 孔子가 듣고서 "이렇게 하는 것이 禮입니다"라고 말했다.[5] 孔子 자신이 자기의 體面을 생각하지 않고 모르는 것이 있으면 즉각 아는 사람에게 물었던 것이다.

孔子는 또 學習을 통해서 지식을 획득할 때는 正確하게 배우는 자세를 견지해야 함을 강조하였다. 孔子가 그의 弟子 子路에게 진정하게 아는 것이 어떤 것인가를 가르쳤다. "由[子路의 이름]야! 아는 것이 무엇인가를 자네에게 가르쳐 줄까? 아는 것을 안다 하고, 모르는 것을 모른다고 하는

2)『論語』「學而篇」, "學而時習之, 不亦說乎?"
3)『論語』「述而篇」, 學而不厭.
4)『論語』「公冶長篇」, 不恥下問.
5)『論語』「八佾篇」.

것이 아는 것이다."[6] 모르면서 아는 체해서는 안되고 정확하게 알 때만 안다고 해야하는 점을 강조했다.

『中庸』에서는 '널리 배울 것[博學]'을 제창하였다. 광범위하게 각종지식을 학습해야 하는 것이다. 그 歷史는 물론이고, 禮, 詩, 音樂 등을 다 알아야 한다. 孔子는 "禮를 배우지 않으면 자신을 세울 수가 없고, 詩를 배우지 않으면 말을 할 수가 없다."[7]라고 했다. 禮를 배우지 않으면 어떤 사람이 되어 어떻게 處世할 것인가를 알 수 없고, 詩를 배우지 않으면 말을 잘 할 수 없어 결과적으로 교제를 하거나 사회활동을 하는 데 지장을 초래하게 된다.

또 孔子는 "많이 듣고서 그 가운데 좋은 것을 가려서 쫓고, 많이 보고서 그 것을 기억해 두라."[8]라고 했다. 꼭 책을 통해서만 배우는 것이 아니라 어떤 분야에서라도 자기보다 나은 점이 있는 각계각층의 사람들에게서 배울 것을 주장했다.

오늘날은 知識의 양이 엄청나게 불어나서 한 사람의 능력으로 이 세상의 지식을 다 습득한다는 것은 근본적으로 불가능하다. 그러나 자기 전문분야의 범위 안에서는 가능한한 많은 것을 배워야 한다. 최첨단의 기업을 경영해 나가려면 廣博한 知識이 없으면 불가능하다. 孔子의 널리 배우고, 배우기를 게을리 하지 않는 정신이 절실히 요청된다.

『中庸』에 "널리 배우고, 자세하게 묻고, 신중하게 생각하고, 명백하게 分辨하고, 독실하게 행하라."[9]라는 말이 있다. 맨 마지막에 '독실하게 행하라'라고 하였는데, 이는 학습한 것은 實行을 통해서만 발전할 수 있고, 기업체에서는 실행을 통해서 경제적인 효과를 가져올 수 있다는 의미이다.

『周易』에 "스스로 강화해 나가 쉬지 않는다."[10]라는 말에 나타난 정신

6) 『論語』「爲政篇」.

7) 『論語』「季氏篇」, 不學禮, 無以立, 不學詩, 無以言.

8) 『論語』「述而篇」, 多聞, 擇其善者而從之, 多見而知之.

9) 『禮記』「中庸篇」, 博學之, 審問之, 愼思之, 明辨之, 篤行之.

을 잘 학습하면, 기업체를 경영하는 데 많은 도움이 될 것이다. 특히 오늘날은 知識을 자신의 무기로 삼아야 할 때이다. 새가 날개가 없으면 날 수 없듯이 사람은 知識이 없으면 오늘날처럼 첨단화한 정보사회에서 살아남을 수가 없다.

기업을 경영하는 사람은 堅韌不拔의 정신이 필요하다. 『周易』에 "君子가 종일토록 노력하고 저녁이 되어 조심하면 위태로운 듯하나 허물이 없다."[11]라는 말이 있다. 남의 지도자[君子] 된 사람은 교만해서는 안되고 종일토록 최선을 다하여 노력하다가 저녁에는 자신을 반성하면서 조심하면 위태로운 일도 아무 허물없이 처리할 수가 있는 것이다.

또 『周易』에 "君子는 德에 나아가 業을 닦는데 충실하고 신용 있게 하는 것이 德에 나가는 방법이고 말을 닦아 그 정성을 세우는 것이 本業을 세우는 것이다. 이를 줄을 알아서 이르는 것은 幾微를 말할 수 있고, 마칠 줄을 알아 마친다면 義理를 유지할 수 있다."[12]라는 말이 있다. 자신의 최선을 다하는 것이 忠이고, 남에게 信義가 있는 것이 信인데, 忠信이 곧 자신의 修養의 수준을 높이고 德行을 증진시키는 길이다. 다른 사람과 교제할 때 언어의 수사에 주의하는 것이 정성스럽게 되는 것의 근본이다. 기회가 오려고 할 적에 그 것을 알아서 全力을 다해 기회를 잡고, 일을 하다가 어느 정도에서 마쳐야 하겠다는 것을 알아 멈춘다면 실패도 하지 않고, 不義에 빠지지 않게 된다. 『周易』에 나오는 이 말은 오늘날 기업을 경영하는 사람들의 좋은 教訓이 될 수 있다.

예를 들어 하나의 신제품을 개발하여 국제시장에서 호황을 누리는 기업체의 경영자는 성공한 뒤에 거기에 만족하여 안주해서는 안되고 進一步進德修業하는 자세를 가져야 한다. 그리고 기업의 이윤을 국가와 민족을

---

10) 『周易』「乾卦」, 自强不息.

11) 『周易』「乾卦」, 君子終日乾乾, 夕惕, 若危無咎.

12) 『周易』「文言傳」, 君子進德修業, 忠信所以進德也. 修辭立其誠, 所以居業也. 知至, 至之, 可以言幾也. 知終, 終之, 可以存義也.

위해서 쓸 수 있는 정신을 가져야 한다. 교만하지 말고 계속 노력하여 더욱더 새로운 제품을 계발하도록 노력하여야 한다. 조그마한 성공에 도취하여 자만에 빠져서는 안된다. 그렇게 되면 진보가 있을 수 없다. 순조롭게 잘 되어 나갈 때도 늘 신중하게 조심하는 마음을 가져야 한다. 이렇게 한다면 시장에서 강력한 경쟁상대를 만나더라도 이길 수 있다. 幾微를 미리 파악하여 새로운 것을 개척하고 창조해 나가야 한다.

오늘날 시장경제의 원리는 경쟁이다. 기업체는 국내적으로나 국제적으로 경쟁을 해야만 살아 남을 수가 없다. 일반적으로 儒敎에서는 경쟁을 가르치지 않고 늘 和合, 平衡, 中庸, 包容 등만을 강조해 왔다. 이런 까닭으로 많은 사람들이 儒敎精神은 현대사회에 맞지 않는 것으로 간주하고 있다. 그러나 더 큰 관점에서 보면 현대사회의 경쟁원리를 儒敎精神으로 크게 이길 수 있다. 『孫子兵法』에 "백 번 싸워서 백 번 다 이기는 것은 좋은 방법 중의 가장 좋은 방법이 아니다. 싸우지 않고서 남의 군대를 굴복시키는 것이 좋은 방법 가운데서 가장 좋은 방법이다."라고 했다. 싸우지 않고서도 경쟁상대를 이길 수 있는 방법이 儒敎經典 속에 많이 들어 있다.

孔子가 제창한 '굳센 것[剛毅]', 孟子가 말한 '호연지기를 기르는 것' 孟子의 '스스로 반성하여 옳다면 비록 천만 사람이 막을지라도 나는 나간다', 『周易』에서 말한 '스스로 강화해 나가 쉬지 않는 것', 『中庸』에 나오는 '용기', 『大學』에 나오는 '날마다 날마다 새롭게 하고, 또 새롭게 한다.'는 등등의 말이 다 현대사회의 격렬한 경쟁을 여유를 갖고서 이길 수 있는 방법이다. 사회는 끝없이 변하고 있다. 이런 변화에 적응하는 데는 『大學』에 있는 '날마다 날마다 새롭게 하고, 또 새롭게 한다'는 말로써 대처할 수 있다. 경쟁에 있어서 정당하지 못한 방법으로 경쟁상대를 陰害하거나 謀陷하거나 해서는 안되고, 자기 기업의 제품의 질을 높이고 관리를 효율적으로 해서 경쟁상대를 이겨야 한다. 이런 논리는 『周易』에 실린 '스스로 강화해 나가 쉬지 않는 것'에서 찾을 수 있다.

孔子의 말에 "어진 사람은 반드시 용기가 있다."[13]는 것이 있다. 어진 사람은 용기가 있고, 용기를 갖추면 새로운 상품을 개발하는 데나 해외로 진출하는 데나 경쟁하는 데 모두 용기를 갖고 자신 있게 할 수가 있는 것이다.

기업의 경영자는 어질게 되려고 노력하여 光明正大하게 기업을 경영하는 것이 다른 경쟁자를 크게 장기적으로 이길 수 있는 방법이다.

孟子는 사람의 意志를 굳게 해주고 어떤 惡條件도 극복해 나갈 수 있도록 해 주는 교훈을 남겼다. "하늘이 장차 어떤 사람에게 큰 임무를 맡기려고 할 때는 먼저 그 마음을 괴롭게 만들고, 그 육체를 수고롭게 만들고, 그의 배를 굶주리게 하고, 그의 몸을 곤궁하게 만들고, 그가 무슨 일을 하려고 하면 그의 뜻대로 되지 않게 한다. 이렇게 하여 그의 마음을 奮發하게 하고, 그의 性質을 참을 수 있게 만들어 그의 능력을 증가시킨다. 사람은 실수를 범한 그런 뒤에 바로잡을 수 있고, 마음이 괴롭고 생각이 막힌 그런 뒤에 분발하여 창조를 할 수가 있는 것이다."[14]

기업이나 국가나 할 것 없이 경쟁대상이 없이 언제나 아주 좋은 여건에만 있다면 그 기업이나 국가의 경영자는 곧 교만해지거나 나태해져서 오래가지 않아 기울거나 망하게 되는 사례를 자주 볼 수 있다. 걱정스럽고 어려운 여건 속에서 생존능력이 길러지고 편안하고 즐거운 여건 속에서 생존능력이 점점 소멸되어 가는 것이다.

孟子의 이런 強靭한 인간으로 길러 주는 이런 精神은 오늘날 기업 경영 철학에도 그대로 적절하게 활용될 수 있는 것이다.

---

13) 『論語』「憲問篇」, 仁者必有庸.

14) 『孟子』「告子下篇」.

## Ⅳ. 儒教精神을 통한 人事管理

### 1. 儒教精神을 통한 人材의 培養

기업경영에 있어 人材를 활용하려면 먼저 인재를 알아보고 선발하여야 한다. 그러나 현실적으로 자기 기업에 꼭 맞는 인재가 이미 준비되어 있는 것은 아니다. 장래 희망이 있는 사람을 알아보고 데려와서 자기 기업에서 인재를 길러야 한다. 이렇게 하기 위해서는 기업내에 인재를 양성할 수 있는 教育機構가 갖추어져 있어야 한다. 부단히 교육을 시켜야만 기업내 모든 사원들의 專門分野의 技術과 教養의 水準을 향상시킬 수가 있고, 그렇게 되어야만 기업의 생존능력이 강화될 수 있다. 최고수준의 기술자, 최고수준의 사무원, 최고수준의 관리인원이 갖추어졌을 때 기업은 발전할 수 있는 것이다. 기업 경영에 있어서 인재의 배양이 바로 關鍵이다.

儒教에서는 전통적으로 人材의 教育을 아주 중시하였다. 孔子는 中國歷史上 民間에서 교육을 시행한 최초의 인물이다. 그 이전 오랜 기간 동안 교육은 王室에 부속되어 王族 및 貴族들이 독점하고 있던 교육을 누구나 그 혜택을 받을 수 있도록 교육의 범위를 확대・개방한 인물이 바로 孔子이다. 그래서 孔子는 교육을 하면서 “교육이 있으면 사람의 구분이 없어진다.[有教無類]”15)라는 교육목표를 세웠다. 어떤 사람도 교육을 통해서 능력을 개발하여 수준을 높이면 누구나 인재가 될 수 있다는 의미이다.

孔子의 教育思想의 실천은 “사람의 본성은 서로 같으나 습관은 서로 멀다.[性相近也, 習相遠也]”이라는 말에 나타나 있다. 사람의 本性은 누구나 별 차이가 없지만, 후천적인 영향으로 善惡・賢愚의 구분이 있게 되는 것이다. 사람은 可塑性이 아주 강하기 때문에 교육을 통해서 바로 인도할 때만 훌륭한 사람이 될 수 있는 것이다.

孔子는 교육을 할 적에 일방적인 주입식 교육을 한 것이 아니고 啓發式

15) 『論語』「衛靈公篇」.

의 교육을 했다. "배우는 사람이 분발하지 않으면 열어주지 않고, 표현을 하려고 노력하지 않으면 펴 주지 않는다. 모서리 한 곳을 들어주면 배우는 사람이 나머지 세 모서리로써 반응하지 않으면 다시 교육하지 않는다."16) 라는 孔子의 말에서 그의 啓發式 교육방법을 알 수 있다. 배우는 사람이 진지하게 思考한 뒤에까지도 통하지 않으면 그때 가서 공자가 깨우쳐 주었고, 언어로 표현하기 힘들어 할 때 그 요점을 알려주어 배우는 사람으로 하여금 心得을 할 수 있도록 했다.

또 孔子는 "진실로 그 中庸을 잡아라.[允執厥中]"17)라는 말을 통해서 배우는 사람이 편견이나 극단주의로 흐르지 않도록 경계시켰다.

君子다운 사람은 大義에 밝기 때문에 자기를 관리하는 데는 嚴格하고 남을 다스리는 데는 寬大하고, 자신의 이익만 추구하는 것이 아니고 다른 사람의 장점을 발전시켜 완성하도록 한다. 孔子는 "군자다운 사람은 다른 사람의 아름다움을 이루어주지, 다른 사람의 나쁜 점을 이루어주지는 않는다."18)라는 말을 했다. 기업을 경영하는 사람이라면, 자기 기업에서 일하는 사람이라면 누구나 다 그의 능력을 발전시켜 날로 향상된 생활을 할 수 있도록 만들어 주려고 노력해야 하는데, 이 점을 孔子가 2500년 전에 이미 이야기하였다.

## 2. 儒教精神을 통한 知人·用人

인재를 쓰려면 인재를 알아보는 방법을 알아야 한다. 孔子는 말을 앞세우지 않고 실천을 중시하는 사람을 높게 평가하였다. 그래서 공자는 "군자는 말에 있어서는 천천히 하려고 하고, 행동에 있어서는 민첩하게 하려고 한다."19)라는 말을 했다. 孔子는 또 "군자는 말하기는 부끄러워하고 행동

16) 『論語』「述而篇」.
17) 『書經』「大禹謨」.
18) 『論語』「顔淵篇」.

은 넉넉하게 한다."[20]라는 말을 했는데, 역시 말보다는 실천을 중시하라는 말이다. 漢나라 때의 儒學者 劉向은, "군자의 말은 말수는 적으나 알맹이가 있고, 소인의 말은 말수는 많지만 허황하다."[21]라는 말을 했다. 말보다는 실천이 중요하고, 말을 하더라도 내용 있는 말을 하는 것이 중요하다.

儒家에서는 일반적으로 사람을 君子, 小人으로 구분하였다. 德行이 높고 大義에 밝고 禮儀凡節을 잘 지켜 다른 사람의 존경을 받는 사람을 君子라고 일컬었고, 德行이 없고 志操도 없고 眼目이 좁고 마음이 공정하지 못하여 자기의 이익만 추구하는 사람을 소인이라고 일컬었다. 소인 가운데는 특별히 心地가 凶惡한 사람도 없지 않으니, 기업을 경영하는 사람은 이런 사람을 중요한 자리에 앉혀서는 안된다. 孔子의 제자인 顔淵이 어떤 사람이 小人인가 물었을 때 孔子는 소인의 정의를 이렇게 하였다. "남의 착한 점을 헐뜯는 것을 말 잘하는 것으로 여기고, 교활하고 간사하여 남을 속일 마음을 갖고 있는 것을 지혜 있는 것으로 여기고, 다른 사람이 실수하는 것을 다행으로 생각하고, 배우기를 부끄러워하면서 능하지 못한 것을 부끄러워하는 사람이 小人이다."[22] 남을 이유 없이 헐뜯고 남을 속일 마음을 갖고 남이 못되기를 좋아하는 사람은 소인이니, 경영자가 소인을 잘 알아야만 군자다운 사람이 자기의 자리에서 안전하게 자기의 최선을 다할 수 있으니, 인재다운 사람을 알아서 등용하고 소인 같은 사람을 파악하여 남을 음해하지 못하도록 사전에 방지해야 하겠다.

기업을 경영하는 사람은 인재를 알아보는 눈을 갖추어야 하는데, 그 선택의 기준 가운데서 중요한 것은 말을 신중히 하고 자기가 한 말을 실천하는가를 銳意注視할 필요가 있다.

孔子가 魯나라의 司寇가 된 지 7일만에 魯나라의 大夫인 少正卯를 사형

19) 『論語』「里仁篇」.

20) 『論語』「憲問篇」.

21) 劉向『說苑』「談叢」.

22) 『孔子家語』 권5「顔回篇」 4장.

에 처하였다. 少正卯는 당시 노나라에서 영향력 있는 고위직에 있는 인사였는데, 孔子가 취임하자마자 그를 처형하니 의아하게 생각한 제자 子貢이 물었다. 그러자 孔子의 대답은 이러하였다. "천하에 크게 나쁜 것이 다섯 가지 있지만 절도하는 것은 거기에 들지 못한다. 첫째는 반역할 뜻을 품고 있고 마음 가짐이 험악하여 잘못된 것을 옳다고 여기는 것이고, 둘째는 행실이 乖僻·邪惡하여 고집을 피우면서 고치지 않는 것이고, 셋째 말이 거짓되면서도 아름다운 말로 변명하는 것이고, 넷째 잘못된 일을 살펴 기억하고 있으면서 널리 퍼뜨리는 것이고, 다섯째는 다른 사람의 잘못된 점을 좇아서 美化하여 사람들의 마음을 농락하는 것이다. 이 다섯 가지 가운데서 하나만 해당되어도 君子에게 처벌을 당할 것인데, 少正卯는 이 다섯 가지를 모두 다 겸하고 있다. 이런 사람은 奸雄이니 제거하지 않을 수 없다."

孔子가 제시한 것은 小人의 다섯 가지 유형인데, 오늘날 인재를 알아보는 데 참고로 할 수 있을 것이다. 겉으로 나타난 행동과 속마음이 다른 사람, 자기가 옳지 못하면서도 우기고 고집을 피우는 사람, 그럴듯한 말로 변명을 잘하는 사람, 기업의 문제점이나 남의 잘못을 잡아 악선전하는 사람, 남의 잘못을 조장하는 사람들은, 경영자가 잘 알아서 도태시키도록 해야겠다.

三國時代 蜀漢의 丞相 諸葛亮은 써서는 안될 小人의 유형 여덟 가지를 제시하였다. 첫째 탐욕스러워 만족할 줄 모르는 사람, 둘째 어진 사람을 해치고 능력 있는 사람을 질투하는 사람, 셋째 讒訴하는 것을 믿고 아첨하는 것을 좋아하는 사람, 넷째 남은 잘 파악하면서 자신은 파악하지 못하는 사람, 다섯째 머뭇거리면서 결정하지 못하는 사람, 여섯째 酒色에 빠져 방탕한 생활을 하는 사람, 일곱째 간사하면서 속으로 겁이 많은 사람, 여덟째 교활하게 이야기하면서 예의가 없는 사람이다. 결정적인 순간에 잘못 小人을 중요한 자리에 앉히게 되면 기업에 돌이킬 수 없는 손실을 가져올 수 있으니 기업을 경영하는 사람은 諸葛亮의 말을 참고로 하여야 인재를

등용할 때는 신중하게 해야 한다. 소인을 쓰면 위험하고 그 피해가 아주 클 수도 있다.

지금 우리 사회에 자기 전문분야의 지식이나 기술은 풍부하게 갖추었지만 인격적으로 부족한 사람들이 많이 있다. 전문지식이나 기술을 갖추고 인격도 갖추었으면 가장 이상적인 인재겠지만 그런 사람은 찾기가 쉽지 않다. 그렇지만 경영자는 될 수 있으면 인격까지 다 갖춘 사람을 등용하도록 노력해야 할 것이다.

인격은 곧 儒教에서 늘 강조해 온 德이다. 宋나라의 宰相 司馬光은 이런 말을 했다. "德은 재주를 통제하는 장수다. 옛날부터 나라를 어지럽히는 신하나 집안을 망치는 자식들을 보면 재주는 충분한데 德이 부족하여 멸망하게 된 경우가 많다."라고 했다. 기업도 마찬가지다. 인격을 갖춘 사람은 信義가 있으므로 나중에 背叛하는 일이 없지만 재주만 믿고 살아가는 사람들은 자기에게 유리하다 싶으면 언제든지 자기가 몸 담았던 기업을 배반하고 음해하고 경쟁관계에 있는 기업으로 옮겨갈 수가 있는 것이다. 하나의 기업을 운영하려해도 다방면의 지식과 기술이 필요하다. 연구, 생산, 섭외, 판매, 관리 등등에 적절한 인재를 채용하기는 여간 어려운 일이 아니고, 더구나 인격까지 갖춘 인재를 구하기는 더더욱 어렵다. 그렇다고 기업을 경영하는 사람은 인격을 갖춘 사람을 채용하려는 노력을 포기해서는 안된다. 그렇게 해야만 장기적으로 경쟁상대를 이겨 살아남을 수 있을 것이고, 기업 상호간에도 정정당당하게 경쟁을 할 수 있게 될 것이다.

漢나라의 荀悅은 인재를 등용하기 어려운 점 열 가지를 제시하였다. "첫째 인재를 알아보지 못하는 것이고, 둘째는 인재인줄 알면서도 등용하지 않는 것이고, 셋째는 등용해 놓고도 전적으로 신임하지 않는 것이고, 넷째는 어떤 인재를 끝까지 쓰지 못하는 것이고, 다섯째 조그마한 원한 때문에 그의 훌륭한 점을 버리는 것이고, 여섯째는 작은 허물 때문에 큰 공을 인정하지 않는 것이고, 일곱째는 작은 실수 때문에 큰 아름다움을 덮어버리는 것이고, 여덟째는 간사한 사람이 충성스런 사람을 해치는 것이고, 아홉째는 간사한 말로 바른 법도를 어지럽히는 것이고, 열째는 참소하고 질투하여 훌륭한 능력 있는 인재를 못쓰게 하는 것이다."[23]

이상의 열 가지 장애가 제거되지 않으면 훌륭한 인재가 등용될 수 없고, 훌륭한 인재가 등용되지 않으면 소인이 대부분의 자리를 차지하고서 소수의 훌륭한 인재를 핍박하여 능력을 발휘하지 못하도록 한다. 기업이 홍성하려면 많은 인재가 필요하다. 기업 안에 우수한 인재가 많이 있을 때 그 기업은 우수한 기업이 될 수 있는 것이다. 공장에 최신 설비를 갖추었다 해도 인재가 없다면 그 기업은 죽은 기업이나 다름이 없다. 시장경제는 경쟁을 바탕으로 이루어지는 경제형태다. 각기업간의 경쟁은 곧 각 기업이 갖고 있는 인재의 경쟁이다. 훌륭한 인재를 쓰느냐 쓰지 못하느냐는 그 기업의 死活이 걸린 문제이다.

옛날 楚·漢이 싸울 때 군사력면에서 열세에 있던 劉邦이 項羽를 이길 수 있었던 것도 바로 인재를 알아보고 적재적소에 등용했기 때문이다.

오늘날 우리 사회에서 실제로 훌륭한 인재가 등용되지 못하는 경우가 많다. 이는 學閥, 地緣 등에 얽혀서 그렇게 된 경우도 있겠지만 그 큰 원인은 첫째 기업경영자가 공정한 마음이 결여되어 있기 때문이다. 자기에게 아첨하는 간사한 소인들이나 조그마한 선물이라도 제공한 사람들에게 좋은 자리를 주는 경우가 허다하다. 둘째 기업경영자의 眼目이 좁기 때문에 사람을 평가할 때 척도를 잘못 적용하는 사례가 많다. 조그만 실수로 그 사람의 큰 공적을 무시하는 일 등이다. 셋째는 기업경영자의 權威主義 때문이다. 인재를 발굴하려면 저절로 되는 것이 아니다. 평소에 경영자는 기업체 구성원들을 끊임없이 관찰하여야 하고, 기업의 규모가 커서 경영자 혼자서 다 파악할 수 없을 때는 인재를 파악할 수 있는 계통적 기구를 만들어야 한다. 원칙을 지키면서 자기 일에 충실한 사람들이 발탁되도록 해야 하고 승진에 신경을 쓰면서 눈에 보이기 위한 행동을 하는 사람들은

---

23) 荀悅『申鑒』권1「正體篇」.

발탁해서는 안되는 것이다.

훌륭한 인재를 발굴했으면 여러 가지 법규에 얽매여 주저하지 말고 파격적으로 발탁해야 한다. 殷나라 湯王은 城 쌓는 공사에 동원된 傅說을 발탁하여 宰相으로 삼았고, 漢나라 高祖도 몰락한 張良과 미천한 韓信을 등용하여 中國을 통일할 수 있었다. 기업 경영에서도 마찬 가지다. 유능한 인재 한 사람이 쓰러져가는 기업을 回生시켜 발전시킬 수가 있는 것이다.

훌륭한 인재라 해도 그 特長이 각양각색이다. 세상에 모든 능력을 다 갖춘 사람은 아무도 없다. 그러니 기업을 경영하는 사람은 각자의 능력이 같지 않다는 것을 인식하고서 각자에게 각각 알맞은 임무를 부여해야 한다.

南北朝時代 北齊의 顔之推는 나라에서 쓰는 인재를 여섯 유형으로 분류하였다. “첫째 朝廷에 필요한 신하인데, 정치체제에 밝아 經綸을 펴는 데 필요한 인재다. 둘째 文史의 신하로 典章制度를 만들고 옛날 전통을 계승하는 데 필요한 인재이다. 셋째 軍事를 맡은 신하로 전쟁을 승리로 이끄는 작전을 펴는 데 필요한 인재이다. 넷째 각 郡縣의 守令을 맡는 신하로 각지역의 풍속에 밝아 백성을 사랑하는 데 필요한 인재이다. 다섯째 使節로 갈 만한 신하로 변화를 알고 잘 적응하여 외국에 나가서 자기나라를 욕되게 하지 않을 인재이다. 여섯째 건설 등을 맡길 만한 신하로 공사를 맡아 일을 잘 처리하고 비용을 절감하는 데 필요한 인재이다.”

사람마다 각각 장단점이 있는데 한 사람에게 모든 것을 다 구비하기를 요구할 수가 없다. 다 같은 사람 같지만 연구하는 데 능력이 있는 사람이 있고, 섭외하는 데 능력이 있는 사람이 있고, 통솔력이 있는 사람이 있고, 홍보하는 데 능력이 있는 사람이 있고, 회계를 잘 하는 사람이 있다. 경영자가 어떤 능력을 가진 사람을 어느 부서에 배치할 것인가를 잘 알아서 적절하게 배치하는 것이 기업을 살리고 경쟁력을 강화하는 길이다. 좋은 인재가 있을지라도 쓰지 못하고, 썼을지라도 그 능력에 맞게 부서를 배치하지 못하는 것은 인재를 낭비하는 것이다.

## 3. 儒教精神을 통한 企業構成員의 人和

오늘날은 개개인의 지식수준이 높기 때문에 과거처럼 강압적인 명령을 통해서는 기업을 경영할 수가 없다. 경영자가 정성으로 구성원들의 마음을 감화시켜 자발적으로 자기가 맡은 일을 할 수 있도록 해야 한다. 구성원 자신이 인격적으로 대접받으면서 일할 때 人和가 조성될 수 있고, 人和가 조성되어야만 기업은 최대의 경쟁력을 갖추고서 계속 발전해 나갈 수가 있는 것이다.

人和의 중요성에 대해서 孟子가 일찍이 "하늘이 준 때는 지리적인 유리함보다 못하고, 지리적인 유리함은 人和보다 못하다."[24]라고 설파하였다. 예를 들어 남의 나라와 전쟁을 할 때 기후조건이 좋을 때를 잡아 작전개시일로 삼았지만 敵國이 지리적으로 유리한 지형을 先占하고 있으면 아군이 이길 수 없다. 또 아군이 기후적으로 좋은 때를 잡고 지리적으로 유리한 지형을 선점하고 있더라도 내부구성원간에 화합이 되지 않으면 전쟁에서 이길 수가 없다. 기업도 마찬가지다. 좋은 생산체제를 갖추고 많은 시장을 점유했을지라도 기업내부에서 인화가 깨어져 勞使間에 서로 모순이 발생하면 결국 그 기업은 점점 생산품의 품질이 나빠지게 되고 그렇게 되면 이미 점유한 시장도 다 빼앗기게 되고 만다.

人和를 조성하려면 먼저 경영자가 구성원들에게 精誠으로 대해야 한다. 정성은 儒敎에서 매우 중시하는 德目의 하나이다. 그래서 『中庸』에서 "정성은 하늘의 道이고, 정성스럽게 되려는 것은 사람의 도이다."[25]라고 하여, 우주를 구성하는 기본법칙과 사람 됨의 기본 德目으로 誠을 강조하였다. 기업을 경영할 때도 경영자는 정성스런 태도로 구성원을 대해야 한다. 재산관리나 물자관리도 궁극적으로는 인사관리로 귀결되는 것인데, 사람은 그 심리구조가 아주 복잡하기 때문에 관리하기가 아주 어렵다. 옛날에

---

24) 『孟子』「公孫丑下篇」.

25) 『中庸』 제22장, 誠者, 天之道也. 誠之者, 人之道也.

는 사람들이 물질적인 충족만 해결되면 별 불만이 없었지만, 지금은 기업체 구성원의 대부분은 정신적인 대우를 받기를 원하고, 그렇게 되지 않을 경우에 강한 불만을 표시하고, 더 나아가서 집단행동도 서슴치 않는다. 이런 상황에서 제일 좋은 방법은 정신적인 감화를 통한 人和를 추구하는 데 있다. 孔子는 "임금이 신하를 부릴 때 禮로써 하라."[26]고 주장했다. 이 말은 자기보다 하급자일지라도 존중하라는 뜻이다. 경영자가 정성스러운 태도로 구성원들을 존중하는 것이 기업의 인사관리의 기본이다.

孟子가 齊나라 宣王에게 이런 말을 했다. "임금이 신하를 자기 손발처럼 여기면 신하는 임금을 자기 배나 가슴처럼 여기고, 임금이 신하를 개나 말처럼 여기면 신하는 임금을 평범한 백성처럼 여기고, 임금이 신하를 먼지나 지푸라기로 여기면 신하는 임금을 원수처럼 여깁니다."[27] 다른 사람을 존경하면 다른 사람도 자기를 존경한다. 生死與奪權을 지고 있는 임금에 대해서도 신하 된 사람이 정신적인 侮蔑을 당하면 이런 마음을 갖는데, 경영자가 기업체의 구성원을 모멸했을 때 그 반응은 어떠하겠는가? 급여를 주면서 어떤 사람을 채용하여 어떤 자리에 배치하여 어떤 일을 맡기는 데까지는 제도나 규정으로 할 수 있다. 그러나 그 채용된 사람이 자기 자리에서 기업을 위해서 최선을 다해서 일하게 만드는 것은 제도나 규정으로 할 수가 없다. 오직 사람만이 할 수 있다. 그 사람의 마음을 사로잡아 자발적으로 헌신할 수 있게 해야 한다. 여기서 경영자의 역할이 중요하다. 평소에 그 사람을 존중하고 신뢰하고, 그 사람에게 관심을 갖고 이해해 주고, 어려운 일이 있었을 때 같이 고민하면서 도와주었을 때 그 사람도 기업을 위해서 자신의 정성을 바칠 수 있는 것이다. 司馬遷의 『史記』에 "남자는 자기를 알아주는 사람을 위해서 목숨을 바친다[士爲知己者, 死]" 라는 말이 있다. 경영자가 구성원을 알아 줄 적에 구성원도 기업을 위해서

---

26) 『論語』「八佾篇」, 君使臣以禮.

27) 『孟子』「離婁下篇」.

헌신할 수 있는 것이다.

『周易』에 "두 사람이 마음을 같이하면 그 날카로움이 쇠도 끊을 수 있다[二人同心, 其利斷金]"라는 말이 있다. 人和가 잘 된 기업은 동일한 숫자의 구성원을 가진 경쟁기업보다 몇 배의 역량을 가질 수 있는 것이다.

人和를 조성하기 위해서 경영자는 기업 경영을 公平無私하게 해야 한다. 인재 등용이나 승진 등에 있어서 늘 공평무사해야 한다. 諸葛亮은 「出師表」에서 "어진 신하와 친하게 지내고 소인을 멀리한 것이 漢나라 초기에 융성한 원인이고, 소인을 가까이하고 어진 신하를 멀리한 것은 漢나라 말기에 나라가 기울어져 망하게 된 원인입니다."라고 했다. 훌륭한 인재를 발탁해서 어떤 부서에 배치하고 아첨하거나 눈치만 보는 사람은 멀리해야 한다. 평소에 소신 있고 바른 말을 잘 하여 자기 눈에 거슬리는 사람을 멀리해서는 안되고, 그런 사람을 발탁해야 한다. 아첨하는 사람이나 자기에게 잘하는 사람, 자기와 가까운 사람, 동문, 동향 사람 등을 쓸 적에는 人和는 깨어지고, 기업 곳곳에서 불만의 소리가 나오고, 경영자를 불신임하게 된다.

唐나라 韓愈는 "옛날 공평하여 사사로움이 없는 사람은 사람을 취하거나 버리거나 등용하거나 물리칠 때 親疎와 遠近을 따짐은 없고, 오직 알맞은 사람을 썼다."라는 말을 남겼다. 인사관리에 대단히 필요한 말이다. 경영자 자신과의 관계를 따져서는 안되고, 오직 알맞는 사람을 쓰는 것이 기업을 살리는 길이고, 경영자 자신이 사는 길이다. 오직 알맞는 사람이란 능력을 갖추었으면서 그 자리에 가장 적합한 사람이다.

晋나라 陳壽는 "진실로 그 자리에 적합한 사람을 얻었다면 비록 원수일지라도 반드시 등용해야 할 것이다."라는 말을 남겼다. 이 정도로 공평무사하면 누구도 불만이 있을 수 없고, 人和가 유지될 수 있을 것이다.

人和를 이루려면 경영자가 寬容을 베풀어야 한다. 中國 속담에 "宰相의 배 속에서는 능히 배를 저을 수 있어야 한다."라는 말이 있다. 齊나라 桓公은 자기를 죽이려고 한 반대파의 인물인 管仲을 정승으로 삼아 富國强兵

을 이루었다. 桓公에게 사람을 용납하는 氣局이 없었다면 管仲을 죽이고 말았을 것이고, 富國强兵은 실현할 수가 없었을 것이다.

실제로 경영자의 방침에 반대하는 사람이나 의견이 맞지 않은 사람을 重用하는 경우는 드물다. 기업을 살리려면 經營者는 桓公의 이런 태도를 배워야 할 것이다. 자신에게 반대되는 의견을 내 놓은 사람을 과감하게 중용할 수가 있어야 한다. 큰 바다가 여러 강물을 받아들이듯이 기업 경영자는 다양하게 인재를 등용하여 다양한 의견을 수렴하여 기업 경영에 반영할 수 있어야 한다.

경영자는 구성원들의 장점은 취해서 쓰고 단점은 덮어주어 주고 고치도록 인도해야만 한다. 완벽한 사람이란 존재할 수가 없다. 唐나라 太宗은 "사람의 능력은 다 갖출 수는 없다. 朕은 늘 그 단점은 버리고 그 장점만 취한다"라는 말을 했다. 경영자도 구성원들의 장점을 다 취합한다면 아주 우수한 기업을 만들 수 있다. 구성원들도 자신의 장점을 경영자가 알아줄 때 경영자를 따르고 기업을 위해서 헌신할 수가 있는 것이다.

옛날부터 국가나 어떤 단체에는 공이 있는 사람을 표창하고 잘못이 있는 사람을 처벌하는 論功行賞의 제도가 있어 왔다. 王符의 『潛夫論』에 이런 말이 있다. "어떤 기관의 책임자가 공적을 점검하지 않으면 관리들이 나태해지고 제왕이 공적을 점검하지 않으면 곧고 어진 사람들이 억눌리고 간사한 사람들이 이긴다. 그래서 『書經』에서 '3년마다 공적을 고찰하여 어두운 사람을 축출하고 밝은 사람을 승진시킨다.'라고 했다. 대개 어진가 어리석은가를 밝히고, 능력이 있는가 없는가를 보는 것이다."

경영자가 구성원의 공적과 공헌도를 점검하지 않아 능력 있고 열심히 일하는 사람과 능력 없고 나태한 사람이나 똑 같은 대우를 받는다면 온갖 폐단이 생길 수 있다. 부지런히 노력한 사람은 상을 주고 나태한 사람은 처벌하는 것이 당연한 일이다. 그렇게 할 적에 논공행상의 효과가 나타나는 것이다. 반대로 상을 받을 사람이 상을 받지 못하고, 벌을 받아야 할 사람이 상을 받는다면 그 기업의 구성원들의 士氣는 땅에 떨어지고, 경영자는 불신을 받게 될 것이다. 오늘날 상이 많지만 어떤 사람이 상을 받게 되었을 때 다른 사람들이 수긍하는 경우가 드물다. 더구나 실제 근무성적과는 관계없이 의례적인 행사로서 상을 준다고 생각하는 사람들이 많은 것이 문제다. 그런 상은 없는 것만 못하고 도리어 人和만 손상하게 될 뿐이다. 상은 기업의 구성원들에게 신바람이 나서 일하도록 만드는 효과가 있어야 하고, 벌은 구성원들로 하여금 감히 기업에 해악을 끼치는 일을 못하도록 방지하는 효과가 있어야 한다.

기업은 결국 물질적 財富를 생산하는 조직인데, 가장 효과적으로 생산하기 위해서는 인사관리가 가장 중요하다. 인사관리는 제도나 규정으로만 되는 것은 아니고, 경영자가 마음으로 구성원들을 감화시킬 때만 가능하다. 마음을 감화시키는 데는 오랜 생명을 가진 儒敎의 經典을 활용하면 크게 효과가 있을 것이다.

## Ⅴ. 結論

儒敎精神은 곧 人間尊重의 정신이다. 儒敎에서는 사람의 존재를 아주 소중하게 보았다. 자기뿐만 아니라 다른 사람의 존재도 아주 소중하게 보았다. 그래서 '天人合一'이라는 말로 사람의 가치를 표현하였다. 사람은 하늘과 한 덩어리로 구성되어 있고, 우주와 따로 떨어진 존재가 아니고 사람을 우주의 축소판으로 보았다. 그래서 儒敎에서는 大自然을 숭상하고 보호하고 거기에 同化하려고 노력해 왔다. 우주의 질서에 순응하는 것을 올바른 삶의 자세로 생각하였다. 각각의 개인이 우주의 축소판이라고 생각했으므로 사람들 상호간에도 존중하였다. 儒敎의 理想이 실현되면 전세계는 사람이 살 만한 세계가 되는 것이다.

서양에서는 우주와 인간을 대립적인 관계로 보아 자연을 정복하고 이용하려고 노력해왔다. 그리하여 과학기술이 대단히 발전하였다. 그 동안 인간의 생활을 발전시켜 즐겁고 편리하게는 만들었지만 오늘날에 와서 環境破壞와 人間性喪失이라는 큰 문제에 봉착하게 되었다. 하나 뿐인 지구는 이제 그 존재에 위협을 받을 정도에까지 와 있고, 사람이 사람을 믿지 못하는 지경이 되었다. 눈앞의 편리함을 위해서 과학기술을 발달시켰던 인간들이 그 보복을 받을 위기에 처해 있다. 儒教의 自然崇拜, 人間尊重의 사상이 절실히 요청되는 시점이다.

기업의 경영도 궁극적으로는 인간존중의 정신에 바탕을 두어야 한다. 인간다운 인간을 인간답게 길러 대접하는 길을 찾아나가는 것이다. 과학기술을 연구・개발하고, 운영하고, 제품을 생산하고 판매하는 것도 결국은 사람이 하는 일이기 때문이다. 앞으로는 사람의 마음을 움직이는 경영자가 성공할 수 있다. 최첨단의 정보통신산업이 전세계를 석권하고 있지만 정보통신만 가지고는 기업을 살릴 수가 없다. 앞으로는 사람의 마음을 감화시키는 분야를 연구하는 경영자가 앞서나갈 수 있다. 필자의 견해로는, 사람의 마음을 감화시킬 수 있는 분야를 연구하는 데는 儒教 經典이 좋은 참고자료가 될 것으로 사료된다.

本考에서는 儒教의 여러 經典에 나타난 사람을 다루는 것에 관계된 기록을 모아 기업경영의 개선방안을 나름대로 모색해 보았다. 앞으로 좀더 자세히 儒教經典을 연구하여 기업경영을 개선할 구체적인 방안을 제시하여 한국의 여러 경영자들에게 조그마한 도움이라도 줄 수 있게 된다면 필자에게는 큰 보람이 될 것이다.

# 金石文과 拓本에 대한 淺說

## Ⅰ. 文字의 起源과 그 價値

사람은 다른 동물과 달리 言語를 가졌기 때문에 자기의 마음을 표현할 수 있다. 이로 인해서 다른 사람과 의견을 교환할 수 있고, 또 자기의 지혜나 경험을 다른 사람에게 전달할 수 있다.

그러나 言語는 시간과 공간의 제한을 극복할 수가 없다. 사람이 말을 한 번 하면 그 당시 그 자리에 있는 사람이 아니면 들을 수가 없다. 언어의 이런 시간적 공간적 제한을 극복하게 해 주는 것이 바로 文字다. 문자가 발명됨으로 인해서 말을 들을 수 없는 멀리 있는 사람에게도 자신의 의사를 전달할 수 있고, 또 후세의 사람에게까지도 의사를 전달할 수 있게 되었다. 문자가 발명됨으로 인해서 우리 인류의 문명과 문화가 상호간에 교환되고 또 시간이 흘러감에 따라 계속 축적될 수 있어, 문명과 문화가 발전되어 오늘의 고도의 문명세계에 이른 것이다.

오늘날 우리가 고도로 발달된 생활을 할 수 있게 만든 것은 결국 문자의 도움이라고 하지 않을 수 없다. 침팬지 같은 동물이 상당한 지능을 갖고 있지만 그들의 지혜가 상호간에 전달되거나 종합될 수 없기 때문에 영원히 그 상태에서 더 이상 발전을 하지 못하는데 그 것은 그들의 세계에는 문자가 없기 때문이다.

지금 지구상에 존재하는 민족들이 갖고 있는 言語는 5천[일설에는 3500] 종류이나 문자의 수는 아주 적어 수백 종에 불과하다고 한다. 그래서 어떤 민족이 발명한 문자가 다른 민족에게 전파되어 여러 민족의 언어를 표기하는 경우가 많다. 문자는 초기에는 아주 간단한 형태로 발명되어 사용되는 과정에서 점차적으로 보완되어 왔고 문자의 모양도 상당히 많이 변천해 왔다. 개중에는 발명되어 사용되어지다가 오래 가지 못하고 소멸된 문자도 많이 있다. 또 문자는 남아 있어도 뜻을 잃어버려 解讀 못 하는 문자도 있다.

## Ⅱ. 漢字의 기원

지구상에 존재하는 문자 가운데 대표적인 것이 영어, 불어 등을 표기하는 로마자와 漢字이다. 서양 각 민족의 대부분의 언어는 로마자로 표기되고 있고 漢字는 中國을 비롯한 우리나라 · 日本 · 越南 등에서 널리 쓰이며 泰國, 말레이시아 등에서도 일부 쓰여 왔다.

한자는 언제 누가 발명했는지 정확하게 모르지만 초기 문자형태가 山東省 大汶口에서 발굴된 채색 陶器에서 발견되었고, 陝西省 西安 半坡에서 발굴된 채색 陶器에서 상당히 많은 초기 문자가 발견되었으므로 한자의 기원은 대략 6천년 정도 되는 것으로 보고 있다.

『周易』「繫辭傳」에 "옛날 庖犧氏[伏羲氏]가 천하에 왕노릇할 때 위로 하늘에서 모양을 보고 아래로 땅에서 법칙을 관찰하고 새나 짐승의 무늬와 땅의 알맞음을 보고, 가까이서는 몸에서 취하고 멀리로는 사물에서 취하여 비로소 八卦를 만들어 神明의 덕을 통하여 만물의 情狀을 유별하였다[古者, 庖犧氏之王天下也, 仰則觀象於天, 俯則觀法於地, 觀鳥獸之文, 與之旨宜, 近取諸身, 遠取諸物, 於時, 始作八卦, 以通神明之德, 以類萬物之情.]"라는 기록이 나온다. 여기서 볼 때 하늘의 무늬 · 땅의 무늬 · 새나 짐승의 발자국 · 사람 신체 · 사물의 모양을 본떠 글씨의 근원인 팔괘를 만들었고, 이것으로 神明의 德을 통하고 이것으로써 만물의 情狀을 분별하여 초보적인 문자생활을 했음을 알 수 있다. 팔괘가 점점 발전하여 한자로 되었다고 볼 수 있다.

역시 「繫辭傳」에 "상고시대에는 노끈을 맺어서 다스리다가 후세에 성인이 書契로 바꾸어서 백관이 그것을 가지고서 다스렸고, 백성들이 그것을 가지고서 살폈다[上古, 結繩而治, 後世, 聖人, 易之以書契.]"라는 기록이 나온다. 상고시대 글자가 발명되기 이전에는 노끈 마디를 맺어서 글자로 대용하다가 후세에 와서 성인이 書契로 바꾸었다고 했는데 초기의 서계가 곧 漢字의 원형이라고 볼 수 있다.

前漢 때 許愼은 「說文解字序」에서 "黃帝 때의 史官인 倉頡[蒼頡]이 새와 짐승의 발자국을 보고 漢字를 발명했다"고 주장했으나 실제로는 한자는 정확하게 언제 누가 만들었는지 모른다. 지금부터 7천년 전부터 필요에 의해 여러 지역에서 여러 사람들에 의해 만들어져 왔다고 보는 것이 통설이다. 倉頡은 그 이전의 한자를 모아 정리한 공이 있는 것으로 본다.

漢字의 기원은 원시인들의 간단한 標識에서 비롯되었다. 길을 가다가 돌아올 때를 생각해 표시를 해두기 위해서 돌을 주워 길에 금을 긋는 것이나, 나무 껍질에 표시를 해두는 것이 문자의 가장 초기의 단계였다. 그 다음으로 그림을 그리는 형태의 문자가 곧 초기의 한자이다.

한자는 초기에는 文과 字로 구별하였는데 '文'자의 원래의 뜻은 '무늬'이고 '사물의 무늬'라는 의미로 六書 가운데서 象形과 指事가 '文'에 해당된다. '字'의 원래 뜻은 '새끼 낳는다' · '새끼를 기른다' · '결혼한다' 등등의 뜻이었다. 그래서 이미 존재하는 글자가 결혼하듯이 두 글자 내지 세 글자가 어울려서 다시 새롭게 만들어낸 글자가 '字'에 해당되는 것으로 六書 가운데서 形聲과 會意가 이에 해당된다.

## Ⅲ. 金石文과 書藝의 관계

漢字는 의미의 표현과 전달이라는 실용적인 측면에서 書寫되었지만 그

書體를 예술적인 측면에서 보면 글자 하나 하나는 비록 수준의 차이는 있긴 해도 다 書藝作品이라 할 수 있다.

종이가 발명된 것은 기원후 2세기인 後漢 때의 일이었으므로, 그 이전에는 글씨를 쓸 수 있는 재료가 주로 金石이었다. 금석은 金屬과 石材를 말한다. 그래서 金石文이라면 금속 종류에 쓰인 金文과 石材에 쓰인 石文을 말한다.

금석문을 서예가들은 書藝的 측면에서만 鑑賞하고 臨摹한다. 모든 금석문은 서예작품이 된다. 종이에 쓰여진 서예작품은 현존하는 最古의 것이 4세기 晉나라 때 陸機가 쓴 「平復帖」인 점을 볼 때, 4세기 이전의 서예작품은 모두가 金石文上의 작품이다.

내용상으로 보면 금석문은 上古時代의 典籍을 대신하는 것으로, 歷史書·經典·典章制度·地理志·占卜·文字學·訓詁學 등 그 내용이 다양하다.

서예의 측면에서 보면 金石文은 서예의 좋은 자료일 뿐만 아니라 漢字書體의 변천을 알아볼 수 있는 중요한 자료이다.

금석문의 재질을 보면, 金文은 金屬類로 만들어진 靑銅器·兵器·度量衡器·裝飾品·貨幣·鐘·造像·符節·鏡鑑 등이다.

石文은 石材를 바탕으로 한 石刻·碑碣·墓誌·磨崖[摩崖]·塔·浮屠·造像·經幢·石闕·橋柱·柱礎·石獸·石器·神主·地莂 등에 새겨진 문자를 지칭한다.

이 밖에도 정확히 말하면 金屬이나 石材는 아니지만 그 기능상 金石文과 같은 내용의 문자가 새겨진 甲骨·玉器·竹簡·木牘·陶瓷器·木器·封泥·벽돌·기와·獸角·織物 등에 새겨진 문자도 金石文으로 간주한다. 특히 甲骨文은 4천년 전의 字體를 알 수 있는 중요한 자료로 현재 수집된 것만도 25만여 점에 이른다.

중국에 남아 있는 金石文 가운데서 연대가 가장 오래된 것은 殷나라 靑銅器에 쓰여진 大篆體 金文이다. 남아 있는 최초의 石文은 秦나라 獻公

11년(기원전 374)에 만들어진 石鼓文이다. 그러나 石文은 金文보다는 연대가 훨씬 뒤떨어진다.

종이가 발명되기 이전의 서예작품은 모두가 당연히 金文과 石文이다. 그러나 종이 발명 이후에도 종이는 잘 썩고 화재에 약하기 때문에 남아 있는 고대의 서예작품은 대부분 금석문이다.

## Ⅳ. 金石文의 기능

金石文에 대한 연구는 漢나라 때부터 시작되었다. 상고시대에는 책이 존재하지 않았으므로, 상고시대의 역사나 사상을 알려고 하면 금석문이 아니면 안 된다. 또 금석문은 古典의 부족한 부분을 보완하고 잘못을 바로 잡는 중요한 역할을 하고 있다.

漢나라 熹平[172-177] 연간부터 儒教經典을 돌에 새겨 보관하는 石經이 등장하여 삼국의 魏나라・唐나라・淸나라 등에서 석경을 만들어 세웠는데, 이는 標準經書의 역할을 해왔다. 후대에는 佛經・道藏 등도 石經 형태로 만들어 세우거나 보관하였다. 北京 서남쪽의 房山區 石經山에서 隋나라 때부터 1천여 년에 걸쳐서 새겨온 1만4천여 매의 石經板이 매장되어 있고, 北京 西城區에 있는 道教寺院인 白雲觀에는 趙孟頫가 쓴 老子 『道德經』이 새겨져 있다.

1972년 中國 湖南省 長沙市 부근의 馬王堆의 漢나라 무덤에서 나온 帛書 『老子』가 발굴되었는데, 역사상 학자들 사이에서 해석 문제로 논란이 되어 왔던 구절은 거의 대부분 후세에 傳寫과정에서 誤字로 된 것이라는 사실이 밝혀져 『노자』에 대한 새로운 해석을 해야만 했다. 최근 湖北省 江陵 郭家店에서 출토된 竹簡에서 『老子』가 나왔는데 지금까지 우리가 보아왔던 『老子』는 漢나라 刑家 학자들에 의해서 많이 변조된 『노자』라는 사실이 발견되면서, 노자라는 인물과 사상을 전면적으로 재검토해야 할 필요가 있게 되었다. 금석문 하나가 인류의 역사를 바꿀 수도 있고 기존의 학설도 바꿀 수 있다. 금석문이 얼마나 중요한지를 알 수 있는 단적인 증거이다.

淸나라 들어와 考證學이 성행하면서 金石學이 열기를 띄게 되었다. 이런 분위기를 타고서 鄧石如 등은 글씨의 範本으로서 法帖을 버리고 碑石을 중시해야 한다는 주장을 하게 되었고, 그의 주장은 이후 청나라 書壇의 흐름을 바꾸어 놓았다. 우리나라 秋史 金正喜도 阮元 등을 통해서 鄧石如의 이런 주장을 비교적 일찍부터 수용하여 朝鮮의 書藝史에 영향을 준 것이었다.

## Ⅴ. 拓本의 기원

사진을 찍는 기술은 19세기말에 발명되었고, 복사기술은 20세기에 들어와서 발명되었다. 淸나라 말기까지의 기술로는 금석자료를 여러 사람이 보려면 탁본을 하거나 摸寫하여 다시 板刻하여 찍는 수밖에 없었다. 그래서 고대에는 탁본은 금석문의 보급에 절대적으로 필요한 기술이었다. 금석문뿐만 아니라 織造物에 쓰여진 서예작품이나 종이에 쓰여진 서예작품도 종이에 다시 그대로 베껴 가지고 돌이나 나무에 새겨서 拓印하여 보급하는 방법 밖에는 없었다.

금문이나 석문 위에 종이를 대고 두드려서 원형 크기 그대로 방향도 원래 그대로 찍어내는 것을 拓本이라고 한다. 정확하게 말하면 금석문을 두드려 찍어내는 것은 拓印이라 해야 하고, 한 장 한 장 찍어낸 것은 拓片이라 해야 하고, 탁편을 책으로 묶었을 때 拓本이라고 한다. 우리나라에서 무조건 '拓本', '拓本한다'라는 말을 쓰는데, 엄밀히 말하면 정확한 말이 아니다. '拓'자의 원래 뜻은 '밀다[推]', '밀어 넣는다'라는 뜻이므로, '拓印'이란 '종이를 金石文의 새겨진 공간에 밀어넣어[拓] 찍어낸다[印]'는 의미이다. 唐나라 때부터 '拓'자에 '拓印한다'는 뜻이 추가되어 '拓取[탁인하여 가진다]', '托來[탁인하여 온다]'라는 말이 생겨 통용되었다. 그 이후로 탁인 기술자를 '拓工', 탁인 솜씨를 '拓手'라고 일컬었다.

拓印하는 방법 가운데 金石文 위에 덮은 종이를 한 군데도 남김없이 먹색이 아주 진하게 광택이 날 정도로 두루 묻혀 찍어낸 탁편을 '烏金拓[烏金 빛의 탁편]'이라 하고, 먹색을 연하게 고루 찍어낸 탁편을 '蟬衣拓[매미 날개 모양으로 된 탁편]'이라고 한다.

'拓本'이라는 말 이외에 '搨本'이라는 말도 '拓本'이라는 의미와 통용해서 쓴다. 그러나 탑본은 본래 '금석문 위에 얇은 종이를 덮어 그대로 摸寫해 내는 방법'을 가리켰는데, 후세에 와서는 拓本과 통용해서 사용해 왔다. 그러나 '拓本'이라는 말에는 '摸寫한다'는 뜻은 없다. 그러니 '拓本'과 '搨本'은 의미상 통용은 되지만 같은 의미는 아니다. '搨'자는 '榻'으로 쓰기도 한다.

漢나라 말기 175년[熹平 4] 蔡邕이 六經을 隷書로 쓴 『熹平石經』을 당시의 서울 洛陽 太學의 밖에 세워 학자들로 하여금 표준으로 삼게 했다. 비석이 세워지자 구경하는 사람들과 拓印하는 사람들로 거리가 가득하였고 얼마 되지 않아 비석은 훼손되었다고 한다. 『後漢書』에 남아 있는 이 기록이 拓印에 관한 최초의 기록인 것으로 생각된다.

20세기초 敦煌 석굴에서 발견된 唐太宗 李世民이 撰書한 「溫泉銘」과 歐陽詢이 쓴 「化度寺碑」의 탁본은 唐나라 때의 탁본으로, 지금 세상에 전하는 가장 오래된 탁본이다.

## Ⅵ. 拓本의 가치와 기능

金文이나 石文은 훼손되거나 망실될 수가 있는데, 탁본을 해 두어 잘 보존하면 설령 금문이나 석문의 原件이 훼손되거나 망실되어도 그 내용이나 서예작품이 그대로 보존될 수 있다. 금문은 잘 망실되고 석문은 쉽게 훼손되는데 이런 점을 탁본이 막아주는 경우가 종종 있다. 금석문 原件이 망실되거나 훼손된 경우 拓本의 가치는 극도로 올라간다.

唐나라 중기의 유명한 서예가 柳公權의 대표작 가운데 하나인 「神策軍碑」는 原碑는 없어진 지 오래 되었다. 그러나 탁본 하나가 유일하게 홍콩에 남아 있어 그 것을 影印하여 오늘날 전세계에 「神策軍碑」 글씨가 보급되어 유공권의 「玄秘塔碑」와 함께 대표적인 작품으로 인정되고 있다.

王羲之의 「蘭亭叙」의 여러 摸寫本 가운데 하나인 「定武本蘭亭叙」의 摸寫者가 누구인지 중국에서 淸나라 중기까지도 모르고 있었는데, 統一新羅時代에 새긴 慶州 「鍪藏寺事蹟碑」의 파편을 秋史 金正喜가 拓印하여 중국에 보냄으로 해서 모사자가 歐陽詢이라는 사실을 밝힐 수 있었다.

우리나라 조선 중기의 대학자인 退溪先生[李滉]의 산소에는 퇴계선생 자신이 지은 「自銘」과 그 제자 奇大升이 지은 「後敍」를 선생의 제자인 琴輔가 쓴 글씨로 새긴 墓碣이 서 있다. 지금 서 있는 墓碣의 글씨 상태가 아주 좋은데 지금 많은 사람들은 퇴계선생 장례 직후에 새겨 세운 원래의 묘갈로 알고 있다.

그러나 지금 서 있는 묘갈의 글씨는 사실은 원래 떠 놓았던 탁본을 가지고 다시 새긴 것이다. 원래의 묘갈이 오래 되어 글씨를 알아보기 어렵게 되자 조선 말기에 다시 세우자는 논의가 陶山書院 儒林들과 자손들 사이에서 나왔다. 마침 원래 비석을 세운 직후에 떠 놓은 拓本이 보존되어 있었기에 원래의 묘갈을 갈아서 글씨를 없애고, 그 위에 원래의 탁본 글씨를 그대로 다시 새긴 것이었다. 만약 탁본을 해 두지 않았더라면 원래 琴輔가 쓴 퇴계선생의 묘갈의 글씨 모양을 다시는 볼 수가 없었을 것이다.

統一新羅 중기의 명필인 金生의 「昌林寺碑」는 중국에까지 널리 알려져 元나라 趙孟頫가 「東書堂集古帖跋」에서, "「昌林寺碑」는 新羅 金生의 글씨인데 字劃에 典型이 깊어 唐나라 서예가의 名刻이라도 이를 능가하지 못한다"라고 극도로 칭찬하였다. 그러나 아깝게도 「昌林寺碑」는 현재 原

碑는 물론이고 拓本조차 하나 남아 있지 않아 그 글씨의 흔적도 알 수가 없다. 서예작품으로서는 물론이고 거기에 담긴 역사적 내용조차 알 수가 없게 되고 말았다.

일반적으로 사람들은 "金石文은 수명이 오래 가고 종이는 금방 없어질 것이다"라는 생각을 갖고 있다. "金石文 實物이 있는데 拓本이 무슨 필요가 있느냐?"라고 반문하는 사람이 있는데, 유명한 서예작품이 탁본 때문에 후세에 전하는 경우가 많다. 더구나 그 내용마저 없어지는 것은 역사적 사실마저 잃어버리는 것이다.

## Ⅶ. 우리나라의 금석문

우리나라는 中國과는 달리 青銅器時代에 문자를 사용한 자료가 아직 발견되지 않고 있고, 삼국시대의 鐵器나 土器 등에도 銘文이 없어 金文이 많이 남아 있지 않다. 나중에 鐘에 銘文이 새겨지지만 연대가 아주 뒤로 쳐진다.

우리나라의 금석문은 실제로는 石文이 주가 된다. 석문도 石壁에 새긴 것이 약간 있기는 하나 碑碣이 주류를 이룬다. 금석문은 내용면에서는 역사적 자료로 중요한 가치를 지니고 있고, 서예적 측면에서는 書體의 변천을 알려주는 중요한 자료이다. 「廣開土大王碑」, 「眞興王巡狩碑」 등은 역사 자료로서 중요한 것이고, 新羅와 高麗의 塔碑 등은 佛教史 연구에 중요한 자료가 된다. 고려시대 墓誌石들은 『高麗史』 등 역사서의 내용을 보완, 시정해 준다.

우리나라는 전란이 많아 高麗時代 典籍은 거의 남아 있지 않은데, 금석문을 통해서 고려 이전의 서예작품을 어느 정도 볼 수 있다. 우리나라에서는 중국의 書體 흐름을 약 50년 정도의 시간차를 두고 따라가는 경향이 있는데 그 수준은 중국에 비해 거의 손색이 없었다.

石文으로 현재 남아 있는 우리나라 최초의 것은 平安南道 龍岡郡 海雲面에 있는 「秥蟬縣神祠碑」인데, 서기 85년경에 세운 것으로 점제현의 지방장관이 縣의 백성들을 위하여 기도하는 내용이다. 扶餘에 남아 있는 百濟의 「砂宅祇積堂塔碑」는 백제의 대표적인 금석 자료라 할 수 있다.

삼국시대 말기 唐나라에 유학한 崔致遠이 짓고 쓴 雙磎寺의 「眞鑑禪師碑」 같은 것은 신라의 서예 수준을 보여주는 대표적인 작품이면서 신라의 문화 학문 사상과 당나라와의 교류 관계를 알려주는 중요한 역사자료다.

高麗時代가 되면 科學의 실시로 漢文學이 널리 보급되어 碑文의 창작이 많아져 金石文의 양이 급속도로 불어났다. 고려시대의 금석문은 대부분 佛教관계의 자료이다. 대부분이 石文이고, 鐘銘 등 약간의 金文이 있다.

朝鮮時代에는 금석문의 양이 더욱 크게 불어나는데 대부분 儒教관계의 기록이다. 우리나라에 현재 남아 있는 비석의 대부분은 조선시대 만들어진 것이다.

## Ⅷ. 우리나라의 拓本

우리나라에서 언제부터 拓本이 만들어졌는지는 정확하게 알 수 없으나, 1442년(世宗 24) 5월 丙戌日에 "碑銘을 인쇄하여 書法의 전범으로 삼고자 하여 각도의 사찰에 명하여 摹印해서 바치게 하였다"는 『朝鮮王朝實錄』의 기록이 최초의 기록이다.

그 이후 成宗 때는 唐太宗의 글씨를 集子하여 만든 「興法寺眞空大師碑」를 탁본하여 法帖을 만들었다는 기록이 있다. 宣祖 때 朗善君 李俁가 비석의 탁본을 모아 『大東金石書』를 만들어 刊行하였다. 조선 純祖 때의 秋史 金正喜 형제와 趙寅永이 수집한 탁본을 청나라 劉喜海에게 보내어 『海東金石苑』이라는 이름으로 간행하였다.

왕실전용도서관이었던 藏書閣[현재 韓國學中央研究院에 소속됨]에는 왕실과 관계된 金石文 탁본이 많이 소장되어 있고, 서울대학교 奎章閣에도 많은 탁본이 소장되어 있는데 영인본 法帖 등을 만들어 대중에게 공개를 해야 한다.

## Ⅸ. 結語

金石文은 역사적 문학적 예술적으로 대단히 중요한 가치를 가진다. 우리나라 각지에 산재해 있는 金石文에 관심을 갖고서 정리한 최초의 서적은 『大東金石書』이다. 그 이후 秋史 金正喜 등에 의하여 『金石過眼錄』 등으로 정리되었다.

1919년 朝鮮總督府에 의해 정리된 『朝鮮金石總覽』 우리나라 주요 金石文을 망라한 서적이었다. 그러나 이는 탁본을 그대로 책으로 만든 것은 아니고, 그 내용만 활자로 옮겨 출판한 것이므로 서예의 範本이 되지는 못한다.

1980년대 圓光大學校에 재직하던 趙東元교수에 의해 남한 각 지역의 금석문을 대대적으로 탁본하여 『韓國金石文大系』라는 이름으로 정리해 내었다. 이는 南韓 각 지역의 중요한 金石文은 다 망라되어 있는데, 拓片原件은 圓光大學校 박물관에 소장되어 있다.

현재 몇몇 道나 시군에서 금석문을 모아 『□□郡金石文集覽』이나 『□□市金石文總覽』 등의 書名으로 책을 출판하고 있으나 그 숫자는 얼마 되지 않는다. 앞으로 이러한 사업도 계속되어야 하겠고, 拓印하는 기술도 提高시켜야 하겠다.

그러나 각 지역에는 아직 방치된 금석문이 많이 산재해 있다. 각 지방자치단체나 각 대학이나 박물관 등에서 拓本을 떠서 정리해 내어야 할 것이다. 비석은 마멸되거나 파손될 수도 있고 금석문은 일실될 우려가 있기 때문에 보존을 위해서 탁본을 해두는 것이 시급하다. 그리고 중요한 비석은 碑閣을 지어 햇빛이나 비바람에 마모되는 것을 막아야 한다. 우리나라의 비석은 왕릉을 제외하고는 대부분 비각이 없이 노출되어 있기 때문에 마모가 심한 편으로 중요한 비석의 아랫부분의 글씨가 안 보이는 것 등은 안타까운 일이다.

그리고 각 박물관이나 대학에서 소장하고 있는 금석자료를 수장고에만 넣어두지 말고 널리 공개하고, 影印本으로 만들어 대중의 관심을 끌어 연구할 수 있는 분위기를 만들어 나가야 한다.

이번에 韓國金石文藝術文化硏究會 同學들이 심혈을 기울여 新羅 崔致遠이 쓴 「眞鑑禪師碑」, 「般若寺元景大師碑」 등 50여점의 비석과 蔚山 盤龜臺 巖刻畵, 桐華寺磨崖坐佛像 등을 탁본하여 전시회를 개최한다. 탁본을 만들어 보존하는 것은 금석문 보존의 의미가 있고, 전시회를 개최하는 것은 金石文의 중요성을 많은 사람들에게 인식시킬 수 있을 것이다.

우리나라에는 지금까지도 금석문을 전문적으로 연구하는 사람이 없는 실정이고, 상당수의 금석문이 문화재로 지정되어 있지만 관심을 갖는 사람도 거의 없다. 서적에 없는 자료의 보완과 서적의 잘못을 시정하는 데는 금석문이 아니면 안 된다. 그리고 서예적 측면에서는 금석문이 서예의 좋은 範本이다.

앞으로 우리나라의 많은 사람들이 금석문에 관심을 갖고 이해의 정도를 높이기를 바라는 뜻에서 엉성한 글을 엮어 보았다.

# 北關大捷碑의 撰者와 내용에 대한 小考

## Ⅰ. 서론

농포(農圃) 정문부(鄭文孚) 장군을 구심점으로 한 함경도 의병의 전공(戰功)을 기록해서 세운 「북관대첩비(北關大捷碑)」[1)]가 일본에 강탈 당한 지 백년 만인 2005년 10월 20일, 드디어 조국으로 돌아왔다. 2006년 3월 1일 북한 당국에 인도할 때까지 복원제막 국중대회 등 많은 관련 행사가 있었고, 신문 방송 등 대중매체에서 여러 차례 보도가 있었다.

그러나 정작 「북관대첩비」의 비문 자체에 대해서는 1999년에 간행된 국역 『농포집(農圃集)』에 실린 번역문을 전재(轉載)한 것 밖에 없었고, 달리 이에 대한 고찰이나 분석이 없었다.

본고에서는 대첩비 자체에 대한 고찰을 통해서 비문의 찬자(撰者)에 대한 간략한 고찰과 비문 내용을 분석하여 비문의 구조와 그 가치를 밝히고, 아울러 「북관대첩비」의 비문과 최창대(崔昌大)의 『곤륜집(昆侖集)』에 실린 비문과 『농포집』에 실린 비문 사이의 자구의 이동(異同)에 대해서 비교하고, 또 기존 번역문의 약간의 문제에 대해서 언급하고자 한다.

---

1) 1890년 간행된 목활자본 『농포집(農圃集)』에는 「유명조선국함경도임영대첩비명(有明朝鮮國咸鏡道臨瀛大捷碑銘)」이라는 제목으로 실려 있는데, 약간의 자구(字句)의 이동(異同)이 있다. 1725년 철활자(鐵活字)로 간행된 최창대(崔昌大)의 『곤륜집(昆侖集)』에는 「북관대첩비(北關大捷碑)」라는 제목으로 실려 있는데 역시 약간의 자구의 이동이 있다.

## Ⅱ. 찬자의 생평(生平)과 문학적 성취

### 1. 생평

이 비문의 찬자인 최창대(崔昌大)는 1669년(顯宗 10) 서울에서 태어나 1720년(肅宗 46) 서울 사직동(社稷洞)에서 52세로 세상을 떠났다. 자(字)는 효백(孝伯)이고, 호는 곤륜(昆侖) 또는 창괴(蒼槐)요, 본관은 전주(全州)로 영의정을 지낸 명곡(明谷) 최석정(崔錫鼎)의 장남으로 지천(遲川) 최명길(崔鳴吉)의 증손이다. 그의 외조부는 좌의정을 지낸 화곡(華谷) 이경억(李慶億)이고, 장인은 판서를 지낸 양곡(陽谷) 오두인(吳斗寅)이다.[2]

그는 관례(冠禮)를 올리기 이전에 이미 진사초시(進士初試)에 합격하여 당시 대 문장가로 알려진 농암(農巖) 김창협(金昌協)의 주목을 받았다. 그러나 그 생가 조부 정수(靜修) 최후량(崔後亮)이 너무 이른 나이에 과거로 이름을 내는 것을 경계하여 회시(會試)에 나가지 못하도록 했다. 20세 때 진사시에 장원하고 또 생원시에도 합격하였다.

21세 때 우계(牛溪)·율곡(栗谷)의 문묘(文廟) 출향(黜享)에 항변하는 상소를 하여 처벌을 받고 과거를 포기하였다. 그 뒤 26세에 이르러 별시문과(別試文科)에 급제하였다. 이후 예문관(藝文館) 검열(檢閱)을 시작으로 출사하여, 수찬(修撰)·교리(校理)·응교(應敎)·이조정랑(吏曹正郎)·보덕(輔德)·사간(司諫)·대사성(大司成)·부제학(副提學) 등의 청요직(淸要職)을 두루 거쳤는데, 주로 국가의 문한(文翰)을 책임지는 자리에 있었다.

당시 직위가 높고 명망이 있는 사람들도 관직의 거취와 논의의 귀결에 있어서 그의 한 마디 말을 듣고서 결정을 하였고 시문(詩文)을 지음에 있어서도 그의 자문을 구하였는데, 그의 한 마디 말을 저울처럼 중시하였다.

---

2) 李德壽 『西堂私載』 권10, 495쪽, 「弘文館副提學崔公墓誌銘」. 韓國文集叢刊本(이하 페이지만 표시한 것은 叢刊本임)

그는 시비(是非)를 절충하고 현능(賢能)한 인재를 알아보고, 대체(大體)의 요점에 밝고 일의 핵심을 잘 파악하는 것으로 스스로 자부하였다. 그래서 세상의 도리에 대한 책임이 본인의 의사와 관계없이 그에게로 몰려들었다. 그의 언론과 의도가 사대부들에게 감화를 주어 오랫동안 조정에서 영향력을 발휘하였다. 당론(黨論)에는 상당히 관대하여 "사류(士流)의 지론은 관대하고 공평함을 위주로 해야 한다"라고 주장하였다.3)

윤지인(尹趾仁)·이광좌(李光佐)·박태한(朴泰漢)·홍세태(洪世泰) 등과 교유가 있었고, 문학 제자로는 이하곤(李夏坤)·신유한(申維翰) 등이 있다. 그는 양주목사(楊州牧使)를 지냈고, 그의 전장(田莊)이 있던 곳도 송산(松山)이었으므로, 송산(松山)에 세거 해 온 농포(農圃) 가문에 대해서 평소에 잘 알고 있었을 것이다.

그는 자식을 교육할 때 기량(器量)과 식견을 우선으로 했고, 문예(文藝)와 경사(經史) 이외에 우리나라 명현(名賢)들의 사적도 가르쳤으니, 상당히 우리 민족문화에 대한 자부심을 가졌던 인물임을 알 수 있다.

평소에 담병(痰病)이 있어 52세에 세상을 떠나고 말았다. 비교적 짧은 일생이었지만 당시 문단에서의 그의 영향력은 대단하였다.

## 2. 문학적 성취

곤륜(昆侖)은 당대에 최고의 문학자로 추앙되었다. 그의 증조부 최명길(崔鳴吉)과 그의 부친 최석정(崔錫鼎)이 대제학(大提學)을 지낸 조선 최고의 문한(文翰)을 자랑하는 가문에서 생장하였다. 그는 단명한 까닭에 대제학까지는 오르지 못했지만 국가에서 필요로 하는 시문을 제진(製進)하고 과거시험을 주관하고 국왕에게 강학(講學)하는 직무를 담당하는 홍문관(弘文館)의 실질적인 책임자인 부제학(副提學)을 44세 때 담당한 것

3) 李德壽『西堂私載』권10, 497쪽, 「弘文館副提學崔公墓誌銘」.

을 본다면, 당시 문장과 학문으로 공인을 받았음을 알 수 있다.

그의 외사촌인 두타(頭陀) 이하곤(李夏坤)은 그의 문학적 수련에 대해서 이렇게 소개하였다.

> 어려서부터 고문사(古文詞)를 매우 좋아하여 책은 보지 않은 것이 없었다.4)

그래서 그는 우리나라에 유행하는 고금의 문장을 선집(選集)한 책들이 사의(私意)로 취사한 것이 많아 문제점이 있다고 보고, 자신이 직접 춘추시대부터 명(明)나라까지의 문장 가운데서 300편을 골라 분류하여 『고문집성(古文集成)』이라는 책을 편찬하였는데, 평가가 매우 정밀하고 취사선택이 극도로 엄정하여 문단의 귀감이 되고 학자들의 지남(指南)이 된다는 평가를 받았다.

이덕수(李德壽)는 최창대(崔昌大)의 문학에 대해서 이렇게 평가하였다.

> 그의 문학적 재능은 일세를 경복(傾服)시켰다. 논의하는 사람들이 '공의 문장은 골격과 이치가 밝게 통하고 말의 기운이 정련(精鍊)되어 있고, 문채(文彩)가 밖으로 덮여 있고 운율(韻律)은 두루 조화된다. 풍(風)과 아(雅)가 일치하고 이치와 일이 아울러 갖추어진 점은 요사이 문장가들이 능히 미칠 바가 아니다'라고 한다. 내가 옛날 농암(農巖) 김창협(金昌協)의 말을 들으니 '시는 오묘한 이치를 깨닫기가 어려운 것인데. 요즈음 보니 최창대(崔昌大)만이 오묘한 이치를 깨달았더라'라고 했다.5)

오천(梧川) 이종성(李宗城)은 그의 문학적 영향력을 이렇게 평가하였다.

> 풍격(風格)이 준정(峻整)하고 지상(志尙)이 고결한 것과 정책을 빛내고

---

4) 李夏坤 『頭陀草』 권16, 516쪽, 「刪補古文集成序」.

5) 李德壽 『西堂私載』 권10, 495, 497쪽, 「弘文館副提學崔公墓誌銘」.

나라를 빛낼 문장과 국왕의 일을 도모하고 나라 일을 결단할 식견은 당시의 무리들에게서 우뚝이 뛰어나 이미 조야의 중망(重望)을 입고 있었다.[6]

우리 공(公)의 문장은 천하에 알려진 솜씨로 풍운 속의 용이 그 가슴 속에 서려 있는 것 같았다. 공의 학문은 넓고도 풍부하여 육예(六藝)와 백가(百家)에 관한 글이 집에 가득하였다.[7]

고(故) 부제학(副提學) 최창대(崔昌大)는 맑은 이름과 고상한 명망이 한 시대에 으뜸이었으므로 부제학이 되기에 진실로 적합하였습니다.[8]

이종성은 최창대의 학문과 문학을 당대 최고라고 추앙하고 그가 부제학을 맡는 것은 적절한 일이라고 하였다.

최창대의 제자인 청천(青泉) 신유한(申維翰)은 이렇게 칭송하였다.

문 앞에는 속객(俗客)의 풍진(風塵)의 기운이 없고, 집에는 옛날의 시서(詩書)를 천 가지 백 가지로 헤아렸다. 문장은 양한(兩漢) 한유(韓愈)·유종원(柳宗元)·구양수(歐陽脩)·증공(曾鞏)의 말이요, 시는 두보(杜甫)·이백(李白) 당나라·송나라·원나라의 격조였다. 벌려 놓으면 하늘의 별과 같고 풀어놓으면 구름과 비와 같았다.[9]

농암(農巖) 김창협(金昌協)은 그의 시를 이렇게 평가하였다.

시의 내용과 시어(詩語)와 성률(聲律)과 격조(格調)가 진부하고 고루한 것을 답습하지 않고 옛 사람의 본래 모습을 찾아 고상하게 하기에 힘썼다. 그리고 재주와 생각이 민첩하여 충분히 그 것을 이루어 내었다.[10]

---

6) 李宗城 『梧川集』 권13, 298쪽, 「祭昆侖崔公文」.
7) 李宗城 『梧川集』 권13, 297쪽, 「祭昆侖崔公文」.
8) 李宗城 『梧川集』 권13, 297쪽, 「辭弘文館正字箚」.
9) 申維翰 『青泉集』 권5, 346쪽, 「祭昆侖崔學士文」.
10) 金昌協 『農巖集』 권18, 85쪽, 答崔昌大.

당대 문단의 대가들이 최창대의 학문과 시문에 대하여 최고의 찬사를 아끼지 않았음을 볼 때, 그의 문학적 위상이 어떠했는가를 짐작할 수 있다.

그의 문집 『곤륜집(昆侖集)』은 20권 10책으로 편집되어 1725년에 활자로 간행되어 현재 전해지고 있다. 현재 남아 있는 작품은 부(賦) 2편, 시 712수, 서(序) 9편, 기(記) 5편, 소차(疏箚) 16편, 상서(上書) 6편, 서계(書啓) 1편, 옥당고사(玉堂故事) 1편, 서(書) 83편, 잡저(雜著) 19편, 교서(敎書) 3편, 비답(批答) 1편, 잠(箴) 4편, 송(頌) 2편, 찬(贊) 1편, 제문 45편, 애사(哀辭) 5편, 비문(碑文) 2편, 묘지(墓誌) 8편, 묘갈(墓碣) 5편, 묘표(墓表) 5편, 행장 3편, 유사(遺事) 3편 등이다.

그의 문집 목록 뒤에 붙어 있는 간기(刊記)에 의거하면 그의 초고(草稿)는 대부분 산일(散逸)되어 겨우 부 4편, 시 1500여 수, 문 400여 편만 남아 있었는데, 그 가운데서 부 2편 시 712편 문 227편만 선정하여 1725년에 철활자(鐵活字)로 간행한 사실을 밝히고 있다.[11]

또 간기(刊記)에서 그의 저서로 『경연주대(經筵奏對)』·『경서기의(經書記疑)』·『시화(詩話)』·『잡기(雜記)』 등이 있어 앞으로 별집(別集)을 만들겠다고 밝히고 있다. 이 이외에도 『일지록(日知錄)』과 『고문집성(古文集成)』 등의 저서를 남긴 기록이 있다. 현존하는 문집 이외에 한우충동(汗牛充棟) 시문과 여러 가지의 저서가 있었으나 지금은 다 없어지고 말았다.

## Ⅲ. 「북관대첩비」 창작의 계기

1694년(숙종 20) 문과에 급제하여 여러 청요직(淸要職)을 역임하던 최창대는 1700년 농포(農圃)보다 정확히 109년 뒤에 농포가 맡았던 북평사

11) 민족문화추진회 『韓國文集叢刊解題』 제4책, 463쪽, 「昆侖集解題」.

(北評事)로 부임하였다. 이때 「경성관대조(鏡城觀大操)」·「육진가(六鎭歌)」·「변성잡영(邊城雜詠)」·「새하곡(塞下曲)」·「창렬사(彰烈祠)」 등 북관의 풍물과 전적(戰跡) 등을 대상으로 하여 60여 수의 시를 남겼다. 그 가운데 농포를 두고 읊은 「영회고적용전운(詠懷古蹟用前韻)」이란 시는 다음과 같다.

| | |
|---|---|
| 구름과 모래 바람 일고 풀 우거진 이곳 어느 변방인가? | 雲沙灌莽此何邊 |
| 너른 바다 동쪽에 임하여 다만 하늘만 보이네. | 滄海東臨但見天 |
| 험난한 세월 속에 전쟁은 몇 차례였던가? | 歲月峥嶸幾戰伐 |
| 산하는 쓸쓸한데 주변 분위기는 구슬프구나. | 山河蕭瑟慘風烟 |
| 김종서(金宗瑞)가 병영(兵營) 만든 뒤부터 땅 있고, | 地從宗瑞開營後 |
| 정문부(鄭文孚)가 왜적 쳐부순 뒤부터 군대 있다네. | 兵是文孚破賊年 |
| 많은 어진 인재들이 우리나라를 살렸으니, | 多少材賢活吾國 |
| 여러분들이여 당파 논쟁 어지러이 하지 마오.[12] | 諸公黨議莫紛然 |

함경도(咸鏡道)는 옛날에는 부여(扶餘) 옥저(沃沮) 발해(渤海) 등의 나라가 있던 땅이었는데, 고려(高麗) 때는 여진(女眞)이 차지하고 있었다. 조선(朝鮮) 세종(世宗) 때 김종서가 육진(六鎭)을 개척함으로 인하여 비로소 우리의 영토가 되었다. 그러나 함경도는 거리가 먼 관계로 조정의 교화가 미치지 못하고 부임한 관리들은 탐학(貪虐)을 일삼아 그 지방의 백성들을 심하게 괴롭혔다. 그래서 군대도 농포가 의병을 일으킨 때부터 군대답게 되었다고 최창대는 보았다. 그리고 이런 인재들이 구제해 낸 나라인데, 문약(文弱)에 빠진 조정의 관료들은 당쟁만 일삼고 있는 것에 대해서 일침을 가하고 있다.

「창렬사(彰烈祠)」 시는 다음과 같다.

| | |
|---|---|
| 수양(睢陽)의 어른들에게 남아 있는 이야기 많나니, | 睢陽父老多遺事 |

---

12) 「昆侖集」 권4, 66쪽.

「장중승전후서(張中丞傳後叙)」를 언제 새길까?[13] 誰勒中丞傳後文

수양(睢陽)은 오늘날의 중국 하남성(河南省) 상구시(商丘市)이다. 당(唐)나라 안록산(安祿山)의 난 때 장순(張巡)과 허원(許遠)이 방어하던 곳이다. 그러나 장순은 전사하였고 허원은 성이 함락된 뒤 적에게 처형당했다. 이런 까닭으로 사람들은 장순은 장하게 여겼지만 허원은 비겁하다고 잘못 생각하게 되었다. 당나라의 대문장가 한유(韓愈)는 「장중승전후서(張中丞傳後叙)」라는 글을 지어 허원을 위해서 그 원울(寃鬱)함을 벗겨주려고 했다. 최창대도 정당하게 평가받지 못하고 있는 농포가 주축이 된 북관대첩에 대하여 정당하게 평가한 글을 지어 비를 세우고 싶다는 뜻을 이 시에서 은근히 피력하고 있다.

최창대는 「북관대첩비」를 짓게 된 동기를 비문 속에서 스스로 소상히 밝히고 있다.

> 지금 주상전하[肅宗] 경진년에 내가 북평사로 부임하여 옛날 함경도에서 창의(倡義)했던 사람들의 자손들과 함께 전날의 전쟁터를 둘러보고서 상세히 사적을 얻고서 개연(慨然)히 그 당시 의병 여러 분들의 풍모를 상상하였다. 또 임영(臨瀛)과 쌍포(雙浦)라는 곳을 답사하여 그 곳의 병영과 성벽과 진치던 곳을 둘러보고는 떠나지 못하고 왔다갔다하면서 여기저기를 가리키고 돌아보고 탄식하였다. 그리고 그 지방의 어른들에게 "섬오랑캐들의 침략으로 인한 전쟁의 참화가 격렬하였습니다. 세 군데 서울이 함락되고 팔도가 무너졌습니다만 이 분들이 죽음의 위험을 무릅쓰고 외로운 군대를 이끌고서 강한 왜적을 쳐서, 옛날 우리 국왕이 태어나신 땅으로 하여금 오랑캐 땅이 되는 것을 면하도록 했습니다. 그리고 변방의 사람들이 그 사실을 듣고서 일어나 충의(忠義)로 서로 권하게 된 것은 누구의 힘입니까? 행주(幸州)와 연안(延安)에는 모두 비석이 있어 사적을 실어 공적을 후세에 남겼기에 이리저리 오가는 사람들이 우러러 보고서 존경합니다. 관북지방(關北地方)의 성

13) 「昆侖集」 권4, 66쪽.

> 대한 전공(戰功)만 유독 누락되어 있으니 어찌 여러분들의 수치가 아니겠소?"라고 말했더니, 모두가 "그렇습니다. 이는 우리들의 뜻인데 하물며 공(公)께서 명령하심에랴?"라고 대답했다.
>
> 이에 돌을 다듬고 재물을 모으고는, 사람을 보내어 비문을 요청했다. 나는 그 비문 짓는 데 알맞은 사람이 아니라고 사양했다. 그러자 또 사람이 와서 말하기를, "이 일은 사실 공이 맨 먼저 논의를 끌어냈습니다. 비문을 짓는다고 허락해 주지 않으신다면 이 일을 그만두겠습니다"라고 하기에 드디어 그 사적을 서술하였다.[14]

「북관대첩비」의 비문을 지은 사람이 최창대(崔昌大)이고 「북관대첩비」를 세우도록 동기를 유발한 사람도 최창대다. 북평사로 부임하여 의병의 후손들을 모아 전적지를 답사하고 북관 전투의 전승의 가치를 확인시켜 줌으로 해서, 그들의 자존심과 조국에 대한 충성심을 환기시켰다.

농포(農圃)의 후손들은 시화(詩禍)를 당한 이후 서울을 떠나 진주(晉州)에 살았고, 함경도에 사는 의병의 후손들은 나라 전체의 형세를 몰랐으므로 권율(權慄)이 전승한 행주(幸州)나 이정암(李廷馣)이 전승한 연안(延安)에 비를 세웠다는 사실도 몰랐던 것이다. 최창대가 이야기해 줌으로 해서 비로소 함경도에도 전승비를 세워야 한다는 인식을 갖게 되어 북관대첩비 세우는 일을 추진했던 것이다.

더구나 충의(忠義)로 호소하여 변방의 백성들을 규합하고, 강한 왜적을 쳐서 조선 왕실의 발상지를 회복한 농포 등이 세운 전공(戰功)에 가치를 크게 인정하였다. 최창대가 북병사로 부임하기 이전에 농포에 대해서 관심을 가졌던 기록은 보이지 않는다.

그 아버지 명곡(明谷) 최석정(崔錫鼎)은 농포를 따라 싸웠던 허대성(許大成)의 5대조 허유례(許惟禮)의 묘갈명을 지은 적이 있는데,[15] 저작 시기

---

14) 『昆侖集』 권17, 308쪽, 「北關大捷碑」.

15) 崔錫鼎 『明谷集』 권23 334쪽, 「吉城君許公墓碣銘」. 이 비문 속에 「북관대첩비」에 관한 언급이 나오므로 이 비문은 「북관대첩비」가 세워진 뒤에 지었다는 사실을 알 수 있다.

가 「북관대첩비」를 세운 뒤인지라 그 아들 최창대에게 영향을 미칠 수는 없다. 최창대의 증조부 최명길(崔鳴吉)은 농포와 동시대 인물이지만 그의 문집 『지천집(遲川集)』에는 농포와 관계되는 기록은 한 군데도 없으므로, 최창대가 북병사로 부임한 것이 농포의 의병활동에 관심을 갖게 된 가장 큰 계기가 되었던 것이다.

## Ⅳ. 「북관대첩비」 내용 분석

이 「북관대첩비」의 비문은 1703년(肅宗 29)에 지어졌고, 비석은 1709년에 함경도(咸鏡道) 길주(吉州) 임영리(臨瀛里)에 세워졌다.[16] 이때 최창대의 나이는 35세로 청장년기이지만 홍문관(弘文館) 수찬(修撰) 교리(校理) 지제교(知製敎) 등 조정에서 필요한 시문을 지어낼 정도의 문명(文名)을 얻고 있었다. 비문을 부탁했을 때 최창대가 사양했는데도 북관의 의병 후손들이 굳이 최창대의 비문을 얻어 비를 세운 것은 최창대가 북평사(北評事)를 지내면서 대첩비를 세울 필요성을 맨 먼저 역설한 이유도 있겠지만, 그의 문명(文名)도 크게 좌우했을 것이다.

이 비문의 전체적인 구조를 파악하고 문장으로서의 특색을 밝히고, 또 비석에 새겨진 비문과 『농포집(農圃集)』에 수록된 「북관대첩비」 비문,[17] 최창대(崔昌大)의 『곤륜집(昆侖集)』에 실린 비문을 상호 대조하여 그 동이(同異)와 그 담겨진 의미를 밝히고자 한다.

---

16) 『農圃集』 권5 부록의 「北關大捷碑」 맨 끝에 '崇禎 甲申년(1644) 65년 뒤(1709) 10월에 삼가 짓는다'라고 기록되어 있으나, 崔昌大의 문집 『昆侖集』에는 癸未년(1703)에 지은 것으로 기록되어 있다. 1709년은 세운 연대로 보는 것이 옳을 것이다.

17) 필자는 「북관대첩비」 비문의 탁본을 아직 보지 못하였는데, 『농포집』에 수록된 비문은 자구를 대조해 본 결과 비석의 글을 베껴 실은 것으로 간주된다. 서자(書者)의 성명이 기재되어 있는 것도 이 사실을 뒷받침한다.

## 1. 비문의 구조

「북관대첩비」는 그 내용에 근거하여 크게 열 개의 문단(文段)으로 나눌 수 있다.

제1단락은 첫머리부터 『농포집』 권5 38판 7행의 '關北之兵爲最'까지이다. 여기서는 북관대첩(北關大捷)의 성격과 그 가치를 천명하였다. 이 단락이 이 글의 핵심이자 결론이라 할 수 있다. 임진왜란 때의 손꼽이는 대첩으로 이순신(李舜臣)장군의 한산대첩(閑山大捷), 권율(權慄)장군의 행주대첩(幸州大捷), 월천부원군(月川府院君) 이정암(李廷馣)의 연안대첩(延安大捷) 등을 주로 거론하여 사서(史書)에 기재되었고, 이야기하는 사람들이 많다. 그렇지만 이런 대첩을 이룬 장수들은 군대를 지휘할 수 있는 지위를 갖고 있었고, 또 무기나 병력의 지원이 있었기에 가능했던 것이다. 북관대첩을 이끌어낸 농포(農圃)는 지휘할 수 있는 지위도 없었고 병력도 무기도 없었다. 다만 충의(忠義)로 설득시켜 도망갔던 오합지졸을 모아 대첩을 이룩한 점에 있어서 여러 대첩 가운데서도 가장 뛰어난 대첩이었다고 극찬을 하고 있다.

그러나 이 단락의 서술에서 아쉬운 점이 없지 않다. 지위가 없고 병력이 없고 무기가 없었던 점이 어려운 점이었지만, 이보다 더 큰 어려운 점은 함경도(咸鏡道) 지방의 민심이었다. 함경도는 중앙정부에서 거리가 멀기 때문에 조선 건국 이후부터 제대로 조정의 영향력이 미치지 못하여 유화(儒化)가 되어 있지 못했다. 그리고 함경도에 대한 조정의 차별대우 때문에 그 지역민들의 불만이 고조되어 있었다. 세조(世祖) 때 일어났던 이시애(李施愛)와 이징옥(李澄玉)의 반란 등이 그들의 불만이 어느 정도에 달하였는지 증명하고 있다. 그리고 조정에서 파견하는 관찰사나 병사(兵使)나 수령(守令)들이 탐학하여 늘 백성들을 괴롭혀 왔다.

그래서 왜군이 들어오자마자 국경인(鞠景仁), 국세필(鞠世必) 등의 배반행위가 있게 된 것이다. 유화(儒化)가 잘 되어 있는 경상도(慶尙道)나

충청도(忠淸道) 등지에서 의병활동을 하는 일이나, 학맥(學脈) 혼맥(婚脈) 등으로 세의(世誼)가 두터운 자기의 고향에서 의병활동을 하는 것과 낯선 곳인 함경도에서 의병활동을 하는 것을 같은 선상에서 보아서는 안 될 것이다. 더구나 국경인 · 국세필 등의 부왜(附倭) 행위가 있어 함경도 일대가 완전히 왜군의 수중에 떨어졌고, 왕자와 대신들이 포로로 잡힌 상황에서 의병활동을 하는 것은 어려움이 가중되었을 것이다. 이런 점을 이 비문에서 부각시키지 못한 것이 아쉽다.

제2단락은 10행의 '淸正主北攻'까지이다. 임진왜란 발발초기의 전반적인 전쟁상황과 소서행장(小西行長) 가등청정(加藤淸正) 두 왜장의 침략의 노선을 밝혔다.

제3단락은 16행의 '人莫自保'까지이다. 가등청정이 침입한 이후의 함경도의 상황이다. 병사(兵使)와 수령(守令)들은 다 자신의 직무를 버리고 도주해 버렸고, 그 틈에 왜적에게 붙은 반역자 국경인 국세필 등이 횡행하며 백성들을 괴롭히는 상황을 부각하여 서술하였다. 왜적이 일시적으로 통과해 간 남쪽지방과는 사정이 다르다는 것은 이 단락을 읽어보면 확실히 알 수 있도록 서술되어 있다.

제4단락은 39판 1행 '得百餘人'까지이다. 최배천(崔配天), 지달원(池達源), 강문우(姜文佑) 등이 의병을 규합하여 농포(農圃)를 의병장으로 정현룡(鄭見龍) 등을 차장(次將)으로 추대하여 서로 맹약하고 군사를 모집하는 과정을 서술하였다.

이 부분에서도 단순히 "평사 정문부는 문무재(文武才)가 있어 주장(主將)으로 추대했다"라고만 서술되어 있는데, 농포가 평사로 부임한 이후 자신의 덕망(德望)으로 함경도에서 민심을 얻었기에 의병이 가능했다는 사실을 빠뜨린 것이 아쉬운 점이다.

제5단락은 6행 '聚兵爲聲援'까지이다. 부왜반역자(附倭叛逆者) 국세필을 유인하여 처형하고, 국경인 등 나머지 반역자들을 차례로 제거하는 과정을 서술하였다. 농포는 단순한 무장이 아니고 지혜와 덕망을 아울러 갖춘 인물이었음을 알 수 있게 해 준다.

제6단락은 40판 2행 '不敢復北'까지이다. 이 비문의 본론이라 할 수 있는데 다섯 차례의 전투에서 승전한 기록을 아주 간명(簡明)하게 생동감 있게 묘사하였다. 그리고 북관대첩의 의의를 밝혔다. 복잡한 전투상황을 아주 간명하게 묘사한 문학적 능력이 충분히 발휘된 단락이다.

제7단락은 6행 '故賞不行'까지이다. 북관(北關)에서의 대첩(大捷)을 행재소(行在所)에 있는 선조(宣祖)에게 아뢰어 이붕수(李鵬壽)와 최배천(崔配天)이 포상으로 벼슬을 받는 과정과, 관찰사의 무고(誣告)와 엄폐(掩蔽)로 농포(農圃)에게는 포상이 내려지지 않는 곡절을 소상히 서술하였다.

제8단락은 9행 '賜額曰彰烈'까지이다. 농포 등 북관대첩에 전공을 세운 사람들에 대한 올바른 현창사업이 전개되는 과정을 서술하였다. 관찰사의 무함(誣陷)으로 인하여 역사적인 북관대첩(北關大捷)을 주도하고도 포상을 받거나 공훈(功勳)이 책록(策錄)되지도 못하였다. 급기야 당화(黨禍)를 당하여 옥사한 농포의 공적은 완전히 파묻혔다가, 그 뒤 농포가 세상을 떠난 지 40여 년 뒤 함경도 관찰사 민정중(閔鼎中) 북평사 이단하(李端夏) 등이 북관의 부로(父老)들에게서 사실을 채집하여, 이를 조정에 아뢰어 농포에게 찬성(贊成)의 벼슬이, 이붕수(李鵬壽)에게 지평(持平)이 내려지는 등 전공이 있는 사람들에게 차례로 관직이 추증(追贈)되고, 경성(鏡城)의 어랑리(漁郎里) 사당이 세워져 창렬(彰烈)이라 사액(賜額)하였다.

제9단락은 '乃叙其事'까지이다. 찬자인 최창대(崔昌大) 자신이 북평사가 되어 직접 북관대첩의 현장을 의병장의 후손들과 함께 답사하고 옛날 의병장들의 풍모를 흠모하면서 북관에 대첩비를 세울 필요성을 역설하였고, 자기가 비문을 짓게 된 계기를 서술하였다.

제10단락은 마지막 명사(銘辭) 부분이다. 북관대첩(北關大捷)의 경과와 의의(意義)와 비를 세우는 타당성을 요약하여 사언구(四言句)로 나타내었다. 모두 34구로, 운자(韻字)는 17자인데, 평성(平聲)인 동(冬)자 운목(韻目)을 위주로 하고 통운(通韻)이 되는 동(東)자 운목과 강(江)자 운목을 사용하였다. 동(冬)자 운목이 8번, 동(東)자 운목이 8번, 강(江)자 운목이 1번 쓰였다.

이 부분에서 특히 '兵義莫利, 不屑戈弓[군사는 의로운 것이 더 없이 날카롭나니, 창과 활을 탐탁하게 여기지 않는다]'라는 구절이 의병(義兵)의 정신적인 우월성을 가장 잘 부각시켜 서술하였다.

## 2. 문장으로서의 우수성

### 1) 대요(大要)의 장악

이 북관대첩비(北關大捷碑) 문장의 가장 큰 특징은, 큰 줄거리를 잘 잡아 간명(簡明)하게 서술하여 읽는 사람으로 하여금 내용을 정확하고 용이하게 파악하게 하였다. 모호(糢糊)하거나 난삽(難澁)한 표현이 없고, 긴요하지 않으면서 약간 현학적인 경사(經史)나 제자서(諸子書) 구절의 용장(冗長)한 인용이 전혀 없다. 그래서 이 문장은 처음부터 끝까지 긴장감(緊張感) 속에서 하나의 기맥(氣脈)이 통하는 듯하다.

1349자[「대첩비」와 『곤륜집』 비문 기준, 『농포집』의 비문은 1354자]의 길지 않은 문장 속에 북관대첩의 가치평가, 북관(北關)의 임진왜란(壬辰倭亂) 직후 상황과 창의(倡義) 과정, 전쟁상황, 농포의 신원(伸寃) 증직(贈職) 증시(贈諡)의 과정 등을 일목요연(一目瞭然)하게 서술하였다.

특히 복잡한 전투의 과정을 질서정연하게 서술하여, 읽는 사람이 마치 눈으로 전쟁상황을 보듯이 묘사한 것이 일품(一品)이라 하겠다. 홍량호(洪良浩)가 지은 『해동명장전(海東名將傳)』에도 농포(農圃)의 북관에서의 전투상황을 자세하게 서술하였는데, 읽어보면 쉽게 전쟁상황이 머리에 들어오지 않는다. 그 밖에 북관의 전투상황을 서술한 많은 글이 있지만, 이 대첩비처럼 명쾌하게 눈앞에 현상(現狀)이 재현되는 듯한 문장은 존재하지 않는다.

### 2) 은근한 풍자(諷刺)

임진왜란(壬辰倭亂)이 평정된 뒤 1604년(선조 37), 공신(功臣)을 책록하였는데 이순신(李舜臣) 권률(權慄)은 선무공신(宣武功臣) 1등에, 이정암(李廷馣)은 2등에 책록되었다. 이들의 공훈은 지휘할 수 있는 지위를 가지고서 국가의 병력과 보급지원을 받으면서 이루어진 것이다.

농포는 지휘할 수 있는 지위도 없고 병력과 무기 군량의 지원도 없이 오로지 자력(自力)으로 의병을 모아 작전을 수행하여 단시일에 왜적을 격퇴시키고 왕자와 대신 등을 구출해 내고, 전쟁초기에 왜적을 무찔러 이후 함경도(咸鏡道) 일원이 다시는 왜적에게 점령당한 적이 없이 백성들이 안전하게 농사짓고 길쌈하며 생업에 종사할 수 있게 만들었다.

농포가 이룬 대첩의 의의는 한 지역의 승리가 아니고, 당시 우리 조선의 전체적인 전세(戰勢)로 볼 때 대단히 중요한 승리였다. 이 싸움의 의의에 대하여 당시의 팔도도체찰사(八道都體察使) 유성룡(柳成龍)은 이렇게 말하였다.

> 왜적은 안팎으로 점점 가득 차 있는데도 크게 소탕하지 못하였으며 이곳의 일은 더욱 소홀하여 근심스럽습니다. 중국 군대는 매양 온다고 소리만 치면서 왜적을 관망만 하고 전진은 하지 않습니다. 이 때문에 장수나 군사들은 왜적을 구경하니 게으름이 날로 심합니다. 멀리서 보내는 편지에서는 다 이야기할 수 없습니다.
>
> 오직 북평사(北評事) 정문부(鄭文孚)만이 군사를 일으켜 길주(吉州)에 있는 7백여 명의 왜적을 단번에 다 섬멸하여 바야흐로 석권(席卷)하는 형세가 되고 있다고 합니다. 철령(鐵嶺) 이북 지역이 다시 우리의 소유가 되고, 또 영동(嶺東) 영서(嶺西) 지방을 수복하여 영남(嶺南)에까지 이른다면, 동남(東南)의 기세가 서로 통하여 국토를 회복할 수 있는 형세가 이루어질 것입니다. 그렇지만 하늘의 뜻이 어떠한지 알 수 없습니다.[18]

18) 柳成龍『西厓集』別集 권3 9,10장,「與金士純」.

관북의 수복은 전체적인 전쟁상황을 전변(轉變)시키는 데 대단히 큰 영향을 미칠 수 있는 중요한 공훈이었다. 그러나 조정에서는 농포에게 공신에 책록하지도 않았을 뿐 아니라 아무런 포상이 없었고, 전승지에 비석 하나 서지 않은 것을 밝힘으로서 당시 공신 책록이나 전공으로 인한 포상 등이 공정하지 못한 점이 있다는 것을 부각시켰다. 같은 전공인데도 북관의 의병(義兵)들이 세운 전공에는 조정의 관심이 아주 소홀했으니, 조선(朝鮮) 조정이 함경도에 대한 차별이 여전히 심하게 남아 있다는 사실도 은연중에 암시하고 있다.

### 3) 합리적인 논의

비문은 일반적으로 제공된 자료에 의해서 지어지는 서사적(敍事的)인 문장으로 작자의 재량(裁量)이 개재할 곳이 별로 없다. 그러나 이 「북관대첩비(北關大捷碑)」는 여타의 비문과 달리 작자의 논의가 많이 들어 있다.

일반적으로 생각할 때 한산대첩(閑山大捷) 행주대첩(幸州大捷)이나 북관대첩(北關大捷)이 다 같이 임진왜란 중의 대첩의 하나로 생각하여 그 구분을 명확하게 하기 어려운데, 최창대(崔昌大)가 최초로 그 대첩 사이의 차별성을 분명히 하여 농포 등이 세운 북관대첩의 의의를 확실히 했다.

그리고 북관대첩비를 세워야 할 당위성에 대해서도 설득력 있게 서술하였다. 변방의 사람들이 오랑캐가 되지 않은 것은 누구의 공인가? 변방의 사람들이 충의(忠義)로써 서로 권면하게 만든 것은 누구의 공인가? 다 농포의 공이었다. 이런 전공(戰功)에 대해서 아무런 현창사업이 없다면 변방 백성들을 설복시킬 수 없다는 사실을 비문에서 말하고 있다.

### 4) 특출한 표현

농포 등 북관 의병들의 혁혁한 전공을 나타내는 표현 가운데 독창적 어휘를 제시하면 다음과 같다.

"고단하고 미미한 사람들을 일으키고 도망간 사람들을 분발시키고"라는 구절에서 함경도에서 의병을 일으킬 초기의 어려운 상황을 잘 부각시켰다.

"강한 것을 믿고 오만하게 천리를 거스르고"라는 구절에서 풍신수길(豊臣秀吉)의 오만하고 방자한 자태를 생생하게 그려내었다.

"주상전하가 만나보고 눈물을 흘렸다"라는 구절에서 농포 등의 전공을 선조(宣祖) 임금이 얼마나 고마워했는지를 상상할 수 있다.

"마침내 오랑캐가 되는 것을 면했다"라는 구절에서 농포 등의 공이 아니었다면 함경도가 왜적의 손에서 탈환될 수 없었다는 사실을 이야기하여, 그 전승이 얼마나 가치가 있었는지를 밝히고 있다.

"그 곳의 병영과 성벽과 진치던 곳을 둘러보고는 떠나지 못하고 왔다갔다하면서 여기저기를 가리키고 돌아보고 탄식하였다"라는 구절에서, 작자가 농포 등 북관 의병장들의 전공에 대해서 가슴 속 깊이 패복(佩服)하고 있는 심정을 토로하였다.

"군대는 의로운 것이 더 없이 날카롭나니, 창과 활 탐탁히 여길 것 없네"라는 구절에서 자발적으로 모인 의병이 얼마나 가치 있으며 얼마나 강할 수 있는지를 역설하고 있다. 이 비문에서 가장 압권(壓卷)이라 할 수 있다.

### 5) 서문(序文)과 명사(銘辭)의 조화

일반적으로 비문은 서문과 명사로 나뉘어져 있다. 사마천(司馬遷)이 역사를 서술하고 끝에 찬(贊)을 붙였는데 명사는 이 찬에서 유래하였다. 사마천의 찬은 본문의 요약이 아니고 그 사실에 대한 가치평가의 차원에서 지어진 것이었다. 그래서 본문과 찬이 중복되지 않았다. 이런 이치에서 비문에서도 서문과 명사가 중복되면 잘 된 비문이라고 할 수 없다.

최창대가 지은 「북관대첩비」는 명사가 서문의 축약이 아니라, 서문과의 내용상의 중복이 거의 없다. 전반부는 주로 왜적 침략의 악랄성을 부각시켰고, 후반부에서는 의병의 가치 평가에 주안점을 맞추고 있는 성공한 명사라 할 수 있다. 명사(銘辭) 그 자체만 독립시켜도 한 편의 훌륭한 의병에 대한 송찬(頌贊)의 글이 될 수 있다.

### 3. 「북관대첩비」 비문 자구의 이동(異同)

환수한 「북관대첩비」에 새겨진 비문과 작자 최창대(崔昌大)의 문집인 『곤륜집(昆侖集)』에 수록된 비문과 농포(農圃) 정문부(鄭文孚)의 문집인 『농포집(農圃集)』에 수록된 비문 사이에는 자구의 이동이 약간 있다. 그것을 비교 검토하고 그렇게 된 이유를 추정하고자 한다.

지금 현재 최창대의 원고가 남아 있지 않으므로 어느 것이 정본(定本)이라고 단정하기는 어렵다. 최창대 자신이 비문을 지어보낸 뒤에 원고를 손질할 수도 있다. 우리나라에서는 통상적으로 문집을 편집 간행하면서 교정(校正)이라는 이름으로 시문(詩文)을 한 차례 이상 손질하여 정본을 정한다. 교정작업은 문집의 저자와 관계가 깊으면서 시문에 능한 사람에게 의뢰하여 진행시킨다. 이 과정에서 잘못된 부분, 미숙한 표현, 말썽의 소지가 있는 부분은 고치거나 빼어 버린다. 그래서 문집에 실린 「북관대첩비」도 원고에서 한 두 차례 이상 수정이 가해졌다고 볼 수밖에 없다. 그리고 저자의 초고(草稿)가 초서로 된 경우가 많은데 탈초(脫草)하는 과정에서 간혹 잘못되는 수도 있다.

돌에 새겨진 「북관대첩비」도 최창대의 원본이라고 보기는 어려운데, 비문을 세우는 관계자들이 받아온 비문 가운데서 사실과 다르거나 빠지거나 마음에 안 드는 부분에 대해서 작자의 허가를 받거나 논의를 거쳐 고칠 수 있기 때문이다.

『농포집』에 수록된 「북관대첩비」는 현지에서 「북관대첩비」를 베껴와서 문집에 수록(收錄)한 것으로 보인다. 왜냐하면 『곤륜집』과 「북관대첩비」에서 일치하지 않는 글자가 「북관대첩비」와 『농포집』에서는 일치하기 때문이다. 1758년(영조 34)에 간행된 목판본 『농포집』에는 아직 수록되지 않았고, 1890년(고종 27)에 간행된 목활자본 『농포집』에 비로소 수록되었다.

이제 『곤륜집』을 기준으로 하여 세 가지의 비문을 비교해 보겠다.

◉ 『곤륜집』 제17권 1판 1행 ; 壬辰之難.
「대첩비」 ; 동일.
『농포집』 ; 壬辰之亂.
[필자 견해] ; '難'보다는 '亂'자가 '난리', '戰亂'의 뜻이 더 명확하므로 『농포집』 편집자들이 의미를 확실히 하기 위하여 수정한 듯하다.

◉ 『곤륜집』 1판 4행 ; 雄鳴一世.
「대첩비」 ; 동일.
『농포집』 ; 雄鳴一世者.
[필자 견해] ; '者'자가 들어가면 그 이전의 구절이 주어(主語)로서의 기능을 명확히 할 수 있으므로 편집자들이 보충한 듯하다.

◉ 『곤륜집』 ; 5행 ; 閑山.
「대첩비」 ; 동일.
『농포집』 ; 閒山.
[필자 견해] ; '閑'자와 '閒'자는 통용되나 '閑山'은 고유명사이므로 '閒山'으로 써서는 안 된다.

◉ 『곤륜집』 6행 ; 游談.
대첩비 ; 동일.
『농포집』 ; 遊談.
[필자 견해] ; '游'자와 '遊'자는 서로 통용되기는 하나 游談이라고 할 때는 통상적으로 '游'자를 쓴다.

◉ 『곤륜집』 11행 ; 驍將.
「대첩비」 ; 동일.
『농포집』 ; 梟將.

[필자 견해] ; 발음도 같고 '사납고 날래다'라는 뜻에서는 서로 통용할 수 있으나, '驍'자는 '날래다'는 뜻 이외에 나쁜 뜻이 없으나, '梟'자의 뜻에는 '간사하다', '어미를 잡아먹는 새' 등 나쁜 뜻이 있으므로, 『농포집』 편집자들이 왜장(倭將)에게 나쁜 이미지를 부가하기 위하여 '梟'자로 바꾼 듯하다.

◉『곤륜집』 13행 ; 兵銳甚.
「대첩비」 ; 동일.
『농포집』 ; 兵銳甚盛.
[필자 견해] ; '盛'자는 불필요한 글자로, '盛'자가 들어가면 '銳'자와 호응이 되지 않아 문맥이 자연스럽지 못하다.

◉『昆侖集』 13행 ; 鞠敬仁.
「대첩비」 ; 동일.
『농포집』 ; 鞠景仁.
[필자 견해] ; 『王朝實錄』에 '鞠景仁', '鞠敬仁' 등이 혼용되어 있고, 심지어 '鞠京仁', '鞠慶仁'으로도 기록되어 있어 어느 것이 옳다 할 수 없으나, 『농포집』에 실린 장계(狀啓)에는 국경인(鞠景仁)으로 되어 있으므로, 편집자들이 『농포집』에 의하여 고친 것이다(이하 국경인(鞠景仁)의 이름자는 『곤륜집』과 「북관대첩비」는 같고 『농포집』은 다르다).

◉『곤륜집』 14행 ; 扇亂.
『대첩비』 ; 동일.
『농포집』 ; 煽亂.
[필자 견해] ; 서로 통용되는데 '선동한다'는 뜻을 더 명확하게 하기 위해서 『농포집』 편집자들이 '煽'자로 바꾼 듯하다.

◉『곤륜집』 14행 ; 長吏.
『대첩비』 ; 동일.
『농포집』 ; 將吏.
[필자 견해] ; 조선시대에 '고을 원'이라는 뜻으로 쓰이던 '長吏'를 '장수와 아전'의 뜻인 '將吏'로 고친 것은 『농포집』 편집자들의 착오인 듯하다.

◉『곤륜집』 16행 ; 鞠世必.
「대첩비」 ; 鞠世必.
『농포집』 ; 鞠世弼.
[필자 견해] ; 「조선왕조실록」과 『농포집』의 장계(狀啓)에 모두 '鞠世弼'로 되어 있으므로 '鞠世弼'이 맞다(이하 국세필(鞠世弼)의 이름자도 「북관대첩비」와 『곤륜집』은 같고 『농포집』은 다르다).

◉『곤륜집』 17행 ; 氣士.
「대첩비」 ; 義氣士.
『농포집』 ; 義氣士.
[필자 견해] ; 의미상으로 볼 때 '義'자가 들어 가는 것이 옳다. 『곤륜집』에 '義'자가 잘못 빠졌거나, 북관대첩비를 세우는 사람들이 보충해 넣은 것 같다.

◉『곤륜집』 17행 ; 奮曰.
「대첩비」 ; 동일.
『농포집』 ; 憤曰.
[필자 견해] ; 둘 다 의미는 통하나 '奮'자가 의병장다운 기개가 더 잘 나타난다.

◉『곤륜집』 19행 ; 創攘.
「대첩비」 ; 동일.
『농포집』 ; 搶攘.
[필자 견해] ; '創攘'이란 말은 문헌에 용례가 없다. 전쟁 등으로 인하여 '나라가 어지러운 모습'을 표현하는 말로는 '搶攘'이 맞다. 『농포집』 편집자들이 비문이 잘못되었다고 수정한 것으로 간주된다.

◉『곤륜집』 2판 5행 ; 內義兵.
「대첩비」 ; 內義兵.
『농포집』 ; 納義兵.
[필자 견해] ; '內'자와 '納'자는 서로 통용되나 『농포집』 편집자들이 뜻을 더 명확히 하기 위해서 바꾼 듯하다.

◉『곤륜집』 2판 5행 ; 南城樓.

「대첩비」; 동일.

『농포집』; 南門樓.

[필자 견해] ; 의미는 비슷하나 '南門樓'가 더 구체적이고 확실하게 지점을 가리킨다.

◉『곤륜집』 6행 ; 禽之.

「대첩비」; 擒之.

『농포집』; 擒之.

[필자 견해] ; '禽'자와 '擒'자는 '사로잡는다'라는 뜻에서는 서로 통용되나 '擒'자로 하는 것이 뜻이 명확하고 이해하기 쉽다.

◉『곤륜집』 11행 ; 斬獲.

「대첩비」; 斬獲.

『농포집』; 斬馘.

[필자 견해] ; '斬獲'은 '적을 목베고 사로잡는다'이고 '斬馘'은 '적을 목베어 귀를 짜른다'는 뜻이다. 둘 다 뜻이 통하지만 '斬獲'의 뜻이 더 적절하고 광범위하기 때문에 꼭 고칠 필요가 없다.

◉『곤륜집』 18행 ; 收入.

「대첩비」; 收入.

『농포집』; 遂入.

[필자 견해] ;『농포집』 편집자들이 고친 것은 별로 적절하지 못하다.

◉『곤륜집』 18행 ; 방('方'자 속에 '方'자)

「대첩비」; 旁.

『농포집』; 傍.

[필자 견해] ; '방'과 '旁'은 같은 글자이고, '傍'과는 통용되는 글자이다. '傍'자로 쓰면 '옆'이라는 뜻이 더 명확하다.

◉『곤륜집』 19행 ; 輕騎.

「대첩비」; 精騎.

『농포집』; 精騎.

[필자 견해] ; '輕騎'는 '가볍게 군장한 말', '단기(單騎)' 등의 뜻이므로 '날랜 말'의 뜻인 '精騎'가 전쟁상황에 적절하므로 훨씬 낫다. 崔昌大의 비문을 받아와 손보는 과정에서 뜻이 더 나은 글자로 바꾼 것 같다.

◉『곤륜집』 3판 1행 ; 敗之.
「대첩비」 ; 敗之.
『농포집』 ; 破之.
[필자 견해] ; 『농포집』 편집자들이 더 능동적인 강한 뜻이 있는 '破'자로 바꾼 듯하다.

◉『곤륜집』 3행 ; 奏捷.
「대첩비」 ; 奏捷.
『농포집』 ; 奏牒.
[필자 견해] ; 『농포집』의 '奏牒'은 전후 문맥상 타당한 글자가 아닌 듯하다.

◉『곤륜집』 9행 ; 觀察使怒.
「대첩비」 ; 觀察使怒.
『농포집』 ; 觀察使尹卓然怒.
[필자 견해] ; 『농포집』 편집자들이 사실을 명확히 하기 위해서 관찰사의 이름을 첨가하였다.

◉『곤륜집』 10행 ; 疾義兵功聲.
「대첩비」 ; 嫉義兵功聲.
『농포집』 ; 嫉義兵功聲.
[필자 견해] ; '疾'자와 '嫉'자가 '미워한다'는 뜻에서는 서로 통하지만 '嫉'자가 뜻이 더 명확하고 알기 쉽다.

◉『곤륜집』 13행 ; 祀同事諸人.
「대첩비」 ; 祀同事諸人.
『농포집』 ; 祠同事諸人.
[필자 견해] ; '祀'자와 '祠'자가 통용되는 경우가 있지만, 여기서는 '祀'자가 더 낫다.

◉『곤륜집』 17행 ; 咨嗟.
「대첩비」 ; 咨嗟.
『농포집』 ; 咨歎.
[필자 견해] ; 다 같은 뜻이므로 『농포집』 편집자들이 고치는 것은 타당하지 않다.

◉『곤륜집』 18행 ; 八路壞.
「대첩비」 ; 八路壞.
『농포집』 ; 八路潰.
[필자 견해] ; 뜻이 대동소이하므로 고칠 필요가 없다.

◉『곤륜집』 19행 ; 興王舊地.
「대첩비」 ; 興王舊地.
『농포집』 ; 興王舊域.
[필자 견해] ; 뜻이 대동소이하므로 고칠 필요가 없다.

◉『곤륜집』 4판 3행 ; 伐石鳩材.
「대첩비」 ; 伐石鳩材.
『농포집』 ; 伐石鳩財.
[필자 견해] ; 돌이 '石材'이므로 '鳩材'로 하면 의미가 중복되고 뜻이 넓지 못하므로, 필요한 '재물을 모은다'는 뜻인 '鳩財'가 더 타당하다. 때문에 『농포집』 편집자들이 고친 듯하다.

◉『곤륜집』 4판 5행 ; 我王于蕃.
「대첩비」 ; 我王于藩.
『농포집』 ; 我王于藩.
[필자 견해] ; '제후(諸侯) 나라'라는 뜻에서는 '蕃'자와 '藩'자가 서로 통용되므로 어느 자를 써도 상관 없으나, '藩'자로 하면 뜻이 더 명확하다. 그러나 『시경(詩經)』 대아(大雅) 「숭고(崧高)」편에는 "四國于蕃, 四方于宣"로 되어 있다.

◉『곤륜집』 4판 6행 ; 狼虺穴墉.
「대첩비」 ; 狼虮穴墉.

『농포집』 ; 狼虺穴墉.

[필자 견해] ; '虺'자와 '蚚'자는 서로 통용될 수 없다. 북관대첩비의 글씨를 쓰는 사람이 착각하여 잘못 쓴 것으로 볼 수 있다. 글자의 부수를 좌우로 바꾸어도 같은 글자가 많이 있지만 이 글자는 전혀 다른 글자가 된다. '蚚'자는 발음이 '기'이고 뜻은 '벌레 이름'이다. '올(虮)'자는 발음이 '올'이고 뜻은 '조개'이다.

◉『곤륜집』 4판 9행 ; 厥醜崩恟.

「대첩비」 ; 厥醜崩恟.

『농포집』 ; 厥醜崩恼

[필자 견해] ; '恟'자와 '忷'자는 같은 글자이나 '恼'로 쓰면 '惱'자의 약자가 된다(중국에서는 현재 '惱'자의 간화자(簡化字)로 쓰이고 있다).

◉『곤륜집』 4판 9행 ; 大君.

「대첩비」 ; 人君.

『농포집』 ; 大君.

[필자 견해] ; '大君'이란 뜻은 원래 『역경(易經)』이나 『서경(書經)』에서는 '천자(天子)'라는 뜻으로 쓰였고, 또 우리나라에서는 '적통(嫡統)의 왕자'를 지칭하는 말로 쓰였다. 그냥 '大君'이라고 쓰면 두 가지 오해를 불러일으킬 수 있으므로 비를 세우면서 그냥 '임금'을 뜻하는 '人君'으로 바꾼 듯하다.

◉『곤륜집』 4판 9행 ; 誦詞.

「대첩비」 ; 誦詞.

『농포집』 ; 頌詞.

[필자 견해] ; '誦'자와 '頌'자는 서로 통용되나 뜻이 더 명확하고 좋으므로 『농포집』 편집자들이 수정한 듯하다.

## 4. 기존 번역문에 대한 약간의 보정(補訂)

1999년도에 간행 배포한 국역 『농포집』에 실린 「조선국 함경도 임영대첩비명」은 1890년에 간행한 목활자본 『농포집』에 실린 「유명조선국함경도임영대첩비명(有明朝鮮國咸鏡道臨瀛大捷碑銘)」의 번역문이다. 역자는 저명한 시인이자 문필가인 이은상으로 되어 있고 1970년경에 번역된 것으로 보인다. 지금까지 번역되어 나온 것으로는 유일한 것으로 알고 있는데 번역이 비교적 평이하면서도 유려(流麗)하게 잘 되었다. 그러나 약간의 문제가 없지 않고 또 보완할 것도 몇 군데 있다. 그 가운데서 확실히 문제가 있는 것만 조심스럽게 졸견(拙見)을 개진한다.

어떤 글이든지 번역은 맨 처음 하는 사람이 제일 어려움을 겪는데, 남이 이미 해 놓은 번역문에 대해서 결점을 잡는 것은 취모멱자(吹毛覓疵)의 혐의를 입을 수 있으나 「북관대첩비」에 대한 독자들의 올바른 이해를 위해서 불가피한 일이다.

이 번역문은 『농포집』에 실린 「대첩비」를 번역 대본으로 했기 때문에 일본에서 환수한 「대첩비」 원문과는 맞지 않는 곳이 상당히 있다. 앞에서 제시하였지만 세 가지 대본에서 33곳 정도 자구의 이동이 있으므로, 이 번역문을 「북관대첩비」의 번역문으로 쓰는 것은 적절치 못하다. 그리고 이 번역문은 주석(註釋)이 하나도 없으므로 역사적 사실을 구체적으로 파악하는 데 아쉬운 점이 있다.

◉「대첩비」 원문 ; 李月川之.
국역본 『농포집』 327페이지 5행 ; 이월천(李月川)의.
[필자 보정] ; 월천부원군(月川府院君) 이정암(李廷馣)의.

◉ 원문 ; 游談.
『농포집』 327페이지 6행 ; 이야기하는(원문의 '游'자가 해석되지 않았다).
[필자 보정] ; 여기저기서 이야기하는.

◉ 원문 ; 驁逆.
327페이지 12행 ; 거만하게('逆'자가 번역되지 않았다).
[필자 보정] ; 거만하게 천리(天理)를 거슬러서.

◉ 원문 ; 規犯中國.

327페이지 13행 ; 중국을 침범하고자 엿보다가.

[필자 보정] ; 중국을 침범하기를 꾀하다가('規'자에 '엿보다'는 뜻이 없는 것은 아니지만 그런 뜻으로 쓰이는 경우는 극히 드물고, '도모하다', '꾀하다'라는 뜻으로 많이 쓰인다).

◉ 원문 ; 賊已陷京畿.

327페이지 15행 ; 적은 이미 경기도를 함락시키고.

[필자 보정] ; 왜적은 이미 경기지역(京畿地域 : 서울과 서울 부근)을 함락시켰고(이 비문에서는 '서울'이 핵심어인데 '경기도'라고 번역하면 마치 서울은 제외된 듯한 느낌을 가져올 수 있다).

◉ 원문 ; 驍將.

327페이지 15행 ; 무서운 장수.

[필자 보정] ; 날랜 장수.

◉ 원문 ; 扇亂.

327페이지 22행 ; 난을 일으켜.

[필자 보정] ; 선동하여 난을 일으켜.

◉ 원문 ; 長吏.

327페이지 22행 ; 장수와 관리(『농포집』의 원문 '將吏'를 그대로 번역하였다).

[필자 보정] ; 각 고을 수령(守令)들('長吏'는 조선시대에는 '수령'이란 뜻으로 쓰였다).

◉ 원문 ; 奮曰.

327페이지 27행 ; 분개하여 말하되(『농포집』의 원문이 '憤曰'로 되어 있기 때문이다).

[필자 보정] ; 분연(奮然)히 말하기를.

◉ 원문 ; 潛與.

328페이지 2행 ; 과 함께('潛'자가 번역되지 않았다).

[필자 보정] ; 비밀리에 ……와 함께.

◉ 원문 ; 歃血誓義.

328페이지 7행 ; 피로써 맹세하여('歃'자와 '義'자가 번역되지 않았다).

[필자 보정] ; 피를 마시고 의리로 맹세하여(옛날에는 맹세할 때 짐승의 피를 마시는 관례가 있었다).

◉ 원문 ; 鄭公建旗鼓, 上南城樓. 誘世必上謁, 時其入, 目文佑禽之, 斬以徇.

328페이지 11-12행 ; 정공이 기와 북을 세우고 남문으로 올라오도록 꾀어 그가 현실할 때 문우가 그를 사로잡아 목을 베어 조리돌리고.

[필자 보정] ; 정공(鄭公)이 깃발을 세우고 북을 설치하고 남쪽 성루(城樓)에 올랐다. 국세필(鞠世必)을 유인하여 올라와 인사하도록 하여 그가 들어올 때를 틈타 강문우(姜文佑)에게 눈짓하여 그를 사로잡도록 하여 목을 베어 조리돌렸다(『농포집』의 번역은 이 단락의 구두(句讀)를 잘못 끊어 오역이 되었다).

◉ 원문 ; 南趣明川.

328페이지 13행 ; 명천(明川)으로 가서('南'자가 번역되지 않았다).

[필자 보정] ; 급히 남쪽 명천(明川)으로 가서('趣'자는 그냥 '가다'보다는 '급히 가다'의 뜻이 있다).

◉ 원문 ; 斬獲無數.

328페이지 28행 ; 목을 수없이 베었으며(『농포집』 원문 '斬馘'을 그대로 번역하였다).

[필자 보정] ; 무수히 많은 왜적의 목을 베고 사로잡았고.

◉ 원문 ; 列伏于旁陘.

329페이지 3행 ; 길 옆에 복병을 두어('陘'자의 뜻이 전혀 없다).

[필자 보정] ; 그 옆의 골짜기에 복병을 죽 배치하여.

◉ 원문 ; 功聲出己.

329페이지 21행 ; 공적이 자기보다 뛰어남을('聲'자 번역이 되지 않았음).

[필자 보정] ; 공적과 명성(名聲)이 자기보다 뛰어남을.

◉ 원문 ; 以人來請文.
330페이지 11행 ; 사람을 시켜 글을 청하거늘.
[필자 보정] ; 사람을 보내어 글을 청하기에.

◉ 원문 ; 乃叙其事.
330페이지 13행 ; 마침내 그의 사적을 서술하고.
[필자 보정] ; 이에 그 사실을 서술하고.

◉ 원문 ; 系之銘曰.
330페이지 13-14행 ; 새긴다('銘'은 글의 종류인데 '새긴다'라고 번역하면 안 된다).
[필자 보정] ; 명사(銘辭)를 붙이기를.

◉ 원문 ; 血口胥呑, 濟毒以兇.
330페이지 19행 ; 피 머금은 입으로 흉한 독을 뿜을 적에.
[필자 보정] ; 피 묻은 입으로 다 삼키고 흉하게 독을 뻗칠 적에.

◉ 원문 ; 厥醜崩恟.
330페이지 24행 ; 흉한 적을 무너지네('恟'자는 해석되지 않았음).
[필자 보정] ; 그 흉한 무리들 패배하여 두려워하네.

◉ 원문 ; 匪私我忠.
330페이지 25행 ; 사사 아닌 충성 때문이거니.
[필자 보정] ; 우리의 충성을 사사로이 돌아본 것만은 아니라('匪私'라는 말이 문헌에 많이 나오는데 이때 '私'자는 타동사이다).

## Ⅴ. 결론

그 시대에 살면서 그 일을 직접 겪은 사람이 그 사실을 글로 적으면 좋은 글이 될 확률이 가장 높다. 그러지 못할 경우 직접 그 현장을 답사하고 그 사실을 현지 사람들에게서 듣고서 글을 쓰면 좋은 글을 쓸 수 있다.

「북관대첩비(北關大捷碑)」 비문의 탄생은 최창대(崔昌大)라는 당대 최고의 문장대가가 북평사(北評事)로 부임하여, 임진왜란 당시 의병의 후손들을 만나 그들과 함께 북관의 전승지를 직접 답사함으로 해서 명문(名文)이 탄생할 수 있는 좋은 조건을 다 갖추었다. 자신이 비를 세울 필요성을 제일 먼저 느꼈고, 자신이 비를 세울 것을 의병의 후손들에게 호소하였으니 비문을 지어달라는 부탁을 받고는 적극적으로 비문을 찬술(撰述)하였을 것이다. 비의 서문 말미에 "적임자가 아니라고 사양했다"라는 말은 형식적인 말에 불과할 것이다. 자기가 잘 아는 내용을 짓고 싶은 마음에서 여러 사람들의 추앙을 받아 지었으니 좋은 글이 되지 않을 수 있겠는가?

「북관대첩비」 비신(碑身)도 중요한 문화재이지만 북관대첩의 내용이 담긴 비문(碑文)이 더 중요한 가치가 있다고 본다.

이 비문에는 북관대첩의 가치를 평가하여 한산대첩(閑山大捷), 행주대첩(幸州大捷)보다 더 어려운 여건에서 대승을 이루어낸 점을 높이 부각시켰다. 그리고 국가의 지원 없이 의병들이 이루어낸 전승이라 더 가치가 있는 것이다. "군대는 의(義)가 더없이 날카로운 것이고, 창과 활은 탐탁지 않다"라는 구절이 의병의 의의를 남김없이 다 이야기하였다.

비문은 아주 전후맥락이 통하게 평이하면서도 긴장감 있게 잘 서술하여 한국한문학사(韓國漢文學史)에 있어 산문문학의 걸작품으로 품정(品定)되어야 할 것이다. 하남(河南)지역의 반란을 평정한 사실을 찬미한 당(唐)나라 한유(韓愈)의 「평회서비(平淮西碑)」가 한유의 산문 작품 가운데서 제일의 걸작으로 평가되고 있는데, 최창대의 「북관대첩비」도 우리나라 산문문학의 최고 걸작이 되기에 손색이 없다고 본다.

앞으로 비문 자체에 대한 다각적인 고구(考究)가 필요할 것이다. 비문 속에 담긴 농포(農圃) 등 여러 의병장들의 호국정신과 선비의 충의(忠義)를 체득하여 오늘에 되살리는 것이 중요하다.

# 국가지도자에게 미치는 독서의 힘

## - 중국 국가주석 모택동(毛澤東)의 경우 -

### Ⅰ. 도언(導言)

96473.

30.

첫 번째 숫자는 모택동의 장서 권수다.

두 번째 숫자는 『모택동장서목록』 권수다.

동서고금의 세계 역사상 국가지도자로서 가장 많은 장서를 보유하였고, 가장 독서를 좋아하였다. 숨을 거두기 10시간 전, 이 세상에 살아 있는 마지막 날도 11회에 걸쳐 2시간 50분 동안 독서를 했다.

그리고 도서관의 가치를 가장 잘 알고 도서관에 관심을 쏟았고, 도서관을 가장 잘 활용한 국가지도자도 모택동이다. 북경대학 도서관 현액(懸額)도 모택동이 썼다.[새로 지은 도서관의 현액은 鄧小平 글씨]

모택동이 어떻게 독서를 좋아했으며 그의 독특한 독서방법은 무엇이며 독서에 얽힌 그의 독특한 면모는 어떠했던가를 소개하고자 한다.

### Ⅱ. 모택동 독서 학습 과정

모택동은 중국공산당 주석, 중화인민공화국 주석인 것은 잘 알고 있는 사실이다. 그는 혁명가, 전략가, 군사이론가로서 중국공산당과 중화인민공화국의 건립자이자 지도자이다. 동시에 그는 문학자 · 철학자 · 사상가 · 교육자 · 문인 · 시인 · 서예가라고도 할 수 있다.

1893년 12월 26일 중국 호남성(湖南省) 상담현(湘潭縣) 소산(韶山)에서 농민의 아들로 태어났다. 집안은 상당히 넉넉한 편이었으나, 그의 부친은 그가 글 공부하는 것은 싫어하고 오로지 자기를 도와 집안 살림을 살기를 바랐다. 그래서 그에게 주산과 부기를 배울 것을 강요하였다.

1902년 9세 되던 해 봄에 마을의 글방에 들어가서 『삼자경(三字經)』을 배웠다. 이어서 유학경림(幼學琼林)』과 유교경전인 『논어(論語)』, 『맹자(孟子)』, 『중용(中庸)』, 『대학(大學)』을 차례로 배웠다. 모택동은 기억력이 좋아 내용을 잘 이해하고 기억하였다.

1904년부터 1906년까지 11세 때 소산(韶山)의 글방 등 몇 군데 글방을 옮겨 가며 사서삼경(四書三經)을 공부하였다. 서예도 연습하기 시작했다. 그러나 모택동은 유교 경전은 그렇게 좋아하지 않고, 『삼국지(三國志)』 · 『수호지(水滸誌)』 같은 중국 고대소설을 읽기 좋아했다. 특히 통치계급의 압박에 투쟁하는 내용을 좋아했다. 소설의 주인공이 전부 영웅 · 장수 · 관리 · 선비 등 지배층이고 농민은 주인공이 되지 못 하는 것을 이상하게 생각했다. 농민의 아들인 자기가 소설의 주인공처럼 지도자가 되어야 하겠다는 생각을 갖기 시작했다.

1907년부터 1908년까지 서당 공부를 그만두고 집에서 농사를 거들면서도 계속 책을 읽었다.

이 기간에 『성세위언(盛世危言)』이라는 책을 보았는데 이 책에서 서양의 과학기술에 대한 정보를 얻었다. 또 『교빈려항의(校邠廬抗議)』라는 책을 읽고는 중국의 부패상과 서양 열강의 중국침략에 대해서 알게 되었다. 모택동은 이런 책을 보고는 시야가 넓어졌고 애국적 사상이 싹텄으며 부정부패에 대해서 저항하는 마음이 생겼다.

1909년 16세 되던 해 다시 공부를 시작하여 서당에 들어갔다. 이때 소산에 외지에서 온 이수청(李漱清)이라는 교사가 있었는데, 외국 각지에 대한 견문과 유신(維新)에 대해서 이야기하면서, 사당(祠堂)을 허물고 학교를 세워야 한다고 주장했다. 모택동은 그의 의견에 전적으로 찬성하여 사제관계를 맺었다.

1910년부터는 『사기(史記)』, 『한서(漢書)』 등 중국 역사서를 읽었다. 때때로 시론(時論)에 관계된 신간 서적을 읽었다. 가을에 동산고등소학당(東山高等小學堂)에 들어가 학습하였다. 고향을 떠날 때 한시를 한 수 지어 부친에게 주었다.

> 남아가 뜻을 세워 고향을 나섰으면, 男兒立志出鄕關
> 학문으로 이름을 이루지 못 하고는 맹세코 돌아오지 않으리. 學不成名誓不還
> 어찌 꼭 조상들 살던 고향 땅에다 뼈를 묻어야 하나? 埋骨何須桑梓地
> 사람 사는 어느 곳인들 푸른 산이 아닌 곳이 없다네. 人生無處不靑山

이 시에서 모택동은 학업에 정신을 다 쏟겠다는 뜻과 천하 사방에 뜻을 두겠다는 뜻을 나타내었다.

동산학교에는 유교 경전 이외에도 자연과학과 그 밖에 새로운 학과가 개설되어 있었다. 일본에서 유학하고 온 어떤 교사는 일본의 명치유신(明治維新)과 열강의 중국 침략에 대해서 늘 이야기했다. 동산학교에서 공부하는 기간 동안 모택동은 많은 발전이 있었고, 또 글을 지어 국문 교사와 교장의 칭찬을 들었다.

이때 모택동은 유교 경전에 뜻이 있지 않았다. 늘 학교 장서루(藏書樓 : 현재의 도서관)에 가서 중국과 외국의 역사 지리에 관한 책을 빌려 읽었다. 중국 고대의 요순(堯舜), 진시황(秦始皇), 한무제(漢武帝) 등에게 관심이 많았다. 『세계영걸전(世界英傑傳)』이라는 책을 읽고는 나폴레옹, 카테리나, 피터대제, 워싱톤, 루소, 몽테스큐, 링컨 등의 사적에 대해서 알게 되었고 "중국에도 이런 인물이 있어야 한다. 우리도 응당 부국강병을 도리를 알아야 한다. 고염무(顧炎武)가 '나라의 흥망에는 필부도 책임이 있다[天下興亡, 匹夫有責.]'라고 말했다"라고 말했다

동산학교에 있는 동안 양계초(梁啓超)가 주편한 『신민총보(新民叢報)』를 얻어 외울 수 있을 정도로 반복해서 읽었다. 입헌국가(立憲國家)와 전제군주국가의 체제 등에 대해서 관심을 가졌고 서양의 국가제도에 대해서 알았다.

1911년 18세 되던 해 봄에 상향주성중학(湘鄉駐省中學)에 들어가 공부했다. 여기서 손문(孫文)이 주도하는 동맹회(同盟會)에서 발간한 『민립보(民立報)』를 읽고서 손문이라는 인물과 동맹회의 강령을 알았다. 동맹회에서 중국 곳곳에서 청나라에 저항하는 무장시위를 한다는 것도 알았다. 손문 등을 지지하고 청(淸) 왕조에 반대하는 글을 써서 학교 벽에 붙였다. 청 왕조에 반대하는 시위에 최초로 참석하고 자기의 변발을 맨 먼저 잘랐다.

10월 10일 무창(武昌)에서 의거가 일어나고, 22일에는 장사에서도 시위가 일어났다. 이 달 말에는 모택동은 장사(長沙)에 주둔하던 부대에 들어가 군인이 되었다. 이때 상한신문(湘漢新聞)』에서 처음으로 '사회주의(社會主義)'란 말을 보았는데 사회주의에 대해서 깊은 관심을 보였다.

1912년 1월 1일, 손문이 남경(南京)에서 임시 대총통(大總統)에 취임하여 중화민국의 성립을 선포했다. 2월 12일에는 청(淸)나라 황제가 퇴위를 선포했다. 3월 10일, 원세개(袁世凱)가 북경(北京)에서 임시 대총통에 취임했다. 혁명이 끝났다고 생각하여 모택동은 학교로 돌아가 공부를 계속하였다. 여러 가지로 진로를 고려하다가 호남성립제일중학(湖南省立第一中學)에 1등으로 합격하였다.

6월 『상앙사목입신론(商鞅徙木立信論)』이라는 글을 지어 '위대한 그릇'이라는 국어 교사의 극찬을 받았다. 이 글은 모택동의 최초의 정치적 논문으로 국가의 통치에는 백성들의 신뢰가 우선이라는 취지의 글로서, 법학사상과 철학사상이 들어 있었다. 모택동이 역사와 문학을 좋아한다는 것을

안 국어 교사는 모택동에게 『어비역대통감집람(御批歷代通鑑輯覽)』이라는 책을 빌려 주었다.

학교의 교과과정에 한계를 느낀 모택동은 『통감집람』을 읽은 뒤, 학교에 다니는 것보다는 독학하는 것이 낫겠다고 생각하여 학교에서 자퇴하고 상향회관(湘鄕會館)에서 기거하며 공부했다. 자신이 「독학계획서」를 만들어 매일 호남성립도서관(湖南省立圖書館)에 가서 공부했다. 독학하기 시작한 그 해 반년 동안은 18·19세기 유럽 학자들의 사회과학과 자연과학에 관한 책을 보았다. 아담 스미스의 『국부론』, 몽테스큐의 『법의 정신』, 루소의 『민약론』, 스튜어드 밀의 『논리학』, 헉슬리의 『천연론(天演論)』, 다윈의 『종의 기원』 등을 읽었다. 또 미국, 영국, 불란서, 러시아 등의 역사와 지리에 관한 책, 그리스 로마의 문예작품들도 두루 읽었다. 이 도서관에서 한 장으로 된 '세계대지도'를 처음으로 보고 매우 큰 관심을 보이며 자세하게 보기를 반복했다.

1913년 20세 되던 해 봄에 자신의 진로에 대해서 진지하게 생각해 보고서 교직이 자신에게 가장 적합하겠다고 생각했다. 독학을 반대하던 부친이 이때 마침 생활비 지급을 중단하였다. 그래서 학비도 받지 않고 숙식비도 싼 사범학교로 가기로 결정하여 호남성립제사사범학교(湖南省立第四師範學校 : 나중에 제일사범과 합병) 예과(豫科)에 응시하여 합격하였다.

1913년 10월부터 12월까지 모택동이 수업 들은 것을 기록한 『강당록(講堂錄)』(2백자 원고지 150매 분량)이 남아 있다. 주된 내용은 국어와 수신(修身) 수업의 기록이고 그 밖에 철학·역사·지리·옛날 시나 문장·수학·물리 등에 관한 기록도 들어 있다. 또 고금의 명인들의 학문 연구 방법, 처세방법, 국가 통치와 관계되는 윤리도덕에 관한 언행 등이 많이 기록되어 있다. 고사성어, 경구(警句) 등도 모두 분류되어 조목조목 기록되어 있다. '특출한 이상', '실적적인 것을 찾아 학문을 좋아하자[求實好學]', '헛 이름에 힘쓰지 말자[不務虛名]' 등의 구절도 있다.

이때 정성을 들인 해서(楷書)로 굴원(屈原)이 지은 「이소(離騷)」와 「구가(九歌)」를 정사(淨寫)하였다. 그리고는 「이소」의 내용을 단락별로 나누어 요점을 적고, 매 페이지 상단에 자신의 감상과 비평하는 글을 적어 넣었다.

당시 국어교사 원중겸(袁仲謙)은 모택동의 신문기자 투의 문장을 싫어하여, "양계초(梁啓超) 식의 문장을 배우지 말고 당송팔대가(唐宋八大家)의 문장을 배우라고 하였으므로, 모택동은 당송팔대가의 선구자인 한유(韓愈)의 문집인 『창려집(昌黎集)』을 사서 정밀하게 연구하여 고문(古文)의 문체를 배웠다.

1914년 21세 되던 해 가을에 본과에 편입하였다. 호남제일사범학교 교사 가운데서 모택동에게 가장 영향을 준 교사는 양창제(楊昌濟)였다. 양창제는 독일에서 유학하고 돌아와서 교육학과 윤리학 등의 과목을 가르쳤는데, 학생들을 공정하고 도덕적이고 사회에 도움을 줄 수 있는 사람으로 키우려고 노력했다. 양창제는 나중에 북경대학 철학과 교수가 되고, 그의 사후 모택동은 그의 딸 양개혜(楊開慧)와 결혼했다. 재학 중 모택동은 양창제에게 책도 빌리고 학문이나 자신의 고민에 대해서 이야기를 많이 했다.

제일사범학교의 교과목은 아주 다양했다. 그 가운데서 모택동은 철학·역사·지리·문학 등에 전념하였다. 학교에 다니면서도 여전히 독학을 중시하여 자신의 독학계획서를 만들어 계획에 의거하여 쉬지 않고 책을 읽었다. 그는 배운 것을 깊이 파고 들어가 녹여 꿰뚫어 확실하게 통하려고 노력했다.

1915년 22세 때 이후로 계속 사범학교 교사 여금희(黎錦熙)를 여러 차례 방문하여 함께 독서, 학업, 중국문자 문제 등 여러 가지 문제를 토론했다. 여금희는 나중에 북경사범대학 교수가 되었는데 중화인민공화국 수립 이후 모택동을 도와 한자의 간체자(簡體字 : 중국식 略字) 제정을 주도하였다.

이 시기에 모택동은 자신의 학문방법에 대해서 이렇게 이야기했다. "학문하는 방법을 정했는데, ‘먼저 넓게 보고 나서 요약하며[先博而後約], 먼저 중국 것을 보고 난 뒤 서양 것을 보고[先中而後西], 먼저 보편적인 것을 보고 난 뒤 전문적인 것을 본다[先普遍而後專門]”, “옛날에 나는 독립적인 길을 좋아했는데 지금 그 것이 잘못된 줄을 알겠다. 그러나 학교에서 학생에게 점수를 주어 장려하는 허영은 더욱 비루하게 여겨 버릴 바이다”. 독학의 문제점과 학교교육의 문제점을 다 지적했다.

1918년 25세 때 장사에서 친구들과 함께 신민학회(新民學會)를 창립했는데 학회의 취지는 “학술을 혁신하고 품행을 갈고 닦으며 인심과 풍속을 개량한다”는 것이었다. 학회는 모택동이 주관했다.

6월에 호남제일사범학교를 졸업하였다. 신민학회 활동을 계속하였다. 이때 호남사범 은사 양창제(楊昌濟 : 후일 모택동의 장인)가 북경대학(北京大學) 교수로 옮겼으므로 모택동이 북경대학 입학을 도모했다. 북경에 머무르며 북경대학 입학을 도모했는데, 북경대학 교장 채원배(蔡元培)는 ‘불란서 근공검학(勤工儉學)’을 권유했다. 이때 양창제의 집에 기거하면서 많은 것을 묻고 토론하였다.

1919년 북경대학 철학연구회가 성립되었는데, 모택동도 거기에 참가했다. 아울러 북경대학의 강의를 청강하였다.

은사 여금희가 그가 만든 「국어연구조사진행계획서」 개정본을 모택동에게 보여주며 의견을 구했다.

3월 모친의 병으로 호남(湖南)으로 돌아와 신민학회의 일을 다시 주관했다. 장사(長沙)의 소학교에서 역사를 가르치며 각계의 인사들과 접촉했다.

5月4日 북경에서 5. 4운동이 일어났는데, 모택동은 신민학회 회원과 함께 북경의 인사들과 연계를 하여 의견을 교환하여 북경의 학생들과 보조를 같이하기로 했다. 새로운 호남학생연합회를 창립하여 반제국주의 애국운동을 주도하였다.

1920년 1월 17일 은사 양창제가 북경에서 병사했다. 모택동은 북경으로 가서 두 딸과 함께 빈소를 지켰다. 두 딸 가운데 한 사람이 나중에 모택동과 결혼한 양개혜(楊開慧)이다. 북경대학 교장 채원배, 은사 여금희 등과 함께 양창제의 서거를 알리는 부고를 내었다.

이때부터 마르크스주의이론과 러시아 혁명 역사에 관한 책을 읽어 그 영향을 받았다. 이로 인해서 중국어로 된 공산주의에 관한 서적을 열심히 수집하였다. 특별히 감명을 받은 세 가지 책은 마르크스의 『공산당선언』, 카우츠키의 『계급투쟁』, 카프의 『사회주의사(社會主義史)』였다. 이때부터 마르크스주의자가 되었다.

4월 11일 북경을 떠나 상해로 가면서 곡부(曲阜)에 들러 공자가 살던 집, 묘지를 둘러보고 맹자의 출생지를 둘러보고 태산(泰山)에 올랐다.

5월 상해에 머물면서 신민학회 회원들과 신민학회 문제를 토론했다. 친구들과 공동으로 일하며 공동으로 독서했다.

6월 7일 은사 여금희(黎錦熙)에게 편지를 보내 자신의 학문에 대해서 돌아보고 새로운 방법을 모색하였다. "저는 일생 동안 학교를 아주 원망했습니다. 그래서 다시 학교에는 진학하지 않고 자유롭게 연구하고자 했습니다. 자유롭게 연구하려면 규율과 방법이 있어야 하는데 꼭 불가능한 것은 아닙니다. 학문에 있어서 아직도 한 가지만 전공하려는 생각은 없습니다. 복사선(輻射線) 방법을 사용해서 한 분야 한 분야씩 섭렵해 볼까 합니다. 상식적인 것도 갖추어지지 않았으니, 전공이라고 말하기는 어렵습니다만, 상식이 모여져 일관되게 정리하면 깊은 경지에 쉽게 이를 것입니다. 스펜서는 국가가 구속하는 것을 가장 원망했습니다. 저는 학교가 구속하는 것은 큰 폐해라고 생각했습니다. 문자학, 언어학, 불교학을 저는 아주 깊이 연구하고 싶습니다".

상해에 있으면서 북경대학 문과대학장을 지낸 진독수(陳獨秀)와 자기가 읽었던 마르크스주의 서적에 대해서 토론했다. 이때 진독수는 공산당을 조직할 준비를 하고 있었다. 모택동은 뒷날 "내 일생에서 가장 관건적(關鍵的)인 시기로 나에게 심각한 인상을 주었다"라고 회고했다.

장사(長沙)로 돌아가서 7월 31일, 문화서사(文化書社)를 만들고 그 발기문을 지어 『대공보(大公報)』에 실었다. “현재 전중국과 전세계에는 새로운 문화가 없다. 단지 새로운 문화의 한 가지가 북쪽 얼음 언 러시아의 해안에만 있다. 새로운 문화가 없는 것은 새로운 사상이 없기 때문이고, 새로운 사상이 없는 것은 새로운 연구가 없기 때문이다. 새로운 연구가 없는 것은 새로운 자료가 없기 때문이다. 지금 호남 사람들의 정신적인 굶주림은 배의 굶주림보다 더 심하다. 청년들은 흉년을 만나 울며 먹여주기를 기다리고 있다. 문화서사(文化書社)는 가장 신속하고 가장 편리한 방법으로 내외의 각종 최신 서적 · 신문 · 잡지를 소개하여 청년 및 전체 호남 사람들의 새로운 연구자료를 보급하고자 한다. 이로 인해서 새로운 사상, 새로운 문화가 생산되기를 우리들은 희망하여 마지 않는다”.

8월 2일에 문화서사(文化書社)의 창립총회를 열었다. 모택동은 「문화서사 조직대강」을 기초했는데, 그 가운데 “본사는 내외의 가치 있는 각종 서적 신문 잡지를 공급하는 것을 주된 취지로 한다”, “가치 있는 새로운 각종 출판물을 호남성 전역에 널리 보급하여 사람마다 열람할 기회를 갖게 할 것이다”라는 조항이 있었다.

이 해 8월에 상해에서 중국공산당이 정식으로 성립됐다.

10월 전에 양창제(楊昌濟)를 통해서 북경대학 도서관 주임 이대교(李大釗)를 알고 있었으므로 도서관 조리원(助理員)이 되어 신문 잡지를 관리하게 되었다.

자주 철학교수이자 중국 최초의 공산당 이론가인 이대교에게 가르침을 청했고 그와 함께 마르크스 관계의 서적을 읽었고, 이대교가 조직한 학생 토론회에 참여하였다. 북경에 있는 신민학회(新民學會) 회원들과 함께 북경대학 교장 채원배(蔡元培)와 미국 유학에서 돌아온 철학교수 호적(胡適) 등을 초청해서 대담을 했다.

1921년 8월 호남자수대학(湖南自修大學 : 일종의 獨學士 제도)을 창립하여 모택동 자신이 지도주임을 맡아 실질적인 책임을 졌다. 자수대학의 취지는 이러했다. “본대학은 현재의 교육제도의 결함을 보고서 옛날 서원과 현대 학교의 장점을 취하여 학생이 자발적인 방법으로 각 분야 학술을 연구하여 진리를 발견하게 한다. 이렇게 해서 인재를 양성하고 문화를 백성들에게 보급하고 학술을 사회에 두루 퍼져나가게 하려고 한다."

자수대학은 국내외 각 주요 대학과 학술단체 등에 통신원을 두어 학술 교류를 하도록 했다. 자수대학의 연구 범위는 과학, 철학, 문학 세 분야로 했다. 또 "본대학의 학우들은 문약(文弱)한 습관을 없애고 두뇌와 체력을 고루 발전시키고, 지식과 노력(勞力) 두 부분의 접근을 위하여 노동에 주의를 기울인다"라는 조항도 있었다.

「호남자수대학 창립선언」에서 학교교육의 문제점을 이렇게 지적하였다. "학교는 획일적이고 기계적인 교수법과 관리법으로 인성을 해치고, 교과과정이 지나치게 번다하다. 학생이 종일토록 수업에 파묻혀 사니 학생들이 수업 밖에는 세상에 무엇이 있는지 모르고 자기들의 생각을 써서 자발적으로 연구를 진행하지 않는다. 자수대학 학습 내용과 방법은 주로 '자기가 책을 보고 자기가 생각하고, 공동으로 토론하고 공동으로 연구한 뒤, 교사의 지도를 받아 보완하는 식이다.

이해 초가을 호남제일사범학교의 국문 교사로 초빙되었다.

1925년 공산당 지하활동을 한 이후에 계속 손에서 책을 놓지 않았다. 매우 어렵고 국민당에게 쫓기어 생명의 위협을 느끼는 상황에서도, 홍군대학(紅軍大學), 항일군정대학(抗日軍政大學), 공산당중앙당교(共産黨中央黨校), 노신예술대학(魯迅藝術大學) 등 교육기관을 만들어 교육을 계속하여 인재를 양성하였다. 자신이 직접 강의를 하기도 했다.

1949년부터 1976년 세상을 떠날 때까지는 매일 밤새워 책을 읽었다. 문학 철학 사상 등에 대해서 교수들과 토론하기를 좋아했다. 한 예로 소련 총서기 후르쉬초프에게 "내가 철학에 대해서 토론하고 싶으니까 주중국 소련대사는 철학을 전공한 사람을 보내면 좋겠소"라고 하였다.

그는 공산당 주석이나 국가 주석으로서 개인 편지나 산문 시 작품은 물론이고 공산당 주석, 국가 주석 명의로 나가는 모든 담화문, 외교문서 등을 직접 자신이 다 지었고 모필로 친필로 써서 보냈다.

## Ⅲ. 모택동에게 있어서 독서

### 1. 매우 독특한 독서습관

모택동은 어려서부터 공부를 반대하는 부친의 핍박을 피해 밤에 담요로 창문을 가리고 독서했다. 서당을 쉬고 집에 있을 때 부친이 과도하게 일을 시켰는데 자기에게 할당된 일을 새벽에 일어나 미리 다 해 놓고 책을 보았다.

그는 "내가 일생 동안 가장 사랑한 것은 독서다", "밥은 하루 안 먹어도 되고 잠은 하루 안 자도 되지만 책은 하루라도 읽지 않아서는 안 된다"라고 했다. 자신이 책이 보고 싶은 간절한 심정을 "배고픈 소가 채소 밭에 달려 들어가듯이 했다"라고 했다.

그는 시간을 절약하고 아껴서 독서를 했다. 그는 어릴 때를 제외하고는 평생 공산주의 혁명, 사회주의 건설, 국가통치 같은 막중한 업무 속에서도 일분 일초를 쪼개어 책을 읽었다. 그가 살던 중남해(中南海)의 고거(故居)는 '책(冊) 천지(天地)'다. 그의 집무실의 책상 위, 식탁 위, 다탁 위에는 물론이고 화장실에도 모두 책이다. 집무실 침실 사방 벽은 모두 책장으로 둘러쳐져 있다. 보통 침대보다 두 배 크기로 맞춘 그의 침대는 가운데 눕는 자리에만 책이 없고 사방 3, 40센티 정도의 높이로 몇 겹으로 책이 둘러싸고 있다.

그는 숨을 거두는 날, 숨을 거두기 10시간 전까지도 책을 보았다. 그 날 11차에 걸쳐 2시간 50분 동안 책을 보았다.

보통 밤새도록 독서하다가 아침 9시 경에 취침하여 12시 경에 일어났다. 국가 대사에 있어서도 큰 지침만 내리고 구체적인 일은 주은래(周恩來) 총리가 다 처리했다. 공산당 회의는 보통 오후 2시부터 시작하는데 이는 모택동의 수면시간 때문이다. 청년시절에는 길 가다가 가로등 아래에 서서 책을 읽기도 하였다.

장서가 거의 10만권[장서목록에 96473권 등재]인데 거의 모두가 모택동 자신이 관심을 가지고 직접 골라서 구입한 책이다. 장서 관리하는 일만 전담하는 비서를 두고 책을 관리하게 했다. 한 권 한 권의 책을 지극히 아꼈는데 대부분의 모택동 장서에는 '모씨장서(毛氏藏書)'라는 장서인(藏書印)이 찍혀 있다.

중국국가도서관 열람증 번호 1번인데 1949년부터 1976년까지 2천번 정도 대출해서 책을 보았고, 지방 출장 갈 때면, 항주(杭州)의 절강성(浙江省) 도서관, 성도(成都) 사천성(四川省) 도서관 등 각지의 도서관에서도 필요한 책을 대출해서 보았다.

전쟁터에서도 책을 넣어 다니는 작은 상자가 있었는데, 『자치통감(資治通鑑)』과 「노신전집(魯迅全集)』은 늘 휴대하고 다녔다.

전쟁터에서도 쉬는 시간에는 땅 바닥에 글을 써 가며 부하들에게 글을 가르쳤고 책 이야기를 했다. 그는 타고난 교육자라 할 수 있다. 글자도 모르던 병사들이 나중에는 상당한 실력을 갖추게 되었다.

지하활동 할 적에 학질에 걸려 생활하기도 어려운 상황에서도 책을 손에서 놓지 않았다. 출장 갈 때면 책을 넣어 운반하는 큰 상자가 있는데, 출장 가기 전에 모택동이 휴대할 책 목록을 적어 장서 관리하는 비서에게 주면 두 개의 상자에 넣어 운반하는 데, 보통 한 번 출장 나갈 적에 200여 종 정도씩 휴대해 갔다. 모택동이 입고 있는 옷은 모두 호주머니가 큰데 책을 넣고 다니기 위해서 특별히 그렇게 만든 것이다.

80세를 넘어 백내장이 와서 수술한 시기에는 북경대학 중문과의 노적(蘆荻)이라는 여교수를 책 읽어주는 비서로 특별 채용하여 자기 머리 맡에서 고전을 읽게 했다.

만년에 체력이 쇠퇴해진 이후에는 침대에 누워서 책을 보는 시간이 많았는데, 누워서 책을 볼 때 착용하기 위해서 다리가 한 쪽에 하나 밖에 없는 안경을 두 개 맞추어 착용하였다.

한여름에 광주(廣州)에 출장 나가 기온이 40도가 넘는 날이 계속되었다. 모택동은 매일 시찰하고 회의 주재하고 사람 만나고 차 타고 이동하는 등 보통 사람으로서는 벅찬 일이었는데, 70이 넘은 나이에도 계속 임무를 수행했다. 밤에 숙소에 돌아와서는 계속 책을 보았다. 비서들이 망설이다가 틈을 타 "이 혹서기에 너무 과로를 해서는 위험합니다"라고 간언을 하였다. 그러자 모택동은 "나에게 있어 독서는 곧 휴식이다[讀書乃休息]"이라고 대답했다. 장편의 어떤 책을 보다가 다른 책으로 바꾸어 보는 것도 휴식으로 생각했다.

매끼 식사할 때도 비서들이 요리를 두세 번 다시 데워야 했다. 모택동이 책을 읽으면서 "조금만 기다려라. 이 부분만 다 보고"라는 말을 계속 되풀이하기 때문이었다. 공산당 군대가 장개석(蔣介石) 군대를 내쫓고 중국을 완전히 차지하는 날에도 그는 책을 보고 있었다.

그가 자주 사용하던 한문사전 『사해(辭海)』, 『사원(辭源)』 등이 수록된 단어가 적고 해석도 적절하지 않은 것이 있다고 지적하여 새로운 사전을 만들 것을 지시했는데, 그 결과 나온 것이 『한어대사전(漢語大詞典)』, 『한어대자전(漢語大字典)』이다.

고힐강(顧頡剛) 등 원로 역사학자들을 초빙하여 이십오사(二十五史)와 『자치통감(資治通鑑)』 등에 구두(句讀)를 띄어 표점(標點)을 찍어 출판한 사업은 모택동의 지시에 의한 것이었다. 이십오사와 『자치통감』 등을 자신이 읽으면서 명확히 해석이 안 되는 부분, 고증이 안 되는 부분이 많았기 때문에 그 역사고전의 가독성(可讀性)을 높이기 위해서 모택동이 직접 맨 먼저 의견을 내놓았다. 오늘날 중국에서 고전에 표점을 찍어 출판하는 바람이 분 것은 모택동이 끼친 영향이다.

## 2. 모택동의 독서 방법

### 1) 학문적으로 옛 사람을 능가하려고 결심하다

모택동은 그의 『강당록(講堂錄)』에서, “재주가 지금 사람보다 낫지 않으면 재주 있다고 할 수 없고, 학문이 옛날 사람보다 못 하다면 학문한다고 할 수 없다”라고 말했다.

그는 청년시절부터 우주의 근본을 다 탐구하고 천하의 책을 다 읽으려고 뜻을 세웠다. 1920년부터 마르크스의 저작을 읽어 침잠해서 연구하고, 『삼국지』·『수호지』·『손자병법』 각종 중국역사서 등의 사례를 가미하여 중국 실정에 잘 맞게 운영하여 ‘모택동 사상’이라는 이론체계를 만들었다. 모택동 사상은 현실적인 운용면에서 마르크스 사상을 능가한다고 할 수 있고, 병법의 측면에서 볼 때 『손자병법』보다 더 수준이 높고 폭이 넓다고 할 수 있다.

### 2) 항구적(恒久的)인 독서

모택동은 장사에서 공부할 때 “심신의 수양과 학문의 연구를 위주로 노력하여 독서한다. 항심(恒心)을 갖고 유지해 나가는 것이 중요하다”라고 결심했다. 그래서 이런 대련(對聯)을 지었다. “항심이 있는 것을 귀하게 여기나니, 어찌 꼭 삼경에 자서 오경에 일어나야만 하겠는가?[貴有恒, 何必三更起五更眠], 가장 이로움이 없는 것은 하루 햇볕 쪼이고 열흘 춥게 만드는 것이라[最無益, 一日曝十日寒](실제로는 명나라 학자 胡居仁이 대련을 약간 변형시킨 것이다),” 모택동의 항심(恒心)을 강조하는 정신을 강조하였다. 애사기(艾思奇)가 지은 『철학과 생활』이라는 책을 읽고서 질문으로 뽑아낸 글이 3천여 자나 되었는데 애사기에게 부쳐 보내어 가르침을 청했다.

자신이 영어가 약하다는 것을 느껴 1954년 62세 때부터 영어 공부를 다시 시작하여 1972년까지 18년 동안 계속하였다. 1972년 닉슨대통령을 만날 때 통역이 영어 통역하는 것을 고쳐 줄 정도까지 수준을 향상시켰다.

3) 반복해서 독서하다

평상시 모택동은 좋아하는 책일 경우 읽고 또 읽어 점차적으로 깊이 이해했다. 어떤 책을 한 번 읽었으면 표지에다 동그라미를 하나 쳤다. 중남해(中南海)에 보관되어 있는 그의 장서 가운데는 표지에 동그라미가 4개, 5개인 책이 많이 있다. 어떤 책은 페이지 상단에 붉은 색, 남색, 검은 색으로 동그라미를 치고 자신의 감상과 비평, 주석을 붙인 것이 많이 있다. 모택동이 반복해서 읽었다는 흔적이다. 사마광(司馬光)의 『자치통감(資治通鑑)』은 17번 읽었고, 이달(李達)의 『사회학대강』은 10번 이상 읽었다. 『홍루몽(紅樓夢)』 10여 종이 넘는 각종 판본을 다 읽었다. 이십오사를 전부 다 읽고 거기에 자신의 감상·비평·주석·교정 등을 써 넣었다.

4) 관심 범위가 넓고 장서가 다양하다

그의 독서의 범위는 매우 넓었다. 정치·경제 군사·문학·철학·역사·지리·종교·사회과학으로부터 자연과학, 서양의 사회과학, 마르크스 엥겔스 등의 저작에 걸쳐 있었다. 모택동은 또 신문과 잡지를 아주 중시했다. 특히 중국고전을 두루 읽었다. 중국 고전시가를 모필로 써서 주변 사람들에게 주기를 좋아했다.

5) 계통적으로 연구했다

모택동은 관심의 범위가 넓어 책을 널리 읽었다. 동시에 진지하게 연구하여 책에 실린 지식을 체계적으로 흡수하였다. 그는 동지들에게 이렇게 호소했다. "연구 능력이 상당히 있는 사람은 마르크스, 엥겔스, 레닌 등의 이론을 연구해야 한다. 만약 우리 당에 엉성하지 않고 계통적으로 공허하지 않고 실제적으로 마르크스 레닌의 이론을 공부한 동지가 1백 내지 2백

명이 있다면 우리가 일본 제국주의를 싸워 이길 수 있는 일을 앞당길 수 있을 것이다"라고 했다.

#### 6) 독서할 때는 반드시 붓을 잡고서 감상이나 비평, 주석을 달았다

모택동은 독서할 때, 책 페이지에다 자신의 느낌·비평·주석·교정 등을 달았다. 장사사범학교에 다닐 때 폴슨의 『윤리학원리』라는 책에 써넣은 주석이 1만 2천 자에 이르렀다. 그가 본 책에는 반드시 주석이나 비평, 각종 부호가 달려 있다. 또 원서에 잘못이 있을 때는 반드시 고쳐 놓았다. 모택동은 "손에 붓을 잡지 않고 책을 읽는 것은 독서가 아니다"라고 말할 정도로 책에 대해서 비판하고 분석할 자세를 갖고 독서를 했다.

#### 7) 학문과 사색의 결합

모택동은 "중국의 학자들은 2천여 년 동안 배우기만 했지 사색은 하지 않았다고 말할 수 있다"라고 했다. 중국의 학자들이 이전의 학문을 답습만 했지 창작이 없었다는 것을 비판한 말이다. 그는 공자가 말한 '배우고서 생각하지 않으면 얻는 것이 없다[學而不思則罔)]'는 것을 실천했다. 자기가 읽는 책이 형성된 시대적 배경, 특징, 책이 이루어지게 된 동기, 책을 지은 사람의 목적을 정확하게 이해하였다. 역사 책을 읽을 때는 책의 내용을 역사의 사건 위에다 옮겨놓고 읽었다. 자신의 독특한 역사관으로 역사의 흥망의 이치를 살펴 역대 인물들의 업적과 선악 등을 평가하여 거기서 경험과 교훈을 얻고, 자기가 필요로 하는 정치 방안을 도출해 내었다. 모택동이 비평한 역대 인물, 역대 고전, 역대 시문 등을 모아 낸 책이 출판되어 있다.

남북조시대 양(梁)나라 무제(武帝)가 장서가 아주 많았는데, 자기 당대에 나라가 망하자, "내가 책을 이렇게 많이 읽었는데, 나라를 지키는 데 아무런 도움이 안 됐다"라고 하며 책을 원망하였다. 사색을 하지 않고 남에게 보이기 위한 독서를 했기 때문이었다.

8) 개방적으로 학문을 추구했다

모택동은 학문은 현실사회와 결합해야 하기 때문에 '글자 있는 책[有字書]'을 읽을 뿐만 아니라 '글자 없는 책[無字書]'도 읽어야 한다고 했다. '글자 없는 책'이란 곧 '세상을 보고 관찰하여 배우는 것'이다. 그는 "문을 닫고 공부하면 그 학문은 쓰일 곳이 없다. 천하의 만물 만사를 다 배우려고 하면, 지구 끝까지 두루 다녀야 한다"라고 했다. 그는 옛사람의 '만권의 책을 읽고 만리의 길을 간다[讀萬卷書, 行萬里路]'라는 말을 아주 칭찬했다.

9) 질문을 중시했다

모택동은 "학습은 죽은 책을 읽는 것보다 나을 뿐만 아니라, 살아 있는 책을 읽는 것보다 낫다."라고 했다. 공자의 '모든 일을 묻는다[每事問]'라는 정신을 배워 질문을 좋아하고 잘 하였다. 송나라 문학가 구양수(歐陽脩)는 학문하는 방법으로 '삼다[三多]'를 주장했다. 곧 '많이 읽고[多讀]', '많이 생각하고[多思]', '많이 지어 보라[多作]'는 것이다. 모택동은 삼다를 변형시켜 '사다(四多)'를 주장했다. '많이 물어라[多問]'를 추가했다. 묻는 것은 책에 대한 관심의 절실함으로 책의 내용에 자신이 참여하여 저자와 대화를 하겠다는 자세다.

10) 시간 활용을 잘 했다

모택동이 말하기를 "공부하는 데는 방법이 해결해 주는데, 그 방법은 시간을 짜내는 것이다"라고 했다. 밥 먹는 시간 전후, 휴가, 명절, 여행 도중의 짧은 시간을 잘 활용했다.

풍기용(馮其鏞)이라는 홍루몽(紅樓夢) 연구의 권위자가 북경사범대학에서 『홍루몽』 특강을 하면서 강의를 시작하기 전에 5, 6명의 학생들에게 『홍루몽』을 읽어 보았느냐고 질문을 하자, 대부분의 학생들의 공통된 답은 "시간이 없어서 못 읽었습니다", "바빠서 못 읽었습니다"였다. 사실 『삼국지』보다 두 배 정도 길어 다 읽기가 쉽지 않다. 그러자 풍교수는 "여러분들이 바쁘고 시간 없겠지만 여러분들이 모택동주석보다 더 바쁘고 시간이 없느냐? 모주석은 『홍루몽』을 10번 읽었다"라고 했다.

11) 싫증내지 않고 계속 배웠다

모택동이 말하기를, "공부하는 데 가장 큰 적군은 자기 만족이다. 진지하게 공부하려면 자기 만족을 하지 않는 데서 시작해야 한다. 자기에게는 '배우기를 싫증내지 않아야 하고[學而不厭]', 다른 사람에게는 '가르쳐 싫증내지 않아야 한다[誨人不倦]'"라고 했다. '숨을 거둘 때까지 공부한다'는 것이 모택동의 신조였고 실제로 숨을 거두기 직전까지 책을 보았다.

12) 배운 것을 현실에 잘 적용했다

모택동은 "학문에 정통하려고 하는 것은 현실에 응용하기 위해서다. 이론과 실천은 화살과 과녁의 관계와 같다"라고 했다. 과녁을 맞추지 않는 화살은 필요 없다는 것이다. 그는 실천하는 가운데서 배울 것을 강조했다.

청나라 말기의 사상가이자 문학가인 공자진(龔自珍)은 "어떤 시대가 다스려지는 것은 바로 그 시대의 학문이 있기 때문이다[一代之治, 卽一代之學]"라고 말했는데, 모택동이 독서하여 실천한 사실이 바로 이 말을 증명하고 있다. 많은 중국 관료들이 모택동의 지혜와 재능이 보통 사람보다 뛰어난 것은 그가 독실하게 독서를 좋아하여, 여러 가지 책을 본 것과 관계가 있다고 보았다.

## Ⅳ. 모택동의 업적

1840년 아편전쟁 이후 서양 열강에게 계속 패전하여 반식민지 상태에 있던 중국은 1900년대 들어와서는 스스로 '동아병부(東亞病夫)'라고 비웃으며 낙담해 있었다. 1937년부터는 북경·상해·남경·무한 등 중국의 대부분은 일본군의 점령하에 있었고, 장개석(蔣介石) 정부는 중경(重京)에 피난 가 있었다. 중국은 정말 희망이 없었고 중국 국민들도 자포자기의 상태에 있었다.

그러다가 1945년 일본이 무조건항복하였고, 중국이 해방되었다. 모두가 장개석 정부가 중국 대륙을 지배할 줄 알았다. 모택동의 공산당보다 병력이 20배 이상 많고 미국의 막대한 무기 군수 등의 지원이 있었기 때문이다. 국제사회도 모두 장개석을 지지하고 있었다.

5년에 걸친 국공내전 끝에 장개석을 대만으로 몰아내고, 1949년 10월 1일 천안문(天安門) 광장에서 모택동이 중화인민공화국의 성립을 선포하였다. 전세계 거의 모든 사람들의 예상을 뒤엎고 이런 결과를 가져 온 것은 무엇 때문일까? 독서의 힘이다.

모택동은 중국을 통일시켰다. 외세를 몰아냈다. 일본은 물론이고 서양 열강의 조차지(租借地), 서양 열강이 세운 학교, 교회, 사회단체 등을 다 없애고 중국의 자주성과 자존심을 되찾았다.

중화인민공화국 성립 이후 토지를 국유화하고 주택을 배급하여 백성들의 의식주를 최소한 해결하였다.

의료제도와 교육제도를 거의 무상으로 만들었다.

국방 강국으로 만들었다.

지하자원을 새로 탐사하여 개발하였다.

아편 등 중국을 병들게 하는 마약을 완전히 퇴치했다.

도박·매춘·고리채 대금 등을 완전히 없앴다.

부정부패를 완전히 척결하였다.

지나친 좌경화로 우파인사를 탄압하고 대약진운동의 실패로 수천만 명이 굶어죽게 만들고 문화대혁명을 일으켜 수많은 지식인들을 핍박하고 전통문화를 파괴하고 중국을 국제사회에서 고립시키고 산업을 쇠퇴하게 한 잘못이 있다. 그러나 공과(功過)를 대비하면 공이 70퍼센트, 과가 30퍼센트 정도 된다고 평가 받고 있다.

## Ⅴ. 결어

명(明)나라를 멸망시키고 대순(大順) 제국을 세운 이자성(李自成)은 북경 자금성(紫禁城)에서 황제에 즉위하고 "우리는 황소(黃巢)처럼 되지 말자"고 다짐했다. 그러나 황소처럼 행동하다가 며칠 만에 청나라에 나라를 넘겨주고 죽었다. 당나라 황제를 내쫓고 대연(大燕)제국을 세운 황소는 백성들을 무자비하게 착취하다가 민심을 잃어 황제 자리를 놓치고 생명도 잃었다.

모택동은 "우리는 이자성이 되지 말자"라고 했는데, 과연 그 다짐을 실천하여 나라를 세우고 지켜 나갔다. 모택동은 고금의 고전에서 교훈을 얻었던 것이다.

대학을 다닌 적도 없고 외국에도 한번 나가본 적이 없던 모택동이 대륙을 통일한 것은 오로지 독서한 덕분이다.

독서가 사람을 만든다는 말처럼 독서가 모택동을 만들었고 모택동이 중화인민공화국을 만들었다.

# 心山 金昌淑의 선비정신

## Ⅰ. 導言

우리나라에 儒學이 들어온 지가 오래 되어 유학은 우리의 생활에 깊숙이 뿌리박고 있다. 朝鮮時代에는 유학을 국가의 지도이념으로 정하여, 오로지 유학만을 적극적 교육하였다.

그러는 동안에 유학이 우리나라에 여러 가지를 영향을 끼쳤는데, 그 영향 가운데는 좋은 점도 있고, 나쁜 점도 있다. 좋은 점으로는 모든 지식인들이 자신을 수양하여 君子를 지향하는 점, 부지런히 공부하고 노력하는 점, 인간을 존중하는 점, 국가사회에 책임의식을 갖고 있는 것이다. 나쁜 점으로는 지나치게 옛날 것을 숭상하고 지금 것을 천시하는 점, 중국을 지나치게 숭상하는 점, 산업을 천시하는 점, 武人을 천시하는 점, 당파를 짓는 일, 형식주의 空理空論을 일삼는 점 등을 들 수 있겠다.

1910년 나라가 망한 이후로 유학을 매도하는 사람들은 주로 유학의 안 좋은 점만 지적하여 부각시켜 말해 왔다. 그러나 유학의 좋은 점을 되살린다면, 유학이 21세기 인류사회를 구원할 수 있는 약이 될 수 있을 것이다.

유학이 융성한 이래로 많은 유학자가 배출되었는데, 그 가운데는 聖人이나 賢人에 가까운 대단한 인물도 있었고, 학자 · 관료 · 문학가 · 이론가 · 예술가 등 다양한 인물들이 있었다. 또 유학을 공부하여 거저 과거에 급제하여 관직으로 한 평생을 보낸 사람도 있고, 강호에 묻혀 깨끗한 선비로 일생을 보낸 사람도 있다. 그중에는 유학을 공부하여 세상을 해롭게 한 사람도 없지 않다.

선비에 대한 정의는 다양하지만, 조선 중기의 문신 象村 申欽은 「士習篇」이라는 글에서 선비에 대해서 이렇게 정의했다.

> 자기 몸에 능력을 갖추고 국가에 쓰이기를 기다리는 사람이 선비다. 그래서 선비는 뜻을 고상하게 가져야 하고, 독실하게 공부해야 하고, 예법에 밝아야 하고, 의리를 지녀야 하고, 긍지를 갖고 청렴을 지켜야 하며, 능히 부끄러워할 알아야 한다. 또 속세에 급급하지 않아야 한다. 선비로서 선비의 행실을 갖춘 사람을 儒者라고 하는 것이다.[藏器於身。待用於國者。士也。士所以尙志。所以敦學。所以明禮。所以秉義。所以矜廉。所以善恥。而又不數數於世也。士而得士之行者曰儒.]

참 선비가 되기는 쉽지 않다. 참 선비를 보기도 쉽지 않다. 근세의 유학자, 독립운동가, 교육자인 心山 金昌淑이 참된 선비의 표본이라고 할 수 있다. 그는 평생을 선비정신의 실천에 몸 바쳐 온 분이다. 아래에서 그의 생애와 일생의 활동상과 그 의미 등을 고찰해 보고자 한다.

## Ⅱ. 생장 과정과 鄕村에서의 救國運動

心山 金昌淑의 字는 文佐이고, 心山은 그의 호이다. 그 밖에도 愚라는 이름과 躄翁이라는 호가 있다.

그는 1879년 慶北 星州郡 大家面 沙月里 義城金氏 집안에서, 東岡 金宇顒의 13대 종손으로 태어났다. 부친은 下岡 金護林으로 性齋 許傳과 寒洲 李震相의 제자이고, 俛宇 郭鍾錫·晩求 李種杞 등과 道義之交를 맺었다.

6세 때부터 經史를 공부하기 시작하여 20세 이전에 당대 嶺南의 대학자 后山 許愈·俛宇 郭鍾錫·大溪 李承熙·晦堂 張錫英의 薰陶를 받았다.

1905년 스승 大溪와 함께 대궐에 나가 乙巳五賊의 처형을 주장하였다. 1909년에는 一進會聲討建議書의 작성으로 인하여 성주경찰서에 체포되어 고초를 겪었다. 1910년에는 全國斷煙同盟 星州 대표로 활약하였고, 晴川書堂을 星明學校를 설립하여 새로운 교과목을 가르쳤다.

1910년 8월 나라가 망한 이후로는 음주와 방랑으로 3년 가까이 狂人처럼 지냈다. 1913년 모친의 엄숙한 책망을 듣고 讀書와 修行에 전념하였다. 1919년까지 가정에서 다시 經史를 독실하게 읽고 사색하였다. 그의 儒學과 詩文學의 기초가 이때 확고하게 형성되었다.

## Ⅲ. 巴里長書運動과 중국에서의 활동

朝鮮이 유교국가로서 500년 동안 선비를 길렀지만, 1919년 3월 1일 독립선언문을 낭독할 때 민족대표 명단에 儒林은 한 사람도 들어가지 못했다. 국가가 망하여 獨立運動을 하는 일에 儒林들이 수수방관했다면, 儒林들은 事大主義的이고 非現實的이고, 空理空論만을 일삼는 腐儒라는 비난을 면하기 어려웠다. 5백년 유교를 국시로 해온 국가의 儒林으로서는 최대의 수치가 아닐 수 없었다. 이때 高宗因山에 참석했던 心山은 巴里平和會議에 儒林 대표를 파견하여 列强의 代表들에게 호소하여 우리나라의 독립을 확인시키도록 해야 한다는 생각을 하였다.

心山은 "이 일은 衆望이 귀의하는 儒林의 宗匠이 나와서 주도를 해야만 전국적으로 영향력을 발휘할 수 있다. 俛宇先生의 지휘를 받아서 시행하는 것이 옳다."라고 발의하여 俛宇의 의견을 듣기로 했다.

心山은 俛宇에게 사람을 보내 전말을 자세히 고하고, 儒林代表로서 巴里平和會議에 호소하는 글을 준비해 두도록 부탁했다. 3월 초에 心山이 居昌으로 가서 俛宇를 만나니, 俛宇는 심산의 손을 잡고서 "전국의 儒林을 倡率하여 天下萬國에 大義를 부르짖게 되었으니, 이는 老夫가 죽을 곳을 얻은 날이다. 巴里에 보내는 글은 병으로 인하여 張晦堂[錫英]에게 지어라고 부탁해 두었으니, 晦堂 집에 가서 찾아가도록 하라."라고 했다.

心山이 晦堂에게 가서 巴里長書를 찾아 읽어보니 너무 장황한 것 같아 몇 군데 고쳐달라고 했으나, 晦堂은 끝내 거절하였다. 心山이 다시 俛宇에게 갔더니, 俛宇는 "晦堂이 보내온 글을 보니, 詳備하지 못하여 내가 부득이 고쳐지어 두고 자네를 기다리고 있었다."라고 했다. 심산이 읽어보고 나서 "사실에 있어서는 매우 該明하나, 문장이 冗長한 데가 없지 않습니다."라며 몇 군데를 지적하자, 俛宇는 "자네 말이 매우 좋다."하고는, 몇십 줄을 지워버리고 "이렇게 하면 크게 잘못된 데는 없겠는가?"라고 하고는, 正本을 쓰게 하였다. 그리고 이 巴里長書를 삼신의 날로 삼아 비밀리에 감추어 갖고 가기에 편리하도록 했다. 비용 일체도 유림 전체에서 책임지도록 조처를 했다.

心山이 巴里長書를 갖고 서울에 와서 中國으로 떠날 준비를 하고 있는데, 畿湖地方의 유림들도 志山 金福漢을 대표로 한 「抵巴里和會書」를 가지고 中國으로 가기 위해 서울로 들어왔다. 그래서 心山과 畿湖에서 온 林京鎬 등이 합의하여 俛宇가 지은 글을 쓰기로 하고, 儒林代表는 俛宇를 대표로 하는 120명과 畿湖 儒林代表 17명을 합쳐 137명으로 하고, 志山의 이름은 俛宇 바로 다음에 이름을 넣기로 했다.

心山은 北京을 거쳐 上海에 도착한 뒤 먼저 上海에서 활동하고 있던 光復運動家들과 협의하여, 여러 상황을 고려하여 파리로 직접 가지 않고 상해에서 英語로 번역하여 巴里平和會議에 부쳐 보내고, 또 中國語·韓國語로 번역하여 각국의 대표에게 배부하고, 中國 전 지역과 언론기관 및 국내 각 기관과 각지에 보냈다.

이해 4월 국내에서는 巴里長書運動이 탄로가 나 俛宇 郭鍾錫 등 長書에 서명한 유림들과 연락을 맡았던 유림들이 대거 검거되어 처벌을 받게 되었다. 이를 일러 제1차 儒林團事件이라고 한다.

心山은 이후 계속 上海에 머물렀다. 1919년 4월 大韓民國臨時政府 수립에 참여하여 慶北을 대표하는 議政院 의원으로 활약하였다. 7월에는 국민당 대표 孫文을 만나 한국독립운동의 지원을 약속받았다. 8월에 손문의 주선으로 廣州로 가서 韓國儒林代表 및 議政院 議員 자격으로 廣東政府의 國民黨 요인들과 교류하였다. 독립운동의 지원을 약속받았다. 9월에는 국민당이 주축이 된 韓國獨立後援會가 결성되었는데, 心山은 거기서 「韓國獨立運動의 개략」이라는 제목의 강연을 하고, 독립후원금모집원 30명과 會計員으로 국민당 議員 李文治를 회계원으로 선임하였다. 10월에는 한국유학생 50명을 廣州로 유치하여 장학금을 받으며 공부할 수 있도록 국민당 요인들의 약속을 받았다.

大韓民國臨時政府가 성립되고 미국에 거주하던 李承晩을 임시정부 대통령으로 선출했다. 그러나 心山과 申采浩・朴殷植 등은 이승만은 美國에 위임통치를 제안한 사람이므로 대통령으로서 부적절하다 하여 성토를 하고, 이승만에게 해명과 사과를 요구하는 서신을 보냈다. 이승만이 아무런 회답이 없고, 임시정부의 李始榮・金九 같은 분들을 임시정부의 분열을 우려하여 성토에 동참하지 않았다. 그러자 心山은 임시정부에 실망하고 임시정부 일에 소극적인 태도를 취했다.

1920년 3월 孫文이 이끄는 廣州의 國民黨이 軍政府의 기습으로 위기에 처하자, 韓國獨立後援會 회원들도 사방으로 흩어졌다. 이미 모집한 후원금 30여만 원을 소지하고 있던 李文治가 그 돈을 착복하기 위해서 心山의 암살을 도모하였다. 4월 유학생과 함께 廣州를 탈출하여 上海로 옮겨왔다. 이문치에게 매수된 한국청년이 심산을 살해하려고 습격하였다.

8월에는 朴殷植과 함께 『四民日報』를 창간하였다.

10월에는 국민당 요인 吳山 등의 도움으로 安昌浩 등과 中韓互助會를 결성하였다.

11월에는 北京으로 옮겨와 申采浩와 함께 『天鼓』라는 잡지를 창간하여 민족독립정신을 고취했다. 그리고 李基一을 국내로 보내 軍資金을 모집하도록 했다.

1923년 1월부터 상해에서 國民代表會議(의장 金東三)를 개최해 臨時政府의 존속여부와 개조를 논의했으나, 합의를 찾지 못했다. 심산은 병으로 북경에 머물며 참석하지는 못했으나, 존속하는 것이 옳다는 의견을 내놓았다.

1925년 독립운동기지를 건설하기 위해서 군벌 馮玉祥으로부터 내몽고 지역에 3만 평의 개간을 허락받았다. 이 개간사업의 자금을 모금하기 위해서 8월 국내로 들어왔다. 각지에 사람을 보내어 자금을 모집했지만, 예상에 크게 미치지 못했다. 그 당시 국내에서는 大韓獨立에 희망이 없다는 분위기로 자금의 협조도 이루어지지 않았다.

1926년 3월에 다시 중국으로 가서 5월에 上海에 도착하였다. 이때 국내에서는 心山과 접촉하거나 연락을 한 사람, 돈을 낸 사람 등 6백여 명이 검거되었는데, 이를 제2차 유림단사건이라고 부른다. 국내에서 모금한 돈으로 내몽고 간척사업을 하기에는 크게 부족하였으므로 그 자금으로 羅錫疇를 국내에 파견하여 東洋拓植會社와 殖産銀行을 폭파하게 했다.

1926년 議政院 副議長에 취임했다. 1927년 6월 上海 英國인 병원인 共濟病院에서 밀정의 밀고로 인해 日警에 체포되어 일본으로 압송되었다.

## Ⅳ. 옥중생활과 抗倭運動

1927년 日本 長崎를 거쳐 국내로 압송되어 왔다. 대구경찰서와 형무소에서 심한 고문을 당했다. 이때 心山은 "너희들이 고문을 해서 정보를 얻어내려 하느냐? 나는 고문으로 죽는 한이 있더라도 결코 함부로 말하지 않을 것이다."라고 하며 의연한 태도를 보여주었다. 그는 스스로 죄인이라고 생각하지 않고, 일본과 싸우다가 포로가 된 戰士라고 생각하였다.

재판을 받는 과정에서 日人 재판장이 本籍을 묻자, "나라가 없는데 무슨 본적이 있겠느냐?"라고 반문하며, 재판 자체를 인정하지 않았다.

조선인 변호사 등이 무료 변론을 자청했지만, "나는 일본 법률을 부인하는 사람인데, 일본 법률론자에게 변호를 부탁한다면 얼마나 大義에 어긋나겠는가?"라고 하며 변호를 거부하였다.

1928년 12월 대구지방법원에서 14년형을 선고받았다. 아예 控訴 자체를 거부한 채 대전형무소에 수감되었다. 이때 혹독한 고문과 장기간의 수감생활로 다리를 쓰지 못하는 앉은뱅이가 되었다. 1929년 생명이 위험하다고 판단한 日人들이 형집행정지로 출옥시켰다가 얼마 뒤 재수감시켰다. 치열한 옥중투쟁을 계속하여 왜인들의 압제에 굴하지 않는 의연한 志節을 보였다.

1934년 다시 병세가 위중하여 형집행정지로 출옥하였다. 이후 대구・울산 白楊寺・고향 등지에서 요양하며 지냈는데, 創氏改名을 견결히 거부하고 해방을 위한 준비를 하는 등 선비로서의 자세에 한 점의 부끄러움도 없었다.

## Ⅴ. 成均館 재건과 成均館大學校 창립

1910년 이후 日本에 의해 經學院으로 개칭되어 成均館 원래의 교육기능을 완전히 상실하고 친일유림의 소굴이 되어 있던 成均館을 회복하여 원래의 모습을 찾았다. 전국의 鄕校도 다시 찾아서 진정한 유림들의 손에 넣어주었다. 이는 5백년 儒敎國家의 전통을 다시 이어준 것이다. 1946년 전국 儒林을 규합하여 儒道會總本部를 결성하여 위원장으로 추대되어 활동하였다. 1946년 9월 成均館大學을 창립하여 초대학장에 취임하여, 유학의 부흥과 인재양성에 매진하였다. 이는 우리 역사의 회복이며 우리의 6백년 대학 역사를 다시 회복한 것이다. 1953년 成均館大學校가 종합대학이 됨에 따라 初代總長에 취임하였다. 1956년 자유당 정권의 탄압으로 성균관대학교 총장을 사임하고 儒道會總本部長도 사임하였다.

## Ⅵ. 독재정권에 저항

1945년 해방 후 民衆黨 당수로 추대되었으나 거절했다. 대한민국임시정부 요인 귀국 환영준비위원회 부회장을 맡아, 좌우 구별하지 말고 임시정부가 발표한 당면 정책 14개 조항의 실천을 촉구하였다. 해방 후 心山은 信託統治 반대 투쟁을 주도하였고, 1948년 남북 단독정부 수립 반대를 위한 7인의 거두성명서 발표했다. 1950년 서울을 점령한 人民軍의 사상전환 요구를 거절했다.

1951년 이승만대통령 하야 경고문을 발표했다. 이로 인해서 부산형무소에 수감되었다. 1952년 부산 국제구락부사건을 주도하다 40일간 옥고를 치렀다. 8인 공동성명을 통해 李始榮을 2대 대통령 후보로 추대했다. 1956년 자유당의 정치탄압에 항의하는 「국민 앞에 泣告함」이라는 성명서 발표했다. 「대통령 三選 취임에 一言을 進함」이라는 글을 李承晩대통령에게 보냈다.

1959년 국가보안법 개악 반대 전국국민대회 지도위원에 추대되고, 신국가보안법 발효에 즈음하여 비난하는 담화문을 발표하다. 1960년 공명선거추진위원회 지도위원, 백범김구선생기념사업회 회장, 一醒 李儁열사기념사업회 회장, 안중근의사기념사업회 회장 등에 추대되었다.

心山은 李承晩 대통령을 여러 차례 성토했지만, 공산주의도 역시 반대하였다. 오직 민족을 위한 정의로운 노선만을 지향했던 것이다.

## Ⅵ. 結語

心山은 儒學을 '時中의 道'로 보고서 시대상황에 적응하는 유학을 강조하였다. 그리고 형식만을 추구하는 儒學보다는 실질적인 유학을 강조하고 몸소 실천하였다. 자신의 현실에 안주하지 않고 적극적으로 상황 변화에 대응하였으며, 국가민족을 위한 길을 추구하며 일생을 보냈다. 전통유학의

功力에 바탕을 두고 선비정신을 추구하여 독립운동과 반독재투쟁, 전통문화 계승에 그의 일생을 바쳤다.

오늘날 젊은 세대들은 心山을 잘 모르는데, 그의 참 선비로 살아간 일생의 행적을 널리 알리고 가르쳐야 한다. 현대의 많은 사람들이 '선비는 옛날 것만 지키는 고루한 사람'이라는 잘못된 인식을 심산의 일생을 통해 바로 잡을 수 있을 것이다.

# 파리장서와 유림대표들의 광복운동

## Ⅰ.

면우(俛宇) 곽종석(郭鍾錫, 1846-1919)은 의병활동에 대해 시종 신중한 입장을 견지하였기 때문에 오늘날에 와서 일부 사람들 가운데는 소극적이었다는 비난을 하기도 한다. 그러나 의병이란 것은 명분적으로 볼 때 임금의 명을 받든 관군과 싸우는 것을 피할 수 없는 입장이라고 보면, 신하로서 왕명에 저항하는 것이 되지 않을 수 없었다. 그리고 일본은 우리나라를 삼킬 계획을 오래 전부터 갖고 있으면서도 열강들의 눈치만 보고 있는 판국인데, 우리가 섣불리 의병을 일으켜 일본을 물리치지도 못하면서 혼란을 가중시키게 되면 일본에게 침략의 구실을 주어 그들의 의도에 말려드는 것이라는 생각을 가졌다.

대계(大溪) 이승희(李承熙) 등이 국외망명(國外亡命)을 떠나면서 같이 가자고 권유했을 때 면우는 국내에서 자정(自靖)하는 고행(苦行)의 길을 선택했고, 나라가 망했을 때도 자결(自決)만을 최선이라 생각하지 않고 자신의 지절(志節)을 지키면서 강학(講學)을 계속했다.

그러다가 파리평화회의(巴里平和會議)에서 약소국의 독립을 지원하는 서양열강들의 결의가 있자, 일신의 안위를 염두에 두지 않고 유림의 대표가 되어 의연하게 처신하여 국가민족을 위하는 선비의 전형이 되었다.

## Ⅱ.

1919년 3월 1일 손병희(孫秉熙) 등이 주도하여 독립선언서(獨立宣言書)를 선포하였을 때 서명한 민족대표 33인 가운데 유림은 한 사람도 들지 못했다. 조선이 5백 년 동안 유교국가였음을 생각할 때 국가가 망하여 독립운동을 하며 독립을 선언하는 일에 유림들이 수수방관했다면, 유림들은 사대주의적이고 비현실적이고 공리공론만을 일삼는 썩은 무리라는 비난을 면하기 어려웠다. 5백 년 동안 유교를 국시(國是)로 해온 국가의 유림으로서는 최대의 수치가 아닐 수 없었다.

이때 고종의 인산에 참석했던 심산(心山) 김창숙(金昌淑)과 그 일가인 해사(海史) 김정호(金丁鎬)가 논의하여 파리평화회의에 우리나라 유림대표를 파견하여 열강의 대표들에게 우리의 독립을 호소하여 공론을 확대시켜 우리나라의 독립을 확인시키도록 하자고 합의가 있었다.

심산(心山)은 "이 일은 중망(衆望)을 받고 있는 유림의 큰 어른이 나와서 주도를 해야만 전국적으로 영향력을 발휘할 수 있다. 급히 사람을 거창(居昌)으로 보내어 면우선생의 지휘를 받아서 시행하는 것이 옳다."라고 발의하고, 면우의 의견을 듣기로 두 사람이 합의했다.

심산은 서울에 와 있던 면우의 조카 겸와(謙窩) 곽윤(郭奫)과 면우의 제자 중재(重齋) 김황(金榥)에게 전말을 자세히 이야기하여 그들로 하여금 면우에게 가서 사정을 고하게 하고, 유림대표가 파리평화회의에 보내는 글을 미리 지어 준비해 두도록 부탁했다.

면우는 심산의 부탁을 받고 이 일을 결행하면서 제자 창계(滄溪) 김수(金銖)와 중재에게 일러 말하기를 "내가 이 일을 맡는 것은 국가 대의(大義)를 위한 일일뿐만 아니라 우리 유림을 위해서다."라고 말했다.

3월 초에 심산이 거창으로 내려가서 면우를 만났다. 면우는 심산의 손을 잡고 "윤(奫)과 황(榥)을 통해 서울에서의 거사 전말은 다 알고 있다. 노부(老夫)가 망국의 대부(大夫)로서 늘 죽을 곳을 얻지 못해 한으로 여겼더니,

지금 전국의 유림을 창솔(倡率)하여 천하만국에 대의를 부르짖게 되었으니, 이는 노부가 죽을 곳을 얻은 것이다. 파리에 보내는 글은 병으로 인하여 생각이 좋지 못하여 붓을 댈 수가 없었다. 장회당(張晦堂, 이름은 錫英)에게 지어라고 부탁해 두었으니, 자네는 회당 집으로 가서 찾아가도록 하라."라고 했다.

심산이 회당에게 가서 파리에 보낼 글을 찾아 읽어보았더니 너무 장황한 것 같아 몇 군데 고쳐달라고 했으나, 회당은 심산에게 심하게 화를 내며 끝내 거절하였다. 그때 회당은 이미 자기가 지은 글을 면우에게 보낸 상황이었다.

심산이 다시 면우에게 갔더니 면우는 "자네가 반드시 다시 올 줄 알았다. 회당이 보내온 글을 보니 그렇게 상세하게 갖추어지지 못하여 내가 부득이 고쳐서 지어 두고 자네가 오기를 기다리고 있었다."라고 했다. 심산이 다 읽어보고 나서 "사실에 있어서는 매우 갖추어지고 분명하나, 문장이 필요 없이 긴 데가 없지 않습니다."라고 하고는 몇 군데를 지적하자, 면우는 "자네 말이 매우 훌륭하네."라 하고는 몇 십 줄을 지워버리고는 "이렇게 하면 크게 잘못된 데는 없겠는가?"라고 하고는 곽윤(郭奫)을 불러 정본(正本)을 쓰게 하였다.

그리고는 이 파리장서(巴里長書)를 심산으로 하여금 다 외우게 하고, 또 파리장서를 쓴 종이를 꼬아서 삼신의 날로 삼아 비밀리에 감추어 갖고 가기에 편리하도록 했다. 면우의 용의주도함이 이러하였다.

면우는 이미 중국에 왕래한 적이 있던 제자 이현덕(李鉉德)을 파리에 가는 부대표로 삼아 심산과 같이 가도록 조처해 두었고, 비용 일체도 유림 전체에서 책임지도록 준비를 해 두었다.

그리고 심산에게 "자네가 이번에 가면 북경(北京), 상해(上海) 등지를 거쳐 파리로 가게 될 것인데, 자네는 해외의 사정에 생소한 바가 없지 않을 것이다. 해외에서 이미 활동하고 있는 이승만(李承晩), 이상룡(李相龍), 안창호(安昌浩) 등과 일에 따라 서로 의논하는 것이 옳다. 자네가 파리에서 돌아와 중국에 머물면서 활동하고자 한다면, 반드시 중국 혁명당 요인들과 손을 잡고 그들의 도움을 받아야 할 것이다. 내가 전에부터 알고 있는 운남(雲南) 사람 이문치(李文治)는 국민당(國民黨) 안에서 문학의 중망이 있는 사람이니, 자네는 이 사람과 손을 잡고 그의 도움을 얻는 것이 좋겠다"라고 하며 소개해 주었다.

이문치(李文治)는 조선 말기에 회당(晦堂) 장석영(張錫英)과 아주 가까웠던 중국의 정치인으로 중국민국 민주의원(民主議員)을 지냈다. 회당과 자주 서신왕래를 하여 우리나라의 사정을 잘 알았고, 회당의 초청으로 우리나라에 와 본 적이 있었고, 칠곡에 있는 회당 집에까지 방문한 적이 있었다. 면우와도 서신 교환이 있는 등 특히 한주학파(寒洲學派)의 인사들과 교유가 있었다.[1)]

## Ⅲ.

심산이 경상도 일원의 유림 120명이 서명한 파리장서를 갖고 서울에 가서 중국으로 떠날 준비를 하고 있었다. 그때 마침 기호지방의 유림들도 지산(志山) 김복한(金福漢)을 대표로 하여 유림 17명이 서명한 「저파리화회서(抵巴里和會書)」를 가지고 중국으로 가기 위해서 서울로 들어왔다. 그래서 심산은 기호에서 온 임경호(林京鎬) 등과 합의하여 두 글 가운데서 면우가 지은 글을 쓰기로 하고, 유림대표는 면우가 대표가 된 120명과 기호 유림대표 17명을 합쳐 137명으로 하고, 지산의 이름은 유림대표 가운데서 면우 바로 다음에 이름을 넣기로 하였다. 심산이 임경호에게 같이 가게 되었으니, 잘 협조하자고 인사를 하자, 임경호는 "이번에 청원서를 보내는 데 있어 대표 한 사람이면 충분할 것 같습니다. 내 생각으로는

1) 李文治와 張晦堂 사이에 주고 받은 서신이 회당댁에 소장되어 있다.

선생은 해외에 있고 저는 국내에 있으면서 이후 해외와 국내의 연결하는 일을 담당하면, 그대와 함께 가서 별 도움 안 되는 것보다 낫지 않겠소?"라고 했다. 여러 사람들이 "임공(林公)의 말이 이치에 맞소. 꼭 같이 갈 것은 없지요"라고 하여, 임경호는 심산에게 임무를 맡기고 자기는 중국에 가지 않기로 했다.[2)]

## Ⅳ.

최종적으로 면우가 완성한 「파리장서(巴里長書)」의 전문을 번역하면 다음과 같다.

> 한국(韓國) 유림대표 곽종석(郭鍾錫) 등은 파리평화회의(巴里平和會議)에 관계하신 여러 훌륭하신 분들에게 삼가 글을 받들어 올립니다.
>
> 하늘이 덮어주고 땅이 실어주어 만물이 그 사이에서 함께 길러지고 있습니다. 크게 밝게 비쳐주고 큰 화육(化育)이 행해지니 그 도(道)를 알 수 있을 따름입니다.
>
> 쟁탈의 단서가 생겨나 강약의 형세가 나뉘어졌고, 병탄하는 권력을 쓰자 큰 것 작은 것의 형세의 차이가 나타나게 되기 시작하여, 남의 목숨을 해치며 위협을 마음대로 부리고, 남의 나라를 훔쳐서 사사로이 소유하기에 이르렀습니다.
>
> 아아! 천하에 이런 일이 어찌 그리도 많은지요? 지금은 하늘이 어진 큰 무(武)를 내려서 천지의 마음처럼 받들게 하여 크게 밝은 바를 비추고 큰 화육(化育)을 행하여 천하를 하나로 만들어 대동(大同)의 세계로 돌이켜 만물로 하여금 각각 그 본성을 이루게 해야 할 때입니다. 이에 만국이 동등하게 보고 천하가 한 가지 노선으로 가는 것입니다.
>
> 그런데도 혹 그런 소문은 들었지만, 그 실제적인 혜택을 얻지 못하여 억울하면서도 공정하게 알려지지 않게 된 것은, 어찌 여러 훌륭하신 분들의 마음

---

2) 金昌淑, 『心山遺稿』 권5, 309-316쪽. 「躄翁七十三年回想記」.

씀이 유독 여기서만 다른 것입니까? 아니면 달리 이유가 있는지요? 그래서 피를 짜내고 가슴 속을 펼쳐 고개를 들고 하소연하는 것은, 지극히 애통하고 박절하여 그만둘 수 없는 뜻에서 나온 것입니다. 오직 훌륭하신 여러분들께서는 살펴 주시기 바랍니다.

아아! 우리 한국은 실로 천하만국 가운데서 하나입니다. 강역(疆域)은 3천리고, 인구는 2천만입니다. 나라를 유지하여 온 지가 4천여 년인데 반도에 자리잡은 문명 있는 지역이 됨을 잃지 않았으니, 만국이 폐지할 수 없는 나라입니다.

불행하게도 근년에 와서 강한 이웃 나라[일본]가 바깥에서 압박하여 억지로 맹약(盟約)을 맺었고 뒤이어 국토를 빼앗고 황제의 자리를 폐지하여 세계상에 우리 대한제국(大韓帝國)이 없어지게 만들었습니다.

일본이 한 짓은 열거하면 다음과 같습니다. 병자년(1876)에 강화도(江華島)에서 우리나라 대신과 맹약(盟約)을 맺었고, 을미년(1895)에 청(淸)나라 대신과 마관(馬關)에서 조약을 맺었습니다. 모두가 우리 대한제국의 자주독립을 영원히 준수하는 것을 안건으로 삼았습니다. 계묘년(1903)에 러시아에 선전포고할 때 여러 나라에도 통첩했는데, 거기에서도 우리나라의 독립을 명확하게 선언하여 밝혔습니다. 이는 세계 만국이 함께 알고 있는 바입니다.

얼마 되지 않아 온갖 책략과 사기를 만들어내어 안으로 위협하고 밖으로 속여 독립이 변해서 보호가 되고, 보호가 변해서 합병이 되었는데, 대한제국의 백성들이 진정으로 원한다고 핑계를 대어 만국의 공정한 논의를 피하려고 도모하고 있습니다. 이는 그들의 손에는 한국이 없을 뿐만 아니라 그들의 마음속의 계산에는 만국도 없는 것입니다. 일본이 우리 한국에서 한 짓이 공정한 의리를 손상함이 없고, 일본이 만국에 신의를 잃음이 없다고 만국의 대표 여러분들은 진정으로 생각하고 계신지 알지 못하겠습니다.

저의 나라 신하와 백성들은 맨 손 맨 주먹으로 스스로 떨쳐 일어나 어떤 일을 할 수가 없다는 것을 잘 압니다. 그러나 노래하고 읊조리고 영탄하면서 오히려 우리 임금님과 우리나라를 이른 아침부터 밤 늦게까지 그리며 "그래도 위에 있는 하늘이 우리를 돌보고 큰 운수가 잘 돌아올 것이니, 부끄러움을 끌어안고 참고 어려운 속에서도 엎어지고 자빠지며 지내온 것이 지금 10년이 되었습니다.

여러 훌륭하신 분들께서 평화회의를 개최한다는 소식을 들은 때로부터 우리나라 백성들은 모두가 뛰며 격분하여 "만국이 평화를 누리게 된다면 우리 대한제국도 또한 만국의 하나인데, 어찌 우리로 하여금 평화를 얻지 못하게 할 수 있겠는가?"라고 생각했습니다. 얼마 있다가 다시 폴란드 등 여러 나라는 모두 능히 독립을 했다는 것을 듣고서 또 다시 무리로 모여서 만세를 부르며 "평화회의가 이미 결정을 내렸다는데, 저 나라는 어떤 나라며 우리나라는 어떤 나라인가? 한결같이 보는 인(仁)은 또한 이러할 따름일 것이다. 하늘의 운수는 때가 되면 잘 돌아오는 것이다. 여러 훌륭하신 분들은 지금부터 해야 할 일을 다 하는 것이고, 우리들은 지금부터 우리나라가 있게 될 것이다. 우리가 죽어서 도랑이나 골짜기에 굴러 떨어진다 해도 백골(白骨)이 장차 썩지 않을 것이다"라고 생각하면서 눈을 부릅뜨고서 좋은 소식을 기다리지 않은 사람이 없었습니다.

머뭇머뭇 하는 사이에 하늘이 또 우리나라를 동정하지 않아 하룻밤 사이에 갑자기 우리 임금님께서 세상을 떠나시니, 온 나라가 흉흉하여 슬픔이 하늘과 땅 사이에 사무쳤습니다. 원통함을 하소연할 곳이 없자, 국장(國葬)을 치르는 날에 각 종교계와 각 단체, 개인 남녀가 독립만세 소리를 부르짖으며 우리 임금님의 영혼을 위로했습니다.

비록 일본이 포박하고 매질하고 죽이고 하는 일을 앞에서 번갈아 가했는데도, 맨손으로 앞 다투어 죽음으로 나가며 후회하지 않았습니다. 막히고 답답했던 마음이 오래 쌓이면 반드시 배출된다는 것을 알 수 있습니다. 이 또한 여러 훌륭하신 분들께서 그 기회를 열어주고 그 용기를 북돋아 주신 것 때문입니다.

그러나 미적미적하다가 세월이 오래 되었건만 아직도 확실하게 처리한 것은 볼 수가 없는 동안에 또 한편으로 의심하면서 한편으로 놀랐습니다. 우리나라가 의사를 전달할 수 없게 되자, 중간에서 힘을 쓰는 사람이 이랬다 저랬다 술수를 꾸며 훌륭하신 여러분들의 보고 듣는 것을 미혹하게 하였으니, 다시 분변하여 밝히시기를 바랍니다.

하늘이 만물을 낳을 때, 반드시 각각의 물건에 능력을 부여했습니다. 작은 것으로는 물고기나 조개나 곤충 등도 모두 자유롭게 활동할 수 있습니다. 사람이 사람답게 되고 나라가 나라답게 되는 것은 진실로 그 자신이나 그 나라를 다스릴 능력에 달린 것입니다.

우리 한국이 비록 작으나 둘레가 3천리이고 인구가 2천만인데, 4천년을 지나오도록 능히 우리 한국의 일을 담당해 와 끊어지지 않았습니다. 애초에 어찌 이웃 나라[일본]가 대신 다스려주는 것을 기다렸겠습니까? 거리가 1천리가 되면 분위기를 같이하지 않고 1백리가 되면 풍속이 같이 하지 않은 것입니다. 저 일본은 우리 한국이 능히 독립할 수 없다고 말하며, 저들의 다스리는 방식으로 우리 한국의 풍속에다 덮어씌우지마는, 풍속은 갑자기 변할 수 없는 것입니다. 이른바 일본이 다스린다는 것은 단지 우리나라를 어지럽히는 계기가 될 뿐입니다. 이는 시행해서는 안 되는 것이 분명합니다.

또 일본이 만국공회에서 말하기를, "한국 백성들이 독립을 포기하고 일본에 붙기를 원한 지 오래 되었다"라고 합니다. 한국 백성들이 한국 백성이 된 것은, 그 영토와 풍토가 이미 정해졌을 뿐만 아니라, 천성에서 얻은 것이 그러합니다. 이런 까닭으로 차라리 잠시 굽혀서 위협하는 권력을 받을지언정 그 마음은 실로 장차 천백 년을 지나도록 한국 백성 됨을 잃지 않는 것입니다.

본심의 존재를 어찌 속일 수 있겠습니까? 마음을 갑자기 속일 수 없는 것인데도, 일본은 만국이 모두 폐기한 위세와 권력을 가지고 만 사람의 입에서 나오는 한 목소리의 공론을 압제하려고 하고 있습니다. 이는 일본 자신에게 있어서도 잘하는 일이 아닙니다.

종석(鍾錫) 등은 산야에 버려진 쓸데없는 존재라서 외국의 일을 상세히 듣지 못했습니다. 그래도 오히려 옛 나라의 신하로서 돌아가신 임금님의 남긴 풍속에 따라서 유교에 종사하고 있습니다. 이제 온 세계가 새롭게 되는 때를 당하여 나라가 있고 없고가 이번 한 차례의 행동에 달려 있습니다. 나라가 없으면서 사는 것은 나라가 있으면서 죽는 것만 못합니다. 치우친 구석에서 스스로 말라죽는 것이 공정하게 듣고 아울러 보는 곳에다 몸을 바치는 것과 어찌 같겠습니까? 울적한 심정을 한번 알려 여러분들의 조처를 기다립니다.

우리나라와 평화회의가 열리는 파리 사이는, 바다와 땅이 멀리 떨어져 있고 국경 관문에서 막는 것이 엄하고 급하여 발을 싸매고 갈 수가 없고, 급히 소리쳐도 들릴 거리가 아니니, 조석에 달린 목숨은 길에서 엎어져 죽어도 구제받을 수 없습니다. 이 세상에서 이런 생각을 길이 나타낼 희망도 없습니다.

비록 훌륭하신 여러분들의 신성하고 총명함으로서도, 보지도 못하고 듣지도 못하는 어둡고 답답한 우리 한국의 사정에 생각이 반드시 미치리라는 것을 어찌 기대할 수 있겠습니까? 이에 감히 짧은 글을 지어 마음을 같이 하는 말을 모으고 십년 동안 살면서 받은 실정을 갖추어 하늘끝 만리 바깥에 인편으로 보내는 바입니다. 진실로 슬픔이 매우 북받쳐서 말할 바를 알지 못하겠습니다. 오직 여러 훌륭하신 분들께서는 불쌍히 여겨서 살펴주시기를 바랍니다. 공정하게 판단한 논의를 더욱 확대하여 크게 밝게 비춤이 두루 하지 않는 곳이 없게 하고, 큰 교화(教化)의 시행함을 순조롭지 않음이 없게 하시면, 종석(鍾錫) 등은 나라가 없지만 나라가 있는 것처럼 되는 것일 뿐만 아니라, 또한 한 시대에 도덕적으로도 매우 다행한 일이고, 여러 훌륭하신 분들의 해야 할 일도 정말 마치는 것입니다.

만약 그렇게 되지 않는다면, 종석 등은 차라리 목을 함께 모아 죽음으로 나아갈지언정 맹세코 일본의 노예는 되지 않을 것입니다. 2천만의 생명이 유독 천지가 길러주는 바와 관계가 없으며, 가지처럼 뻗어나기는 화합된 기운에 유감이 없겠습니까? 오직 훌륭하신 여러분들은 이 일을 추진하소서.[3]

이 「파리장서」 뒤에는 한국 유림대표 137명의 연대서명이 첨부되어 있다. 서명한 사람 가운데서 면우의 제자가 가장 많았다. 대표적인 면우 제자를 들면, 권상익(權相翊), 하겸진(河謙鎭), 조현규(趙顯珪), 하봉수(河鳳壽), 이수안(李壽安), 하재화(河載華), 하용제(河龍濟), 정태진(丁泰鎭), 문용(文鏞), 송호완(宋鎬完), 송호곤(宋鎬坤), 권명섭(權命燮), 김택주(金澤柱), 권상원(權相元), 김동수(金東壽), 윤철수(尹哲洙), 김택진(金澤鎭), 이태식(李泰植), 송재락(宋在洛) 등이었다.

## V.

이에 앞서 1918년에 파리에서 평화회의가 열린다는 사실을 알고 있던

3) 『俛宇年譜』 권3, 9장-11장.

일본인들은 자신들의 대한제국 강제합방이 틀림없이 문제가 될 것임을 미리 짐작하였다. 이를 사전에 예방하기 위해서, '합방은 대한제국의 사정에 의한 것'이라는 사실을 알리는 글을 파리평화회의에 제출했다. 이 글에 우리나라 각계대표 1명씩의 서명을 받아 넣었는데, 유림대표로는 중추원 의장(中樞院議長)을 지낸 김윤식(金允植)이 들어 있었다. 김윤식은 대한제국 말기 외무대신을 지내고 일본으로부터 자작을 받은 인물이었다.

이 사실을 안 유림들은 전국 각지에서 놀라고 분개해 하며 따로 유림대표를 추천하여 이전에 보낸 글이 사실이 아님을 증명하고자 하였는데, 이때 이미 유림의 중망이 모두 면우에게로 돌아가 있었다[4].

1919년 1월에 제자 윤충하(尹忠夏)가 서울에서 돌아와 그 사실의 전모를 보고하고 면우에게 대표가 될 것을 요청하였으므로 면우는 이미 허락을 하고 고종 인산 때를 그 시기로 잡아두고 있었다. 그래서 곽윤(郭奫)과 김황(金榥)을 서울로 보내어 그 형편을 보도록 했던 것이다.

양력 3월 1일 손병희(孫秉熙) 등 민족대표 33인 명의의 독립선언서가 선포된 뒤, 심산이 곽윤과 김황 두 사람을 만나 파리에 독립청원서를 보낼 계획을 면우에게 보고하도록 했던 것이다.

## Ⅵ.

파리에 보낼 청원서를 휴대하고 북경을 거쳐 상해에 도착한 심산 김창숙은, 먼저 상해에서 활동하고 있던 석오(石吾) 이동녕(李東寧) 등 광복운동가들과 협의하여, 여러 가지 정황을 고려하여 심산 자신이 파리로 직접 가지 않고 상해에서 청원서를 영어로 번역하여 파리평화회의와 각국 대표에게 부쳐보내고, 다시 중국어, 한국어로 번역하여 각국의 대표에게 배부

4) 『俛宇年譜』 권3, 12장.

하고, 중국 전 지역과 언론기관 및 국내 각 기관과 각지, 해외 동포들이 거주하는 지역 등에 널리 배포하였다.

한편 일본의 획책에 의한, 한국 사람들이 합방을 원한다는 허위로 작성한 독립청원서를 본 해외 동포들은 자기들이 연대서명한 글을 파리평화회의에 보내어 유림이 무함(誣陷) 당한 일을 변정하였는데, 그 글에도 면우가 대표로 되어 있었다. 그 사람들은 면우한테 직접 허락을 받지 않은 상태에서 면우의 이름을 넣어 글을 만들어 보낸 것은, 면우가 아니면 해외에서 동포들의 인망을 얻을 수 없다고 생각했기 때문이었다. 그러나 면우 자신은 이 사실을 알지 못한 상황이었다.

## Ⅶ.

심산이 중국으로 간 바로 직후인 3월 13일에 거창에 주둔하던 일본 헌병이 면우에게 와서 파리장서 발송의 사실여부를 따져 물었는데, 면우는 사실대로 이야기해 주었다. 3월 18일에 압송되어 2일간 헌병대에 구류되었다가 대구경찰서로 이송되었다. 21일에 검사국에서 신문을 받고 대구감옥에 수감되었다가 22일에 병감(病監)으로 이송되었다. 왜인들이 면우에게 심하게 학대를 가했지만, 면우는 자기 집에서 지내는 것처럼 태연하였다.

4월 16일에 일본인 검사가 지방법원에 출두시켜 심문을 하였다. 검사가 "당신은 이 일로 인하여 조선이 독립될 것이라고 생각했소?"라고 묻자, 면우는 "내가 알 바가 아니네"라고 답변했다. 검사가 "이 일이 꼭 성공할 것이라는 것도 모르면서 고의로 이 일을 한 것은 어찌 나이든 사람이 망령되이 행동한 것이 아니겠소?"라고 하자, 면우는, "나는 백성이 되어 백성의 의무를 다한 것인데 도리어 나를 망령되다고 하는가?"라고 답변했다. 2년형이 구형되자, 면우는, "어찌 종신형으로 하지 않고, 단지 2년형을 언도하는가? 내가 여기에 온 것은 본래 살아서 돌아가는 것을 기약하지 않았네"

라고 했다. 판사가 2년을 언도했고, 감옥의 관리가 공소할 것을 권유했을 때, 면우는 "나는 공소할 곳이 없다. 내가 애초에 국가를 위해서 이 일을 했는데, 결국 국가를 다시 일으키는 데 도움이 되지 않는구나. 구구하게 내 한 몸 때문에 원수에게 동정을 빌어야 하겠는가? 꼭 공소를 한다면 아마 하늘에 해야 할 걸세"라고 했다. 감옥의 관리가 "만약 공소를 하지 않으면 법을 장차 강제로 집행해야 하는데 어쩌겠소?"라고 하자, 면우는, "내가 여기 온 것도 이미 강제인데, 다시 강제로 집행하는 것을 두려워하겠는가? 비록 그러하나 강제로 할 수 있는 것은 내 몸일 뿐이고, 내 마음은 끝내 강제로 할 수 없네"라고 하자, 감옥의 관리들도 감동되는 모습을 보였다.

감옥에 있으면서 조카 곽윤(郭奫)에게 서신을 보내어, "두 아들은 근검(勤儉)으로 집안을 꾸려나가고 조상 제사 잘 받들고 어머니 봉양하는 절차에 어긋나지 않도록 하게 하고, 젊은 제자들에게는 확고하게 앉아서 글을 읽어 여재(如齋)로 하여금 적막하게 하지 말도록 하라"고 깨우쳤다[5].

하루는 일본 법관이 순시를 했는데, 통상적으로 죄수들에게 종이를 주면서 소감을 쓰도록 했다. 차례가 면우에게 이르자, 면우는 먼저 칠언절구 한 수를 지어 썼다.

| | |
|---|---|
| 몇백 년 동안 힘으로 복종시키고 서로 정벌하여, | 力服交征累百朞 |
| 어지러이 빼앗고도 잘못한 줄을 모르는구나. | 紛紛攘奪不知非 |
| 평화라는 두 글자는 하늘로부터 온 소리인데, | 平和二字天來響 |
| 이상하구나! 동쪽 이웃은 귀 막고 웃기만 하니.[6] | 怪殺東隣掩耳唏 |

이 시 뒤에다 "한 가닥 남은 숨 머잖아 다할 것 같은데, 무슨 특별한 느낌이 있겠는가? 다만 하늘의 도(道)가 잘 돌아와서 평화가 완전하게

5)『俛宇年譜』권3 9장-13장.
6)『俛宇集』續권1, 2장,「達狴作」.

이루어져 우리나라가 완전히 독립되었다는 이름을 얻고 일본은 이웃 나라와 사귀는 우의를 보전하기를 바란다. 그렇게만 된다면 이 몸이 비록 죽더라도 혼백은 남은 통쾌함이 있을 것이다"라고 썼다.

구금 이후 신문이나 재판과정에서 보여준 면우의 의연한 자세는 광복운동하는 많은 사람들에게 정신적인 원동력이 될 수 있었다. 그러나 면우는 감옥에서 병을 얻어 결국 6월 22일에 출옥하여 8월 24일에 서거하였다.

면우의 장례에 조문객이 1만 명에 이르렀는데, 그의 유림 대표로서의 위상과 영향력이 얼마나 컸는지를 가늠할 수 있다.

**허권수** 許捲洙

1952년 경상남도 함안에서 출생하여, 國立慶尙大學校 師範大學 國語敎育科를 졸업하고 韓國精神文化硏究院 韓國學大學院 韓國學科 漢文學專攻으로 석사학위를, 成均館大學校 大學院 漢文學科에서 문학박사학위를 받았다. 1988년 國立慶尙大學校 人文大學 漢文學科를 설립하고 교수로 재직하여 천여 명의 제자를 양성하였으며, 2017년 2월 28일 정년퇴임을 하였다.
韓國漢文學史·韓國人物史·韓中文學交流史·경남지역의 南冥學 등을 집중 연구하여, 연구논문 103편을 발표하고 저역서 100여 권을 출간하였다. 특히 지역학 연구를 위해 1991년 校內에 南冥學硏究所를 설립하고 '자료 수집 및 정리, 학술대회 개최, 학회지 간행, 지역유림과의 연대 강화' 등을 중심으로 운영하여 국내외의 명실상부한 대학 연구소로 성장하는데 크게 기여하였다.

許捲洙 全集 I-4
**中國文學의 受容과 傳承**

2017년 3월 3일 초판 1쇄 펴냄

**저　자** 허권수
**발행인** 김흥국
**발행처** 보고사

**등록** 1990년 12월 13일 제6-0429호
**주소** 경기도 파주시 회동길 337-15 보고사 2층
**전화** 031-955-9797(대표)
02-922-5120~1(편집), 02-922-2246(영업)
**팩스** 02-922-6990
**메일** kanapub3@naver.com / bogosabooks@naver.com
http://www.bogosabooks.co.kr

ISBN 979-11-5516-647-5
979-11-5516-643-7 94810(세트)


정가 40,000원